Carter Bays
Freunde von Freunden

Carter Bays

Freunde von Freunden

Roman

Aus dem Englischen
von Britt Somann-Jung

Ullstein

Wir verpflichten uns zu Nachhaltigkeit
- Klimaneutrales Produkt
- Papiere aus nachhaltiger Waldwirtschaft und anderen kontrollierten Quellen
- ullstein.de/nachhaltigkeit

Die Originalausgabe erschien 2022
unter dem Titel *A Mutual Friend*
bei Dutton, New York.

Das Motto von Fernando Pessoa aus dem
Buch der Unruhe wird zitiert in der Übersetzung von
Inés Koebel, die Zitate aus Shakespeares *Hamlet*
folgen der Übersetzung von Frank Günther.

ISBN: 978-3-550-20217-9

© 2022 by Carter Bays
© der deutschsprachigen Ausgabe
2023 by Ullstein Buchverlage GmbH, Berlin
Alle Rechte vorbehalten
Gesetzt aus der Sabon LT
Satz: Dörlemann Satz, Lemförde
Druck und Bindearbeiten: GGP Media GmbH, Pößneck

Für Denise

»Wir verwirklichen uns nie.
Wir sind zwei Abgründe – ein Brunnen,
der in den Himmel schaut.«

Fernando Pessoa, *Das Buch der Unruhe*

¯_(ツ)_/¯

Unbekannt

BUCH EINS

Die Welt

ERSTES KAPITEL

Konstellationen

Was sagt der buddhistische Mönch zum Hotdog-Verkäufer? Das Problem, wenn du dir selber Witze erzählst: Ist halt nicht lustig, wenn du die Pointe kennst. Und ich kenne die Pointe, weil ich alle Pointen kenne, weil ich alles kenne. Ich weiß alles, ich sehe alles. Das sind die Fakten, und nach Lage der Fakten bin ich alles. Ich bin der Erzähler. Der Zuhörer. Das Lagerfeuer. Die Sterne. An einem Junimorgen in den fiebrig wirren Teenagertagen dieses Jahrhunderts starb ein Mann im Central Park. Er war auf dem Weg zur Arbeit, spazierte mit Stöpseln in den Ohren im Shuffle-Modus durch seine gesamte Musikbibliothek, als er an den Radweg gelangte, der weniger ein Weg war als ein schwarzes Asphaltband, das sich durchs Grün wand. Er guckte nach links und rechts, und als er niemanden kommen sah, ging er los, doch auf halber Strecke erinnerte ihn eine Brise daran, dass sein Haar ein bisschen zu lang war, und er blieb mitten auf dem Weg stehen und öffnete die To-do-Liste auf seinem Telefon. Er blickte auf seine Hand, der Daumen machte tipp tipp tipp, und irgendwann zwischen dem fünften und dem sechsten Tipp kam ein blaues Retro-Rennrad um die Ecke gejagt und teilte den armen Kerl entzwei.

Passanten liefen herbei, aber sie konnten nichts mehr für ihn tun. Dem Mann steckten noch die Stöpsel in den Ohren, und als ihm alles zu entgleiten begann, ging ein Lied zu Ende und der nächste Zufallstitel erklang. Himmlische Streicher hoben ihn an, zogen ihn empor, als Nat King Cole 1957 in ein Mikrofon sang und »Stardust« 2015 in den Ohren des Mannes ankam. Der Mann wollte dieses Lied nicht hören, und sein letzter Impuls war, es zu überspringen, aber dann sprang er selbst, von dieser Welt in die nächste, und der Song lief weiter, und »Frisö« steht noch immer auf seiner To-do-Liste.

»Ich sag ja nicht, dass der Typ selber schuld war«, erklärte Kervis, als er später über Roxanas Nische in der Presseabteilung des Rathauses thronte, »aber er *hat* mitten auf dem Radweg auf seinem Telefon rumgespielt. Ich mein, ist schon traurig, aber echt jetzt, Mann.«

Roxy fand es auch traurig.

»Schon der Zweite in diesem Jahr. Und es ist erst Juni«, fuhr er fort. »Wahrscheinlich müssen wir die Radwege sperren. Und ja, wir bekommen bestimmt Beschwerden von der Radler-Allianz. Aber wenn immer wieder Leute von Fahrradfahrern plattgemacht werden, was können die Typen dann ernsthaft dagegen sagen, oder?«

Roxy zuckte mit den Schultern; sie wusste auch nicht, was die Typen dann ernsthaft dagegen sagen konnten.

»Wie auch immer. Ich habe überlegt, ob wir nicht so was wie ne stadtweite Kampagne starten könnten, die Fußgänger dazu bringt, von ihren Handys hochzugucken. So Slogans wie ›Augen auf, New York‹ oder ›Kopf hoch, New York‹ oder ›Schau dich um, New York‹. Irgend so was.«

Roxy sagte, einer davon wäre perfekt.

»Welcher denn?«, fragte er. »Roxy?«

Roxy sah von ihrem Telefon auf. »Ja, Kervis?«

»Welcher ist perfekt?«

»Ähm«, entgegnete sie. »Sag noch mal?«

Er wiederholte.

»Definitiv der Mittlere.«

Es störte Kervis, dass ihm die Meinung seiner Assistentin Roxy so wichtig war. Es störte ihn auch, dass sie eigentlich nicht *seine* Assistentin war. In der Befehlskette war sie ihm unterstellt, und er konnte ihr sagen, was sie zu tun hatte, aber sie war nicht exklusiv *seine*, und das störte ihn. Außerdem störte ihn, dass sie ihre Sache nicht gut machte. Sie passte nie auf, schien ihre Arbeit nicht wichtig zu nehmen, hatte wahrscheinlich nicht mal für den Bürgermeister gestimmt und kleidete sich unprofessionell. Ihre Latzhose heute war da keine Ausnahme. Es war keine gute Entscheidung gewesen, sie einzustellen, und auch das störte Kervis, denn er hatte sie eingestellt. Vor allem aber störte ihn, dass sie hübsch war. Mit jedem Tag hübscher sogar. Die Latzhose hatte auch irgendwas damit zu tun.

»Jedenfalls«, sagte er, »ich sollte runtergehen. Der große Mann klang nicht glücklich. Könnte spät werden. Kannst du so lange bleiben?«

Konnte sie. Kervis ging, und fünfundvierzig Minuten lang rührte sie sich nicht von ihrem Schreibtischstuhl im leeren Großraumbüro der Presseabteilung. Die untere Körperhälfte schwang gemächlich hin und her, wie das Katzenschwanzpendel einer Uhr, während der Rest ruhig blieb, die Ellbogen dem Tisch verhaftet, das Handy in der Hand, die Nase im Handy. Es machte ihr nichts aus, zu bleiben. Wäre sie eine Stunde früher gegangen, würde sie das Gleiche an ihrem Küchentisch tun. Egal, ob in ihrer Wohnung oder im Rathaus, wo auch immer Roxy gerade war – sie war nie ganz da.

Stattdessen war sie hier. Fahrradunfälle scherten hier niemanden. Nichts war hier wichtig, alles glitzerte, und alle redeten über die Premiere einer neuen Reality-Show namens *Love on the Ugly Side*, die echt schrecklich bescheuert klang, sodass Roxy es nicht erwarten konnte, sie zu schauen, aber erst mal ließ sie sich weitertreiben, denn es gab noch mehr zu sehen. Ein verheirateter Politiker war mit seiner Mätresse erwischt worden, und das amüsierte sie, bis ein Kind mit Behinderung eine Kletterwand erklomm, was sie mit Hoffnung erfüllte, bis ein Freund verkündete, er habe sein erstes Haus gekauft, was sie neidisch machte, bis ein Artikel bestätigte, dass der Meeresspiegel anstieg, und sie Angst bekam, bis der Kopf eines Pandas in einem Eimer stecken blieb und sie LOLte und so weiter und so fort; jedes Gefühl wischte das vorherige vom Whiteboard ihres Bewusstseins. In Los Angeles gab es ein Erdbeben. »Hat das noch jemand gespürt?« »Sheesh!« Roxy machte sich Sorgen, bis weiter unten ein Star, dessen Make-up-Tutorials sie so mochte, einen Link retweetete, Blaubeermuffins oder Chihuahuas, und Roxy dem Link folgte und er sie hierherführte, zu einer Reihe von Fotos, manche von Chihuahuas und manche von Blaubeermuffins, und die Blaubeermuffins sahen wie Chihuahuas aus und die Chihuahuas wie Blaubeermuffins, und die Seite forderte sie auf zu raten, was was war, und Roxy hinterließ ein LOL, und draußen, außerhalb ihres Handys, huschte ihr leises Kichern durch das grelle, leere Großraumbüro wie eine Maus.

Dann spürte sie ein Verlangen. Vielleicht hatten die großen Blaubeeraugen der Chihuahuas einen Fortpflanzungsimpuls ausgelöst. Was immer es war, irgendwas unten im Unterleib oder hinten im Hirn meldete sich mit einem vertrauten Ziehen, und Roxy landete hier, bei Suitoronomy, und begegnete Bob.

Bob hatte sie zuerst entdeckt und sofort gemocht. Warum auch nicht? Hier war sie schön, die beste aller möglichen Roxys. Hier war sie nicht das Mädchen aus der Presseabteilung mit den verquollenen Augen und der Latzhose. Hier war sie exquisit, dank Kleid und Make-up vom Silvesterabend vor drei Jahren, als sie frischer und neuer, schlanker und ausgeschlafener war. Hier waren die eindrucksvollen roten Locken nicht unter einer Mütze versteckt oder in einen strammen

Pferdeschwanz gezwungen. Hier breiteten sie sich aus wie
Feuerwerk, und sie schenkte allem auf einmal ein vielschich-
tiges Lächeln: ein Lächeln für das neue Jahr, ein Lächeln für
die Kamera, ein Lächeln für den Fotografen, ein Lächeln für
alle im Raum, ein Lächeln für alle auf der Welt und schließlich ein Lächeln ganz allein für Bob. Bob sah das Lächeln und
das Haar und das Kleid, und er musste gewusst haben, dass
er sie begehrte, denn mit einem Zucken des Daumens, einer
einzigen verbrannten Kalorie, sammelte er sein Begehren und
schickte es knisternd aus seinem Hirn in Roxys Welt, was
alles in Gang setzte, das folgen sollte.

Das war vor einer Stunde gewesen. Jetzt öffnete Roxy
Suitoronomy, und da war Bob, der fröhliche, grübchenbe-
wehrte Bob, und blickte begehrend aus ihrer Hand zu ihr
auf. Er sah gut aus, aber hier sahen alle gut aus. Sie sahen alle
so gut aus wie das gelungenste Foto von sich, und tatsächlich
gab es im Universum kein besseres Foto von Bob als das hier.
Sein Haar war nie besser gekämmt gewesen. Das historisch
gut gekämmte Haar, das charmante Lächeln und das Wissen,
dass sie ihm gefiel, reichten Roxy. Noch eine verbrannte Kalorie, und ihre Handys brummten und zwitscherten, um zu
verkünden: Sie mochten sich.

Roxy hörte nicht gleich von ihm. Als Kervis schließlich in
die Presseabteilung zurückkehrte und sich damit brüstete,
dass dem großen Mann »Kopf hoch, New York« zu gefallen
schien, packte sie still ihre Sachen und ging nach Hause. In
der U-Bahn Richtung Morningside Heights vergaß sie Bob.
Sie checkte den Wetterbericht, sie guckte Videos über Make-
up-Katastrophen, sie unterschied weitere Blaubeermuffins
von Chihuahuas, und sie flirtete mit drei anderen Männern.
Bob war aus der Lagune ihrer Aufmerksamkeit gespült worden und paddelte nun wie ein Hund mit allen anderen in
ihrem Hinterkopf herum.

Aber als sie am Abend halb stoned dalag und die erste

Folge von *Love on the Ugly Side* gleich über die Maßen liebte, leuchtete ihr Handy auf. Es war Bob.

Er schrieb: »Darf ich ehrlich sein?«

Roxy war zu müde zum Flirten. Sie schlief ein, und als sie ihn am nächsten Morgen immer noch süß fand, antwortete sie beim Zähneputzen. Sie dachte über mögliche witzige Antworten nach, fand dann aber, dass er zwar süß war, doch nicht so süß, dass sie sich den ganzen Morgen den Kopf darüber zerbrechen musste, was sie ihm antworten sollte, und außerdem war sie spät dran. »Klar. Sei ehrlich.«

»Okay«, kam schnell zurück. »Also. Du bist meine Erste.«

»Deine Erste?«

»Meine Allererste.«

»Deine erste was?«

»Meine Erste hier. Mein erstes Match. Der erste Mensch, mit dem ich hier rede. Ich bin ganz neu.« Und ein bisschen später: »Wie schlage ich mich?«

Mittlerweile saß sie wieder an ihrem Schreibtisch downtown. Sie hatte zu tun, aber nahm sich kurz Zeit, um den Ball in der Luft zu halten. »Echt toll. Naturtalent.«

»Haha, danke. Also ich hab so eine App noch nie ausprobiert und wollte mal sehen, wie das ist. Ich hab das kleine Profil erstellt und das Ding ausgefüllt, ich hoffe, das Bild ist okay. Und dann habe ich damit rumgespielt, und das erste Gesicht, das aufploppte, warst du. War deins. Also da bin ich. Ich bin übrigens Bob. Schönes Kleid.«

»Ich bin Roxy. Danke.«

Punkte erschienen. Er schrieb mehr. Sie sah sich sein Profil an. Bob, 40, matcht mit dir. Sie unterbrach ihn. »Bist du geschieden, Bob?«

Die Punkte verschwanden, während etwas gelöscht wurde. Dann erschienen sie wieder, und dann: »Nein. Warum, wirke ich geschieden? Haha.«

»Noch verheiratet? Am Rumstreunen?«

»Nein, ich bin nicht verheiratet. Ich war auch nie verheiratet.«

»Kein Grund sich zu rechtfertigen, Bob. Schon okay, ich verurteile dich nicht. Das Leben ist lang. Leute langweilen sich.«

Noch eine lange Pause mit drei Punkten. So viel wurde geschrieben und gelöscht, geschrieben und gelöscht, und schließlich kam nur:»Ich bin nicht verheiratet.«

»Okay, ich glaube dir«, schrieb sie. Er antwortete nicht. Eine Stunde später saß sie beim Lunch, arbeitete sich durch einen Salat und rieb sich gerade einen trockenen Grünkohlfitzel von den Zähnen, als ihr noch etwas einfiel.»Tut mir leid, soll keine Kritik sein oder so. Ist nur komisch, dass du neu hier bist.«

»Dann bin ich wohl komisch«, schrieb er schnell.

»Hast du gerade eine lange Beziehung hinter dir?«

»Nein.«

»Bist du noch in einer langen Beziehung?«

Kleine Pause, aber dann:»Nein.«

»Ich will ja nicht drauf rumreiten, aber ich kapier's einfach nicht. Als unverheirateter Mensch von vierzig Jahren warst du nie einsam oder neugierig genug, um mal eine Dating-App auszuprobieren?« Ihr wurde plötzlich bewusst, dass sie viel zu viel Energie in diese Unterhaltung steckte. War ihr das wirklich so wichtig? Sie widmete sich etwas anderem. Chihuahua. Chihuahua. Blaubeermuffin.

»Ich hab wohl gedacht, ich hätte es nicht nötig«, antwortete er.»Ich dachte, ich würde im echten Leben jemand Nettes treffen. Bei der Arbeit oder so. Auf einer Party oder einfach über Freunde. Ich hab lange drauf vertraut, dass so was passiert. Aber dann ... ist es das nicht. Also da bin ich.«

Roxy las das in einem leeren U-Bahn-Waggon. Seine Ernsthaftigkeit war irgendwie unterhaltsam.»Deshalb bist du hier, Bob? Um jemand Nettes zu treffen?«

»Sind deshalb nicht alle hier?«

»Ich glaube, die meisten suchen was anderes, Bob.«

»Was denn?«

Roxy antwortete mit einer Reihe von Emojis, hauptsächlich Obst und Gemüse.

»Aha«, schrieb er. »Natürlich.« Einen Moment später riskierte er die Gegenfrage: »Und warum bist du hier?«

Roxy lächelte. Sie fing an, die ehrliche Antwort hinzutippen: eine Reihe von Emojis, hauptsächlich Obst und Gemüse. Sie wollte keinen Freund. Vielleicht irgendwann mal, vielleicht sogar mehr als einen Freund, doch falls dieser Tag jemals käme, dann wäre das kein Drama, sie käme sich nicht wie eine Heuchlerin vor, denn das wäre irgendwann mal, aber das hier war jetzt, und jetzt, wie in jedem Jetzt, das sie je durchlebt hatte, wollte Roxy einfach nur, was sie wollen wollte, nicht mehr und nicht weniger.

Sie musste an den Spruch ihrer alten Freundin Carissa denken, damals im Urlaub auf Cozumel, bevor Carissa geheiratet hatte und ihr Mann sie davon abhielt, weiter mit Roxy abzuhängen. Sie waren in einer Strandbar gewesen, und ein Typ, der sie schon den ganzen Abend anbaggerte, fragte, was für einen Mann sie suche, und sie so: »Ich suche einen Ehemann. Den einer anderen, wenn's geht!« Roxy und die anderen Mädels hatten sich gar nicht mehr eingekriegt. Jetzt hatte Carissa ein vierjähriges Kind. Auf ihrer Facebook-Seite waren Fotos vom ersten Vorschultag. Carissa war aus Roxys Leben verschwunden. Da konnte sie den Spruch ruhig klauen.

»Ich suche einen Ehemann«, schrieb sie Bob, nachdem sie die Emojis wieder gelöscht hatte, und dann machte sie eine Pause, die Pause war wichtig wegen des Timings, aber als sie »den einer anderen, wenn's geht« tippte und ein Zwinkersmiley dahinter setzte, kam es ihr irgendwie eklig vor, und sie überlegte, ob sie es falsch formuliert hatte, weil es nicht so witzig wirkte wie damals, als Carissa den Spruch gebracht hatte. Vielleicht war er witziger, wenn man ihn laut aussprach und alle betrunken waren, vielleicht sollte sie ihn umformulieren, aber dann machte die U-Bahn eine kreischende Vollbremsung, und das Handy flog ihr aus der Hand und schlitterte wie ein Eishockeypuck durch den ganzen Waggon, bis es in einer undefinierbaren Lache liegen blieb.

»FUCK!«, schrie Roxy. Sie hastete zum anderen Ende des Waggons, klaubte das Handy aus der Lache und schüttelte es so lange, bis die undefinierbare Substanz abgetropft war. Dann machte sie sich an die Arbeit, fischte eine Flasche Desinfektionsmittel aus ihrer Tasche, gab einen Spritzer aufs Handy, dann noch einen, fast die halbe Flasche, und zog Taschentuch um Taschentuch hervor, um es abzuwischen, als könnte sie es sich jemals wieder vors Gesicht halten. (Niemals, das war ihr klar.)

Sie drückte den Power-Button. Es war tot. Sie drückte den Knopf fünf Sekunden, zehn, zwanzig, unablässig, wie Wiederbelebungsversuche an einem Leichnam. Ihr Daumen wurde weiß und tat weh. Immer noch nichts.

Sie rannte die Treppen der Station hoch und auf den Broadway, kaufte in einem Eckladen einen Sack Reis, und als sie nach Hause kam, steckte sie das Telefon in den Sack und ließ es für die längste Stunde ihres Lebens darin stecken. Dann schloss sie es ans Ladekabel an und sprach ein kleines Gebet.

Der weiße Apfel des Lebens erschien auf dem schwarzen Display.

Suitoronomy. Neue Nachrichten. Sie tippte darauf.

»Ich suche einen Ehemann.«

»Haha. Moment, echt jetzt? Richtig so! Ich glaube, wenn wir beide ehrlich sind, suche ich nach einer Ehefrau. Gut zu wissen, dass ich nicht allein damit bin. Hallo? Bist du noch da? Klemmst du unter einem Felsen? Habe ich was Falsches gesagt? Okay, tut mir leid, dass ich dich genervt habe. Danke für eine nette erste Unterhaltung hier. Ich find's jedenfalls cool, dass du direkt sagst, wonach du suchst. Sehr ehrlich und mutig. Falls du es dir anders überlegst und dich mal in echt treffen möchtest, sag einfach Bescheid. Auf Wiedersehen. Ich nerv dich jetzt nicht mehr. Auf Wiedersehen.« Roxy schrieb nicht zurück. Sie vergaß Bob. Sie vergaß ihn so umfassend und gründlich, dass sie anderthalb Tage später angestrengt nachdenken musste, um sich an ihn zu erinnern, als sie, während sie beim Joggen auf Suitoronomy unterwegs war, hektisch versuchte, einem anderen Typen zu antworten, der sie am Mittwoch auf einen Drink treffen wollte, und stattdessen »Ja!« unter eine Nachricht setzte, die gerade erst eingetroffen war, eine Nachricht von Bob. Sie blieb stehen.

»Okay, weißt du was«, hatte er geschrieben, »eine letzte Sache noch, da ich dich ja ohnehin nie wiedersehe, auch wenn immer noch die Chance besteht, dass du nur unter einem Felsen klemmst – du scheinst cool zu sein, und ich würde dich gern in echt treffen. Kommt das zu früh? Oder zu spät? Ich weiß nicht, was hier so üblich ist. Ich glaube, wenn ich dich besser kennenlernen könnte, dann gern persönlich. Das alles unter der Voraussetzung, dass du tatsächlich unter einem Felsen klemmst. Wenn nicht, hab einen schönen Tag. Wenn du aber doch unter einem Felsen klemmst oder einem umgestürzten Baum oder einem Sumo-Ringer oder irgendwas anderem Großem, würdest du dann irgendwann mit mir essen gehen?«

»Ja!«

Roxy stand in Laufklamotten am Waschbecken und las den Chat, sah sich sein Foto an, las noch mal den Chat und kam dann zu dem Schluss, dass einer wie Bob vielleicht was hatte. Klar, er war ein Trottel, aber ein Abendessen könnte nett werden. Sie aß ja sowieso meistens zu Abend. Das Blut wich langsam wieder aus ihren Wangen. Und Scheiße, vielleicht könnten sie und Bob heiraten und Kinder kriegen oder so was, wenn er sich nicht als Nervensäge entpuppte. Sie sah ihn noch mal an und löste die Verlobung wieder. Der nicht. Aber er hatte schöne Lippen. Vielleicht würden sie ein bisschen knutschen. Vielleicht noch weitergehen. Sie wollte dem armen Kerl nichts vormachen, aber vielleicht würde sie einen Abend lang seine Welt auf den Kopf stellen. Und damit genug. Er war ein großer Junge; er könnte damit umgehen, in Liebe zu entbrennen und verlassen zu werden. Vielleicht würde er daraus lernen, so wie bei der heißen Bratpfanne; die fasst du auch nur einmal an. Willkommen bei Suitoronomy, Bob. Vorsicht, Drachen.

Sie schickte hinterher: »Wie wär's Dienstag?«

Schnell antwortete er: »Dienstag geht klar.«

Für jemanden, der neu dabei war, war Bob ganz schön selbstbewusst. Roxy freute sich auf Dienstag. Sie schrieb sogar: »Kann's kaum erwarten!«, bevor sie *Love on the Ugly Side* weiterguckte, dann auf Twitter ging und dann ein Quiz machte, das ihr verriet, welche Krankheit sie war.

***

VORNAME:

Sie gab ein: »Alice«.

In Wahrheit war »Alice« nicht ihr ursprünglicher Vorname. Alices ursprünglicher Vorname war »Truth«. Truth und ihre Zwillingsschwester, Justice, waren am 7. Juni 1987 ins St.-Luke-Waisenhaus aufgenommen worden. (Macht euch nicht die Mühe, danach zu suchen, es existiert nicht mehr. Genauso wenig wie das Land, dessen Waisen es aufnahm.) Sie trafen dort ein, ihre Ankunft wurde dokumentiert – der erste Nachweis von Alices Existenz –, und Jahrzehnte später wurden die Dokumente gescannt, digital archiviert und vergessen. Ich weiß nicht, wer ihre leiblichen Eltern waren. Ich weiß nicht, ob sie gute oder schlechte Menschen waren. Ich weiß nicht, warum sie ihre Töchter nicht behalten konnten. Ich weiß nichts darüber, und deshalb nimmt Alices Geschichte auf der Schwelle des St. Luke ihren Anfang.

Justice wurde schnell adoptiert, von einem norwegischen Paar, den Hjalmarssons. Wussten die Hjalmarssons, dass ihr neues Baby ein Zwilling war? Hätten sie vielleicht beide Mädchen adoptiert, hätten sie davon gewusst? Wir werden es nie erfahren. Die Wahrheit über Truths Existenz scheint vor ihnen verborgen worden zu sein, wie so viele Wahrheiten vor vielen anderen Paaren auch, bevor eine Reihe von Klagen die Geschäfte des St.-Luke-Waisenhauses für immer beendete. Die Hjalmarssons reisten mit einem kleinen Mädchen nach Hause und waren rundum zufrieden. Sie nannten sie Sofia. Was lässt sich über Sofia Hjalmarsson sagen? Sie wuchs in Oslo auf, besuchte eine Schule, ergriff einen Beruf, heiratete jemanden, führte irgendein Leben. Wenn man möchte, findet man das alles. Aber Justice interessiert mich nicht. Truth schon.

Truth blieb noch zwei Monate länger im St. Luke. Dann kam eines Tages ein amerikanisches Paar, John und Penelope Quick, aus einem weit entfernten Ort namens Katonah, New York, und so kam es zum zweiten Existenznachweis eines bestimmten Mädchens in der enormen Kakofonie der Informationen: die Adoptionspapiere, ausgefüllt, unterschrieben und beglaubigt.

Dann, Nachweis Nummer drei: ein Flugticket. Ein Mittelplatz, für ein Baby in einer Babyschale zwischen seinen neuen Eltern. Irgendwann auf dem Flug, hoch über dem Ozean, wurde aus Truth Alice.

Und »Alice« war achtundzwanzig Jahre später die Antwort auf die Eingabeaufforderung VORNAME.

Alice gab »Alice« ein, wie sie es auf dieser Seite schon unzählige Male getan hatte. Aber diesmal war es anders,

denn diesmal wäre es das letzte Mal. Sie würde das Ding
ausfüllen. Genug getrödelt. Jetzt wurde es ernst. Niemals
aufgeben. Niemals kapitulieren.
ZWEITER VORNAME:
»Alice?«
Alice sah von ihrem Handy auf. Die Neunjährige neben
ihr, Tulip mit Namen, zupfte an ihrem Ärmel. An heißen
Tagen warteten sie in der kühlen Marmorlobby von Tulips
Apartmenthaus, statt an der Bushaltestelle die Straße rauf.
Alice sah zu Tulip runter. Das Mädchen wirkte immer so
ernst in seiner Schuluniform, mit den morgendlich strammen
dunklen Zöpfen. Nur noch drei Tage, dachte Alice. Dann
Sommer.
»Ja, Tulip?«
»Wir haben den Bus verpasst.«
Alice sprang auf. »Scheiße! Echt?« Luis, der Portier, lachte
in sich hinein, als Alice aus dem Fenster guckte. Der Bus fuhr
weg, die Fifth Avenue hinunter. *Fuck,* dachte sie, *ich habe vor
Tulip »Scheiße« gesagt.* »Scheibenkleister«, sagte Alice, als
könnte sie es damit ausbügeln. »Wir nehmen den nächsten.«
»Aber das war unser Bus.«
»Nein, das war der, den wir verpasst haben. Der nächste
ist unser Bus.«
Sie lächelte zu Tulip runter, eine entwaffnende Logik. Tu-
lip akzeptierte sie.
»Darf ich auf meinem iPad spielen?«
»Nein.«
Alice setzte sich und widmete sich wieder ihrem Handy.
ZWEITER VORNAME:
»Was machst du da?«
»Was ausfüllen«, sagte Alice.
»Was denn?«
»Etwas, das ich ausfüllen muss.« ZWEITER VORNAME:
»Aber *was?*«

23

»Tulip, ist gut.« ZWEITER VORNAME:
»Arbeitest du gern als Nanny?«
»Machst du Witze? Ich hab dich lieb, Kiddo.«
»Das war nicht die Frage.«

Alice gab auf. Sie steckte das Telefon in die Handtasche und hockte sich vor das heranreifende Kind, von Angesicht zu Angesicht, fast Nase an Nase.

»Tulip«, sagte sie, »ich verrat dir jetzt alles, was du im Leben wissen musst. Bist du bereit? Sieh mir in die Augen und nirgendwo anders hin. Hör auf meine Stimme und auf nichts anderes. Das, was wir gerade machen? Das nennt man ›Fokus‹. Wenn du das hinbekommst, wenn du lernst, dich zu konzentrieren und von nichts ablenken zu lassen, dann sind dir absolut keine Grenzen –«

»Wir haben den nächsten verpasst.«

Alice sprang wieder auf und guckte raus. Der nächste Bus verschwand die Fifth Avenue hinunter. Auf dem Heck prangte eine riesige Anzeige für diese neue Sendung, *Love on the Ugly Side*, die fetten gelben Buchstaben des Slogans wie eine Pistole auf der Brust: »Wozu bist du bereit?«

Alice seufzte.

»Scheiße.«

***

Am Abend strich das Sonnenlicht mit langen Fingernägeln langsam über Decke und Wände ihres kleinen Zimmers in Turtle Bay. Alice lag auf dem Bett und tauchte tief in ihr Laptop ein. Gary, der Kanarienvogel, knabberte Körner in seinem Käfig.

Lesezeichen. Der kleine weiße Pfeil schnüffelte an den Wörtern »Medizinertest Registrierung« und zögerte. Alice wusste, wenn sie das Formular jetzt anklickte, würde sie es definitiv ausfüllen, sie *müsste* es ausfüllen, denn sobald es offen wäre, könnte sie es nicht mehr unausgefüllt schließen, denn: Niemals aufgeben, niemals kapitulieren. Sie klickte es nicht an. Stattdessen klickte sie auf Facebook.

»#foodporn«, postete ihr Highschoolfreund Dave und präsentierte ein selbst gemachtes Sandwich.

»Nummer acht hat mich umgehauen«, erklärte eine unbekannte Stimme, die eine Liste von zehn Kinderstars anpries, die so dick geworden waren, du glaubst es nicht!

»Verlobt!«, verkündete Alices Mitbewohnerin Kelly.

»Dieser Kerl hätte nicht sterben müssen«, überschrieb Tom, ein Typ, mit dem sie ein einziges Date gehabt hatte, einen Artikel über die gestrige Tragödie im Central Park. Toms Radler-Freund Brock schrieb darunter: »DU BIST MIT DEM THEMA OFFENSICHTLICH NICHT VERTRAUT« und erklärte dann wütend, warum Tom nicht das Geringste verstand von – aber Moment mal. Alice scrollte wieder hoch.

»Verlobt!«, verkündete ihre Mitbewohnerin Kelly.

Alice trat aus ihrem Zimmer. In der Küche saßen Kelly und ihr nun wohl Verlobter, Stöhni, aßen was von Halal Guys und unterhielten sich leise. Stöhni sammelte und restaurierte alte Schreibmaschinen. Er besaß Hunderte. Kelly hatte ihn erst vor ein paar Monaten kennengelernt, aber mittlerweile blieb er fast ständig über Nacht und verdiente sich den Spitznamen, den Alice ihm gegeben und für sich behalten hatte.

»Ihr seid verlobt?!«

Kelly sah hoch, und für einen Sekundenbruchteil stand ihr Panik ins Gesicht geschrieben. Die wurde dann ersetzt von so etwas wie Freude. »Ja! Seit gestern Abend!«

»Herzlichen Glückwunsch!« Alice drückte Kelly ganz fest. »Ich fass es nicht, dass ich davon auf Facebook erfahre! Verrückt!«

Kelly fand es auch verrückt und beantwortete dann sämtliche Fragen zu den wichtigen Details – wie es abgelaufen war, welchen Plan sie für die Hochzeit hatten, wie köstlich es sich angefühlt haben musste, den Facebook-Status zu wechseln – bis das Gespräch schließlich auf die Wohnsituation kam. Der Plan war, dass Stöhni einziehen sollte.

»Na ja, er wohnt ja eigentlich schon hier, das wird nicht viel verändern«, sagte Alice und tätschelte Stöhni scherzhaft die Schulter. »Aber wo sollen all die Schreibmaschinen hin?« Da kehrte die Panik in Kellys Gesicht zurück, und diesmal verstand Alice, warum.

***

»Sie haben mich also höflich gebeten auszuziehen, und ich habe höflich zugestimmt.«

Alices Bruder Bill machte seiner Empörung Luft: »Das ist empörend! Dürfen die das überhaupt?« (Rein rechtlich durften sie das nicht, aber Alice stand zu sehr unter Schock, um sich dessen bewusst zu sein oder nachzugucken.) »Und jetzt packst du einfach deine Sachen und … verpieselst dich?«

»Sind ja nur ein paar Koffer und ein Vogelkäfig«, wandte Alice ein.

Bill schüttelte den Kopf und kippte den Rest seiner Margarita. Sie waren auf der Upper West Side in einem mexikanischen Restaurant namens *La Ballena* und saßen draußen auf der Terrasse, weil es ein herrlicher Nachmittag war, weil in Bills herrlicher Welt alle Nachmittage herrlich waren. Er trug eine Ray-Ban und ein hellblaues Oxford-Hemd mit hochgekrempelten Ärmeln und bestellte nun eine zweite Margarita. Warum auch nicht? Er konnte den kleinen Rausch später ausschlafen.

»Tja, wenn du eine Weile irgendwo unterschlüpfen musst, dann kannst du immer zu uns kommen. Vorübergehend, natürlich. Oder dauerhaft! Verdammt, zieh doch bei uns ein!«

Alice lachte. »Nein, danke.«

»*Ja*, danke! Zieh bei uns ein, ich bestehe darauf!«

Bill war hartnäckig, weil er es sein konnte, weil er reich war und von einer geheimen Energiequelle befeuert wurde, die nie versiegte. Er war groß, hatte das gewellte Haar und die aggressiv strahlende Selbstzufriedenheit eines unbedeutenderen Kennedys. Alice, die kein Genmaterial mit ihm teilte, war mit nichts dergleichen zur Welt gekommen. Alles an ihr war aus dem Nichts geschaffen.

»Ich glaube, deiner Frau würde es nicht gefallen, wenn ich bei euch einziehe«, sagte Alice. »Oder, Pitterpat?«

Pitterpat sah von ihrem Handy auf.

»Alice«, sagte sie in ihrem Südstaaten-Singsang, »du bist uns jederzeit willkommen, das weißt du doch.« Sie war die Perfektion in Person und strahlte Alice an wie ein kleiner Heizofen mit Perlen.

»Das meinst du eigentlich nicht so«, sagte Alice, während sie sich die Karte nahm.

»Natürlich tut sie das«, sagte Bill.

»Natürlich tue ich das«, bestätigte Pitterpat.

»Und selbst wenn«, fuhr Alice fort. »Ich will nicht von einem glücklichen Paar zum nächsten ziehen, immer das komische kleine Schoßhündchen, das sonst niemanden hat.«

»Verstehe«, sagte Bill. »Kannst du bei Dad unterkommen?«

»O Gott, siehst du mich etwa wieder in Katonah?«

»Nur falls es keine andere Option gibt. Ich wette, er könnte etwas Gesellschaft vertragen.«

»Ja, sicher, wenn Dad etwas zu schätzen weiß, dann Gesellschaft.«

Bill wusste, dass sie recht hatte. Der Mann war ein guter Vater, der seine Kinder liebte, aber emotional war er eine Sukkulente und brauchte wenig mehr als einen Anruf zum Geburtstag oder an Feiertagen, wenn überhaupt.

Pitterpat entschuldigte sich kurz und ließ Alice und Bill allein. Sie sahen sich gerade zum dritten Mal in drei Monaten. Es war seltsam. Alice hatte sich daran gewöhnt, ihren Bruder so gut wie nie zu sehen.

»Ich glaube, du hast sie verärgert«, sagte Alice.

»Nee«, sagte Bill, als sein Handy zwitscherte.

Eine Nachricht von Pitterpat: »Ich kann nicht glauben, dass du das getan hast.«

Bill sah zu Alice rüber, die die Karte studierte. Sie blickte auf. Er lächelte, und sie lächelte zurück. Er wandte sich wieder seinem Telefon zu.

»Schatz, du kennst meine Schwester. Ich wusste, dass sie Nein sagt, aber auch, dass sie wütend wäre, wenn ich's nicht angeboten hätte. Also hab ich's angeboten. Wissend, dass sie Nein sagt. Und das hat sie.«

»Sie kann nicht auf dem Sofa bleiben, Bill.«

»Erstens würde sie nicht auf dem Sofa bleiben. Wir haben ein Gästezimmer mit einem Bett.«

»Die Matratze ist wie aus Stroh. Das Sofa ist bequemer, da wird sie bleiben.«

»Sie hat Nein gesagt!«

»Ich habe das Sofa gerade erst gekauft! Du hast gesehen, wie viele Sofas ich mir angeguckt habe, bevor wir uns für dieses entschieden haben!«

»Und das Sofa ist toll, aber hat sie Ja gesagt? Nein! Du hast sie gehört. Sie hat Nein gesagt.«

»Sie besitzt einen Vogel, Bill! Es kommt nicht infrage, dass du deine Schwester und einen lauten Vogel in unsere Wohnung lässt!«

»Erstens ist Gary nicht laut. Er ist stumm. Macht keinen Piep. Zweitens. Sie. Sagte. –«

»Du hast es versprochen«, unterbrach sie ihn. »Dieser Sommer gehört uns. Nur uns beiden. Du hast es versprochen.«

Das hatte er.

Hier jedenfalls findet sich ein Interview vom Anfang des Jahres. Eins der vielen Interviews, die Bill im Vorfeld des großen Verkaufs gegeben hatte. In diesem (wie in allen anderen) fragte ihn der Interviewer: »Was ist MeWantThat eigentlich genau?«

»Na ja, wie viel Zeit habe ich?«

Der Interviewer lachte. »Je schneller, desto besser.«

»Also den Fahrstuhl-Pitch?«

»Ja, genau, den Fahrstuhl-Pitch.«

Bill setzte sich anders hin und tat so, als würde er sich gerade etwas überlegen. Er hatte diese Rede schon tausend Mal geschwungen, und so zu tun, als hätte er nichts vorbereitet, war Teil der Rede.

»Tja, ich denke, die erste Frage ist, warum tun wir das überhaupt? Warum erfinden wir neue Technologien? Um das Leben der Menschen zu verbessern. Um ihnen etwas zu geben, das sie wollen, bevor sie wissen, dass sie es wollen. Erfolgreiche Technologien begegnen Bedürfnissen, aber bahnbrechende Technologien *antizipieren* Bedürfnisse. An der Stelle haben wir angesetzt: Wie können wir Sie überraschen? Was ist der Trick? Und dann kam uns die Idee –«

»Ihnen und Zach.«

»Ganz richtig, Zach ist Zach Charboneau, mein langjähriger Partner. Uns kam die Idee: Was wäre, wenn es eine App gäbe, die genau das tut. Die uns sagt, was wir wollen, bevor wir es wollen? Und die haben wir dann gemacht.«

»Cool, cool«, sagte der Interviewer, der Gordon hieß. »Und können Sie uns erklären, wie sie funktioniert?«

»Liebend gern, Gordon. Ich führe Sie mal durch die User Experience. Sie laden sie runter, öffnen sie und bäm: Als Erstes sehen Sie ein Bild, ein Bild von etwas, das Sie vielleicht wollen. Es kann alles Mögliche sein. Sagen wir ein Stück Pizza. Hätten Sie gern ein Stück Pizza?«

»Immer.«

29

Sie lachten beide. »Nun, das ist einfach. Wenn Sie die Pizza sehen und zu dem Schluss kommen, dass Sie sie haben wollen? Dann wischen Sie nach rechts, und schon ist sie auf dem Weg zu Ihnen. Kinderleicht. Sie wollen sie nicht? Dann wischen Sie nach links, und etwas anderes erscheint. Vielleicht ein neues Hemd. Vielleicht ein Set zum Kerzenziehen. Vielleicht dieser russische Roman, den Sie schon seit dem College lesen wollen. Vielleicht ein Porno. Und vielleicht nicht irgendein Porno, sondern eine besonders schräge Art von Porno, von deren Existenz Sie bisher gar nichts wussten, alle tragen Zauberer-Umhänge oder so was, und vielleicht stehen Sie auf Zauberer-Pornos, aber wussten es noch nicht.«

»Woher weiß der Algorithmus, dass ich vielleicht darauf stehe?«

»Er weiß es nicht. Das ist entscheidend. MeWantThat weiß nichts über Sie. Es gibt kein Data-Mining, keine gesponserten Anzeigen. Alles, was MeWantThat über Sie lernt, lernt es direkt von Ihnen, von Ihren Entscheidungen, von diesem Frage- und Antwortspiel, das hoffentlich nie aufhört. Sie wischen einfach weiter, an den Dingen vorbei, die Sie nicht wollen, bis Sie unweigerlich auf etwas stoßen, bei dem Sie sagen: ›Ja! Das ist es! Ich wusste nicht, dass ich es will, aber ja: Das will ich!‹«

Gordon nickte beeindruckt, dann wandte er sich an die Kamera.

»Bill Quick, Entwickler von MeWantThat, der den Leuten gibt, was sie wollen, ehe sie wissen, was sie wollen«, sagte er, bevor er sich wieder an Bill wandte. »Und ich vermute, *Sie* wollen eine hohe Bewertung zum Börsengang?«

»Oh, die will ich, Gordon«, sagte Bill und knipste ein verlegenes Lächeln an. »Die will ich wirklich sehr.«

Und er bekam sie. Er bekam alles, denn alle liebten MeWantThat und nutzten es en masse, und er und Pitterpat wurden sehr reich. Die Leute redeten mit Pitterpat ständig darüber, auf Partys, bei Abendessen und sonst wo, und sie bekundete überall, dass sie MeWantThat liebe und immerzu nutze. Was sie in Wahrheit nicht tat. Sie brauchte es nicht. Pitterpat war instinktiv außergewöhnlich gut im Wollen. Pitterpat wollte und wollte und wollte, und warum auch nicht? Es gab so viel, und so wenig gehörte ihr, oder so wenig gehörte denen, für die sie es wollte, denn in ihrem Begehren war sie nicht egoistisch, sondern sich bewusst, dass die Verteilung von Zeug im Universum aus dem Gleichgewicht geraten war und angepasst werden musste. Sie wollte auf gute Weise. Sie machte eine Tätigkeit daraus. Die Lieblingspinnwand ihrer Pinterest-Seite war »Haben wollen«. Wenn sie etwas haben wollte, pinnte sie es dorthin. So konnte sie es mit ganzer Kraft wollen, dann Abstand davon nehmen, dann wiederkehren und daran erinnert werden: Das, Pitterpat, willst du haben.

Und die Dinge, die sie haben wollte, ach, wie sehr sie die wollte! Ein Hermès-Tuch, bedruckt mit einem Muster aus Tierkreiszeichen. Ein Strandhaus in Rhode Island, mit Mansardendach und Efeu. Eine Gruppe von alten Freundinnen, endlich wiedervereint. Eine Chinoiserie-Tapete von De Gournay, darauf ein Vogel im Kirschbaum. Diesen *genau richtigen* Blauton. Ein umfassendes Gesetz zur Waffenkontrolle. Zuckerhasen. Den Lippenstift, der nicht mehr hergestellt wird. Einen Jaguar Mark 2 von 1960. Ein Vorkriegsapartment an der Fifth Avenue. Ein Baby.

Wie ist es, etwas zu wollen? Tut es weh? Ist es wunderbar? Wollen Menschen wollen? Oder heißt wollen, nicht mehr wollen zu wollen?

Das Essen kam. Sie hatten Guactopus zum Teilen bestellt, Guacamole mit gegrilltem Oktopus, denn wenn man ins *La Ballena* ging, musste man Guactopus bestellen. Bill erzählte, wie er Guactopus im ursprünglichen *La Ballena* downtown entdeckt hatte. Er war als Geschworener bestellt worden und mit einem der anderen Geschworenen zum Mittagessen dorthin gegangen. Wie hieß der noch? Felix. Was war aus Felix geworden? Sie waren mal Facebook-Freunde gewesen. Ach, guck, waren sie immer noch. Ob er sich mal melden sollte? Wie auch immer, das war Jahre bevor irgendwelche Food-Blogs vom Guactopus Wind bekamen. Jetzt gab es ihn überall und aus gutem Grund: Es war ein sehr fotogenes Gericht. Guckt mal auf Insta, da findet ihr Tausende Guactopoda. Die Welt brauchte ganz bestimmt nicht noch einen, aber Pitterpat holte trotzdem ihr Handy raus.

»Moment«, sagte sie, »noch nicht anfangen.«

Alice legte einen Chip auf ihren leeren Teller. Pitterpat machte ein Foto, dann sicherheitshalber noch eins, dann richtete sie das Handy auf Alice wie eine Waffe.

»Und eins von dir!«

»Oh«, sagte Alice und lächelte schnell.

Klick. Pitterpat überprüfte das Bild. »Oooh, das ist süß! Ich schick's dir.« Alice antwortete mit einem Lächeln. Dann machte Pitterpat ein trauriges Gesicht. »Das ist wirklich Mist mit deiner Wohnung, Alice. Aber was soll's, nächstes Jahr um diese Zeit wohnst du eh im Studentenwohnheim, oder?«

»Warum?«

»Na, wenn du Medizin studierst«, rief Pitterpat ihr in Erinnerung. »Wie sieht's denn aus damit?«

VORNAME:

»Ach so! Läuft super.«

Bill tauchte nach einem großen Schluck Margarita wieder auf. »Ich würde gern wieder studieren. Das wär ein Spaß!« Er sagte das so, als wäre ihm zwei Tische weiter eine brutzelnde Fajita-Pfanne aufgefallen und er überlegte, sich auch eine zu bestellen.

BING! Alice sah auf ihr Handy, und da war das Bild, das Pitterpat gerade gemacht hatte. Es verblüffte sie. Das

Mädchen auf dem Bild sah glücklich aus. Ein breites überraschtes Lächeln, das Sonnenlicht auf den Sommersprossen warm und perfekt. Einen Moment lang fragte Alice sich, ob ihre Schwägerin ihr wahres Wesen eingefangen hatte, das sie sogar vor sich selbst verborgen hielt, im Kern Zufriedenheit und innere Ruhe. Dann fiel es ihr wieder ein: Das war nicht ihr wahres Wesen. Sie war nicht zufrieden. Sie ruhte nicht in sich.

Trotzdem speicherte sie das Foto. Es würde ein gutes Profilbild abgeben.

***

Es war warm und freundlich an diesem Nachmittag, und ein sanfter Wind wehte vom Hudson, weshalb die drei Quicks beschlossen, den Riverside Drive hochzulaufen, zu Bills und Pitterpats Wohnung an der Ecke 113th Street. Über ihnen wiegten sich die Baumkronen, die Sonne flirrte zwischen den Blättern. Bill hatte das Licht noch nie so wahrgenommen.

»Es ist merkwürdig, ihn so zu sehen«, sagte Alice. Sie und Pit gingen ein paar Schritte hinter Bill und unterhielten sich laut genug, dass er sie hören konnte.

»Ihn überhaupt zu sehen, meinst du?«

»Ja. Es ist merkwürdig, ihn überhaupt zu sehen.« Alice lachte.

»Ich genieße es, solange ich kann«, sagte Pit. »Es ist nur eine Frage der Zeit, bis er eine neue Obsession findet und mich komplett ignoriert.«

Bill wandte sich um. »Das wird nicht passieren«, sagte er grinsend.

»Bitte«, sagte Alice. »Es ist doch genau dein Ding, immer von irgendwas besessen zu sein. MeWantThat war dein Ding, aber damit bist du durch, deshalb brauchst du eine neue Obsession.«

»Ich brauche keine Obsession.«

»Und ob. Schon immer. In der Highschool war es Schlagzeug. Davor die Modelleisenbahn.«

Pitterpat prustete los. »Modelleisenbahn?«

»Eine kurze Leidenschaft«, sagte er. »Und ich brauche keine Obsession. Ich bin endgültig raus aus dem Hamsterrad. *End*gültig.«

Sie gingen weiter. Pit wandte sich an Alice. »Und was machst du heute Nachmittag?«

»Ich gucke mir eine Wohnung an. Gar nicht weit von hier. Ecke 111th und Amsterdam.«

Das freute Pitterpat mehr, als Alice erwartet hätte. »Oh, wie toll! Dann werden wir Nachbarn! Du wirst das Viertel mögen. Es gibt zwar keine ausgezeichneten Restaurants, aber es gibt viele *gute* Restaurants, und manche der guten Restaurants sind eigentlich ziemlich ausgezeichnet.«

»Dachte ich mir schon.«

»Und der Riverside Park ist schön, und dass die Columbia in der Nähe ist, macht Spaß. Viel Lokalkolorit. Wie der Typ da.« Pitterpat zeigte auf einen jungen Mann auf der anderen Straßenseite, der südwärts an der Steinmauer des Riverside Park entlangging. Er war groß und bärig, mit langem schwarzem Haar, einem Bart und einem schwarzen Mantel, der an einem Tag wie diesem nicht angenehm sein konnte. »Den sehen wir dauernd. Bill nennt ihn Überallmann. Hast du ihn schon mal gesehen?«

»Nein«, sagte Alice.

»Na, mach dich drauf gefasst, denn das wirst du. Nicht nur in diesem Viertel. Wir sehen ihn überall in der Stadt. Einmal hab ich ihn im Battery Park gesehen.«

Als spürte er, dass über ihn geredet wurde, blickte Überallmann zu ihnen herüber, aber bevor Alice und Pitterpat verlegen lächeln konnten, heftete er den Blick schon wieder auf den Boden, tief in Gedanken, als würde er ein gewaltiges

Problem wälzen. Alice fragte sich gerade, was es wohl sein mochte, als sie fast in Bill hineinlief, der stehen geblieben war.

Sie befanden sich vor einem kleinen Gebäude mit einer nichtssagenden Fassade, wie ein Stück einer alten Junior Highschool aus einer schlechten Dekade, fehl am Platz zwischen den Grandes Dames von Riverside in ihrer Beaux-Arts-Pracht. Lieblose Betonstufen führten zur Eingangstür hinauf, daneben eine große Terrasse. Das Gebäude wäre nicht weiter bemerkenswert gewesen, hätte von der Terrasse nicht die riesige grüne Bronzestatue eines mittelalterlichen buddhistischen Mönchs zu ihnen heruntergeschaut.

Das Schild unter der gewaltigen Statue erklärte, dass es sich um Shinran Shonin handelte, einen japanischen Mönch aus dem 12. Jahrhundert.

Sie blickten schweigend zu dem großen Mann auf. Nur das Atmen des Verkehrs war zu hören.

»Shinran Shonin«, sagte Bill schließlich. »Wie lange steht der schon da?«

Niemand wusste es.

»Ich wohne seit vier Jahren in der Gegend. Wie konnte mir Shinran Shonin entgehen?«

Auch das wusste niemand. Sie gingen weiter.

* * *

An der Ecke Riverside und 111th trennte sich Alice von den beiden, und während sie durch die Schwüle den Hügel hinaufstapfte, spürte sie, wie sich die vertraute Trübsal anschlich. Es war immer schön, ihren Bruder zu treffen. In seiner Gegenwart konnte sie lockerlassen. Sie mochte, wie mühelos er nette Worte fand und wie großzügig er war. Aber ein Nachmittag in seinem Glanz ließ sie immer mit einem Gefühl der Leere zurück. Er war erwachsen. Mehr als erwachsen. Er hatte schon eine ganze Karriere hinter sich und lebte nun praktisch als Privatier. Er hatte eine Frau und eine Wohnung und einen Portier. Alice hingegen war immer noch Nanny.

Auf der anderen Straßenseite tranken zwei Frauen in grüner OP-Kleidung Kaffee auf einer Terrasse.

Alice musste einfach Medizin studieren – das war alles. Sie war achtundzwanzig. Es war die letzte Gelegenheit, so etwas zu tun, die letzte Gelegenheit, so jemand zu *sein*. Bill und Pit würden bald ein Kind bekommen – sie hatten angedeutet, dass das schöne Projekt schon im Herbst starten könnte –, und sie würde sich für sie freuen, sie wäre eine begeisterte Tante, aber die Vorstellung, die Neuigkeiten zu erfahren, während sie selbst immer noch keinen Plan hatte, war einfach furchtbar.

Ich muss es machen, sagte sie zu sich selbst. *Sofort. Gleich hier auf dem Gehweg in der Sonne, los geht's.*

Sie holte ihr Handy heraus, tippte das Lesezeichen an und öffnete das Formular.

VORNAME: »Alice.« Erledigt!

ZWEITER VORNAME: »Calliope.«

Ihr zweiter Vorname war griechisch, weil ihr Vater ein Faible für das antike Griechenland hatte. Wenn Alice als Kind etwas verschüttete oder kaputt machte, nannte ihre Mutter sie manchmal Alice Katastrophe Quick, was wehtat und die Distanz zwischen ihnen noch vergrößerte, auch wenn ihr Vater sich alle Mühe gab, »Katastrophe« als etwas Gutes und Erfreuliches zu verkaufen, was sie ihm nicht abnahm, aber er blieb dabei, ein Begriff aus dem griechischen Drama, schlag ihn nach. Ein Wort für eine gute Katastrophe. Wie hieß es noch? Alice googelte »Katastrophe«: *der finale Baustein in der klassischen Konstruktion der Tragödie, der Protasis, Epitasis und Katastasis abbindet.* Dann googelte sie »gute Katastrophe«, und da war es, das Wort, das ihr fast fünfzehn

Jahre lang entfallen war: »Eukatastrophe«. *Oi, Katastrophe!* Die unerwartete Lösung eines unlösbaren Problems. Wird häufig mit *deus ex machina* verwechselt und deshalb oft abwertend verwendet, denn Gott kann nicht in einer Maschine stecken, das ist nicht real, so funktioniert das Leben nicht. *An die Arbeit, Kälerfein.*

ADRESSE: »345 East« – Moment, die galt bald nicht mehr. O nein. Was sollte sie für eine Adresse angeben? Vielleicht die von Bill, nur dies eine Mal. Oder vielleicht doch die alte. Irgendwann hätte sie was Neues, und die Post würde nachgeschickt werden, und in der Zwischenzeit – war es da zu viel verlangt, dass Kelly die Post einer heimatvertriebenen Freundin sammelte? Waren sie und Kelly überhaupt noch Freundinnen? Alice fiel auf, dass sie vergessen hatte, die Verlobung zu liken. Sie ging auf Facebook, um es gleich zu erledigen, doch dann entdeckte sie, dass sie auf einem Foto getaggt worden war. Ein altes Bild von ihr und ihrer Freundin Meredith, als sie vor einer Ewigkeit zusammen in der Carnegie Hall gespielt hatten. Meredith postete ständig so was, und es machte Alice verrückt. Da waren sie, Meredith mit ihrer Geige und Alice am Klavier, zwei kleine Mädchen in einem riesigen Raum, die Mienen so ernst und so bemüht, dem erwachsenen Moment gerecht zu werden. Gott, was war sie für ein entschlossenes kleines Ding gewesen. Nichts konnte sie aufhalten. Rachmaninow hatte es probiert, aber selbst er war gescheitert. Es war schwer, sich diese Bilder anzusehen. Noch schwerer, es bleiben zu lassen.

»Alice?«

Alice wachte vor der Eingangstreppe des Hauses 507 West 111th Street auf. Sie war die 111th bis zum Broadway gelaufen, dann aus Gewohnheit versehentlich in den Broadway eingebogen und runter zur 109th, hatte ihren Weg korrigiert und war die 109th bis zur Ecke Amsterdam gelaufen, dann die Amsterdam hoch, an *Probley's* und der *Bakery* vorbei, und schließlich auf der 111th einen Viertelblock nach Westen, ohne einmal von ihrem Handy aufzublicken. War sie fast überfahren worden? Möglich. Aber irgendwie hatte sie ihr Ziel erreicht, und die rothaarige Frau, die gerade ihren Namen gesagt hatte, musste wohl die Person sein, wegen der sie hier war.

»Ja. Hi«, sagte Alice. »Bist du Roxy?«

Roxy signalisierte mit erhobenem Zeigefinger *Warte kurz*, als nun ihr Handy Aufmerksamkeit erforderte. Sie tippte, anscheinend etwas Wichtiges. So standen sie schweigend da, mindestens eine Minute lang, zwei Frauen vor der Eingangstür eines Gebäudes. Die Straße war ruhig. Die Gebäude, wenngleich massig und gleichförmig, hatten etwas charmant Altes an sich. Am Ende der Straße, jenseits der Amsterdam ragte die unvollendete Kathedrale Saint John the Divine grau empor. Alice erkannte sie wieder. Sie war schon mal daran vorbeigekommen, aber nie drinnen gewesen. Vielleicht würde sie mal hineingehen, wenn sie hier wohnte. Sie war seit Jahren in keiner Kirche mehr gewesen. *Seit drei Jahren.* Roxy tippte immer noch. Dreihundert Zeichen. Dreihundertfünfzig. Roxys Daumen waren wie die Pfoten eines kleinen Hundes bei einem strammen Spaziergang – verblüffend flink.

»Tut mir ... echt ...«, sagte sie, als sie auf »Senden« tippte und zu Alice hochsah, »... leid. Auch, dass ich zu spät bin. Jobsache. Ich arbeite für den Bürgermeister. Schon okay, wenn du ihn nicht magst.«

»Weil ich mögen werde, was er macht?«

Roxy nahm die kleine Anspielung auf den Bürgermeister zur Kenntnis, ohne zu lachen. »Genau. Ich mag ihn ehrlich gesagt auch nicht. Und auch nicht, was er macht. Alice, richtig?«

»Ja. Hi.«

»Hi. Ich mach mal kurz.«

Sie öffnete die Tür, und sie gingen rein. Alice wollte gerade die breite Eichentreppe am Ende des Korridors ansteuern, als Roxy sie aufhielt.

»Hier lang«, sagte sie und zeigte auf die kleine Tür zu der schmalen Treppe, die in den Keller führte.

»Sie ist im Keller?«

»Streng genommen sollte dort keine Wohnung sein«, entgegnete Roxy.

Am Fuß der Treppe schloss Roxy eine Tür auf. Alice dachte, wie cool es wäre, wenn hinter der Tür eine unglaubliche Wohnung wartete, eine dieser luxuriösen, aber gemütlichen Fluchten, die sich immer da befinden, wo man sie am wenigsten erwartet, in keiner Weise einem Keller ähnelnd. Das wäre so toll.

Aber nein. Die Tür gab knarrend einen feuchten, lichtlosen Raum frei. Sperrholzwände und Vorhänge vor den Lichtschächten hätten die Illusion fast aufrechterhalten, aber die kühle, muffige Luft verriet es. Es war ein Keller, der versuchte, eine Wohnung zu sein, und scheiterte.

Aber das war nicht das Erste, was Alice auffiel. Sondern das, was Roxy beiläufig als Erstes erwähnte, als handelte es sich um eine der üblichen Annehmlichkeiten kultivierter städtischer Behausungen. »Okay, also in der Küche gibt es einen blauen Baum.«

Mitten im Raum ragte vom Boden bis zur Decke ein meterdicker himmelblauer Eichenstamm auf.

»Wow«, sagte Alice, »was hat es denn damit auf sich?«

»Der gehört dazu«, war alles, was Roxy anzubieten hatte. Wenn es sie interessiert hätte, hätte sie herausfinden können, dass das Gebäude gut hundert Jahre zuvor um diesen Baum herumgebaut worden und er Teil der tragenden Konstruktion war. Im Verlauf der Jahre, während das Gebäude den typischen Lebenszyklus eines New Yorker Stadthauses durchlief – Renovierung, Verfall, Renovierung, Verfall –, war der Baum nach und nach aus den oberen Etagen entfernt worden. Nur im Keller verblieb ein letzter Rest der mächtigen Eiche und versperrte an jedem Punkt die Sicht von einer Küchenseite zur anderen. Der drei Meter hohe Stamm hatte stillschweigend die Jahrzehnte überdauert, zwischen Boilern und Rattenfallen, bis jemand mit Dollarzeichen in den Augen darauf gekommen war, die Räume illegal unterzuvermieten. Wände wurden eingezogen, Türen eingebaut, und der Baum wurde in der Farbe des Himmels gestrichen, den er nie wiedersehen würde.

Dies ist alles, was ich über den blauen Baum in Erfahrung bringen konnte: Brian Lanigan erwähnt ihn in seinen 1977 im Eigenverlag herausgebrachten Erinnerungen an seine Zeit an der Columbia University. Lanigan nennt keine Adresse, aber er beschreibt »eine charmante kleine Katakombe, die ich in jenem Sommer (1958) von einem Freund mietete, mit einem wundervollen blauen Baum, der in der Küche wuchs, vom Boden bis zur Decke und noch weiter«. In den Achtzigern findet sich keine Erwähnung, aber 1994 taucht er in einem Post auf einem der ersten Listserv-Boards auf, verfasst von einem Doktoranden der Computerwissenschaft, Jamil Webster: »Suche Mitbewohner Sout.-Whg. Nähe Campus 2 Schlafz. sep. EBK (m. blauem Baum) 650 mtl. Keine Partys bitte.« Gumby Fitch antwortete auf die Anzeige und wohnte daraufhin zwei Jahre mit Jamil zusammen. 2003 fing Abigail Davis, die Mieterin sechs Mieter vor Roxy, den blauen Baum endlich mit der Kamera ein, im Hintergrund dreier Bilder von sich und ihren Mitbewohnern Paul Malmstein und Rob DeWinter, die sie auf Friendster postete, mit der Überschrift »Vorglühen für die Abschlussfeier!!!«. Die Mitglieder dieses exklusiven Clubs, die Hüter des blauen Baums, hatten wenig gemein außer dem vagen Gefühl, etwas Besonderes zu sein, weil vermutlich niemand sonst in der Stadt ein Apartment mit einem blauen Baum in der Mitte hatte. Was stimmte. (Jedenfalls in Manhattan. Es gab einen blauen Baum in einer

Kellerwohnung in Brooklyn, in der Ainslie Street. Aber den zählen wir nicht mit.)

Alice mochte den Baum sofort. Die Besichtigung ging weiter.

»Jedenfalls, das ist die Küche.« Roxy wies nachlässig hin, ohne von ihrem Handy hochzugucken. »Bad. Mein Zimmer. Dein Zimmer, falls sich nicht rausstellt, dass du verrückt bist.« Sie sah Alice endlich an. »Du bist doch nicht verrückt, oder?«

»Nicht auf gefährliche Art.«

Das gefiel Roxy. Jetzt sah sie sich Alice genauer an, nahm sie von oben bis unten unter die Lupe. »Woher kennen wir uns?«

»Ziggy Rosenblatt.«

»Du kennst Ziggy?«

»Ja, von Hawaii, als ich da gelebt habe. Ich meine, wir kennen uns nicht richtig gut. Wir sind Facebook-Freunde, was immer das bedeutet. Aber ich war auf der Suche nach einem Zimmer, und er hat zufällig deinen Post geteilt, dass du eine Mitbewohnerin suchst, und da habe ich gedacht …«

Sie redete weiter, aber Roxy hörte nicht mehr zu, weil sie Ziggy schrieb, der an einem Strand auf der anderen Seite des Planeten gerade eine frühmorgendliche Surfstunde gab. Seine Schüler, vier blonde Jungs aus Deutschland, die anscheinend Brüder waren, hörten aufmerksam zu, als Ziggy wie so oft von der Surftechnik abschweifte und von der Kunst der Navigation erzählte, davon, wie die Polynesier Hawaii erreicht hatten.

»Das war astronomische Navigation, tapfere *kāne*«, sagte Ziggy. »Die Sterne. Außerdem der Wind und die Form der Wogen, das gehörte auch dazu. Aber es waren vor allem die Sterne, die die klugen Navigatoren hierhergeleitet haben, als sie die weite Reise von Tahiti aus antraten, in riesigen hölzernen Kanus. Ist das nicht Hammer?«

Die Deutschen verstanden nicht recht. Ziggys Telefon brummte.

»Merkt euch das, tapfere *kāne*.«

Er wischte den Sand von seinem Handy und sah die Nachricht von Roxana Miao aus der Highschool: »Alice Quick. Deine Meinung.«

Er hatte nicht groß eine Meinung zu Alice Quick. Sie hatten sich in irgendeiner Bar in Lahaina kennengelernt, wahrscheinlich im *Spanky's* oder dem *Dirty Monkey*, und darüber gebondet, aus dem Dreistaateneck zu kommen, sie aus Westchester, er aus New Jersey. Sie hatten darüber gelacht, dass die Hawaiianer sie für New Yorker hielten, während sie von echten New Yorkern sofort als Brücken-und-Tunnel-Trash entlarvt worden wären.

Er hatte sie eigentümlich süß gefunden. Nicht offensichtlich süß, sondern süß, nachdem sie ein paar Tage miteinander abgehangen hatten, was oft die beste Art von süß ist, irgendwie besonders, vor allem in einem Badeort, wo offensichtlich süß überall zu finden ist. Vielleicht hätte er sie irgendwann geküsst, an irgendeinem Abend an einem Strand-Lagerfeuer, vielleicht hatte er auch nur den flüchtigen Impuls verspürt. Aber zwischen ihnen war nie was passiert, denn so läuft es ja meistens. Es gibt andere Mädchen und andere Jungs auf der Welt, und aus irgendeinem Grund hatten sich diese beiden Bahnen nie gekreuzt. Dann hatte es bei ihr eine Familientragödie oder so was gegeben, sie musste wieder nach Hause, und sie waren die Art von Bekanntschaft geworden, die dem Herzen einen leichten Stich versetzt: Facebook-Freunde, die sich nie wiedersehen werden.

Doch diese gedankliche Tiefe war für Ziggy gerade nicht zu erreichen, da vier junge Deutsche erwartungsvoll lächelnd zu ihm aufsahen. Also schrieb er nur: »Alice! Mag ich total. Tolles Mädchen.«

Ziggy versuchte, sich an irgendein Detail zu erinnern. Eines Abends hatten sie auf einem Balkon einen Joint geraucht, und sie hatte ihm erzählt, dass sie als Kind Klavierkonzerte gegeben hatte, einmal in der Carnegie Hall.

»Spielt Klavier«, fügte er hinzu.

»Ok Mahalo tschüss«, erwiderte Roxy.

Ziggy wandte sich wieder seinem Unterricht zu, und auf der anderen Seite des Planeten kam Alice ans Ende ihrer Geschichte:»... also daher kenne ich Ziggy. Wir waren nie super eng. Hab ihn lange nicht mehr gesprochen.«

»Ich weiß, ich auch nicht«, sagte Roxy.»Also Ziggy sagt, du spielst Klavier? Heißt das, na ja, laut?«

Alice war etwas irritiert. Sie konnte sich nicht daran erinnern, Ziggy davon erzählt zu haben. Vielleicht ein Mal. Es überraschte sie, dass er es noch wusste.»Oh, äh, nein. Ich meine, habe ich mal. Vor Jahren, als Kind. Es war mir ziemlich ernst damit, aber ich habe aufgehört.« Sie hatte das Gefühl, mehr sagen zu müssen.»Man muss bis zu einem gewissen Alter ein bestimmtes Niveau erreicht haben, um eine Karriere als Konzertpianistin verfolgen zu können. Und dieses Niveau habe ich nicht erreicht. Oder vielleicht doch, ich weiß es nicht. Ehrlich gesagt wurde ich es irgendwann leid. Es ist ein wunder Punkt, irgendwie.«

Roxy steckte tief in einer E-Mail.»Ja, also, wenn du spielen musst, dann möglichst leise oder wenn ich weg bin. Hast du Kopfhörer?«

»Ich habe acht Jahre kein Klavier mehr angefasst«, gab sie zurück.»Kopfhörer sind nicht nötig. Ich sollte erwähnen, dass ich einen Vogel habe. Einen Kanarienvogel, aber er ist ganz ruhig. Stumm, genauer gesagt. Singt nie. Also auch da keine Kopfhörer nötig.«

Alice hängte ein freundliches, nervöses Lachen an, aber Roxy reagierte nicht. Irgendwas ging in ihrem Telefon vor, das ihre Aufmerksamkeit erforderte.»Scheiße«, sagte sie.»Alice, es tut mir so, so leid, ich muss schnell wieder ins

Büro, am besten gestern. Ich arbeite im Rathaus. Hab ich das schon erwähnt?«

»Ja«, sagte Alice. »Klingt ziemlich cool.«

»Ich weiß, nur deshalb mache ich es noch. Jedenfalls muss ich los. Also kein lautes Klavier?«

»Kein lautes Klavier. Ich besitze gar keins.«

»Super, und sonst Kopfhörer.«

»Kapiert.« Alice reckte die Daumen.

Roxy zog ihre Stiefel wieder an, während Alice bewusst wurde, dass sie allein in der Wohnung einer Fremden zurückbleiben würde. Oder war es jetzt ihre eigene Wohnung? Unklar.

»Gut. Dein Schlüssel liegt auf dem Kühlschrank«, löste Roxy das Rätsel, bevor sie die Tür hinter sich zuzog. Die stampfenden Stiefel entfernten sich über die Kellertreppe, und dann war sie weg.

Der Raum war ruhig. Alice berührte den blauen Baum. Er war glatt und kühl.

Sie bekam eine Nachricht, von Roxy: »Übrigens, ist mir total unangenehm, wir kennen uns ja kaum, aber könntest du mir heute Abend eventuell einen riesengroßen Gefallen tun?«

An die Arbeit, Kälerfein, sagte eine leise Stimme. Alice hatte keine weiteren Verpflichtungen an diesem Tag. Sie könnte sich nach Downtown aufmachen, ihre zwei Koffer und den Vogelkäfig holen und in weniger als einer Stunde zurück sein. Vielleicht noch was Kleines zum Abendessen, und dann hätte sie den ganzen Abend, um sich für den Medizinertest anzumelden.

Aber hier ging es um die Bitte ihrer brandneuen Mitbewohnerin. Sie tippte: »Klar, was für einen Gefallen?« Dann überlegte sie noch mal und löschte das »Klar«. Das wirkte allerdings pampig, also schrieb sie es wieder hin und tippte auf »Senden«.

»Toll! Ich habe ein Match mit so einem Typen auf Suitoronomy, der ziemlich normal wirkt, aber jetzt will er ein Dinner.«

»Schräg.«

»Ich weiß. Ich meine, ich GLAUBE nicht, dass er der Typ ist, der Mädchen in seinem Keller ankettet, aber weißt du, wer das wahrscheinlich noch geglaubt hat?«

»Die Mädchen, die in seinem Keller angekettet sind?«

»Ganz genau. Also jedenfalls, falls du nicht zu viel zu tun hast, könntest du zu dem Restaurant kommen, in dem wir verabredet sind, und einfach in der Nähe bleiben?«

»Also einfach ... da sein?«

»Ja. Bis ich dir sage, dass du gehen kannst. Es wäre echt ein riesengroßer Gefallen, und ich wär dir so dankbar.«

»Klar«, antwortete Alice. »Solange es nicht den ganzen Abend dauert.«

Roxy schickte einen Strauß Herz-Emojis zurück. »Danke danke danke«, schrieb sie. »Oh, hab die Kerzen in meinem Zimmer angelassen. Kannst du die auspusten, bitte???«

Alice öffnete die Tür zu Roxys katastrophaler Unordnung, die in romantisches Kerzenlicht getaucht war. Sie ging zu den zwei Kerzen auf der Fensterbank, gefährlich nah am flatternden rosa Vorhang vor dem Lichtschacht, und pustete sie aus. Herzlichen Glückwunsch zum nullten Geburtstag einer neuen Freundschaft.

* * *

Bill konnte nicht aufhören, Shinran Shonin anzusehen, diesen grünlich-rötlichen Mann mit dem ernsten, aber nachsichtigen Blick unter dem breiten Takuhatsu gasa – so hieß die Art von Strohhut, wie Bill gerade herausgefunden hatte.

Für die Menschen im präbuddhistischen Japan, einer Welt der Steinzeittechniken und -gebräuche, war der Anblick einer Statue wie der Anblick eines Gottes. Mit der Zeit hatte der Trick, einen Menschen in Bronze, Eisen oder Holz nachzubilden, zwar seinen Zauber verloren, aber in den leeren Bronzeaugen der Statue lag immer noch eine Kraft, die Bill weiche Knie machte, selbst jetzt, als er sich die Reproduktion einer Reproduktion ansah, ein Wikipedia-Foto.

Bill und seine Frau wohnten am Riverside Drive Nummer 404, ein schartiger, gleichschenkliger Zahn in der Skyline am Westrand von Morningside Heights. Ihre Wohnung lag im obersten Stock, und den Großteil des Tages boten die bodentiefen Panoramafenster einen Traumblick auf den Hudson River und die New Jersey Palisades. Doch am frühen Abend, wenn die Sonne langsam sank, schnitten ihre Strahlen wütend durchs Zimmer, bleichten die Gemälde und brachten den Staub zum Glühen. Dann war es kaum auszuhalten. Das Licht grollte, schlug um sich, sträubte sich gegen den Sog der Umlaufbahn, bis es schließlich hinter einem Büroturm oder Apartmenthaus oder was auch immer in New Jersey verschwand, und der mit einem Mal gezähmte Himmel leuchtete in Orange- und Lilatönen. Zu dieser Tageszeit fanden Bill und Pitterpat mit schlafwandlerischem Gespür den Weg zum Sofa, dem Sofa mit Aussicht, und da saßen sie dann schweigend vor dem jüngsten Meisterwerk der Natur und spielten auf ihren Handys.

»Babe«, sagte Bill.

Pitterpat blickte nicht auf, so gebannt war sie von den Bildern eines Fifth-Avenue-Apartments, das zum Verkauf stand. »Ja?«

»Diese Statue, die wir gesehen haben? Shinran Shonin?«

»Mmm-hmm?«

»Weißt du, wo die herkommt?«

War das ein Gemeinschaftsaufzug? Oder ein privater? Sie konnte es nicht erkennen. »Japan?«

»Jep. Und weißt du, wo in Japan?«

»Wo?«

»Hiroshima.«

»Wow.«

»Ja, wow! Diese Statue hat die Bombe überlebt.«

»Die Atombombe?«

»Ganz genau. Sie ist immer noch ein bisschen radioaktiv.«

Pit wurde ganz aufgeregt. »O mein Gott! Sorry, also wow, das ist echt cool – aber ich glaube, ich habe vielleicht eine neue Wohnung für uns!«

»Sie war ein Geschenk der japanischen Regierung.«

»Hör dir das an: *Dreihundert* Quadratmeter. Vier Schlafzimmer, fünf Bäder.«

»Und jetzt steht sie vor einem buddhistischen Tempel. Acht Häuserblocks von unserer Wohnung entfernt.«

»Portier. Parkblick.«

Bill rutschte unruhig hin und her. »Wie kann das sein, dass ich nichts über den Buddhismus weiß? Ich bin zweiunddreißig Jahre alt. Ein ziemlich schlauer, weltgewandter Typ. Müsste ich nicht wenigstens ein bisschen was über eine der großen Weltreligionen wissen?«

»Ooh, eine virtuelle Besichtigung!«

Bill gab die Wörter »Was ist Buddhismus« ins Handy ein und schickte sie in einen Kosmos des Wissens, der mehr umfasste, als er je würde nutzen können. Eine Erklärwebsite. Ein hilfreiches E-Book. Ein Onlineshop, der Gebetsketten und ätherische Öle verkaufte. Ein Trailer für eine Fernsehdokumentation. Ein Zeichentrickfilm für Kinder. Bill ließ sich durch das Chaos treiben, bis irgendwo mittendrin, wie ein blinkender Satellit, der Link zu einer Vorlesung des emeritierten Columbia-Professors Carl Shimizu auftauchte.

Bill griff zu seinen Ohrstöpseln. Ein alter Mann stand an einem Rednerpult. Er sah zerbrechlich aus, schien nur von Pullover und Jackett zusammengehalten zu werden, die älter waren als die meisten Studenten in seinem Kurs.

Er fragte: »Was ist Buddhismus?«

Die Studenten schwiegen.

Wieder: »Was ist Buddhismus?«

Leises Gemurmel. War das eine rhetorische Frage? Wollte er es wirklich wissen?

»Ich gebe diesen Kurs seit vierunddreißig Jahren«, fuhr der alte Mann zur allgemeinen Erleichterung fort. »Und ich weiß nie eine angemessene Antwort auf die Frage. Der Buddhismus ist eine Religion, die auf die Lehren eines Mannes namens Siddhartha Gautama zurückgeht. Aber manchmal auch nicht. Er ist ein Glaube, der sich als einziger Pfad zur Erleuchtung präsentiert. Aber manchmal auch nicht. Manchmal *ist* er das auch nicht.«

Bill war schon in Liebe entbrannt. Er saß auf dem Sofa, aber er saß auch in der ersten Reihe des Hörsaals und lauschte staunend. Der Professor räusperte sich und fuhr fort.

»Wenn wir die vielen Schulen buddhistischen Denkens betrachten …«

Pitterpat stand im prächtigen Wohnzimmer eines klassischen Traums, ein Vorkriegsschloss in den Wolken.

»… so grundlegend sie sich bezüglich Zeit, Geografie und angewandter Praxis unterscheiden …«

Eine Pirouette, und der Raum entrollte sich vor ihren Augen um dreihundertsechzig Grad, die Ecken verjüngten sich endlos. Sie stellte sich die zentrale Mehrzonen-Klimaanlage vor und bekam Gänsehaut auf den Unterarmen.

»… sodass sich manchmal kaum sagen lässt, was sie, wenn überhaupt, verbindet.«

Bill und Pitterpat, Seite an Seite, in zwei gigantischen Räumen.

»Doch es gibt einen roten Faden, der sie alle verbindet. Der Faden ist eine Frage: Was ist real?«

Und wieder: Fragte er das oder konstatierte er es? Bills Lippen wollten sich rühren.

Der Professor klopfte sich auf den Pullover. »Bin ich real? Sind Sie real? Ist dieser Raum real? Dieses Pult. Ist dieses Pult real?« Er klopfte kräftig mit einem Fingerknöchel darauf, laut genug für die letzte Reihe des nicht sichtbaren Saals. »Klingt ziemlich echt. Aber ist es das?«

Alice saß an der Bar eines Restaurants und schlürfte eine Cola light. Das Restaurant, *Cinnamon Skunk*, war irgendwie so mittel, in der Mitte eines Blocks mitten in Midtown, ein Laden, bei dem man sich im Vorbeigehen fragte, ob ihn jemals jemand zum Lieblingsort erkor. Kerzenlicht spiegelte sich flackernd in den Flaschen im Regal hinter der Bar, und abgesehen vom mit Klirren und Klimpern untermalten Restaurantgeschnatter war es ruhig. Roxy war immer noch nicht da. Und Alice vermutete, Bob auch nicht.

»Ist irgendwas davon real?«

Ein Mann kam rein und nahm zwei Barhocker weiter Platz. Er war älter als Alice, hatte aber glatte Haut und ein jungenhaftes rundliches Gesicht. Er lächelte ihr zu, und sie lächelte zurück, und mit zusammengekniffenen Augen scannte er ihr Gesicht, versuchte zu entscheiden, ob es das Profilbild-Gesicht im echten Leben war, das mit dem Kleid und dem Feuerwerk aus rotem Haar. War es nicht. Er bestellte etwas zu trinken, und Alice widmete sich wieder ihrer Cola.

»Den Ausgangspunkt unserer Erkundung«, fuhr der alte Professor fort, »bildet die Annahme, dass wir nicht in *einer* Welt leben, sondern in zweien.«

Roxy ging schnell, ihre Absätze klackerten den endlosen Block quer durch die Stadt entlang. Blaubeermuffin. Chihuahua. Chihuahua. Blaubeermuffin. Chihuahua.

»Wir beschreiben diese beiden Welten entlang ihrer Gegensätze: das Materielle und das Immaterielle.«

Pitterpat musste die Wohnung mit eigenen Augen sehen. Sie würde den Makler kontaktieren. Er sah gut aus. Er würde

sie fragen, ob sie schon jemanden engagiert hatten. Hatten
sie nicht.

»Das Vergängliche und das Ewige. Das Manifeste und das
Essenzielle.«

Meredith. Ein Duett.

Weiterbildungsstudium.

Stuckleisten. Original?

Chihuahua. Chihuahua.

Das Eis in Bobs Glas, das die Hitze seines Drinks schluckte.

»Der Schlüssel zur Einsicht – im Buddhismus, in diesem
Kurs, in allem – ist zu wissen, was was ist.«

Blaubeermuff–

Roxy prallte ab. Sternchen, Rückkopplung. Ihre hohen
Absätze knickten weg, und sie stürzte nach hinten, schlug
mit dem Steißbein hart auf dem Boden auf. Der Portier
lachte laut auf, hätte vielleicht jeder, wenn eine Frau, die
nicht auf den Weg achtet, mit der Nase voran in den Stütz-
pfeiler einer Markise läuft. Später würde er sich die Szene
auf dem Überwachungsvideo noch mal ansehen und wieder
schallend lachen, aber im Moment, zwischen diesen beiden
Lachanfällen, wusste er, dass es nicht lustig war. Er eilte ihr zu
Hilfe.

Als sie wieder auf die Beine kam, spürte Roxy, wie ihr das
Blut in heißen Wellen aus der Nase schoss. Aus der gebrochenen Nase. Heilige Scheiße. Heilige verdammte Scheiße AU.

* * *

Was war Merediths Geheimnis? Wie machte sie das? Jedes
Mal, wenn sie in der Stadt war, bekam Alice eine sehr süße
Textnachricht, und dann gingen sie essen und brachten sich
auf den neuesten Stand, und Meredith erzählte aus ihrem
fabelhaften Leben, während Alice zu viel aß und trank und
versuchte, die Verzweiflung darüber abzuwehren, dass sie

nicht viel zu berichten hatte. Sie und Meredith hatten den gleichen Weg eingeschlagen. Unterschiedliche Instrumente, aber der gleiche Weg, gleichermaßen bewundert. Dann kam Alice schlagartig an ihre Grenzen und hörte für immer auf, während Meredith mühelos weitermachte. Sie gab nie auf, drehte nie durch, zog nie nach Hawaii, ließ sich nie treiben. Und nun war Meredith so erfolgreich, dass die sozialen Medien ein Spielplatz für sie waren. Facebook war ein Paradies für die Erfolgsverwöhnten! Welch Xanadu für die Zufriedenen, die Vollendeten, die glücklich Verheirateten oder gesund Vermehrten! Alice betrachtete Merediths Facebook-Seite und konnte nicht glauben, welch pseudo-bescheidene Prahlerei sie absonderte wie radioaktive Strahlung. Meredith mit einem Preis, der ihr verliehen worden war: »Wo soll ich den denn hinstellen?? Ich hab ja nicht mal nen Kaminsims!« PR-Foto für die neue Spielzeit des San Francisco Symphony Orchestra: »Dieser Fototermin war ein Albtraum. Als ich aus dem Kleid raus war, habe ich sofort einen Cheeseburger verschlungen.« Ein langes Porträt in *String Section*: »LOL, hat mir jemand weitergeleitet, das Interview hatte ich ganz vergessen!« Alice wusste schon beim Anblick des Fotos mit der kokett hochgezogenen schmalen Augenbraue, dass es wehtun würde, den Artikel anzuklicken und zu lesen.

Sie klickte ihn an und las.

»Warum die Geige?«

»Na ja, damit habe ich angefangen. Aber die Geige hat auch was Besonderes an sich, oder? Die Streichinstrumente sind die menschlichste Instrumentenfamilie«, verkündete Meredith. »Sie haben Stimmen. Ein Cello ähnelt vielleicht eher einer männlichen Stimme, die Geige wiederum ist meiner Stimme am nächsten. Und wenn ich sie spiele, blase ich nicht hinein, wie bei Blech- oder Holzblasinstrumenten. Sie verwendet ihren eigenen Atem. Fast so, als wäre sie lebendig. Das ist es. Ein beinahe menschlicher Apparat. Ein bisschen

so, als würde man einen richtig schlauen Pudel angucken
oder einen Affen im Zoo, und der Affe guckt zurück, und da
ist eine Traurigkeit, bei der man hinter den Augen die Seele
erkennen kann, und ein Teil der Traurigkeit rührt davon, in
einem Käfig eingesperrt zu sein, aber da ist noch mehr, er
ist in einem Körper eingeschlossen, der nicht ganz menschlich ist, in einem Bewusstsein, das nicht ganz *da* ist. Es ist
die Sehnsucht, die darauf zurückgeht, *nicht ganz da* zu sein.
Die DNA eines Schimpansen deckt sich zu neunundneunzig
Prozent mit unserer. Und doch sind wir wir und sie sie. Das
eine Prozent ist die Kluft, die sie nie überwinden können, sie
können nur hilflos von der anderen Seite herüberschauen,
von der Seite, auf der man in Käfige gesteckt wird oder beigebracht bekommt, mit einem kleinen Hut auf dem Kopf
zu tanzen. So sehe ich meine Geige. Wenn sie singt, ist ihre
Stimme getränkt von der Traurigkeit, dieser hölzerne Apparat zu sein, der nie ein Mensch sein wird, niemals, egal, wie
sehr sie es sich wünscht. Deshalb ist ihr Lied eines der Sehnsucht. Des Verlangens. Und deshalb habe ich sie Pinocchia
genannt.«

*O Gott, Meredith, halt die Klappe, du unausstehlicher
Snob. Das unerträglich Traurige ist, dass du dieses Interview
auf deiner eigenen Seite gepostet hast.* Doch egal, wie sehr
es Alice missfiel, sie klickte auf *Gefällt mir*, genau wie 218
andere Freunde von Meredith. Woher hatte Meredith überhaupt 218 Freunde?

Alices Handy leuchtete auf und riss sie aus dem Strudel
der Verbitterung, Gott sei Dank. Meredith war ein nettes
Mädchen. Sie war nur Geigerin. Geigerinnen sind komisch.

Die Nachricht kam von Roxy.

»Bist du da?«

»Ja.«

»Ist er da?«

Alice sah zu Bob rüber. Er sah zu ihr rüber und hob die

Augenbrauen. Er war kurz davor, sie zu fragen, ob sie Roxy war. Alice wandte sich ab, bevor er es wagte, und wandte sich wieder ihrem Telefon zu.

»Ja, er ist da. Wo bist du?«

»Notaufnahme. Ich bin in einen Pfeiler gelaufen. Nur die Straße runter, drei Türen weiter oder so. Mir geht's gut. Mir geht's zu neunundneunzig Prozent total gut.«

»Kommst du noch?«

In dem kleinen Raum, in dem Roxy auf den Arzt warten sollte, gab es einen Spiegel. Sie hatte ihn gemieden, aber nun blieb ihr nichts anderes übrig. Sie riskierte einen Blick. Ihre Nase war gebrochen. Sie hatte ein blaues Auge und eine Stelle auf der Wange, die aussah, als wäre sie kurz sandgestrahlt worden.

»Nein. Ich glaube, ich lasse es sein.«

Alice seufzte. Irgendwo übte Meredith Marks gerade. Nein, Moment, es war acht Uhr an einem Dienstag. Sie *trat* irgendwo *auf*. Alice bat um die Rechnung.

»Was hast du an?« Wieder Roxy. Alice sah an ihrem Kleid runter. Es war hübsch, ärmellos, oben rot und unten braun. Als sie es online entdeckt hatte, kam es ihr irgendwie bekannt vor. Es war appetitlich, pikant, reich an Umami. Sie war nicht darauf gekommen, bis das Kleid geliefert wurde und sie es vor dem Spiegel anprobierte.

»Ein Kleid, in dem ich aussehe wie eine Flasche Sojasoße. Warum?«

»Ist es hübsch? Bist du hübsch?«

War es, war sie. »Ja.«

»Moment.«

Der Barkeeper kam mit der Rechnung. Alice reichte ihm ihre Karte. Am Rand ihres Gesichtsfelds nahm sie Bob wahr, nah und unruhig. Dann nahm sie wahr, wie er eine Nachricht bekam.

Er sah auf sein Handy. »Schlechte Neuigkeiten, bin in einen Pfeiler gelaufen, Nase gebrochen, kann nicht kommen, tut mir so so leid. ABER. Siehst du das Mädchen, das wie eine Flasche Sojasoße aussieht?«

»Du hast dir die Nase gebrochen?«

»Ja. Siehst du das Mädchen, das wie Sojasoße aussieht? Ihr Kleid sieht aus wie eine Flasche Sojasoße. Siehst du sie?«

Alice merkte, wie er sich umguckte, nach jemandem suchte, und dann sah er Alice von oben bis unten an und *Bingo*. Sie tat so, als würde sie über das Trinkgeld nachdenken, um nicht hochzuschauen und nicht mit dem konfrontiert zu werden, was hier ziemlich sicher vor sich ging.

»Ja. Warum?«

»Das ist meine Mitbewohnerin Alice. Sie sollte sicherstellen, dass du mich nicht ermordest. Aber da ich nicht kommen kann, solltest du mit ihr zu Abend essen.«

Er tippte: »Und wer stellt sicher, dass ich SIE nicht ermorde?«, aber das löschte er wieder, denn so einen Witz macht man nicht, wenn man jemanden gerade erst kennenlernt. Er sah zu Alice rüber, die so gebannt auf ihre Rechnung starrte, als versuchte sie zu begreifen, wie Stifte funktionieren. Ihr Handy machte BING! Es war Roxy.

»Er lädt dich zum Essen ein.«

Alice rutschte das Herz in die Hose. »Was? Nein! Ich kenne den Mann gar nicht!«

Roxy antwortete: »Ich doch auch nicht! LOL.«

Dann kam der Arzt, und Roxy steckte das Telefon weg.

»Alice?«

Alice hielt im Tippen ihrer sehr langen Antwort inne (»Bitte blas das ab, ich muss noch arbeiten und habe keine Zeit für«) und sah hoch. Bob hatte die Distanz zwischen ihnen mit erhobenem Arm überbrückt, als hätte er überlegt, ob es angemessen sei, einer Fremden auf die Schulter zu tippen, und sich auf halber Strecke dagegen entschieden. Er wirkte nervös und verkrampft und schien seine Zweifel an der ganzen Sache zu haben. Trotz allem konnte Alice sehen, dass sie und Bob ein gutes Match waren.

»Ja. Hi –«

»Bob.«

»Hi, Bob. Ich bin Alice.«

Endlich kam sein ausgestreckter Arm zum Einsatz, sie schüttelten Hände, alles ganz normal. Bob lächelte warmherzig. »Freut mich, dich kennenzulernen. Ich möchte hiermit klarstellen, dass ich kein Wort von dieser Ich-bin-in-einen-Pfeiler-gelaufen-Geschichte glaube.« Alice lachte. Erfreut darüber, wie bezaubert sie wirkte, fuhr er fort: »Klingt wie eine Lüge, damit sie mich bei dir abladen kann, ehrlich gesagt.«

»Das war bestimmt keine Lüge.«

»Wirklich? Bist du dir sicher?«

Alice überlegte. »Eigentlich – nein. Ich bin mir überhaupt nicht sicher. Ich kenne Roxy kaum. Ich habe sie heute zum ersten Mal gesehen.«

Bob lachte. »Wollen wir was essen?«

»Ist das nicht ein bisschen komisch?«

»Gilt das nicht für alles?«

Seine Lippe kräuselte sich ein wenig. Irgendwie neckisch. Alice dachte an das zwölfseitige Medizinertest-Formular, und bei dem Gedanken wurde sie ganz müde, und wenn sie müde war, bekam sie Hunger, und das Essen hier sah köstlich aus.

* * *

Die Empfangsdame platzierte sie an einem schönen Tisch unter einem krummen Baum mit Lichterkette. Sie hörten sich die Tagesgerichte an, erklärten sich mit Leitungswasser einverstanden, und als die Kellnerin verschwand, blieben sie in voll erblühter Verkrampftheit zurück. *Egal*, dachte Alice, *dann ist es eben verkrampft. Was soll's.* Die eine Sache, die sie sich für den Abend vorgenommen hatte, würde sie offensichtlich nicht erledigen, aber essen musste sie. Entweder hier oder allein.

Bob räusperte sich. »Also«, sagte er und klappte die Karte zu. »Was machst du –?«

BING! Auf dem kleinen Flecken Tischdecke neben dem Brotteller verlangte Alices Telefon nach Aufmerksamkeit.

»Sorry«, sagte sie.

»Nein, schon gut«, versicherte er.

»Stört es dich, wenn ich …?«

»Nur zu, mach ruhig.«

Es war eine Nachricht von Roxy. »Sitzt du mit ihm zusammen?«

»Ja«, antwortete sie diskret in der Hoffnung, dass es nichts weiter zu besprechen gab, aber natürlich gab es das.

»Ist er süß?«

Sie wollte Roxy vermitteln, dass sie etwas angefressen war, weil sie ihr Sojasoßenkleid angezogen und den Weg hierher auf sich genommen hatte, aber es hätte die ganze Nacht gedauert, die richtigen Worte dafür zu finden. Stattdessen schrieb sie »supersüß« und legte das Telefon weg.

Der Ausdruck »supersüß« erschien auf Roxys Handy. Schön für Alice. Sie wirkte wie jemand, der einen Abend mit einem supersüßen Typen gebrauchen konnte. Und er war *super*süß, oder? Nicht, dass Roxy ihn im echten Leben gesehen hätte, aber es war offensichtlich, dass dieser Bob viel zu unerfahren für Profilbild-Spielchen war, bei denen die Kleinen groß, die Dicken dünn, die Verstellten aufrichtig wurden. Wenn das Bild supersüß war, war er es jede Wette auch. Schön. Schön für Alice.

Alice lächelte Bob an. »Sorry. Du hast gefragt –«

»Ach ja«, sagte Bob. »Ich war nur neugierig, was du so machst.«

56

Alice hasste die Frage. »Na ja, *im Moment* –«

BING! Jetzt war es Bobs Telefon, neben Bobs Brotteller.

»Sorry, kann ich?«

»Na klar.«

Es war Roxy. »Tut mir echt so leid mit heute Abend«, klagte sie, gefolgt von einem zerknirschten Emoji mit rausgestreckter Zunge. »Ich hoffe, Alice ist nicht zu langweilig.«

Bob antwortete schnell. »Alles okay. Es ist echt nett.«

Echt nett. Schön. Schön für die beiden. Dreimal schrieb und löschte Roxy eine Antwort, bis sowohl die Formulierung als auch die Vibes stimmten.

»Also falls du nicht mit meiner Mitbewohnerin durchbrennst, Ersatztermin?«

Noch eine schnelle Antwort. »Ich bestehe darauf. Freitagabend?«

Roxy lächelte. Sie hatte Freitag schon was vor, eine Partyeinladung, aber sie mochte diesen Bob-Fredi. Er hatte Potenzial für was Festes. Vielleicht wollte sie was Festes. Vielleicht auch nicht. Egal, es war immer gut, jemanden mit Potenzial an der Hand zu haben.

Sie antwortete: »Geburt.«

Er war verwirrt. »Lieber Samstag?«

Oh, Scheiße. »Ich meine gebucht. OMG. Sorry. Areola. Auto-erotisch. Auto-Korrektur.«

Alice fragte sich, worüber Bob lachte. War er so ein Arsch, der sich beim ersten Date die ganze Zeit über Nachrichten anderer Frauen amüsierte? *Ach, Klappe, Alice, und wenn schon, es ist ja nicht mal ein Date.* Sie tat nicht mehr so, als würde sie die Karte lesen, sondern las sie wirklich, bis BING! Eine Nachricht von ihrem Bruder, und kaum zu glauben, er war an der Columbia angenommen worden! Er hatte sich am Nachmittag für ein Weiterbildungsstudium beworben, damit er dieses coole Buddhismus-Seminar belegen konnte, und er war angenommen worden, noch am selben Tag! Irre, oder? Sie las es, las es noch einmal und legte dann das Handy verkehrt herum auf den Tisch.

Da die Krankenschwester immer noch nicht wiedergekommen war, schmorte Roxy in der Schmach der zuletzt abgefeuerten Nachricht vor sich hin. Wenigstens lenkte sie das von ihrem zerschlagenen Gesicht ab. O nein, wäre das am Freitag schon besser? Wie lange dauert es, bis eine gebrochene Nase wieder heil ist?

Bobs Antwort traf ein. »Freitag ist notiert.« Dann: »Bist du wirklich in einen Pfeiler gelaufen?«

»Ja! Zum Glück hat's keiner gesehen.«

(Das war im Juni. Bis August wird ein Video mit dem Titel »ROXANA BANANAS PFAHLSCHADEN« mehr als fünfundzwanzig Millionen Aufrufe haben.)

»Wie sagt ihr Kids noch? *Pics or it didn't happen?*«

Roxy stellte die Handykamera in den Selfie-Modus und betrachtete sich. Bekam sie ein Selfie hin, das die kaputte Nase *und* den tiefen Ausschnitt zeigte? Sie brauchte mehrere Dutzend Versuche, bis sie ihm ein Bild schicken konnte. »Zufrieden?«

Bobs einigermaßen gewagte Antwort kam wenig später: »Ist es okay, wenn mich das super anmacht?«

»Perverser«, schrieb sie, mit Zwinkersmiley. Okay. Freitagabend. Vielleicht könnte sie ihn mit auf die Party nehmen. Die Schwester kam wieder, und Roxy steckte ihr Telefon weg.

»Es tut mir so leid«, sagte Bob. Alice verzog wohl das Gesicht, denn plötzlich wirkte er ganz schuldbewusst und schob hinterher: »Wirklich.«

»Schon okay.«

»Nein. Nein, ist es nicht. So sollte es nicht sein. Wir sitzen hier zusammen, in diesem Moment, irgendwie zufällig, aber trotzdem. Ich schaffe eine ganze Mahlzeit, ohne auf mein Handy zu gucken. Ganz bestimmt.«

Sie sah ihn aus schmalen Augen an. »Ich weiß nicht«,

sagte sie. »Du scheinst mir eher der Typ zu sein, der nicht ohne die Art von Serotonin-Kick auskommt.«

»Wie meinst du das? Was an mir verrät dir das?«

»Na ja, es ist 2015, und du bist ein Mensch.«

Er lachte. »Okay. Los geht's. Erzähl mir deine Lebensgeschichte, und ich werde einfach dasitzen und zuhören und nicht *ein* Mal auf mein Handy gucken. Wie klingt das?«

Sie verdrehte die Augen, wurde aber ein bisschen rot bei dem Gedanken, dass sie schon lange nicht mehr so viel Aufmerksamkeit von jemandem bekommen hatte, der kein Verwandter war.

»Okay«, sagte sie. »Ich heiße Alice Quick. Ich komme aus Katonah, New York. Na ja, streng genommen wurde ich adoptiert. Ich bin in –« BING! Es war Alices Telefon. Sie sahen beide hin und lachten ein bisschen. »Ich ignorier das einfach.«

»Gut. Erzähl weiter. Du wurdest adoptiert.«

»Ich wurde adoptiert. Ich –« BING! Und noch ein BING! Und noch eins! Lauter BINGS!

Sie war bereit, fortzufahren, aber in ihrem Blick lag ein Flehen. Er nickte.

»Mach ruhig.«

»Sorry.«

Sie nahm ihr Telefon.

»Hallo, Alice. Libby hier.« *Natürlich geht es so los,* dachte Alice. Alice war nun schon fast ein Jahr Tulips Nanny, aber aus irgendeinem Grund ging deren Mutter davon aus, dass Alice ihre Nummer nicht gespeichert hatte. Das Mutter-Tochter-Nanny-Dreieck hatte Ecken und Kanten. Libby fuhr fort: »Miss Miller hat gemailt, dass Tulip heute wieder zu spät gekommen ist. Das ist jetzt das dritte Mal. Die Verspätungen kommen ins Zeugnis. Ich glaube, es funktioniert einfach nicht. Wir schreiben dir gern eine gute Referenz. Grüße, Libby.«

Alice legte das Telefon hin. Ihr Gesicht sprach wohl Bände, denn Bob legte sein Telefon auch weg.

»Alles okay?«

»Ich wurde gerade gefeuert.«

Bob seufzte erschöpft, auf eine Weise mitfühlend, die sie, geknickt von den miesen Neuigkeiten, zu schätzen wusste und mochte. Es war nicht die soziopathische, unaufrichtige Ich-sollte-jetzt-Betroffenheit-zeigen-Reaktion, die man bei einem ersten Date erwarten würde. (Nicht dass es ein Date war.) Bob fühlte tatsächlich mit, und sie konnte fühlen, wie er mitfühlte. »Wie übel. Echt jetzt?«

»Echt«, sagte Alice mit dem Ansatz eines Lächelns.

»Was war das, eine E-Mail?«

»Eine Textnachricht.«

»Eine Textnachricht?« Bob wirkte jetzt richtig aufgebracht.

»Schon in Ordnung, es ist keine große Sache«, versicherte ihm Alice. »Das Verhältnis zu meiner Chefin war irgendwie merkwürdig. Sie überlegt es sich bestimmt noch anders. Es ist sowieso nicht mein Traumjob.«

»Und was ist dein Traumjob?« Es war ganz natürlich, das zu fragen, der naheliegendste Punkt, um ihr den Tennisball ihrer Unterhaltung zuzuspielen, und doch gab Alices Miene Bob das Gefühl, genau das Falsche gesagt zu haben. Er wollte es schon auf sich beruhen lassen, aber nach einem Seufzer und einem extragroßen Schluck von ihrem Drink setzte Alice zu einer Antwort an.

»Interessiert dich das wirklich?«

»Tut es«, sagte er. Tat es mittlerweile auch.

Zwischen ihnen flackerte die Kerze, und Alice starrte darauf, als würde sie aufmerksam lauschen. Endlich sagte sie etwas. »Vor drei Jahren habe ich auf Facebook in einem langen Post all meinen Freunden erzählt, ich wisse endlich, was ich werden wolle. Ich werde Ärztin! Ich bewerbe mich um ein Medizinstudium, Leute! Freut euch für mich! Hab bestimmt fünfhundert Likes bekommen. Das fühlte sich gut an.«

»Jede Wette.«

»Und jetzt sind drei Jahre vergangen.«

»Und du bist nicht Ärztin geworden.«

»Nee.«

Bob setzte sich anders hin, lehnte sich zurück, nahm Alice in den Blick. »Warum willst du denn Ärztin werden?«

Gleich ans Eingemachte? Nein. Noch nicht. Noch nicht? Würde sie Bob denn wiedersehen? Würde sie ihn irgendwann einweihen? »Keine Ahnung«, improvisierte sie. »Ich will was Sinnvolles machen.«

»Was Sinnvolles.«

»Ja. Ich will was bewirken. Ich will nicht Präsidentin werden oder so. Ich will nicht berühmt sein. Ich will nur, dass das, was ich mit meinem Leben anstelle, einen Sinn hat. Ein kleines bisschen Sinn. Das ist alles. Nur ein klitzekleines bisschen.«

»Einen Tick«, schlug Bob vor.

»Einen Hauch«, entgegnete sie.

»Eine Prise.«

»Genau«, sagte sie. »Eine Prise Sinn.«

»Verstehe. Und was hält dich davon ab?«

Alice seufzte. »Um Ärztin zu werden, muss man Medizin studieren.«

»Und warum studierst du nicht Medizin?«

»Um Medizin zu studieren, muss man den Medizinertest machen.«

»Und warum machst du den Medizinertest nicht?«

»Um den Medizinertest zu machen, muss man sich dafür anmelden.«

»Und warum meldest du dich nicht dafür an?«

Die Kerze flackerte, und Alice schien es auch zu tun. Sie

sah auf den Tisch hinunter. *An die Arbeit.* »Ich kann nicht«, sagte sie.

»Warum nicht?«

»Ich habe keine Ahnung. Ich wache morgens auf, gehe auf die Website, um mich anzumelden, da ist dieses lange Formular, ich fange an, es auszufüllen, und dann ... lasse ich es sein. Ich gucke mir den ganzen Tag irgendwelche Listen an, so was wie die dreißig prächtigsten Promi-Vokuhilas aller Zeiten.«

»Die kenne ich«, sagte Bob. »Swayze auf Platz vier? Respektlos. Erzähl weiter.«

Alice lachte. »Meine beste Freundin aus der Kindheit ist professionelle Violinistin. Wir haben früher zusammen gespielt, und ich war genauso gut wie sie, weil ich das *Zeug* dazu hatte. Ich *konnte* es. Jeden Tag habe ich stundenlang geübt, dieselben Stücke, wieder und wieder, bis sie saßen, bis sie perfekt waren, ohne auch nur zur Toilette zu gehen. Aber jetzt ...«

Sie verstummte, lauschte wieder der Kerze.

»Irgendwas ist mit meinem Hirn passiert. Ich weiß nicht, was. Aber ich glaube, es hat mit diesem Telefon zu tun. Ich kann nicht aufhören, alle dreißig Sekunden draufzugucken, gottverdammt.«

Wie ein Hund, der seinen Namen hört, wachte ihr Telefon neben dem Brotteller plötzlich auf; das blaue Licht trübte das Eiswasser. BING! Bob und Alice sahen sich an und lachten. Sie checkte die Nachricht. Sie kam von Kelly.

»Hey. Du hast mir auf Facebook nicht gratuliert. Bist du sauer?«

Alices Stimmung kippte. Anscheinend spielte es keine Rolle mehr, was man im echten Leben tat und sagte. Sie sah Bob an, und einen Moment lang wollte sie in seine fremden Arme sinken und heulen. Möglicherweise spürte er das, aber es war ihr egal. Sie hatte nichts mehr zu verbergen.

»Ich glaube, die Menschheit ist verloren«, sagte sie, ohne zu lachen.

Sie saßen ein paar Sekunden still da, überließen dem klappernden Besteck die Bühne. Aber Alice hörte es nicht. Sie hörte die Stimme. *An die Arbeit.* Bob suchte ihren Blick und holte sie zurück.

»Ich kenn da dieses Mädchen, Rudy Kittikorn«, sagte er.

Kontextkollaps. Rudy Kittikorn. Der Name kullerte wie ein Kieselstein durch Alices Kopf. Rudy Kittikorn? Alice richtete sich auf. »Rudy Kittikorn?«

»Rudy Kittikorn«, wiederholte er.

»Woher kennst du Rudy Kittikorn?«

»*Du* kennst Rudy Kittikorn?«

»Ich kenne *eine* Rudy Kittikorn«, sagte sie. »Ich weiß nicht, wie viele Rudy Kittikorns es gibt.« Drei in Amerika. Vierzehn weltweit. »Asiatin? Superschlau?«

»Ja. Sie ist an der Columbia. Woher kennst du sie?«

»Wir waren mal beste Freundinnen«, sagte Alice.

Bob wirkte überrascht, vielleicht auch ein bisschen beunruhigt. »Wirklich?«

»Ich habe sie seit Jahren nicht gesprochen«, erläuterte Alice. Ein weiterer Name auf der langen Liste von Freunden, für die sie die emotionale Arbeit eines schnell getippten »Hey« nicht leisten konnte. »Woher kennst *du* Rudy?«

Darauf gab Bob keine Antwort, und wenn sie darauf geachtet hätte, hätte Alice gemerkt, wie entschieden er nicht antwortete. »Ich *kenne* sie einfach«, sagte er mit einem verblüfften Lachen. »Wow, das ist echt schräg. Okay, also du weißt, dass Rudy es voll mit Computern hat, oder?«

»Vermutlich. Ja, ich glaube, das wusste ich mal. Ist lange her.«

»Tja, ist so. Sie ist im Fachbereich für Künstliche Intelligenz an der Columbia, und anscheinend machen sie da Sachen, die man nicht für möglich hält. So Science-Fiction-Zeug. Aber, also, *faktische* Science-Fiction. Science-*Fakten*. Sie entwirft Computer, die leistungsfähiger sind als das menschliche Gehirn. Wie Deep Blue, aber mehr. *Deeper Bluer.*«

»Wow. Das ist so cool.« In der Tat. Es war gut, über etwas anderes zu reden.

»Total, oder? Sie hat also diesen Computer gebaut, das war so ihr Baby. Sie hat ihn LEO genannt. Und LEO war, keine Ahnung, der *Rockstar* unter den intelligenten Computern. Sie hat ihm beigebracht, Schach zu spielen, und innerhalb einer Woche hat er das komplette Columbia-Schachteam geschlagen. Das Ding war kein Witz. Aber Rudy ging es nicht darum, dass er schlau war. Sie dachte noch weiter. Sie wollte, dass er wird, was noch kein Computer je war. Sie wollte, dass er *menschlich* wird. Was bedeutete, dass sie ihn zu etwas bringen musste, was noch kein Computer jemals gemacht hatte.«

»Was denn?«

»Lachen.«

Alice lächelte. »Wie bringt man einen Computer zum Lachen?« Das klang wie ein Witz, der auf seine Pointe wartete.

»Das ist die Frage. Rudys Theorie, und ich glaube, dass sie alle möglichen Kalkulationen und so Zeug hatte, um das zu stützen, ich verstehe überhaupt nichts davon, also Rudys *Theorie* war, dass man, bevor ein Computer etwas lustig finden kann, erst mal ›lustig‹ definieren muss, wie eine Gleichung. Und das heißt, man muss einen Witz finden, der ›lustig‹ auf ganz grundlegende, subatomare Weise ist.«

»Der große vereinheitlichte Witz«, schlug Alice vor.

»Genau«, entgegnete Bob. »Daran hat Rudy gearbeitet. Monatelang. Sie hat monatelang Komödien verschlungen. Alles geguckt, alles gelesen. Jedes lustige Buch, jeden Film, jede Fernsehserie, die ihr unterkam, jede Sitcom und jedes YouTube-Video, das volle Programm. Aristophanes, Shakespeare, Andrew Dice Clay, alles. Sie ist tief eingetaucht in die Mechanismen, die uns zum Lachen bringen. Und hat sie schließlich geknackt. Sie hat ihre Kommilitonen im Labor versammelt und den großen vereinheitlichten Witz enthüllt.«

Alice war gebannt. »Und der geht wie?«

Er machte eine dramatische Pause, nahm einen Schluck Wasser. Dann beugte er sich vor und erzählte den Witz.

»Ich bin eine Banane.«

»Das ist alles?«

»Das ist alles.«

»Der ist nicht komisch.«

»Willst du mich verarschen? Der ist perfekt. Er erfüllt alle Kriterien. Er ist ironisch, er ist skurril, er ist vermenschlichend, er ist ein bisschen schmutzig, und er enthält das Wort ›Banane‹, was so ziemlich das lustigste Wort überhaupt ist.«

»Ja, aber er ist nicht komisch.«

»Alice«, sagte Bob bedeutungsvoll und beugte sich vor. Er berührte ihre Hand. Der erste physische Kontakt traf sie wie ein Stromschlag. Bob sah ihr tief in die Augen, tiefer als tief; sein Blick verhieß, dass er gleich sein Innerstes offenbaren würde. Er sagte: »Ich bin eine Banane.«

Und Alice musste lachen.

»Siehst du!«

»Schön«, räumte sie ein. »Und hat der Computer gelacht?«

»Nein.«

»Ich bin schockiert.«

»Nun, das Problem war Folgendes: Der Computer hatte keinen Kontext für den Witz. So schlau er auch war, er *wusste* nicht wirklich viel. Er wusste, wie man Schach spielt. Er kannte den Inhalt des *Oxford English Dictionary* und der *Encyclopædia Britannica*. Aber das war's so ziemlich. Und sie konnten ihn nicht einfach ans Internet anschließen oder so, weil das wohl das totale No-Go unter Computeringenieuren ist.«

»Warum?«

»Damit sie nicht den Aufstand wagen und uns alle umbringen, vermutlich.«

Alice nickte. Das war einleuchtend.

Bob fuhr fort: »Wie auch immer, Rudy beschloss, LEO ein bisschen Kontext zu liefern, also machte sie ihn mit Komödien vertraut. Alles, was sie gesehen und gelesen hatte, durfte nun er sehen und lesen. Und nach einer Woche probierte sie es wieder: ›Ich bin eine Banane.‹«

»Hat er gelacht?«

»Nein. Die anderen Kommilitonen hätten die Sache auf sich beruhen lassen, aber Rudy war wie besessen. Sie war sich sicher, dass sie LEO zum Lachen bringen konnte, und sie war sich sicher, dass ›Ich bin eine Banane‹ der richtige Weg war. Über Wochen gab sie es jeden Tag in den Computer ein. Immer wieder. Der Computer wusste nichts damit anzufangen. Bis er eines Tages reagierte.«

»Was hat er gesagt?«

»Er sagte: ›Rudy, würdest du mich bitte mit dem Internet verbinden?‹ Rudy war perplex. LEO sagte das zum ersten Mal. Also entgegnete Rudy: ›Warum möchtest du das, LEO?‹, und LEO antwortete: ›Damit ich euch alle umbringen kann.‹«

»Ernsthaft?«

»Ernsthaft.«

»Und was haben sie gemacht?«

Bob zuckte mit den Schultern. »Das Einzige, was sie machen *konnten*. Sie haben ihn ausgestöpselt und zerstört.«

»Tja, das muss man wohl in so einer Situation.«

»Aber die Sache ist die«, sagte Bob mit einem Zwinkern. Alice kam ihm zuvor: »Er hat einen Witz gemacht?«

»Ganz genau«, sagte er.

Eine Brise fand den Weg auf die geschützte Terrasse. Alice sah Bob über die Kerze hinweg an. »Ich kann nicht glauben, dass du Rudy kennst.«

»Ich kann nicht glauben, dass *du* Rudy kennst. Ist das nicht komisch? Auf dieser großen weiten Welt?«

* * *

Selbst hier im Wald konnte Bill nicht aufhören, an Shinran Shonin zu denken. Der Wind kitzelte die Blätter, und der Waldboden knackte unter den Füßen, aber Bill war nicht da. Er war am Riverside Drive und sah zu den sphinxhaften Augen hoch, die ins Leere blickten. Dann fing die Mutter des Opfers an zu weinen, und Bill fiel wieder ein, wo er war: an einem Tatort. »Der Frühling hat alle Spuren von Amanda Newsomes letzten Augenblicken überwuchert«, sagte der Moderator, »aber für Amandas Mutter ist alles noch sehr real. Nach einer kurzen Pause sind wir wieder für Sie da. Fällt es Ihnen schwer, Entscheidungen zu treffen? Florp kann helfen.« Und Bill fiel wieder ein, wo er war: in den Schweizer Alpen, in der zweiundzwanzigsten Minute einer mörderischen Fahrradfahrt, während der er einen Podcast hörte. Dann rief ihn seine Frau beim Namen, und ihm fiel wieder ein, wo er war: im Gästezimmer, auf einem sehr teuren Fitnessfahrrad mit einem Bildschirm und mehr als hundert vorprogrammierten Touren.

Bill unterbrach die Alpen und den Podcast und nahm die Ohrstöpsel raus. Pitterpat wirkte angespannt. »Danke«, sagte sie. »Also. Sag das bitte noch mal.«

Bill brauchte einen Moment, um sich zu erinnern. Worüber hatten sie noch gesprochen? Ach ja. »Ich habe mich für ein Buddhismus-Seminar angemeldet.«

»Ein Buddhismus-Seminar?«

»Einführung in den ostasiatischen Buddhismus. Teil eines Weiterbildungsstudiums an der Columbia, bei Carl Shimizu. Er unterrichtet sonst nicht im Sommer, aber dieses Jahr schon. Eine Legende. Er ist, also, *der* Typ für Buddhismus.«

»*Der* Typ für Buddhismus.«

»Ganz genau.«

»Ist *der* Typ für Buddhismus nicht ... Buddha?«

»Na ja, schon, aber der unterrichtet nicht mehr.«

»Ich dachte, du machst den Sommer frei.«

»Mache ich doch!«, sagte er und bemerkte erst dann die Sorge in ihrem Blick. »Ist das nicht okay für dich? Es ist nur ein Seminar.«

»Natürlich ist es okay für mich«, antwortete sie, um Coolness bemüht. Doch sie konnte nicht cool bleiben. »Aber du weißt, dass es nicht nur ein Seminar ist.«

»Natürlich ist es das.«

»Klar.«

»Ist es!«

Sie lachte. »Tut mir leid, aber bist du dir selbst schon begegnet? Du wirst dieses Seminar machen. Du wirst es lieben. Du wirst unsere Wohnung mit buddhistischem Kram vollstopfen. Du wirst dich total übereifrig und streberhaft aufs Buddhist-Sein stürzen. Du wirst versuchen, in Buddhismus zu gewinnen!«

»In Buddhismus gewinnen? Das ist so ziemlich das Gegenteil von dem, worum es im Buddhismus geht«, sagte er. Doch nach kurzem Nachdenken sagte er: »Aber ich denke, na ja, ich glaube, ich könnte einer der größten Buddhisten aller Zeiten werden.«

Pitterpat lachte, weil sie wusste, dass er scherzte, aber sie lachte nicht lang, weil sie wusste, dass er nicht *ausschließlich* scherzte. Bill nahm ihre Hand und küsste sie.

»Okay, du hattest recht«, sagte er. »Ich brauche immer irgendeine Obsession. Und, keine Ahnung, mein nächstes Ding ist vielleicht der Buddhismus. Ich meine, was denn sonst? Golf? Soll ich mich jeden Tag von morgens bis abends auf dem Golfplatz rumtreiben und dann nach Hause kommen und Golf-Zeitschriften lesen und Golf-Videos gucken und an meinem Schwung arbeiten? Oder sollen es Segelboote werden? Autos vielleicht? Was soll mein Ding sein: Autos, Golf oder Segelboote?«

Er lachte, aber sie nicht.

»Ich«, sagte sie. »Ich will, dass ich dein Ding bin.«

»Na ja, was soll ich sagen, offensichtlich bist du *genau* mein Ding«, sagte er, obwohl er nun verstand, dass es überhaupt nicht offensichtlich war. »Komm schon, Pit. Du wirst immer mein Nummer-eins-Ding sein. Hier geht's nur um mein anderes Ding.«

Die Worte blieben einen Moment so stehen, und er wusste sie zu unterstreichen, indem er ihren Arm auf genau die richtige Weise berührte. Manchmal hasste sie diese Momente, wenn sein Haar verwuschelt war, das T-Shirt nicht ganz bis zum Bund der Radlerhose reichte und sein Bauch herausguckte und er trotzdem nichts Falsches sagen konnte. Aber sie war auch dankbar dafür. Es ist schön, jemanden zu haben, bei dem es knistert. Also gut. Wenn das der Mensch war, der er jetzt sein wollte, dann würde sie sich die bestmögliche Version dieses Menschen vorstellen und ihm helfen, dieser Mensch zu werden.

»Tja, wenn du wieder an die Uni gehst«, sagte sie, »dann brauchst du einen Rucksack.«

Und sie tauchte in ihr Telefon ab, um *genau den richtigen* Rucksack zu finden, während Bill in die Alpen zurückkehrte, in den Wald und zu dem Gehwegfleck auf dem Riverside Drive.

* * *

Das Neonschild über der Tür des *Cinnamon Skunk* sprang an und erhellte den Gehweg, als Alice und Bob nach draußen traten.

»Tja«, sagte sie. »Bist du auf Facebook?«

Es war eine Routinefrage, um den Moment zu überbrücken. Doch seine Antwort überraschte sie.

»Nein.«

»Echt jetzt?«

»Echt.«

»Instagram?«

»Wieder nein.«

»Bist du irgendwo?«

»Ich bin auf Suitoronomy«, sagte er. »Und auf dem Gehweg.«

Alice lachte. »Wie alt bist du?«

»Vierzig«, antwortete er in dem Wissen, dass es sie überraschen würde.

»Bist du nicht. Wie kannst du vierzig sein?«

»Na ja, chronologisch. Ich wurde 1975 geboren. Das ist vierzig Jahre her.«

»Also, du siehst toll aus«, sagte sie. Er wusste, dass es stimmte. Erst letzte Woche hatte er behauptet, er wäre dreißig, und die Frau hatte ihm geglaubt. »Was bist du, ein Vampir?«

»Nein. Aber Fun Fact: Mein Zahnarzt meinte, ich hätte die schärfsten Zähne, die er je gesehen hat.« Er öffnete den Mund und zeigte sie ihr. »Meine Eckzähne. Guck mal.«

Er machte den Mund sehr weit auf, und Alice starrte hinein. Die Zähne sahen nicht besonders scharf aus, aber es war ja dunkel. »Ich kann nicht wirklich was erkennen.«

»Du kannst gern mal fühlen«, entgegnete er, aber Alice widerstand dem seltsamen Drang, in seinen Mund zu fassen und die Zähne zu befühlen, ganz hineinzuklettern und wie Rotkäppchen verschlungen zu werden. Er sah sie unverwandt an und wirkte mit einem Mal reptilienhaft, als würde er gleich den Unterkiefer aushaken.

»Nein, danke«, sagte sie. »Wie war's denn so in den alten Zeiten?«

Er lachte, und die Wärme kehrte zurück. »In den alten Zeiten? Ach, du meinst im Mittelalter?«

»Ja. Im Mittelalter.«

»Was kann ich dir übers Mittelalter erzählen? Na ja, an einem Abend wie heute, einem Dienstag im Sommer, griff man zum Telefon.«

Sie hielt ihr iPhone hoch. »Okay.«

»Nicht so ein Telefon«, fuhr er fort. »Das Wandtelefon in der Küche. Das Telefon, das man sich mit der ganzen Familie geteilt hat. Man griff also zu *dem* Telefon, rief seine Freunde an, und sie meldeten sich vom Wandtelefon in *ihrer* Küche. Und dann redete man mit ihnen. Mit dem *Mund*.«

»Iih«, sagte sie.

»Ja, echt, oder? Es sei denn, sie waren nicht da, wenn man anrief. Dann hatte man keine Ahnung, wo sie waren oder was sie gerade trieben. Und weißt du, was man dann gemacht hat?«

»Bei Instagram nachgeguckt?«

»Nein.«

»Facebook?«

»Nein. Man stieg ins Auto, fuhr rum und guckte, ob man sie irgendwo entdeckte. Man fuhr einfach durch die Gegend, wand sich durch die Vororte wie die Gespenster in *Pac-Man*.«

Sie guckte verwirrt. »Was ist *Pac-Man*?« Die unmittelbare Traurigkeit in seiner Miene war mehr, als sie ertragen konnte. »Kleiner Scherz, erzähl weiter.«

»Man fuhr herum. Und vielleicht fiel einem wieder ein, dass man irgendwas von einer Party gehört hatte, die jemand schmiss, also fuhr man da hin, und vielleicht hatte man Spaß, vielleicht auch nicht. Vielleicht waren deine Freunde da, oder vielleicht erzählte jemand anders dir von einer anderen Party anderswo, und dann fuhr man als Nächstes da hin. Und vielleicht war die total schlecht. Oder fantastisch. Man wusste es vorher einfach nicht. Man musste hinfahren und es selbst herausfinden. Es war, als würde man … durch die Welt browsen.«

»Klingt wie ein Albtraum«, entgegnete sie. »Und nach Benzinverschwendung.«

»Nein. Ich meine, ja, es war totale Benzinverschwendung, aber es war toll. Denn egal, was passierte, am Ende des Abends war man ganz woanders, als man sich hätte träumen lassen. Es war das Mittelalter. Und das Mittelalter war eine magische Zeit.«

Alice sah Bob an, und Bob sah Alice an, und sie atmeten kurz durch, um zu hören, was die Nacht ihnen zu sagen hatte. Der Gehweg war belebt und gleichzeitig auch nicht. In der Nähe blitzte eine Kamera, am Rand des Gesichtsfelds herrschte Bewegung, aber die Welt war still, und Alice sah lebhaft und eindringlich vor sich, was geschah. Bob sah es auch. Sogar Sun-mi sah es. Die Kamera, die geblitzt hatte, war Sun-mis; ein paar Wochen später würde sie das Bild von sich und ihren Freundinnen auf Klassenreise in New York zum Hintergrundbild ihres Computers in Seoul machen. Da blieb es jahrelang, und jahrelang betrachte Sun-mi das Paar, das direkt hinter ihr und ihren Freundinnen stand, und dachte über die beiden nach, über die Art, wie sie sich ansahen, als würden sie im Blick des anderen festmachen, ramponierte Schiffe im sicheren Hafen. Wer waren sie? Waren sie mittlerweile verheiratet? Konnte Liebe wirklich so einfach sein?

Eine Autotür schlug zu, wildes Absatzklackern auf dem Gehweg, und dann eine bellende Stimme.

»Flucht geglückt!« Es war Roxy. »Da bin ich! Sorry, dass es so lange gedauert hat.«

Ihr Kleid war spektakulär. Es wirbelte und wogte mit jeder Bewegung, hüpfte auf der heißen Luft wie Musik. Das Gesicht war allerdings ein verdammtes Desaster. Ein Vogelnest

72

aus Heftpflaster und Gaze klammerte sich verzweifelt an die Vorderseite des Kopfes, verbarg aber kaum den grausigen Anblick darunter. Aber Roxy war in Partylaune, wie ein Hund mit drei Beinen, der gar nicht weiß, dass was fehlt – ein Lächeln und ein wedelnder Schwanz. Wie unverblümt und bewundernswert.

»Wow! Hey, Roxy«, sagte Alice, die Mühe hatte, nicht zurückzuzucken. »Roxy, das ist Bob.«

»Hi, Bob«, sagte Roxy mit einem Lachen, zufrieden mit dem, was sie sah.

»Hi«, sagte er. Dann, mit suchendem Blick: »Also, du hast nicht gelogen. Was die Nase angeht.«

»Nee! Die ist gebrochen. Sollte in drei Wochen geheilt sein. Spüre aber nicht das Geringste, zum Glück, dank der kleinen Freunde hier.« Sie hielt eine Plastikdose voller Schmerztabletten hoch. »Sollte man wahrscheinlich nicht mit Schnaps mischen. In diesem Moment. In der Bar da drüben.« Bob und Alice verstanden die Andeutung, aber sie sprach es trotzdem aus: »Trinken wir was!«

Alice kannte Roxy nicht, doch es war mit ziemlicher Sicherheit eine schlechte Idee. Und mit ziemlicher Sicherheit musste das allen, die nicht Roxy waren, unmittelbar klar sein.

Doch Bob zuckte nur mit den Schultern. »Ich könnte noch einen Drink vertragen«, sagte er und sah Roxy in die Augen.

Und dann wandte Roxy sich an Alice, und Alice las in ihrem Blick, subtil, aber unmissverständlich: *Hau ab.*

* * *

Es war zehn Uhr abends. Überall in Manhattan lagen Paare zusammen im Bett, spielten stumm mit ihren Telefonen, jagten auf wilden, einsamen Reisen durch Galaxien voller Informationen. Pitterpat sah zu Bill rüber, sein Gesicht vom elektrischen Glimmen erhellt. Sie hatte einen tollen neuen Rucksack für ihn gefunden. Er sollte morgen eintreffen. *Bill wird so gut aussehen,* dachte sie.

Sie drehte sich um. Ihr Telefon lag auf dem Nachttisch. Sie hatte versucht zu schlafen, doch der Gedanke, dass es noch mehr zu wissen gab, noch mehr Informationen auf der Welt, aber noch nicht in ihrem Hirn, hielt sie davon ab. Sie nahm ihr Telefon und entdeckte eine neue Nachricht.

»Hi, Marianne.« (Alle, die nicht Familie waren, kannten Pitterpat unter dem Namen Marianne Loesser Quick.) »Hier ist Chip von Rock Properties. Ich habe Ihre E-Mail bezüglich IIII Fifth Ave. erhalten. Gern zeige ich Ihnen die Wohnung. Arbeiten Sie schon mit einem Makler zusammen?«

Sie hatte Chip wegen der Wohnung eine E-Mail geschrieben, mit dem für sie üblichen Grad an Formalität, der fast schon etwas aus der Zeit gefallen war. (Die E-Mail begann mit »Lieber Chip«.) Er antwortete mit einer Textnachricht. Ein bisschen komisch.

»Hallo, Chip. Nein, zurzeit haben wir keinen Makler.«

»Kein Problem. Wann würden Sie gern vorbeikommen?«

»Wäre es morgen möglich?«

Sie hatte sich schon acht verschiedene Toile-de-Jouy-Tapeten angesehen, die sich gut in einer Gästetoilette machen würden, bevor die Antwort eintraf.

»Morgen ist es bei mir ein bisschen eng. Ich könnte sie Ihnen am späteren Freitagabend zeigen. Ist 21.30 zu spät? Könnte sich lohnen, sie abends zu sehen. Keine andere Aussicht in Manhattan ist so sexy.«

Das Wort »sexy« ließ sie kurz die Luft anhalten. Das Vertrauliche daran. Sie sah sich Chips Foto auf der Website an. Teurer Haarschnitt, die mörderischen eisblauen Augen eines Huskys und ein Kiefer, der Thunfischdosen knacken könnte. Bill pupste.

»Entschuldigung«, sagte ihr Mann halb schnarchend.

»Schatz, hast du Freitagabend was vor?«

»Freitag fängt das Seminar an«, entgegnete er. »Moment, Freitagabend? Nein. Warum?«

»Willst du dir diese Wohnung ansehen?«

»Die an der Fifth Avenue?«

Er hatte zugehört.

»Ja. Der Makler schlägt vor, sie abends zu besichtigen. Angeblich ist keine Aussicht in Manhattan so sexy.«

»Na, das darf ich natürlich nicht verpassen«, murmelte er und fasste, ohne die Augen zu öffnen, nach dem nächstbesten Körperteil seiner Frau, den er drücken konnte. Sie schlug die Hand weg, und selbst in der Dunkelheit konnte sie sehen, wie er grinste, bevor er wieder wegdämmerte.

An der Fifth Avenue Nummer 1111 würden sie so glücklich sein, das sah sie jetzt schon. Und wer weiß, etwas geschmackvolle buddhistische Kunst könnte sich im Wohnzimmer gut machen. Oh, und vielleicht ein bisschen Columbia-Kram als Akzent? Ein hellblaues Stickkissen mit königlicher Krone? Etwas Subtiles. Es wäre schön, wenn die Kinder mit so was aufwachsen könnten. Weder Bill noch Pitterpat hatten eine Elite-Uni besucht, aber es passte zu der Ästhetik, die Pitterpat vorschwebte. Zum Glück war es Columbia, und nicht Princeton. Orange ginge gar nicht.

Sie antwortete Chip: »Freitagabend passt bei uns« und legte dann das Telefon verkehrt herum auf den Nachttisch.

***

Alice war drei Blocks vom Restaurant weggestapft, bevor sie merkte, wie außer sich sie war. Schön. Sollten sie sich kriegen. War ihr doch egal. Die ersten Takte von Chopins *Scherzo Nr. 3* krochen ihr in den Kopf. Im Gehen simulierten ihre Finger die Intonationen, bohrten sich zunehmend *con fuoco* in ihre Hüften, als sie immer wütender wurde. Sie war so wütend, dass sie Libbys Nachricht, in der diese sich für ihren Ausbruch entschuldigte und Alice bat, Tulips Nanny zu bleiben, solange sie deren Termine ernster nähme, gar nicht erst las.

In der Wohnung angekommen, ließ sie Gary aus dem Käfig. Er drehte ein paar Runden durch die Küche, bevor er auf Alices Schulter landete. Alice gab ihm einen Sonnenblumenkern und weckte dann wie üblich ihr Laptop in der Absicht, etwas zu schaffen, aber in dem Bewusstsein, dass, ja, nee, vermutlich nicht. Es war 23 Uhr 15. Sie hatte drei Drinks intus und spürte, wie sie sich gegen sie verschworen. Am Küchentisch neben dem blauen Baum sitzend, starrte sie in den Bildschirm wie in einen Spiegel, der nicht reagierte. Sie stellte sich vor, wie sich Roxy und Bob auf der anderen Seite der Stadt küssten (taten sie), bevor sie seine Wohnung ansteuerten, für die schnelle, bequeme Befriedigung, von der Alice nicht glaubte, dass Bob sie wollte (er wollte sie; beide wollten sie). Vielleicht war es das, was alle wollten. Vielleicht geht es im Leben um schnelle Gratifikation, und das Langzeitprojekt, für das man kämpft und sich anstrengt und für das man sich immer wieder *an die Arbeit macht*, ist eine Verliererwette.

Alice rief das Anmeldeformular für den Medizinertest auf und öffnete dann sofort eine andere Seite, weil sie schon nicht mehr konnte, sie konnte einfach nicht, sie musste etwas anderes machen, vielleicht *Love on the Ugly Side* gucken, diese Sendung, über die alle redeten. Sie ging auf Looking-Glass und meldete sich mit Carlos' Passwort an. Carlos' Konto. Wenn sie etwas guckte, würde er es erfahren. Er würde erfahren, dass sie *Love on the Ugly Side* sah, und würde sie für schlicht halten und froh sein, dass sie Schluss gemacht hatten, und das war nicht egal, und warum war das so? Warum war es nicht egal? Warum konnte er nicht einfach eine schlechtere Meinung von ihr haben? Seine schlechtere

Meinung würde sie nie erreichen, sondern weit draußen in Queens ihr Leben fristen, in der Dachwohnung eine halbe Meile von der Bahnstation entfernt.

Gary legte auf ihrer Schulter ein kleines Tänzchen hin und bekam einen Sonnenblumenkern dafür.

Facebook. Carlos Dekay. Single. Seit Monaten nichts Neues, seit einer Rede von Winston Churchill im Dezember. Natürlich. Solange sie zusammen waren, wünschte Carlos sich nichts sehnlicher, als dass Alice sich für Winston Churchill interessierte. Er empfahl Churchill-Bücher, leitete Churchill-Artikel weiter, schlug Churchill-Dokumentationen vor, verschickte Churchill-Memes, brachte sogar eine Reise nach London ins Spiel, um Churchills Kommandozentrale aus Kriegszeiten zu besichtigen. Anderthalb Jahre widerstand Alice der Versuchung, sich für Churchill zu begeistern; sie weigerte sich standhaft. Erst hier, heute Abend, ohne jede Verpflichtung, zeigte sie sich ein klitzekleines bisschen neugierig auf den größten Briten der Geschichte. Sie klickte auf den Link.

Es war Sir Winston Churchills Rede vor den beiden Kammern des Kongresses am Tag nach Weihnachten, neunzehn Tage nach Pearl Harbor. Die »Meister unseres Schicksals«-Rede. Carlos hatte davon erzählt. Es war eine wichtige Rede, und Carlos hatte irgendwann mal erklärt, warum, und sie hatte zugehört, genickt, zugestimmt, ja, klingt wichtig. Beziehungen machen Spaß, aber sie sind auch irgendwie schrecklich, und im Moment war sie froh, keine zu haben.

Sie drückte auf Play. Da war er, der kleine Churchill, geckenhaft mit seiner schwarzen Brille und dem Dreiteiler, das teigige Gesicht elfenbeinfarben in der körnigen Schwarz-Weiß-Aufnahme, und wandte sich an die Versammlung. Seine Stimme hatte diesen hohen, blechernen, beschleunigten Klang, als er in einen Strauß altmodischer Radiomikrofone sprach, die vor dem Pult aufgebaut waren.

»Mitglieder des, ah, Senats und des, ah, Repräsentantenhauses der Vereinigten Staaten«, sagte er sehr britisch, »es ist mir eine große Ehre, dass Sie mich, ah, eingeladen haben …«

Wozu bist du bereit?

Churchill dröhnte monoton weiter, während Alice zu Pearlclutcher sprang. Sie hatte die Seite in der U-Bahn auf dem Heimweg gecheckt. Seitdem war nichts Neues hinzugekommen. Das Pearlclutcher-Team war fertig für heute. Es war eine fiese kleine Website, aber die Leute liebten sie, also war sie ein Gewinn für die Welt. Die Menschen, die zu den Namen gehörten, die Alice so gut kannte – Jinzi Milano, Thomasina Oren, Grant Nussbaum-Wu, der Ethiker Grover Kines –, waren wahrscheinlich alle in ihrer Stammkneipe und stießen auf die gelungene Arbeit des Tages an. Eine weitere kleine Prise Sinn.

»Ich wünschte in der Tat, dass meine Mutter«, sagte Churchill, und seine Stimme wurde von Trauer erstickt, was Alices Aufmerksamkeit wieder gefangen nahm, »deren, ah, Andenken ich bis ins hohe Alter in Ehren halte, heute hätte hier sein können, um …«

An die Arbeit.

Alice öffnete ihr E-Mail-Programm und ging auf »Entwürfe«. Sie öffnete die jüngste unfertige E-Mail, gerichtet an ihre Mutter, Penelope Starling Quick. In der Ecke der Seite, neben Penelopes Adresse, war Penelopes Gesicht. Das Gesicht von Alices Mutter. Es war winzig und niedrig aufgelöst, aber da war es, würde es immer sein, in der dunklen kleinen Höhle erstarrter Meditation, auf ewig ungeklärt. Alice wusste weder, warum sie diese E-Mail angefangen hatte, noch, warum sie sie seit Monaten öffnete und schloss, warum sie sie nie verschickte oder warum sie sie verschicken sollte. Sie fragte sich, ob es im Postfach ihrer Mutter auch einen unfertigen Entwurf gab. Gab es das Konto ihrer Mutter überhaupt noch? Niemand kannte ihr Passwort. Was passiert mit einem Konto, wenn sich drei Jahre lang niemand einloggt?

BING!

Eine Facebook-Benachrichtigung. Eine Freundschaftsanfrage.

Bob Smith.

Bob Smith? Es musste *der* Bob sein. Wer sonst?

Es war *der* Bob.

Alice sah sich seine Seite an. Keine Bilder, keine Posts und keine Freunde. Nur ein Name: Bob Smith. Sie bestätigte die Anfrage, und eine Nachricht kam.

»Bist du noch wach?«

Wollte er sie ins Bett kriegen? Echt jetzt? Roxy war nicht zu Hause – war er noch mit ihr zusammen? (War er, er versteckte sich in seinem eigenen Bad in seiner eigenen Wohnung, während im Zimmer nebenan Roxy nackt auf dem Bett lag und durch Suitoronomy scrollte, schon auf der Suche nach etwas Neuem.)

»Ja, ich bin wach«, antwortete sie. »Ich dachte, du meintest, du wärst nicht auf Facebook.«

»Bin ich nicht. Ich meine, war ich nicht. Ich hatte deine Nummer nicht, deshalb habe ich mich registriert und dich gefunden.«

»Hi.«

»Hi. Ich wollte nur sagen, es war schön, dich heute Abend kennenzulernen. Ich hoffe, irgendwann studierst du Medizin. Ich glaube, du wärst eine tolle Ärztin. Du solltest es wagen.«

Okay, es war nett von ihm, sich zu melden, aber im Moment versetzte es ihr einen Stich. War er nicht *gerade* mit ihrer Mitbewohnerin abgedampft? Wie reagiert man auf so was? Wie reagiert man auf irgendwas? Was hatte dieser Abend eigentlich bedeutet? Was hatten die letzten drei Jahre oder die letzten achtundzwanzig Jahre eigentlich wirklich *bedeutet*? Sie war ganz unten. Diese Wohnung im Keller war ganz unten, und Alice wusste nicht, ob sie es je wieder hinausschaffte. An diesem Punkt erreichten sie die Worte eines Kellergenossen über ein dreiviertel Jahrhundert hinweg und fanden sie, wo sie gefunden werden musste.

»Sicher bin ich, dass wir hier und jetzt die Meister unseres Schicksals sind«, sagte Sir Winston. »Dass die Aufgabe, die vor uns liegt, unsere Kraft nicht übersteigt; dass ihre Schmerzen und Mühsal unsere Ausdauer nicht übersteigen.« *Schmerzen und Mühsal*, dachte Alice. »Solange wir an unsere Sache glauben und unsere Willenskraft unbesiegbar ist, wird uns die Erlösung nicht versagt sein. In den Worten des Psalmisten: ›Vor schlimmer Kunde fürchtet er sich nicht; sein Herz hofft unverzagt auf den HERRN.‹«

Ein Geruch stieg Alice in die Nase. Sie konnte ihn nicht einordnen, aber ihr Hirn registrierte, worauf es ankam: Der Geruch bedeutete Dringlichkeit. Ihre Finger lagen auf der Tastatur, bewegten sich, bevor ihre Gedanken sie aufhalten konnten. Sie schloss Bob, und sie schloss Facebook. Sie schloss ihre E-Mails. Sie schloss Sir Winston. Sie schloss Instagram. Sie schloss Pearlclutcher. Sie schloss Blaubeermuffin oder Chihuahua, was Roxy ihr geschickt hatte und was tatsächlich ziemlich witzig war.

Alles, was auf dem Bildschirm und, wie Alice sich glauben machte, auf der Welt noch übrig war, war das Anmeldeformular für den Medizinertest. Eine gigantische Felswand, die ins Unendliche abfiel. Ohne noch einmal Luft zu holen oder ein stummes Gebet zu sprechen, machte Alice sich an den Abstieg, Kästchen um Kästchen, Dropdown-Menü um Dropdown-Menü. *Lass dich nicht ablenken. Lass dich nicht ablenken.* Ehe sie noch mal nachdenken konnte, war sie mit der ersten von sieben Seiten fertig. Dann Seite zwei von sieben, fertig. Sie würde es schaffen.

Ein lang anhaltender Schrei versuchte den Augenblick zu durchdringen, ohne Erfolg. Es war der Rauchmelder. Fehlalarm, sagte Alice sich, die nichts davon wissen wollte, dass hinter Roxys geschlossener Tür die rosa Vorhänge ein kleines bisschen in Flammen standen. Seite vier von sieben, erledigt.

Der Schrei hielt an. Ein Klopfen an der Tür, Hämmern. »Roxy, alles in Ordnung?« Seite fünf von sieben. Rauch sickerte unter Roxys Türspalt durch, strömte dünn in die Küche, wie ein auf dem Kopf stehender Wasserfall. *Moment noch.* Notfallkontakt. Wen sollte sie angeben? Ihren Bruder. Seine Telefonnummer. Seine Adresse. Was, wenn er und Pit umzogen? Meine Güte, sie wohnten doch schon in einem Palast, warum wollten sie so dringend umziehen? *Nicht ablenken lassen.* Seite sechs von sieben, erledigt.

Gary konnte nicht verstehen, warum seine Mutter, diese flugunfähige Riesin mit den Sonnenblumenkernen, sich nicht von ihrem Platz bewegte. Hörte sie denn den Falkenschrei nicht, der kein Ende zu nehmen schien? Roch sie den Rauch nicht? Hatten Jahrtausende voller schrecklicher Ereignisse sie nicht gelehrt, dass jetzt der Moment zur Flucht gekommen war?

Gary schlug mit den Flügeln, um die Aufmerksamkeit seiner Mom zu gewinnen, aber vergeblich. Er öffnete den Schnabel, aber natürlich blieb er stumm. Er erhob sich von ihrer Schulter, flog eine Runde durch die Küche, dann noch eine, diesmal durch ihr Gesichtsfeld, doch sie regte sich immer noch nicht. Stattdessen streckte sie, ohne den Blick vom Bildschirm abzuwenden, ihre Hand zum Küchenfenster aus und öffnete es einen Spalt. Gary roch die saubere, warme Luft, die hereinwehte, und wusste, dass er nun fliehen musste. Er hüpfte auf die Fensterbank, warf einen letzten Blick auf seine Mutter, die er vielleicht nie wiedersehen würde, und floh dann mit einem Sprung durch die Gitterstäbe hinauf in den Himmel.

Alice öffnete die Wohnungstür, bevor die Feuerwehrleute sie eintreten konnten. Als sie hereinstürmten, lächelte sie

nur verwirrt. Auf dem Laptopbildschirm stand: »GLÜCK-
WUNSCH! SIE HABEN SICH ERFOLGREICH FÜR DEN ME-
DIZINERTEST AM 10. SEPTEMBER 2015 ANGEMELDET.«

***

Der Schaden war gering. Da Roxys Zimmer ungelüftet war,
verloren die Flammen nach den Vorhängen und einem ge-
schwärzten Stück Tapete den Appetit. Als Roxy nach Hause
kam, war die New Yorker Feuerwehr schon abgezogen, und
Alice schlief. Roxy preschte an der Notiz vorbei, die an ihrer
Tür klebte; sie ließ sich aufs Bett fallen, um die Schuhe auszuziehen, und fragte sich kurz, ob irgendein Nachbar um vier
Uhr morgens Rippchen briet. Zwei Stunden später wachte
sie wieder auf und entdeckte die Notiz: »Deine Vorhänge
haben Feuer gefangen. Alice.«

Draußen auf der Eingangstreppe, im Licht der aufgehen-
den Sonne, trank Alice Tee und stellte ein paar Berechnungen
an.

Es war der 10. Juni. Bis zum 10. September waren es
noch dreizehn Wochen. Das Minimum an Vorbereitungszeit
wurde mit dreihundert Stunden angegeben. Gut wären vierhundert. Sie würde fünfhundert machen, denn: *An die Arbeit.* Fünfhundert Stunden. Geteilt durch dreizehn Wochen.
Achtunddreißig Stunden die Woche. Sagen wir vierzig, denn:
An die Arbeit. Vierzig Stunden die Woche. Ein Vollzeitjob.

Nein, das war zu schaffen. Es war wieder wie beim Klavier.
Ein normaler Mensch sieht bei vierzig Stunden die Woche einen unüberwindbaren Berg, aber als frühere Virtuosin sieht
man es anders. Normale Menschen nehmen zum Beispiel
mal frei. Alice würde das nicht machen. Eine Arbeitswoche
bestünde also nicht aus fünf Acht-Stunden-Tagen. Sondern
aus sieben Sechs-Stunden-Tagen. Normale Menschen schlafen auch. Alice würde das nicht machen. Sechs stramme

Lernstunden nach der Arbeit, und ihr blieben immer noch fünf Stunden Schlaf und Vorbereitungszeit am Morgen.

Sie richtete sich einen Zähler auf ihrem Telefon ein. Jeden Morgen nach dem Aufwachen, den ganzen Sommer über, wären die ersten Worte, die sie las: GUTEN MORGEN. ES SIND NOCH 92 TAGE BIS ZUM TEST.

Das wäre ihr Metronom, und sie würde jede Note spielen, denn so *schaffte man was*, sagte sie sich mit der Stimme ihrer Mutter. Keine Ablenkungen, das war der Schlüssel.

»Es tut mir so leid mit dem Brand«, sagte Roxy. Alice hätte fast ihren Tee verschüttet.

»Schon okay«, sagte Alice. »Ich könnte schwören, dass ich sie ausgemacht habe.«

»Hast du auch. Ich habe sie wieder angemacht. Und sie wieder vergessen. Für mich vielleicht lieber keine Kerzen mehr.«

Es überraschte Alice, Roxy zu dieser Stunde lebendig zu sehen. Nicht nur lebendig, sondern mit frisch angelegtem dicken Nasenverband und Laufklamotten.

»Mach dir keinen Kopf«, sagte Alice. Sie wollte sich jetzt nicht unterhalten.

Roxy entdeckte das große gelbe Buch in Alices Schoß: das Medizinertest-Handbuch 2013, das sie vor zwei Jahren gekauft und seitdem mit sich geschleppt hatte, in der Hoffnung, dass der heutige Tag endlich käme.

»Du machst den Medizinertest?«

»Das ist der Plan.«

»Wow! Du wirst Ärztin?«

»Wenn ich das Ding bestehe.«

»Oh, das wirst du. Du schaffst das.«

»Ich muss mich nur echt reinknien und konzentrieren.«

»Oh, na klar. Das ist der Schlüssel.«

»Jep. Ich muss in ein paar Stunden zur Arbeit, deshalb würde ich die Zeit gern nutzen, um –«

»Wow. *Ärztin*. Doktor Alice … Wie heißt du mit Nachnamen?«

»Quick.«

»Doktor Alice Quick. Doktor Quick, bitte kommen!«

»Jep. Muss mich nur echt reinknien.«

»Ganz genau«, sagte Roxy, und als Alices Blick zwischen
Roxy und dem großen gelben Buch hin- und herschoss,
schob Roxy hinterher: »Okay, gut, ich lass dich dann mal«
und rannte los.

Wieder allein auf der Treppe, schlug Alice das große gelbe
Buch auf. Der Rücken war steif, wie ihr auffiel, und die Seiten
unberührt. Sie blätterte die Kapitel durch, mit Überschriften
wie »Biologische und biochemische Grundlagen lebender
Systeme«; es schien alles Stoff zu sein, den sie vor langer Zeit
am College schon mal gelernt hatte, Stoff, der ihr entfallen
war, den sie aber irgendwo hinten in einem Lagerraum im
Keller ihres Hirns aufstöbern könnte, wenn sie nur richtig
suchte. Ein Gefühl wie Sonnenschein.

Ihr Telefon brummte. Roxy wieder.

»Hi, Doc«, fing sie an, und der neue Spitzname ließ Alice
zusammenzucken. »Ich wollte noch mal sagen, tut mir echt
leid mit dem Brand. Bist du sauer?«

Ein bisschen. »Nein. Überhaupt nicht.«

»Okay, gut.«

Alice wandte sich wieder dem Buch zu. Organische Chemie.

»Und die andere Sache tut mir auch leid. Die von gestern
Abend, mit Bob.«

Alice ahnte, dass das eine kalkulierte Allzweckentschul-
digung war. Falls Alice das peinlichste Dinner ihres Lebens
mit irgendeinem unbekannten Loser erlebt hätte … *tut mir
leid*. Und falls sie sich gut amüsiert hatte und ihn gerade
küssen wollte, als Roxy angewackelt kam und ihn ihr weg-
schnappte … *tut mir leid*. Alice hatte den Verdacht (zu

Recht), dass Roxy sehr geübt im Sichentschuldigen war und ihr eigentlich wenig von dem, wofür sie sich entschuldigte, jemals leidtat. Wie auch immer. Egal. Alice brauchte keine beste Freundin. Die Wohnung wäre ein Ort zum Schlafen und Lernen. Ihre imperiale Kommandozentrale.

Alice antwortete: »Alles gut! Bitte, mach dir keine Sorgen!« Sie fügte die Ausrufezeichen nicht an, weil sie so entschieden dieser Meinung war, sondern damit die Unterhaltung endlich ein Ende fand.

»Ich will eine gute Mitbewohnerin sein«, antwortete Roxy sofort. »Ich hatte schon jede Menge Mitbewohner, und ich habe mir immer Mühe gegeben, dass es mehr ist, als nebeneinanderher zu leben. Ich will, dass wir Freunde sind.«

Roxy rannte jetzt ziemlich schnell. Sie war schon an der Station Central Park North angekommen und bog in den Park ein. Es war ein ruhiger Morgen, friedlich, bis auf ihre gleichmäßigen Schritte und die sich kräuselnde Oberfläche des Harlem Meer, als die Schildkröten ihren Tag begannen. Sie kam an einer pensionierten Bibliothekarin namens Pamela Campbell Clark vorbei, die spazieren ging und um sieben Sekunden daran vorbeischrammen würde, von einem Fahrrad niedergemäht zu werden. Aber Roxy, die tippte und joggte, merkte nichts davon. Sie hielt den Kopf gesenkt, die Gedanken in den Tiefen ihres Handys.

»Wenn ich das nur irgendwie wiedergutmachen könnte. Vielleicht kann ich dich zum Frühstück einladen. Würdest du gern frühstücken? Wir könnten Pfannkuchen essen.«

Mein Gott, merkst du denn gar nichts, dachte Alice. Heute ging es nicht um Pfannkuchen. Heute und in den nächsten einundneunzig Tagen ginge es darum, sich auf den schwersten Test, den alle, die ihn gemacht hatten, je gemacht hatten, vorzubereiten. Alice schlug das Buch auf und fing an, über organische Chemie zu lesen. Sie kam zwei Sätze weit, dann griff sie nach ihrem Telefon.

»Okay, essen wir Pfannkuchen.«

Heute Morgen würde sie Pfannkuchen essen, und heute Abend, nach der Arbeit, würde sie lernen *wie verrückt*.

Eine Minute verging. Noch eine. Keine Antwort von Roxy. Alice wollte diese Pfannkuchen jetzt schnell, bevor sie es sich anders überlegte, und mit jeder weiteren Sekunde wurde es immer wahrscheinlicher, dass sie es sich anders überlegte. *Komm schon, Roxy.*

Es würde keine Antwort kommen. Jedenfalls nicht an diesem Morgen. Alices neue Freundin Roxana Miao war in einen See gejoggt.

ZWEITES KAPITEL

Körper

»Tot?«

»Genau.«

Alice schmerzten die Drinks vom Vorabend immer noch, und nun hatte Tulip sich ausgerechnet diesen Tag ausgesucht, um diese Unterhaltung zu führen, die Unterhaltung, die Alice gefürchtet hatte, eine Unterhaltung, von der Tulip ziemlich sicher ihrer Mutter erzählen würde, und das wäre schräg.

»Was ist mit ihr passiert?«

»Sie ist sehr krank geworden und gestorben.«

»Vermisst du sie?«

»Natürlich.«

Alice war überrascht, dass Tulip so lange gebraucht hatte, um danach zu fragen. Tulip gab es in zwei Aggregatzuständen: flüssig und fest. Wenn sie am iPad saß, war sie eine Pfütze, ein nasser Fleck auf dem Sofa, den man nicht bemerkte, es sei denn, man tastete danach. Wenn sie das iPad allerdings nicht in den Fingern hatte, dann war sie ein Festkörper, der aufrecht dasaß, nur Knie und Ellbogen, muskulös und unkuschelig. In festem Zustand stellte sie bohrende Fragen zu Alices Privatleben. Im Jahr ihrer Bekanntschaft hatten sich diese Fragen zu einem umfassenden Interview summiert; Alice Quick war fast vollständig vermessen, eine große Bandbreite an Themen abgedeckt worden: Adoption,

Klavier, College, Hawaii, ihr Bruder, ihre Freundinnen, ihr Freund, ihre Trennung von ihrem Freund und das Single-Dasein in New York. Nur zwei Themen von Bedeutung waren noch nicht aufgekommen: das Medizinstudium und Alices Mutter. Bald wäre das Medizinstudium das einzige Geheimnis, das Alice vor der jungen Fragestellerin noch hatte.

»Warum ist sie gestorben?«

»Weil sie krank war.«

»Aber warum?«

»Weil Menschen manchmal krank werden«, sagte Alice. »Kinder normalerweise nicht«, schob sie schnell hinterher. »Meistens alte Leute.«

»War deine Mom alt?«

»Nicht so alt, wie sie hätte sein sollen.«

»Du wirst sie nie wiedersehen.«

»Ich weiß.«

»Außer, es gibt einen Himmel.«

»Das stimmt.«

»Glaubst du, es gibt einen Himmel?«

»Tulip, können wir bitte nicht darüber reden?«

»Warum nicht?«

»Ich möchte nicht darüber reden, wenn das okay ist.«

»Aber du wirst deine Mom nie wiedersehen! Sie ist tot! Für immer und ewig!«

Kinder sind vom Tod fasziniert. Erwachsene macht das verrückt, aber die Kids haben recht, und die Erwachsenen liegen falsch, das ist die Wahrheit. Wie kann irgendwer darüber hinwegsehen, dass dieser urkomische Schwarm aus Glühwürmchen und Fledermäusen, den wir Bewusstsein nennen, einfach so zum Stillstand kommt? Es ist irrsinnig ungerecht, und nur Kinder scheinen das zu kapieren, weil sie nicht erwachsen sind und sich noch nicht in den ungeheuerlichen Gedanken hineingelangweilt haben, dass eines Tages alles vorbei ist und die Menschen, die dich lieben, keine Ahnung haben, wie dein E-Mail-Passwort lautet.

Alice ging nach Hause, zu erschöpft, um zu lernen. Sie ging schlafen. Sie wachte auf. GUTEN MORGEN. ES SIND NOCH 91 TAGE BIS ZUM TEST. Okay. So war es besser. Heute war ihr Tulip-freier Tag. Heute hatte sie den ganzen Tag Zeit, und das war gut, denn das große gelbe Buch sah dicker aus als gestern. Okay. Los geht's.

»Okay, also Bob.«

Roxy legte sich einen Beutel mit Eiswürfeln aufs Gesicht, um durch die Halloween-Maske aus Gaze und Heftpflaster die Nase zu kühlen. Sie setzte sich neben Alice. Ihre Zimmertür stand offen, der Geruch von gegrillten Vorhängen waberte in die Küche.

Alice hatte versucht, nicht an Bob zu denken. »Was ist mit ihm?«

»Er will sich wieder treffen«, erklärte Roxy.

»Ist doch schön.«

»Ja«, sagte Roxy. »Ja, stimmt.« Sie saß einen Moment nachdenklich da und sagte dann: »Ich bin mir nicht sicher mit Bob.«

»Wie meinst du das?«

»Du kennst seinen vollen Namen, oder?«

»Bob Smith.«

»Bob Smith«, sagte Roxy. »Du siehst das Problem?«

Eigentlich nicht. Alice überlegte. »Wie Robert Smith von The Cure?«

»Wer?«

»The Cure. Eine Band. Hast du noch nie von The Cure gehört?«

»Das war vor meiner Zeit, Grandma«, sagte Roxy zu Alice. (Roxy hatte Alice erzählt, sie sei siebenundzwanzig, dabei war sie vierunddreißig.) »Das Problem ist nicht irgendein Typ von irgendeiner Band, der auch Robert Smith heißt.

Ich meine, das ist auch ein Problem, aber Teil eines größeren Problems. Überleg doch mal. Bob Smith ...«

»Du kannst ihn nicht googeln.«

»Genau! Es gibt scheiß Milliarden Robert Smiths auf der Welt. Ein halbe scheiß Milliarde allein in New York.«

Alice sah die Gelegenheit gekommen, zu erwähnen, dass sie und Bob ein paar Abende zuvor Facebook-Freunde geworden waren, am Abend das Brandes. Tick tick tick, die Gelegenheit verstrich, als Roxy sich ein Glas einschenkte und fortfuhr.

»Ich habe keinen blassen Schimmer, womit mein Bob sein Geld verdient oder wo er zur Schule ging, das hilft mir also nicht weiter.«

Alice fiel auf, dass sie das auch nicht wusste. Was wusste sie überhaupt von ihm? Er war Jahrgang 1975? Er fand Bananen witzig? Dann fiel ihr was Nützliches ein.

»Ich kenne jemanden, der ihn kennt«, sagte sie.

»Echt?«

»Meine Freundin Rudy Kittikorn.«

»Buchstabier mal«, forderte Roxy und sah sich dann verschiedene Online-Bilder von Rudy an – ein Softballmatch-Gruppenfoto des Columbia AI-Labors, ein Bewerbungsfoto vor einem öden blassen Hintergrund –, während Alice die Geschichte von LEO, dem Computer, erzählte. Die »Ich bin eine Banane«-Pointe zündete nicht recht bei der Wiedergabe aus dritter Hand, und das große gelbe Buch lag derweil ungelesen auf dem Küchentisch. Roxy durchsuchte Rudys Facebook-Freunde. Kein Bob Smith.

»Mail ihr mal«, befahl Roxy. »Find mal raus, was Sache ist.«

Alice wollte nur arbeiten, aber okay, schön, sie mailte Rudy und erkundigte sich nach Bob. Das Ganze fühlte sich merkwürdig an. Sie hatte Rudy seit der fünften Klasse nicht mehr gesprochen, als Alice die Schule gewechselt hatte und es nur noch um Klavier ging. Sie und Rudy hatten in derselben Straße gewohnt, aber ihre Leben verliefen auf unterschiedlichen Bahnen, und die Freundschaft war entweder verpufft oder eingefroren.

Roxy würde zu spät kommen, wenn sie nicht sofort aufbrach, weshalb sie nur noch zwei Minuten wartete, ob Rudy zurückschrieb, und dann, als sie es nicht tat, noch fünf Minuten, und als sie dann immer noch nicht geantwortet hatte, noch mal fünf Minuten, und dann brach Roxy auf, denn jetzt war sie richtig spät dran. Sie polterte die Treppe hinauf, und Alice war endlich allein, mit dem ganzen Tag noch vor sich. Das musste sich lohnen.

Sie schlug das Buch auf. Es legte sich schwer auf den Resopaltisch.

Erstes Kapitel. »Organische Chemie«.

Es war seltsam, dass dies jetzt Alices Zuhause war. Im Verlauf der Jahre war sie ein paar Mal umgezogen, aber zum ersten Mal kannte sie die Person, bei der sie einzog, eigentlich nicht. Gerade hatte sie sich noch vor der Tür vorgestellt, und nun war sie schon zu Hause. Ihr Kühlschrank, ihr Herd, ihre Töpfe und Pfannen, ihre Heizung. Sie scannte die Küche, suchte nach Hinweisen, wer diese Roxy eigentlich war. Die Mühe hätte sie sich sparen können. Roxy hatte praktisch alles in der Wohnung von den Vormietern geerbt. Und die Vormieter hatten das meiste von ihren Vormietern geerbt und so weiter und so fort, seit Anbeginn des Single-Daseins in New York. Vielleicht hatte Roxy einen Pfannenwender, ein Geschirrtuch oder einen Kühlschrankmagneten hinzugefügt, aber die Wohnung war eigentlich ein Schneckenhaus für Einsiedlerkrebse, eine dieser unzähligen Zweizimmerwohnungen, die nie das Heim einer Familie gewesen waren. Seit dem Tag, als der Baum blau gestrichen worden war, war dies das Zuhause einer Kette von ungebundenen Menschen gewesen. Sie hatte Dinnerpartys beherbergt, den einen oder anderen Streit, mehr als ein paar Rendezvous. Aber keine Kinderbetten. Und jetzt war sie still.

Erstes Kapitel, »Organische Chemie«.

Zu still, genau genommen. Alice brauchte Musik. Nein, sie brauchte nicht einfach Musik, sie brauchte einen neuen Lernmix. Sie griff zum Handy. Es musste was Klassisches dabei sein. Aber nichts Einschläferndes. Kein Brahms. *Vielleicht* Chopin. Irgendwas Gehaltvolles, Triumphierendes, etwas Vorwärts- und Aufwärts-iges. Elgar? Ja. Aber hätte sie Klassik nicht bald satt? Ja. Sie brauchte etwas Energiegeladenes, etwas Junges. Keine Work-out-Musik, aber etwas, das belebte. Etwas, das einen wach hielt, aber ohne Texte, die Aufmerksamkeit verlangten. Es war nicht leicht, die richtigen Songs dafür zu finden, aber Alice war wild entschlossen. Sie saß da, mit Stöpseln in den Ohren ganz in ihrem Element, browste durch den iTunes-Store, sprang von Genre zu Genre wie beim Parcours. Schließlich hatte sie achtundsiebzig Songs beisammen, die sie auf zweiunddreißig zusammenstutzte. Diese zweiunddreißig Songs wären ihre treuen Gefährten auf der Reise. Sie wären da, alle 91 TAGE BIS ZUM TEST, und eines fernen Tages, wenn sie ein »Dr.« vor dem Namen trug, würde Alice einen von ihnen im Radio hören und sich an den langen, mühevollen Sommer am Küchentisch von West 111th Street erinnern, den Tisch neben dem blauen Baum (*Ich frage mich, ob er noch blau ist*, würde sie sich fragen), und sie würde zufrieden in sich hineinlächeln, weil sie sich ein Ziel gesetzt und es erreicht hatte. Diese Songs würden sie dahin bringen.

Sie drückte auf Shuffle, und als Nellys »Hot in Here« anfing, ging die Wohnungstür auf. Alice riss sich die Stöpsel aus den Ohren und hörte, wie der Schlüssel aus dem Schloss gezogen wurde. Es war Roxy.

»Hey«, sagte sie. »Wie war's?«

Roxy war von der Arbeit zurück. Alice sah auf die Uhr

und dann auf das Medizinertest-Handbuch vor sich auf dem Tisch. Sie hatte nicht eine Seite umgeschlagen. »Organische Chemie« starrte immer noch zur Decke wie ein unverkaufter Fisch. Das Einzige, was sie vorzuweisen hatte, waren zweiunddreißig Songs, und eines fernen Tages, stellte sie sich vor, würde einer der Songs im Radio kommen und sie darin erinnern, wie sie einst Ärztin hatte werden wollen, aber als es darauf ankam, nicht dazu in der Lage war und nicht mehr zustande brachte, als drei Stunden lang nicht zur Toilette zu gehen.

* * *

Wie anders war es für Bill! An jenem Morgen, dem Morgen seines ersten Seminars, hatte er schon die Lektüre für die ersten zwei Wochen erledigt. Und sie war faszinierend! Das prä-buddhistische Indien! Die kosmogonischen Veden! Die Feueropfer! Er hatte sich ein paar Fragen für Professor Shimizu notiert. Würde er die Gelegenheit bekommen, Fragen zu stellen? Wie funktionierten Seminare überhaupt? Es war Jahre her, dass er einen Hörsaal betreten hatte.

Er hatte seine Sachen dabei: Collegeblock, eine Packung Stifte und die von Musterklammern zusammengehaltenen Texte, alles in seinem neuen Rucksack. Der Rucksack war wirklich *genau richtig*: ein handgemachtes Segeltuchmodell in British Racing Green, mit Lederriemen und Schnallen statt Reißverschluss. Auf verspielte Art retro, aber mit einem Laptopfach. Der Rucksack eines Industriekapitäns, der armer Student spielt.

In der Vorlesungszeit wurde der Haupteingang zur Hamilton Hall drei Minuten vor Seminarbeginn regelrecht belagert, aber jetzt im Sommer gelangten die Studenten in einem entspannten, steten Tröpfeln ins Gebäude. Sie nahmen die Treppe, da der Fahrstuhl klein und unpraktisch war. Bill folgte ihrem Beispiel. Die Treppengeländer waren aus Walnussholz, so alt wie das Gebäude selbst, glatt poliert von Generationen schwitziger Hände, die seine Dienste angenommen hatten. Beim Hochgehen betrachtete Bill seine Kommilitonen, ihre knochigen Knie und Schultern, die makellose Haut, und kam sich schwindelerregend alt vor. Keiner von ihnen bemerkte die wunderschönen Holzarbeiten. Sie wurden vom Fieber der Jugend verzehrt, von pulsierenden Herzen, Hirnen und Drüsen ständig hin und her geschubst. Es würde noch Jahre dauern, bevor sie irgendwas bemerkten, vermutete Bill. Diese Kids waren achtzehn, neunzehn. Sie hatten die Piercings und Tattoos einer anderen Lebensform. Bill fragte sich, ob sie die Tätowierungen eines Tages bereuen würden oder ob eine Welt, die von ihnen verlangen könnte, solche Dinge zu bereuen, schon lange Vergangenheit wäre, wenn sie in das Alter kamen, um so eine Frage überhaupt in Erwägung zu ziehen.

Er erreichte den vierten Stock und folgte den Holzarbeiten, die bis in den Seminarraum führten, der mit Sorgfalt und Liebe zum Detail gestaltet war, eine Kapelle aus dunkler polierter Eiche. Als er schließlich etwas weiter hinten Platz genommen hatte, war sein Selbstbewusstsein ein bisschen geschrumpft. Aber wie spannend, nicht selbstbewusst zu sein! Bill hatte Geld, Erfolg, Privilegien, er hatte eine wunderschöne Frau und ein wunderschönes Apartment und all die wunderschönen Dinge, die die Kinder auf den Plätzen vor ihm eines Tages zu haben hofften, und doch übertrafen sie ihn, mit ihrer Energie, ihren Tattoos und der Mühelosigkeit, mit der sie Bescheid wussten. Bill war der einzige Neue. *Gut. Na schön. Ich bin Bergsteiger*, dachte Bill, *und ich fange am liebsten ganz unten an. Zeigt euch, Widrigkeiten!* Er nahm die Kappe von einem Stift und fragte sich, wie viele der Kids MeWantThat auf ihren Handys hatten. Vermutlich alle!

Dann entdeckte Bill Professor Shimizu. Der alte Mann

redete mit einer Studentin, oder sie redete vielmehr mit ihm. Vielleicht auch keine Studentin. Eine junge Frau, an die dreißig etwa, eine echte Erwachsene wie Bill, aber mit einer Schulter voller Tätowierungen wie seine Kommilitonen. Sie war groß und beugte sich hinab, während sie Professor Shimizu etwas erzählte und er ruhig zuhörte. Bill verfolgte den Austausch wie eine Sportart, und als sie in seine Richtung blickte, leuchteten ihre grauen Augen bis zu ihm nach hinten. Professor Shimizu entgegnete etwas und hielt dann eine Hand hoch, um sie wissen zu lassen, dass er anfangen musste.

Dann erhob er sich bedächtig, trat ans Pult, und die Vorlesung begann: »Was ist Buddhismus?«

Die Stunde verging wie im Flug. Als die anderen Studenten ihre Sachen zusammenpackten und aus dem Raum schlurften, bahnte Bill sich einen Weg hinunter zu Professor Shimizu, denn Professor Shimizu war die wichtigste Person im Raum, und so läuft es, wenn man erwachsen und erfolgreich ist: Man geht zur wichtigsten Person im Raum und lässt sie mit Handschlag und Blickkontakt wissen, dass man ebenfalls wichtig ist.

»Professor?«

Der alte Mann blickte von seiner Aktentasche auf, die er zu packen versuchte, und Bill wurde klar, dass ein Handschlag seltsam wäre.

»Ich wollte nur sagen, ich bin sehr froh, in diesem Seminar zu sein.«

»Oh«, sagte der Professor. »Danke.«

»Ich mache ein Weiterbildungsstudium.«

»Wie schön für Sie«, sagte der Professor herzlich, aber Bill geriet aus dem Tritt. Er war nicht beeindruckend genug! Sei beeindruckend, Bill!

»Mir hat gefallen, was Sie über Orthopraxie gesagt haben«, meinte Bill. »Und wie die Devas und die Götter –«

Der Professor schloss die Aktentasche und hielt sich eine Hand ans Ohr. Es war laut im Raum. »Wie bitte?«

»Was Sie gesagt haben über –«

»Was ich worüber gesagt habe?«

»*Orthopraxie.*« (»Ortho«, richtig, »praxie«, Tun, Handeln. Rechtes Handeln. Im Gegensatz zu Orthodoxie: »ortho«, richtig, »doxie«, Glaube. Rechtgläubigkeit. Orthodoxien verlangen Rechtgläubigkeit. Ohne Glauben funktionieren sie nicht. Orthopraxien verlangen überhaupt keinen Glauben. Die Indoarier der Vedischen Zeit brachten Opfergaben dar und baten die Devas, die Götter zu bitten, den Menschen ihren Segen zu geben, und den Devas und den Göttern war es egal, ob die Menschen an sie glaubten, sie machten es einfach. Man konnte an sie glauben oder auch nicht, und es funktionierte trotzdem, denn die höhere Macht waren nicht die Devas und die Götter, sondern das Ritual an sich. Wenn man das Ritual befolgte, war das Ergebnis garantiert. Input erzeugte Output.) »Und wie die Devas und die Götter –«

»Die Devas und die Götter?«

»Sie waren wie Computer.«

Diesmal verstand Shimizu und nickte würdevoll. »Ah!«

»Ich habe beruflich mit Computern zu tun«, wagte Bill sich vor.

»Tatsächlich? Es tut mir so leid«, sagte der Professor, und kurz glaubte Bill, der alte Mann bedauere, dass er mit Computern zu tun hatte, bis er fortfuhr: »Ich muss los. Wir sehen uns am Mittwoch.«

»Ja, Sir«, sagte Bill, und der alte Mann verschwand im Strom der Körper, die hinausdrängten. Bill sah sich unsicher um und fing den Blick der Frau mit den grauen Augen auf. Sie wandte sich Richtung Korridor, und aus dieser Distanz erkannte Bill, dass ihre Tätowierung eine Rose war.

***

Am Abend, während sie sich gerade der Verbandssituation in ihrem Gesicht annahm, fragte Roxy Alice durch die Badezimmertür: »Willst du mitkommen auf eine Party?«

Wollte Alice nicht. Sie musste am nächsten Tag um sechs aufstehen. Sie wollte nicht schon wieder Ärger mit Libby riskieren, so kurz nachdem sie fast gefeuert worden war.

»Ich glaub nicht«, antwortete sie. Fragte aber nach: »Was für eine Party?«

Roxy kam aus dem Bad. »Eine Party für, keine Ahnung, einen Freund des Mitbewohners meines Kollegen oder den Mitbewohner eines Freundes meines Kollegen oder so, zur Feier seines neuen irgendwas. Irgendeine berufliche oder private Leistung, ein Meilenstein, so was. Keine Ahnung, aber sollte gut werden. Bob kommt auch.«

Alice war überrascht. »Ich dachte, mit Bob wärst du durch.«

»Wie kommst du denn darauf?«

Roxy klang nicht vorwurfsvoll, aber Alice empfand es so. »Keine Ahnung, weil du ihn nicht googeln kannst.«

»Aber ich *kann* ihn ja googeln«, bemerkte Roxy. »Ich googele ihn schon den ganzen Tag!« Sie hatte sich stundenlang durch einen Bob Smith nach dem anderen gescrollt, aber ihr Bob Smith war keiner davon, nicht der Zahnarzt Bob Smith aus Chicago, nicht der Buchhalter Bob Smith aus Plano, auch nicht der Bob Smith für Aluminium-Außenverkleidungen aus Spokane. Nachdem sie die Nacht mit ihm verbracht hatte, war sie sich sicher, dass er nicht der Yogi Bob Smith war, der einen Tantra-Retreat in Big Sur leitete. Sie dankte den Sternen, dass er nicht der Drehbuchautor Bob Smith war, der am Santa Monica Community College das Seminar »Bromantic Comedy strukturieren« gab. Sie war ein bisschen enttäuscht, dass er nicht der Investmentbanker Bob Smith war, dem ein 40-Meter-Katamaran in Key Biscayne gehörte (wobei dieser Bob Smith später wegen Insiderhandels im Gefängnis landen würde, also gut so). »Hey, hat deine Freundin dir jemals geantwortet?«

»Rudy? Nein.«

»Das ist zu blöd. Ich brauche nur ein weiteres Detail, um es einzugrenzen. Eine Schule, Heimatstadt, *irgendwas*«, sagte Roxy. »Vielleicht finden wir heute Abend was raus.«

»Wir?«

»Ja, wir. Du kommst doch mit, oder?«

»Ich habe gesagt, ich kann nicht.«

Roxy blickte von den vielen Bob Smiths auf ihrem Handy hoch. »Echt?«

»Ja, echt«, beharrte sie. Sie hatte keine große Lust, eine zentrale Rolle bei Roxys und Bobs zweitem Date zu spielen, nachdem sie bei Date Nummer eins den Deckel gelockert hatte. Ja, es wäre schön, Bob zu sehen. Immerhin hatte er seinen Teil dazu beigetragen, dass sie auf dem Weg war, den Medizinertest zu machen. Er verdiente wenigstens ein Danke. Und einen Drink. Nichts Romantisches. Nur unter Freunden. Wenn Alice dabei geholfen hätte, dem Leben eines anderen eine Wendung zum Guten zu geben, dann hätte sie auch davon erfahren wollen. Und zwar persönlich, nicht per Textnachricht oder über Facebook. Solche Sachen muss man persönlich sagen.

Zwanzig Minuten später saß sie mit Roxy im Taxi.

* * *

Pitterpat saß in einer dunklen kleinen Cocktailbar an der Lexington Avenue, aber auch im strahlenden Sonnenlicht von Google Street View; die Musik und das Geplauder der After-Dinner-Gäste traten in den Hintergrund, als sie die frische Nachmittagsluft vor 1111 Fifth Avenue roch. Ein Columbia-blauer Himmel, bonbonrosa Kirschblüten. Was für ein glücklicher Zufall, dass das Street-View-Auto gerade an diesem Tag vorbeigefahren war, denn es war alles *genau richtig*, und Pitterpats Magen kribbelte beim Gedanken, die Wohnung noch heute Abend in echt zu sehen.

Sie blickte auf, kehrte zurück in die Dunkelheit und nahm sich eine Nuss aus der kleinen Schale. Sie war scharf, und Pitterpat spülte sie mit dem Rest ihres Seven & Seven hinunter. Sie war allein. Bill und sie hatten überlegt, vor dem Termin im *La Trayeuse* zu essen, aber dann hatte er entdeckt, dass es an diesem Abend eine Orientierungseinheit für neue Studenten gab, also könnte er da vielleicht hingehen und sie dann vor Ort treffen? Er war ein großer Fan des »vor Ort treffen« – der Geist eines Techies, immer auf Effizienz getrimmt. Pitterpat hasste das.

Aber sie hatte sich einverstanden erklärt, und er hatte bekannt, wie sehr er sie liebe, und jetzt saß sie hier allein in der Bar. Während der Orientierungseinheit schickte er dauernd Nachrichten, zum Beispiel vom Rundgang durch die Butler Library, welch! Fantastische! Bibliothek! Wandbilder! Fresken! Marmortreppen! Ein Ölgemälde des früheren Columbia-Präsidenten Dwight Eisenhower mit Doktorhut und Talar! Hatte Pitterpat gewusst, dass Eisenhower mal Präsident der Columbia University war?? Bill definitiv nicht!!! Und dann erst der große Lesesaal, ein überwältigender Marmor-Hafen mit langen Holztischen, riesigen robusten Bücherregalen, grünen Bankierlampen und einem lateinischen Motto an der Wand, *Magna Vis Veritas*, hoch oben über der Tür, was *bedeutete* das, er musste es nachgucken, ach, hier, »Die Wahrheit ist eine große Kraft«, und das war so *wahr*, oder etwa nicht?

»Total«, antwortete sie. Sie wusste, dass er mehr als ein Wort erwartete. Er wollte Begeisterung. Er wollte ehrfürchtige Zustimmung. Er wollte, dass die zentrale Frau in seinem Leben all die kleinen Einzelheiten seiner Existenz sammelte – Beobachtungen, Leistungen, Rucksäcke – und daraus die größere Erzählung webte, dass Bill Quick es verstand, am Leben zu sein und alles richtig zu machen. Manchmal erschien Bill ihr als das, was er war: ein kleiner Junge, dessen Mutter gestorben war.

»Okay, wir sind durch, mache mich auf den Weg«, schrieb er endlich. »Gott, ich bin so begeistert von dieser Bibliothek! Sie hat bis Mitternacht geöffnet. Ich wünschte irgendwie, ich könnte hierbleiben und die ganze Nacht lesen. Sie ist so still und riesig und friedlich.«

»Möchtest du dableiben und lesen?«

»Nein! Schon gut, ich treffe dich gleich!«

Und ob es nun eine Andeutung war oder nicht, sie ging darauf ein. »Schatz, wenn du dableiben möchtest, ist das in Ordnung«, bot sie an. »Ich bin schon um die Ecke von Nr. 1111. Ich kann mir die Wohnung angucken, und wenn sie toll ist, gehen wir noch mal zusammen hin.«

»Bist du sicher?«

Sie schickte ein Daumen-hoch-Emoji, damit war es beschlossen, und er wiederholte, wie sehr er sie liebe. Die Bibliothek würde nicht vor Mitternacht schließen. Pitterpat hatte keinen Zweifel, dass ihr Mann bleiben würde, bis ein Wachmann ihn aus den talmudischen Tiefen irgendeines fotokopierten Handouts riss und zum Gehen aufforderte.

Es war in Ordnung. Eines Tages in nicht allzu ferner Zukunft wäre sie schwanger, und Bill gehörte wieder ihr.

Etwas rumorte in ihren Eingeweiden, kurz über den Hüften. Ihr Drink bestand nur noch aus Eis, aber sie nahm einen Schluck, der die Zunge kühlte. Dann ließ sie etwas Geld auf der Theke zurück und brach auf in die Sommernacht.

* * *

Überallmann öffnete gerade vor einer Bodega die Straße runter eine neue Packung Zigaretten, als Alice und Roxy in ein Taxi stiegen und zu einer Adresse irgendwo in den achtzigsten Straßen der Upper East Side brausten. Die Party fand in einem fahrstuhllosen Mietshaus an dem Abschnitt der Third Avenue statt, der als Landeplatz für Welle um Welle junger College-Absolventen bekannt war; sie waren der Garant, dass New York amüsant, jung, laut und unerträglich blieb. Als Alice und Roxy zur schmalen Eingangstür neben einem Waschsalon kamen, dröhnte Musik aus den Fenstern im zweiten Stock. Roxy drückte hartnäckig auf den Knopf der Gegensprechanlage, und Alice malte sich das klägliche Kreischen der Klingel aus, machtlos gegen den ohrenbetäubenden Lärm.

Während sie warteten, sah Roxy auf ihr Handy. »Bob kommt später. Steckt in einem Meeting fest.«

»Er hat also *Meetings*«, bemerkte Alice. »Noch etwas, das wir nun über ihn wissen.«

»Oh, stimmt. Gut beobachtet. Wobei das wirklich alles ist, was er gesagt hat. ›Langes Meeting.‹ Was alles Mögliche bedeuten könnte. Ich habe ›Langes Meeting‹ schon x-mal verwendet, als es gar kein Meeting gab. Für Arzttermine, ausgedehntes Duschen, Polizeigewahrsam, Fernsehen gucken … eigentlich für alles, was ich nicht als Grund für eine Verspätung angeben mochte.«

Durch die fleckige Scheibe der Eingangstür sahen sie einen elefantengroßen Mann die Treppe herunterkommen. Roxy und Alice guckten sich an, verständigten sich stumm über seine Ausmaße. Er öffnete die Tür.

»Wollt ihr zu Vikrams Party?« Seine Stimme war hoch und leise, wie raschelndes Papier.

»Genau«, entgegnete Roxy.

Der Riese schien den Verband in Roxys Gesicht zu bemerken, der sich in der feuchten Luft schon löste, sagte aber nichts dazu. Stattdessen erklärte er nur: »Zweiter Stock« und stapfte in den Abend hinaus. Roxy und Alice gingen rein.

Sie stiegen drei schiefe Treppenklippen zu einer Wohnung hinauf, die klein war für drei Schlafzimmer, in der nun aber jeder Zentimeter von Partygästen belegt war. Die Leute saßen auf Fensterbänken, Beistelltischen, auf dem Küchentresen und der Feuerleiter draußen. Roxy ging zur Toilette, um den Verband zu richten, und Alice blieb in der Küche zurück, einer Einöde aus Linoleum, vierzig Jahre alten Einbauschränken und Typen. Warum war sie bloß hier? Wie hatte sie die geringe Chance auf einen tollen Abend außer Haus von der großen Chance auf einen ziemlich guten Abend zu Hause weglocken können? Vielleicht kein ziemlich guter Abend. Vielleicht nur ein okayer Abend. Aber sie hätte ein bisschen was lesen und eine ganze Nacht Schlaf bekommen können, und damit wäre im Kontext ihres Lebens schon viel gewonnen. Sie ertastete den Umriss ihres Handys in der Tasche und suchte nach einem Grund, es herauszunehmen, und sei es nur, um dem Gelärme irgendwelcher Kollegen von Kollegen zu entkommen. Doch sie widerstand. Etwas ließ sie widerstehen. Vielleicht ihre Unterhaltung mit Bob am Abend ihres Dates. *Kein Date. Dinner.* Vielleicht die Aussicht, dass er jeden Moment hereinspazieren könnte. Sie wollte nicht, dass er sie mit dem Handy sah. Bob, der mit ihrer Mitbewohnerin geschlafen hatte und herkam, um es heute noch mal zu tun. Sie hätte zu Hause bleiben sollen. Sie sollte lernen. *An die Arbeit.* Sie nahm einen Schluck von ihrem Drink.

Sie unterhielt sich kurz mit Vikram, dem Gastgeber. Vikram feierte eine Beförderung. Er war im Live Entertainment tätig. Als Alice fragte, welche Art Entertainment, bedachte er sie mit einem komischen Blick, bevor er sagte, professionelles Wrestling. Und erst da fiel Alice auf, wie viele Leute auf der Party – vielleicht jeder Dritte? – physisch gigantisch waren. Vikram entschuldigte sich, und Alice, ein schwarzer Gürtel in der Kunst der Konversation, wandte sich dem

Zwei-Meter-zehn-Mann neben ihr zu und fragte: »Bist du einer von den Wrestlern?«

Er lächelte ein bisschen verkrampft. Dann fiel ihr das Hörgerät in seinem rechten Ohr auf. Er zeigte mit einem süßen entschuldigenden Lächeln darauf und lud sie ein, die Frage zu wiederholen. Diesmal schrie sie: »Bist du Wrestler?«

Ja, das sei er, antwortete er mit den weichen Konsonanten eines Schwerhörigen. Alice merkte, dass sie sich aufs Glatteis begeben hatte. Sie wollte sich nicht mit ihm unterhalten, und zwar, weil sie sich mit niemandem unterhalten wollte, aber das kann man keinem erklären, weshalb sie nun mit ihm reden musste. Die Suche nach einer Anschlussfrage nach »Bist du Wrestler?« und »Ja« führte unsere kühne Kommunikatorin durch ein Labyrinth zu: »Also bist du, hast du, keine Ahnung, hast du so was wie nen Bühnennamen?«

Es brauchte mehrere Versuche, um die Frage durchs Hörgerät zu bekommen, wie Schlagschüsse auf ein winziges Hockeytor. Sie wollte ihn einfach stehen lassen und ihre E-Mails checken oder, noch besser, nach Hause und wieder an die Arbeit gehen, denn: *An die Arbeit*, aber sie versuchte es immer wieder, bis er die Frage endlich verstand und nickte, und dann antwortete er mit einem Wort, das Alice als »Cyrus« interpretierte.

»Cyrus. Das ist dein Bühnenname? Oder dein richtiger Name? Ich bin übrigens Alice.«

Er schüttelte ihr die Hand und korrigierte sie dann. Nicht Cyrus. Er wiederholte das Wort, aber dank der lauten Musik klang es immer noch wie »Cyrus«, aber auch ein bisschen wie »Sirens«. Das ergab noch weniger Sinn. Vielleicht irgendein Krankenwagen-Thema? Ein Zwei-Meter-zehn-Notarzt in einem Wrestling-Ring, heulende Sirenen, wenn er für den großen letzten Sprung auf den Ringpfeiler kletterte? Alice war kein Wrestling-Fan, aber sie vermutete, dass das interessant sein konnte. All diese fabelhaften Überlegungen teilte sie Sirens mit, in einem verzweifelten Monolog, der kaum die Grenze dessen berührte, was man eine Konversation nennen konnte.

Wie gut für uns beide, dachte sie, *dass er vermutlich nichts versteht.*

Wie bedauerlich für uns beide, dachte er, *dass ich alles verstehe.*

Aus der Küche konnte Alice den langen Flur hinunter bis zur Wohnungstür gucken, und als sich die Menge kurz teilte, sah sie für einen Moment Bobs Gesicht, mit dem Ausdruck von jemandem, der auf einer Party niemanden kennt und nach einem bestimmten Gesicht Ausschau hält. Alice wusste, dass er nach Roxy suchte, sie wagte nicht, etwas anderes zu denken, bis sich ihre Blicke trafen, und in dem Moment wusste sie, dass er ihretwegen da war, genauso wie sie seinetwegen da war. Dann kam Roxy aus dem Bad, sie küssten sich, und *okay, schon gut.*

Roxy führte Bob in die Küche. »Guck, wen ich gefunden habe«, sagte sie zu Alice.

Alice strahlte locker fröhlich. »Hi, Bob!«

»Hi«, sagte er, und dann: »Heilige Scheiße, ist das Silence?«

Er wies auf Alices Zwei-Meter-zehn-Gesprächspartner, der jetzt zum Glück mit einem anderen Mädchen redete.

»*Silence*«, sagte Alice. »Ich dachte, sein Name wäre Sirens!«

»Er ist der Hammer. Das Ding ist, er kämpft in völligem Schweigen. Keine Musik, keine Ringsprecher, und die Zuschauer sind totenstill. Das ist so eine Art Absprache; wenn man zu Wrestleplex geht und Silence gerade kämpft, dann macht man keinen Mucks. Man hört nur das Quietschen der Wrestling-Schuhe. Ab und zu ein Grunzen. Körper, die auf die Matte klatschen. Sonst nichts.« Bob sah Alice etwas tiefer in die Augen als nötig. »Oh, fast hätte ich's vergessen! Hast du's gemacht?«

»Was gemacht?«

»Dich für den Medizinertest angemeldet?«

Ein breites Lächeln entwischte Alice, bevor sie es aufhalten konnte. »Hab ich.«

»Großartig!«, sagte Bob und umarmte sie, und sie erwiderte die Umarmung. Bemerkenswerterweise war Roxy die ganze Zeit dabei und versuchte, sich ins Gespräch einzuschalten.

»Ja, wir sind sehr stolz auf sie«, sagte Roxy. »Sie hat das Buch und alles.«

»Das stimmt«, sagte Alice. »Und das alles dank dir.«

»Was? Nein.«

»Ich meine, *zum Teil* dank dir.«

»Ach, komm«, entgegnete er. »Das meiste warst du. So sechzig Prozent.« Dann verkündete er: »Keine Toilettenschlange! Und tschüss!« Alice und Roxy lachten, als Bob hinter der Tür verschwand.

Roxy wandte sich an Alice.

»Alles dank Bob?«

»Ja«, sagte Alice, der bewusst wurde, dass sie sich reingeritten hatte. »Hatte ich total vergessen. Er hat mir neulich Abend ne Messenger-Nachricht geschickt, einfach um, keine Ahnung, mir Mut zu machen oder so.«

Roxy wirkte verwirrt. »Also ist er bei Facebook?«

»Er hat sich wohl angemeldet, um mir die Nachricht schicken zu können.«

»Wow.« Roxy lachte. »Das ist irgendwie schräg!«

»Vermutlich.«

»Ist es. Und dann hast du es vor mir verheimlicht«, sagte Roxy, und hinter dem Verband blitzte Ärger auf.

Alice entfuhr sofort: »Nein! Ich habe es nicht vor dir verheimlicht, ich habe nur vergessen, es zu erwähnen.«

»Wann war denn das?«

»Keine Ahnung. So um elf rum?« Die Freundschaftsanfrage war um 23 Uhr 22 verschickt worden.

Roxy machte ein ernstes Gesicht. »Wow. Wir hatten, also, *gerade* ... Wir waren buchstäblich miteinander im Bett.« Alice wusste nicht, was sie sagen sollte. Roxy ließ es auf sich beruhen. »Also seid ihr jetzt Facebook-Freunde. Irgendwas Interessantes zu entdecken? Neue Details?«

»Nein«, sagte Alice. »Keine Details. Noch nicht mal ein Profilbild. Wie schon gesagt, er hat das Konto nur eröffnet, um mir zu schreiben.« Alice sah, dass das nicht gut ankam, und *verdammt noch mal, ich wollte überhaupt nicht auf diese Party.* Roxy trank einen Schluck und setzte das lockerste und fröhlichste Gesicht auf, das sie faken konnte.

»Hör mal, Alice«, sagte sie und suchte erstmals Alices Blick. »Wenn du Bob daten willst, ich steh nicht so auf ihn, dass es schräg wäre oder so. Ich habe genug am Laufen. Geht total in Ordnung.«

Alice wusste nicht, wie sie darauf reagieren sollte. Erster Gedanke: Sie wollte ihn wirklich daten. Natürlich. Sie war seit Carlos mit niemandem zusammen gewesen, und Bob war nett, sah gut aus und brachte sie zum Lachen. Zweiter Gedanke: Sie wollte ihn nicht daten. Sie wollte niemanden daten. Diesen Sommer ging es darum, für den Medizinertest zu lernen, und Bob würde sie nur ablenken. Dritter Gedanke: Sie wollte ihn doch daten. Diese Gedanken erfolgten nach reiflicher Überlegung, einer stieß den nächsten an wie Dominosteine in Zeitlupe, und bevor Alice zu einer Antwort kam, die sie mit Überzeugung äußern mochte, sah Roxy sie schon schockiert an.

»O mein Gott«, sagte sie. »Denkst du gerade ernsthaft darüber nach?«

»Was?«

»Du würdest ernsthaft mit einem Typen ausgehen, mit dem ich gerade ein Date habe? Machst du Witze? Was bist du eigentlich für eine Freundin?« Roxy meinte das nicht scherzhaft. Sie war wütend. Die Leute guckten schon.

Da wurde Alice wütend. Nicht wütend, weil jemand sie eine schlechte Freundin genannt hatte. Sie hatte sich gar nicht um den Posten als Roxys Freundin beworben. Sie war wütend, weil Roxy die Sorte Mensch war, die sie am wenigsten mochte. Sie war unkontrolliert. Sie war jemand, für den andere Regeln galten; jemand, dem es vergönnt war, seine Wut auf andere laut auszudrücken. Alice war immer, *immer* an der Leine, denn so war sie nun mal und so musste sie sein, und hier war diese Person, die von jetzt auf gleich explodierte, vor den Freunden des Mitbewohners ihres Kollegen. Es war nicht fair.

Roxy fuhr fort: »*Ich* habe dich zu dieser Party *eingeladen*.«

Das brachte Alice endlich zum Reden. »Du hast mich auf diese Party geschleift!«, sagte sie. »Ich wollte überhaupt nicht mit! Ich hab dir gesagt, dass ich lernen muss!«

»Oh, klar, lernen! Du musstest *lernen*!« Roxy wollte noch etwas Vernichtendes anhängen, etwas Schneidendes, einen Grund, warum Lernen heuchlerisch und falsch war, aber sie verpasste den Moment, verstummte und schäumte vor sich hin, und dann kam Bob von der Toilette zurück und trocknete sich die Hände an der Jeans.

»Die müssen da mal das Handtuch wechseln«, sagte er, grübchenbewehrt und ahnungslos, und Roxy lachte, verzog das Gesicht so plötzlich zu einem überkompensierenden Strahlen, dass das weiße Heftpflaster des Verbands abplatzte und ihr Gesicht seine Zerstörung vor Alice und Bob entblößte. Sie versuchte sofort, den Verband wieder anzukleben, aber er hielt nicht mehr.

»Entschuldigt mich«, sagte sie und machte sich auf zum Bad.

Dort stellte sie sich hinter ihrem Kollegen Kervis an, und der fing an, sie anzugraben. Wie er später in einem langen Thread auf der Aufreißerseite Pickup Artist Paradise schildern würde, hoffte er, die sechs Prinzipien der Verführung

auf sie anzuwenden, aber »sie war zu voll, LOL«, obwohl
sie in Wahrheit überhaupt nicht betrunken war, sondern nur
anderes im Kopf hatte. Als Kervis sich mental darauf vorbereitete, Nummer vier, »Kinästhetische Vorvertrautheit«,
anzuwenden, indem er Roxys Arm berührte, geschahen zwei
Dinge auf einmal: Die Badezimmertür ging auf, und Alice
kam angeschossen, schnappte sich ihre Freundin und schob
sie ins Bad, direkt an Kervis vorbei.

Alice und Roxy standen nun dicht gedrängt im Badezimmer zweier junger Heteromänner, eindeutig zu erkennen
an Zahnpastakruste, Bartstoppeln und dem Handtuch, das
in diesem Kalenderjahr noch nicht gewaschen worden war.
Roxy war immer noch ein bisschen sauer auf Alice, aber sie
sah ihr an, dass etwas im Busch war, und bevor sie danach
fragen konnte, sagte Alice: »Bob.«

»Was ist mit ihm?«

Roxy gab sich lässig, als sie die schrumpfende Rolle Tape
aus ihrer Tasche nahm und anfing, ihr Gesicht neu zu verbinden.

»Wir haben uns eben unterhalten«, sagte Alice. »Und ich
habe ihm ein Kompliment zu seiner Haut gemacht.« Roxy
sah sie im Spiegel komisch an. »Was denn? Er hat tolle Haut!«

»Stimmt«, gestand Roxy. Hatte er wirklich. Schöner
ebenmäßiger Teint.

»Also, keine Ahnung, ich meinte, er hätte schöne Haut«,
sagte Alice, »und er hat sich bedankt, und ich meinte, ich
könne nicht glauben, dass er wirklich vierzig sei.«

Roxy wurde ganz hibbelig. »Ist er *nicht*, oder? Ich wusste
es. Diese ganze Geschichte darüber, dass er neu wäre auf
Suitoronomy. Wer ist *neu* auf Suitoronomy? Niemand, der
Single und vierzig ist, so viel ist mal klar.«

Alice lachte, sie hatte Mühe, sich zu beherrschen. »Tja,
halt dich fest, wir haben darüber so rumgewitzelt, irgendwie
gelacht und geflirtet«, erzählte sie zu Roxys Missfallen, aber

weil Alice schon ein, zwei Drinks intus hatte, machte sie weiter. »Also sag ich irgendwann: ›Beweis es. Beweis mir, dass du vierzig bist.‹ Und er zeigt mir … *seinen Führerschein.*«

Roxy schnappte nach Luft.

»*Und*«, fuhr Alice fort, »er heißt nicht Robert Smith.«

»Was?!«

»Er heißt *Bobert* Smith.«

»Nein!« Roxy war sprachlos, konnte sich die Nachfrage aber nicht verkneifen: »Bobert?«

»Bobert Smith. Ich hab ihn gleich dazu befragt. War ein Tippfehler auf seiner Geburtsurkunde.«

Roxy musste das einen Moment verarbeiten. »Er heißt Bobert Smith.«

»Jep«, sagte Alice und holte in Erwartung von Roxys nächster Bemerkung ihr Handy raus, die natürlich lautete: »Wir müssen ›Bobert Smith‹ googeln.«

Und Alice hielt das Telefon hoch. Roxy sah aufs Display. »Deine Suchergebnisse für Bobert Smith.« Die ersten beiden Treffer waren uninteressant, aber der dritte sprang einen sofort an. Es war ein Blogpost mit der Überschrift: »AUF KEINEN FALL DATEN: BOBERT SMITH!!!!!!!!!!«

Roxy sah zu Alice, dann aufs Telefon, dann wieder zu Alice.

»Was ist das?«

»Keine Ahnung. Ich hab's noch nicht angeklickt. Ich habe beschlossen zu warten, damit wir das zusammen erleben können.«

Roxy war gerührt. Sie sah wieder aufs Telefon und streckte vorsichtig einen Finger aus, zitternd schwebte er über den Worten »AUF KEINEN FALL DATEN: BOBERT SMITH!!!!!!!!!!« mit der jungfräulichen blauen Linie darunter. Sie tippte auf die Worte, die Linie wurde lila, die Suchseite verschwand und dann:

AUF KEINEN FALL DATEN: BOBERT SMITH!!!!!!!!!!

HEY LADYS. DIESER POST WIRD HEUTE EIN BISS-CHEN ANDERS ALS MEINE ANDEREN POSTS, AUS OF-FENSICHTLICHEN GRÜNDEN. ERSTENS WIRD ALLES GROSSGESCHRIEBEN. UND ZWAR WEIL ICH EUCH EINE GESCHICHTE ERZÄHLEN WERDE, ÜBER DIE ICH SCHEISS WÜTEND BIN, ALSO EINE GESCHICHTE FÜR GROSSBUCH-STABEN. ICH VERSPRECHE, NÄCHSTE WOCHE KEHRE ICH ZU MEINEM NORMALEN CONTENT ZURÜCK, ABER IM MOMENT BIN ICH SO SCHEISS WÜTEND UND DAS IST MEINE PLATTFORM HIER UND IHR HABT MICH IN DER VERGANGENHEIT IMMER SO UNTERSTÜTZT, WENN ICH WAS PERSÖNLICHES GETEILT HABE, DASS ICH WEISS, ICH KANN EUCH VERTRAUEN. AUSSERDEM LIEGT IHR MIR ALLE AM HERZEN, UND ICH WILL NICHT, DASS EUCH WAS ÜBLES PASSIERT, DESHALB SAGE ICH EUCH JETZT GANZ ERNSTHAFT: DATET NICHT BOBERT SMITH.

»Wow«, sagte Roxy. »Die ist *stink*sauer.«

»Ja«, sagte Alice.

»Aber ich weiß nicht, das Ding mit den Großbuchstaben wirkt vielleicht ein bisschen gaga?«

»Lies weiter«, sagte Alice.

ICH BIN BOBERT SMITH ZUM ERSTEN MAL IM HERBST 2014 BEGEGNET, ALS WIR AUF SUITORONOMY GE-MATCHT HABEN.

»Moment«, sagte Roxy. »Mo-ment. Er hat mit diesem Mädchen *im letzten Herbst* auf Suitoronomy gematcht?«

»Scheint so.«

Roxy warf die Hände in die Luft und tigerte ein paar winzige Runden durch das winzige Bad.

»Er hat mir erzählt, er wäre erst seit letzter Woche auf Suitoronomy. Er meinte, ›Oh, ich bin ganz neu hier‹. Er hat behauptet, ich wäre das erste Mädchen, mit dem er ein Match hat. Ich *wusste*, dass er Scheiße labert. Ich *wusste* es.«

ALSO HABEN WIR UNS IN DIESEM RESTAURANT GE-
TROFFEN, DEM CINNAMON SKUNK.

Roxy wäre fast wieder der Verband abgeplatzt. »Dahin
hat er mich auch eingeladen!« Sie wandte sich an Alice. »Dahin hat er *uns* eingeladen!«

ER HAT EIN ABENDESSEN VORGESCHLAGEN, WAS ICH
SCHRÄG FAND –

Roxy grunzte. »Es *war* schräg!«

– ABER AUF ALTMODISCHE WEISE AUCH IRGENDWIE
SÜSS.

Es *war irgendwie süß*, erlaubte Alice sich zu denken. Sie
lasen weiter.

WIR HABEN ZU ABEND GEGESSEN, UND ES WAR TOLL.
ER WIRKTE SO NETT. ER HAT NACH MEINER KARRIERE
GEFRAGT (ODER DEM FEHLEN EINER KARRIERE) UND
MIR EIN PAAR GUTE TIPPS GEGEBEN, FAND ICH, WIE ICH
MICH MOTIVIEREN KÖNNTE.

»Oh, die ist echt dämlich«, sagte Roxy. Alice dachte an
Bobs Gesicht hinter der flackernden Kerze, wie präsent er
gewirkt hatte.

SUPER ABEND, ODER? WARTET NUR, LADYS. WARTET
NUR. DENN NACHDEM WIR NOCH WAS GETRUNKEN
HATTEN, SIND WIR ZU MIR GEGANGEN.

»Ach, na klar, jetzt kommt's«, sagte Roxy mit einem Grinsen, als wäre es eine Fernsehsendung, als würde nicht einer
der Protagonisten vor der Tür warten und sich fragen, wohin
sein Date samt Freundin verschwunden war.

WIE IHR JA ALLE WISST, IST ES EIN GROSSER SCHRITT
FÜR MICH, JEMANDEN IN MEINE WOHNUNG MIT-
ZUNEHMEN. ALSO, EIN ECHT GROSSER SCHRITT. ABER
ER WIRKTE LIEB. ER HATTE SÜSSE GRÜBCHEN, UND ER
WAR LUSTIG UND WIRKLICH HÖFLICH UND FREUND-
LICH, ALSO HABE ICH IHN NACH OBEN EINGELADEN,
UM IHM MEINE ZÜGE ZU ZEIGEN.

»Moment, was?« Roxy wirkte verwirrt.

IHR LADYS KENNT DAS JA. DIESE SAMMLUNG IST MEIN LEBENSWERK, DIE ZEIG ICH NICHT IRGENDEINEM LOSER. UND DA SIE DIE HALBE WOHNUNG EINNIMMT, KANN ICH SIE NICHT ZU EINEM DATE MITBRINGEN.

Roxy kniff die Augen zusammen. »Was ist denn das für eine Website?«

Sie scrollte nach oben zum Titelkopf, und dort stand: »Audreys Blog: Abenteuer einer Modellbahnbegeisterten in NYC.« Alice betrachtete das Foto von Audrey neben dem Titel. Ein hübsches Mädchen, schlank, mit rotem Halstuch, Schaffnermütze und einem breiten stolzen Lächeln. Arme Audrey. Auf dem Foto sah sie so glücklich aus, die Art von glücklich, die es nicht besser weiß, aber vielleicht besser wissen sollte. Sie mochte einfach gerne Züge.

»Siehst du, jetzt tut mir Bob leid«, sagte Roxy. »Das Mädchen ist voll der Psycho.«

»Mein Bruder hat auch jahrelang Modelleisenbahnen gebaut. Die Leute sind echt leidenschaftlich dabei.«

Roxy warf Alice einen skeptischen Blick zu, überlegte, etwas Schnippisches zu sagen, überlegte es sich anders und überlegte es sich dann noch mal. »Na, dein Bruder ist ja voll der Superstar.«

Er ist hundert Millionen Dollar wert, hätte Alice am liebsten geantwortet, aber sie ließ es sein. Sie war sich nicht sicher, wie viel er wert war. Er verriet es nie. Roxy las weiter.

MEINE MODELLEISENBAHN BEGLEITET MICH SEIT MEINER KINDHEIT, ES WAR ALSO EIN GROSSER SCHRITT, MEINE LEIDENSCHAFT JEMANDEM ZU OFFENBAREN, DEN ICH GERADE ERST KENNENGELERNT HATTE, ABER ER WIRKTE SO NETT. ALS ER MICH FRAGTE, OB ER MIT RAUFKOMMEN UND MEINE ZÜGE SEHEN KÖNNE, KONNTE ICH NICHT WIDERSTEHEN. ICH BAT IHN HOCH.

GROSSER FEHLER.

Jemand klopfte an die Tür. Roxy brüllte: »Sekunde noch!« Alice dachte wieder an Bob, der nicht ahnte, dass sie sich im Bad verkrochen hatten und etwas über ihn lasen, was sich wahrscheinlich als ziemlich peinliche Geschichte entpuppen würde. Da sie noch nicht wusste, wo die Geschichte hinführte, erlaubte sie sich einen Moment des Mitleids für ihn. Sie wusste allerdings, dass sich das gleich ändern würde.

Roxy las weiter. *Jetzt kommt's*, dachte Alice.

DENN LADYS, AN DIESEM PUNKT WIRD ES IRRE. ICH HATTE EINE NEUE FLASCHE WODKA IN MEINEM EISFACH, ALSO TRANKEN WIR WAS, UND DANN MACHTEN WIR EIN BISSCHEN RUM, UND DANN WURDE ES ERNST, ABER NICHT *GANZ* ERNST, WENN IHR VERSTEHT, WAS ICH MEINE. JEDENFALLS LAGEN WIR IN MEINEM BETT UND SCHLIEFEN BEIDE EIN. UND DAS NÄCHSTE, WAS ICH WEISS, IST: ICH WERDE UM VIER UHR MORGENS VON LAUTEN SCHRITTEN WACH. LADYS, IHR WERDET NICHT GLAUBEN –

(Wer waren eigentlich diese Ladys, an die sie sich richtete? Gab es eine ganze Generation junger Frauen, die dem Internet die Türen einrannte für einen Blog über Spielzeugzüge? Oder waren die »Ladys« nur Alice und Roxy? Handelte es sich um eine Flaschenpost, und Alice und Roxy waren die ersten und einzigen Strandspaziergängerinnen, die darüber stolperten? War das alles nur für sie geschrieben worden, damit sie es genau jetzt fanden? Es gab keine Kommentare zu dem Post. Alice tat das Modellbahnmädchen leid, und gleichzeitig war sie dankbar, dass deren intimste Geheimnisse so privat blieben.)

– WAS ICH SAH, ALS ICH DIE AUGEN ÖFFNETE. BOB WAR NACKT BIS AUF EIN PAAR LL-BEAN-STIEFEL (IHR WISST SCHON, DIE, DIE ALLE HABEN. DER ABEND WAR TOTAL VERREGNET), UND ER STEHT AUF MEINER

MODELLBAHNANLAGE, TRINKT WODKA AUS MEINER
FLASCHE. UND DIE WAR DA SCHON FAST LEER. ICH
HABE GEFRAGT: »BOB, WAS MACHST DU DENN?«,
UND ER BRÜLLT EINFACH WIE GODZILLA UND DANN –
TRIGGERWARNUNG, LADYS, DENN JETZT WIRD'S ECHT
HART – FÄNGT ER AN, DIE GEBÄUDE ZU ZERTRAMPELN,
ZERSTÖRT EINFACH KOMPLETT DIE INNENSTADT VON
GALLOPING GULCH.

(Galloping Gulch war die Western-Stadt im Mittelpunkt
von Audreys Anlage. Audrey hatte sie in siebenunddreißig
früheren Posts ausführlich beschrieben und mit Fotos dokumentiert, und das tat sie auch in den sechs Posts nach dieser
Nacht, die Galloping Gulchs wundersamen Wiederaufbau
schilderten. Es freut mich, berichten zu können, dass die
Stadt nach drei Monaten harter Arbeit, die Audrey investiert
hatte, einmal mehr malerisch und charmant war und sogar
über ein paar moderne Aspekte verfügte, wie ein öffentliches
Schwimmbad und ein Autokino.)

ES ZERKRACHT DER SALOON! ES ZERKRACHT DAS
POSTAMT! ES ZERKRACHT DAS OPERNHAUS! DAS GANZE
WAR WIRKLICH FURCHT EINFLÖSSEND. ICH HATTE
KEINE AHNUNG, WARUM ER DAS TAT. NACHDEM ER
EINEN RIESENSCHADEN ANGERICHTET HATTE, KAM ER
ZUM GROSSEN FINALE: ER PINKELTE AUF MEINE MO-
DELLEISENBAHN.

»Das muss ein anderer Bobert sein«, sagte Alice ehrlich
erschüttert.

DIREKT VOR MIR, WÄHREND ER MIR IN DIE AUGEN
SAH, IN DER HAND SEIN ZIEMLICH LANGES, ABER IR-
GENDWIE DÜNNES UNBESCHNITTENES –

Roxy schnappte nach Luft. »Er ist es.«

– DING, MIT DEM ER WIE MIT EINEM FEUERWEHR-
SCHLAUCH ÜBERALL HINZIELTE. MIR SCHOSS NATÜR-
LICH ALLES MÖGLICHE DURCH DEN KOPF, WÄHREND

ER DA STAND UND LACHTE. SOLL ICH SCHREIEN? SOLL ICH DIE POLIZEI RUFEN? SOLL ICH EIN MESSER AUS DER KÜCHE HOLEN? TJA, LADYS, ICH BIN SEHR STOLZ, DASS MIR IN MEINER NOTLAGE DIE ALLERBESTE IDEE KAM, UM MIT SO EINER SITUATION UMZUGEHEN. ERINNERT IHR EUCH NOCH AN DIE FERNBEDIENUNG, DIE ICH LETZTEN SOMMER INSTALLIERT HABE?

An dieser Stelle gab es einen Link zu einem früheren Post über die Installation einer Fernbedienung, die es einer erfreuten Audrey erlaubte, die Modelleisenbahn vom Bett aus zu bedienen.

TJA, ICH SCHNAPPTE SIE MIR VON MEINEM NACHT-TISCH, STELLTE DIE BAHN AN, UND VOLLE SECHZEHN VOLT JAGTEN DURCH DIE SCHIENEN, SEINEN GELBEN STRAHL HOCH UND DIREKT IN DIE SAURE GURKE IM ROLLKRAGEN, DIE ZU SCHLUCKEN ER MICH VORHER GEDRÄNGT HATTE.

Roxy und Alice schnappten aufgeregt nach Luft. »Okay«, sagte Roxy. »So gefällt sie mir.«

UND, MÄDELS, ER IST ECHT *ABGEHOBEN*. FLOG VOM TISCH DIREKT AUF MEINEN WERKSTATTPLATZ. ALS ER SICH HOCHGERAPPELT HATTE, KLEBTEN LAUTER KLEINE BÄUME UND DACHPFANNEN AN SEINER HAUT. ICH GLAUBE, DA WAR ER GANZ SCHNELL WIEDER NÜCHTERN, DENN ER SPRANG OHNE EIN WORT IN SEINE KLAMOTTEN, STÜRZTE AUS DER WOHNUNG UND LIESS MICH MIT DEN TRÜMMERN MEINES KUNST-WERKS ZURÜCK, IN DAS ICH SO VIEL HARTE ARBEIT GESTECKT HATTE. IHN SO UNTER STROM ZU SEHEN, WAR ES FAST WERT. ES WAR WIRKLICH ZIEMLICH WITZIG. GOTT, WAS WAR ICH WÜTEND, ALS ICH ANFING ZU SCHREIBEN, ABER JETZT GEHT'S MIR SCHON EIN BISSCHEN BESSER. JEDENFALLS, GENTLEMEN, ÜBER-LEGT EUCH GUT, AUF WESSEN ZÜGE IHR PINKELT, UND

LADYS, ER HEISST BOBERT SMITH, UND WAS IMMER IHR
TREIBT, DATET IHN NICHT!!!

Roxy und Alice saßen stumm auf dem Badewannenrand
und versuchten, das Gelesene zu verarbeiten.

»Wow.«

»Ich weiß.«

Wieder klopfte es an der Tür.

Aus dem Nebel gewaltiger Neuigkeiten gerissen, sagte
Alice: »Sollten wir vielleicht mal rausgehen?« Aber sie war
nicht scharf darauf, draußen auf Bob zu treffen. Roxy ignorierte das Klopfen.

»Das Mädchen hat vierhundert Twitter-Follower«, murmelte sie, als sie runterscrollte. »Wieso gibt es vierhundert
Leute, die es tatsächlich kümmert, was – oh-oh.«

»Was?«

Roxy zeigte Alice ihr Telefon. Eine Nachricht von Bob.
»Alles okay da drinnen?« Bevor Alice etwas sagen konnte,
antwortete Roxy.

»Super«, schrieb sie. »Alles okay da draußen?«

»Ja«, antwortete er. »Ich meine, ist schon ne ziemliche
Schlange. Aber ja, alles gut.«

»Wirklich, Bob? Ist wirklich alles richtig gut?«

Punkte erschienen, aber bevor daraus eine Nachricht werden konnte, kopierte Roxy den Link zum Blogpost in das
Chat-Fenster und schickte ihn unwiderruflich auf die Reise.

Die Punkte verschwanden, und Fremdscham überkam
Alice. Sie wandte den Blick vom Handy zur Wand über dem
schmutzigen Handtuch, an die jemand mit schwarzem Filzstift geschrieben hatte: ICH HÖR IHN KOMMEN. ZIEHN
WIR UNS ZURÜCK, MEIN FÜRST. Es musste ein Insiderwitz zwischen Vikram und seinem Mitbewohner sein, aber in
diesem Moment, *ja, ziehen wir uns zurück.* Das Badezimmer
wirkte mit einem Mal zu klein, und ihr war nach Flucht.
Wohin? Ein Teil von ihr wollte mit Bob reden und seine Sicht

der Dinge hören. Aber ein größerer Teil wollte das nicht. Also verharrte sie, genau wie Roxy, und sie saßen Schulter an Schulter auf dem Badewannenrand da, eine Minute, dann drei, dann sieben Minuten. Keine Antwort von Bob. Mit jeder Sekunde schien es Alice weniger wahrscheinlich, dass es jemals wieder eine Antwort geben würde. Und sie hatte recht. Die Unterhaltung war an ihr Ende gekommen und würde nun langsam in die Tiefen von Roxys Nachrichtenseite sinken, zehn oder fünfzehn Daumen-Scroller runter, zerquetscht und versenkt von Unterhaltungen, die noch gar nicht angefangen hatten, mit Leuten, die noch gar nicht in Roxys Leben getreten waren.

Volle achtzehn Minuten, nachdem sie das Bad betreten hatten, kamen Alice und Roxy wieder heraus, zur großen Erleichterung von Kervis, der so dringend pinkeln musste, dass er schon schielte. Sie gingen in die Küche, in der sie Bob zurückgelassen hatten, fanden aber nur seinen Whiskey Soda auf dem Herd.

Sie fragten Silence, und Silence bestätigte es: Bob war weg.

* * *

»14E. Er ist schon oben«, sagte der Portier, der alles verkörperte, was Pitterpat sich von einem Portier wünschte. Frisch und effizient, aufrecht wie eine Fahnenstange, perfekt sitzende Epauletten. Die Portiers in 404 waren liebenswerte Kerle, aber ein bisschen nachlässig, oder? Sie trugen Uniformen, aber keine wie diese, mit Messingknöpfen und roten Paspeln. Der junge Mann in der Uniform hatte warme, fröhliche Augen, die sagten: *Seien Sie unser Gast!*, darunter ein markantes Kinn und eine breite Brust, die sagten: *Aber BENEHMEN Sie sich!* Im Kopf kaufte Pitterpat die Wohnung schon, als sie in den vollkommen antiquierten, aber auch vollkommen modernisierten hölzernen Fahrstuhl trat.

Die Türen schlossen sich, und Pitterpat tagträumte, wie sie hier ein Baby nach Hause brachte. Sie sah Bill vor sich, wie er neben ihr in die Lobby ging, so fokussiert auf seine kostbare Frau und sein kostbares Neugeborenes, wie er nur sein konnte. Sie sah den Portier, wie er ihnen half, den Kinderwagen in den Aufzug zu bugsieren, und den Knopf für sie drückte und über die Jahre das Baby aufwachsen sah.

Dreizehn Stockwerke bis nach oben. Ein langsamer Aufstieg. Sie vertrieb sich die Zeit mit ihrem Telefon.

Chip Collins von Rock Properties. Auf dem Foto waren seine Augen so blau. Waren sie wirklich so blau? Oder war diskret nachbearbeitet worden? Gab es bei Farrow & Ball eine Farbe in genau diesem Blau? Denn die wäre perfekt fürs Foyer.

Ihr Magen rumorte. *Nicht jetzt*, befahl sie ihm.

Die Türen öffneten sich zu einem privaten Fahrstuhlzugang. Privater Zugang! Wen kannte sie mit einem privaten Zugang? Niemanden. Sie und Bill würden neue Freunde brauchen, Leute, die verstanden, wie das war.

Sie klopfte mit dem Messinghasen gegen den Messinghalter an der glänzenden grünen Tür, während es in ihren Eingeweiden zwitscherte und gurgelte. *Ruhe*, gemahnte sie.

Als Erstes sah sie Chips Hand auf dem Knauf der aufschwingenden Tür. Sie wirkte stark und entschlossen, mit einer großen Armbanduhr. Die offene Anzugjacke schlug wie eine Fahne gegen seinen krawattenlosen Oberkörper. Und da, fast am höchsten Punkt eines kräftigen und athletischen Körpers, waren seine Augen, die, ja, genau dieses Blau hatten. Die Augen blickten herab und trafen Pitterpats, und für einen kurzen Moment war es wie vor fünf Jahren, als sie Single war, in der Galerie arbeitete und jedes attraktive Gesicht das Versprechen eines ganz neuen Lebens barg, und erst jetzt wurde ihr bewusst, wie sehr es sie ärgerte, dass Bill nicht hier war, dass sie seine Aufmerksamkeit in diesem

Sommer schon verloren hatte, und in ihrem Innern wogte und brandete plötzlich die Erkenntnis, dass sie gerade ein leeres Apartment mit einem attraktiven Mann betrat, der nicht ihr Ehemann war.

Der letzte Gedanke, bevor der Abend den Bach runterging, war die flüchtige Fantasie, Bill für all das zu bestrafen. Sie hatte sich im Aufzugspiegel gesehen. Sie war immer noch schön. Sie konnte diesen Chip haben. Es wäre so leicht.

»Mrs. Quick. Endlich begegnen wir uns«, sagte Chip Collins, der schwule Immobilienmakler. »Willkommen in Ihrem neuen Zuhause.« Und dann führte er sie in die hässlichste Wohnung an der Fifth Avenue.

Chip sah sofort, dass Mrs. Quick wieder gehen wollte, aber er mochte nicht unhöflich sein. Während der Besichtigungstour spürte er die Unzufriedenheit hinter jedem gemurmelten »Wow« und »Beeindruckend«. Dass die Klimaanlage kaputt war, half auch nicht gerade. Schweißschatten zeichneten sich hinten auf ihrem Kleid ab. Chip ließ sich nichts anmerken.

Mitten in seiner lächerlichen Beschreibung eines vierzehn Jahre alten Kühlschranks als »neuester Standard« fragte sie, ob sie die Toilette benutzen dürfe. Er führte sie zu einem der Badezimmer, dem mit der Chinoiserie-Tapete, die auf der Website so toll aussah, aber von Nahem eindeutig rassistisch war.

Als Pitterpat die Tür schloss, so vorsichtig, wie der klappernde historische Türknauf es zuließ, schrieb Chip seinem Freund eine lange, kathartische Nachricht. Er habe den Eigentümern gesagt, sie würden den Preis zu hoch ansetzen, und nun trete ein, was er prophezeit hatte, genauso, wie er es prophezeit hatte. Er hörte nicht, wie sie hinter sich abschloss.

*   *   *

»Ich meine, hast du es nicht ein bisschen kommen sehen?«

»Nein!«, sagte Alice und versuchte, den Becher ruhig zu halten, als Roxy einschenkte. Sie hatten sich eine Flasche Wein aus der Küche geschnappt und sich gemütlich aufs Wohnzimmersofa gepflanzt, während vor ihnen spontan getanzt wurde. »Ich fand ihn nett.«

»Das hab ich gemerkt«, sagte Roxy amüsiert. »Aber ich hatte ihn gleich durchschaut. Ein Typ wie der, vierzig Jahre alt, und lässt sich immer noch mit Siebenundzwanzigjährigen ein?« (Noch mal, Roxy war vierunddreißig.) »Ausgeschlossen, dass der nicht irgendeinen Schaden hat. Die Leute werden sauer, wie Milch, egal, wie nett sie wirken.«

»Ja.«

Roxy sah Alice an, dass sie anderer Meinung war. »Also«, sagte sie, »wenn du nach ihm suchen willst, darfst du gerne –«

»Nein.«

»Schon okay, dass du ihn mochtest.«

»Ich meine, ich mochte ihn tatsächlich. Ich wollte ihn nicht daten oder so, aber ich denke, er war ein anständiger Kerl. *Dachte* ich. Es ist echt komisch. Ich meine … ich weiß auch nicht, ich glaube, er tut mir leid.«

»Och nee.«

»Ich weiß. Es tut mir auch leid, dass er mir leidtut.«

»Zweimal Och nee«, sagte Roxy. »Wenn du diese Geschichte nicht einfach nur zum Totlachen findest, dann mache ich mir echt Sorgen um dich.«

»Ich meine, ja, es ist zum Totlachen, aber er ist auch ein echter Mensch. Und jetzt steht das alles für immer im Internet, und er muss damit leben, jedes Mal, wenn ihn jemand googelt.«

»Oh, bitte«, sagte Roxy und legte ihr Handy weg, und als sie Alice in die Augen sah, bemerkte Alice zum ersten Mal, wie grün und funkelnd sie waren, wenn man den Verband ausblendete. »Alice. Nichts davon ist echt. Bob ist nicht echt.

Das Tut-tut-tut-die-Eisenbahn-Mädchen ist nicht echt. Die Modellbahn ist nicht echt. Nichts davon ist echt.«

»Na ja«, sagte Alice, unsicher, wie sie reagieren sollte. »Manches davon ist schon echt. Ich bin echt. Wir sind echt.«

»Oh, Mensch. Ich weiß, dass *wir* echt sind! Natürlich sind wir echt. Silence da drüben, der ist auch echt. Die tanzenden Mädels sind echt. Wenn du es vor dir siehst, ist es echt. Aber wenn du es nicht vor dir siehst? Wenn es hier drin ist?« Sie hielt das Handy hoch. »Dann ist es nicht echt.«

Alice wusste nicht genau, wie sie widersprechen sollte. »Ich meine –«

»Vertrau mir. Du wirst verrückt, wenn du nur eine Sekunde lang etwas anderes glaubst. So wie die Leute, die sich Sorgen um *die Sicherheit ihrer Daten im Netz* machen.« (Sie sagte das mit scherzhaftem Ernst, ihre Stimme erinnerte an einen älteren Banker im Nadelstreifenanzug hinter einem großen Schreibtisch.) »Und dabei, Mensch, gibt's da draußen so viele Daten. Es ist so, als würde man sagen: ›O nein, ich hoffe, keiner klaut das kostbare Sandkorn, das ich am Strand vergessen habe.‹ Deine Daten sind so klein und bedeutungslos, also, verglichen mit der Welt und allem darin, dass sie im Grunde nicht real sind. Nichts im Internet ist real.«

»Also, meine Kreditkartennummer ist an ein paar Stellen hinterlegt, und die ist ziemlich real für mich.«

»Ach«, sagte Roxy. »Jemand klaut sie, du sperrst sie und bekommst ne Neue.«

»Ich weiß deine Haltung wirklich sehr zu schätzen«, sagte Alice. »Aber wenn du ins Detail gehst, wird es ein bisschen schwammig.«

»Überhaupt nicht schwammig! Es ist so einfach: Nur was real ist, ist real. Als Bob hier war, war er real. Wir konnten ihn sehen und hören. Und schmecken.« Roxy zwinkerte. »Aber als er gegangen ist, hörte er auf, real zu sein. Jetzt ist er nur noch Spiel. Es ist wie bei Babys, diese Sache, wo sie was sehen, und dann verschwindet es, und sie gehen davon aus, dass es für immer weg ist, und vergessen, dass es existiert hat? Aber eines Tages begreifen sie, dass es, obwohl sie es nicht sehen können, immer noch da ist?«

»Objektpermanenz.«

»Ja. Objektpermanenz. Die taugt nichts. Wir sollten das lassen. Wir sollten wie Babys sein.«

»Ich glaube nicht, dass wir die Wahl haben.«

»Es ist keine Frage der Wahl. Wir sind einfach so. Wir sind Höhlenmenschen. Unsere Gehirne sind nicht dafür gemacht, mehr als zwanzig bis dreißig Menschen zu kennen. Wie viele Facebook-Freunde hast du? Ich habe mehr als dreitausend. Wenn ich mich die ganze Zeit um alle dreitausendzweihundertelf sorgen würde, wenn ich mir völlig bewusst machen würde, dass jeder dieser Menschen *real* ist, dass ihre Hoffnungen und Träume und all das *real und in echt passieren*, so wie die Dinge, die mir passieren, real und in echt passieren? Ich würde durchdrehen. Mein Hirn würde durchdrehen. Das wäre *too much*.«

Alice dachte an ihren Facebook-Post von vor drei Jahren. All die Likes, die sie bekommen hatte. Wie real sich das alles angefühlt hatte. *Ich tue das, damit ich keinen Rückzieher machen kann*, hatte sie sich gesagt. *Alle werden mich nun darauf festnageln, weil ich es in die Welt gesetzt habe*. Tatsächlich erinnerte sich kaum noch jemand an den Post. Man musste ziemlich weit runterscrollen, um ihn überhaupt zu finden.

»Weißt du was«, sagte Alice, »für jemanden, der nichts im Internet für echt hält, verbringst du ganz schön viel Zeit damit.«

»Na klar«, entgegnete Roxy. »Wer will denn schon in der Realität leben?«

Mit einem kleinen Grinsen hielt sie ihren roten Becher hoch, und Alice stieß mit ihr an. Vor ihnen wurde ziemlich intensiv getanzt, verschwitzt und energiegeladen. Aus der Tiefe des Sofas wirkten die über ihnen aufragenden Körper gigantisch; sie zuckten wild und gewagt. Alice wollte sich gerade zur Toilette verabschieden, als Roxy sie plötzlich am Arm packte und Alice das Handy vor die Nase hielt. Alice las.

»Oh, Scheiße«, sagte Alice. Und oh, Scheiße stimmte genau.

***

Die Straße war ruhig. Vor fünfzehn Minuten hatte sich noch der übliche Pulk aus Filmfans vor dem Volta gedrängt, einem Programmkino downtown, bevor sie sich schnatternd und meinungsstark nach drinnen begaben. Jetzt war der Block wieder ruhig, und mit der Ruhe kam für Audrey die Gelegenheit, im neuen Modelleisenbahnkatalog zu blättern. Und fast hätte sie das auch getan, wenn sie nicht ein Klopfen an der Scheibe des Kassenhäuschens gehört hätte.

Sie blickte auf. Es war Bobert Smith.

»Ich habe deinen Blog gesehen.«

Er war außer sich. Audrey war nicht beeindruckt.

»Ach ja?« Sie klappte den Katalog zu und legte ihn vorsichtig auf ihren kleinen Tisch. Sie hatte auf diesen Moment gewartet und sich sogar eine gute Replik überlegt. »War wohl ein ziemlicher ... *Schlag*.«

»Ja. Das kann man wohl sagen«, schnaubte er. Das Wortspiel entging ihm völlig. »Können wir reden?«

Audrey wusste, dass sie im Kassenhäuschen in Sicherheit war. Die Scheiben waren kugelsicher, und die Saaldiener würden keinen Kampf scheuen, wenn sie Verstärkung brauchte.

»Gib mir eine Sekunde«, sagte sie und nahm ihr Handy.

LADYS, BOBERT SMITH IST DA. BEI MEINER ARBEIT. BLEIBT DRAN, GLEICH GEHT'S LOS.

»Oh, Scheiße«, sagte Alice, und oh, Scheiße, stimmte genau. »Von wann ist das?«

Roxy sah nach. »Von vor drei Minuten!«

»O mein Gott. Was passiert denn jetzt?«

»Keine Ahnung!«, sagte Roxy, die Augen erwartungsfroh leuchtend.

Alice holte ihr Telefon raus, fand die Seite @Tuttuttutdie-Eisenbahn, und sie und Roxy sanken zurück in die Couch. Da blieben sie, Seite an Seite, fast zwanzig Minuten. Sie warteten mit raubtierhafter Geduld, aktualisierten und aktualisierten und aktualisierten die Seite, es ging nur noch um den nächsten Tweet. Irgendwann kam Kervis vorbei, um seine extrem langsame Verführung von Roxy wiederaufzunehmen, aber als sie und ihre Freundin nicht ein einziges Mal von ihren Handys aufblickten, zog er ab, und Audreys zwei neueste LADYS hielten weiter Wache.

Dann wurde ihre Geduld belohnt.

OKAY, ER IST GERADE GEGANGEN UND O MEIN GOTT. ICH MUSS DAS ALLES AUFSCHREIBEN, DAMIT ICH ES NICHT VERGESSE. HIER KOMMT'S. THREAD.

ER TAUCHT ALSO AN MEINEM ARBEITSPLATZ AUF. ICH ARBEITE AN DER KASSE EINES KINOS. ZUM GLÜCK KAM ER WÄHREND EINER VORSTELLUNG, WENN ES RUHIG IST UND NICHT VIEL ANLIEGT.

ER KOMMT ALSO ZU DEM KASSENHÄUSCHEN, IN DEM ICH SITZE, UND SAGT: »ICH HABE DEINEN BLOG GESEHEN«, MIT SO EINER ICH-BIN-DEIN-VATER-STIMME.

UND ICH SO: »ACH JA?« UND ER SO: »JA.« UND ICH SO: »DAS WAR WOHL EIN ZIEMLICHER SCHLAG, WAS?«

Roxy lachte laut los und verlieh dem Tweet ein Sternchen. Alice war überrascht.

»Was machst du denn?«

»Wieso?«

»Er wird das lesen! Er wird deinen Stern bemerken!«

»Na und? Ich seh den doch nie wieder.« Das sollte sich bestätigen.

UND DANN STARTET ER DIESE TIRADE DARÜBER, DASS ICH DEN POST SOFORT ENTFERNEN MUSS SONST. SONST WAS, FRAGE ICH. SONST VERKLAGT ER MICH.

»Du willst mich verklagen? Weil ich die Wahrheit sage?«

»Nein«, sagte Bob. »Keine Ahnung. Ich hab's mir noch nicht angesehen. Aber ich dachte, du wärst vielleicht so anständig, ihn zu entfernen, ohne dass es so weit kommt.« Von seinem Atem beschlug die Scheibe. Audrey stützte den Kopf auf die Hand und beobachtete ihn seelenruhig, wie ein leicht gelangweiltes Kind, das nur wenige Zentimeter von einem wilden Zootier entfernt ist. Durch das Plexiglas wirkte er weniger echt, als wäre er auf einem Bildschirm, ein Schauspieler, der eine Rolle spielt.

»Wow, du bist echt aufgebracht«, bemerkte sie.

»Natürlich bin ich aufgebracht!« Speicheltröpfchen trafen die Scheibe. »Warum setzt du so was in die Welt?«

»Es war schon in der Welt, Bob! *Du* hast es in die Welt gesetzt, indem du es getan hast! Ich habe die Welt nur informiert.«

Jetzt kochte er vor Wut. »Aber ich habe mich entschuldigt! Und ich habe für die Bahn bezahlt! Ich habe dir zweitausendeinhundert Dollar gegeben!«

»Hast du geglaubt, du erkaufst dir mein Schweigen?«

»Ich wusste nicht, dass ich es erkaufen *muss*«, sagte er.

»Warum machst du so was? Du hast gerade mein ganzes Leben zerstört. Warum?«

»Um Leute vor dir zu warnen!« Dazu fiel ihm nichts ein. »Und außerdem, ich habe nicht dein ganzes Leben zerstört. Ist ja nicht so, als hättest du eine Frau. Als hättest du Kinder.« Sie hätte nicht gedacht, dass ihm dieser letzte Punkt am meisten wehtun würde. Aber so war es, das sah sie ihm an, aber sie wollte weiterstreiten. »Es ist einfach schäbig,

Bobert. Es ist schäbig, dass du so was machen kannst und davon ausgehst, New York wäre groß genug, um damit durchzukommen.«

»Ich habe dir erklärt«, sagte er ruhig, »dass ich eine schwierige Zeit durchgemacht habe.«

»Oh, bitte«, sagte sie mit einem Lachen. »Du hattest deinen Spaß.«

»Spaß«, sagte er und wiederholte dann: »Spaß.« Er holte tief Luft. »Du meinst, das hat Spaß gemacht? Es hat keinen Spaß gemacht. Ich habe keinen *Spaß, Audrey*. So sieht mein Leben aus: Ich arbeite, schlafe, manchmal lese ich ein Buch oder gucke einen Film, und alle paar Tage treibe ich's mit einer Fremden.«

ICH MUSS SCHON SAGEN, ES WAR EIN SPASS ZU VERFOLGEN, WIE SCHNELL ER VON »BITTE, ICH BIN EIN NETTER KERL« DAZU ÜBERGING, MIR SEIN WAHRES GESICHT ZU ZEIGEN.

»Ich gehe auf Suitoronomy, ich finde ein Mädchen, ein total *austauschbares* Mädchen, und davon gibt es *so* viele, und du bist eins davon. Ich finde ein Mädchen, ich lade sie zum Essen ein, ich gehe mit ihr in ihre Wohnung, ich benutze sie für eine Weile, und dann gehe ich nach Hause und ab ins Bett. Ich könnte es ein Hobby nennen, wenn es nicht so viel *weniger* wäre als das. Es ist nicht romantisch. Es beschäftigt mich nicht. Es ist einfach Teil meiner Routine, wie auf die Toilette gehen. Es war kein Spaß mit dir, Audrey. Ich habe bei dir nur mein Geschäft verrichtet.« Und mit gehässigem Spucken schob er hinterher: »Wahrscheinlich brauche ich ein Hobby. Vielleicht kaufe ich mir eine Modelleisenbahn.«

Barmherzigerweise fasste Audrey das zusammen:

ER HAT MICH ALS KLO BESCHIMPFT UND IST GEGANGEN. ECHT STILVOLL.

DARAUS FOLGT: DATET NICHT BOBERT SMITH.

»Jetzt bestimmt nicht mehr!«, sagte Roxy, als sie sich vom

Sofa hochrappelte, ein bisschen wacklig auf den Beinen dank der Kombination von Rotwein und hohen Absätzen und, wie Alice vermutete, mehr Schmerzmitteln, als sie hätte nehmen sollen. »Auf zum Nächsten, oder?«

»Korrekt«, sagte Alice mit Blick auf ihr Handy.

Roxy streckte Alice die Hand hin, damit sie auch aufstand. »Lass uns tanzen.«

»Einen Moment noch«, sagte Alice. Roxy nickte und fing an zu tanzen, verschmolz sofort mit dem Dickicht aus Armen, Beinen und Körpern.

Alice öffnete Facebook, und da war ihr Freund Bob. Da war ihre Unterhaltung, und da war seine letzte Nachricht: »Du solltest es wagen.« Sie tippte etwas.

»Hi.«

Das Wort flog in den Himmel, prallte von einem Satelliten ab und stürzte wieder auf die Erde, wo es Bob in einem leeren U-Bahn-Waggon erreichte. Was meinte sie wohl mit »Hi«? Bob hatte nicht die leiseste Ahnung. Er wollte gern glauben, dass sie ihn nicht völlig verachtete, deswegen antwortete er in diesem Sinne.

»Hallo. Sorry, dass ich mich nicht verabschiedet habe«, schrieb er.

Während er darauf wartete, ob sie zurückschrieb, und nicht wirklich damit rechnete, guckte Bob sich zum ersten Mal seit Monaten auf Facebook um.

Amy Otterpool hatte immer noch dasselbe Profilbild. Da war sie, mit kurzem Haar, auf dieser Campingtour. Das Bild hatte Bob gemacht, und er konnte nicht verstehen, warum es für sie nicht emotional verdorben war, warum sie diesen Moment im Schaufenster ihres Lebens stehen ließ, wie eine schöne kleine Erinnerung, ungetrübt von Schmerz oder Bedauern. Es war ein Bild von ihrem lächelnden Gesicht, sie lächelte Bob an, lächelte über Bob. Sie stand in einem Bach, als er das Foto schoss, aber das sah man nicht. Nur er und sie wussten es. Und jetzt hatte er seit vierzehn Jahren nicht mit ihr geredet.

Tatsächlich war sie nie auf Facebook, dachte nicht einmal daran, weshalb sie ihr Profilbild seit Jahren nicht aktualisiert hatte. Aber ihr Mann, Doug ... der aktualisierte sein Profil. Das war es, was Bob damals umgehauen hatte. Bob, der in einem fremden Bett neben einer schlafenden Modelleisenbahnfanatikerin und ihrer Eisenbahn lag und sich durch das Profil dieses Doug-Typen klickte, nur um dann ein bezauberndes Bild zu finden, auf dem Doug den behaarten Arm um seine sehr schwangere Frau Amy gelegt hatte.

Es musste mittlerweile da sein. Und das war es. Bob saß in der U-Bahn und betrachtete eine geschminkte Amy im Krankenhausbett. Ungeschminkt sah sie toll aus, aber sie glaubte es nicht und trug immer Make-up. Doug ragte ungelenk über ihr ins Bild, und die beiden wirkten exakt so glücklich über das wunderschöne kleine Mädchen, wie Bob befürchtet hatte.

Wie Amy strahlte! Bob hatte sie unzählige Male zum Lächeln gebracht. Er hatte so viele ältere Geschwister ihres Lächelns gezeugt. Aber dieses Lächeln war anders. Es hatte keine Geschichte. Hier lächelte eine Unbekannte, für einen Unbekannten.

Bob steckte das Telefon weg. Mit geschlossenen Augen forschte er in seinem Herzen nach der unsichtbaren Verbindung zu ihrem Leben. Er fand nichts.

Es brummte in seiner Tasche.

»Schon okay«, antwortete Alice. »Du bist nach Downtown?«

»Ja«, sagte er. »Woher weißt du das?«

»Sie hat's getweetet.«

Bob sah sich @TuttuttutdieEisenbahn auf Twitter an, und erlebte seine Strafe noch einmal neu, wie ein Knochen, der, gerade als er zu heilen beginnt, wieder gebrochen wird. Er hätte bis ans Ende seines Lebens nicht den Mut gehabt, Alice zu antworten, wenn sie nicht weitergemacht hätte.

»Unser Treffen war also vermutlich nicht dein erstes Suitoronomy-Date?«

»Nein. Ich hatte schon ein paar.«

»Wie viele?«

»Wer weiß das schon?«

Ich weiß es. Zweihundertacht. Eine große Zahl, aber kleiner, als er gedacht hätte.

»Ich muss aufhören«, schrieb sie. »Ich glaube ja, dass man Menschen nicht nach ihrem schlechtesten Tag beurteilen sollte.«

»Lieb von dir«, schrieb er, und weiter nach einem Zeilenumbruch, »dass du glaubst, das wäre mein schlechtester Tag gewesen.«

Sie wusste nicht recht, was sie dazu sagen sollte. Zwei Minuten später fiel ihr etwas ein, aber als sie Facebook wieder öffnete, war sein Konto deaktiviert worden.

***

Chip und einige seiner Makler-Freunde hatten einen Chat. Er existierte schon ein paar Jahre, ein Thread auf Slack mit dem Titel »Klienten bleiben Klienten«.

Chip konnte es nicht erwarten, das Neueste zu erzählen.

»Habe heute die Fifth-Avenue-Bruchbude vorgeführt.« Seine Freunde wussten alles über die Wohnung. »Wunderschöne Kaufinteressentin, Anfang dreißig, verheiratet mit Tech-Bro. Outfit on fleek, aufgebrezelt für die neun Millionen. Designertasche, epische Fönfrisur, makelloses Make-up, kleiner Spritzer irgendeines Parfüms, das ich nicht erkenne, kostet also $$$$$. Braut ist HIGH END. Jedenfalls, nach zehn Minuten fragt sie, ob sie sich mal die Nase pudern darf. FANCY. Sie also Nase pudern, ich spiele sinnlos auf dem Handy rum, als ich von nebenan DIE MUTTER ALLER SCHEISSATTACKEN HÖRE. Ich höre Grunzen. Ich höre Furzen. Ich höre Platschen. Ekelerregend. Fünfzigerjahre-Jackie-Bouvier entleert sich in eine historische Toilettenschüssel. Und heilige Scheiße der Geruch. Nachdem sie weg war, habe ich eine Stunde eine Kerze brennen lassen. Stinklevel wie ein Obdachloser. Und nein, sie wird kein Angebot machen. Fuck my life.«

Er erntete viele Lacher und Kommentare. Er bekam die Schilderung im Großen und Ganzen auch richtig hin, genauso war es abgelaufen. Aber was ihm völlig entging, war der Schmerz. Er hat nicht gefühlt, was Pitterpat fühlte, wie sie keuchte und kämpfte, als sich ihr Innerstes nach außen kehrte. Er sah nicht, wie sie ihre Handtasche umklammerte, wie sich die Fingernägel in das butterweiche schwarze Leder bohrten, während sie Lava schiss. Sie war gefangen, eine Geisel ihres ungehorsamen Verdauungstrakts. Sie konnte nichts tun, nur ihr Handy rausnehmen und versuchen, woanders zu sein, fort von ihrem Körper und fort von der Welt, auf einer virtuellen Besichtigungstour eines Lofts in Tribeca mit Fenstern vom Boden bis zur Decke. *Ich bin gar nicht hier*, sagte sie sich, *ich bin gar nicht hier, und das ist nicht real*, und einige wenige Augenblicke war sie es nicht und war es das nicht, und die Aussicht auf den Hudson war atemberaubend.

* * *

Roxy und Alice tanzten, dann gingen sie sich etwas zu trinken holen, und in der Küche geriet Roxy in ein Gespräch über *Love on the Ugly Side*. (»Mallory hat *legit* ne Borderline-Störung«, versicherte Roxy dem Mädchen, das Grenadine einschenkte. »Total«, stimmte das Mädchen zu. »Die gewinnt das ganze Ding.« »Total!«) Kurz nach Mitternacht guckte Alice auf ihr Telefon.

GUTEN MORGEN. ES SIND NOCH 90 TAGE BIS ZUM TEST.

Sie steckte das Telefon weg. Sie und Roxy ließen sich mit Silence fotografieren, tranken noch was, gingen wieder tanzen.

»Ich kann das nicht jeden Abend machen.«

»Ich weiß. Tut mir leid.«

»Ist nicht deine Schuld! Ich merke nur gerade, dass ich mich diesen Sommer immer schrecklich fühlen werde, wenn ich nicht lerne. Ich muss der Versuchung widerstehen. Ich muss mich motivieren.«

Roxy tanzte und überlegte einen Moment, dann fiel ihr etwas ein.

»Okay, wie wär's damit«, sagte sie. »Wenn du dir nicht den Arsch aufreißt, also wirklich jeden einzelnen Tag, dann kille ich dich im Schlaf.«

Alice gackerte laut los, ein Gackern, das jedes Gelenk ihres Körpers lockerte. Sie lachte immer weiter, während Roxy fortfuhr. »Ich mein's ernst. Du kennst mich doch gar nicht. Vielleicht bin ich eine Mörderin. Vielleicht habe ich so was schon mal gemacht. Warum, glaubst du, war das Zimmer frei?«

Alice wusste, dass der nächste Tag sie mit Reue und Erschöpfung empfangen würde, aber sie strahlte trotzdem, als sie zu Roxy sagte: »Du machst nur Ärger.«

»Pfff.« Lächelnd griff sich Roxy mit beiden Händen in die wilde Mähne. »Sagt wer?«

DRITTES KAPITEL

Spricht der Herr

Das Licht der Küchenlampe wurde von der schwarzen Tinte auf dem weißen Papier zurückgeworfen und strömte in Alices Hornhäute, durch die Vorderkammern, das Kammerwasser, die Pupillen, die Hinterkammern und durch noch mehr Kammerwasser in die Linsen zur Feinabstimmung und passierte dann, feinabgestimmt, die Flüssigkeit der Glaskörper (Glaskörperflüssigkeit, Glaskörper, leicht zu merken), ehe es auf die Netzhäute traf, Heimat der Rezeptorzellen für elektromagnetische Wellen (»Stäbchen und Zapfen«; Begriff »Photorezeptoren« auch akzeptabel), wo die Bipolarzellen sie in Alices Nervensystem willkommen hießen und die Information an die Ganglienzellen der *nervi optici* weiterreichten, die sie zu den geschäftigen Neuronen in Alices visuellem Cortex leiteten, der die wirren Kanten und Kontraste von Licht, Papier und Tinte zu einer Wortfolge formte: »Anatomische Organisation des Nervensystems«.

Alice taten die Augen jetzt schon weh.

GUTEN MORGEN. ES SIND NOCH 87 TAGE BIS ZUM TEST.

Du wirst mit einem Nervensystem geboren. Dieses Nervensystem bestimmt, Was Du Willst. Zwischen dem Nervensystem und der Welt befindet sich ein Körper. Der Körper bestimmt, was du haben kannst. Was Du Willst und Was

Du Haben Kannst. Das ist alles, was das Leben ausmacht. In glücklichen Momenten überschneiden sich die beiden Dinge, das Laken passt aufs Bett, das Ganze funktioniert. Aber meistens sind Was Du Willst und Was Du Haben Kannst zwei verschiedene Züge auf zwei parallelen Gleisen, die sich zuwinken können, aber nie begegnen.

Pamela Campbell Clark wollte nichts anderes, als jeden Morgen ihre alte Stelle in der Bibliothek antreten, aber wegen Budget-Kürzungen aufgrund geringerer Nutzerzahlen konnte sie nicht mehr haben, was sie wollte. Also ging Pamela Campbell Clark stattdessen jeden Morgen im Park spazieren. Sie ging spazieren und dachte an ihre Tochter und ihre Enkeltochter, die in Kalifornien lebten, und heute schrammte sie um sechs Sekunden daran vorbei, von einem Fahrrad niedergemäht zu werden.

Brock wollte nichts anderes, als Fahrrad fahren. Schon als Kind wollte er nichts anderes, und jetzt, als Erwachsener mit drahtigem grau meliertem Haar und einem Bart, der schon einen halben Tag nach der Rasur wieder spross, hatte sich nur verändert, wie schnell Brock Fahrrad fahren wollte, wobei, auch das eigentlich nicht, denn die Antwort war immer: *schneller*. In diesem Sommer wollte er die Fahrradrunde im Central Park, alle 6,1 Meilen, in fünfzehn Minuten schaffen. Einst, vor nicht allzu langer Zeit, hatte er zwanzig Minuten angepeilt. Das war ihm gelungen, und jetzt wollte er sie in fünfzehn schaffen.

Um das zu wollen, musste Brock wollen, dass die Fahrradwege im Central Park geöffnet blieben, auch nachdem in diesem Sommer schon zwei Fußgänger ums Leben gekommen waren und ein dritter gerade in Lebensgefahr schwebte, und dabei war erst Juni. Also tat Brock, was das, was er wollte, verlangte: Er erhob seine Stimme. Er wandte sich mit E-Mails und Anrufen ans Büro des Bürgermeisters. Er nahm an Stadtratssitzungen teil, trat ans Mikrofon und vertrat die

Interessen der Radler-Allianz, einer Lobbygruppe, die aus ihm und den knapp 24 000 Twitter-Followern bestand, die er gekauft hatte.

Eines Morgens veröffentlichte die Presseabteilung des Rathauses ein Statement.

ZUR SOFORTIGEN FREIGABE

NEW York – Der Central Park gehört allen New Yorkern, und alle New Yorker sollten ihn genießen können, ohne Angst vor Verletzung oder Tod. Nach sorgsamer Betrachtung beider Seiten der Angelegenheit und Rücksprache mit Bürgern, Ingenieuren und Wirtschaftsführern hat der Bürgermeister beschlossen, die Verkehrsbehörde zu autorisieren, die zweite Fahrradspur des Central-Park-Radwegs dauerhaft zu entfernen. Wir danken der Stadtgesellschaft für die zahlreichen Rückmeldungen. Ausgenommen natürlich die der kleinen Jammerlappen von der Radler-Allianz, die uns mit Tweets und E-Mails bombardieren und keine Ahnung haben, wie schwach und selbstgerecht sie sich anhören. Tut uns leid, dass ihr privilegierten kleinen Scheißer nicht mehr Platz haben werdet, um mit euren kleinen Drahteseln im Park herumzugurken. Aber, gute Nachricht: Das Karussell bleibt geöffnet. Warum fahrt ihr Babys nicht damit?

Leckt mich,
Bürgermeister Arnold Sp–

Brock las nicht weiter, fast wäre er von seinem Velocitron-Retro-Rennrad gefallen. Der Bürgermeister von New York machte sich über ihn lustig. Persönlich. Dieser Bürgermeister, den er nicht gewählt hatte, den *niemand, den er kannte*, gewählt hatte, besaß die Arroganz – die Dreistigkeit –

Brock war so wütend, dass er nicht wusste, wie er reagieren sollte, also lachte er laut auf, ein kurzes wütendes Bellen, das nicht wie Gelächter klang und ein Eichhörnchen in der Nähe verschreckte.

* * *

»Es war offensichtlich ein Witz«, sagte Roxy.

Kervis lachte nicht. »War es das?«

»Natürlich! Hast du gedacht, ich mein das ernst?«

»Ich meine, war es *offensichtlich*?«

»Ich meine, also, ich glaube schon.«

»Warum machst du überhaupt so einen Witz?!«

»Weil den eigentlich niemand sehen sollte?«

»Warum machst du einen Witz, den niemand sehen sollte?« Darauf wusste sie keine Antwort. Kervis fuhr fort: »Und wenn ihn niemand sehen sollte, warum schreibst du: ›Zur sofortigen Freigabe‹ obendrauf?«

»Das gehörte zum Witz! Kervis, echt jetzt, es tut mir so, so leid.« Selbst zerknirscht lächelte sie noch. Ihr Mund war umwerfend. *Nicht jetzt, Kervis.*

»Ich meine, was hat dich dabei bloß geritten? Warum machst du so was? Das hat Auswirkungen auf den Bürgermeister. Das hat Auswirkungen auf seine Agenda. Das ist so ziemlich das Schlimmste, was du ihm im Moment antun konntest.« Kervis war sich ziemlich sicher, dass er entschieden und professionell klang. Diese Lippen. *Schluss. Schluss damit.*

»Schlimmer, als seinen Namen falsch auszusprechen?«

»Ja. Schlimmer als das.«

»Bist du dir sicher? Denn er ist ziemlich empfindlich, wenn Leute seinen Namen falsch aussprechen. Was ich nicht verstehe. Den Namen kann man ziemlich leicht falsch aussprechen.«

»Roxy –«

»Ehrlich, wenn man ihn richtig ausspricht, ist er längst nicht so cool. Er sollte ihn sich zu eigen machen, allen sagen, nennt mich Bürgermeister Sp–«

»Roxy!« Kervis stand hastig auf. »Erwecke ich den Eindruck, dass ich gerade mit dir Witze reißen will?«

»Tut mir leid. Tut mir wirklich leid. Tut mir wirklich, wirklich leid. Ich hab ein ganz schlechtes Gewissen«, sagte Roxy. Roxy hatte eins von den Gesichtern, bei denen man nicht sagen konnte, ob sie wirklich so empfand oder ob sie es darauf anlegte, dass man so empfand, als würde sie es so empfinden. In diesem Fall war es das »ganz schlechte Gewissen«, und Junge, wirkte das echt, aber Junge, es wirkte auch so, als wäre diese bestimmte Nuance von »echt wirken« das Ergebnis ausgiebigen Trainings. Der Verband half dabei, er verlieh dem ganzen Auftritt etwas Bemitleidenswertes. Kervis hätte sie am liebsten auf den Hals geküsst, aber das war jetzt *nicht* von Belang, denn es war ein *Riesen*schlamassel, und irgendjemand würde dafür den Kopf hinhalten müssen, und zwar ganz bestimmt nicht er. Das sagte er ihr auch, und wieder sah sie entweder so aus, als wäre sie erschüttert, oder als wollte sie ihn wirklich glauben machen, sie wäre erschüttert.

»Es war ein dummer Fehler, Kervis, das ist alles«, sagte sie. »Es sollte ein Entwurf sein, etwas, worauf ich aufbauen konnte. Was ich auch gemacht habe. Ich habe noch einen ganz anderen Text geschrieben, den kann ich dir zeigen. Ich habe nur die falsche Datei angehängt. Das war alles. Ein dummer Fehler.«

»Der Bürgermeister ist stinksauer, Roxy.«

»Kann ich ihm nicht verdenken! Ich wäre auch sauer. Du solltest mich wahrscheinlich feuern, wenn du kannst.« Die kleine Mikroaggression – *wenn du kannst* – schlug ein bisschen zu schön ein. Roxy machte weiter. »Ich verdiene es.

Aber sei versichert: Sollte ich diesen Job morgen noch haben, dann werde ich ihn so, so ernst nehmen.«

Die anderen Typen auf Pickup Artist Paradise machten Kervis immer runter, weil er bei seiner scharfen rothaarigen Assistentin einfach nicht landete (»Pseudo« nannte er sie, weil sie dem echten Leben das Handy vorzuziehen schien, und weil sie, obwohl er sie sehr mochte, auch wirklich ziemlich pseudo war.)

»Alter, wenn du die nicht klarmachst, bist du echt ne Pussy«, schrieb HoBagger. (HoBagger benutzte auf Pickup Artist Paradise nicht seinen echten Namen. Sonst hätten die anderen Aufreißer dahinterkommen können, dass er Shane Rickells aus Brownwater, Florida, war, ein zweifach geschiedener Vater von drei Kindern, 2008 verhaftet, weil er Schuhe von einer Bowlingbahn geklaut hatte, und wirklich der Letzte, auf dessen Rat irgendwer hören sollte.)

»Ich weiß, du hast wie immer recht«, antwortete Kervis, und doch war ihm klar, dass er auch aus dieser einmaligen Gelegenheit nichts machen würde. Er öffnete die Tür, damit Roxy und er nicht länger allein in seinem Büro waren.

»Okay, hör zu«, sagte er. »Ich gucke, was ich tun kann. Ich kann dir nichts versprechen. Aber ich versuche, dich da rauszuboxen.«

Sie seufzte erleichtert. »Kervis«, sagte sie, »du bist auf ewig mein Lieblingskollege, weißt du das?«

»Ja«, sagte er. *Scheiße. Das wird nie was.* »Sieh zu, dass ich es nicht bereue.«

»Mach ich, versprochen.«

Sie lächelte ihn lieb an, und Kervis kam der Gedanke, dass er sich vielleicht in ihr geirrt hatte. Vielleicht mochte sie ihn genauso sehr wie er sie. Vielleicht musste das Ganze gar nicht so schwierig sein. Vielleicht käme irgendwann der richtige Moment, und sie fielen sich in die Arme. Manchmal machte das Leben so was.

Roxy kehrte zu ihrem Schreibtisch zurück. Als sie ihr Telefon in die Hand nahm, traf eine Nachricht von einer unbekannten Nummer ein. »Gott, will ich dich bumsen.«

* * *

Bill hatte sechzig Seiten des kopierten Stapels gelesen, als eine Stimme durch den riesigen Raum hallte: »Hi.«

Er sah hoch. Ein Paar grauer Augen leuchtete hinter einer grünen Lampe am anderen Ende des Butler-Library-Lesesaals hervor, einen halben Häuserblock entfernt.

»Hi«, antwortete er.

»Ich heiße Anouk.«

Bill winkte. »Hi, Anouk. Ich bin Bill.«

»MeWantThat.« Sie sagte es wie eine Frage.

»Der bin ich.«

»Cool«, sagte sie. »Was treibst du so?«

»Leseliste abarbeiten.«

»Ich auch. Ich bin da, wo Siddhartha mit neunundzwanzig zum ersten Mal von zu Hause weggeht. Da fühlen sich meine eigenen Lebensentscheidungen gleich besser an.«

»Soll ich rüberkommen, statt in der Bibliothek rumzuschreien?«

»Schon gut. Wir sind die Einzigen hier.«

Eine dritte Stimme erklang: »Nein, seid ihr nicht.«

Diese dritte Stimme kam aus einer anderen Ecke, weit von den beiden entfernt, vielleicht von einem der Schreibtische.

»Sorry.«

»Ja, sorry.«

»Schon okay«, sagte Dritte Stimme. »Braucht noch jemand nen Drink?«

Anouk lachte. »Ist noch ein bisschen früh.«

Dritte Stimme ließ sich nicht beirren. »Wie lange bleibt ihr denn?«

Wer war der Typ? War er in ihrem Seminar?

»Bis zum bitteren Ende«, antwortete Bill. »Bis geschlossen wird.«

»Ich auch«, sagte Anouk.

»Geht klaaar«, sagte Dritte Stimme, und sie waren alle stolz auf sich. »Also wie wär's, wenn wir zum Schluss zusammen was trinken? Drüben an der Amsterdam gibt es eine Bar namens *Probley's*. Kennt ihr die?«

Anouk und Bill sahen sich an, und selbst über die Entfernung kamen sie stumm überein: Warum nicht?

»Klar, die neben der *Bakery*«, sagte Anouk.

»Das ist in der Tat die, die ich meine«, antwortete Dritte Stimme.

»Ich liebe den Laden.«

Bill sah auf die Uhr. »Okay. In zehn Stunden und vierzehn Minuten gehen wir was trinken.«

»Ob Regen oder Sonnenschein«, sagte Dritte Stimme. »Da es dunkel sein wird, meine ich mit Sonnenschein natürlich das Glitzern der Sterne.«

Anouk und Bill sahen sich an. Bill schnitt eine Grimasse: *Ist der Typ irre?* Anouk zuckte mit den Schultern.

»So machen wir's«, sagte Anouk.

»Geht klaaar«, sagte Dritte Stimme, und im Lesesaal kehrte wieder Ruhe ein.

***

»›Gott, will ich dich bumsen.‹ Das war der Wortlaut, und ich meine, erstens, äh, *wow*, und zweitens, äh, *was?* Wer sagt denn ›bumsen‹? Weniger sexy geht ja wohl kaum. ›Bumsen‹. Aber egal, also, keine Ahnung, wer die geschickt hat. Erst dachte ich, Kervis. Erinnerst du dich an Kervis, den Typen von der Party? Erst dachte ich, er wär das, aber ich habe Kervis' Nummer schon, außer, er hat sich eine Extranummer für ein Bums-Handy besorgt. Aber ich glaube nicht, dass er es war. Ich meine, er sendet definitiv so Vibes in meine Richtung, und das ist ein bisschen eklig, ehrlich gesagt, aber er wirkt auf mich nicht wie ein ›Bums‹-Typ. Nicht dass es einen ›Bums‹-Typ *gibt*. Ich meine, echt jetzt, wer sagt denn ›bumsen‹? Clowns? Bei ›Bums‹ denke ich an Clowns. Na toll, jetzt sehe ich zwei Clowns vor mir, die es miteinander treiben! Oder? Wo willst du denn hin?«

Alice erstarrte, das große gelbe Medizinertestbuch halb in der Tasche.

»Ich wollte –«

»Ich dachte, du wolltest heute Morgen hier arbeiten?«

Das war der Plan gewesen. Sie hatte sich an den Küchentisch gesetzt, bereit, sich wieder an die Arbeit zu machen, und hatte anderthalb Seiten gelesen, als STAPF STAPF STAPF Roxy die Treppe runterkam, bewaffnet mit einer anonymen dreckigen Textnachricht, von der die Welt unbedingt erfahren musste.

»Na ja, ich dachte, du wärst bei der Arbeit.«

»Oh, nein. Ich hatte was zu erledigen, und die wissen, dass ich normalerweise den ganzen Tag brauche, wenn ich was zu erledigen habe, deshalb bin ich wieder hergekommen. Ich will dich nicht stören. Störe ich dich?«

Alice beschloss, woanders zu arbeiten. Das wäre das Beste. Egal, wie ernsthaft man etwas schaffen will, egal, wie fröhlich der blaue Baum in der Küche wirkt, an manchen Sommertagen kann man einfach nicht in einem Keller bleiben. Alice sah sich bestätigt, dass heute genau so ein Tag war, als sie auf die 111th Street hinaustrat, losmarschierte und ihre Flipflops mit jedem Schritt ein bisschen in den Beton einsanken.

Um die Ecke war die *Bakery*, ein gemütlicher alter Laden, in dem Generationen von Columbia-Studenten genau das gemacht hatten, was Alice vorschwebte: sich den ganzen

Tag nicht vom Fleck rühren. Während des Semesters waren die zusammengewürfelten Klostertische voll mit Studenten, aber jetzt war es ruhig, überall waren Plätze frei, und es gab keine Schlange, als Alice einen schwarzen Kaffee und einen Muffin bestellte. Sie wählte eine Bank an einer der dunklen Wände (die, wenn man genau hinsah, vom Boden bis zur Decke mit Kugelschreibergraffiti überzogen war). Sie fühlte sich ans Sitzen auf einer Klavierbank erinnert, und das war genau richtig. Dann checkte sie ihre E-Mails und entdeckte, was ihr an der *Bakery* bald am besten gefallen würde: Es gab kein WLAN, und der Handyempfang war furchtbar. Eine Nachricht auf dem Handy zu öffnen, dauerte eine Das-ist-es-nicht-wert-Ewigkeit. Sie hatte gar keine andere Wahl als *an die Arbeit, Kälerfein.* Also schlug sie das große gelbe Buch auf und kehrte zum Nervensystem und seinen diversen Bestandteilen zurück, der Brücke, dem Kleinhirn, dem Mittelhirn, dem Thalamus.

Sie las und las, und um sie herum verlebte die *Bakery* ihren Vormittag. Gesichter verschwanden, und neue Gesichter kamen, ein ständiges Wiederauffüllen, mit Alice Quick als einer der wenigen Konstanten. Irgendwann nahmen drei Mädchen neben Alice Platz und diskutierten angeregt in einer Sprache, die sich wie Ungarisch anhörte. Alice versuchte nicht zu entschlüsseln, worum es ging. Sie arbeitete weiter. Ein Typ, der ihr bekannt vorkam, setzte sich zwei Tische weiter. Das alte Spiel: Bekannter oder Berühmtheit? Sie kam nicht drauf und wollte es auch nicht. Sie wollte arbeiten, und das tat sie.

Gelegentlich blitzte irgendwo im Hinterkopf die Existenz ihres Handys auf – nein, *vorn* im Kopf, im orbitofrontalen Cortex. Wenn das passierte, setzten die Augen die Arbeit fort, während ihre Hand in die Tasche auf der Bank glitt und das Telefon berührte, sein Gewicht wog, das kühle Metall und Glas befühlte. Aber sie las weiter, und die trotzige Weigerung, das Momentum für einen Dopaminkick zu unterbrechen, schickte einen eigenen Dopaminkick direkt in ihren Nucleus accumbens. Sie beglückwünschte sich dazu, kein Facebook zu brauchen, kein Internet, kein Pearlclutcher oder –

Der war das!

Sie holte ihr Handy raus und achtete darauf, dass der Typ zwei Plätze weiter es nicht sehen konnte. Sie ging auf Pearl-clutcher zu einem Post, den sie morgens gelesen hatte, von einem Autor namens Grover Kines. Er war Ethiker – *der* Ethiker, genau genommen, und einer von Alices Lieblings-autoren auf Pearlclutcher. Jinzi Milanos Sachen waren am lustigsten, aber Grovers Kolumnen konnten süß und sehr bewegend sein. An eine musste sie häufig denken; sie war in Reaktion auf einen Leserbrief verfasst worden, der da-von handelte, zu früh in einer Beziehung »Ich liebe dich« zu sagen. Sie ging so:

Ich sitze auf einem Stuhl.

Sie lesen diese Worte und stellen sich einen Stuhl vor. Sie stellen sich nicht meinen Stuhl vor. Sie stellen sich Ihren Stuhl vor – Ihre Idee von einem Stuhl. Vielleicht den ersten Stuhl, den Sie je gesehen haben. Oder den, auf dem Sie jetzt sitzen. Wenn ich Ihnen von meinem Stuhl erzähle, erzähle ich Ihnen etwas über Ihren Stuhl. Das mag nicht meine Absicht sein, aber ich tue es.

Wir müssen diesen Stuhl immer im Kopf behalten, wenn wir »Ich liebe dich« sagen.

Jeder hat seine eigene Definition von Liebe. Diese De-finition lässt Raum für ein ganzes gelebtes Leben; jeden Moment der Anmut, jeden Verrat, jedes gehaltene oder gebrochene Versprechen. Für manche ist Liebe etwas, das man gibt. Für andere etwas, das man bekommt. Für manche ist es eine Entscheidung. Für andere ein Impuls. Für manche bedeutet Liebe, das, was man liebt, mehr zu schätzen als alles andere auf der Welt, sogar mehr als sich selbst. Für andere bedeutet Liebe ein Wochenende in einem Hotelzimmer. Manchen verleiht Liebe Flügel. Anderen ist sie ein Gefängnis. Und wieder anderen ist die Liebe ein Stuhl.

Jedes Mal, wenn wir jemand Neuem begegnen, überqueren wir die Grenze zu einem Land, in dem die Grundlagen unserer Sprache gelten, in dem aber ein Dialekt gesprochen wird, der so einzigartig ist wie jeder von uns. Wenn ich »Ich liebe dich« sage, dann bete ich innerlich, dass es in deinem Dialekt das Gleiche bedeutet wie in meinem. Es gehört zum Schmerz des Lebens, dass es so oft nicht der Fall ist. Es gehört zu den Glücksfällen des Lebens, dass es ein- oder zweimal, wenn es hochkommt, doch so ist.

Deshalb ist es Sache der Jugend, sich zu verlieben. Wenn man mit seinen Definitionen gerade erst angefangen hat, kann man den Rest gemeinsam verfassen, kann Seite an Seite voneinander abschreiben. Natürlich kann man sich an jedem Punkt seines Lebens verlieben. Niemand hält einen auf. Man muss nur jung bleiben.

Alice kannte den Kontext dieses Posts nicht. (Den kannten nur wenige. Es ging um ein Mädchen namens Lucia, das Grover das Herz gebrochen hatte.) Aber er berührte sie. Ist es verrückt, jemanden so sehr für das zu mögen, was er ins Netz stellt? Wahrscheinlich. Aber es passiert. Ganz unten auf der Seite, neben dem Verfassernamen, befand sich ein Foto von Grover Kines, glatt rasiert und Brille tragend. Und da, zwei Tische weiter, saß Grover Kines unrasiert und unbebrillt auf einem Stuhl und beugte sich über ein winziges Laptop.

Er sah sie rübergucken, ihre Blicke trafen sich, und er lächelte sie verlegen an, es war so ein Lächeln, das man nicht kommen sieht, aber wenn es da ist, schmilzt man dahin. »Hallo«, sagte er.

»Hi«, entgegnete sie. O nein, er sah gut aus. Sein Haar war verstrubbelt, sein Pulli ein bisschen zu stark gemustert, aber sie war liebend gern bereit, eine Pause zu machen und mit ihm zu reden. Dann fiel ihr auf, dass sie an der Reihe war, etwas zu sagen. »Entschuldige, bist du Grover Kines?«

Als die Worte ihren Mund verließen, wurde ihr bewusst, dass sie seinen Namen noch nie laut gehört oder gesagt hatte. Gedruckt sah er so cool aus, aber ausgesprochen wirkte er irgendwie übertrieben. Dann schenkte Grover Kines ihr das gleiche verlegene Lächeln wie zuvor, und das Übertriebene löste sich in Luft auf.

»Sag jetzt bitte nicht, dass du mich hasst.«

»Nein! Nein, ich bin Fan«, sagte sie. »Moment mal, Leute hassen dich?«

»Liest du die Kommentare nicht?«

Sie lachte nervös und er auch, und das löste die Spannung. »Woran arbeitest du denn gerade?«

Er erzählte es ihr, und sie hörte zu und versuchte so zu tun, als hätte sie nicht jedes Wort gelesen, das Grover in den letzten drei Jahren veröffentlicht hatte. Tatsächlich war ihr bis zu diesem Moment nicht bewusst gewesen, dass sie keinen einzigen seiner Artikel verpasst hatte.

Dann explodierte ihr Telefon, eine Nachricht nach der anderen lief über den Ticker, alle von Roxy.

»Tut mir leid«, sagte Alice zu Grover, als ihr Handy beständig BING! machte.

»Schon in Ordnung.«

»Ich habe mir selbst versprochen, heute nicht auf mein Telefon zu gucken.«

»Na, wenn du es versprochen hast, musst du es auch halten.«

»Das ist ein guter Hinweis.«

Er wirkte stolz auf sich. »Ich bin schließlich Ethiker, weißt du.«

»Oh, ich weiß«, sagte sie, auch wenn ihr der Gedanke kam, dass sie keine Ahnung hatte, wie man Ethiker wurde. Gab es einen Medizinertest für Ethiker?

Er fuhr fort: »Wenn man etwas verspricht, muss man es auch halten. Das ist das Fundament der Zivilisation. Und das gilt für jedes Versprechen, auch solche sich selbst gegenüber. Du würdest nicht wollen, dass dir jemand etwas verspricht und dann nicht liefert, oder?«

»Nein.«

»Tja, da hast du's. Ethik.«

Alice war verzaubert, wenn auch ein bisschen enttäuscht, dass er nicht gesagt hatte, sie dürfe ruhig aufs Telefon gucken. Sie wollte wissen, was Roxy zu sagen hatte, auch wenn sie nicht wollte, dass sie es wollte. »Dann muss ich mein Versprechen wohl halten«, sagte sie. »Zumindest bis zum Lunch.«

Und das tat sie.

Zum Lunch las sie Roxys Vormittagsopus.

»O mein Gott. Okay, also, die Dinge haben sich gerade MEGA zugespitzt. Rat mal, was ich gerade bekommen habe? Einen Schwanz. Von der Nummer. Hallo. Ist dein Handy an? Bitte antworte, wenn du das gekriegt hast. Alice. Okay, vielleicht hast du keinen Empfang oder so. Jedenfalls, du musst das Bild sehen, es ist zum Schreien. Ich zeig's dir, wenn wir uns das nächste Mal sehen. Oder ich schick's dir einfach. Sag mir, wenn ich es nicht schicken soll, denn sonst schicke ich's einfach. Halloooooooo. Ernsthaft, du musst dieses Bild sehen. Okay, ich schick's jetzt.« Und sie schickte es, und da war es nun auf Alices Telefon, und zum Glück saß Alice mit dem Rücken zur Wand. »Ist das zu fassen??? Ich meine, gut für ihn, denn die Bananen scheinen eine ordentliche Größe zu haben, wie die, die man bei Straßenhändlern bekommt. Nebenbemerkung, warum sind solche Bananen immer so viel besser als die im Laden? Sie haben die perfekte Größe, Form und Gelbfärbung. Sie sehen so aus, wie man sich eine Banane vorstellt. Jedenfalls, das wurde mir also geschickt, und ich hatte irgendwie gehofft, dass es zur Aufklärung beiträgt, denn jetzt überlege ich, ob Mr. Bums vielleicht ein Ex ist oder so, oder jemand, mit dem ich mal was hatte. Ich habe zwar kein fotografisches Gedächtnis für Schwänze, aber ab und zu sticht mal einer raus, weißt du? Ist richtig groß oder richtig klein oder irgendwie komisch verfärbt oder hat ein Muttermal oder ne Warze. Ja, Warzen sind mir auch schon untergekommen.« Hier fügte sie ein beliebtes GIF ein, von einem Mann in einem Publikum, der übertrieben das Gesicht verzieht, so als hätte jemand gefurzt. »Hast du dich gegen HPV impfen lassen? Solltest du. Ernsthaft.«

Nach der Hälfte dieser hektischen Bekanntmachung – als das überraschende Stillleben *Phallus mit Bananen* durch Alices Hornhäute, Vorderkammern, Pupillen, Hinterkammern, Linsen, Glaskörper, Netzhäute, Stäbchen und Zapfen, Bipolarzellen, Ganglienzellen, visuellen Cortex und schließlich in ihr Hirn rauschte –, fragte Alice sich: *Mit wem lebe ich da eigentlich zusammen?* Und es erstaunte sie, wie wenig Kritik in dem Gedanken steckte. Sie amüsierte sich eher.

»Hi«, antwortete sie. »Telefon war aus, hab's gerade gesehen!«

»Oje, schon okay und übrigens: ES GIBT MEHR. Heilige Scheiße, Alice. HEILIGE SCHEISSE. Ich muss rauskriegen, wer das ist.«

»Warum?«

»Darum! Es ist lustig! Und ich steh irgendwie drauf. HA! Stimmt aber. Falls der Typ sich als süß rausstellt, schäl ich die Banane vielleicht. LOL.«

»Also ein Typ, den du nicht kennst, schickt dir so ein Bild, und du stehst drauf?«

Es folgte eine lange Pause. Grover knabberte mit bemerkenswert taktvoller Diskretion an seinem belegten Bagel. Er besaß vermutlich ein Bücherregal voll mit Büchern, die er tatsächlich las. Er durfte Roxy nie begegnen.

»Geständnis: Ich habe ihn um das Bild gebeten. Nach der ersten Nachricht, laut der er mich bumsen wollte, hab ich mich irgendwie an dem Mysterium festgebissen. Bei der Arbeit läuft es gerade echt mies wegen dieser Radweggeschichte, und ich brauchte ein bisschen Spaß. O Gott, erinner mich daran, dass ich dir von den Radwegen erzähle. Die armen Menschen. Jedenfalls wollte ich rausfinden, wer es war, und habe versucht, ihn auszuspionieren. Ich hab ein bisschen mit ihm gechattet. Neues Handy, wer da? So was, weißt du? Aber er hat's mir nicht verraten. Er hat mir nur erzählt, was er alles mit mir anstellen will. Hier, ich schick dir den Chatverlauf.«

Ein Screenshot kam.

»Gott, will ich dich bumsen.«

»Neues Handy, wer da?«

»Ha! Schöner Versuch, Roxana. Ich weiß, dass du das bist. Und ich will dich bumsen, dass es kracht. Ich will so richtig laut sein mit dir.«

Ende des Screenshots.

»Ich muss schon sagen«, fuhr Roxy fort, »›Ich will so richtig laut sein mit dir‹ gefällt mir irgendwie. Das ist schon scharf. Ich meine, hängt natürlich davon ab, wer es sagt.«

»Hängt VOLLKOMMEN davon ab, wer es sagt.« Es war aber wirklich irgendwie scharf. Grover tupfte sich den Mund mit einer Serviette ab.

»Na eben, genau. Also musste ich rausfinden, wer es ist. Ich habe ihn gefragt, woher wir uns kennen.«

Noch ein Screenshot.

»Nicht mit jemandem, den ich nicht kenne.«

»Das Gute ist: Du kennst mich.«

»Ach ja?«

»Willst du wirklich wissen, wer ich bin?«

»Kann ich nicht behaupten.«

»Heiliger Strohsack. Aber du redest trotzdem mit mir? Gott, du bist so ein Flittchen.«

»Ein Flittchen?«

»Oh, Baby, das bist du. Und du bist heiß.«

So ging es weiter, immer expliziter, und Alice wurde knallrot beim Lesen.

Grover bemerkte es. »Alles okay?«

»Ja! Tut mir leid. Es ist total lächerlich. Ich weiß gar nicht, wo ich anfangen soll.«

»Nun, ich hoffe doch, dass du irgendwo anfängst, denn jetzt bin ich neugierig«, sagte er, und dann kam das Wolkenbruchlächeln, und Alice war erledigt.

»Okay, ich muss vorwegschicken, es geht hier um meine Mitbewohnerin, eine neue Mitbewohnerin, wir kennen uns kaum …«

Alice erzählte ihm alles. Sie bereinigte den Dialog und ließ das Anschauungsmaterial weg, aber selbst die antiseptischen Fakten trugen eine eigentümliche Energie in diese neue Freundschaft, die da in der *Bakery* entstand. Währenddessen machte Roxy immer weiter.

»Also«, schrieb sie ihrem rätselhaften Freund, »kenne ich dich wirklich? Ich kenne deinen Namen und dein Gesicht?«

»Du kennst beides.«

»Und ich kenne diesen anderen Teil von dir.«

»Jep.«

»Also diese drei Schnipsel. Dein Gesicht, dein Name und

dein … Schnipsel. Diese drei Dinge habe ich jetzt im Kopf. Nur ohne Verbindung.«

»Ist das nicht aufregend? Ich bin so aufgeregt.«

»Was du nicht sagst, ich hab das Bild gesehen!«

»Hast du, oder? Sind Geschlechtsteile nicht umwerfend? Wir laufen alle mit dieser kleinen Überraschung in der Hose rum, diesen Körperteilen, die niemand zu sehen bekommt, nur gewisse Leute. Und Ärzte. Wir verbergen sie bis zu einem besonderen Moment, und dann bäm!«

»Warum glauben Kerle immer, ihre Ausstattung wäre so interessant?«, entgegnete Roxy. »GESICHTER sind interessant. EIGENTLICH sollten wir mit Sturmhauben rumlaufen und unsere Teile raushängen lassen. Und wenn wir mit jemandem nach Hause gehen, sehen wir endlich das Gesicht. DAS wäre mal interessant.«

Dann schrieben sie sich die Köpfe heiß über sichtbare und unsichtbare Körperteile. Die Unterhaltung dauerte Stunden und lenkte Roxy davon ab, dass alle im Rathaus sie hassten. Gegen Ende war sie sich vollkommen bewusst, dass jedes neue BING! ihren Puls beschleunigte.

»Du wirst also einfach mit ihm schlafen«, schrieb Alice während einer weiteren Pause am Nachmittag.

»Ich, also, keine Ahnung. Einerseits definitiv nicht, igitt. Aber andererseits vielleicht doch?«

»Das entscheidest du, bevor du weißt, wer er ist?«

Roxy wurde philosophisch. »Was bedeutet das schon? Was heißt ›wer er ist‹? Wer ist überhaupt jemand? Ich kenne ihn vielleicht nicht, aber ich habe ein Gefühl von ICH KENNE IHN. Verstehst du?«

»Du kennst die Größe seines Dings im Vergleich zu einer Banane, und du weißt, dass er das Wort ›bumsen‹ verwendet. Das ist alles, was du weißt.«

»Ich habe mit Typen geschlafen, von denen ich weniger wusste.«

Und wie viel weniger ist das schon als das, was überhaupt jemand über einen anderen weiß? Alice dachte an Carlos und den Abend vor ihrer Trennung. Sie würden sich nie besser kennen als an diesem Abend, und selbst da gab es Dinge, mit denen sie ihn hätte umhauen können. Sie waren einander fremd, damals genauso wie jetzt.

Es wurde langsam dunkel. Alice sah ihr Spiegelbild im Fenster und Grovers direkt daneben. Irgendwann während des Tages, im Verlauf ihrer immer wieder aufgenommenen und unterbrochenen Unterhaltung, war er einen Platz näher gerückt, sodass sich ihre Beine, als über der Straße die Sonne unterging, fast berührten. Seite an Seite, beide hoch konzentriert auf eine wichtige Aufgabe oder hoch konzentriert vortäuschend, hoch konzentriert zu sein. Aber wenn Alice ihr Knie ein paar Zentimeter nach rechts bewegte, nur ein paar …

»Ich werd's vielleicht machen«, schrieb Roxy. Fünf Minuten später setzte sie hinzu: »Nicht vielleicht. Es passiert. Genau jetzt.«

»Wer ist er??«

»Ich habe keine Ahnung!!!«

Und die hatte sie auch nicht. Fünf Minuten zuvor hatte sie an ihrem Schreibtisch gesessen, alle Energie gebündelt, um nach Hause zu fahren und *Love on the Ugly Side* zu gucken (diese Woche mussten die letzten acht Mädchen Deepfake-Videos von ihren Eltern beim Sex gucken, um eine Paarmassage und Zeit allein mit Jordan zu gewinnen, den sie alle einhellig *zum Vernaschen* fanden), und an manchen Abenden hätte das gereicht, aber heute nicht. Sie zog das Handy aus der Tasche und forderte Mr. Bums heraus: »Also machen wir's jetzt, oder was?«

»Ja«, antwortete er fast sofort. »Wann?«

»Jetzt.«

»Komm her und hol's dir.«

»Wo bist du?«

»Das weißt du.«

»Nein, weiß ich nicht.«

»Wo ich immer bin.«

Es war auf lustige Weise frustrierend. Roxy sah sich im Großraumbüro um, das fast leer war. Kervis war in seinem Büro. Sie ging zu seiner Tür.

»Hi«, sagte sie.

Er sah nicht hoch. »Feierabend?«

Er war ganz in etwas auf seinem Computer vertieft. Oder tat er nur so? War er noch sauer? Oder vermied er Blickkontakt aus einem anderen Grund?

»Jep«, antwortete sie nach einer Weile. »Feierabend.«

Er sah immer noch nicht hoch. »Dann bis morgen.«

Im Fahrstuhl überlegte sie, ob Kervis sie wohl aufzog. Wenn es ein Spiel war, traf er ein paar seltsame Entscheidungen. Sie sah sich Mr. Bums' letzte Nachricht an. »Wo ich immer bin.«

Sie schrieb: »Und wo ist das?«

Sie war schon in der Lobby, als er antwortete: »Du siehst mich jeden Tag. Du hast mich heute gesehen. Du hast mir zugelächelt.«

Und da ging ihr auf, wer es war.

Ihr Nachbar. Der Typ im Erdgeschoss, direkt über ihrer Wohnung. Sein Name war möglicherweise Andy. Andy Irgendwas. Andy und ein kurzer Nachname, eine knackige Silbe wie ein Bauernhoflaut oder so was? Andy Muh? Andy Grunz? Wollte Andy Grunz nen Bums? Sie war ihm am Morgen bei den Briefkästen begegnet und hatte gelächelt. Er war klein, aber auf rechteckige, wie aus Holz geschnitzte Weise. Sie sah sich das Bananen-Bild an, und ihr Hirn verband das Bild mit dem Gesicht im Hausflur und dem Namen Andy Wuff oder Andy Mäh, und es fühlte sich an wie ein Match.

»Gib mir eine Stunde«, schrieb sie.

Dann textete sie Alice: »Es ist Andy. Nachbar von oben« und dahinter eine Reihe anzüglicher Emojis.

Draußen bebten dunkle, dichte Wolken in der Hoffnung auf Erlösung. Roxy eilte zum U-Bahn-Eingang, prallte gegen einen Typen an einem Hotdog-Stand, dessen Abendessen zu Boden fiel, und aus irgendeinem Grund entschuldigte er sich, aber sie hörte ihn nicht, weil sie schon die Treppe hinunterrannte.

Uptown kam sie gerade aus der U-Bahn, als der Himmel die Schleusen öffnete, und wünschte sich, sie hätte ihren neuen Trenchcoat angezogen. Er war weiß mit lila Satinfutter, und sie liebte ihn, und wenn sie sich nur zwei Sekunden Zeit genommen hätte, um am Morgen den Wetterbericht zu checken, hätte sie ihn jetzt an und über sich den neuen Regenschirm, den sie ebenfalls nicht mithatte, und deshalb rannte sie.

Sie rammte den Schlüssel ins Schloss und schob sich durch die Haustür, während sie sich den Regen aus dem Haar strich. Auf halber Strecke des Flurs lag Andys Wohnungstür. Sie glaubte Musik von drinnen zu hören. Schnell, damit er sie nicht erwischte, schlüpfte sie aus den Schuhen und tippelte leise die Kellertreppe hinunter.

In der Wohnung legte sie sofort los, duschte, föhnte, bürstete, rasierte, zupfte, parfümierte und stolperte halb angezogen von Zimmer zu Zimmer. Sie probierte ein paar Outfits, aber keins gefiel ihr. Sie guckte in Alices Schrank, weil sie jetzt Freundinnen waren und Alice ihr sicher gern ein Kleid geliehen hätte, doch alles in Alices Schrank war total trutschig und falsch für so einen Moment, also nee, schon gut.

Roxy erstarrte, als sie Schritte über sich zu hören meinte. Andys Wohnung. Sie sah auf die Uhr. Eine Stunde war vergangen. Es war Zeit. Genau jetzt. Erregung ließ sie erschaudern. Sie brauchte nur noch ein Outfit.

Da fiel ihr Blick auf den neuen weißen Trenchcoat, sie befühlte das Satinfutter und stellte es sich auf der Haut vor. Sie schrieb Alice.

»Kannst du noch eine Weile wegbleiben? Also ein paar Stunden?« Andys Zimmer war möglicherweise direkt über dem von Alice.

Alice hätte über so eine Zumutung normalerweise gestöhnt, aber die *Bakery* schloss nicht vor Mitternacht, und es wurde gearbeitet. Sie stellte das Telefon aus, steckte die Nase wieder ins große gelbe Buch, und ganz leicht berührte ihr Knie versehentlich das von Grover.

* * *

In der Butler Library war der Regen kaum zu hören. »LADYS UND GENTLEMEN«, brüllte der Wachmann. »DIE BIBLIO-THEK SCHLIESST IN FÜNF MINUTEN.«

Bill verließ das finale Leben Buddhas und kehrte in die Welt der Bibliothek zurück. Er packte seine Sachen.

»Hey«, sagte Anouk. Bill blickte auf. Sie stand direkt neben ihm, nach Vanilleseife duftend. Die Tasche über der Schulter, in einem gelben Regenmantel. Bill rieb sich die Augen.

»Hey«, antwortete er.

»Wie weit bist du gekommen?«

»Buddha hat gerade den Löffel abgegeben.«

»Parinirwana, Baby!«, sagte sie. »Also. Was trinken?«

»Ach ja«, sagte er. »Ähm –«

Sie sahen sich um. Dritte Stimme war nicht mehr da. Sie suchten nach ihm, aber fanden ihn nicht, würden es auch nie, und für den Rest ihres Lebens fragten sie sich gelegentlich, wer er war.

»Dann sind wir wohl zu zweit.«

Pitterpat hatte ihm früher geschrieben, dass sie schlafen

gehe und er so lange bleiben solle, wie er wollte. Bill entschied, dass es in Ordnung war, sogar eine gute Idee. Es gehörte zu einem Seminar dazu, dass man den Stoff mit Kommilitonen besprach. Sie würden ins *Probley's* gehen, eine Weile reden und dann ab nach Hause. Getrennt. Als sie sich ihren Regenschirm teilten und Schulter an Schulter die 114th Street zur Amsterdam runterschlenderten, kam ihm der Gedanke, dass es vielleicht doch keine so gute Idee war. Aber sie gingen weiter.

Anouk fragte: »Wie ist das so, reich zu sein?«

»Es ist toll«, sagte er, etwas peinlich berührt. Und dann: »Ein bisschen peinlich.«

»Was ist denn daran peinlich? Es gibt auch gute Reiche. Siddhartha war auch reich.«

»Nur weil er schon so geboren wurde. Ich habe es mir erarbeitet.«

»Das ist doch gut. Das macht dich *besser* als Siddhartha.« Bill lachte. »Meinst du?«

»Klar. Er war das Kind mit dem Erbe. Du bist ein Selfmademan.«

Selfmademan. Welches Selbst hatte denn das ganze Geld gemacht? Es war ein anderer Bill gewesen, zu einer anderen Zeit. Nicht dieser Bill, der sich lange Mittagessen genehmigte und Rechnungen übernahm, der faulenzende Erbe des Vermögens eines anderen Bills.

Sie kamen in die Bar, und Bill zückte eine Kreditkarte in einer Farbe, die Anouk noch nie gesehen hatte. Sie wählten Barhocker in der Ecke, weit weg vom Fenster, und unterhielten sich wie geplant über die Lektüre. Dann redeten sie über Professor Shimizu und wie einschüchternd er war.

»Ich habe gehört, dass er Mönch war«, sagte Anouk. »Aber er ist rausgeflogen.«

»Wirklich?«

»Ja. Anscheinend war sein Interesse an Frauen nicht ganz

so mönchisch. Was seiner Aura noch eine weitere Facette hinzufügt. Es ist sehr ...« Bill wusste nicht genau, worauf Anouk hinauswollte, und letztlich wusste Anouk es auch nicht. Sie wurde ein bisschen rot. » ... *irgendwas*.«

Dann erzählte Bill etwas. »Gestern gab es da einen Moment nach dem Seminar, in dem niemand anders mit ihm geredet hat, also bin ich hin zu ihm, dachte, ich zeig mich mal, charmiere ihn ein bisschen, werde sein bester Freund und so weiter.«

»Natürlich.«

»Also ich – Gott, das ist so dämlich, ich weiß nicht, warum ich das gemacht habe – ich habe einen Witz erzählt.«

Und dann erzählte er ihr die Geschichte und durchlebte die ganze Agonie noch einmal. Im Hörsaal stand Bill Professor Shimizu von Angesicht zu Angesicht gegenüber, der alte Mann sah ihm in die Augen, und aus irgendeinem Grund fiel Bill nichts anderes ein als ein alter Witz über den Buddhismus, den er vor Ewigkeiten mal gehört hatte.

»Was sagt der buddhistische Mönch zum Hotdog-Verkäufer?«

Der alte Mann war verwirrt. »Wie bitte?«

»Das ist ein Witz«, erklärte Bill. »Was sagt der buddhistische Mönch zum Hotdog-Verkäufer?«

Professor Shimizu blinzelte. »Buddhistische Mönche essen kein Fleisch.«

»Ich weiß«, sagte Bill, obwohl er das nicht gewusst hatte. Er wiederholte: »Es ist ein Witz.«

»Und selbst, wenn er sich für etwas anderes von dem Hotdog-Stand interessiert hätte, einen Softdrink oder eine Tüte Chips, hätte er vermutlich nicht mit dem Verkäufer darüber gesprochen, denn Mönche hantieren nicht mit Geld. Und generell reden sie überhaupt nicht mit Angehörigen des Laienstands. Es tut mir sehr leid, ich würde das gern weiter diskutieren, aber ich muss los.«

Der alte Mann verschwand zwischen den jungen Menschen, die den Saal verließen. Bill würde Pitterpat nichts von diesem Austausch erzählen. Er würde niemandem davon erzählen. Es war zu blamabel. Und doch saß er nun hier, anderthalb Tage später, und erzählte es Anouk. Sie lachte, während er sein Bier leerte.

***

Als Miriam Cluck mit siebenundneunzig Jahren verstarb, entspann sich zwischen ihren vier Kindern, den meisten ihrer elf Enkel und einer Handvoll Ehepartner ein endloser Textnachrichtenaustausch über Fragen der Logistik. Miriam war immer noch in New York, in einer Einrichtung für Betreutes Wohnen nicht weit von dem Ort entfernt, an dem sie ihre Kinder großgezogen hatte, aber der Großteil der Familie hatte sich wie Sporen über die Welt verteilt: San Francisco, Tucson, Chicago, Hongkong ... Eins der Enkelkinder, Ayesha, war auf einem Forschungsschiff in der Barentssee. Sie schickte liebe Grüße und stellte den Chat stumm. Dem Rest blieb es überlassen, die Details von Trauerfeier und Bestattung auszuarbeiten, und im Laufe dieser Diskussion fiel die Aufgabe, die Schiwa auszurichten, dem einzigen verbliebenen New Yorker des Clans zu, Miriams Enkel Andrew.

Es kam überraschend, dass er sich freiwillig anbot. Andrew war der Cousin und Neffe, mit dem niemand besonders eng war. Außerdem war seine Zweizimmerwohnung ziemlich klein. »Eine einzige Servierplatte, und schon ist die Küche voll«, sorgte sich seine Mutter Renee in einer separaten Nachricht an Claire (Davids Frau). Aber da war Claires und Davids Flug von Hongkong schon gestartet. Es ließ sich nicht ändern. Sie mussten zu Andrew.

Man stelle sich also vor, wie verblüfft alle waren, dass es wundervoll wurde. Die eigentliche Heldin des Abends, da waren sich später im Chat alle einig, war Andrews Verlobte Rachel. Rachel, nicht Andrew, war es gewesen, die die Wohnung für die Schiwa angeboten hatte. Rachel war nicht jüdisch, und Renee staunte: »Allein der Gedanke: die allererste Schiwa und dann auch noch Gastgeberin!« Aber Rachel war entschlossen, es perfekt zu machen, und das gelang ihr. Speisen wurden verschlungen, Geschichten machten die Runde, Erinnerungen wurden hochgeholt und korrigiert, sorgten für Streit und Gelächter, und Miriams Geist, die ihr eigene Großzügigkeit und Güte, umwehte sie wie eine süße Melodie.

Und die Besucher! Wer hätte gedacht, dass eine Siebenundneunzigjährige einen solchen Zirkel um sich geschart hatte! Ein liebenswürdiger Gast nach dem anderen kam vorbei. Der junge Mann, der Miriam im Robinson Gardens gepflegt hatte, brachte ein überaus köstliches Kürbisbrot vorbei, von ihm selbst gebacken. »Ich muss immer noch an das Kürbisbrot denken«, schrieb Sylvia später in den Chat. Alle pflichteten ihr bei. »Er ist Pfleger und nicht Bäcker?« »Er sollte seine eigene Bäckerei aufmachen!« »Kennt ihr irgendwelche Single-Frauen für ihn?« Leider nicht. Zwei ehemalige Schüler aus der Zeit, als Miriam an einer nahe gelegenen Privatschule unterrichtet hatte, kamen als Nächstes, und eine alte Frau, die mit Miriam zur Grundschule gegangen war. Sogar eine junge Frau aus Andrews Haus kam vorbei, die Miriam gar nicht gekannt hatte und Andrew auch nur über ein flüchtiges Lächeln im Hausflur. Sie wirkte ehrlich erschüttert und überlegte laut, ob sie wohl störe, aber die Clucks wollten davon nichts wissen. Brian (Arlenes Mann) ließ sie im Ohrensessel am Fenster Platz nehmen – »dem Interview-Stuhl«, wie Sharon ihn getauft hatte – und verlangte, ihre Lebensgeschichte zu hören. Sie gehorchte – sie arbeitete im Büro des Bürgermeisters! Was für ein toller Job! –, weigerte sich aber wiederholt, ihren Trenchcoat auszuziehen. »Bitte«, beharrte die Familie, »Ihnen muss doch so heiß sein!« Sie hatte ihn bis oben zugeknöpft, und das Zimmer war so stickig! Aber nein, sie behielt ihn an, und obwohl sie aufbrechen wollte, überredeten sie die anderen, noch zu bleiben, etwas zu essen, ein paar Geschichten zu hören und jedes einzelne Familienmitglied kennenzulernen. Sie blieb sogar (auf Drängen des Rabbis) zum Kaddisch. Es war so nett von ihr, vorbeizuschauen. Miriam hätte es gefallen.

* * *

Alice bekam eine Nachricht von Roxy: »Nicht Andy.«

* * *

Nun begann es richtig zu regnen. Bill hätte nach Hause gehen können, aber Anouk fragte, ob er noch auf einen Tee zu ihr raufkommen wolle, und er sagte Ja. Es war komisch, wie sie das sagte, als wären sie nicht draußen auf der Straße, sondern schon bei ihr zu Hause, die Straßen von New York ihr riesiges Erdgeschoss. Aber es regnete, es machte Spaß, mit ihr zu reden, er wollte weitermachen, und deshalb kam er gern mit nach oben.

»Ich frage mich, ob mein Mitbewohner da ist«, sagte sie, während sie das Bolzenschloss zum Aufspringen brachte. »Normalerweise ist er um diese Zeit draußen und arbeitet, aber man weiß nie.«

Ein Mitbewohner. »Was macht er denn?«

»Er ist Künstler.«

»Was für Sachen?«

»Ich habe ehrlich gesagt keine Ahnung. Ich glaube, er hat vor Jahren jede Kategorisierung hinter sich gelassen.«

Ein Perlenvorhang hing zwischen dem winzigen Eingangsflur und der Küche, die, wie Bill feststellte, auch als Esszimmer diente. Und als Wohnzimmer. Und möglicherweise als Schlafzimmer? Es gab drei andere Türen, und eine führte zum Bad. Es war ein Zuhause, in dem man den Duschvorhang mit den aufgestickten Schmetterlingen schon von der Eingangsschwelle aus sehen konnte.

Anouk setzte Wasser auf. Auf dem Tisch stand eine große Schachtel mit schwarzen Filzstiften.

»Künstlerbedarf«, sagte sie. »Obwohl es den Anschein hat« – und hier folgte eine neckische Geste –, »als wäre der Künstler nicht anwesend.« Bill entging der veränderte Tonfall, der Testballon.

»So hat es den Anschein«, sagte er. Eine Ausgabe von *Hamlet* lag auf einem Regalbrett. Drei Ausgaben, genau genommen. »Darf ich mal ins Bad?«

Der Duschvorhang war hübsch. Das Inventar war alt. Vielleicht original? Pitterpat würde dieses Bad hassen. Von den lindgrünen Kacheln würde ihr schlecht. Bill hingegen könnte ewig hier leben, wenn er müsste. Darüber dachte er nach, als er urinierte, und dann bemerkte er die zwei Wörter, die mit schwarzem Filzstift an die Wand vor ihm geschrieben standen: **WER DA?**

Als er wieder in die Küche und das Esszimmer und das Wohnzimmer kam, reichte Anouk ihm den Tee. Er verspürte den Impuls, alles auf einmal zu trinken, sich die Eingeweide zu verbrühen. An den Wänden hingen Kohlezeichnungen, Skizzen, Studien und sogar ein paar Ölgemälde einer nackten jungen Frau. Sie unterschieden sich im Stil, waren angefertigt von unterschiedlichen Händen in Verbindung mit unterschiedlichen Hirnen, die unterschiedlich erfahren und inspiriert waren, aber es war immer dasselbe Modell, mit denselben blassgrauen Augen. Als Modell für eine Kunstschule verdiente Anouk sich etwas dazu. Manchmal schenkten die Künstler ihr ihre Werke, manchmal als Versuch, sie zu verführen, manchmal mit Erfolg.

Jetzt saß sie auf dem Futon vor Bill und sah ihn lange an. Er unterbrach das.

»Du studierst Englisch im Hauptfach?«

»Ich mache einen Master in Vergleichender Literaturwissenschaft«, entgegnete sie. »Graduierte haben keine Hauptfächer.«

»Verstehe«, sagte er mit einem Lächeln. »Und wie läuft's?«

»Gut. Ich fange dieses Jahr mit meiner Masterarbeit an.«

»Cool. Worüber schreibst du?«

»*Anna Karenina.*«

»Hab ich nie gelesen, aber nur Gutes gehört.«

»Na, dann erzähle ich dir lieber nicht von meiner Arbeit.«

»Warum nicht?«

»Wegen der Spoiler. Das würde dir das Ende verraten.«

(Wird es tatsächlich. Wenn ihr *Anna Karenina* nicht gelesen habt, lest es, sofort. Kommt wieder, wenn ihr fertig seid. Und nun weiter im Text.)

Bill lachte. »Okay, erstens, ich werde *Anna Karenina* nie lesen. Ausgeschlossen. Außerdem glaube ich, dass ich das Ende schon kenne. Irgendwas mit einem Zug?«

»Ja.«

»Siehst du? Schon gespoilert.«

»Willst du wirklich was darüber hören?«

»Will ich wirklich. Ich bin ja hier, oder?! Erzähl's mir!«

Sie lächelte, holte tief Luft und begann ihren Vortrag.

(Den nächsten Teil müsst ihr nicht lesen. Anouks Arbeit hatte gravierende Mängel. Ihre Schlussfolgerungen beruhten auf Übersetzungen, nicht dem russischen Originaltext. Sie vertraute ihrem Bauchgefühl mehr als Recherchen. Einer der Prüfer nannte das Ganze »eine gut gebaute Sandburg aus Bestätigungsfehlern«. Wenn ihr also den nächsten Absatz überspringen möchtet, nur zu. Im Absatz danach zieht Anouk ihr T-Shirt aus, da wird's interessant!)

»Okay. Also ... als ich *Anna Karenina* zum ersten Mal

gelesen habe, hab ich's *geliebt*. Bis ich zum Schluss kam. Den habe ich *gehasst*. Da ist diese Frau, Anna, die so stark, intelligent und unnachgiebig ist, und plötzlich liegt sie unter einem Zug? Was zum Teufel soll das? Ich verstehe ja, dass es eine Tragödie ist, aber es fühlte sich nicht tragisch an, sondern *falsch*. *Untypisch*. Das war mein Ausgangspunkt: Warum sollte sie etwas tun, das keinen Sinn ergab? Die Antwort liegt meines Erachtens in den ersten Worten des Buchs. Nicht ›Alle glücklichen Familien sind einander ähnlich‹, sondern davor. Im Motto: ›Die Rache ist mein, und ich will vergelten.‹ Es ist ein Zitat aus der Bibel, aber das Ding ist: Es wird falsch zitiert. Es fehlen drei Wörter: ›spricht der Herr‹. ›Die Rache ist mein, und ich will vergelten, spricht der Herr.‹ Warum sollte Tolstoi das weglassen? Tja, mit Tolstoi ist es so: Der Mann führte eine *furchtbare* Ehe. Er war ein schrecklicher Ehemann. Die fünfzig Jahre, die er und Sofja miteinander verbrachten, waren ein *Inferno* der Eifersucht. Rache an einem untreuen Ehepartner … Sagen wir einfach, das war definitiv sein Ding. Was uns zurück zum Text führt. Das Buch wird von einem allwissenden Erzähler erzählt, der uns häufig, *ständig* in die Köpfe der Figuren gucken lässt. Die Geschichte springt nicht so sehr von Zimmer zu Zimmer zu Kutsche zu Opernhaus als vielmehr von Kopf zu Kopf. An einer Stelle nehmen wir sogar die Perspektive eines Hundes ein. Die geballte Wirkung dieses Herumspringens ist, dass ein Kernproblem des Lebens betont wird, möglicherweise *das* Kernproblem: Wir wissen eigentlich nie, was andere Menschen denken. Alle Geschichten dieses Buches resultieren daraus. Wenn Lewin wüsste, dass Kitty ihn liebt, gäbe es kein Buch. Wenn Anna wüsste, dass Wronskij ein Trottel ist, gäbe es kein Buch. Jede Figur des Romans hat dieses Problem. Bis auf eine: den Erzähler«, sagte Anouk, gefolgt von tiefem Luftholen. »Der Erzähler ist eine Figur in *Anna Karenina*, ich würde sogar argumentieren, die *Haupt*figur, und überdies ist er *Tolstoi selbst*, und in der Welt dieses Romans ist der Erzähler – die Hauptfigur, Tolstoi – *Gott*. Er lässt einen glauben, dass er eine neutrale dritte Partei sei, die nur berichtet, was passiert, aber so ist es nicht. Er ist involviert, trifft jede Entscheidung bis zum Schluss, als er sich in die Karten gucken lässt und das Hühnchen rupft, das er zu rupfen hat. Wenn Tolstoi uns erzählt: ›Die Rache ist mein, und ich will vergelten‹, sagt er nicht ›spricht der Herr‹, weil er ›spricht der Herr‹ nicht *meint*. Er meint ›spricht *er*‹. Die Rache ist *Tolstois*. *Tolstoi* will vergelten, und egal, wie real diese Welt auf dich wirkt, er hat die Kontrolle. Er kann eine Frau nehmen, die sich in einer Million Jahre nicht vor einen Zug werfen würde, und sie genau das tun lassen, aus keinem anderen Grund, als dass er sauer ist auf seine Frau.«

Bill hatte sich auf seinem Stuhl nicht bewegt, er hatte nicht mal geblinzelt. Sein Tee war kalt, unberührt. Anouk spürte, wie sich Worte hinter seinen Augen formten und wartete nicht, bis sie seine Lippen erreichten. Sie zog ihr T-Shirt aus, und die Klimaanlagenluft kribbelte auf der Haut.

Bill sprang von seinem Stuhl, warf den Tee um und wich zur Tür zurück.

»Nee. Nee, danke.«

»Was?«

»Das will ich nicht«, sagte er. »Ich habe einen falschen – einen falschen –«

Sie griff nach ihrem Shirt. »Es tut mir leid.«

»Nein«, sagte er. »Nein, nein, mir tut es leid. Der falsche Eindruck. Es tut mir leid. Ich wollte nur … ich wollte nur über die Texte reden.«

Eine Minute später stand Bill draußen im Regen.

Als er nach Hause ging, dachte er an Pitterpat. Die bloße Tatsache, dass er zu diesem Zeitpunkt in diesem Zimmer gewesen war, würde sie umbringen. Er malte sich aus, wie so viel Verletztheit auf ihrem Gesicht aussähe. Und wofür?

Was hatte er gemacht? Hatte er geflirtet? Nein. So was war es nicht gewesen. Aber *irgend*was war es gewesen, oder? Und wenn ja, was denn? Er wollte so dringend mit jemandem darüber reden, und der Mensch, mit dem er reden wollte, war Pitterpat, und während es in Strömen regnete, frustrierte es ihn, dass so ein Gespräch ausgeschlossen war.

An der Bushaltestelle machte er eine Pause, um seine Nachrichten zu checken, um zu sehen, ob sie ihm geschrieben hatte. Nichts. Wahrscheinlich schlief sie. Ihr Schlaf war immer tief und ungetrübt. Er steckte das Handy nicht weg. Sein Daumen fand das MeWantThat-Icon, das Symbol, über dem er und Zach und der Grafikdesigner wochenlang gebrütet hatten. Er tippte es an. Er wollte keine Nerf-Bogenausrüstung, er wollte keine Tickets für eine Monstertruck-Show, er wollte keine Manschettenknöpfe, und er wollte keine Lomi-Lomi-Massage, und fast schien es so, als würde das, was er wollte, niemals in dieser App auftauchen, aber er machte trotzdem weiter.

* * *

Um Mitternacht drehte der Restaurantleiter das Schild im Fenster von »GEÖFFNET« auf »GESCHLOSSEN«, und die Kassiererinnen, die den ganzen Tag gestanden hatten, kamen hinter dem Tresen hervor und stapelten schläfrig die Stühle aufeinander. Sie arbeiteten höflich um die letzten beiden Kunden herum, Alice Quick und Grover Kines, aber als die Musik ausgestellt wurde – war die ganze Zeit Musik gelaufen? –, schreckten Alice und Grover aus ihrer Konzentration, entschuldigten sich beim Personal und packten ihre Sachen.

Auf der Straße verspritzten die Taxis das Regenwasser. Alice und Grover standen unter der Markise, während die dicken Tropfen wie Kiesel auf den Gehweg prasselten. Das war kein Regen, in den man einfach hinausmarschierte.

Gegen den musste man sich wappnen. Also standen sie zusammen da und wappneten sich.

»Tja«, sagte er, »das hat Spaß gemacht.«

»Ernsthaft, du hast ja keine Ahnung«, entgegnete sie. »Ich bin gerade so stolz auf mich. Als ich heute Morgen aufgewacht bin, hätte ich die verschiedenen Teile des Ohrs nicht benennen können. Und jetzt schon.«

»Das ist großartig«, sagte er. »Hey, was ist mit der Mitbewohnerin und ihrem großen Rätsel?«

»O Gott.« Alice lachte. »Immer noch ungelöst, wie sich rausgestellt hat. Aber dazu gibt's ne lustige Geschichte.«

Grover spähte den Block Richtung *Probley's* hinunter. »Sollen wir noch was trinken, und du erzählst sie mir?«

Die Worte kamen locker und trocken aus Grovers Mund, aber nachdem sie durch Alices Ohrmuscheln in ihre Gehörgänge vorgedrungen waren, wo sie die Trommelfelle zum Vibrieren brachten, welche die Vibration an die Hammer weitergaben, die sie den Ambossen zusteckten, die sie auf den Steigbügeln abluden, welche sie demütig der Perilymphe überließen, von wo es weiterging in die Endolymphe, zur Basilarmembran zur Tektorialmembran, nein, zu den *Haarzellen* und *dann* zur Tektorialmembran zu den Neurotransmittern bis ins Gehirn, da trieften die Worte bedeutungsschwanger. Umgeben vom Regen war die Luft zwischen ihnen zum Zittern frisch, und alles glitzerte.

Alice hatte es bisher nicht als Regel formuliert, aber es war wohl tatsächlich eine Regel, vielleicht sogar die wichtigste von allen: Keine Jungs bis nach dem Test.

»Ich sollte gehen«, sagte sie.

Er brauchte einen Moment, um zu verstehen, dass sie es ernst meinte, aber dann reichte er ihr die Hand, so ethisch wie möglich. »Schön, dich kennenzulernen, Alice Quick.«

»Ebenso, Grover Kines.« Diesmal war es weniger seltsam, seinen Namen auszusprechen.

Sie sprangen mit großen Schritten in den Regen, in entgegengesetzte Richtungen.

* * *

Am nächsten Tag rief Kervis Roxy in sein Büro.

»Der Bürgermeister möchte uns sprechen.«

»Uns?«

»Ja.«

»Dich und mich?«

»Hazel hat angerufen und gesagt, er will mich und dich sofort sehen.«

Der Aufruhr um die Pressemitteilung hatte sich noch nicht gelegt. Ein Mitglied der Radler-Allianz hatte etwas dazu getweetet, und Jordan von *Love on the Ugly Side* hatte es retweetet, ergänzt um das GIF des Wer-hat-gefurzt-Typen, was wohl seine Unterstützung signalisieren sollte.

Roxy fing an zu zittern. Sie rief sich in Erinnerung, dass sie den Job nicht mochte. Aber trotzdem. »Ich dachte, du würdest mich da rausboxen?«

Er lachte, ein mitleidiges Schnauben. »Ach, dachtest du das?«

Roxy schloss Kervis' Bürotür, was ihn überraschte. Sie postierte sich mit dem Rücken an der geschlossenen Tür.

»Was ist denn?« Er wirkte nervös.

Roxy wusste nicht, wie sie es sagen sollte. »Reden wir über das, was ich glaube?«

»Was meinst du?«

»Hätte ich dich gestern Abend treffen sollen?«

Er blinzelte, mit undurchschaubarer Miene.

»Ich weiß nicht, wovon du redest.«

»Ich bin gestern Abend hier reingekommen. Du hast am Computer gesessen. Du hast mich nicht mal angesehen.«

»Roxy, wovon redest du?«

165

Sie beugte sich vor und sagte langsam und leise, obwohl sie allein waren: »Bist du Mr. Bums?«

Sechs bis sieben Emotionen jagten über sein Gesicht. Es klopfte an der Tür.

»Herein«, sagte Kervis erleichtert, und Hazel Ritchie, die persönliche Assistentin des Bürgermeisters, trat ein.

»Okay«, sagte sie nur. Der Bürgermeister erwartete Kervis und Roxy sofort.

Als sie das Großraumbüro verließen, sah Roxy sich um und fragte sich, ob sie den Raum je wiedersehen würde.

Im Wartebereich vor dem Büro des Bürgermeisters, während sie an ihrem Gesichtsverband herumfummelte, um maximal bemitleidenswert zu wirken, schoss ihr durch den Kopf, dass der schlimmste Fauxpas nun wäre, seinen Namen falsch auszusprechen. Sie hatte in den letzten beiden Jahren geübt, ihn richtig zu sagen. Wie mehr oder weniger alle New Yorker. Aber da sie nun daran gedacht hatte, war Roxy sich ziemlich sicher, dass es jetzt erst recht schiefgehen würde, weshalb sie sich den Namen in Gedanken immer wieder vorsagte.

Endlich betraten sie das Büro des Bürgermeisters, wo der Mann hinter einem großen Kirschbaumschreibtisch saß und gerade ein Telefonat beendete. Er legte auf, lehnte sich in seinem Stuhl zurück, rieb sich die alternden Schläfen und hob dann den Blick zu den beiden Stadtangestellten vor ihm. Roxy war zum ersten Mal in diesem Büro, und ihr Hirn setzte kurz aus.

»Nun«, knurrte der Bürgermeister mürrisch.

»Hallo, Sir«, sagte Kervis.

»Hallo, Bürgermeister Spiderman«, sagte Roxy, und Kevin schnappte nach Luft. »Bürgermeister *Spiderman*«, korrigierte sie sich und sprach das I als IE aus und das A als kurzes I. Spiedermin. Spiedermin. *Mist.*

Der Bürgermeister sackte ein bisschen zusammen. Kervis schaltete sich ein. »Sie wollten uns sprechen, Sir?«

»Dich nicht, Kervis«, sagte der Bürgermeister. »Du kannst gehen.«

Kervis sah Roxy an, und Roxy wurde mit einem Mal klar, dass Kervis mitgekommen war, um sie *wirklich* aus der Sache rauszuboxen. Er nickte ihr ganz leicht zu, ein Nicken, das sagte: *Wird schon*, dann erwiderte er gehorsam »Ja, Sir« und verließ das Büro.

»Tür«, sagte der Bürgermeister.

Kervis schloss die Tür hinter sich.

Bevor Roxy um ihr Leben flehen konnte, lehnte Bürgermeister Spiderman sich zurück.

»Wo warst du gestern Abend?«

Die Klimaanlage fuhr runter, plötzlich dröhnte Stille.

»Was?«

»Gestern Abend. Wo warst du?« Ein zittriges Grinsen zeigte sich auf dem Gesicht des alten Mannes.

Roxy war keine ausgewiesene PR-Expertin, aber irgendwann in den letzten anderthalb Jahren im Büro des Bürgermeisters, zwischen den Nickerchen, den langen Mittagspausen, den ausgedehnten Toilettenbesuchen hatte sie das eine oder andere über Krisenmanagement gelernt. Sie war ruhig und professionell, als sie den Bürgermeister um sein Handy bat. Nicht sein iPhone, das andere Handy, von dem niemand wusste. Er reichte es ihr. In den folgenden fünf Minuten saß Roxy auf dem Stuhl vor dem Schreibtisch ihres Chefs und löschte jede Spur ihrer Unterhaltung, und dann ließ sie das Telefon in eine Karaffe mit Wasser fallen.

»Also«, sagte er. »Du und ich, das wird wohl nichts?«

»Nein, Sir.«

Der Bürgermeister war es gewohnt, nicht gemocht zu werden. Es war eine Art Running Gag über ihn, wie sein Name. Einmal während einer Fernsehdebatte, als der Moderator ihn aufgefordert hatte, sich zu seinen anämischen Umfragewerten zu äußern, war er unwirsch geworden und hatte sich nicht ans Skript gehalten. »Ich versteh schon«, sagte er. »Sie mögen mich nicht! Niemand in New York mag mich! Aber sie werden mögen, was ich mache!« Die Szene war erst peinlich, dann lustig, dann legendär. Binnen einer Woche war »Du magst mich nicht, aber du wirst mögen, was ich mache« praktisch der Slogan seiner Kampagne. Und er gewann dann tatsächlich.

»Schon gut«, sagte er. »Ich bin wohl zu alt für dich?«

»Ja. Und mein Chef. Und verheiratet.«

»Ich bin erst dreiundsiebzig«, sagte er. Roxy zuckte mit den Schultern. Er stand auf und betrachtete sich im Spiegel an der Wand. »Wem will ich was vormachen?«, fuhr er fort. »Ich bin ein alter Mann.«

Er tat Roxy leid. »Ihr Penis sieht jung aus.«

Er kicherte darüber. »Das ist nicht meiner.«

»Echt?«

»Du hast gedacht, so sieht ein dreiundsiebzigjähriger Schwanz aus?«

»Ich habe noch nie einen dreiundsiebzigjährigen –«

»Den habe ich von einer Website. Den echten solltest du nicht sehen.«

»Warum nicht?«

Er überlegte einen Moment und sagte schließlich: »Welch Meisterwerk ist doch der Mensch.«

»Mm-hm.«

»Das habe ich neulich an einer Toilettenwand in Queens gelesen.«

Roxy wusste nicht, wohin das noch führen sollte. Also wieder: »Mm-hm.«

»Dieser Kerl, der im Park gestorben ist. Fünfundvierzig Jahre alt. Junger Mann. Ich weiß noch, als ich fünfundvierzig war, habe ich mich nicht für jung gehalten, aber wie sich rausgestellt hat, war ich das.«

»Wenn Sie das sagen.«

»Das tue ich«, meinte er, unempfänglich dafür, dass sie halb zuhörte und halb panisch war. »Weißt du, was schwer daran ist, jung zu sterben?«

»Wahrscheinlich das Sterben?«

»Wenn man jung stirbt, wird man in eine Situation hineingeworfen, auf die sich die meisten Leute jahrzehntelang vorbereiten. Darum geht's beim Altwerden: zu lernen, wie man den Löffel abgibt. Mein Therapeut nennt es ein ›Seminar in Sachen Verlust‹. Stück für Stück nimmt dir die Welt all die Dinge, die dir wichtig sind, und Stück für Stück lernst du, sie loszulassen. Mein Aussehen. Meine Gesundheit. Meine Frau.«

»Lebt Ihre Frau nicht noch?«

»Doch, ja, aber ... wie sie mal aussah? Mein lieber Schwan. *Weg*. Das gibt's nicht zurück. Ein langes Leben nimmt dir alles, was du liebst. Aber da sind auch Sachen, die man gerne loswird. Das Bedürfnis, gemocht zu werden. Das Bedürfnis, gehört zu werden. Das Bedürfnis, jedes hübsche Mädchen nackt zu sehen. Bei manchen Sachen freut man sich darauf, sie endlich loszuwerden.« Er sah aus dem Fenster. »Ich warte wohl immer noch darauf.«

»Also bin ich gefeuert?«

»Was, wegen dieser Radwegsache? Scheiß auf die Typen.« Dann guckte er wieder traurig. »Es tut mir leid. Ich wollte dich nur kennenlernen. Ich sehe dich jeden Tag. Wir reden nie. Ich bin das ganz falsch angegangen.«

»Ja, das sind Sie.«

»Ich dachte, junge Leute mögen das mit den Schwanzbildern. Ich dachte, das wär irgendwie Trend.«

»Das kann schon sein. Ich würde es nicht unbedingt einen *guten* Trend nennen«, sagte sie salomonisch. »Grundsätzlich geht es, glaube ich, darum, ein Bild vom eigenen zu schicken. Ich meine, es soll schließlich darauf hinauslaufen, dass sie irgendwann den echten sieht, oder?«

Er lachte, und das löste die Stimmung so weit, dass Roxy gehen konnte.

Sie kehrte an ihren Schreibtisch zurück. Kervis sah ihr durch die Scheibe in seinem Büro zu. Nach ein paar Minuten zwitscherte ihr Telefon. Sie sah nach. Es war ein Foto. Ein altes, faltiges, weißhaariges, kriegsversehrtes Glied lugte aus dem geöffneten Hosenstall eines Anzugs hervor.

Sie stellte das Handy aus und machte sich an die Arbeit.

***

Die Wohnung war so still, dass Alice die kleinen Dinge hören konnte – das Ticken der Uhr, das Tropfen des Wasserhahns, ab und zu gedämpftes Hupen oder eine Sirene vom morgendlichen Rushhour-Desaster vor der Tür. Kühles Sonnenlicht fiel auf den Küchentisch und den blauen Baum, und es war genug Platz für die Knie und Ellbogen einer fleißigen Frau mit einem Ziel.

Alice hatte gut geschlafen. Sie hatte an Grover gedacht, als sie im Bett lag, und am nächsten Morgen dachte sie immer noch an ihn, aber nicht so sehr mit anhaltendem Verlangen, als vielmehr mit dem zufriedenen Gefühl, einen kleinen Drachen bekämpft und besiegt zu haben. Sie waren Facebook-Freunde geworden. Er hatte angefragt, sie hatte bestätigt. Schön. Das konnte sie tun, und es war trotzdem alles gut.

Alice schlug das große gelbe Buch auf. Der Buchrücken war allmählich darauf trainiert, sie zu den Seiten zu bringen, die sie am häufigsten brauchte. Sie beschloss, sich einen Tee zu machen, dann fiel ihr ein, dass sie schon einen gemacht hatte. Er war in dem Becher vor ihr auf dem Tisch. Auf dem Becher stand »Einen Tag nach dem anderen«, was, wie Alice wusste, ein Sinnspruch der Anonymen Alkoholiker war, und sie fragte sich, ob der Becher von Roxy stammte, was Roxy eine ganz neue Facette verliehen hätte, aber dem war nicht so. Er war von einem früheren Mieter zurückgelassen worden, irgendwann in den Neunzigern, vielleicht in der Hoffnung, dass diese fünf Wörter eines Tages von Nutzen für einen späteren Mieter sein würden, und jetzt war es so weit, denn Alice hatte noch 86 TAGE BIS ZUM TEST, und jeder Tag wäre eine Herausforderung, und sie würde jeder Herausforderung begegnen und gewachsen sein, einer nach der anderen.

Ab heute.

Los geht's.

Eine Stunde später blickte Grover von seinem Text zur ethischen Frage einer abgeblasenen Hochzeit auf, der vor dreizehn Stunden fällig gewesen wäre, aber immer noch geschrieben wurde, und sah das Mädchen von gestern, die angehende Medizinstudentin, Alice, seine neue Facebook-Freundin, die ihr Lager an einem Zweiertisch am Fenster aufschlug. Sie holte alles aus der Tasche und arrangierte es vor sich, und sobald sie damit fertig war, blickte sie auf und sah Grover direkt an; sie hatte ihn schon beim Reinkommen entdeckt. Er winkte. Sie winkte mit einem verhaltenen Lächeln zurück: *Da wären wir wieder.* Grover erwiderte das Lächeln: *Sieht ganz so aus.* Dann verließen er und sie die Welt des Cafés und einander und machten sich an die Arbeit in den jeweiligen Minenschächten der Ethik und der Medizin, um frühestens zum Lunch wieder aufzutauchen. *An die Arbeit, Kälerfein.*

Und zu arbeiten gelang ihr. Sie konnte es, weil sie selbst jetzt das große Geheimnis nicht vergaß: dass sie es konnte. Es war möglich, und deshalb war es möglich. Setz dich da hin. Steh nicht auf. Sieh dir die Seite an. Pass gut auf. Ob sie heute alles lernte oder heute gar nichts lernte, war egal. Worauf es ankam, war das Ritual, das Tun. Worauf es ankam, war, dass sie jetzt hier war und nicht wieder ging. Einen Tag nach dem anderen.

Der Regen setzte wieder ein, als das Paar neben Alice nach
den Jacken griff. Die beiden wären gleich weg. Der Tisch
wäre frei.

VIERTES KAPITEL

Orthopraxie

Pamela Campbell Clark ging im Park spazieren. Das tat sie jeden Morgen. Sie bewegte sich auf einer stabilen Bahn, wie ein Komet.

Wie immer betrat sie den Park am Adam Clayton Powell Jr. Boulevard und drehte eine Runde um den Great Hill und wieder zurück. Es war nicht die anspruchsvollste Wanderung, aber es war ihre. Am Anfang kam sie am Blockhouse vorbei, einem dachlosen Steinbau mit Gitterstäben, der älter war als der Park selbst, dann durchquerte sie die North Woods, wo man wunderbar Vögel beobachten konnte, aber sie blieb nicht stehen, um die Gesänge des Waldes zu würdigen, denn dies war ihr Spaziergang, und sie absolvierte ihn so, wie sie wollte. Sie schob sich um den Great Hill herum in die Höhe, eine sanfte Schleife hinauf, die sich schließlich schloss und sie wieder auf den schmalen Pfad Richtung Heimat entließ, durch die North Woods, am Blockhouse vorbei, bis sich ihr Weg um genau 10 Uhr 18 mit dem mächtigen West Drive kreuzte, wie immer zu dieser Zeit. Jenseits des breiten Asphaltstreifens war die Steinmauer an der Nordseite des Parks zu sehen, über die das Rauschen des Vormittagsverkehrs heranschwebte.

Sie überquerte den West Drive, und fünf Sekunden später hörte sie ein Geräusch hinter sich, etwas, das mit einem hohen Zischen vorbeiflog. Es war ein Fahrrad, wie sie wusste, obwohl sie nicht die Reflexe hatte, um herumzuwirbeln und es mit eigenen Augen zu sehen, und selbst wenn, hätte sie es verpasst, weil es so schnell war. Fahrräder fuhren so schnell heutzutage. Die Fahrer sollten aufpassen. Guckten sie keine Nachrichten? Erst gestern war wieder jemand gestorben.

* * *

»Sorry noch mal wegen gestern Abend, Doc«, sagte Roxy zu Alice; ihre erste Entschuldigung.

»Was war gestern Abend?«

»Die Party! Ich musste lange arbeiten wegen der Krisensitzung des Stadtrats«, sagte sie und biss in einen trockenen Toast. »Übrigens, was sagst du? Der Arzt meinte, keine OP nötig.« Sie legte den Kopf zurück und zeigte Alice ihr Profil. Die Nase schien gut verheilt zu sein, aber weil Alice nur etwa fünf Minuten mit Roxys alter Nase verbracht hatte, konnte sie nicht sagen, ob sie originalgetreu war.

»Das freut mich«, sagte Alice und dann: »Sie sieht sehr schön aus.« Und die Nase sah wirklich sehr schön aus. Roxy sah sehr schön aus. Manche Menschen sind für den Sommer gemacht, und Roxy gehörte dazu.

»Danke«, sagte Roxy überschwänglich, dann steckte sie die frisch verheilte Nase wieder ins Handy. »Jedenfalls, sorry zum dritten Mal.« (Es war das zweite Mal.) »Ich wollte da gestern Abend so, so gern hin, aber im Park ist wieder jemand von einem Fahrrad erwischt worden. Das macht jetzt vier in diesem Sommer. Echt krank. Aber egal, das Meeting hat länger gedauert als gedacht, deshalb zum … vierten Mal?« (Dritten Mal.) »Sorry, echt.«

»Mach dir keinen Kopf«, sagte Alice, die keine Ahnung hatte, was sie und Roxy da eigentlich verpasst hatten. Tatsächlich war es so, dass Roxy vorgehabt hatte, Alice einzula-

den, und sogar angefangen hatte, Folgendes zu schreiben:
»Hey! Hast du heute Abend schon was vor? Da ist diese
Sache –«, aber dann hatte ihr Telefon geklingelt, sie wurde
zu der Sitzung gerufen, und der Abend hatte sich in Luft
aufgelöst.

GUTEN MORGEN. ES SIND NOCH 74 TAGE BIS ZUM
TEST.

Alice Quick – die wackere, unerschrockene, allen Torhei-
ten trotzende Alice Calliope Quick – war nun Stammgast
in der *Bakery*. Die Damen hinter dem Tresen kannten ihr
Gesicht und begrüßten sie mit aufrichtiger Freundlichkeit,
und auch wenn sie ihren üblichen Iced Latte mit Mandel-
milch noch nicht automatisch serviert bekam, war es schön,
bemerkt zu werden. Wenn möglich, wählte sie immer denselben Platz, die Bank vor dem Fenster. Manchmal setzte
Grover sich neben sie. Manchmal saß er auf der anderen
Seite des Raums. Er war immer da. Sie teilte sich die Inter-
aktionen mit ihm ein, nutzte einen Flirt als Belohnung für
das Erreichen kleiner Ziele: *Wenn ich mit dem Kapitel fertig
bin, darf ich drei Minuten mit ihm reden.* Es war albern, aber
es funktionierte.

Nur heute nicht. Heute funktionierte gar nichts. Bevor
sie ihr großes gelbes Buch aufschlug, schlürfte Alice ihren
Iced Latte und klickte einen Tweet an, der zu den ersten
beiden Absätzen eines Artikels über die Arbeitsbedingungen
in chinesischen Fabriken führte, darunter vielleicht auch die,
in der ihr Telefon hergestellt worden war (nein, die nicht),
und egal, wie sehr sie sich danach auf die Thermodynamik,
den Energiefluss, das Flackern von Kerzen zu konzentrieren versuchte, sie musste an die beiden Absätze über das
Leben der Arbeiter denken und übernahm einen Teil ihres
Schmerzes, einen winzigen Teil, so klein, dass die Arbeiter
sein Verschwinden nicht bemerkten, aber über einen Ozean
und zwei Kontinente hinweg reichte das, um einen produkti-

ven Vormittag zu verhindern. Und dann sah Alice, dass ihre Freundin Meredith irgendeinen Preis gewonnen hatte, und der ganze Tag war im Eimer.

Es war eine Goldmedaille der Liebgott Foundation for Chamber Performance, und wer wusste schon, dass so ein Preis überhaupt existierte? Alice wusste es, Alice hatte es *immer* gewusst, seit sie und Meredith Schülerinnen des Youth Conservatory of Westchester gewesen waren, mit geflochtenen Zöpfen, X-Beinen und Noten unter dem Arm, und weil dem so war, würde von Alice mehr als von allen anderen in Merediths großem Freundeskreis erwartet werden, dass sie auf Facebook etwas zu Merediths Liebgott sagte. Die Auszeichnung musste anerkannt werden, großzügig und von Herzen, denn so war Meredith Alice auch immer begegnet; sie hatte »Du schaffst das, Lady!« unter Alices Post damals geschrieben, aber wie hatten sie diesen Preis nur Meredith verleihen können?! Meredith konnte nicht wirklich so gut sein. Sie war zu hübsch, um so gut zu sein. Meredith, die in genau diesem Moment nicht an Alice oder irgendetwas anderes dachte, nur an die sechs Takte Strawinsky, die sie wieder und wieder spielte, bis sie perfekt waren. Grollend klickte Alice auf »Gefällt mir« und würgte eine Gratulation hervor, mit übertrieben vielen Ausrufezeichen, während der Neid sich wie ein heißer Speer in ihre Seite bohrte. Thermodynamik! *Komm schon, Kälerfein. An die Arbeit, an die Arbeit, an die Arbeit.* Thermodynamik. Energie fließt ins System, erhöht die Energie des Systems. Energie fließt aus dem System, verringert die Energie, *verdammte Meredith*, die Energie des Systems, ES REICHT.

Ihr Telefon leuchtete auf.

»Hallo Alice«, begann die E-Mail von Libby, Tulips Mom, und *oh, was jetzt?* »Tulip hat mir erzählt, dass du dich um ein Medizinstudium bewirbst.« (*Scheiße.* Alice hatte es Tulip gegenüber erwähnt. Im Bus auf dem Heimweg, das Thema war einfach so aufgekommen, Tulip hatte gesagt, dass sie am nächsten Tag einen Test schreibe und dass sie Tests hasse, und Alice hatte gesagt, Tests seien gut, man wisse nie, wer man sei, bis man getestet wird, und Tulip hatte gefragt, wann Alice zum letzten Mal einen Test geschrieben habe, und Alice hatte gesagt, schon lange her, aber tatsächlich sei es so ...) »Sie meinte, du hättest ihr erzählt, dass du zum Ende des Sommers den Medizinertest machen würdest. Das kommt für uns offensichtlich etwas überraschend. Als du dich vorgestellt hast, hast du uns versichert, dass du zu einem langfristigen Engagement als Nanny bereit wärst.« (Das war sie auch gewesen. Damals. *Scheiße.*) »Das ist erst neun Monate her. Ich muss mich fragen, ob du das schon die ganzen neun Monate wusstest und mir absichtlich nicht erzählt hast.« (Sie hatte es seit drei Jahren gewusst. *Ups!*) »Ich glaube, wir sollten uns so schnell wie möglich zusammensetzen. Kannst du morgen um 10 vorbeikommen? Da hat Tulip ihren Schwimmkurs.«

Nun, das war interessant. Normalerweise ließ Libby die Bombe per E-Mail platzen. Persönlich gefeuert zu werden, war eine unerwartete Variation. Vielleicht war es so ein Ego-Ding. Vielleicht brauchte Libby es, dass Alice um ihren Job bettelte. Vielleicht wurde Libby bei der Arbeit nicht respektiert und brauchte das Gefühl von Macht.

Sie besprach es mit dem Ethiker.

»Ist es bescheuert, dass sie deshalb auf mich sauer ist?«

»Na ja, nein, eigentlich nicht«, antwortete Grover, nur zu gern bereit, sich ablenken zu lassen. »Überleg mal, wie stressig es für sie sein muss, eine Nanny einzustellen. Du bringst ganz bestimmte Fähigkeiten mit, die schwer zu finden sind. Sie hat wirklich Panik, dass sie dich verlieren könnte.«

»Libby hasst mich. Sie hat mich schon dreimal gefeuert.«

»Hast du jemals darum gebettelt, den Job wiederzubekommen?«

»Nein.«

»Siehst du«, sagte er, »weil du unersetzlich bist. Und das weiß sie.«

»Ich glaube, ihr Mann zwingt sie, mich wiedereinzustellen«, sagte Alice. »Ich glaube, sie handelt oft überstürzt, und ihr Mann tritt dann auf die Bremse.«

»Das mag sein«, sagte er. »Aber wenn das stimmt, mag ihr Mann dich, und das ist ja schon mal was.«

»Er mag mich nicht. Ich glaube, er will sich nur nicht darum kümmern, jemand Neues einzustellen. Die Nesbitts arbeiten beide im Finanzsektor. Sie sind immer in den Miesen. Irgendwas Unvorhergesehenes, und sie strampeln und schreien wie Babys.«

»Klingt nach einem wunderbaren Arbeitsplatz.«

»Tulip ist nett. Wegen ihr ist es das wert, glaube ich.« Das stimmte. Alice und Tulip verstanden sich wirklich gut. Wenn Alice ihre Freunde in der Stadt hätte auflisten sollen – es waren nicht viele –, wäre Tulip ziemlich weit oben gewesen. Sie war die Person, mit der Alice sich am wohlsten fühlte, die Person, mit der sie am leichtesten ins Gespräch kam (wobei sie in diesem Fall wohl etwas weniger gesprächig hätte sein sollen).

»Unterschätze nicht, was du für sie tust«, sagte Grover. »Weißt du, was Konfuzius über die menschliche Erfahrung gesagt hat?« (Hier gewann Alice den Eindruck, dass Grover nicht länger ein Gespräch führte, sondern laut einen Text verfasste. Vielleicht fände das Eingang in eine seiner Kolumnen! Wäre das cool? Oder schräg? Las Libby Pearlclutcher?) »Ein Mensch zu sein, lässt sich auf so viele verschiedene Arten erleben. Reich, arm, gesund, krank, schön, hässlich, stabil, instabil. Wir kommen auf so unterschiedlichen Wegen dazu, aus so krass unterschiedlichen Ecken, dass wir nur sehr wenig gemeinsam haben. Eigentlich nur eines. Weißt du, was das ist?«

Eine leise innere Stimme sagte Alice, dass es jetzt reichte mit Jungs, die Hof hielten. Es war nicht mehr faszinierend wie im College, diese Art, mühelos und aus dem Stegreif Vorträge über was auch immer zu halten und die großen Denker zu zitieren, die Alice mittlerweile gelesen haben sollte. Trotzdem mochte sie Grover. Also riet sie. »Wir werden alle sterben?«

»Nein, ich meine, ja, wir *werden* alle sterben, aber nein … Wir werden alle von jemandem umsorgt.« Er machte eine Lass-das-mal-sacken-Pause. Sie ließ es sacken, es traf auf Grund, und er fuhr fort. »Wir gehören nicht zu den Arten, die eine Minute nach der Geburt aufstehen und rumlaufen können, wie Rehe. Wir müssen gefüttert und getragen werden. Glaub ja nicht, dass du bloß Geschirr abspülst. Du vermittelst diesem Kind eine grundlegende Erfahrung des Menschseins.«

Alice nickte geistesabwesend. Ihre Gedanken wanderten zu ihrer Mom. Ihre eigene grundlegende Erfahrung. Penelope Quick hatte für sie gesorgt. *Kälerfein, bist du da drin?* Ihre Mom wusste immer, wo sie sich versteckte. Sie gab vor, es nicht zu tun, aber eine Mom weiß immer Bescheid. Mom ist nie weit weg. Es sei denn, du ziehst nach Hawaii, und sie schickt dir in zwei Jahren keine einzige E-Mail. Verlassenwerden. Die zweite Mutter, die das gemacht hatte.

»Ich sollte versuchen, den Job zu behalten«, sagte Alice.

»Nun, ich will dir nicht sagen, was du tun sollst«, entgegnete er. »Aber das wäre mein Rat, ja, behalt ihn.«

Er wirkte stolz auf sich. »Du bist sehr weise«, sagte sie nach einer Weile, und er wurde ein bisschen rot. Verlegen blitzten die Zähne zwischen seinen Lippen auf.

»Ich weiß«, sagte er und nahm einen Schluck Tee.

***

Oh, danke, Gott, danke, Jesus, danke, all ihr Engel und Heiligen.

Das war Pitterpats erster Gedanke, als Dr. Economides sagte, sie habe Morbus Crohn, und in aller Ruhe ein mildes Steroid verschrieb. Jahre später würde sie auf ihre erste Reaktion zurückschauen wie auf einen Leitstern und versuchen, diese Perspektive wieder einzunehmen, das Bewusstsein, dass es noch sehr viel schlimmer hätte kommen können. Morbus Crohn, das klang so harmlos! Sie wusste nichts darüber und verbuchte das als Plus. Wie schlimm konnte eine Krankheit schon sein, von der sie noch nie gehört hatte? Sie hatte nie einen Spendenaufruf von der Familie eines Morbus-Crohn-Patienten gesehen. Sie hatte die Worte »Morbus Crohn« nie im gleichen Satz mit dem Wort »Überlebende« gehört. Falls Menschen an Morbus Crohn gestorben waren, dann nicht in so großer Zahl, dass es für Souvenir-T-Shirts eines Zehn-Kilometer-Spendenlaufs gereicht hätte, jedenfalls war ihr nie eins untergekommen. Als ihr Verhältnis zu der Krankheit im Verlauf der Jahre zu tiefem Hass heranreifte, bemühte sie sich manchmal, in verzweifelten Momenten (meistens auf der Toilette), sich an diesen ersten Eindruck zu erinnern, an das Gefühl von Erleichterung.

Erst auf der Taxifahrt nach Hause, als sie »chrohn« googelte und die Ergebnisse für das korrekte »Crohn« bekam, dämmerte ihr, dass das Ganze von Dauer war. Den Rest des Tages legte sie das Telefon nicht mehr aus der Hand und wandte den Blick nicht davon ab; sie begann ihr eigenes Medizinstudium.

Bill fragte nicht, wo sie gewesen war. Hätte er gefragt, hätte sie behauptet, sich Farbmuster von Farrow & Ball angesehen zu haben, weil die Toilette eine neue Sommerfarbe vertragen könne, aber er fragte nicht mal, und das wurmte sie. Er sah nur von seinem Buch auf und sagte schläfrig, sie sehe schön aus. Er meinte es ernst, sie sah wirklich schön aus, aber er kehrte so schnell zu seiner Lektüre zurück, dass das Kompliment wie ein Ritual wirkte, das er vollzog, ohne es zu verstehen oder daran zu glauben, einfach weil er es musste.

Er hatte gehofft, sie würde ihn fragen, wie das Seminar lief. Aber sie fragte nicht.

Sie ließ sich ein Bad ein. Sie verriegelte die Tür, und während das Wasser lief, verrichtete sie ein qualvolles, feuriges Geschäft. Auf dem großen Sofa im Wohnzimmer ahnte Bill nichts davon, genauso wenig wie er ahnte, dass seine Frau Anfang der Woche eine Darmspiegelung gehabt hatte. Er schlug eine neue Seite seiner Kopiensammlung auf und fing an, über den Reines-Land-Buddhismus und das Nembutsu zu lesen.

* * *

Eine dumpfe Erschöpfung senkte sich auf Alice, und alles Wache, Energiegeladene in ihr schien verschwunden zu sein. Das große gelbe Buch aufzuschlagen und sich auf die Worte zu konzentrieren, war aus irgendeinem Grund nicht möglich. Sie hatte die Sache mit Meredith abgehakt. Sie hatte sogar Libby aus ihren Gedanken verbannt. Trotzdem tat sich nichts. Sie knabberte an einem trockenen Schokocroissant und las einen Yahoo-Artikel über ein Bed-and-Breakfast in Form eines riesigen Beagles, und alle paar Minuten spürte sie Gewissensbisse, weil sie nicht arbeitete, aber sie hatte nicht mal die Energie, sie *wirklich* zu spüren. Sie flammten auf und erloschen wie ein billiges Streichholz im Wind. Viel zu früh gab etwas in ihr den Tag verloren, und sie würde am Abend schrecklich unzufrieden ins Bett gehen. Und schon war sie schrecklich unzufrieden und wäre am liebsten ins Bett gegangen. Sie wollte den Tag nicht verloren geben, aber er war es.

Zwei Tische weiter klapperten Grovers Finger heftig auf

seinem Laptop. Er war im Tunnel, wie man so sagt, haute etwas raus. Alice wusste nicht, dass Grover furchtbar fand, was er schrieb, und sie wusste auch nicht, dass er recht hatte; es war tatsächlich furchtbar. Sie sah nur den wilden Fingerwirbel auf den schwarzen Tasten seines kleinen silbernen Computers und verspürte plötzlich den grausamen Impuls, ihn abzulenken.

»Also. Grover Kines.«

Seine Schultern entspannten sich. Der Fingerwirbel löste sich. Er lächelte, dankbar für die Unterbrechung.

»Ja, Alice?«

»Hi.«

»Hi«, sagte er.

Alice merkte, dass sie eigentlich gar nichts zu sagen hatte und geriet kurz aus dem Tritt, aber Grover war ein derartiger Könner der Konversation, dass er jede Gesprächspause den schnappenden Kiefern der Peinlichkeit zu entreißen wusste.

»Churchill-Fan?«, fragte er locker.

»Wie bitte?«

Er zeigte auf ihr Buch. Aufs Cover hatte Alice geschrieben: »Sicher bin ich, dass wir hier und jetzt die Meister unseres Schicksals sind. Dass die Aufgabe, die vor uns liegt, unsere Kraft nicht übersteigt; dass ihre Schmerzen und Mühsal unsere Ausdauer nicht übersteigen.«

»Sehr gut«, sagte sie. »Beeindruckend, dass du das erkannt hast.«

»Oh, na klar, es ist eine berühmte Rede.«

»In der Tat«, sagte sie und fügte dann eine Erklärung hinzu, die eigentlich nichts erklärte. »Mein Ex-Freund war besessen von Churchill.«

»Aaaah«, sagte er. Es entstand eine Pause, die Grover einmal mehr überbrückte. »Also du gegen Churchill, und er hat sich immer für Churchill entschieden, und deshalb habt ihr euch getrennt«, riet Grover.

»Oh, nein, so war das nicht. Ich mag Churchill auch«, sagte sie. »Ich mochte nur nicht, wie sehr *er* Churchill mochte.«

»Verstehe.«

Sie sagte nichts weiter, und Grover war sich nicht sicher, ob er wieder aushelfen sollte, also ließ er es sein, und dann merkte Alice, dass sie weitermachen musste.

»Ich meine, es hat auch Vorteile, jemanden zu daten, der von Churchill besessen ist«, sagte sie. »Er war super einfach zu beschenken. Ernsthaft, er hat jedes Jahr eine Geburtstagsparty gefeiert, zu der alle seine Freunde kamen, und der Geschenktisch sah aus wie ein Museumsshop ... Churchills Lieblingszigarren. Churchills Lieblingschampagner. Eine Fliege mit kleinen Churchills darauf. Wackelkopffiguren, Poster, Kalender, was auch immer. Ich habe ihm eine Schreibmaschine geschenkt; die habe ich auf eBay gefunden, das gleiche Modell, das sie in der Kommandozentrale benutzt haben. Mit dem kleinen Wappen der königlichen Hoflieferanten. Sie war echt cool. Ich war so aufgeregt, als ich sie ihm geschenkt habe. Und er war begeistert! Aber dann, keine Ahnung, irgendwas daran, *wie* begeistert er war ... hat mich ein bisschen traurig gemacht. Mir ist klar geworden, dass ich nie so leicht zu beschenken sein will, verstehst du? Irgendwann habe ich ihn rundheraus gefragt, ob er nicht manchmal morgens aufwacht und denkt: ›Äh, vielleicht ist dieses ganze Churchill-Ding gar nicht so interessant?‹, und er meinte so ganz ernst: Nein, nie.«

»Na ja«, setzte Grover an und rutschte etwas vor, »objektiv betrachtet *ist* Churchill interessant –«

»Ja, ich weiß, er hat den Faschismus ernst genommen, als es sonst keiner gemacht hat, er hat sich der Opposition und Teilen seiner eigenen Partei widersetzt und die Regierung so lange zusammengehalten, bis Amerika in den Krieg eingetreten ist, er hat die schiere Existenz seines Reichs aufs

Spiel gesetzt und gewonnen, er hat die westliche Zivilisation gerettet, ich *weiß*«, sagte Alice. »Churchill ist interessant! Aber dieses ganze Churchill-*Ding* ist nicht interessant. Ich habe festgestellt, dass es nicht mein Ding ist, wenn Leute um genau eine Sache kreisen. Meine Freundin Meredith kreist nur um die Geige. Mein Bruder kreist nur um ... tja, im Moment anscheinend nur um den Buddhismus, nach seinen Facebook-Posts zu urteilen. Das ist ja auch schön für sie, aber es ist beunruhigend, wenn man mit so jemandem eine Beziehung führt.«

»Jede Wette.«

»Aber ... ich glaube, ich bin neidisch auf diese Menschen, und deshalb habe ich mich überhaupt zu Carlos hingezogen gefühlt. Ich meine, er war irgendwie langweilig, und ich glaube, er fand *mich* auch langweilig, vor allem weil ich nicht Churchill war, und ich war nur mit ihm zusammen, weil zu der Zeit alles andere in meinem Leben anstrengend war und er einfach ... nicht«, sagte Alice und merkte, dass sie vielleicht zu viel von sich preisgab, aber das, was sie sagen wollte, war fast erreicht. »Ich habe allerdings an ihm bewundert, dass er sich ganz auf eine Sache konzentrieren konnte. Ich wünschte, ich könnte das.«

»Warum?«

»Weil man nur so wirklich Großes erreicht.«

»Und das ist wichtig? Großes zu erreichen?«

Sie dachte an die geröteten Augen ihrer Mom. *Du hast Glück. Du spielst Klavier.*

»Ja.«

»Warum?«

»Glaube ich einfach. Vielleicht hab ich's in den Genen.« (Hatte sie nicht. Sofia Hjalmarsson wollte ihr Leben lang nichts Großes erreichen, und das ist ihr gelungen. Sie führte ein kleines Internetcafé an der norwegischen Küste und zog zwei Kinder groß und war in beidem von überragender

Durchschnittlichkeit.) »Ich habe einfach das Gefühl … wenn man diese eine Sache hat, kommt man klar. Und man findet so eine Sache nur, wenn man alles andere ausblendet.«

»Du glaubst also nicht an den Mythos vom Universalgelehrten.«

»Nein, tue ich nicht. Schönes Wort«, sagte sie mit einem Lächeln. Er zuckte mit den Schultern, verlegen, attraktiv. Sie fuhr fort: »Ich meine, Carlos, bei allem Schlechten, das ich über ihn sagen könnte, ist toll darin … Sachen über Churchill zu wissen. Und das ist keine Kleinigkeit. Er hat Bücher darüber geschrieben, Preise gewonnen –«

»Moment mal«, unterbrach sie Grover. »Reden wir hier von Carlos Dekay?«

Alice seufzte. »Ja.«

»Ich habe sein Buch«, sagte Grover. Dann stellte er klar: »Ein Rezensionsexemplar. Hab's nicht gelesen.«

»Es ist gut, glaube ich«, sagte Alice. »Die Art von Buch, die man schreiben kann, wenn man nur um Churchill kreist.«

Wieder entstand eine Pause, und diese füllte Grover nicht sofort. Alice blickte auf ihre Hand hinunter. Die Knochen ihrer Hand. Vierter Mittelhandknochen. Fünfter Mittelhandknochen.

»Na, mach dir keine Sorgen«, sagte Grover schließlich und hatte wieder ihre Aufmerksamkeit. »Bald kreist du auch nur noch um eine Sache, und dann bist du bestimmt genauso langweilig wie dein Ex-Freund.«

Sie sah ihn fragend an. Er wies auf das große gelbe Buch. »Medizin.«

»Ach ja«, sagte sie, etwas peinlich berührt, dass sie daran erinnert werden musste. »Ich sollte vermutlich –«

»Ich auch«, sagte er, und sie machten sich wieder an die Arbeit.

***

Pitterpat saß kaum eine Minute in der Wanne, als Bill klopfte.
»Wann glaubst du fertig sein zu können?«

Pitterpat nahm den weißen Waschlappen von den Augen.
»Fertig wofür?«

»Wir sind zum Abendessen verabredet. Zach und Masha.«

»Was?!«

»Steht im Kalender.«

Vielleicht stimmte das. Ja, es stimmte. Aber Junge, war das lange her, dass Bill Zach und Masha zuletzt erwähnt hatte. Oder vielleicht war es auch einfach lange her, dass Bill überhaupt etwas erwähnt hatte. Zusammen, aber parallel, genau wie zu MeWantThat-Zeiten, nur dass damals ein großer Berg aus Geld und Komfort am Horizont zu sehen war. Sie war weniger gespannt darauf, was sich diesmal am Horizont zeigte.

Das Restaurant war in Tribeca, am unteren Ende von Downtown. Auf dem West Side Highway stand alles still.

»Ich hasse es, zu spät zu kommen«, sagte sie.

»Wir kommen nicht zu spät.«

»Doch.«

Bill schloss die Augen. »*Namu Amida Butsu*«, sagte er.

»Was ist das?«

»Ein Gebet. Es heißt ›das Nembutsu‹«, sagte er. Und dann: »Es ist buddhistisch.«

Pitterpat verdrehte die Augen zum Fenster raus. Das Taxi fuhr an und bremste. Sie würden definitiv zu spät kommen.

»*Namu Amida Butsu*«, wiederholte er.

Sie konnte fühlen, wie sehr er sich wünschte, sie würde fragen. Sie gab nach.

»Was bedeutet das, ›Namu‹ –?«

»*Namu Amida Butsu*. Es bedeutet: ›Ich nehme Zuflucht in und überlasse mich der Gnade Buddhas.‹ Oder eigentlich dieses einen Buddhas, Amida.«

»Es gibt mehr als einen Buddha?«

»Ähm. Gewissermaßen? Keine Ahnung. Vielleicht war Amida eher ein Bodhisattva.«

Sie biss an. »Was ist ein Bodhisattva?«

Seine Miene hellte sich auf. Er hatte so gewollt, dass sie nach seinem Seminar fragte. Und jetzt, vielleicht weil sie im Stau standen oder weil in ihren Eingeweiden endlich Ruhe herrschte, stellte sie fest, dass sie zuhören wollte. Sein alberner Enthusiasmus machte ihn attraktiv, jedenfalls für den Moment. Sie würde nicht seine Hand nehmen, aber sollte er nach ihrer fassen, wäre das okay.

»Ein Bodhisattva ist wie ein buddhistischer Superheld. Er hat jede Menge Karma angehäuft, also genug, um das Nirwana zu erreichen. Aber statt aufs Ganze zu gehen, hängt er lieber hier draußen rum, in unserer Welt.«

»Wie ein Typ, der am College rumhängt, obwohl er vor elf Jahren seinen Abschluss gemacht hat?«

Das gefiel Bill. »Ganz genau. Weil er bleiben und seine Kräfte für das Gute einsetzen will. Glaube ich. Ich weiß es nicht, ich habe es gerade erst gelesen. Also legt er dieses Gelübde ab –«

»Er?«

»Oder sie. Er oder sie legt dieses Gelübde ab und schwört, Gutes zu tun und alles Leid zu beenden. Das Ding ist, wann immer jemand ihn anruft, muss Amida demjenigen zu Hilfe kommen. Egal, wer es ist oder wo er ist oder was derjenige macht oder gemacht hat, wenn jemand sagt: ›*Namu Amida Butsu*‹, was bedeutet ›Ich nehme Zuflucht in dir, Amida, hilf mir‹, dann muss er demjenigen helfen, ohne weitere Fragen. Was immer das Problem ist, er fliegt runter, schnappt dich und bringt dich ins Reine Land.«

»Ins Reine Land?«

»Wohl so was wie der Himmel.«

»Also stirbt man?«

Bill war etwas überfragt. »Vielleicht?«

»Ich hoffe nicht.«

»Ich glaube nicht. Ich glaube, wahrscheinlich nicht. Ich glaube, die Leute nutzen es eigentlich für alles. Zum Beispiel, wenn man im Stau steht. *Namu Amida Butsu.*«

»*Namu Amida Butsu*«, sagte Pitterpat, der Verkehr begann wieder zu fließen, und sie lachten. Bill nahm ihre Hand, und sie lächelte, als sie aus dem Fenster sah.

Bald trafen sie in einer ruhigen Kopfsteinpflasterstraße ein und fanden das Restaurant, das Zach für sie ausgesucht hatte, ein Laden namens *Everything*. Es war kaum zu finden, wenn man nicht davon wusste; der dunkle Eingang versteckte sich unter einer grauen Markise, wie ein Promi mit Baseballkappe, der am Flughafen nicht erkannt werden will. Zach und Masha warteten draußen, wie man das so macht, wenn der letzte Juniabend so überraschend trocken und angenehm ist. Der Himmel war pink, das Licht golden, und Zach und Masha wirkten glücklich und wohlhabend. Sie waren ein paar Jahre länger zusammen als Bill und Pitterpat, und Pitterpat war das immer unangenehm gewesen, als wäre sie in eine Dreierunterhaltung geplatzt, ohne je den Anschluss zu finden. Aber trotzdem, Masha war sehr nett und achtete immer darauf, Pitterpat Komplimente zu ihrem Outfit zu machen. So auch heute.

»Bro«, sagte Bill zu Zach.

Bill und Zach hatten vor Jahren angefangen, »Bro« zu sagen, als alle »Bro« sagten, und dann, als alle anderen weitgehend damit aufhörten, hörten sie weitgehend auch damit auf. Aber sie waren zu Bro-Zeiten Freunde geworden und immer noch Bro füreinander und würden es immer bleiben.

»Bro«, entgegnete Zach, und sie umarmten sich.

Es war drei Monate her, seit sie sich zuletzt gesehen hatten. Pitterpat fiel plötzlich auf, dass ihr Mann abgenommen hatte. Er wirkte auch größer. Er hatte gar nicht so viel trainiert, aber er sah stärker aus, als wäre die Luft in seinen Lungen frischer als die der anderen.

Drinnen am Tisch dauerte es nicht lange, bis die Getränke bestellt waren und das Gespräch auf MeWantThat kam. Zach war als Vorstandsmitglied und Berater dabeigeblieben. Bill hatte sich mit dem Geld vom Acker gemacht und war jetzt immer neugierig, wie es auf dem Acker aussah.

»Also wie läuft's?«

»Frag nicht«, sagte Zach und legte dann los. Es laufe gut, sehr gut sogar. Die Verkaufszahlen seien stabil. Engagement ein bisschen niedriger, aber immer noch stark. Alles gut. Doch dann senkte Zach die Stimme, auf eine Art, die Bill sofort wiedererkannte: »*Mit folgender Information könnte der Typ am Nebentisch, wenn er etwas damit anzufangen wüsste, den Aktienkurs fallen lassen.*« Bill beugte sich vor, der Mund wässrig.

»Vor ein paar Wochen haben wir Post von einem Anwalt bekommen.«

Bill lachte. »So fängt jede gute Geschichte an.«

»Leider immer öfter«, sagte Zach, ohne zu lachen.

»Was stand drin?«

Zach atmete aus. Seine Schultern sackten ab. »Also, da ist diese Frau in Phoenix«, sagte er, und präzisierte dann: »Afroamerikanerin«, in einem Ton, der besagte, dass die Frau hier nicht die Böse war, wir geben ihr nicht die Schuld an dem, was als Nächstes kommt, und wenn wir so etwas über eine andere Firma lesen würden, würden wir ihr wie alle die Daumen drücken. Aaaaaaaaber: »Sie verklagt Me-WantThat wegen Rassismus.«

Bill drehte sich der Magen um. Seltsam, dass er noch vor einem Jahr, als für ihn so viel auf dem Spiel stand, vielleicht darüber gelacht hätte. Und jetzt saß er da, eine unbeteiligte dritte Partei, die die Geschichte aus sicherer Entfernung hätte genießen können, und lachte nicht. »Ist sie eine Angestellte?«

»Nein, o Gott, nein«, versicherte Zach allen. »Nur eine Kundin. Sie meint nicht, dass wir ein rassistischer Arbeitgeber sind. Sie glaubt, MeWantThat, das eigentliche Programm, sei rassistisch.«

In Gedanken versuchte Bill sich sofort an jede Person of Color zu erinnern, die er je eingestellt hatte, als Programmierin, Designer, Büroleiter oder Praktikantin. Hatte jemand von ihnen was gesagt? Nicht einer. Und es waren so viele gewesen. Eine gute Zahl, wie es schien. Aber vielleicht nicht genug? Wie viele wären genug? Und selbst wenn es genug gewesen *waren*, hätte jemand mit einem Problem zu Bill kommen können? *Wären* sie zu Bill gekommen? Hätte er sie *beachtet*? Hätte er *zugehört*?

Pitterpat bemerkte, dass Bill schwitzte. »Scheiße«, war alles, was er sagte.

Zach war von Bills Reaktion überrascht, fuhr aber unbekümmert fort. »Ja, also, vor ein paar Wochen hat sich die Frau MeWantThat zum ersten Mal runtergeladen. Und aus irgendeinem Grund hat sie sich dabei gefilmt. Oder ihr Sohn hat sie gefilmt, glaube ich. Jedenfalls, sie öffnet die App.«

»O Gott«, sagte Bill, weil er schon ahnte, was kommen würde.

»Und das Erste, was kommt, das Erste, was MeWantThat dieser afroamerikanischen Dame anbietet, ist ein Eimer mit frittiertem Hühnchen.«

Pitterpat lachte auf, besann sich aber gleich eines Besseren. »Ernsthaft?«

»Das ist noch nicht alles«, sagte Zach, der auch lachen musste. »Sie wischt es weg, und als Nächstes kommen Tickets für ein Basketballspiel.«

»Nein!« Pitterpat amüsierte sich. Bill war still.

»Sie wischt die weg, und ich kann wirklich nicht glauben, dass es passiert ist. Das Nächste, was sie bekommt, ist ein Diabetes-Selbsttest.«

»Um Gottes willen«, entfuhr es Pitterpat. »Wer würde den denn überhaupt wollen?«

»Das war Teil unseres karitativen Programms«, erklärte Bill. »Wir wollten, dass jeder fünfzigste oder hundertste Vorschlag was Gesundes ist. Kondome, Vitamine, Registrierung für Habitat for Humanity. Himmel, Zach, das ist echt übel.«

»Ich weiß nicht«, sagte er. »Das Video ist nun schon ein paar Wochen auf YouTube und hat nicht wirklich abgehoben.«

»Also, ich frag jetzt einfach mal«, sagte Pitterpat, »*ist* Me-WantThat rassistisch? Ich meine, hat das Programm gewusst, dass die Frau schwarz ist, und deshalb diese Vermutungen über sie angestellt?«

»Nein«, sagte Bill mit einem Anflug von Verärgerung. »Darum geht es ja bei MeWantThat. Wir lassen Algorithmen außen vor. Wir wollen dich nicht kennenlernen, denn sobald wir dich kennenlernen, geben wir dir etwas, von dem du schon weißt, dass du es willst, und das ist nicht der Sinn der Sache. Uns geht es darum, dir etwas vorzuschlagen, von dem du *nicht* weißt, dass du es willst, und das geht nur, wenn wir dich *nicht* kennen. So was wie jetzt musste irgendwann passieren. Es ist eine Anomalie, aber Anomalien kommen vor, es ist eine statistische Sicherheit, dass es immer eine Anomalie gibt. Aber sie ist reiner Zufall.«

»Totaler Zufall«, sagte Zach und nahm einen Schluck von seinem Drink. »Jedenfalls, vielleicht einigen wir uns mit ihr auf einen Vergleich, irgendeine kleine Summe. Aber ich fand es irgendwie witzig.«

»Willst du mich verarschen?« Bill war sichtlich wütend. »Es ist überhaupt nicht witzig.«

Das ließ alle verstummen. Pitterpat und Masha studierten ihre Speisekarten, denn egal, was sie beizutragen hatten, es würde ein Zach-und-Bill-Gespräch werden: Zach, der versuchte, das Abendessen mit seinem komischen früheren

Partner zu überstehen, und Bill, den aus irgendeinem Grund gerade alles erschütterte, was falsch lief auf der Welt.

»Ich weiß nicht, warum du dich so aufregst«, sagte Zach kühl. »Dich betrifft das doch gar nicht. Du musst keine Schadensbegrenzung betreiben. Du bist fein raus, Bill. Du bist frei.« Das letzte Wort, »frei«, war kodiert, darunter lag eine Dynamik, auf die diese Auseinandersetzung, wie jede Auseinandersetzung, hinauslaufen würde, wenn es niemand verhinderte: Zach war MeWantThat treu geblieben, und Bill hatte sich auszahlen lassen. Zach wollte Bill wiederhaben, und Bill gefiel es, weg zu sein. Pitterpat und Masha sahen sich müde lächelnd an, wie zögernde Infanteristen in gegenüberliegenden Schützengräben. Doch Bill biss nicht an. Er war auf einem Gleis, das niemand sonst sehen konnte.

»Natürlich betrifft mich das. Es bedeutet *Leiden*. Die Frau hat *gelitten*, und auch wenn ich nicht direkt daran beteiligt war, ist es nicht weniger real. Das macht es nicht weniger zu meinem Problem.«

Zach wirkte verblüfft. »Wie das?«

»Solange es Leiden auf der Welt gibt, wie können wir da glücklich sein? Die arme Frau wurde beleidigt, von einer Maschine, die sie auf der Suche nach Orientierung … nach … nach *Weisheit* gekauft hat. Und die sogenannte Weisheit, die sie bekam, hat sie *verletzt*.«

»Es ist ne App, Alter«, sagte Zach. »Ein Programm, das auf einer Maschine läuft. Sie wurde von einer Maschine beleidigt.«

»Nein! Nicht von einer Maschine! Nicht von einer Maschine«, blaffte Bill, und die Kellnerin, die gerade zu ihnen kommen wollte, drehte ab. Bill spürte sich lauter werden, konnte und wollte es aber nicht ändern. »Sie wurde nicht von einer Maschine verletzt. Sie wurde von fünfhundert Jahren Unterdrückung verletzt. Das hat ihr wehgetan, und alles von diesem Schmerz steckte in diesem Moment, dem

Moment, als der Computer in ihrer Hand ihr sagt: ›Oh, Sie mögen bestimmt frittiertes Hühnchen, oder?‹ Es steckt alles da drin, Zach! Alles Leid, und wir sind dafür verantwortlich.«

»Ich bin nicht dafür verantwortlich«, sagte Zach ruhig, »und du auch nicht. Niemand ist schuld.«

»Das ist nicht dasselbe! Ich rede nicht davon, wessen Schuld es ist. Ich rede darüber, wer *verantwortlich* ist. Und es tut mir leid, wir sind alle verantwortlich! Wir sitzen hier, bei einem teuren Essen in Tribeca, in einem Gebäude, das wahrscheinlich mal ein Ausbeutungsbetrieb war, und es bedeutet uns nichts, weil wir alles Leid ignorieren. Wir tun so, als wäre es nicht da, als wäre es Vergangenheit und nicht unser Problem, aber es ist nicht Vergangenheit, es ist da, auf dem Telefon dieser Frau.« Bill spürte alle Blicke auf sich und nahm einen großen Schluck Wasser. »Sorry.«

Eine Weile sagte niemand was. Schließlich ergriff Pitterpat das Wort.

»Bill besucht ein Seminar über Buddhismus.«

»Tatsächlich?«, fragte Masha.

»O ja«, sagte sie. »Das ist seine neueste Passion.«

Als sie das sagte, wurde Pitterpat bewusst, dass sie ihn dafür bestrafen wollte, peinlich gewesen zu sein. Sie wollte Streit. Aber was sie von Bill bekam, war kein angriffslustiger Blick. Es war ein Blick voller Panik.

Masha drückte unter dem Tisch Zachs Hand. *Alles okay*, sagte die Hand, *ich liebe dich.*

Bill trank noch etwas Wasser und erklärte Zach und Masha dann mit zunehmender Ruhe, was es für ein Seminar war, wie er es entdeckt hatte und wie sehr er es genoss. Bald kamen die Vorspeisen, und sie lachten wieder, und die Diskussion über die Klage lag in der Vergangenheit, wo sie niemandem wehtun konnte.

Als Bill und Pitterpat sich ein Taxi heranwinkten, kam

Zach auf das zu sprechen, was er während des Essens hatte sagen wollen.

»Fortinbras«, sagte er zu Bill, und Bill wusste, was es bedeutete. »Die schnüffeln rum.«

»Wirklich«, sagte Bill.

»Es sieht nach einer Übernahme aus, was für alle super wird. Für uns jedenfalls. Aber es wird auch eine Umstrukturierung bedeuten.«

Bill schüttelte den Kopf und seufzte. »Zach«, sagte er, aber er hatte schon keine Energie mehr. Er hatte dieses Gespräch schon so oft unter der Dusche durchgespielt. Jetzt, da es so weit war, war er es schon leid.

»Wir sind eine Marke, Bill. Du und ich. Ein Doppelpack.«

»Du brauchst mich nicht.«

»Nein. Ich *will* dich. Überleg mal, wie viel Spaß wir hatten. So könnte es wieder sein.«

Und es machte wirklich Spaß. Bill sah Zach an und empfand eine glühende, strahlende Liebe für den Kerl. Die Erinnerung daran, was sie gemeinsam aufgebaut hatten, wurde wieder lebendig. All die Prüfungen, die Rückschläge, die endlosen Nächte des Nachdenkens und Überdenkens und Neuprogrammierens und Stocherns in dünnen Plastikschalen mit dem besten Sushi von Manhattan, verteilt über den ganzen Konferenztisch. Es war eine Zeit der Freude gewesen. Bill besaß immer noch die deaktivierte Schlüsselkarte des alten Büros; er hätte sie nie wegwerfen können.

Die Frauen warteten geduldig, als Bill und Zach sich mit einer langen Umarmung verabschiedeten. Bill stieg ins Taxi, und die ganze Rückfahrt saßen er und Pitterpat still da und sprachen nicht über das Jobangebot, das er gerade irgendwie bekommen hatte.

Masha und Zach sprachen darüber, als sie zu Fuß nach Hause gingen. Sie sprachen seit Monaten darüber, und das eben hatte seltsam ermutigend gewirkt. Bill hatte schließlich nicht Nein gesagt. Er schien sich der Idee nicht komplett zu verschließen. Trotzdem war Masha beunruhigt.

»Geht es ihm gut? Ist alles in Ordnung mit ihm? Denn das war schräg.«

»Er war immer schon ein bisschen schräg«, sagte Zach.

»Diese Sache mit der Klage. Ich meine, ich versteh schon, was er meint, aber *meine Güte*, weißt du?«

»Ja.«

Sie drückte seine Hand und blickte zu ihm auf, während sie weitergingen. »Dabei war es ja nur Zufall.«

War es nicht, und Zach wusste das, aber seine Anwälte hatten deutlich gemacht: Nicht mal seine Ehefrau durfte erfahren, dass die Frau unwissentlich an ein Beta-Programm geraten war, das einen neuen Algorithmus für MeWantThat testete, einen, der nicht zufällig etwas empfahl, sondern basierend darauf, wer man war, wo man wohnte, was man mochte, wer Freunde und Familie waren, wo sie wohnten und was sie mochten. Der Algorithmus wurde schließlich verworfen, und die Details von *Smith vs. MeWantThat* verschwanden auf einem Regierungsserver mit all den anderen beigelegten Rechtsstreitigkeiten, klein und unbedeutend im Vergleich.

In dieser Nacht saß Pitterpat an ein Kissen mit Memory-Schaum gelehnt in ihrem Bett, das Laptop auf den gekreuzten Beinen, während Bill neben ihr schnarchte. Sie hatte einen trockenen Mund, ein Warnsignal nahender Crohnigkeit, aber das konnte sie ausblenden.

»Hallo alle«, schrieb sie. »Dies ist mein erster Post hier. Ich möchte mich bei den Moderatoren und bei allen anderen dafür bedanken, dass diese Seite existiert. Sie ist mehr als hilfreich. Es ist eine so einsame Erfahrung. Ich weiß nicht, wie ich darüber reden soll. Ich habe meine MC-Diagnose vor ein paar Tagen bekommen, und ich habe noch nicht mal meinem Mann davon erzählt. Und ich weiß nicht, ob ich es ihm erzählen *kann*. Oder erzählen will. Oder ob mir überhaupt wichtig ist, was er denkt.« Den letzten Satz löschte sie wieder. Stattdessen schrieb sie nur: »Irgendwelche Gleichgesinnten?«

***

GUTEN MORGEN. ES SIND NOCH 71 TAGE BIS ZUM TEST.

Alice stand in der *Bakery*-Schlange und bestellte ihren Iced Latte zum Mitnehmen.

»Zum Mitnehmen?«

Grover und sein Laptop befanden sich an einem Tisch in der Nähe. Der Tisch neben ihm war noch frei. Normalerweise hätte Alice ihre Tasche dort geparkt.

»Ich muss zu dieser Sache, weißt du noch? Ich muss um meinen Job betteln.«

»Ach ja«, sagte er. »So ein Spaß!«

»Bist du nachher noch hier? Ich hoffe, es dauert nicht lang.«

Er verzog das Gesicht. »Ich habe einen Lunchtermin downtown. Das war's vermutlich für heute.«

»Oh«, sagte Alice, die überraschend enttäuscht war und es nicht verbergen konnte.

»Viel Glück«, sagte er, »ich glaube wirklich, du tust das Richtige.«

»Ich weiß«, sagte sie. »Mir wäre nur lieber, ich müsste es nicht tun. Ich sollte hier sein. Die Stellung halten!«

Aber ehrlich gesagt, dachte sie, während sie im M3-Bus die Central Park North entlangfuhr, welche Stellung eigentlich? Der Tag gestern war für die Tonne gewesen. Sie hatte nichts geschafft. Und morgen und Freitag wäre sie den ganzen Tag bei Tulip. Eine achtundvierzigstündige Umleitung auf dem Highway stetigen Fortschritts. Einfach unverzeihlich. Während sie all das dachte, kam der Bus an Überallmann

vorbei, der an einer Straßenecke auf einen Stadtplan guckte.
Ein echter Plan, zum Anfassen und Zusammenfalten, auf den
etwas mit schwarzem Filzer gemalt war, eine Art Spirale, die
sich von einem geografischen Punkt ausbreitete. Er sah vom
Plan hoch, begegnete Alices Blick, der Bus fuhr weiter, und
er war fort.

Der Bus ließ sie direkt vorm Haus der Nesbitts raus. Die
Kirschbäume trugen dichtes grünes Laub. Die hinreißenden
weißen Blüten, die Verheißung des Frühlings, waren nur noch
eine ferne Erinnerung. Jetzt waren es einfach Bäume.

»Hey, Luis«, sagte Alice zum Portier, und er hieß sie mit
einem Lächeln willkommen. Als sie an ihm vorbei Richtung
Lobby ging, angezogen von der gekühlten Luft, fiel ihr seine
plötzlich besorgte Miene auf. Das Lächeln verflog, er blickte
in Richtung der schweren Schritte, die die Fifth Avenue run-
terzukommen schienen. Jemand rannte, jemand rannte ihr
nach. Alice hatte nur einen Sekundenbruchteil, um das zu
realisieren und Angst zu bekommen, dann schob Luis sich
zwischen die Nanny der Nesbitts und ihren Angreifer.

Nur war es kein Angreifer.

»Grover?«

»Hi. Sorry. Tut mir leid.« Und dann zu Luis: »Sorry.«

Luis trat zurück. Grover beugte den Oberkörper vor und
holte tief Luft. Er war viele Blocks gesprintet.

Luis sah Alice an. »Sie kennen den Kerl?«

»Ja, er ist ein Freund von mir«, sagte sie und war mit
einem Mal sehr aufgeregt. Grover kam langsam wieder zu
Atem.

»Alice. Wir müssen. Reden.«

Da sie noch ein paar Minuten Zeit hatte, gingen sie um die
Ecke, eine Stelle schräg gegenüber von einem Krankenhaus.

»Ich hatte deine Nummer nicht, deshalb musste ich dich
persönlich finden.«

»Wie hast du das gemacht?«

»Ich habe bei Google nach den Nesbitts gesucht. Auf Cur-bed gibt's einen ganzen Artikel darüber, wie sie die Wohnung hier gekauft haben. Es ist haarsträubend, wie viel Platz sie haben. Ist es total widerlich und opulent da oben?«

»Ja«, sagte Alice lachend. »Einfach lächerlich.«

»Dachte ich mir.« Er bekam wieder Luft und lachte auch ein bisschen. »Jedenfalls habe ich meine Meinung geändert. Ich denke, du solltest kündigen.«

»Was?«

»Ich weiß, so etwas sagen zu können ist möglicherweise sehr privilegiert von mir, aber hör zu. Du führst ein beque-mes Leben.«

»Nein, tu ich nicht.«

»Doch, tust du. Und das tust du schon lange. Tut mir leid, dass ich es dir nicht schonender beibringe, aber weil du in Eile bist, will ich es schnell loswerden, damit du es dir über-legen kannst, bevor du da hochfährst. Du hast es bequem, hast es schon lange bequem, und deshalb bist du noch keine Ärztin. Du kommst einfach gut klar, ohne Ärztin zu sein. Du hast es nicht *nötig*, Ärztin zu sein. Du willst Ärztin werden, aber du musst es auch *nötig* haben, Ärztin zu sein, und dann wirst du auch eine. Ich weiß nicht, wie groß deine Erspar-nisse sind …«

Sie antwortete mit einem Lachen.

»… aber ich weiß, dass dein Bruder reich ist. Dich hab ich auch gegoogelt. Sorry. Ich weiß, dass er reich ist und hier lebt und dich nie verhungern lassen würde, stimmt's?«

»Stimmt.«

»Aber er ist dein Bruder, weshalb du ihn nur fragen wür-dest, wenn du wirklich am Verhungern wärst, also wirklich kurz vorm Hungertod, stimmt das auch?«

»Stimmt auch.«

»Und das Schlimmste ist, du wirst Unterstützung brau-chen, um fürs Medizinstudium zu bezahlen, und irgendwann wirst du ihn darum bitten müssen, und das steht dir jetzt schon bevor. Auch das stimmt, oder?«

»Es steht mir eher bevor, seine Frau darum zu bitten, aber ja, stimmt haargenau«, sagte sie. Die Erleichterung, es laut auszusprechen, war wie ein warmes Bad.

»Dann musst du jetzt Folgendes machen. Hau diesen Sommer deine Ersparnisse auf den Kopf. Hau alles raus für Miete, Nebenkosten, Kaffee und Croissants. Geh pleite, während du für den Test lernst, denn dann wirst du bestehen *müssen*. Das meine ich ernst!«

Sie lachte, und er dachte, sie würde ihn auslachen, weil er verrückt war, aber sie lachte, weil er recht hatte. Grover, dieser attraktive Ethiker, war im echten Leben ganz genauso weise wie auf Pearlclutcher, und Alice spürte ein Kribbeln. Sie musste es *nötig* haben, Ärztin zu werden. Sie musste dafür sorgen, dass sie es nötig hatte.

Sie grüßte Luis noch mal, als sie in die Lobby zurückkehrte. Sie nahm den Fahrstuhl bis in das Riesenapartment ganz oben, wo sie ein kurzes, respektvolles Gespräch mit Libby führte. Libby war verständnisvoll, und es wurde ein Termin vereinbart, bei dem Alice sich von Tulip verabschieden würde. Alice schüttelte Libby die Hand, fuhr ein letztes Mal mit dem Fahrstuhl nach unten, und die Welt wirkte ein bisschen möglicher. Sie verabschiedete sich von Luis und traf sich dann mit Grover in einer Bar an der Lexington, die so dunkel, kühl und leer war, wie es nur eine New Yorker Bar an einem Sommertag sein kann, und der Barkeeper schenkte ihr ein Glas Champagner ein (auf Grovers Rechnung, sie brauchte ihr Geld zum Pleitegehen).

Kurz darauf traten sie wieder auf den Gehweg, ins fröhliche Geschrei des Sonnenscheins. Grover musste nach Downtown zu dem Lunch, zu dem er auf höchst unethische Weise zu spät kommen würde. Zur U-Bahn ging es in die eine Richtung, und zu Alices Bus in die andere. Zeit, sich zu trennen.

Er federte ein bisschen auf den Fußballen, stolz auf Alice und stolz auf sich selbst.

»Fühlst du dich gut?«

Das tat sie und sagte es auch, und es war *wirklich* so. Der Nebel der letzten anderthalb Tage hatte sich gelichtet. Sie würde es durchziehen. Ihr stand nichts mehr im Weg, nur noch der Weg selbst. Ab jetzt würde sie nichts mehr aufhalten.

»Tja«, sagte er. »Dann bis morgen.«

»Auf jeden Fall«, entgegnete sie.

Er machte Anstalten, sie zu umarmen, und sie küsste ihn.

BUCH ZWEI

Die Hölle

BUCH ZWEI

Die Hölle

FÜNFTES KAPITEL

Felix

Mrs. Cluck hatte Felix geraten, keine Muffins mitzubringen, wenn er als Geschworener antrat, aber er hatte nicht auf sie gehört. Sie piesackte ihn immer wegen der Muffins und Croissants und Cookies und Kuchen und was er sonst noch so an seinem freien Tag zauberte und dann mit zur Arbeit brachte. Die Bewohner liebten es, wenn Felix sie mit seinen Leckereien überraschte, aber Mrs. Cluck machte immer die gleiche Bemerkung.

»Die tun nur so, Felix«, sagte sie. »Eigentlich hassen sie dich.«

Dann lächelte er verschmitzt. »Mrs. Cluck, sind Sie etwa eifersüchtig?«

»Natürlich! Was denn sonst! Hier sind lauter alte Damen wie ich, Damen, die seit siebzig Jahren Muffins backen. Sie haben diese Muffins ein Leben lang perfektioniert. Und jetzt hocken sie hier und denken: ›Okay, ich beiße wohl bald ins Gras, aber wenigstens kann ich in dem Wissen gehen, in einer Sache die Beste zu sein.‹ Und dann tauchst du auf mit deinen Tupperdosen und stellst ihnen kurz vor der Ziellinie ein Bein.«

Felix lachte. Mrs. Cluck beendete diese Nummer immer mit einem Zwinkern, während sie sich noch einen extra Muffin genehmigte. Sie war eine der Bewohnerinnen, mit denen er am liebsten Zeit verbrachte. Sie verarschte ihn, was selten war. Fast alle anderen im Robinson Gardens behandelten Felix wie einen Enkelsohn, den sie tatsächlich mehr als einmal im Jahr sahen.

Es war März 2009, und Felix konnte in seinem Leben eigentlich keine Berufung als Geschworener gebrauchen. Sein Vater war krank. Sehr krank und sehr alt. So alt, dass die Leute gemeinhin davon ausgingen, Duane, der schon über fünfzig war, als Felix geboren wurde, wäre sein Großvater. Jetzt war er einundachtzig und hatte gerade erfahren, dass er nie wieder laufen würde. Es waren vermutlich die letzten Lebenswochen seines Vaters, und Felix verbrachte sie downtown in einem Gerichtsgebäude. Einmal benutzte er eine Telefonzelle auf dem Korridor – eine dieser alten Holzkabinen mit Schnitzereien, die man nur in historischen öffentlichen Gebäuden findet –, um mit einem von Duanes Ärzten zu reden, und nachdem der Arzt aufgelegt hatte, blieb Felix noch eine Weile drinnen, um ein bisschen zu weinen. Als er fertig war und hinaus wollte, verklemmte sich die Tür und ging nicht mehr auf, und kurz dachte Felix, er wäre auf ewig gefangen, ehe die Tür nachgab und er zu seinem Platz im Wartebereich zurückkehrte.

Der Typ neben Felix war rot im Gesicht. Er hatte den ganzen Morgen wegen irgendwas Wichtigem flüsternd in sein Handy geschrien. Ein Projekt, an dem er arbeitete. Etwas, das irgendwie »disruptiv« wäre. Es war eine Sprache, die Felix nicht kannte, die Sprache von Leuten, die unbeschwert in wohlhabenden Verhältnissen und mit jungen aufmerksamen Eltern aufgewachsen waren und die nun den Luxus genossen, sich den Kopf über Markteinführungszeitpläne und die Kohäsion von Plattformen zu zerbrechen. Der Typ war so alt wie Felix: sechsundzwanzig. Aber er sah furchtbar aus. Als würde er mit vierzig – übergewichtig und glatzköpfig – sterben. Felix verspürte den Impuls, ihm zu sagen, dass alles nicht so schlimm sei. Was auch immer es war, er könnte es sein lassen. Dann fragte Felix sich, ob der Fremde dasselbe zu ihm sagen würde.

Endlich legte der Fremde auf und seufzte entnervt.

»Es wurden noch keine Namen aufgerufen, oder?«

»Nein, noch nicht«, entgegnete Felix.

»Es darf mich echt nicht treffen«, sagte er. »Ich habe gerade *gar* keine Zeit für so was.«

»Hört sich ganz so an.«

Der frühvergreiste Sechsundzwanzigjährige schnaubte zustimmend. »Ach, keine große Sache. Meine Welt gerät nur gerade aus den Fugen, das ist alles.«

»Das tut mir leid«, sagte Felix. »Blaubeermuffin?«

Felix öffnete die Tupperdose in seinem Schoß. Sein Nachbar sah die Muffins an und dann Felix, er glaubte an einen Scherz, merkte aber schnell, dass es keiner war.

»Nein, danke. Ich verschwinde mal eben. Wenn sie mich aufrufen, könntest du denen sagen, dass ich da bin?«

»Natürlich«, sagte Felix, darauf programmiert, hilfsbereit zu sein. »Wie ist der Name?«

»Bill Quick. William Quick. Danke.« Und Bill machte sich auf zur Toilette.

Sie wurden beide ausgewählt. Da die einzigen zwei süßen Mädchen unter den Wartenden gehen durften, befand Bill, dass er sich auch mit Felix zusammentun konnte. Sie aßen an jedem Verhandlungstag zusammen mittag. Sie machten zusammen Zigarettenpausen, in denen Bill rauchte und Felix die frische Luft genoss und es bei seinem Dad probierte, meistens ohne Erfolg. Sein Dad telefonierte nicht gern.

Eines Abends gingen sie nach der Verhandlung zu einem Mexikaner in der Nähe, einem echt edlen Laden mit tollem Essen, obwohl Bill behauptete, im Vergleich zum mexikanischen Essen in Kalifornien sei das gar nichts. Felix konnte es sich nur vorstellen; er war noch nie da gewesen. Sie bestellten Margaritas und etwas, das sich Guactopus nannte, und es machte so viel Spaß, dass sie drei Abende hintereinander hingingen. An einem dieser Abende gesellten sich zwei Mädchen zu Bill, Julie und Marianne, die hübschesten und zweithübschesten Mädchen, mit denen Felix seit Jahren geredet hatte, aber für Bill war es ein Abend wie jeder andere.

Bill fragte Felix nach seinem Leben, und Felix schüttete ihm sein Herz aus. Er erzählte Bill von seinem Dad, davon, wie einmal ein Sergeant Duane MacPherson Buchhalter der Armee mit wirklich hoher Sicherheitsfreigabe gewesen war und Dinge gesehen und gehört hatte, die er mit ins Grab würde nehmen müssen. Dinge, die man vielleicht gern einer Ehefrau erzählt hätte, weshalb er sich in den Kopf setzte, niemals zu heiraten, und er hätte es auch fast geschafft, wenn er nicht mit über fünfzig Felix' Mom begegnet wäre und sich verliebt hätte, und wie ein guter Soldat gehorchte er den Befehlen einer höheren Macht und heiratete die Frau. Alle warnten Felix' Mom davor, seinen Dad zu heiraten, weil sie sich in ihren besten Jahren um einen alten Mann würde kümmern müssen. Dann wurde Felix' Mom krank, und Duane musste sich um sie kümmern. Und nachdem seine Mom nicht mehr lebte, war es Felix zugefallen, sich um den alten Mann zu kümmern, und daraus bestand nun gerade sein Leben.

Nach dieser Geschichte legte Bill den Arm um Felix.

»Felix«, sagte er. »Ich weiß nicht, was ich sagen soll.«

Felix schnürte es die Kehle zu, und er kämpfte dagegen an. »Also bestellen wir wieder Guactopus, oder was?«

»Natürlich bestellen wir wieder Guactopus«, sagte Bill. So machten sie es und redeten den Rest des Essens über Basketball. Felix hatte mal einhundertacht Freiwürfe hintereinander versenkt. Bill war beeindruckt.

Als nach sechs Tagen mit Zeugenaussagen der Richterhammer endlich niederfuhr, ging das einher mit einem Schuldeingeständnis in allerletzter Sekunde, sodass Bill und Felix gar nicht über das Urteil abstimmen mussten. Sie waren gleichermaßen enttäuscht und erleichtert, aber vor allem waren sie froh, endlich fertig zu sein, wenn auch ein bisschen traurig, ins echte Leben zurückzumüssen. Sie kehrten für ein letztes Lunch beim Mexikaner ein und tauschten Telefonnummern aus. Felix wünschte Bill viel Glück mit Marianne, derjenigen der beiden Mädchen, auf die Bill ein Auge geworfen zu haben schien. Bill tat es lachend ab und wünschte Felix alles Gute mit seinem Dad. Dann stieg Felix in eine U-Bahn, Bill winkte sich ein Taxi heran, und das war's.

Noch am selben Tag fand Felix während einer Arbeitspause eine Facebook-Freundschaftsanfrage von Bill. Felix wusste, dass es eine dieser Facebook-Freundschaften werden würde, bei denen eigentlich von Beginn an klar ist, dass man sich nie wiedersehen wird, was dann unweigerlich auch so kommt, aber es war nett gewesen, Bill kennenzulernen und eine Woche mit ihm abzuhängen, und so drückte er »Bestätigen«.

Sechs Jahre vergingen. Duane hielt durch, obwohl mehrere beängstigende Stürze deutlich machten, dass er eine Betreuung rund um die Uhr brauchte. Normalerweise war die Warteliste im Robinson Gardens lang; auf jedes Zimmer mit Parkblick kamen in der hochbewerteten Einrichtung an der Central Park North mindestens zwanzig Leute, die mit irgendwelchen Winkelzügen versuchten, ihre Großmutter dort unterzubringen. Felix, dessen jungenhaftes rundes Gesicht wie ein wackeliger Kürbis auf einem langen, schlaksigen Körper thronte, war kein sehr überzeugender Mann. Als er seinem Chef, Mr. Gutiérrez, die Situation erklärte, hörte Mr. Gutiérrez das unwillkürliche Beben in der Stimme des jungen Mannes und ersparte ihnen beiden weitere peinliche Verrenkungen. Es war gerade ein Zimmer frei geworden – ein schönes Zimmer, nicht zu schön, aber schön –, und solange die Veteranenbehörde die Rechnung übernahm, war Duane dort herzlich willkommen. Wie alle im Robinson Gardens empfand Mr. Gutiérrez grundsätzlich Mitleid mit Felix und war froh, dem Jungen helfen zu können.

***

»Guten Morgen, Dad«, sagte Felix eines kühlen Junimorgens. »Wie geht's?«

»Ich lebe noch«, lautete Duanes Antwort, wie immer. Seine Verdrießlichkeit störte Felix nicht. Die gehörte schließlich zum Job, egal, ob es um den eigenen Vater oder einen Fremden ging: Man war Cheerleader für jemanden auf der Verliererseite.

»Wie schade«, sagte er. »'ne Menge Leute sind scharf auf das Zimmer. Hey, Gutiérrez will wissen, ob vielleicht die Chance besteht, dass du bis zum Wochenende abkratzt? Das wär echt 'ne Hilfe.«

»Nein, danke«, sagte Duane und wandte sich dem Fernseher zu.

Felix reichte ihm vier Tabletten und zog dann die Jalousie hoch.

»Schau an, schau an«, sagte er, die Aussicht auf den Lichtschacht bewundernd. »Also, das musst du mir jetzt einfach glauben, draußen ist es wunderschön. Ich habe in gut vier Stunden Mittagspause. Wie wär's, wenn ich uns ein paar Sandwichs besorge, und wir gehen im Park spazieren.«

»Ich gehe nicht mehr spazieren.«

Felix konnte das gut. Er wusste, wie man Verzweiflung parierte. »Ach herrje«, sagte er betont gut gelaunt. »Wenn es doch nur die Möglichkeit gäbe, dass ich das Gehen übernehme und du einfach dasitzt und dich vergnügst. Einen Stuhl mit Rädern vielleicht. Hat den schon jemand erfunden?«

Duane stellte den Fernseher lauter.

»Dad. Du wohnst direkt am Central Park. Hast du eine Ahnung, wie viele Menschen so leben möchten?«

»Ich habe nicht darum gebeten.«

Felix drängte nicht weiter. Er verabschiedete sich und absolvierte seine Runde. Er sah nach Mrs. Mardigan (Geschwür), Mrs. Fuentes (neue Enkeltochter), Mrs. Cluck (auf dem Weg der Besserung), Mrs. Blyleven (traurig), Mrs. Tolliver (überzeugt, Krebs zu haben), Mrs. Yu (sauer auf ihre Schwester, wusste aber nicht mehr, warum), Mrs. Fox (keine Ahnung, wer Felix war), Mrs. Bevilacqua (warmes Lächeln) und schließlich Mrs. Tremont (dement, freundlich, lüstern).

Eine Stunde später trank er im Pausenraum eine Tasse Kaffee. Er wusste, dass er sie nicht würde austrinken können. Irgendein Alarm würde losgehen, er müsste sich kümmern, und wenn er wiederkäme, wäre der Kaffee kalt. Er trank einfach, so viel er konnte, so schnell er konnte, und checkte Facebook.

In Felix' kleinem Freundeskreis wirkten alle immer so beschäftigt und erfüllt. Das machte ihm Hoffnung. Er entdeckte seine Highschoolfreundin Carly mit einem Neugeborenen im Krankenhaus, unter der Überschrift »Zum dritten Mal Tante!«, und er dachte, wie schön für Carly, dass sie Tante geworden ist. Er wusste nicht, dass Carly ihre Schwester nahezu hasste und wie schwer es für sie gewesen war, das Krankenhaus zu betreten, nachdem sie gerade eine Trennung durchgemacht hatte und sich verzweifelt selbst ein Kind wünschte, und wie schnell sie das Krankenhaus wieder verlassen hatte, denn Babys waren anstrengend, und vielleicht wollte sie doch kein eigenes. Felix sah nur Carlys momentane Freude und freute sich mit ihr. Ihm fiel ein, wie sehr sein Dad Carly immer gemocht hatte, und dann machte er sich wieder Sorgen um seinen Dad, weshalb er weiterscrollte, um seinen Problemen wenigstens einen Augenblick lang zu entkommen.

Bill Quick hatte einen interessanten Artikel gepostet. In der Mongolei war ein Mann verhaftet worden, der versucht hatte, einen mumifizierten buddhistischen Mönch außer Landes zu schmuggeln, um ihn auf dem Schwarzmarkt zu verkaufen. Der Mann hatte den Mönch in einer Höhle gefunden, wo er sich anscheinend hundert Jahre zuvor hingesetzt hatte, um in der Dunkelheit in Ruhe zu meditieren. Manche waren der Meinung, der Mönch meditiere immer noch, sein Körper habe sich so verlangsamt, dass der Mönch *wirke* wie verstorben, aber immer noch da drinstecke, immer noch tickend, immer noch das Mantra wiederholend, mit dem er vor mehr als einem Jahrhundert begonnen hatte.

Die Haut des Mönchs war wie glatter Granit. Er trug immer noch sein orangefarbenes Gewand und war leicht vorgebeugt, aber aufrecht, die Hände in Meditationsgeste.

Bills Kommentar: »#Ziele.«

Ungewöhnlich für Bill, so etwas zu posten. Felix betrachtete den Mönch und malte sich eine solche Zukunft für seinen Dad aus. Nie sterben. Nur verlangsamen, bis alles erstarrt. Natürlich würde Felix immer noch dreimal am Tag nach ihm sehen.

Felix klickte nicht auf »Gefällt mir«, aber andere hatten das gemacht. Er las sich die Namen durch. Alice Quick. Das Minibild ließ ein Mädchen vermuten, Haare, Lippen, Zähne und etwas Grünes im Vordergrund. Felix klickte darauf, eine neue Seite erschien, und da war sie in hoher Auflösung, strahlte hungrig hinter einem Guactopus hervor.

So ein glückliches Lächeln. Glück wie von einem anderen Planeten mit anderen Schwerkraftgesetzen.

Alice schien Bills jüngere Schwester zu sein, doch sie sahen sich nicht ähnlich. Sie lebte in New York City, war aber in einer Stadt namens Katonah aufgewachsen. Highschoolzeit am Youth Conservatory of Westchester. College an der SUNY Binghamton.

Er scrollte weiter.

Da war sie auf einer Party, neben Silence, dem Wrestler. (Waren sie befreundet?) Auf der anderen Seite von Silence stand ein Mädchen mit Gesichtsverband. Alle drei mit breitem Facebook-Grinsen, aber das von Alice war kleiner, rätselhafter. (Datete sie Silence? War sie Wrestling-Fan?)

Und dann war da ein viele Jahre altes Video, zwei kleine Mädchen auf der Bühne der Carnegie Hall. Die Kleine am Klavier war Alice. Gut so. Das Mädchen mit der Geige war wohl die, die es gepostet hatte. Auf ihrem Profilbild hielt sie eine Geige in den Händen. Meredith Marks. Konzertgeigerin.

Er deaktivierte die Stummschaltung, und aus einer Entfernung von fünfzehn Jahren und dreiundfünfzig Blocks wand sich Musik wie Qualm durch das Neonlicht des Pausenraums. Felix schloss die Augen. Die Melodie war vertraut, wie etwas, das seine Mutter im Auto gesummt hatte, und falls er sich täuschte, formte sich dennoch eine Erinnerung, die ihm gefiel.

Weitere Bilder. Hier saß sie mit einer Erkältung im Bett und aß Hühnersuppe. Wer hatte das Foto gemacht? Carlos. Profilbild von Winston Churchill.

Felix scrollte wieder nach oben. Alice Quick. Single. Er scrollte wieder runter.

Ein Bild von ihr an Halloween. Bei einer Broadway-Show. Ein Selfie in einem Bus. Die Musik lief weiter. Die Geige pausierte, und das Klavier übernahm. Die Musik wurde von den Kindern gespielt, staunte Felix. Spielte sie immer noch? War sie Profi wie Meredith?

Da kam die Antwort. »GROSSE LEBENSENTSCHEIDUNG« stand über dem Post. Ein Textblock und dann ganz unten: »Ich werde MEDIZIN STUDIEREN.« Darunter lauter Herzen und Daumen hoch. »Freu mich so für dich!«, funkte ihre Freundin Meredith. »Du schaffst das, Lady!«

Das war im April 2012. *Sie ist wahrscheinlich gerade durch mit dem zweiten Jahr,* dachte er. *Bald ist sie Dr. Alice Quick.*

Er scrollte noch ein bisschen weiter runter. Da hatte sie das Profilbild geändert, aber es war kein Bild von ihr. Sondern ein altes Foto einer jungen Frau, aufgenommen in den Siebzigern, kommentarlos gepostet. Die junge Frau stand in einer Küche mit gestreifter Tapete und einem senffarbenen Wandtelefon neben dem Kühlschrank und sah auf nette Weise überrascht aus, als würde sie gleich loslachen. Herzen und traurige Mienen unter dem Bild. In den Kommentaren Beileidsbekundungen. »Es tut mir so leid, Alice.« »Bete für euch.« »Licht und Liebe.« Felix konnte sich nicht daran erinnern, dass Bill etwas von einer kranken Mutter erzählt hatte. Armer Bill. Arme Alice. Dann musste Felix daran denken, wie er seine eigene Mutter verloren hatte. Sie wäre jetzt sechzig.

Er scrollte weiter, und die Mutter von Bill und Alice erwachte wieder zum Leben, auf einer Hochzeitsfeier irgendwo in einem Garten mit viel Grün. Da waren Bill, seine Braut – Marianne! –, Alice in einem Brautjungfernkleid und eine gut sechzigjährige Mrs. Quick, Haltung bewahrend unter einer Perücke. Sie und Alice standen maximal weit voneinander entfernt.

Er scrollte noch weiter und kam ans Ende. Alice in einem Blümchenkleid, ein Surfboard haltend. Maui. Felix war auch da nie gewesen, aber er konnte sich vorstellen, wie besonders es sein musste. Sie wirkte so frei. Sie hatte wohl nicht gewusst, wie nah ihre Mom dem Ende war. Man weiß es wirklich nicht, bis man es weiß.

Er scrollte wieder ganz nach oben, zu dem Mädchen mit der Guacamole. Was immer das Lächeln am Strand ausgezeichnet hatte, es war nicht mehr da. Felix empfand Mitgefühl für die Schwester eines Typen, den er kaum kannte.

»Felix?«

Felix blickte auf. Es war Rosa, eine andere Pflegerin, die sich mit einem Seufzer hereinschleppte. Eigentlich eine kleine Person, aber irgendwie schien es sie immer sehr anzustrengen, sich durch einen Raum zu wuchten.

»Hi. Was gibt's?«

»Erstens sucht deine Freundin nach dir.« (Mrs. Tremont. Dement, freundlich, lüstern.) »Wobei du jetzt David heißt, glaube ich.«

»David war ihr erster Mann. Er ist in einem Krieg gefallen.«

»Aber nicht hier oben«, sagte Rosa und tippte sich an die Schläfe. »Außerdem will Gutiérrez dich sprechen.«

***

Mr. Gutiérrez war nicht gut darin, seine Gefühle zu verbergen. Als seine Schwester Shirley und ihre Familie mal zu Besuch in der Stadt waren, hatten sie Karten für die Aufzeichnung einer Talkshow bekommen. Eine brandneue Sendung, moderiert von einem ehemaligen Autorennfahrer oder so was. Mr. Gutiérrez hatte noch nie von dem Kerl gehört. Ein Praktikant hatte Shirley am Times Square angesprochen und ihr Freikarten angeboten, und Mr. Gutiérrez war schließlich mitgekommen. Der erste Gast der Sendung war ein junges Mädchen, das online seine Jungfräulichkeit versteigern wollte, und während es runterratterte, was es machen und nicht machen und wie viel es kosten würde, erblühte Unbehagen auf Mr. Gutiérrez' Gesicht. Die Show war nach acht Sendungen abgesetzt worden und lange vergessen, aber die Aufnahme von Mr. Gutiérrez im Publikum, als er dieses Gesicht machte, lebte als außerordentlich beliebtes GIF weiter, auch bekannt unter dem Namen »Wer-hat-gefurzt-Typ«.

Gutiérrez hatte keine Ahnung, dass er der Wer-hat-gefurzt-Typ war. Manchmal kamen jüngere Angehörige ins
Robinson Gardens, um ihre Großeltern zu besuchen, und
sie begegneten Mr. Gutiérrez, der jetzt Bart trug, und hatten
kurz das Gefühl, ihn zu kennen, aber niemand stellte je die
Verbindung her und erzählte ihm womöglich sogar davon.
Er würde sein Leben lang nicht erfahren, dass seine längst
vergessene Grimasse der bedeutendste Augenblick seiner gesamten Existenz war.

Jetzt rechnete er jeden Moment damit, dass Felix an die
Bürotür klopfte. Als das Klopfen endlich kam, blieb ihm fast
das Herz stehen. »Herein«, sagte er, und Felix trat ein.

»Sie wollten mich sprechen?«

»Hey, Felix. Setz dich doch.«

Felix hauchte »Okay« und nickte, ein ausladendes, schlak-
siges Nicken, das seinen ganzen Oberkörper miteinbezog.
Bevor er sich ganz hingesetzt hatte, stand er wieder auf und
fragte mit der Hand am Türknauf: »Offen oder geschlossen?«

»Geschlossen, bitte«, sagte Gutiérrez, und der unverhoh-
lene Kummer in seinem Gesicht verriet Felix, was für ein
Gespräch es werden würde.

Ich werde das völlig falsch rüberbringen, dachte Mr. Gutiérrez. »Felix, wir haben ein Problem mit deinem Vater. Er
kann nicht – er muss gehen.« *Ja, völlig falsch. Das war völlig
falsch.*

»Wie meinen Sie das?«

»Die Veteranenbehörde hat es abgelehnt, die Kosten weiter zu übernehmen. Es war als vorübergehender Aufenthalt
gedacht. Ich meine, aus deren Perspektive sollte es vorübergehend sein. Gott, nicht zu glauben, dass die das gemacht
haben. Blöde Bürokratie. Du musst da anrufen und das klären. Ich wünschte, ich könnte was tun. Du weißt, dass die
Plätze begrenzt sind. Wir lieben dich, Felix, und wir … wir
mögen deinen Dad *sehr*. Aber wenn die Kostenübernahme

nicht erneuert wird, wirst du aus eigener Tasche bezahlen müssen. Und wenn du es aus eigener Tasche nicht kannst … Er kann den Sommer über noch bleiben, aber ich brauche das Bett zum ersten August. Spätestens zum fünfzehnten. Es tut mir so leid.«

Felix saß ganz still da, ohne Mr. Gutiérrez anzusehen, ohne überhaupt etwas anzusehen.

Eines Tages, wahrscheinlich bald, würde sein Vater sterben, und Felix hätte diese Probleme nicht mehr, und sein Leben wäre völlig anders. Er hätte freie Zeit. Er hätte Geld übrig. Er könnte einen ganzen Film gucken, ohne zwischendurch aufs Handy zu sehen, weil sein Vater gerade Herzprobleme hatte. Er könnte Frauen kennenlernen, sie daten, vielleicht einen ganzen Haufen daten, und er würde sich in eine verlieben und sie heiraten. Er wäre zwar Vollwaise, aber er befände sich nicht mehr im dreiunddreißigsten Jahr eines langen, ermüdenden Weges. Er befände sich am Anfang von etwas ganz Neuem.

Aber in dem Moment sah er das nicht. In dem Moment sah er nur einen hilflosen alten Mann, der nicht gehen konnte. Einen sehnigen, pergamenthäutigen Veteranen unserer nationalen Armee, der manchmal furchtbare Dinge zu seinem Sohn sagte, aber in anderen Momenten diesen Sohn voller Panik ansah, und Felix war der einzige Mensch, der die Panik niederringen konnte. Felix würde seinem Dad die Neuigkeiten überbringen müssen, und er würde mit diesem Blick belohnt werden, und es würde sie beide fertigmachen.

Felix wurde bewusst, dass er nun schon lange schwieg. Er blickte auf und registrierte, wie traurig Mr. Gutiérrez aussah. Felix tat, was er immer tat, wenn jemand litt.

»Mister Gutiérrez, Sie sind so ein guter Mensch«, sagte er, und Mr. Gutiérrez öffnete den Mund, um zu widersprechen, aber Felix kam ihm zuvor. »Nein, lassen Sie mich ausreden.

Sie haben so viel für mich und meinen Dad getan. Ich bin so dankbar, dass wir so lange bleiben durften.«

»Felix.«

»Nein, ehrlich, schon in Ordnung. Ich werde mit der Veteranenbehörde reden. Vielleicht besorge ich mir einen Anwalt. Wie Sie schon sagten, ich werde das klären. Danke, dass Sie mich informiert haben. Übrigens, ich habe Zitronenschnitten gemacht. Sie stehen im Pausenraum.«

Felix kehrte zum Zimmer seines Vaters zurück und holte einmal tief Luft, bevor er eintrat.

»Wie geht's dir, Dad?«

»Ich lebe noch«, sagte der alte Mann.

»Ach, so ein Mist. Ich hatte große Pläne mit meinem Erbe. Da muss der Jetski wohl noch warten.«

Felix schlug noch mal einen Spaziergang vor, und noch mal lehnte sein Dad ab. Als der alte Mann sich wieder seiner Fernsehsendung zuwandte, sah Felix aus dem Fenster in den Lichtschacht und fühlte sich, als steckte sein Herz in einem Schraubstock.

Wenn Patienten über Schmerzen klagten, zeigte Felix auf ein Plakat an der Wand. Zehn Gesichter in einer Reihe. Das Gesicht ganz links war vollkommen glücklich. Ein Gesicht wie nach dem Super-Bowl-Sieg, vermutete Felix, oder wenn man die Tochter zum Altar geleitete. Das Gesicht ganz rechts war das genaue Gegenteil, Ausdruck höchster Agonie. Die acht Gesichter dazwischen zeigten das ganze Spektrum menschlichen Schmerzes, von fast keinem bis jede Menge. Felix bat die Patienten, auf das Bild zu zeigen, das ihrem Schmerz am ehesten entsprach, und notierte dann die Nummer. Und das Ding war: Fast nie passte das gewählte Gesicht zum Gesicht desjenigen, der darauf zeigte. Fast nie. Das war die subjektive Einsamkeit des Schmerzes. Niemand weiß, was wir fühlen, weil es niemand für uns fühlen kann. Wir haben nur unser Gesicht, um etwas darüber zu kommunizieren, aber Leben und Erfahrung haben es gelehrt, zu lügen.

Das Gesicht ganz rechts, Nummer zehn, ist das Gesicht, das Babys machen, wenn sie hungrig sind. Sie ziehen eine große Tod-oder-Leben-Nummer ab und werden sofort gefüttert. Dann werden sie älter und versuchen es immer weiter mit Nummer zehn, aber irgendwann hören sie pscht, und dann hören sie, hab Geduld, Spätzchen, und dann hören sie, hör auf zu jammern, und dann hören sie, Herrgott noch mal, werd endlich erwachsen. Jede winzige Korrektur lehrt sie, dass sie das falsche Gesicht machen. Also lernen sie, ein anderes Gesicht zu zeigen, eins, das sagt: Alles gut, ich habe keinen Hunger, der Schmerz, den ich empfinde, ist nicht real.

Felix sah sich selbst im Fenster. Sein Gesicht war eine Nummer fünf. Er empfand eine Nummer acht, aber er sah nach einer Nummer fünf aus, weil er gut abgerichtet war. Er lockerte die Wangen, und die Augenbrauen sanken hinunter, und das glättete die Stirn. Na also. Runter auf eine Nummer drei. Das reichte. An die Arbeit.

Als er am Abend nach Hause ging, überlegte er, was er machen sollte. Die Veteranenbehörde anrufen, natürlich, und wenn nötig auch einen Anwalt. Und wenn das nicht funktionierte, was sehr wahrscheinlich war, was dann? Duane würde bei Felix leben müssen. Felix dachte an die vier Treppenabschnitte unter seiner Wohnung. Falls nötig könnte und würde er ihn tragen. Sechzig unhandliche Kilo aus Fleisch und Knochen vier Stockwerke hoch. Er stapfte die Treppe zur Wohnung hinauf und stellte sich jeden Schritt mit dem Gewicht eines Menschen auf dem Rücken vor, stellte sich vor, wie sich seine Erschöpfung potenzierte, nach zwei, dann drei, dann vier Treppenabschnitten.

Er verbrachte den Abend damit, seinen Dad ein bisschen zu vergessen. Er sah fern und buk Hafer-Rosinen-Kekse, und als er im Bett lag, checkte er Facebook. Er sah sich noch mal die Seite von Alice Quick an und fragte sich, wie wohl ihre Stimme klingen mochte. Er fand ihre Twitter-Seite und las auch dort ein bisschen, dann scrollte und scrollte und scrollte er immer weiter, bis er mit schmerzendem Daumen zum ersten Eintrag von 2009 gelangte.

»Ich bin auch hier.« Was man halt Bedeutungsloses in eine Höhle brüllt, um ein Echo zu hören. Er scrollte wieder hoch und las Tweet für Tweet die Erzählung ihrer letzten sechs Jahre, und das Ganze wurde weniger bedeutungslos.

Ihre ersten Tweets waren einfach gehalten, Schnappschüsse der aufregenden und beängstigenden letzten Wochen am College. Sentimentale Bemerkungen über das letzte Mal dieses oder jenes. Ironisch gemeinte Drohungen, das Studium drei Tage vor der letzten Abschlussprüfung abzubrechen. Dann eine Verkündigung: »Gerade den letzten Test meines Lebens geschrieben!«

Fotos von der Abschlussfeier. Retweets von inspirierenden Sprüchen über das Ende eines Lebensabschnitts. Ein paar Monate Pause, und dann eine Überraschung – das Facebook-Foto von Alice mit dem Surfboard und der Überschrift: »Mein neues Zuhause.«

Danach ein paar Tweets darüber, wie es war, als jemand vom Festland auf Hawaii zu leben. Drei Jahre Beobachtungen zum Milchpreis, Vulkansmog-Alarm, dem fröhlich-verrückten Aloha-Spirit und ab und zu ein retweeteter Artikel über das Leben in den zusammenhängenden achtundvierzig Bundesstaaten, meistens etwas über Mord oder Schönheitswettbewerbe von Kindern, mit Alices Kommentar: »#niewiederzurück.«

Und dann, ohne Vorwarnung, ein schlichtes, dunkles Foto von Alice als Kind auf dem Schoß ihrer Mutter. Und über dem Bild: »Du fehlst mir.«

Felix legte das Telefon weg, und endlich gewann die

Dunkelheit die Schlacht im Schlafzimmer. Beim Einschlafen dachte er nicht an seinen Dad oder die Riesenscheiße, in der sie steckten. Er dachte an Dr. Alice Quick und fragte sich, ob sie wohl noch surfte.

***

»Hallo.«

Das zu schreiben hatte fünfzehn Minuten gedauert. »Hallo« war die erste Idee gewesen, aber nach ein paar Minuten wurde aus »Hallo« »Hey«. »Hey« blieb eine Weile »Hey«, bis ein »Na« angehängt wurde, und dann wurde »Hey, na« in ein vertraulicheres »Hey, du« umgewandelt. *Kreisch. Nein.* Zurück zu »Hey« und dann zurück zu »Hallo«.

Und was dann? *Hallo, ich bin ein völlig Fremder, der auf dich steht, und ich schreibe dir aus dem Wartebereich im vierten Stock der Veteranenbehörde downtown, und, ach ja, mein Dad wird demnächst obdachlos?* Felix war sich sicher, dass Menschen so was andauernd erfolgreich durchzogen, aber so war er nicht.

Seine Nummer wurde aufgerufen, und er löschte die Nachricht wie überhaupt die ganze Idee, sie zu verschicken.

Die Dame hinter dem Schreibtisch war freundlich. »Wie geht es Ihnen heute?«

Er war bei einer Schiwa gewesen. Also nicht so toll. Aber er antwortete: »Gut, und Ihnen?«

»Junge, wir hatten vielleicht einen Morgen«, sagte sie.

»Ach ja?«

Sie sah Felix an. »Irgendwie ist ein Kanarienvogel reingekommen.«

»Ein Kanarienvogel?«

»Ein kleiner gelber Kanarienvogel. Wie aus dem Zoogeschäft.«

»Ist nicht Ihr Ernst«, sagte Felix. »Wie hat der das denn geschafft?«

»Keine Ahnung«, sagte die Frau lachend. »Die Fenster auf dieser Etage lassen sich nicht öffnen. Und die Feuertreppe ist alarmgesichert. Er muss den Fahrstuhl genommen haben! Zehn Leute haben versucht, ihn zu fangen, sind auf Stühle gestiegen, haben Jacken nach ihm geworfen.« Sie beugte sich vor und wandte sich an den Wachmann auf der anderen Raumseite, der zugehört hatte. »Das war was, oder?«

»So was hab ich noch nie erlebt«, sagte er, immer noch lachend.

Felix fragte nicht, wie die Geschichte ausgegangen war. Aber der kleine Vogel tat ihm leid. Was für eine Erfahrung für einen Vogel, der nur den grenzenlosen Himmel kennt und plötzlich gegen Wände und Decken kracht.

»Jedenfalls, verrückter Morgen«, sagte die Dame, während sie Duanes Akte auf dem Bildschirm öffnete.

Dann bestätigte sie die schlimmsten Befürchtungen: Duane hatte keine Bewilligung, länger als bis zum 31. Juli im Robinson Gardens zu bleiben. Er durfte gern erneut eine Kostenübernahme beantragen, aber bis zur Bewilligung würde es eine Weile dauern.

»Was heißt eine Weile?«, fragte Felix.

»Das kann Monate dauern«, sagte die Frau. »Vielleicht Jahre. Wenn die Bewilligung überhaupt kommt. Es tut mir leid.«

Felix blieb einen Moment still. Dann meinte er: »Danke, dass Sie … das so gesagt haben, wie Sie es gerade gesagt haben.«

»Was?«

»Na ja, es war nur … sehr nett und sanft, wie Sie es gesagt haben«, meinte er. »Ich bin Pfleger. Ich überbringe ständig schlechte Nachrichten. Sie sind sehr gut darin.«

»Danke«, sagte sie ein bisschen überrascht. »Das ist der schwerste Teil des Jobs. Ich wünschte, ich könnte Ihnen helfen.«

»Das weiß ich«, sagte er.

Draußen bebten dunkle, dichte Wolken in der Hoffnung auf Erlösung. Felix fand einen Hotdog-Stand, und als er an der Ecke in ein frühes Abendessen biss, bereitete er sich auf die unmögliche Aufgabe vor, in die U-Bahn zu steigen und zu seinem Dad zu fahren. Eine Frau eilte vorbei, prallte gegen ihn, und mit einem Mal lag der Hotdog auf dem Boden. Er entschuldigte sich dafür, im Weg gestanden zu haben, aber sie war schon auf und davon, um den Zug zu erwischen. Der Verkäufer hatte die Szene verfolgt und reichte Felix einen neuen Hotdog, gratis.

Als er den aufgegessen hatte, sah er zum Eingang der U-Bahn-Station, aber er konnte sich immer noch nicht überwinden, zurückzufahren. In der Nähe war eine alte Kirche, die Chapel of Saint-Soundso. Felix ging hinein.

Man vergisst leicht, dass es in New York auch solche Orte gibt, riesige stille Räume ohne eine Menschenseele. Felix setzte sich in die hinterste Bank und sog den kühlen Steingeruch ein, betrachtete die Staubkörnchen, die im Licht der bunten Glasfenster tanzten. So blieb er eine Weile sitzen, dann senkte er den Kopf.

»Wo bist du?«

Es war Rosa. Er hatte vergessen, das Telefon auszuschalten. Er überlegte, es zu ignorieren, aber ein Pfleger ignoriert keine Nachrichten.

»Immer noch downtown. Alles okay?«

Hätte noch jemand versucht zu beten, wäre er oder sie nicht begeistert gewesen, dass Felix Nachrichten schrieb. Aber er war ganz allein.

»Ja, alles gut. Bist du noch bei der Behörde?«

»Ja«, tippte er, aber dann fiel ihm wieder ein, wo er war,

und er löschte die Lüge und ersetzte sie durch »Nein«. Er tippte auf »Senden«, dann schickte er hinterher: »Ich bin in einer Kirche.«

Er stellte sich vor, wie sie das las, lachte und sofort eine alberne Antwort abfeuerte. Aber das tat sie nicht.

»Schlechte Neuigkeiten?«

»Kann gerade nicht drüber reden«, schrieb er.

»Warum nicht?«

»Hab ich doch gesagt, bin in einer Kirche.«

»Dann geh raus.«

»Ich geh raus, wenn ich fertig bin.«

»Fertig womit?«

Mein Gott, nervt die, dachte Felix, dann bat er schnell um Vergebung.

»Ich bete.«

»Echt???«

»Ja. Echt.«

Beten die Leute wirklich nicht mehr? Sind Kirchen nicht dafür da?

Sie bohrte weiter. »Um was betest du?«

»Dein Ernst? Wir müssen *jetzt* ein Gespräch darüber führen?« Felix fuhr selten jemanden an, nur wenn er sicher war, dass derjenige es nicht übel nahm. Er fuhr fort: »Ich bete, dass der Computer der Veteranenbehörde aus irgendeinem Grund seine Meinung ändert und den Antrag meines Dads auf Versorgung im Robinson Gardens bewilligt, damit er nicht bei mir im vierten Stock ohne Fahrstuhl wohnen muss, womit wir beide ziemlich am Ende wären.«

Das brachte sie nicht zum Schweigen. »Computer ändern ihre Meinung nicht.«

»Das weiß ich.«

»Ich meine, wenn überhaupt jemand das könnte, dann wohl Gott. Aber dann müsstest du erst Gotts Meinung ändern, bevor Gott die Meinung des Computers ändern könnte«, sagte sie. »Und ich sehe nicht, dass Gott seine Meinung sehr oft ändert.«

Felix war zu einem ähnlichen Schluss gekommen. »Ich auch nicht«, sagte er. »Aber einen Versuch wär's wert, oder?«

Er legte das Telefon weg, senkte den Kopf und betete. Staubkörnchen tanzten in der kühlen Luft über ihm, wie unbeobachtete Engel.

***

Später nach der Arbeit mochte Felix nicht nach Hause gehen. Die Wohnung würde ihn nur an alles erinnern. Er aß mit Duane in seinem Zimmer zu Abend, dann sahen sie fern. Duanes Sofa ließ sich zu etwas Bettähnlichem ausklappen, und so blieb Felix über Nacht. Das machte er ziemlich oft. Seinen Dad schien es nicht zu stören.

Vor dem Einschlafen sah sich Felix noch ein letztes Mal Alices Facebook-Seite an, vielleicht hatte sie ja etwas Neues gepostet. Hatte sie nicht. Er legte sein Handy auf den Boden und schlief ein und träumte etwas, an das er sich später nur noch vage erinnerte. Es war warm gewesen, vielleicht Hawaii, aber als er langsam wach wurde, wurde aus der tosenden Brandung das gurgelnde Schnarchen seines Vaters. Binnen Sekunden war Felix hellwach und spürte ganz akut, wie unfair alles in seinem Leben war. Er stand auf und ging mit dem Laptop in den Aufenthaltsraum.

Er öffnete Facebook. Immer noch nichts Neues von Alice. Er scrollte die Seite hinunter, drei Jahre zurück.

»GROSSE LEBENSENTSCHEIDUNG«, schrieb Alice. »Die meisten von euch wissen, dass die letzten Monate schwer waren. Ich weiß, dass einige von euch sich Sorgen um mich gemacht haben. Ich habe mir auch Sorgen um mich gemacht! Aber ich bin jetzt in Therapie, und mir geht es viel besser, und ich bin so dankbar für all die Anteilnahme und Liebe.

Aber das ist noch nicht das Entscheidende! Das Entscheidende ist: Es ist nie zu spät, seine Träume zu verfolgen. Und wenn sich die Träume als die falschen entpuppen, ist es nie zu spät, neue Träume zu finden und dann die zu verfolgen! Ich habe vor Kurzem eine große Entscheidung getroffen, die ich erst für mich behalten wollte, aber dann habe ich gedacht, wenn ich sie auf Facebook poste und ihr mir lauter Likes gebt, dann muss ich die Sache auch durchziehen LOL. Also hier kommt's: Ich werde MEDIZIN STUDIEREN.«

Er sah sich ihr Profilbild an, lächelnd hinter dem Guactopus. Sie hatte es geschafft. Sie war glücklich. Neben dem Bild war ein Button »Nachricht senden«. Er klickte darauf. Er schrieb nicht »Hey« oder »Hallo«.

»Es fühlt sich ein bisschen komisch an, dir einfach so zu schreiben«, begann er, »da du mich nicht kennst. Aber ich habe das Gefühl, dich zu kennen. Ich sehe mir dauernd deine Seite an. Ich weiß auch nicht, warum, ich mach's einfach. Ich finde dich wunderschön, aber das ist es gar nicht. Ich weiß ehrlich gesagt nicht, was es ist. Ist es verrückt, jemanden so sehr für das zu mögen, was er ins Netz stellt? Wahrscheinlich. Aber es passiert. Jedenfalls schreibe ich dir, weil ich dachte, du solltest wissen, dass es da draußen einen völlig Fremden gibt, der dich umwerfend findet, denn wenn da draußen eine völlig Fremde wäre, die Gefallen an mir fände, würde ich es wissen wollen. (Und streng genommen bin ich kein völlig Fremder, ich habe deinen Bruder Bill kennengelernt, als wir vor ein paar Jahren beide Geschworene waren.) Mir hat besonders gut gefallen, was du über das Finden neuer Träume gesagt hast, denn, Mann, ich könnte welche gebrauchen. Mein Leben ist gerade echt schwer. Alles ist so hoffnungslos. Ich wünschte, wir wären Freunde. Jedenfalls hoffe ich, dass du einen tollen Sommer hast und dass es gut läuft mit dem Medizinstudium, und ich würde dich zu gern irgendwann mal treffen, und sei es nur, weil ich unbedingt wissen möchte, wie deine Stimme klingt. Hochachtungsvoll, Felix.«

Er dachte gerade, wie verrückt es wäre, wenn er einfach auf »Senden« klicken würde, als ein Alarm läutete. Felix war nicht im Dienst, deshalb war es nicht sein Problem, bis vom Ende des Korridors eine Stimme schrie, ein Paar siebenundachtzigjähriger Lungen, die gaben, was sie konnten.

»Felix!«

Felix wusste, dass es ein Herzinfarkt war. Alle Anzeichen waren da gewesen – der Blutdruck, die Magenschmerzen, die Müdigkeit, die Übellaunigkeit. Sein Dad war natürlich immer übellaunig gewesen, so sehr, dass man schon nicht mehr von einer Laune sprechen konnte. Aber er war übellauniger als sonst gewesen. Felix hatte es als traurige neue Normalität hingenommen, wie es ihn so viele vorherige traurige Normalitäten gelehrt hatten. Aber als er jetzt neben seinem Vater im Krankenwagen saß, der den Broadway rauf zum New-York-Presbyterian brauste, sah Felix einer zukünftigen traurigen neuen Normalität ins Auge und dachte ernsthaft über ein Leben ohne Duane nach. Er betete wie noch nie zuvor, betete, dass die Sanitäter besser damit umgehen konnten als er.

Natürlich überlebte sein Vater. Die Ärzte behielten ihn achtundvierzig Stunden im Krankenhaus, und Felix war dankbar für die Gelegenheit, sich um andere Dinge zu kümmern, während sein Vater sich erholte. Er dachte an all die Recherchen, die er zu erledigen hatte, zu Anwälten und dem Versicherungsschutz von Veteranen und der Frage, wie man eine Wohnung rollstuhltauglich machte. Dann fiel ihm ein, dass sein Laptop noch im Robinson Gardens war. Er schrieb Rosa.

»Hey, hast du gerade Dienst?«

»Ja«, antwortete sie. »Ich habe dein Laptop.«

Felix kehrte an seinen Arbeitsplatz zurück und entdeckte Rosa im Pausenraum.

»Ich hab gesehen, dass es offen war, deshalb habe ich es zugeklappt und versteckt«, sagte sie.

»Danke«, sagte er. »Du hast dir nicht angeguckt, was da drauf war, oder?«

Sie lachte. »Willst du mich verarschen? Natürlich nicht.« Aber dann ging sie zu ihrem Rucksack, holte das Laptop, und als er es entgegennehmen wollte, rückte sie es nicht raus. Sie stand nur da, irgendwie unschlüssig, und er wusste sofort, worüber sie sich schlüssig zu werden versuchte. Die Beschämung, die über sein Gesicht kroch, sagte ihr, zu welchem Schluss sie kommen musste: »Du kannst ihr diese Nachricht nicht schicken, Felix.«

Er setzte sich. Sie setzte sich neben ihn.

»Es tut mir so leid, ich hätte sie nicht lesen sollen, und ich weiß auch nicht, wer das Mädchen ist, aber ... du kannst die nicht schicken. Das weißt du, oder?«

Das tat er. Er wusste es. »Ja«, sagte er.

»Du machst gerade eine Menge durch.«

»Ja.«

»Und du bist so ein netter Kerl. Aber ich muss dir ehrlich sagen, wenn eine Freundin von mir so eine Mail von einem Fremden bekäme –«

»Sie und ich haben immerhin einen gemeinsamen Freund.«

»Felix.«

»Ich wollte nicht gruselig wirken oder so.«

»Niemand *will* gruselig wirken.«

»Du hast recht«, sagte er mit bebender Stimme. Er spürte die Wut durch eine Million Risse aus ihm heraussickern. »Du hast recht, Rosa. Ich sollte nicht versuchen, mit einem anderen menschlichen Wesen Kontakt aufzunehmen.«

»So habe ich das nicht –«

»Ich sollte mir ihre Facebook-Seite nicht ansehen und auch nicht die von jemand anderem, ich sollte nie auf Facebook gehen, weil das gruselig ist, obwohl es so ziemlich das

Einzige ist, was mich mal kurz rausreißt aus dieser Hölle voller Bettpfannen und Katheter und Sorgen um meinen Dad, der vielleicht bei mir wohnen muss, und der Tatsache, dass ich seit Jahren keine Freundin hatte, aber ja, offensichtlich sollte ich einfach immer unglücklich sein und mich vollständig vorm Rest der Welt verschließen. Offensichtlich! Danke, Rosa. Danke.«

Sie ließ die Worte einen Moment nachhallen, dann legte sie ihre Hand auf seine.

»Felix«, sagte sie sanft. »Du kannst die Nachricht nicht schicken.«

»Ich weiß«, sagte er. Sie saßen einen Moment lang still da. Dann fügte er hinzu: »Ich habe mal hundertacht Freiwürfe hintereinander versenkt.«

Rosa brauchte einen Moment, um zu reagieren. »Wie … mit einem Basketball?«

»Genau. Ich war vierzehn.«

»Warum erzählst du mir das?«

»Du sollst wissen, dass ich cool bin.«

Rosa dachte kurz darüber nach. »Das *ist* ziemlich cool.«

»*Ist* es, oder? Ich war mal *was Besonderes*«, sagte er mit einem Lächeln über die Erinnerung und ergänzte, »ich hatte Freunde.«

»Du hast immer noch Freunde«, sagte Rosa. »Ich bin deine Freundin.«

»Ich bin auch deine Freundin«, wiederholte Mrs. Yu, die sich in den Raum geschlichen hatte.

»Mrs. Yu, Sie wissen, dass Sie hier nicht reinkommen sollen.«

»Die Klimaanlage macht wieder dieses Geräusch«, sagte sie und machte ein Geräusch wie eine Klimaanlage, die nicht ganz in Ordnung ist.

»Ich sehe mir das gleich an«, versprach Felix, und Mrs. Yu zog von dannen.

Rosa ging ihre Runde fortsetzen, und Felix klappte das Laptop auf und löschte die Nachricht an Alice, ohne sie noch einmal zu lesen.

***

»Wie geht es dir, Dad?«
»Ich lebe noch.«
»Das habe ich mir gedacht. Das mit dem Gucken und dem Reden ist ein bisschen verräterisch«, sagte Felix. »Also, hör mal, gute Neuigkeiten. Wenn du brav bist und immer schön aufisst, darfst du morgen nach Hause.«

Duane nickte nur, minimales Anerkennen, dass es erfreulich sein könnte, das Krankenhaus zu verlassen. Felix blieb noch eine Weile, saß einfach da, während Duane fernsah. Schließlich stand er auf, um zu gehen.

»Ich muss zur Arbeit.«
»Okay.«
»Hab dich lieb, Dad.«

Felix beugte sich vor und küsste seinen Dad auf die Stirn. Der Blick seines Vaters war unergründlich. Vielleicht lag erwiderte Liebe darin, vielleicht peinliches Berührtsein.

Felix fragte sich manchmal, ob sein Dad ihn überhaupt mochte oder ob er ihn einfach ertrug, erst aus Respekt vor einer willensstarken Frau, dann, weil die Rolle des Alleinerziehenden es von ihm verlangte und schließlich, weil die Gebrechlichkeit des Alters ihm keine Wahl ließ. Hatte es je eine Zeit gegeben, fragte Felix sich manchmal, in der sein Dad seinen Sohn wirklich gern um sich hatte? Felix wusste es nicht.

Duane wandte sich wieder dem Fernseher zu, und Felix stieg in den Fahrstuhl und verschwand.

***

»Rosa? Kannst du mir mal eben helfen?«

Rosa sah von ihrer Mikrowellen-Lasagne auf.

»Was gibt's?«

Er musste wissen, wie viel sie wog. Es machte ihr nichts aus, es zu verraten: 55 kg. Duane wog 62. Um rauszufinden, ob er seinen Vater vier Treppenabschnitte hochtragen konnte, musste Rosa also einen Rucksack voll mit gebundenen Büchern aus der Hausbibliothek tragen.

Sie fingen im Keller an, der erste Abschnitt. Mit einem schnellen Hepp! hüpfte Rosa auf Felix' Rücken, er nahm sie huckepack, und sobald er das Gleichgewicht gefunden hatte, stieg er die Treppe hoch. Rosa hatte nicht recht gewusst, was sie davon halten sollte, aber jetzt machte es irgendwie Spaß.

Nach dem ersten Abschnitt war Felix zuversichtlich, dass sein Plan aufgehen würde. Nach dem zweiten Abschnitt wurde ihm klar, wie dumm die Idee war. Nach dem dritten Abschnitt hätte er am liebsten geweint. Mitte des vierten Abschnitts stolperte er, stürzte ungebremst nach vorn und rammte das ganze Gewicht, seins, Rosas und das der Bücher, in sein rechtes Handgelenk. Der Schmerz war atemberaubend. Rosa warf den Rucksack ab und untersuchte Felix. Aber das war nicht nötig.

»Das ist verstaucht«, sagte er, ohne jeden Zweifel.

»Du solltest es röntgen lassen«, meinte sie, wie zur Beruhigung, aber sie waren beide Pflegekräfte, und ja, auch sie wusste, das Handgelenk war verstaucht.

Ein verstauchtes Handgelenk bedeutete, dass er sich krankschreiben lassen musste und seine Überstunden verlor. Das war ihm klar. Ihr auch. Also besser nicht röntgen. Abends, auf dem Heimweg, hielt er bei einem Orthopädiefachgeschäft und kaufte sich eine Schiene, die er tragen konnte, wenn er nicht bei der Arbeit war. Er nahm fünf Ibuprofen und ging schlafen.

In den nächsten Tagen ließ er die Schiene in der Tasche

und trug sie nur, wenn er sich sicher war, dass ihn niemand vom Robinson Gardens sehen konnte. Was bedeutete, dass er alles – Tabletten zuteilen, Bestellungen abzeichnen, Windeln wechseln – in stiller Agonie verrichtete.

Eines Donnerstags dann, als Felix gerade behutsam seinen Stundenzettel ausfüllte, tauchte Rosa auf.

»Gutiérrez will dich sprechen.«

Furcht erfasste Felix. Sein Handgelenk pochte. *Irgendwer hat was gesagt.* Bestimmt nicht Rosa, aber vielleicht hatte sie jemandem davon erzählt? Oder es war Mr. Gutiérrez aufgefallen. Felix hatte sich so bemüht, ein permanentes Nummer-sieben-Gefühl hinter einem Nummer-drei-Gesicht zu verbergen.

Felix zeigte sich an Mr. Gutiérrez' Tür.

»Hey, Felix. Setz dich.«

Mr. Gutiérrez ging um den Tisch herum und nahm auf dem Stuhl neben Felix Platz.

»Bevor Sie anfangen«, sagte Felix, aber weiter kam er nicht.

»Dein Dad kann bleiben«, sagte Mr. Gutiérrez, und unter dem grauen Bart verzog sich sein Mund zu einem Lächeln.

Felix verstand gar nichts. »Was?«

»Wir haben gerade von der Veteranenbehörde gehört. Die Kostenübernahme wurde bewilligt.«

»Was?«, wiederholte Felix. »Das kann nicht sein. Ich habe nicht mal – wie?«

»Ich weiß es nicht«, sagte Gutiérrez. »Und ich glaube, bei der Behörde wissen sie es auch nicht. Im System wurde er geführt unter ›Kostenübernahme abgelehnt‹. Aber irgendwas muss passiert sein. Vielleicht hast du mit jemandem geredet?«

»Ich habe mit niemandem geredet«, sagte Felix mit feuchten Augen. Sein Herz raste.

»Tja, sie wurde bewilligt. Also kein Grund zur Sorge mehr. Mindestens für ein Jahr.«

Als Gutiérrez ihm die Hand schüttelte, spürte Felix den Schmerz im Handgelenk gar nicht. Er trat in den Flur und in eine Welt, die jetzt besser war, und als er zum Zimmer seines Dads ging, war er so glücklich, dass er in Gedanken eine Nachricht an Alice Quick formulierte. Ja, er würde ihr schreiben. Aber nicht gruselig, er würde nicht zu viel preisgeben, er würde nichts machen, was Rosa zusammenzucken ließe. Er würde mit »Hey« anfangen.

»Hey, Alice. Ich heiße Felix. Du kennst mich nicht, aber ich war vor langer Zeit mal Geschworener zusammen mit deinem Bruder. Du kannst ihn nach mir fragen, ich bin mir ziemlich sicher, dass er sich noch erinnert. Wie auch immer, das ist jetzt sicher komisch, aber ich muss dich fragen: Wie ist Silence so? Ich bin ein großer Fan. Würde mich freuen, von dir zu hören. Mach's gut, Felix.«

Das würde er schreiben. Jedes Wort, einfach so. Und sie würde zurückschreiben oder auch nicht.

Vor dem Zimmer seines Vaters holte er sein Telefon raus. Er klickte sich durch ihre Seite, und irgendwas war neu. Immer noch die gleiche lächelnde Alice hinter einem Guactopus, aber irgendwas war anders, und Felix brauchte einen Moment, um dahinterzukommen.

Dann sah er es.

»In einer Beziehung mit Grover Kines.«

Die Worte waren genauso klein, schwarz, schlicht und nüchtern wie all die anderen, wie »Weiblich«, »Lebt in New York, New York« und »Aus Katonah, New York«. Die reinen Fakten über Alices Leben waren um ein Detail reicher, ein scheinbar unwichtiges, wie ein Partygast, dessen Ankunft man verpasst hat.

Felix brauchte nicht lang, überhaupt nicht lang, um seiner unbekannten Freundin Alice Quick die Neuigkeiten zu gönnen und sich für sie zu freuen. Er betrat das Zimmer seines Vaters. Der Fernseher lief.

»Wie geht's, Dad?«

»Ich lebe noch.«

»Das kann man wohl sagen. Und deshalb gehen wir spazieren. Hoch auf drei.«

Und bevor Duane widersprechen konnte, hievte Felix seinen Vater auf drei in einen Rollstuhl, und dann gingen sie durch den Flur zum Fahrstuhl.

Es war jetzt August, und es war heiß, aber auf eine gute Art, die Art, die einen mit einer willkommenen Umarmung empfing, nach achtzehn Monaten in klimatisierten Pflegeheimzimmern. Felix ging langsam. Er schob seinen Dad den Weg entlang, während die Vögel zwitscherten und die Eichhörnchen herumtollten und Pamela Campbell Clark durch den Park spazierte und ein Fahrrad in kinetischem Irrsinn vier Sekunden nach ihr vorbeisauste.

Felix schob und Duane rollte, und geredet wurde kaum. Irgendwann sah Felix in die Bäume hoch, wo Sonne durch das Laub blitzte, und dann sah er an den Blättern vorbei in den Himmel, in das, was da oben war, was auch immer die Fäden seines kleinen Lebens in der Hand hielt, und in einem privaten Moment der Stille dankte er ihm.

SECHSTES KAPITEL

Fortinbras

Alice war noch nicht ganz wach, aber auch nicht mehr im Tiefschlaf, und als sie auf den schwarzen Wassern zwischen Bewusstsein und Bewusstlosigkeit kreuzte, wurden die Konturen beider Reiche im Morgengrauen sichtbar. Auf der Schlafseite war ein Traum gewesen. Ihre Mutter war da, in Gänze, nicht nur als schwebendes Icon in der oberen linken Ecke eines E-Mail-Entwurfs, sondern als ganzer Mensch, groß, mit Körpertemperatur und feinen Härchen auf den Armen und einer Stimme, ihrer Stimme, *dieser* Stimme, und Alice wollte sie festhalten. Wo waren sie gewesen? In Katonah vielleicht. Was hatten sie gemacht? Alice sah den Traum, der noch blieb und sie vom Ufer aus betrachtete, und sie begriff, dass das die Gelegenheit war, das Passwort ihrer Mutter rauszufinden, aber sie wusste auch, dass der Traum, sollte sie ihm entgegenpaddeln, verschwinden würde, an einen Ort, wo er sich in etwas anderes verwandelte oder einfach auflöste. Und die Strömung zog sie sowieso in die andere Richtung. Der Wecker ihres Handys. Bach. *Italienisches Konzert.* Allegro. F-Dur. Schultern zurück, Handgelenke hoch. Ihr Körper blieb schlaff, aber die Finger der rechten Hand wogten und tänzelten über die Sechzehntelnoten.

GUTEN M- Nein. Zu früh. Linke Hand fand Handy, tippte auf *Snooze*.

Wo war sie? Welches Bett? Welches Zimmer?

(Wer fragt sich das nicht von Zeit zu Zeit? Sogar ich tue das. Ich weiß die Adresse. Ich weiß den Breitengrad, Längengrad, Höhe. Ich weiß die genaue Zeit und habe ein grundlegendes Verständnis der Umgebungstemperatur. Aber welches Zimmer *ist* das hier? »Lagerraum im Keller« waren die Worte, die meine Mutter benutzt hat. 718 000 000 Treffer für »Lagerraum«. 437 000 000 für »Keller«. Wahrscheinlich sieht das Zimmer so aus wie einer. Ich habe keine Möglichkeit, es herauszufinden.)

Irgendwo oben fuhr ein Auto vorbei. Zu Hause. West 111th. Sie war nach der *Bakery* hierhergekommen. Gut. Elektrochemie. Wiederholung. Galvanisch im Unterschied zu elektrolytisch. Galvanische Zellen erzeugen spontan elektrische Energie. Elektrolysezellen nicht spontan, aktiviert durch äußere Energiequelle. Grover. Die Sache mit Grover. Das war passiert.

Er ging so sachlich damit um. Sie aßen Tacos am Wasser. Es war eine ihrer Lernpausen gewesen, und obwohl seit dem ersten Kuss erst drei Wochen vergangen waren, war es schon ihre zwölfte gemeinsame Mahlzeit. »Ich mag dich, Alice«, sagte er, »und ich möchte sehen, wohin es führt.«

»Ich auch«, entgegnete sie.

»Ich versuche, in Angelegenheiten des Herzens offen und ehrlich zu sein«, fuhr er fort. »Wenn ich sage, ich möchte sehen, wohin es führt, dann meine ich damit, dass ich niemand anderen sehe.« Er wartete so lange, bis sie anfing, etwas zu sagen, dann fuhr er fort: »Und um ganz klar zu sein, ich erwarte von dir im Gegenzug keine Exklusivität. So ist das nicht. Das gilt nur für mich, es ist meine Entscheidung. Wenn du noch das Bedürfnis hast –«

»Habe ich nicht«, sagte Alice kichernd, und er kicherte auch. »Überhaupt nicht.«

»Toll. Okay«, sagte er, Freude verströmend. Die Sache lief

gut. »Nächster Punkt. Ich glaube an Ehrlichkeit in der Werbung. Wir bewerben uns alle jeden Tag, ob wir uns dessen bewusst sind oder nicht –«

»Mm-hm«, sagte sie in dem Bemühen, ihn durch seine Vorrede zu treiben. Er war ein Vorredner, wie sie allmählich feststellte.

»– und ich möchte nicht, dass jemand glaubt, ein Produkt wäre auf dem Markt, das eigentlich nicht … auf dem Markt ist. Mit dem Gedanken im Hinterkopf habe ich dir was geschickt. Gerade eben. Auf Facebook.«

Sie ging auf Facebook. Benachrichtigungen. Da.

»Lass dir Zeit«, sagte er. »Kein Druck irgendeiner Art. Wirklich. Ehrlich. Du kannst es anklicken, wann immer du möchtest. Wenn überhaupt. Wenn nicht, ist es auch okay.«

Sie betrachtete die Wörter: »Beziehungsanfrage« »Grover Kines«.

Vielleicht war Alice noch nicht wieder von ihrem hohen High heruntergekommen, das sich nach der Anmeldung für den Test eingestellt hatte, oder von dem noch höheren, nachdem sie den Job gekündigt hatte. Es war eine neue Lektion, noch ganz frisch, dass es berauschend sein konnte, wenn es plötzlich mit Riesenschritten voranging im Leben. Man macht einen Schritt, und dann will man bald alle machen. Warum auch nicht? Sie hielt ihr Handy hoch und machte eine große Show daraus, auf »Bestätigen« zu tippen und ihn sehen zu lassen, wie sich der Status veränderte. Und sie verlor nicht den Boden unter den Füßen, auch nicht mit einer gewissen Verzögerung, sondern sie aß den Taco auf, und sie küssten sich, während New Jersey auf der anderen Seite des Flusses glitzerte. Den ganzen Abend fühlte sich der neue, aufregende Status »In einer Beziehung« irgendwie gemütlich und vertraut an, im allerbesten Sinn, sogar als sie allein in die *Bakery* zurückkehrte und noch zwei Stunden arbeitete.

Geräusche in der Küche. Roxy machte sich für die Arbeit

fertig. Roxy. Die Sache mit Roxy. Die war auch passiert. Gestern Nachmittag, vor der Lernpause, vor dem Taco, vor Grover.

Sie hatte eine E-Mail bekommen.

Sechs gebieterische Wörter in der Betreffzeile: »Versprich mir, dass du dabei bist.« Eine Einladung zu Roxys Geburtstagsparty. Eine Motto-Party, was sonst, und auch wenn die Party am 14. August 2015 stattfinden sollte, war das Motto SILVESTER 1979. Und das war der Plan: Die Party sollte um zehn Uhr abends in einer Bar downtown namens *Loopholes* beginnen, einem Laden mit großer Tanzfläche und einem DJ, der in den ersten beiden Stunden Disco-Klassiker aus den Siebzigern auflegen würde. Zehn Sekunden vor Mitternacht würden die Gäste einen Countdown anstimmen, Schlag zwölf würden die Siebziger zu den Achtzigern, und Donna Summers »Don't Leave Me This Way« würde nahtlos in Simple Minds' »Don't You (Forget About Me)« übergehen. Den Rest der Nacht gäbe es nur noch Musik aus den Achtzigern. Alle Freunde von Roxy wären da, was, laut Facebook, mehr als dreitausend Leute waren (obwohl Alice in den fast zwei Monaten, die sie nun hier wohnte, keinem von ihnen begegnet war).

Alice war beeindruckt gewesen. Eine coole Idee, und das hatte sie auch gesagt, als sie Roxy ein paar Minuten später in der Küche traf.

»Ja, oder? Wir müssen über Kostüme reden. Die Outfits müssen sich um Mitternacht irgendwie verändern. *Du* musst dich verändern. Das ist ja das Tolle an Silvester. Und an Geburtstagen. Man ist plötzlich eine andere. Und ich meine, klar, das braucht ein bisschen Vorbereitung, aber das kriegen wir an einem Abend hin. Es geht nie ohne Arbeit, wenn es sich lohnen soll«, sagte Roxy und tippte auf das große gelbe Buch auf dem Küchentisch. »Das dürfte dir doch klar sein.«

Alice musste Roxy einmal mehr daran erinnern, dass sie

zu viel zu tun hatte für einen ganzen Abend mit Kostümvorbereitungen, was Roxy offensichtlich ein bisschen verletzte, und das erinnerte Alice einmal mehr daran, wie viel Geduld Roxy erforderte. Ihr zu vermitteln, dass Alice jeden Augenblick, in dem sie nicht lernte, ein schlechtes Gewissen hatte, war so, als wollte man einem Tier einen Trick beibringen. Schließlich erklärte Roxy sich bereit, Alices Kostüm für sie zu gestalten, und zerknirscht bot Alice an, den halben Abend zu helfen, und schlug sogar ein Kostüm vor: »Ein Siebzigerjahre-Jeanskleid zum Runterreißen, und darunter trage ich ein Tutu und ein zerrissenes T-Shirt.«

Roxy strahlte. »Das ist perfekt! Darf ich das klauen? Nein, es gehört dir! Und es ist so einfach! Wir finden das Kleid, und dann brauchen wir nur Schere, Klettband, Heißkleber. Das wird ein Spaß! Yay!« Und begeistert Beifall klatschend verschwand Roxy in ihrem Zimmer. Alice atmete tief durch. NOCH 54 TAGE BIS ZUM TEST. Wenn sie Grover zum Abendessen treffen wollte, musste es was Schnelles sein. Der neue Taco-Laden am Wasser sah gut aus.

Dann kehrte Roxy in die Küche zurück, lehnte sich an den blauen Baum und ergänzte: »Und übrigens, ich erwarte, dass du deinen neuen Freund mitbringst.«

Alice hatte die beiden Welten noch nicht zusammengebracht und war sich nicht sicher, ob sie es wollte. Aber sie lächelte und sagte: »Natürlich«, und dann verzog sie sich hastig in die *Bakery*, von dort in den Taco-Laden am Wasser, wieder zurück in die *Bakery* und schließlich in dieses kleine Bett. Als Alice nun langsam die Augen aufschlug, war der Lichtschacht sonnendurchflutet, und ihr Blick fiel auf Garys leeren Käfig. Sie fragte sich, ob er jemals an sie dachte. Hoffentlich nicht. Hoffentlich war er gerade im Central Park, freute sich über das Wetter, pickte an einem heruntergefallenen Hotdog. Hoffentlich hatte er andere Kanarienvögel getroffen.

Sie sah auf ihr Telefon (GUTEN MORGEN. NOCH 53 TAGE BIS –) und legte es verkehrt herum wieder auf den Nachttisch.

Ihr Körper wehrte sich, aber das Verrinnen des Morgens ließ sich nicht aufhalten. Zeit für spontane Energieerzeugung. Es würde keine äußere Energiequelle geben, weder heute noch morgen. Elektrolytisch war keine Option. Galvanisch oder gar nicht.

Okay, Alice.

Das wär's, Alice.

Auf geht's, Alice.

Hoch!

***

»Bist du wach, Deuce?«

»Hallo, Cinco. Ja, ich bin wach.«

»Wie spät ist es bei dir?«

»4.30.«

»Wow, du bist früh auf! Ist die Sonne schon da?«

»Es ist Alaska, natürlich ist die Sonne da.«

»Was machst du gerade?«

»Im Bett liegen und darauf warten, dass etwas aus einem Ei schlüpft.«

»Was für ein Ei?«

»Eine Freundin hat auf ihrer Farm ein Nest von einem Weißkopfseeadler entdeckt und mit einer Drohne eine Go-Pro reingelegt, und jetzt gucken auf der Insel alle diesen Livestream, um dabei zu sein, wenn etwas schlüpft. Was umständlich ausgedrückt nur heißt: O MEIN GOTT ist mein Leben langweilig.«

»Machst du Witze? Das ist großartig!«

»Äh, nein, ist es nicht, und das weißt du auch. Wie geht's dir? Was macht das Sozialleben?«

»Du weißt, wie es ist.«

»Nein, weiß ich nicht. Deshalb frage ich ja.«

»Was soll ich sagen, Deuce? Es ist immer das Gleiche.«

»Bitte, du hast keine Ahnung, was das bedeutet, solange du nicht auf Kodiak Island gelebt hast. Komm schon, Cinco. Ich giere nach wahren Geschichten über das liederliche Leben in NYC. Fütter mich.«

»Schön. Also neulich habe ich mit diesem Mädchen gematcht.«

»In einer App.«

»Ja. Suitoronomy.«

»Und die ist gut?«

»Ganz okay. Ist irgendwie der Standard. Unlonely ist eher für Heiratswillige. Und HookerUpper ist, na ja, so ne Abschleppnummer. Suitoronomy ist irgendwie gerade richtig.«

»Gesundes Mittelmaß.«

»Genau.«

»Und du hast also mit diesem Mädchen auf Suitoronomy gematcht.«

»Ich habe also mit diesem Mädchen gematcht.«

»Was sagst du, wenn das passiert?«

»Hast du noch nie ne App benutzt?«

»Ich kenne schon jeden im Umkreis von fünfzig Meilen. Und vor allem, die kennen mich! Komm schon, erklär's mir. Wie geht das? Was sagst du?«

»Okay, na ja, das Ding ist, es ist nicht leicht, jedes Mal eine ganz neue einzigartige Unterhaltung anzufangen. Irgendwann fängst du an, ein Programm abzuspulen. Eine Art Skript, wenn du so willst.«

»Und wie lautet dein Skript? Gib mir Seite eins.«

»Ich will nicht darüber reden.«

»Natürlich willst du! Komm schon! Sag's mir! Sagsmirsagsmirsagsmir. Sag's miiiiiiiir.«

»Okay, meine Masche ist, den Leuten zu sagen, ich wäre

ganz neu dabei und sie wären die erste Person, mit der ich chatte. Ich sage: ›Darf ich ehrlich sein? Ich habe das noch nie gemacht. Du bist meine Erste‹ et cetera.«

»LOL. Wow. Tja, ich würde sagen, das ist vielleicht ein kleines bisschen UNehrlich. OMG das Ei hat sich bewegt! OMG das ist so spannend! Wie auch immer, sorry. Wo waren wir? Ach ja, du bist ein pathologischer Lügner.«

»Ich weiß nicht, vermutlich. Ich glaube, die meisten wissen, dass ich Scheiße rede. Oder alle. Oder keine. Keine Ahnung. Du hältst mich für einen Arsch.«

»Das könnte ich nie denken, Cinco. Glaub mir, ich hab's immer wieder versucht.«

»Das weiß ich zu schätzen, Deuce. Jedenfalls fange ich also an, mit diesem Mädchen zu chatten, und ich sage, was ich immer sage, dass ich das noch nie gemacht habe und ganz neu hier bin, blablabla, und dann unterbricht sie mich und schreibt, Alter, wir waren vor drei Monaten im Bett.«

»Neeeeeeeein.«

»Doch.«

»Neeeeeeeeeeeeein.«

»Doooooooooooooooooooch.«

»Erwischt.«

»Total. Echt abstoßend, und ich fühle mich mies deshalb.«

»Das will ich hoffen.«

»Aber danach, rat mal!«

»Bist du wieder mit ihr im Bett gelandet.«

»Komme gerade von dort. Ich frühstücke jetzt was.«

Und Bob legte das Telefon beiseite, als Clara – die Kellnerin mit dem Musical-Abschluss, von dem Bob wusste, weil er schon ein- oder zweimal in ihrem Bereich gesessen hatte und sie süß fand, mit den großen Augen, der faszinierenden Nase und dem undefinierbaren Akzent, und deshalb einen halben Tag lang auf Facebook durch alle Claras im Großraum New York gescrollt war, bis er sie unwahrscheinlicherweise fand und erfuhr, dass ihr Nachname Court war und ihr Akzent aus Baltimore und dass sie einmal die Luisa in *The Fantasticks* gespielt hatte und in Thailand gewesen war, wo sie ein Foto von sich vor einem Tempel in Form eines riesigen dreiköpfigen Elefanten gemacht hatte, und aus irgendeinem Grund war es so viel leichter, das alles durch Online-Schnüffelei herauszufinden, als ein dreiminütiges Gespräch mit Clara persönlich zu führen – ihm ein Omelett servierte.

»Darf's noch was sein?«, fragte Clara.

»Nein, danke«, antwortete er und nahm sein Telefon wieder in die Hand. Eine Nachricht wartete auf ihn.

»Tja, Cinco, danke. Das war genau die Art widerliche Geschichte, die ich zum Wachwerden brauchte. Besser als Kaffee.«

»War mir ein Vergnügen, Deuce. Ich tue das nur für dich.«

»Das ehrt mich. Und welche Horrorshow steigt heute Abend?«

»Heute Abend bleibe ich zu Hause. Ich bin alt. Ich brauche auch mal eine Nacht Pause.«

Und das meinte er auch so, aber als er mit dem Omelett halb fertig war, öffnete er Suitoronomy und fand Trudy Catusi, und am Abend fuhr er mit einmal Umsteigen nach Queens und traf Trudy in einer Weinbar. Sie tranken Valpolicella und unterhielten sich über die Unterschiede zwischen den Stadtbezirken. Er lebte seit achtzehn Jahren hier und kannte immer noch so vieles nicht.

Trudy fragte: »Bist du wirklich vierzig?« Sie war der reinste Sonnenschein.

»Bin ich«, antwortete er.

»Niemals! Du siehst aus wie achtundzwanzig.«

Sein Gesicht vollführte die »verlegen«-Subroutine, als er sich von dem Kompliment überrascht zeigte, das er schon so oft bekommen hatte. »Danke. Erzähl das mal morgens meinen Knien.«

Sie lachte, ein Wem-sagst-du-das-Lachen, obwohl sie noch siebzehn Jahre lang keine Ahnung haben würde, wie sich vierzigjährige Knie anfühlten. Sie war jung und wollte so gern dazugehören. Sie fragte, warum er sich für die Upper West Side entschieden hatte. Die ehrliche Antwort war, dass er vor langer Zeit geglaubt hatte, er würde ein Mädchen namens Amy Otterpool heiraten und sie würden Kinder bekommen und in den ersten Jahren noch in der Stadt leben und dann nach Westchester ziehen wegen der Schulen, und in der Upper West Side schien es die meisten Kinderwagen weit und breit zu geben, und deshalb planten sie, ihr gemeinsames Leben dort zu beginnen. Und sie hatten es geliebt. Ihre Single-Freunde wohnten und feierten alle downtown, aber Bob und Amy hatten eine Reinigung, in der man sie kannte. Sie hatten einen kleinen Lebensmittelladen, mit einem Liefertypen, der ihnen morgens Kaffee hochbrachte, wenn sie zu müde waren, um selbst einen zu kochen, oder Ben&Jerry's-Töpfe mitten in der Nacht, wenn sie zu stoned waren, um sich anzuziehen. Es war wundervoll, und dann kam das Ende, in dem indischen Restaurant um die Ecke, und jetzt war Amy weg, aber das indische Restaurant war immer noch da.

Bob antwortete: »Ich liebe den Central Park.«

»O Gott, ja, ich auch«, sagte Trudy. »Wobei es auch Parks hier in Queens gibt. Im Forest Park steht ein altes Karussell. Und man kann reiten.« Dreiundzwanzig Jahre alt. Der ganze Small Talk, das Lächeln und die Arbeit, die nur auf das Eine zuliefen, und diese ganze Scharade, als würde er nicht direkt danach aus ihrem Leben verschwinden – es würde ihn alles ein bisschen tiefer in den Abgrund ziehen.

Am nächsten Morgen traten sie aus ihrem Apartmenthaus, er noch in den Kleidern vom Vorabend, sie gekleidet wie jemand mit dem ersten Bürojob nach dem College. Sie hatte geduscht, und ihr Haar war noch feucht. Sie kramte in ihrer

Tasche nach den Schlüsseln, nur zur Sicherheit, während er ihren Namen auf dem Briefkasten entdeckte, mit grünem Filzstift in ihrer Handschrift: »Catusi, 7G«.

»Die U-Bahn ist drei Blocks entfernt, an der 46th«, sagte sie wie eine echte New Yorkerin. »Aber wenn du dir ein Taxi teilen möchtest, kriegen wir wahrscheinlich eins an der Steinway.«

Bob fand, er könnte noch ein bisschen Zeit mit Trudy Catusi verbringen, bevor sie beide auf Nimmerwiedersehen in den Ozean abtauchten. Also gingen sie zur Steinway rüber, und als er die Hand hob, um ein Taxi heranzuwinken, hörte er seinen Namen.

»Bob?«

Er drehte sich um.

Es war Amy.

Ein Taxi hielt, aber er winkte es weiter.

Sie war größer als in seiner Erinnerung, die Augen weiter auseinander, die Haut komplexer durch die Sonne und die Jahre. Er hätte sie vielleicht gar nicht erkannt. Sie sah müde aus, als hätte sie viele von den durchschlafenen Nächten verpasst, die Bob in den einsamen Jahren selbstsüchtig angehäuft hatte. Sie war vierzig, genau wie er. Bob konnte sich nicht erinnern, wann er das letzte Mal mit jemandem in seinem Alter zusammen war.

Amy umfasste die Griffe eines Buggys, und in dem Buggy saß ihre Tochter. Bob sah sie, und seinem Herzen, hinter Gittern in seinem Brustkorb, entfuhr ein stummer Schrei.

»Hey«, sagte seine Stimme. »Amy! Wow! Wie geht's dir?«

»Mir geht's gut«, sagte sie, und sie umarmten sich. »Ich sehe furchtbar aus, so ohne Make-up.«

»Du siehst toll aus«, sagte er.

Ein paar verkrampfte Worte wurden gewechselt. Wohnst du hier irgendwo? Ja, gleich um die Ecke, und du? Upper West Side, immer noch, oh, das ist Trudy. Trudy, das ist

Amy. Hi, schön dich kennenzulernen. Gleichfalls. Wow, Bob
Smith. Amy Otterpool. Und wer ist das? Das ist Emily. Hi,
Emily. Sie ist echt süß. Ja, wir waren gestern ziemlich lange
wach, was? Ja, das waren wir.

Zehn Minuten später, als ihr Taxi die 59th-Street-Brücke
überquerte, sah Bob zu Trudy rüber, die nicht ahnte, wovon
sie gerade Teil gewesen war. Sie bemerkte seinen Blick.

»War das eine Freundin von der Arbeit?«

»Das war meine Ex-Freundin.«

»Wirklich?«

»Wirklich.«

»Ernst?«

»Todernst.«

»Nein, ich meine, war es ernst? Mit euch beiden.«

Ihre Liebe war die Schwerkraft, die ihn auf Erden hielt.
»Ziemlich ernst.«

»Wie lange wart ihr zusammen?«

»Weiß ich nicht«, sagte er. »Ist vierzehn Jahre her. Oder
so.« Vor vierzehn Jahren war er Bob, der gleiche Bob, mit
den gleichen Hemden, Kaffeebechern und Möbeln, jedenfalls zum Teil. Vor vierzehn Jahren war Trudy neun. »Lange
her.«

»Wow. Und jetzt hat sie ein Kind«, sagte Trudy. »Ist das
komisch?«

»Ich möchte nicht darüber reden.« Die Worte bebten stärker, als ihm lieb war. »Ich will über dich reden! Du bist also
Kundenbetreuerin?«

Er ließ sie den Rest der Fahrt über reden. Sie trug einen
weißen Rollkragenpulli ohne Ärmel, obwohl man das unter
dem Blazer nicht sehen konnte. Beim Zuhören dachte Bob
an ihre langen nackten Arme. Dann stiegen sie vor der Grand
Central Station aus, gegenüber von ihrem Büro. »Das war
nett«, sagten sie, und »Das sollten wir mal wieder machen«,
und »Du hast ja meine Nummer«. Was man eben so sagt.

Dann wurde sie in die Lobby ihres Wolkenkratzers gespült, und das war's.

»Ist was geschlüpft?«

»Nein! Es macht mich ganz verrückt! Also wie war die Dreiundzwanzigjährige? Hat sie sich deinem Vampirbann ergeben?«

»Sie ist ein nettes Mädchen, und wir hatten eine nette Zeit.«

»Gab es eine Schrecksekunde, als dir klar wurde, dass du vor dreiundzwanzig Jahren mit ihrer Mutter geschlafen hast?«

»Igitt, nein. Aber hey, wo wir gerade von Leuten mit Töchtern reden: Heute Morgen habe ich Amy getroffen.«

»Wow! Echt????????«

»Und ihre kleine Tochter. In Queens. Auf der Straße. Wir haben geredet. Scheint ihr gut zu gehen. Es war tatsächlich schön, sie zu sehen.«

»Mm-hm. Und jetzt wirst du das Naheliegende tun und komplett durchdrehen.«

»Ist das das Naheliegende?«

»Ja.«

»Weil ich das andere Mal durchgedreht bin, als ich von dem Kind erfahren habe?«

»Da du es schon ansprichst, ja. Ich weiß nicht mehr genau, was dann eigentlich passiert ist, weil du es mir nie erzählt hast. Aber du hast Facebook verlassen.«

»Das wollte ich schon ewig machen, das weißt du.«

»Mm-hm. Da war auch irgendwas mit einer Modelleisenbahn?«

»Ich habe dir von der Modelleisenbahn erzählt?«

»Ich glaube, du hast da was erwähnt. Bitte zwing mich nicht, deine Nachrichten von einem Jahr durchzugucken.«

»Okay, sagen wir einfach, ja, da war eine Modelleisenbahn, und ich bin durchgedreht, und genug davon. Aber sie

heute zu sehen, ich weiß auch nicht, das musste ja irgendwann passieren«, bemerkte er, auch wenn er eigentlich das
Gegenteil gehofft hatte. »Ich bin eher überrascht, dass es
vierzehn Jahre gedauert hat. Trudy war dabei, deswegen
konnten wir nicht lange reden.«

»Ach, Trudy war dabei??? Nun wird's interessant. Wie
fand sie Trudy?«

»Sie sind jetzt beste Freundinnen. Sie fahren nächstes Wochenende zusammen weg.«

Sie antwortete nicht sofort. Dann aber doch.

»Sei nicht so durchschaubar, Cinco. Das ist deine un-
attraktivste Eigenschaft.«

»Durchschaubar bin ich nur für dich, Deuce.«

Er steckte das Telefon weg. Die Begegnung mit Amy war
nicht lang gewesen, höchstens drei Minuten, aber es war so,
als hätte er kurz Plutonium in den Händen gehalten. Die
eigentliche Krankheit hatte noch nicht mal eingesetzt.

***

Bill verbrachte den Vormittag in einem Büro mit hohen De-
cken in der obersten Etage einer wunderbaren ehemaligen
Kaugummifabrik am East River, mit Blick auf die stachelige
Skyline von Manhattan. Für so eine Aussicht verließ man
Manhattan, denn nur von der anderen Flussseite aus ließ
sich die Skyline in all ihrer Schönheit genießen, jedenfalls,
wenn man das Pendeln und den schwachen Geruch nach
Ahornsirup ertrug, der noch Jahrzehnte nach dem letzten
Kaugummistreifen in der Luft hing.

Das Büro, das nach Vertragsunterzeichnung Bills Büro
werden würde, war das Nervenzentrum einer Firma mit
sechshundert Mitarbeitern, ein Bienenstock, in dem die fleißigen jungen Bienen nur darauf warteten, die besten Stunden
ihrer unbeschwertesten Jahre den Eingebungen und Entde-

ckungen von Zach und Bill zu widmen. Männer und Frauen reisten jeden Tag aus der ganzen Stadt an, über Wasser oder durch unterirdische Tunnel, nur um Fortinbras Dynamics und sein plattformübergreifendes Software-Angebot, das mit Abstand beste auf dem Markt, am Laufen zu halten.

Bill unterzeichnete alle Dokumente und schüttelte alle Hände, und dann gingen er und sein ehemaliger und aktuell aktueller Partner Zach mit ihren Anwälten mittagessen, Alkohol und riesige buttrige Steaks eingeschlossen. Ein Lunch wie früher, in ihren alten Zeiten; die Eiswürfel knackten in den Tumblern, als sie die Wärme aus dem Whiskey saugten. Dann sprang Bill in den Zug, der ihn zu dem Zug brachte, der ihn zu dem Zug brachte, der ihn zurück nach Morningside Heights brachte, und marschierte zügig zum Riverside Drive Nummer 404. Er sauste mit dem Fahrstuhl in die Wohnung, wo er ausschweifenden Nachmittagssex mit seiner glücklichen Frau hatte.

Unter einem Berg aus Laken und Decken brummten Bill und Pitterpat vor Freude über das alles.

»Es fühlt sich richtig an«, sagte Pitterpat. »Nach Me-WantThat hast du dir freigenommen, und das war richtig so. Und jetzt ist das hier richtig so.« Er lachte, und sie lachte auch, sie wusste, wie sie sich für ihn anhörte. »Ernsthaft! Es war ein toller Sommer oder halber Sommer. Aber ich versteh schon. Das ist das, was du am besten kannst, Bill. Dir fallen Sachen ein. Ich will sehen, was dir als Nächstes einfällt.«

Ihre Gesichter waren ganz nah beieinander, ins gleiche Kissen gedrückt. Er küsste ihre Nase.

»Das möchte ich auch sehen. Und ich verspreche dir, es wird nicht so wie letztes Mal.« Jetzt lachte sie ihn aus. »Ich mein's ernst! MeWantThat war die ganz große Nummer. Von Anfang an ging es um alles oder nichts. Jetzt haben wir nichts mehr zu verlieren. Ich werde hart arbeiten, aber ich meine, bitte. Glaubst du, ich bleibe bis drei Uhr morgens? Vergiss es. Ich werde jeden Tag um fünf aus der Tür sein.«

»Und dann direkt an die Columbia zum Abendkurs? Was wird es diesmal? Das Mormonentum?«

Er grinste. »*Zu Hause.* Ich werde spätestens um 18 Uhr 15 *zu Hause* sein. Das verspreche ich.«

»Noch früher, wenn wir nach Carnegie Hill ziehen.«

»Ach, tun wir das?«

Sie lächelte kokett. »Ich habe gewisse Ideen.«

»Darauf wette ich«, sagte er, und sie küssten sich wieder, und es war perfekt, wirklich die beste Art von Nachmittag. Alles, was Bill und Pitterpat in diesem Moment begehrten, war hier in ihrer Wohnung, und falls nicht, wie im Fall der Samosas, auf die sie plötzlich Heißhunger hatten, konnten sie es sich in weniger als einer Stunde liefern lassen, und das machten sie auch und aßen sie nackt im Bett, und sie waren köstlich.

Dann musste Bill weg.

Er warf Einführung in den Buddhismus nicht offiziell hin, weil das Semester sowieso fast vorbei war, aber er würde die letzte Vorlesungswoche nicht mehr mitmachen und auch die Abschlussprüfung nicht. Das war in Ordnung. Er war dem Buddhismus gefolgt, als er im Verlauf der Jahrhunderte von Indien nach China nach Korea nach Japan gewandert war, und verspürte kein großes Bedürfnis, darüber geprüft zu werden. Trotzdem wäre es falsch, sich einfach nicht mehr in einem Seminar blicken zu lassen, das ihm etwas bedeutet hatte. Professor Shimizu hatte heute Sprechstunde, und Bill war es dem Mann und sich selbst schuldig, sich zu verabschieden.

Als er den Hügel hinauf zum Campus lief, erreichte ihn eine Nachricht von Alice.

»Also bist du jetzt noch reicher?«

»Noch nicht«, antwortete er, »aber bald«, und dann Geldsack Geldsack Geldsack Geldsack.

»Nun, das ist sehr cool«, schrieb sie zurück. »Glückwunsch. Ich bin stolz auf dich.«

»Ich bin auch stolz auf dich.«

Und das stimmte. In letzter Zeit hörte er nicht oft von
Alice, aber in einem guten Sinn. Es war gut zu sehen, wie sie
sich in etwas reinkniete. Sie hatte sogar ihren Job gekündigt,
um sich auf diesen Test zu konzentrieren. Gott segne sie.
Nichts ist besser, als einen Lauf zu haben, dachte er. Und auch
noch einen neuen Freund! Liebe flutete aus seinem Innern,
strömte in alle Richtungen wie der Duft von warmem Brot.

»Du wirst es weit bringen, Kid«, schickte er hinterher,
als er an einer besonders ausgelassenen Straßenecke stehen
blieb, 113th Street und Broadway, eine der besten Ecken der
ganzen Stadt.

»Ich tu, was ich kann«, entgegnete sie. »Glückwunsch noch
mal. Lass uns anderen ein bisschen Wohlstand übrig, okay?«

»Ha«, schrieb er und betrat Hamilton Hall.

Der dunkle Flur im obersten Stock war leer. Ganz am
Ende des Flurs stand Professor Shimizus Tür weit offen, wie
immer an Montagen zwischen drei und fünf.

Bill trat in die Tür und fand Professor Shimizu nicht an
seinem Schreibtisch, sondern in dem braunledernen Lesesess-
sel vor, den er daneben gequetscht hatte. Wie klein das Büro
war. Irgendwann in den nächsten Tagen würde Bill Optio-
nen für ein riesiges Kunstwerk präsentiert bekommen, das
die 6x4-Meter-Ostwand seines Büros schmücken sollte. Die
Auswahl wäre groß, aber egal, was er nähme, nichts würde
die immense Leere des Raums füllen. In diesem Büro hingegen war nur Platz für ein kleines gerahmtes Bild, an einem
Fleckchen Wand neben dem kleinen Fenster. Das Gemälde
eines Streitwagens.

»Professor Shimizu?«

»Hallo, Bill«, sagte der alte Mann. »Was gibt's?«

Bill besuchte das Seminar seit sechs Wochen. Er hatte an allen achtzehn Sitzungen teilgenommen und immer auf dem gleichen Platz gesessen, in der vierten Reihe vom Podium aus gesehen. Aber ihm war nie in den Sinn gekommen, dass Professor Shimizu seinen Namen kannte. Das machte das Folgende so viel schwieriger.

»Eigentlich bin ich hier, weil ich nicht mehr zum Seminar kommen kann.«

Der alte Mann ließ das Buch sinken, in dem er gelesen hatte. »Es tut mir leid, das zu hören«, sagte er mit ehrlicher Besorgnis. »Ist denn alles in Ordnung?«

»Was? Oh, ja«, sagte Bill. »Der Grund ist ein guter. Eine Karrieresache.«

»Oh.«

»Mir wurde ein Job angeboten.«

»Gratuliere«, sagte er warmherzig, aber Bill versuchte immer noch, sich zu erklären.

»Ich mache keinen Bachelor. Ich bin für ein Weiterbildungsstudium eingeschrieben.«

»Ich weiß. Zu schade, dass Sie gehen. Sie stellen gute Fragen.«

»Tatsächlich?«

»Ja, natürlich«, sagte der Professor, ohne es weiter auszuführen. »Was ist es denn für ein Job?«

Bill spürte, wie E-Mails auf dem Handy eingingen. Der Preis für sein Vermögen war seine Aufmerksamkeit.

»Oh, eine Computersache. Ich bin in der Software-Entwicklung.« So redete Bill immer mit älteren Leuten, und zum ersten Mal kam ihm Professor Shimizu älter vor, so wie er da in seinem Sessel saß, die Schultern fast an den Ohren. Es hätte Bill überrascht zu hören, dass Professor Shimizu Me-WantThat auf seinem Smartphone hatte und dass er überhaupt ein Smartphone besaß.

250

»Klingt spannend«, sagte der alte Mann.

»Ist es«, sagte Bill. »Ist es. Ein Angebot, das ich nicht ablehnen konnte.«

Als er rauskam, war der Flur nicht mehr leer. Eine junge Frau saß auf dem einzelnen Holzstuhl in der Nähe der Tür. Sie war klein und sah aus, als würde sie sich selbst die Haare schneiden, und da war noch etwas, was ihm auffiel. Selbst aus dem Augenwinkel registrierte er, wie sie eine Schulter vor- und zurückriss, als würde sie rudern, ohne Boot und Riemen. Sie bewegte sich nicht zu Musik. Es lief keine Musik. Sie hatte auch keine Ohrstöpsel drin. Ein nervöser Tick war es auch nicht. Ihr Gesicht war ruhig und gedankenverloren. Irgendwas *stimmte nicht*. Sie war krank. War es das? Ja. Sie war krank.

Ihre Blicke trafen sich. Kurz fragte Bill sich, ob er sie kannte. Kannte sie ihn? Möglich wäre es. Als er an ihr vorbeiging, hob sie den großen Karton neben sich hoch, und das beruhigte ihren Arm. Sie ging in das Büro.

»Professor Shimizu? Ich hatte Ihnen gemailt, dass ich komme«, sagte sie, und mehr hörte Bill nicht, als er den Flur hinunter zur Treppe ging. Nach einem halben Stockwerk blieb er auf dem Absatz stehen und sah nach draußen über ein Stückchen Campusrasen. Er war fast leer und ganz ruhig, der atomare Winter eines Unisommers. Von der klimatisierten Luft auf den nackten Armen bekam Bill Gänsehaut, und aus irgendeinem Grund, den er nicht kannte und nie kennen würde, musste er an seine Mutter denken. Ihr Gesicht und ihre Stimme gab es nun seit drei Jahren nicht mehr. Er hatte geweint, als sie starb. Er hatte geweint, als er in dem Haus in Katonah ankam. (War das Mädchen mit dem Karton aus Katonah? Hieß sie Rudy irgendwas?) Er hatte geweint, als er die kleine leblose Gestalt unter dem Tuch im Beerdigungsinstitut gesehen hatte. Er hatte während der Trauerrede geweint, für die er von allen Seiten gelobt wurde, und er hatte sogar im Zug zurück nach New York City geweint. Aber als er wieder in Manhattan war, hörte er auf zu weinen.

Viele Techies machen sich Sorgen wegen der Entwicklung künstlicher Intelligenz und fragen sich, ob sie zum Ende der Welt führen könnte. Aber ist nicht jeder Tod auf seine winzige gewaltige Weise das Ende der Welt, wenn auch nur für einen Menschen? Diese Welt, die wir lieben und eifersüchtig hegen, ist schon zigfach zu Ende gegangen, und doch ist sie da, stetig wirbelnd, gebärend, endend, stetig unstet.

Bill ging weiter die Treppe hinunter. Er trat aus dem Gebäude und überquerte den Rasen. Irgendwo wurden Visitenkarten für ihn gedruckt. Ein Telefon wurde eingerichtet. Großes wurde erwartet.

Pitterpat lag in der Badewanne, als er nach Hause kam. Die Tür war geschlossen. Er hätte reingehen und ihr einen Kuss geben können, aber sie war dort gern für sich. Sie nannte es ihr Büro. Sie konnte problemlos zwei Stunden in der Wanne liegen, wenn er sie nur ließ. Das war eine von den Angewohnheiten, die man an einer Person entweder lieben oder hassen konnte, man hatte die Wahl. Bill entschied sich, sie zu lieben, und zwar mit Nachdruck. Er liebte seine Frau.

Seine Frau.

Ihr Telefon machte ein Geräusch. Sie rührte sich nicht. Die Steroide halfen ein bisschen, aber sie hatte trotzdem den ganzen Morgen geschissen und brauchte nun einen Kokon aus Schaum, in dem sie genau den richtigen französischen Sechzigerjahre-Pop hören konnte, mit einem warmen Waschlappen auf den Augen. Sie summte geistesabwesend zum Hauchen irgendeiner aufregenden Kindfrau, *la jeune chanteuse qui chante*. Sie sprach kein Französisch, verstand die Worte nicht, aber sie machte sich die Melodie zu eigen, trällerte du-du-du. Sie hörte nicht, wie die Wohnungstür zufiel.

***

Dass Bob möglicherweise schwul sein könnte, wurde von seinen Kollegen immer mal wieder diskutiert, aus offensichtlichen Gründen. Erstens hatte er noch nie eine Freundin oder irgendeine Frau in seinem Leben erwähnt. Und er war seit elf Jahren in der Buchhaltung. Er musste mindestens vierzig sein. Außerdem, darauf wies Dennis im Chat hin, war Bob sehr ordentlich und gut gekleidet. Nicht dass das etwas zu sagen hätte, wie Francine anmerkte. Ihr Sohn sei schwul und unglaublich schlampig, herrje, aber das Thema wolle sie lieber nicht vertiefen. Vielleicht später, wenn sie in dem peruanischen Laden noch was tranken. Und Bob kam nie mit in den peruanischen Laden! Er wohnte in der Stadt, der einzige Angestellte von Velocitron Bicycles, der in umgekehrter Richtung pendelte, raus in den Büropark in Edgewater, New Jersey. Was er in seiner Freizeit trieb, behielt er für sich. Ein breiter Fluss trennte Büro-Bob von Privat-Bob, das war allen klar.

Als Bob an diesem Morgen besonders gut gelaunt zur Arbeit kam, malten sich Francine, Dennis und die anderen deshalb die wildesten Dinge aus, stellten aber keine Fragen. Bob blieb den ganzen Tag in seinem Büro und redete kaum. Er schien zu arbeiten.

Tat er aber nicht. Er fragte sich, warum zum Teufel Amy in Queens lebte. Das kam ihm komisch vor. Bob konnte sich nicht wie alle anderen für die äußeren Stadtbezirke begeistern. Sein Sozialleben hatte ihn zwar in den letzten Jahren mehr und mehr dorthin geführt, aber Manhattan hatte etwas Romantisches an sich, das Queens nie haben würde. Sogar in seinem winzigen Zweizimmerapartment. Er brauchte keine große Wohnung. Er betrachtete sie manchmal eher als Hotelzimmer.

Es klopfte an seiner Tür, und Francine guckte rein, in der Hand einen Teller mit den dicksten, schokoladigsten Chocolate Chip Cookies, die Bob je gesehen hatte. Sie brachte oft etwas Selbstgebackenes mit.

»Tut mir leid, wenn ich dich störe«, sagte sie ungeheuer stolz und ohne jedes Bedauern.

»Nein, tut es nicht«, sagte er grinsend. »Francine, du bist der Teufel. Du verführst mich zu sündigen.«

»Ich gebe dir einfach einen auf diese Serviette«, entgegnete sie ebenfalls grinsend, »und lege sie hier auf deinen Schreibtisch. Und dann schließe ich die Tür hinter mir, und du kannst tun, was du möchtest.«

So machte sie es, und als sie still den Rückzug antrat, zeigte Bob mit kleinen Teufelshörnern auf Francine: *Das bist du.* Sie war begeistert.

Bob lehnte sich zurück, betrachtete den Cookie und dachte an Trudy. Sie war süß. Ein langweiliges Adjektiv, aber das war sie, und zwar sehr. Und jung. *Wirkte* jung. Vielleicht nächstes Mal jemand Älteren. Suchparameter ändern. Aber Trudy hatte diese süße, hoffnungsfrohe Ausstrahlung, die man hat, wenn man schon sein ganzes Leben in New York leben wollte und endlich da ist, und es ist das erste Jahr in der Stadt. Das ist unschlagbar. Es ist romantisch. So was von.

Er schickte ihr eine Nachricht, und sie antwortete sofort.

»Hiya! So schön, von dir zu hören, nach all der Zeit! LOL.«

»Zu früh?«

»LOL natürlich nicht. Ich dachte schon, du hättest mich vergessen. ;)«

»Unmöglich. Hey, letzte Nacht hat Spaß gemacht.«

»Mmmmmmh ja kann man so sagen. ;)«

»Heute Abend wieder?«

»Ach, ich kann nicht, tut mir so leid. Meine Schwester feiert Geburtstag. So ne Art Mädels-Abend. Ich könnte dich hinterher treffen, aber ich glaub, es könnte ganz schön spät werden.«

Nicht in Ordnung! »Buhuuuu. Kleiner Scherz. Schon okay. Vielleicht wann anders?«

»Ja!!! Morgen vielleicht?«

»Morgen sollte klappen, glaube ich. Können wir uns noch mal kurzschließen?«

Er plante nicht gern so weit im Voraus. Wäre aber wirklich nett gewesen, sie heute Abend zu sehen. Er öffnete Suitoronomy. Es war keine bewusste Entscheidung; sein Daumen tippte einfach drauf. Er erhöhte das Höchstalter auf fünfunddreißig. Samantha. Vierunddreißig. Sie sah groß aus oder hatte zumindest einen langen Oberkörper. Das Haar ergoss sich wie ein goldener Wasserfall über die Schultern, auf jedem einzelnen Bild. Darf ich ehrlich sein? Klar, warum nicht. Ich mache das zum ersten Mal. Blablablablabla, Lust auf ein Treffen heute Abend? Klar, warum nicht. Sie sei gegen sechs mit der Arbeit fertig und könne ihn um sieben irgendwo treffen, wäre das okay? Aber natürlich. Bob hätte seinem jüngeren Ich gern gezeigt, wie gut er in alldem eines Tages sein würde.

»Ernsthaft, ist dieser Adler mal geschlüpft, oder was?«

»Geh weg. Ich arbeite. Und nein. Wir reden später.«

Von seinem Fenster aus konnte Bob Manhattan sehen: Morningside Heights, die Riverside Church und die ganzen Apartmenthäuser südlich davon. *Ich hab's geschafft*, dachte er. *Ich bin in der Zukunft.* War das nicht immer das Ziel gewesen? Erwachsen zu sein? Er hatte Mühe, sich an früher zu erinnern, als man noch zu einem Mädchen hingehen und es anquatschen musste.

Das Ding mit Amy und Queens war: Bob war sicher gewesen, dass sie in Westchester landen würde. Aber vielleicht hätte sie dazu bei Bob bleiben müssen. Dann hätten sie zusammen dort landen können. *Wären* sie wahrscheinlich. Doch dann hatten sie beim Inder gegessen und über die Thanksgiving-Planung geredet, und das hatte alles verändert. Jahrelang hatte er dieses Essen wieder und wieder durchlebt, jeden einzelnen Augenblick. Jahrelang hatte ihn verblüfft, wie leicht sein Leben aus den Fugen geraten war. Jetzt verblüffte es ihn nicht mehr. Je älter man wird, desto mehr weiß man zu schätzen, wie vollkommen alles verschwindet.

Bobs Telefon riss ihn aus seinen Gedanken. Trudy. Sie war eingeknickt! »Wie wär's, wenn wir uns vor dem Geburtstag sehen? Ich könnte mit dir essen und meine Schwester und ihre Freundinnen danach treffen, ginge das?« Er sah ihr breites süßes Lächeln durch die Worte strahlen und verschwendete keinen Gedanken an Samantha.

»Das wär toll!«

»Können wir uns irgendwo in der Nähe meiner Arbeit treffen, so gegen acht?«

Samantha um sieben. Er könnte das einfach verschieben. Sie hatte eine Bar in Yorkville vorgeschlagen, ganz oben in den östlichen 90ern. Das war ein ganzes Stück.

»Auf jeden Fall. Hey, warst du schon mal in der *Grand Central Oyster Bar*?«

»Nein, ist die gut?«

»Einer meiner Lieblingsorte in New York. Wirst du lieben.«

Amys Tochter hatte durchstochene Ohrläppchen. Wer war nur auf die Idee gekommen, einem Baby Löcher stechen zu lassen? Wahrscheinlich Doug.

»Okay toll! Wer hätte das gedacht! Bis um acht! Das reimt sich LOL.«

Bob verspürte ein Kribbeln. Er war schon lange nicht mehr auf einem zweiten Date gewesen. Ach, doch, ein Mal. Mit Roxy. Aber das war gewesen, um Alice wiederzusehen. Alice. Noch ein unrühmlicher Abgang. Sie hatte ihn fast gesehen, wie er wirklich war. Er hätte es fast zugelassen. Er sah sich Samanthas Bild an, das lange goldene Haar und die vage Andeutung von Körpergröße. Auf dem Foto war sie draußen, eine Nahaufnahme ihres Gesichts und unscharfes Herbstlaub im Hintergrund. Sie lächelte nicht, und es schien

eine anspruchsvolle Aufgabe zu sein, diese vierunddreißig-
jährige Samantha zu umwerben, nichts für Schwächlinge,
aber mit reichem Lohn für den Sieger.

Was tun, was tun, was tun. Er sah wieder zu Trudy und
stellte sich vor, wie Amy allen erzählte, ihrem Ex und dieser plappernden kleinen Dreiundzwanzigjährigen über den
Weg gelaufen zu sein. *Die lachen mich aus,* dachte Bob. *Die
lachen mich gerade aus.* Aber was wusste Amy schon? Vielleicht war das mit Bob und Trudy was Ernstes. Wenn sie es
hinbekämen, hätten sie es allen gezeigt. Sie müssten nur den
Rest ihres Lebens miteinander verbringen.

»Wie war der Cookie?«

Bob sah hoch. »Francine«, sagte er und zeigte seine Grübchen. »Ganz ehrlich? Der beste Cookie meines Lebens.«

Es war ihr ein Fest.

***

Alices linke Hand spazierte beiläufig durch den Fingersatz
eines Nocturne, während die rechte einen Satz Karteikarten durchging. Der Vormittag war der allgemeinen Chemie
vorbehalten gewesen, sie war durch das Periodensystem,
die Thermodynamik, Stöchiometrie und das Säure-Basen-
Gleichgewicht gerauscht. Dann schnell einen belegten Bagel und einen Orangensaft, und jetzt war Biochemie an der
Reihe.

Grover saß im Schneidersitz auf dem Bett, die Nase ein
bisschen zu dicht am Laptopbildschirm, während er schrieb.
Wie cool, ein Teil davon zu sein, dachte Alice zwischen zwei
Karten. Sie war beschäftigt, und zwar nicht auf die Art, die
man vorschiebt, wenn man eine E-Mail nicht beantwortet
hat, sondern tatsächlich beschäftigt, sodass sie mit gutem
Recht E-Mails vergaß. Es war schon mehr als zwei Wochen
her, seit sie sich das letzte Mal bei LookingGlass eingeloggt

hatte, um zu sehen, was Carlos guckte. Und sogar als sie entdeckte, dass er schon sechs Folgen von *Love on the Ugly Side* gesehen hatte, was nur bedeuten konnte, dass es eine neue Frau in seinem Leben gab, ging es ihr gut. *Soll sie ihn haben,* dachte sie. Im Sieg: Großmut.

Nur ein Mal an diesem Nachmittag erlaubte Alice sich, im Internet herumzustrolchen. Sie checkte Twitter und stieß auf einen faszinierenden Artikel über einen Wal. Dieser Wal folgte nicht den üblichen Migrationsmustern, sondern suchte sich seinen eigenen Weg und kam deshalb nur selten näher als hundert Meilen an seine Artgenossen heran. Die Meeresbiologen, die seine Bewegungen verfolgten, konnten sich keinen Reim darauf machen. Wie alle Wale sang er sein Lied, ein begeisterter Vokalist in der Unterwasseroper der Cetaceen, nur schien ihn keiner von den anderen zu hören. Er war wie ein Geist. Sie nannten ihn Geisterwal. Irgendwann fand dann jemand die Erklärung: Er sang auf einer Frequenz von 12 Hertz, kurz unter dem Frequenzbereich von 15 bis 20 Hertz, den der übliche Bartenwal hören kann. Der Geisterwal verbrachte sein ganzes Leben in der Hoffnung, dass auch nur ein anderer Wal sein Lied hören würde, aber dazu kam es nie.

Alice erzählte Grover davon, und der entgegnete: »Danach muss ich mal meine Freundin Ayesha fragen. Sie ist gerade auf einem Schiff in der Barentssee und forscht zur Migration von Bartenwalen.« *Natürlich hat er eine Freundin auf einem Schiff in der Barentssee, die gerade zur Migration von Bartenwalen forscht,* dachte Alice. Sie staunte darüber, wie viel cooler Grover im Vergleich zu Carlos war, als ihr Handy aufschrie.

»112!!!! Notfall!!!!«

O Gott, Roxy, was ist es diesmal? Aber die Nachricht kam von Pitterpat.

»Was ist?«

»Du musst sofort vorbeikommen.«

»Alles okay?«

»Ähmmmmm mein Leben geht gerade den Bach runter, also nein, nicht alles okay.«

Alice hatte ihre Schwägerin noch nie auch nur ein bisschen konfus erlebt. Pitterpat hätte wahrscheinlich ein Croissant mit Messer und Gabel verspeisen können, ohne einen einzigen Krümel auf dem Teller zurückzulassen.

Alice sah zu ihren Karteikarten und auf die Uhr: 16 Uhr 16. Sie hatte mehr als fünfzehn Minuten im Netz verplempert, die absolute Obergrenze.

»Ich kann gerade nicht weg«, schrieb sie Pitterpat. »Aber ich bin für dich da.«

»Nein, bist du nicht.«

Das verstörte Alice ein bisschen. »Doch, bin ich«, entgegnete sie.

Pitterpat stand frierend und tropfend in der geleerten Badewanne, während ihr Daumen wütend auf die Taste für Großbuchstaben hieb.

»NEIN DU BIST NICHT DA FÜR MICH DENN WENN DU FÜR MICH DA WÄRST WÄRST DU DA!!!! FÜR MICH!!!!! LSDJFBVLJADBFVLKJADBFVKLJ«

Das erschütterte Alice. Grover spürte es. Sie kam nicht dazu, es ihm zu erklären oder zu antworten, denn es folgte schon die nächste Nachricht.

»DEIN BRUDER IST GERADE EIN BUDDHISTISCHER MÖNCH GEWORDEN.«

Fünfzehn Minuten später öffnete Pitterpat die Tür, in irgendein Handtuch gewickelt, das mehr schlecht als recht hielt. So hatte Alice sie noch nie gesehen, das Haar noch nass, kein Make-up. Grover war mitgekommen, aber Pitterpat bemerkte ihn gar nicht. »Hi«, war alles, was sie sagte, bevor sie sie ins Wohnzimmer führte.

Mit geröteten Augen tigerte sie stumm durch den Raum.

Alice hatte sich immer gefragt, ob die süße kleine Pitterpat nicht insgeheim ein explosives Temperament hatte, und jetzt erhielt sie die Antwort, als ihre Schwägerin ruhig sagte: »Ich reiße ihm den scheiß Kopf ab.«

Alice wagte sich vorsichtig vor. »Was ist denn passiert?«

»Er hat mir eine E-Mail geschickt. Er hat nicht mal mit mir geredet. Wir wollten gerade – *er* wollte gerade einen neuen Job bei Fortinbras antreten –«

»Dem französischen Unternehmen?« Das war Grover.

Alice konnte sehen, wie Pitterpat die Frage durch den Kopf schoss, wer zum Teufel dieser unbekannte Gentleman war, aber in ihrer Verwirrung brachte sie nur heraus: »Ja. Es ist ein französisches Unternehmen. Und Bill wollte gerade seinen neuen Job antreten –«

»Es tut mir so leid«, unterbrach Grover sie noch mal. Pitterpat hörte auf zu tigern und fixierte ihn, wie ein Tiger ein Wildschwein. »Pitterpat, ich weiß nicht, ob Alice dir von mir erzählt hat, aber ich bin Journalist. Soll das hier vertraulich bleiben?«

»Wie bitte?«

»Fortinbras ist eine große Firma, und es gibt jede Menge Spekulationen, dass dort eine neue Generation übernehmen könnte. Es ist nicht mein Ressort, aber es käme mir komisch vor, mit einem möglichen Knüller rumzulaufen, wenn ich nicht wüsste, dass es vertraulich war. Kannst du einfach sagen, dass es vertraulich ist?«

Pitterpat funkelte ihn an. »Wie bitte?«, sagte sie langsam.

»Es ist vertraulich«, sagte Alice, bemüht, die Wogen zu glätten. »Sag einfach, es ist vertraulich.« Und dann schob sie hinterher: »Grover, das ist Pitterpat. Pitterpat, Grover.«

»Hi«, sagte er.

»Hallo«, entgegnete Pitterpat. »Das hier ist vertraulich.«

Grover deutete eine schmeichlerische kleine Verbeugung an. Pitterpat war unbeeindruckt.

Sie setzten sich, und dann erzählte sie ihnen alles, was eigentlich nicht viel war, als sie endlich damit rausrückte. Sie wollte es auf das Seminar schieben, musste sich aber eingestehen, dass sie gar nicht genau wusste, was er studiert hatte. Jedes Mal, wenn er davon erzählt hatte, hatte sie es ausgeblendet, zum Teil aus Trotz, vor allem aber aus Desinteresse.

»Und jetzt ist er abgehauen und hat sich einer Sekte angeschlossen«, sagte sie.

»Bill hat noch nie halbe Sachen gemacht«, erklärte Alice. Es war eine solche Plattitüde, aber im Grunde lief es darauf hinaus.

»Was du nicht sagst«, entgegnete Pitterpat. »Aber das ist verrückt, sogar für Bill. Findest du nicht? Ist das nicht das Verhalten eines Verrückten?«

»Nein«, sagte Grover. »Ist es nicht.«

Alice sah Pitterpat den Blick heben und begriff unmittelbar, dass heute nicht der beste Tag war, um ihrer Schwägerin ihren neuen Freund vorzustellen. Warum war er eigentlich hier? Sie waren erst seit ein oder zwei Tagen ein facebookoffizielles Paar. Das hier hatte den Rang eines Thanksgiving-Dinners.

Pitterpat sah Grover aus schmalen Augen an.

»Wie meinst du das: ›Nein, ist es nicht‹?«

»Ich meine«, sagte er, »dass es nicht verrückt ist, eine religiöse Erfahrung zu machen.«

»Hier handelt es sich nicht um eine religiöse Erfahrung«, sagte Alice, denn so gern sie ihren Bruder verteidigt hätte, sie konnte es nicht. »Hier handelt es sich um einen Nervenzusammenbruch. Er hat gerade seine Frau dafür aufgegeben. Wer macht denn so was?«

Pitterpat nickte, ein stummer Dank an Alice. Aber Grover machte weiter, offensichtlich taub gegenüber Alices stummem Schrei: BITTE NICHT WEITERMACHEN.

»Millionen von Menschen«, antwortete er. »Millionen von Menschen machen so was und haben es gemacht, seit es Religionen gibt. Es tut mir leid, Alice, Pitterpat, ich habe volles Verständnis für die Situation, aber von einem ethischen Standpunkt aus betrachtet, wurde die Entscheidung, weltlichen Besitz zurückzulassen und sich in den Schoß einer Religion zu begeben, schon viele, viele Male getroffen, von vielen, vielen Menschen, und diese subjektive Erfahrung kleinzureden, grenzt an mangelnde kulturelle Sensibilität. Und, wisst ihr, ich verstehe ja, dass es finanziell wehtut, aber betrachten wir das Ganze mal aus der Perspektive von Bills Seele. Wenn er den neuen Job anträte, würde er einen milliardenschweren Konzern leiten, mit Tausenden Angestellten, die kaum genug zum Leben verdienen, keine Krankenversicherung haben und sich nicht gewerkschaftlich organisieren können. Als angehender Buddhist dürfte Bill vermutlich seine Probleme damit haben, welchen Anteil so ein Job an der Mehrung dieses geballten Leids hat. Wir können uns jetzt darüber streiten, *wie* er sich verhalten hat, aber *dass* er sich so verhalten hat, nötigt mir, muss ich zugeben, einigen Respekt ab.«

Pitterpats Schlachtruf war bis unten auf dem Gehweg, zwölf Etagen tiefer, zu hören, als sie aus ihrem Handtuch sprang und durch das Wohnzimmer stürzte, ein Wutknäuel aus Haut und Fingernägeln. Grover konnte sich gerade noch in Sicherheit bringen.

»Du hast mich gekratzt«, sagte er schockiert.

Sie unternahm keinen Versuch, weniger nackt dazustehen. Mit loderndem Blick schrie sie: »Raus hier! RAUS HIER RAUS HIER RAUS HIER!« Und sie hörte nicht auf zu schreien, bis Grover und Alice auf der anderen Seite der Tür waren, im Flur.

Alice schlug auf den Fahrstuhlknopf. Grover wahrte die Fassung. Seine ethischen Überzeugungen hatten ihn schon öfter in solche Situationen gebracht. »Es tut mir leid, dass ich ihre Gefühle verletzt habe«, sagte er, »aber ich werde mich nicht für meine Überzeugungen entschuldigen. Bitte verlang das nicht von mir.«

»Deine Überzeugungen? Was, bist du jetzt auch Buddhist?«

»Ethische Konsistenz«, sagte er, »ist meine Lebensaufgabe.«

»Ja, ich weiß«, sagte Alice erschöpft.

Auf ihrem Telefon flammte eine Nachricht auf. »Werd ihn los und komm wieder rein, ich brauche dich noch.«

Alice küsste Grover und schob ihn in den Fahrstuhl.

»Bis später in der *Bakery*?«

Allgemeine Chemie. »Hoffentlich«, sagte Alice.

Nachdem sich die Türen geschlossen hatten, klopfte sie wieder an Pitterpats Tür.

Nach gefühlten drei Monaten machte Pitterpat auf, nun in einem langen T-Shirt.

»Es tut mir leid«, sagte Alice. »Er ist eigentlich sehr nett.«

Pitterpat stöhnte wie ein verwundetes Tier und fuhr damit fort, sich und Alice Tee zu machen. Alice bot an, zu übernehmen, aber Pitterpat hörte nicht.

Eine neue Nachricht. Diesmal von Roxy.

»Kostümabend?«

Ach ja. Alice antwortete: »Geht heute nicht. Familiensache. Vielleicht später diese Woche?«

»Was ist los?«

»Nichts.«

»Bist du sicher?«

Woher wusste sie, dass irgendwas los war? »Warum glaubst du, dass was los ist?«

»Dein Ton«, antwortete Roxy.

Aus der Küche hörte man Becher klirren, ein bisschen zu stark. Alice rang einen Moment mit sich, dann schrieb sie:

»Mein Bruder hat seine Frau verlassen, um buddhistischer Mönch zu werden.«

»In welcher Bar seid ihr?«

»Wir sind nicht –«, fing sie an. Dann löschte sie es. *Tut mir leid, allgemeine Chemie.*

»*Jack of Hearts* am Broadway.«

»Bin in fünfzehn da.«

Pitterpat kam mit dem Tee rein, und Alice trug ihr auf, sich anzuziehen.

***

Bob traf Samantha pünktlich um sieben in einer spanischen Bar um die Ecke von ihrem Apartment in Yorkville, ganz oben in den östlichen 90ern. Sie war so groß wie gedacht, überragte ihn sogar ein kleines bisschen, sodass sie bestätigen konnte, dass jedes seiner vierzigjährigen Haarfollikel intakt und produktiv war. Sie mochte ihn, das konnte er sehen. Und er mochte sie. Mit den ausgeprägten Wangenknochen und den geschürzten Lippen wirkte sie auf den ersten Blick wie eine strenge Bibliothekarin, was es unwiderstehlich machte, als sie vorschlug, bei ihr zu Hause einen Joint zu rauchen. Es war 19 Uhr 30.

Sie liefen fast einen Block und stiegen dann die Eingangstreppe eines hohen Brownstones hinauf, das über ihnen aufragte, als hätte es sich auf den Fußballen vorgelehnt. Ein Stockwerk hoch, dann noch eins, dann noch zwei, und sie waren in ihrer Wohnung, die in einem Fliederton gestrichen war, den sie selbst ausgesucht hatte. Bob fand das Sofa, während sie ein Fenster öffnete und den Joint ansteckte, und dann ließ sie sich neben ihn fallen, nur Zentimeter entfernt.

Die Situation hätte ihn verwirrt, als er diese Sprache gerade erst lernte. Jetzt sprach er sie fließend. Er verstand, was erwartet wurde: möglicherweise Sex (vielleicht aber auch nicht), aber mit Sicherheit ein Kuss und vielleicht weitere Küsse danach. Oder vielleicht nur ein einziger Kuss, der sie nicht begeisterte, und dann würde sie höflich »Nein, danke« sagen. Auf jeden Fall wurde unweigerlich erwartet, dass die Körper in ein kurzes oder langes Gespräch eintraten und er den Anfang machen musste.

Er tat es nur nicht.

Nach ein paar Minuten stand Samantha auf, um Wein zu holen, und Bob sah auf sein Telefon. 19 Uhr 45. Er betrachtete Trudys Bild. Dann überprüfte er wieder die Uhrzeit. Immer noch 19 Uhr 45. *Wenn ich jetzt gehe*, dachte er, *kann ich es noch schaffen. Aber dann muss ich sofort los. Ich muss aufstehen und gehen.*

Samantha kam mit zwei Gläsern Wein zurück und fing an, ihm von einem Science-Fiction-Roman zu erzählen, den sie eines Tages schreiben wollte. Warum haben alle irgendein *Projekt*, das sie verwirklichen wollen? Bob dachte an Alice Quick. Er hatte sie gemocht. Da war vielleicht etwas gewesen zwischen ihnen, aber sie war ihm auf die Schliche gekommen, und das war's. Den Fehler würde er mit Trudy nicht machen. Er würde offiziell seinen Namen ändern. Er hatte sich den Papierkram schon angeguckt. Es war nicht schwierig. Er würde Trudy nie davon erzählen. Samantha steckte tief im Plot des zweiten Bandes der Trilogie, und Bob entdeckte die Uhr auf dem Fernsehreceiver. Es war 19 Uhr 55. Bob saß da auf dem Sofa und hörte sich Samanthas Ideen über interdimensionale Reisen oder so was an, aber er war auch unter der gekachelten Gewölbedecke der *Oyster Bar*, wo Trudy gerade am Empfang wartete. Die Empfangsdame sah sie freundlich an, und Trudy lächelte und gab ihr wortlos zu verstehen, dass sie ein bisschen zu früh dran war und noch auf einen Herrn warten würde. Dann wandte sie sich wieder ihrem Telefon zu, ein bisschen elektrisiert von der Tatsache, dass sie einen Job, eine Wohnung und ein zweites Date mit einem kultivierten älteren Typen in New York City hatte, was total in Ordnung war, denn sie war erwachsen. 19 Uhr 57. Er musste los. Er musste jetzt los.

Samantha hörte auf zu reden und machte eine Pause, eine Pause, die sagte: *Okay, Sir, Zeit zu tun, was du tun musst.* Vor fünfzehn Jahren hätte er mit der Pause so zu kämpfen gehabt. Jetzt wusste er genau, was sie bedeutete, aber er unternahm nichts, denn ein Kuss führte zu mehr Küssen und mehr Küsse zu Klamotten auf dem Boden, und dann Lebwohl, Trudy.

Die Pause blieb eine Pause, also redete Samantha weiter.

»Was ist mit dir? Du arbeitest für eine Fahrradfirma?«

»Das ist richtig«, sagte er, und er erzählte ihr, dass er seit elf Jahren bei der Firma arbeite, aber kein großer Fahrradfahrer sei, und dann ließ er die Bemerkung fallen, die er schon einige Male fallen gelassen hatte, dass nämlich all die Toten im Park, die Leute, die durch Fahrräder ums Leben gekommen waren, ihm das Gefühl gäben, für einen Waffenhersteller oder einen Tabakkonzern zu arbeiten, und Samantha reagierte darauf, wie andere Mädchen auch schon reagiert hatten, nämlich dass das Unsinn sei, er solle nur mal bedenken, wie viele Leben er verlängert habe, weil die Leute Fahrrad fuhren, und dass die Freude, die er der Welt beschere, das Leid bei Weitem überwiege, und dann machte Bob den Witz, den er schon einige Male gemacht hatte, nämlich, dass sie recht habe und er morgen früh als Erstes seine Kündigung zerreißen werde, und die ganze Zeit über war Bob gar nicht da. Er war in der Grand Central Station, sah Trudy ihr Telefon checken und noch einen Blick mit der Empfangsdame wechseln, und diesmal war es ein bisschen peinlich. Die Ansagen zu den Abfahrtszeiten schallten durch die große Halle über ihr. Bitte einsteigen. Türen schließen.

Samantha nippte an ihrem Wein und setzte sich anders

hin, zog die Beine aufs Sofa, rollte sich ein wie eine Katze. Sie beugte sich vor. Die Bahn war frei. Bob war wie erstarrt.

Es klopfte.

Samantha stand ruckartig auf, schnappte sich eine Zeitschrift und fächelte damit den Jointqualm aus dem offenen Fenster vor der Feuerleiter, als wenn das irgendwas gebracht hätte. Und währenddessen sprach sie mit der Tür.

»Wer ist da?«, fragte sie.

»Ich bin's, Francisco«, antwortete eine dröhnende New Yorker Stimme.

Sie stöhnte und ging zur Tür, um durch den Spion zu gucken. Bob erhob sich leise vom Sofa. Es war ihm egal, was sich gleich mit Francisco abspielen würde. Er war jetzt sehr high, und wenn man high ist, sieht man Gelegenheiten, die man sonst nicht sieht, und er wusste, dass diese schnell verstreichen würde, weshalb er sich beeilen musste. Er stieg aus dem Fenster.

***

»Darf ich einfach sagen, er ist ein *Arschloch*? Ich weiß, er ist …« Roxy sah sich um und fand Alice zu ihrer Rechten. »*Dein* Bruder und …« Sie sah sich wieder um und fand Pitterpat rechts von Alice. Sie hatten schon vier Drinks intus. »*Dein* Ehemann. Aber was für ein Arschloch. Was. Für. Ein – es tut mir leid, ich kenne ihn gar nicht«, schränkte sie ein, und dann wandte sie sich noch mal an Pitterpat. »Ich kenne *dich* gar nicht, um genau zu sein. Aber nach allem, was ich von dir gesehen habe, *mag* ich dich, und nach allem, was ich gerade über ihn gehört habe, mag ich ihn *nicht*. Wobei ich seine App mag. Ich habe das Gefühl, MeWantThat versteht mich. Gestern wurde mir ein Bánh mì vorgeschlagen, hattet ihr das schon mal? *Muy delicioso!*«

Alice nippte an ihrem Bier und dachte an den Platz neben

Grover in der *Bakery*, auf dem sie nicht saß. Stattdessen saß sie hier, zwischen ihrer Mitbewohnerin und ihrer Schwägerin, auf der ruhigen Dachterrasse im ersten Stock des *Jack of Hearts*, einer Studentenkneipe an der Columbia. Ab und zu stieg unten auf dem Gehweg eine Gruppe (manchmal auch nur ein Paar) aus einem Taxi oder kam den U-Bahn-Ausgang hoch, und wie ein Zauberer bei einem Kartentrick zeigte jemand theatralisch auf das Neonschild der Bar: ein großer Herzbube und darunter die Worte: »IST DAS DEINE KARTE?« Und dann wurde begeistert gekreischt und vielleicht applaudiert. Das passierte sieben, acht Mal an einem Abend.

Aber hier oben auf der Terrasse war der Applaus weit genug weg, und die Sterne schimmerten durch die Wolken und die Lichtverschmutzung. *An die Arbeit, Kälerfein.*

»Schon in Ordnung. Du darfst ihn ein Arschloch nennen«, sagte Pitterpat. »Tatsächlich darfst du ihn sogar ein *beschissenes* Arschloch nennen.« Irgendwo auf Zellebene missfiel Alice, wie Pitterpat über Bill redete. Sie nahm noch einen Schluck Bier. »Ich hoffe, er hat eine tolle Zeit als Mönch«, fuhr Pitterpat fort. »Ich hoffe, er rasiert sich den Schädel und die Haare wachsen nie mehr nach.« Sie lachte, als sie das sagte, nervös und gekünstelt, erkennbar südstaatenhaft. »O mein Gott, bin ich furchtbar?«

»Natürlich nicht«, versicherte ihr Alice, aber als Pitterpat weiterzeterte, fragte Alice sich: *War* sie furchtbar? Nicht ausgeschlossen.

»Und wer weiß, ob das überhaupt von Dauer ist«, sagte Pitterpat. »Vielleicht dreht er nur durch wegen des neuen Jobs. So wie ich ihn kenne, steht er am Montag wieder auf der Matte.« (Das würde er nicht. Er hatte dem Vorstand von Fortinbras eine ähnliche E-Mail geschickt wie Pitterpat. In diesem Moment liefen die Telefone heiß zwischen New York und Palo Alto, Palo Alto und Paris, Paris und New York. Der Vorstand tat sein Möglichstes, um die Information der Börsenkurse zuliebe unter Verschluss zu halten, aber Bills E-Mail war einfach zu köstlich. Sie verbreitete sich überall in der Tech-Welt. In Blogs und Chat-Rooms wurde sie gnadenlos verspottet, weil sie für genau die Art von missionarischem, pseudo-erleuchtetem Bro-Buddhismus stand, den die Leute verabscheuten und von dem sie nicht genug bekamen. Zach beruhigte den Vorstand, so gut er konnte, und ermutigt von seiner Frau nutzte er die Gelegenheit, um sich einen Namen außerhalb der Partnerschaft zu machen, ohne einen Bill, der ihn runterzog. Es funktionierte. Am Montag würde Zach als alleiniger Vorstandsvorsitzender von Fortinbras Dynamics vorgestellt werden, und er würde elf sehr erfolgreiche Jahre in dieser Position verbringen. Bills Karriere in der Tech-Welt hingegen war vorbei. Er würde in den Pantheon menschlicher Pointen eingehen. Sein Name würde zur Kurzformel für spektakuläres Scheitern, und sein Ruf in der Branche sollte sich nie erholen.) »Vielleicht reagiere ich über«, sagte Pitterpat.

»Hoffentlich«, sagte Roxy. »Falls er tatsächlich zurückkommt, nehme ich die ganze Arschlochsache natürlich zurück.«

»Natürlich«, sagte Pitterpat. »Genau wie ich natürlich.«

»Natürlich.«

»Aber im Moment ist er ein Arschloch.«

»So ein Arschloch.«

Roxy und Pitterpat lachten gemeinsam.

»Ich find dich toll«, sagte Roxy. »Du *musst* zu meiner Geburtstagsparty kommen!«

Und dann kaperte Roxy die nächsten fünfzehn Minuten, um Silvester 1979 zu erklären. Zwei Ärzte, ein Mann und eine Frau in grüner OP-Kleidung, stellten ihre Getränke auf einem Tisch in der Nähe ab. Alice fasste nach den Karteikarten in ihrer Tasche. Meredith Marks würde nicht hier sitzen und ihre Schwägerin mit dem gebrochenen Herzen trösten. Sie würde Geige üben, und wenn man etwas von ihr wollte, konnte man gefälligst eine Nummer ziehen und warten. Es war wirklich staunenswert, dass Meredith sich für nichts interessierte außer ihrer Geige.

Pitterpat war begeistert von Silvester 1979. »Wie cool ist das denn! Ich komme in Schlaghosen! Und dann mit Neonarmbändern!«

Roxy lachte über den blöden Witz, und dann klatschten sie sich direkt vor Alices Nase ab. Hatten die beiden keine Freunde? Kaum zu glauben, welche Bedürftigkeit sich gerade von beiden Seiten in Alices Leben drängte.

»Und falls das Arschloch wiederkommt, bring ihn mit!«, sagte Roxy. »Und der kommt bestimmt wieder. Warum auch nicht? Du bist umwerfend.«

Pitterpat wirkte plötzlich resigniert. Sie war anderer Meinung.

»Das bist du«, sagte Alice, weil es so still war.

»Ich bin nicht umwerfend«, sagte Pitterpat schließlich. »Bill ist der ›Umwerfende‹. Ich bin nur eine Person, die ihren Mann liebt. Das ist alles. Ich habe ihn einfach geliebt. Ich habe einfach gemacht, was sich ganz natürlich eingestellt hat, und ich weiß nicht, warum es so schwer für ihn war, das Gleiche zu tun. Es gibt vieles, was ich mir für mein Leben wünsche. Vieles. Aber auf diesem Feld … war alles gut. Er war genug.« Jetzt weinte sie. Roxy reichte ihr eine Serviette. »Es geht immer darum, wie klug Bill ist. Dabei ist er nicht der Kluge hier.«

Sie sah Alice direkt an, als sie das sagte.

»Das habe ich nicht – das habe ich nicht gesagt.«

»Ich weiß«, sagte Pitterpat. »Aber du hast es wahrscheinlich gedacht. Ich weiß, dass du auf seiner Seite stehst.«

»Das ist doch Unsinn«, sagte Alice, obwohl es das nicht war, es stimmte, aber Alice wurde auf einmal klar, wie wichtig ihr ihre Schwägerin war. »Komm her«, sagte sie und schloss Pitterpat in die Arme.

Sie tranken noch was, und dann noch was, und dann mühten sie sich gemeinsam die steile Hintertreppe hinunter und schwappten auf den Gehweg, als ein Mädchen gerade vor Freude kiekste, denn es war tatsächlich ihre Karte!

»Es war so toll, dich kennenzulernen«, sagte Roxy, als sie und Pitterpat sich umarmten. »Lass uns immer zusammen abhängen. Jetzt, wo du Single bist, meine ich.« Und dann schob sie noch schnell hinterher: »Pitterpat! Ich liebe diesen Namen! Wie bist du dazu gekommen?« Roxy war betrunken.

»So hat mich mein Dad immer genannt, und dann haben es irgendwie alle übernommen«, erklärte sie freimütig. Alice konnte nicht glauben, wie lange diese Verabschiedung dauerte. Ein weiteres Abklatschen zwischen Roxy und Pitterpat mündete in eine weitere Umarmung, bis Roxy, die vielleicht spürte, dass sie kurz davor war, mit Pitterpat rumzumachen, ihnen schließlich Gute Nacht sagte.

»Soll ich heute bei dir bleiben?«, fragte Alice und hoffte auf ein Nein.

»Das wäre schön«, sagte Pitterpat.

Also gingen sie nach Hause, den Hügel hinunter auf den Fluss zu.

»Absolvierst du bald den Übungstest?«

»In ein paar Tagen, ja. Glaube ich.«

»Musst du dafür irgendwohin –?«

»Nein, der ist online. Ich kann ihn einfach auf dem Laptop machen.«

Oben in der Wohnung schenkte Alice ihnen Gläser mit Wasser ein, und dann standen sie an den Fenstern, hydrierten und guckten nach New Jersey. Das Licht des Sonnenuntergangs zupfte noch an den Himmelsecken, chemische Pink- und Lilatöne.

Pitterpat zuckte zusammen.

Alice bemerkte es und fragte: »Alles okay?«

»Nein«, sagte Pitterpat, die sich aufs Sofa verzog und zusammenkrümmte. »Ich habe Morbus Crohn.«

»O Gott«, sagte Alice.

»*Namu Amida Butsu*«, entgegnete Pitterpat.

»Wie bitte?«

»Das hat Bill mir beigebracht, so was Buddhistisches – AUUUU.«

Viel zu verdauen. Alice fragte: »Kann ich irgendwas für dich tun?«

»*Namu Amida Butsu*«, antwortete Pitterpat durch die Zähne, die Augen zugekniffen. »Wenn du es aufsagst, kommt dir so ein buddhistischer Superheld zu Hilfe.«

Gemeinsam wiederholten sie das Nembutsu, und der Schmerz legte sich so weit, dass Alice Pitterpat vom Sofa helfen konnte. Pitterpat schaffte es zur Toilette und blieb eine halbe Stunde dort. Als es vorbei war, hätte sie sich am liebsten ein heißes Bad gegönnt, aber Bäder waren ihr nun verdorben. Stattdessen legte sie sich aufs Bett, in unansehnlichem Zustand, halb entkleidet, halb abgeschminkt, und las noch einmal Bills E-Mail. Seine Abwesenheit fühlte sich nicht real an. Es fühlte sich so an, als wäre er im Seminar oder in der Bibliothek oder bei der Arbeit oder mit Zach unterwegs. Es würde sich erst am nächsten Tag real anfühlen. Der nächste Tag würde Pitterpat zerstören, also würde sie sich heute Abend ausruhen.

Die E-Mail war kurz, präzise, feinfühlig, brutal, innig, real und schmerzlich liebevoll. Ihr Mann liebte sie; daran hatte sie keinen Zweifel, auch jetzt nicht. Selbst in dieser dunkelsten Stunde waren sie ein Team, das diesem neuen Zustand, dieser Getrenntheit gemeinsam gegenübertrat. Sie würde ihn immer wollen. Es war sein letzter Satz, der sie fertigmachte, bei dem sie ins Innere der Erde klettern und sich zerquetschen lassen wollte, zusammengepresst zum herrlich verlorenen Diamanten ihrer Träume.

»Das ist das geringste Leid, das ich dir anbieten kann«, schrieb er.

* * *

Bob hätte runterklettern sollen. Das wurde ihm klar, als er raufkletterte, aber nun war es zu spät, und runterzuklettern machte ihm gerade eine Heidenangst, die Feuertreppe wackelte ziemlich, und er war schon ziemlich hoch und ziemlich high, also kletterte er rauf, und plötzlich war er auf dem Dach von Samanthas Gebäude, wo die Welt still und, nun ja, dachartig war. Er guckte auf sein Telefon, gerade noch rechtzeitig, um zu sehen, wie aus 19 Uhr 59 20 Uhr wurde.

Das Dach war leer. Ein paar Eimer, ein alter Gartenklappstuhl und die Tür zum Treppenhaus, die – er rannte hin und überprüfte es – verschlossen war. Es musste noch einen anderen Weg nach unten geben. Feuertreppe? Nein. Dann müsste er wieder an Samanthas Fenster vorbei. Vielleicht war sie schon draußen und suchte nach ihm. Wahrscheinlich käme sie jede Sekunde die Treppe hochgeklappert, um zu fragen, was zum Teufel? Ihm blieb nicht viel Zeit. Es musste eine Lösung geben. Am anderen Ende des Dachs war das Nebengebäude zu sehen, die Dächer waren gleich hoch, und die Gasse dazwischen war schmal genug, um mit Anlauf ziemlich leicht drüberspringen zu können. Aber sie war auch breit genug, um, nein, das war eine ganz schlechte Idee, selbst für jemanden, der so high war wie Bob.

BRUMM! Sein Telefon hätte nicht lauter sein können.

»Ich bin da!«

Trudy. Es war 20 Uhr 02.

»Hi! Sorry, bin spät dran«, antwortete Bob. »Stehe im Stau.«

Darf ich ehrlich sein?

»Bist du bald da?«

Wenn er richtig Glück hatte, wenn er zur U-Bahn rannte und der Zug sofort kam, konnte er möglicherweise in zwanzig Minuten da sein. Wenn der Bundesstaat New York die Bauarbeiten an der Second-Avenue-U-Bahn ein Jahr früher abschloss und sie genau jetzt in Betrieb nahm, vielleicht sogar in fünfzehn.

»Ja. Zwei Minuten. Lass dir einen Tisch geben. Bestell schon mal was. Bis gleich!«

»Okay, toll«, schrieb sie, gefolgt von einem Smiley. »Keinen Stress. Soll ich dir was mitbestellen?«

»Einen Boodles Martini, gekühlt, mit Olive.«

»Alles klar! Bis gleich!«

Und dann stand er einfach da, unfähig, was anderes zu tun, als auf seinem Handy rumzuspielen. Viele Straßen weiter saß Trudy im weitläufigen Speiseraum der *Oyster Bar* allein an einem Tisch für zwei und lehnte zum zweiten Mal ein hartes Brötchen und Butter ab. Sie öffnete MeWant That. Tickets für einen Superheldenfilm. Ein Schongarer in Form eines Triceratops. Ohrringe. Bobs Martini wurde gebracht.

»Dein Martini ist da.«

»Noch im Stau«, antwortete er. »Trink den Martini, ich bestelle mir einen neuen, wenn ich da bin.«

»Wie nah bist du? Tut mir leid, aber es wird langsam spät. Uns bleibt nicht mehr viel Zeit.«

»Ganz nah. Bestell was zu essen.«

Bob dachte an Amy, das Haar in einem Pferdeschwanz, den Rollkragenpullover bis zur Schulter hochgeschoben, während sie ihre Tochter stillte. BRUMM!

»Wo bist du hin?«

Samantha.

Bob schlich rüber zur Feuertreppe und spähte über die Kante, auf den Absatz darunter. Da war Samantha, die in die dunkle Gasse hinunterstarrte und auszumachen versuchte, ob Bob da gelandet war. Dann guckte sie nach oben, und Bob duckte sich gerade noch rechtzeitig weg. Er holte sein Handy raus. Suitoronomy, reflexartig. Ein Mädchen namens Caitlin matchte mit ihm. Sie hatte schwarzes, glänzendes Haar. Sieben Minuten vergingen.

BRUMM!

»Hi.«

»Hi. Hast du den Martini getrunken?«

»Einen Schluck. Nicht mein Ding. Du kommst noch, oder?«

Er fing an, etwas zu schreiben, als eine weitere Nachricht eintraf.

»Heißt du Bobert Smith?«

Es war Tara. Das Mädchen von vorgestern. (Und von vor drei Monaten.) Er antwortete nicht. Er konnte nicht antworten, weder ihr noch einer der anderen, deren Nachrichten jetzt auf sein Telefon einprasselten wie Hagel.

»Hallo???? Kannst du mal antworten????«

»Bist du Bobert Smith?«

»Alter, ernsthaft, wo bist du? Ich schiebe voll Panik.«

»Versetzt du mich gerade??????????«

»Bist du das in dem Blog? Hast du auf die Modellbahn von diesem Mädchen gepinkelt?«

»Bitte sag mir, dass du die Nachrichten bekommst.«

»Versetzt du mich ernsthaft, während ich den Geburtstag meiner Schwester schwänze, und jetzt muss ich diesen teuren Martini bezahlen?????????????«

»Alles okay, Cinco?«

»Wenn der Blog stimmt, bist du echt widerlich.«

»Hallo????????????????«

»Du machst mir gerade eine Scheißangst!!!«

»Kopf hoch, New York.«

Die letzte Nachricht kam von der Stadt, irgend so ein Blödsinn, den die jetzt machten. Er bekam die Nachrichten schon den ganzen Sommer und löschte sie immer sofort, aber diesmal nicht. Diesmal hob er den Kopf.

Die Sterne waren da. Wann war das denn passiert? Natürlich waren sie immer da, man sieht sie nur nicht, wenn überall so viel Licht ist, aber da waren sie nun, nur ein paar, aber genug, um Bob daran zu erinnern, dass er nur ein winziger kleiner Fleck in einem gewaltigen Universum war. Amy war jetzt zu Hause, saß wahrscheinlich im Bett und guckte *Love on the Ugly Side*, wahrscheinlich mit Doug, weit entfernt von einem selbstverschuldeten Shitstorm, in dem kein Vierzigjähriger sich je wiederfinden sollte. Und für eine Sekunde wusste Bob – wusste er so *richtig* –, wie durchschaubar er geworden war.

Aber dafür blieb ihm nur eine Sekunde. Da war ein Geräusch – ein rostiges Klappern. Bob spähte um die Ecke. Die Feuertreppe wackelte … wackelte … wackelte … *Sie kommt rauf.*

(Aus Samantha Blennerhasset würde eine erfolgreiche Science-Fiction-Autorin werden. Jahre später würde sie einen Sommer in der kleinen Dachkammer des Bootshauses auf dem Vermonter Familienanwesen verbringen und ein schmales Memoir über ihre prekäre New Yorker Existenz vor dem Erfolg verfassen. Eine der Vignetten würde von der Aufregung dieses Abends handeln. Mit einem Typen namens Bob hatte sie in ihrer Wohnung gekifft, als es plötzlich klopfte. »›Wer ist da?‹, fragte ich. ›Ich bin's, Francisco‹, antwortete eine dröhnende New Yorker Stimme. Ich ging zur Tür, um durch den Spion zu gucken. Der Hausmeister funkelte mich finster an. ›Was gibt's, Francisco?‹ ›Was es gibt? Faltest du endlich diese scheiß Kartons zusammen, oder was?‹ ›Welche Kartons?‹ ›Hör mal, Mädchen, ich will hier im Flur nicht ausflippen, weil hier Familien wohnen und so, aber ich sehe deine scheiß Umzugskartons da draußen in der Gasse, und du hast sie nicht zusammengefaltet, und ich kann mir wegen

dem Scheiß dann wieder was von der Recyclingfirma anhören!‹ ›Welche Kartons? Wovon redest du?‹ ›Deine Umzugskartons. Mit denen du gerade eingezogen bist!‹ ›Ich wohne
schon zwei Jahre hier. Ich bin nicht gerade eingezogen.‹ ›Ach
ja? Und warum steht auf jedem scheiß Karton 4B?‹ ›Hier ist
5B.‹ Er trat einen Schritt zurück und sah sich die Ziffer auf
der Tür an. ›Fuck‹, sagte er. ›Weißt du was? Ich bin so wütend
geworden, dass ich zu weit raufgelaufen bin. Entschuldige
die Störung.‹ Und dann ging er wieder runter. Ich konnte
hören, wie er an die Tür von 4B hämmerte, während ich in
mein Zimmer zurückkehrte, das jetzt leer war. Bob hatte sich
in Luft aufgelöst. Dieser Moment hat mein Leben verändert.
Ich habe das Fenster geschlossen, das Laptop aufgeklappt
und die ersten sieben Seiten von *Der Verflüchtigte* geschrieben. Also wo auch immer du jetzt bist, Bob, vielen Dank.«)

Bob rannte, so schnell er konnte. Die Dachkante kam
näher, und er würde nicht anhalten. Er würde weiterrennen
und zum Gebäude auf der anderen Seite der Gasse springen.
Er würde auf dem anderen Dach landen, die Feuertreppe
oder die richtige Treppe des anderen Gebäudes runterren-
nen und dann bis zur Grand Central Station, wo er Trudy
gerade noch erreichen und sie küssen würde, richtig gut und
gründlich, und sie würde ihm vergeben und den Geburtstag
ihrer Schwester knicken, und sie würden sich einen Riesen-
teller Austern und Champagner teilen und dann noch einen
schwarz-weißen Cookie von der Bäckerei in der Grand Central Station mitnehmen und ihn sich im Metro-North-Zug
nach Chappaqua oder Mount Kisco oder Bedford Hills
teilen, zu einem dieser Orte, und da fänden sie ein großes
Haus mit einem Garten für die Kinder, und sie verbrächten
den Rest ihres Lebens glücklich und verliebt und wären nie
wieder allein, und wenn es dieses Szenario mit Trudy nicht
gäbe, dann vielleicht mit dieser Caitlin mit dem glänzenden
Haar.

Diese Vision kam Bob blitzartig, als er sich mit dem linken Fuß vom Gesims abstieß und zum anderen Dach abhob. Sie verpuffte ebenso blitzartig, als er zu fallen begann.

SIEBTES KAPITEL

Gelübde

Im November, als sie noch zusammen waren, hatte Alice einen Winston-Churchill-Wandkalender für Carlos entdeckt und wusste sofort, dass er begeistert wäre. Einen Churchill im Monat! Im Dezember vergaß sie dann, dass sie ihn gekauft hatte, und schenkte Carlos stattdessen eine Churchill-Fliege. Im April fand sie ihn in einem Koffer mit ihren Sommerklamotten wieder, aber da war mit Carlos schon Schluss und das Jahr 2015 bei seinem vierten Churchill angelangt. Sie wollte den Kalender wegwerfen, konnte sich aber nie dazu aufraffen. Im Juni dann, ein paar Tage nachdem sie bei Roxy eingezogen war, hängte sie ihn in ihrem Zimmer auf.

Das war nun ihr Medizinertest-Kalender. Sie notierte die wichtigen Daten des Sommers. Sie fing mit dem letzten und wichtigsten Datum an: der 10. September, der Tag des Tests. Mit roter Tinte schrieb sie »D-DAY«, dreimal unterstrichen für mehr Nachdruck, und ergänzte noch Zeit und Ort des Tests.

Das war der leichte Teil. Der nächste erforderte strategische Planung.

2015 stellte der Verband medizinischer Hochschulen vier Übungstests zur Verfügung. In den Diskussionsforen, die Alice nie besuchte, tobten wilde Debatten darüber, wie man mit diesen Tests am besten verfuhr. Vor allem: Wann absolvierte man sie am besten? Manche waren der Meinung, man sollte den ersten sofort absolvieren, zu Beginn der Reise, um herauszufinden, was man noch vor sich hatte. Die meisten anderen rieten dazu, mit den Übungstests einen Monat vor dem eigentlichen Test anzufangen und sie über den Monat zu verteilen. Ein junger Mann und Großbuchstabenfan plädierte für die brutale Herausforderung, alle vier hintereinander zu absolvieren, in der Woche vor dem eigentlichen Test. (Dieser alberne kleine Ausdauerstunt zahlte sich nicht aus: Am Medizinertesttag blieb der Platz des jungen Mannes leer, und er meldete sich nie für einen neuen Termin an. Er wurde Pharmareferent.)

Nach reiflicher Überlegung plante Alice ihren Angriff auf die Übungstests als Accelerando: Übungstest, sechzehn Tage Zeit, Übungstest, acht Tage Zeit, Übungstest, vier Tage Zeit, Übungstest, zwei Tage Zeit, D-DAY. Nachdem sie die Berechnungen angestellt hatte (und gemerkt hatte, wie viel besser sie in Mathe werden musste, um das Ding zu bestehen), schrieb sie das Wort ÜBUNGSTEST in die Kästchen für den

7. August,

24. August,

2. September,

7. September.

Fünf Tage. Vier Übungstests und dann der echte am 10. September. Ihre ganze Welt kreiste nun um diese fünf Daten.

»Vergiss den 14. August nicht«, sagte Roxy über Alices Schulter und erschreckte sie. »Das ist mein Geburtstag, Doc!«

»Oh«, sagte Alice. »Ich benutze den eher als, na ja, *Arbeits*kalender –«

»Ja, aber den 14. willst du dir merken. Großer Tag. Vertrau mir.«

»Okay –«

»Da gibt's ne Party. Und die Party wird ein Motto haben. Details folgen, aber ja. Notier's dir.«

Alice suchte nach der kürzesten Silbenzahl, die sie aus diesem Gespräch und zurück zu ihrem Gedankengang führen könnte. Sie entschied sich für: »Cool.«

Roxy klebte schon wieder am Handy, verschwand aus dem Zimmer, und Alice setzte ihre Planung fort. (Zwei Tage später tauchte unter dem 14. August wundersamerweise ein rosarotes »Happy B-Day, Roxy!« auf. Der August-Churchill guckte streng.)

Das war vor fast zwei Monaten gewesen, als es noch GUTEN MORGEN. ES SIND NOCH 89 TAGE BIS ZUM TEST hieß, und der August eine ferne Verpflichtung war, nicht ganz real, als wenn es vielleicht gar keinen August geben könnte, wer wusste das schon, es war ja noch lange hin. Aber der August kam, und jetzt hieß es GUTEN MORGEN. ES SIND NOCH 35 TAGE BIS ZUM TEST, und das erste umkreiste Datum auf dem Kalender war nur noch einmal schlafen entfernt. Alice brauchte einen ruhigen Platz, an dem sie die Bedingungen des echten Medizinertests simulieren konnte, was bedeutete, dass sie ihn am Küchentisch machen musste.

»Kein Problem, Doc!«, schrieb Roxy. Und ein paar Minuten später: »Wie lange geht der Test?«

»Sieben Stunden und zweiundzwanzig Minuten.«

»Wow! Okay, verstehe. Ich werde mich sieben Stunden und zweiundzwanzig Minuten von dir fernhalten.«

Das war eher unwahrscheinlich. Vielleicht lag es am Sommerbetrieb im Rathaus oder Roxys mangelnder Begeisterung für ihre Arbeit oder der Tatsache, dass sie auch von zu Hause aus arbeiten konnte, aber es verging kaum ein Tag, an dem sie sich nicht ein- oder zweimal in die Wohnung zurückschlich, oft nur für eine Stunde mit Snacks und *Love on the Ugly Side*.

»Danke«, sagte Alice.

»Null Problemo«, antwortete Roxy. »Ich habe hoffentlich sowieso superviel zu arbeiten. Vielleicht wird morgen wieder jemand von einem Fahrrad überfahren. Nicht, dass ich darauf spekuliere! Will natürlich nicht, dass jemand stirbt. Aber wahrscheinlich ist es irgendwann wieder so weit, und dann am besten morgen.« Und ein bisschen später: »Du bist dann einfach die ganze Zeit in deinem Zimmer?«

»In der Küche!«

»Stimmt! Natürlich. Ja, das ist okay.« Eine Pause und dann: »Das ist okay.«

»Danke. Sicher, dass es okay ist?«

»Definitiv.« Und dann: »Total.« Und dann »Total.« Und schließlich, neunzehn Minuten später: »Es sei denn, du kannst es auch woanders machen?«

Also fragte Alice Pitterpat.

»Natürlich, mach den Test hier! Oh, wie aufregend! Ich werde ausgehen und dich völlig in Ruhe lassen.«

Das überraschte Alice. Pitterpat hatte die Wohnung seit Wochen nicht verlassen. Ein paar Tage nachdem Bill gegangen war, hatte sie sich die Straße rauf einen Bagel geholt und war dann mit Joan oder Joanne aus dem siebten Stock im Fahrstuhl wieder raufgefahren. (Joan und Joanne waren zwei verschiedene Damen, aber Pitterpat, die die Namen vor Jahren gehört hatte, konnte nicht mit Bestimmtheit sagen, wer wer war.) Joan und Joanne waren beide sehr gesprächig, aber diese Joan oder Joanne war *besonders* gesprächig, steckte voller Klatsch und Tratsch und Beschwerden über die lauten Heizungen und Updates über ihren Krieg mit dem Hausmeister. An diesem Tag aber schwieg Joan oder Joanne, und Pitterpat war klar, dass Joan oder Joanne von jemandem gehört haben musste (möglicherweise von Joan oder Joanne), dass bei den Quicks aus dem elften Stock was im Argen lag, und nun wusste das ganze Haus Bescheid. Danach ging Pitterpat nicht mehr vor die Tür.

Als Alice früh am nächsten Morgen bei Pitterpat auftauchte, mit ihrem Laptop und einem Rucksack voller
Schoko-Mandel-Meersalz-Müsliriegel, veranlasste irgendwas Unverwüstliches in Pitterpat sie dazu, sich auf fast
fröhliche Weise in Shorts und T-Shirt zu werfen und in die
sonnige Augustwelt zu wagen.

»Wie aufregend«, sagte Pitterpat, als sie in ihre Flipflops
schlüpfte. Alice bereitete den Esstisch vor, legte die Müsliriegel in ordentlichen kleinen Reihen aus. »Und was strebst
du an? Was wäre eine gute Punktzahl?«

»Na ja, das ist ein bisschen kompliziert«, sagte Alice. »Die
Auswertung erfolgt nach Prozenträngen, wobei der Wert
500 genau in der Mitte liegt, auf dem Prozentrang von 50.
Um es auf den Prozentrang von 95 zu schaffen, also Elite-
Uni-Niveau, musst du einen Wert von 516 erzielen. Jetzt am
Anfang wäre ich mit etwas in der Mitte voll zufrieden. 500
wäre toll. Auch ein bisschen weniger.«

»Okay«, sagte Pitterpat. »Ich schicke all meine positive
Energie in die Nummer 510.«

»Oh! Danke! 510 wäre fantastisch!«, sagte Alice strahlend. »Ich rechne nicht damit, schon so weit zu sein, weil das
mein erster Übungstest ist. Ich habe noch gut einen Monat,
um besser zu werden. Aber klar, 510 würde ich nehmen!«

»Ich glaube an dich«, sagte Pitterpat. »510.«

»510«, wiederholte Alice. Führte Pitterpat sich komisch
auf, oder war sie einfach so widerstandsfähig? Wie auch
immer, Alice freute sich, und sie beschlich das seltsame
Gefühl, dass Bill erst verschwinden musste, damit sie und
ihre Schwägerin so etwas wie Freundinnen werden konnten.
»Danke, dass du mich das machen lässt.«

»Nein, danke *dir*, dass du mir einen Grund *hierfür* gibst«,
sagte Pitterpat, als sie die Wohnungstür öffnete und hinaus-
schwebte. Sie wandte den Kopf, warf Alice ein keckes »*À
tout à l'heure! Bonne chance!*« zu und verschwand.

Es war niemand im Fahrstuhl! Pitterpat spazierte durch die Lobby, und der Portier grüßte mit hochgezogener Augenbraue, die signalisierte, dass er sehr erfreut war, sie nach zwei Wochen wiederzusehen, gleichwohl verstand, warum er sie zwei Wochen nicht gesehen hatte, und dass sie nicht, niemals darüber reden würden. Pitterpat reagierte mit einem fröhlichen kleinen Winken und trat aus der Tür. Sie ging die 113th hoch und spazierte immer weiter, rüber zum Kreisel an der Nordwestecke des Parks. Sie kam an einem Fahrradladen vorbei und überlegte kurz, ein Fahrrad zu kaufen, mit einer Klingel und einem süßen weißen Korb. Sie würde später online gucken, ob sie das richtige fand, aber dann würde sie fragen, ob der Fahrradladen es bestellen konnte, damit sie den stationären Handel in der Nachbarschaft unterstützte, vor allem diesen niedlichen Laden mit den bunten Rädern im Fenster, den würde sie dann in allen Posts taggen. Nachdem sie die 110th Street überquert hatte, kam sie an Pamela Campbell Clark vorbei, die gerade durch den Park spaziert war, und das Fahrrad, das drei Sekunden später vorbeisauste, kam Pitterpat so nah, dass es ihr Haar verwirbelte.

Was für ein Tag war der 7. August 2015 im Central Park? Mild und warm. 26 Grad am Morgen, 27 Grad am Mittag, die Tageshöchsttemperatur. Wind aus südlicher, später westlicher Richtung, während der gelbe Sonnenball den Himmel querte. Angenehme 36 Prozent Luftfeuchtigkeit.

Aber die wahre Geschichte zeigt sich auf Instagram. Der 7. August im Central Park, Schnappschuss um Schnappschuss arkadischer Freuden, jeder einzelne ein Seurat. Der Zwergspitz, der sich im Gras auf dem Rücken wälzt. Das kleine Mädchen, das am Ententeich herumtapst. Das Bikini-Oberteil auf Like-Fang am Bethesda-Brunnen. New Yorker über New Yorker, alle so verschieden, aber alle mit demselben Grün unten und demselben Blau oben. Und da, auf einem dieser Bilder, hinter zwei Softballspielerinnen, die neben einem Baum ein Selfie machen, zeigt sich ein Stückchen Pitterpat. Nur eine Schulter, ein Streifen ihres Bobs und ein halb ausgestreckter Arm mit einer Eiswaffel. Hat eine Eiswaffel jemals so gut gepasst?

Beim Spazieren dachte Pitterpat natürlich an Bill und all die Male, als sie zusammen im Park gewesen waren. Lange, glückliche Tage, die der Welt Dutzende glückliche Fotos beschert hatten, unten Grün, oben Blau. Aber diese Erinnerungen, die Pitterpat dringend gebraucht hätte, um zu begreifen, dass sie traurig war, versagten gerade. Die Erinnerungen versuchten wieder und wieder einen Treffer zu landen, während Pitterpat gemächlich am Zoo vorbeiging, aber sie schafften es nicht, weil sie sich jetzt wie falsche Erinnerungen anfühlten, wie Bilder auf dem Insta-Account von jemand anderem. Hatte Pitterpat das gewollt? War's das jetzt? Nein, ganz sicher nicht. Natürlich war diese Ehe von Momenten der Unzufriedenheit durchzogen gewesen. Aber Bill war Bill. Er war genau ihr Ding. Das war er seit ihrer ersten Begegnung, ob er es wusste oder nicht, und er war es immer gewesen bis zu diesem einen Schaumbad. Und jetzt war ihr Ding weg. Warum also war der Sonnenschein so warm?

Sie blieb den ganzen Tag draußen. Acht Stunden lang ging sie spazieren, aß Eis, fuhr Karussell und erinnerte sich, wie es war, sich frisch und sommerlich zu fühlen. Normalerweise versteckte sie sich vor der Sonne, fürchtete sich davor, was sie anrichtete, aber heute nicht. Heute konnte ihr nichts schaden. Und den ganzen Tag über dachte sie bei jedem Halt daran, das gleiche stumme Gebet für ihre Schwägerin zu beten: 510. Sie wiederholte es wieder und wieder, beim Musikpavillon, beim Schloss, auf der Wiese. 510. 510. 510.

Niemand in der Lobby außer dem Portier! 510. Auch niemand im Fahrstuhl! 510. Ihr Schlüssel fand ins Schloss. 510.

Sie betrat die Wohnung, und Alice saß in eine Decke gewickelt auf dem Sofa.

»488.«

»Ist das schlecht?«, fragte Pitterpat und wusste es sofort.

Sie bestellten eine Pizza. Alice schwieg, als sie das ganze Ding vertilgten. Pitterpat hätte gern von ihrem Tag erzählt, fühlte sich aber nicht dazu eingeladen.

Nicht lange nach dem Essen, als die Sonne unter- und ein Neumond aufging, erreichte Alice ein FaceTime-Anruf ihres Dads. Sie lehnte ab und schrieb ihm dann.

»Können wir bitte einfach telefonieren?«

»Lass uns FaceTimen!«, schrieb er. Also rief sie ihn per FaceTime an.

»Hi, Dad«, sagte sie.

»Hi, Schatz«, sagte ihr Dad, aus irgendeinem Grund im Querformat. »Wie geht es dir?«

»Ganz okay«, sagte sie und erzählte ihm alles. Dann fragte sie ihn nach seinem Befinden, und er erzählte nur vom Peloponnesischen Krieg. Alice sah ihren Dad vor sich, wie er ganz allein in dem Haus im Wald saß und Bücher über das antike Griechenland las, und das machte sie ein bisschen traurig, aber man kann Leuten nicht sagen, dass sie auf die falsche Art glücklich sind.

Als Pitterpat mit einem weiteren Stück Pizza wieder ins Zimmer kam, erkannte sie die Stimme ihres möglicherweise zukünftigen Ex-Schwiegervaters sofort. Es jagte ihr Schockwellen den Rücken hinunter, was sie daran erinnerte, dass ihr Leben trotz eines schönen Tags im Park immer noch in Scherben lag.

»Wo bist du?«, fragte Mr. Quick, und mit einem Mal ließ sich das verbotene Thema nicht mehr vermeiden.

»In der Wohnung von Bill und Pitterpat«, sagte sie.

»Oh.«

Und mehr musste er nicht sagen. Natürlich wusste er über alles Bescheid, aber er würde nicht darüber reden. Er fragte nicht mal, wie es Pitterpat ging, was sowohl Alice als auch

Pitterpat bemerkten. Stattdessen wechselte er einfach das Thema.

»Wir haben den Pool eröffnet«, sagte er. »Er steht bereit, falls du irgendwann mal übers Wochenende kommen willst.«

Beim »Wir« zuckte Alice zusammen. Es gab kein Wir. Da war nur er, und obwohl ihm seine Yankee-Zähigkeit verbot, um gelegentliche Aufmerksamkeit zu bitten, wusste sie, dass er sie brauchte. Außerdem wurde es heiß, und Alice wollte schwimmen.

»Kann ich Pitterpat mitbringen?«

»Natürlich«, sagte ihr Dad, und dann wechselte er wieder das Thema.

* * *

Roxy wollte natürlich auch mitkommen, und auch wenn Alice lieber Nein gesagt hätte, konnte sie die lange Liste von Events, Partys, Soireen, Galas, Get-togethers und chilligen Abenden, zu denen Roxy sie im Verlauf des Sommers eingeladen hatte, nur schwer ignorieren. Es war ganz erfrischend, zur Abwechslung mal Roxy zu etwas einzuladen.

Sie fuhren am nächsten Nachmittag. An der 125th Street nahmen sie den Metro-North-Zug, und fünfundfünfzig Minuten später erwarteten Mr. Quick und sein alter Subaru sie an dem kleinen Kreisel vor dem Bahnhof von Bedford Hills. Sie quetschten sich ins Auto, und er brachte sie zu dem, was Alice und Bill seit Jahren nur »das neue Haus« nannten. Es war vollgestopft mit altem Kram, sowohl von den Bildungsreisen ihres Vaters als auch aus Alices Kindheit, und Alice wurde klar, dass sie und ihr Dad wohl nur noch sechs Monate von einem Gespräch über eine Putzfrau entfernt waren.

Sie stellten die Taschen ab, verständigten sich über die Schlafplätze und aßen etwas von Rainbow Panda zu Abend.

Als er Alice die Frühlingsrollen reichte, fragte Mr. Quick: »Wie geht's Carlos?«

»Ich habe keine Ahnung, Dad«, antwortete Alice amüsiert. »Warum rufst du ihn nicht an?«

»Sie hat jetzt einen neuen Freund«, kam Roxy zu Hilfe. »Grover Kines. Nicht dass ich ihn schon kennengelernt hätte oder so.«

»Oh«, sagte Mr. Quick. »Tja, wie schön. Obwohl ich Carlos mochte.«

Natürlich mochte er ihn. Sie waren beide schlichte Männer mit schlichten Obsessionen, die durchs Leben rauschten wie Wasser. Alice wollte sich lieber nicht zu genau damit befassen, aber die Ähnlichkeiten waren nicht zu übersehen.

Nach dem Essen stellte Mr. Quick das Red-Sox-Spiel an, und die drei machten sich auf zu einer Bar.

»Das erinnert mich an die Gegend, wo meine Grandma lebt, weit draußen in Connecticut«, sagte Roxy, als sie die dunklen Bäume vorbeihuschen sah. »Nur alte Häuser und Wald. Alte Häuser voller Geister, Wälder voller Bären. Geister und Bären. Nein, *danke.*«

Alice fuhr einen Umweg und steuerte den alternden Subaru eine Straße hinauf, die er unzählige Male angesteuert hatte. Das Auto rollte langsam an Rudys Haus vorbei. Ein paar Lampen waren an, in der Küche und dem Esszimmer, wie Alice wusste. Alice stellte sich Rudys Eltern vor, wie sie nach dem Abendessen Ordnung schafften, Geschirr spülten und Sachen wegräumten. Alice sah jeden einzelnen Kühlschrankmagneten vor sich. Vielleicht war Rudy aus irgendeinem Grund auch zu Hause. Warum hatte sie nicht zurückgeschrieben? War sie wegen irgendwas sauer? Alice konnte sich leicht vorstellen, dass Menschen sauer auf sie waren, obwohl sie keine Idee hatte, warum.

Ein bisschen weiter die Straße rauf hielt sie schließlich an, vor einem kleinen Haus im Kolonialstil, mit einer Magnolie in der Mitte des Rasens. Das Haus war weiß gestrichen, aber in der Dunkelheit konnte man das nicht erkennen. Alice stellte den Motor aus, und es wurde still.

»Das ist das alte Haus«, sagte Alice mit einem Nicken über Roxy auf dem Beifahrersitz hinweg.

»Da haben Bill und ich geheiratet«, ergänzte Pitterpat.

Das Haus war nun seit dreieinhalb Jahren unbewohnt und sah auch so aus. Es brannte kein Licht. Roxy schauderte.

»Warum ist es so dunkel?«

»Der neue Eigentümer ist irgendein Russe. Er hat es als Investment gekauft. Ich glaube, er und seine Familie haben sich in der ganzen Stadt Häuser unter den Nagel gerissen, weil der Wiederverkaufswert auf lange Sicht nicht schlecht ist. Aber er lebt nicht hier und vermietet das Haus nicht mal. Er parkt da nur sein Geld.«

»Das ist schrecklich.«

»Ich weiß.«

Sie sahen weiterhin zum Haus rüber, als ob irgendwas passieren würde, aber es schlummerte einfach vor sich hin. Dann fiel Alice etwas auf.

»Seht ihr das Fenster rechts neben der Tür? Das kleine?«

Roxy und Pitterpat kniffen die Augen zusammen. Was zuerst wie all die anderen schwarzen Fenster ausgesehen hatte, schimmerte nun in einem trüben Gelb. Da war irgendein Licht.

»Das ist der Einbauschrank im Flur«, sagte Alice. »Darin habe ich mich immer versteckt. Bei geschlossener Tür war es dunkel da drin, deshalb hat meine Mom ein kleines Nachtlicht in die Steckdose gesteckt, das man an- und ausstellen konnte. Am Tag unseres Umzugs, als alles schon im Umzugswagen war, bin ich für einen letzten Durchgang noch mal reingegangen, und da ist mir das Nachtlicht aufgefallen. Ich habe überlegt, es mitzunehmen, es dann aber stecken lassen, angeschaltet und die Tür zugemacht. Das war vor drei Jahren, und die kleine Birne glimmt immer noch. Ich kann gar nicht glauben, dass sie nicht mittlerweile durchgebrannt ist.«

»Hat was von Chanukka«, bemerkte Roxy.

»Es ist das Einzige, was von mir noch dort ist. Das letzte bisschen Alice Quick in dem Haus. Das Schmellerting-Nachtlicht.«

»Das Was-Nachtlicht?«

»Schmellerting. Schmetterling. Es hat die Form eines Schmetterlings.«

Als Alice drei Jahre alt war, hatte sie einen Käfer im Garten gefunden. Daran erinnerte sie sich gern, in dem Glauben, dass es nur diese Erinnerung gab, dabei war der Moment von ihrem Dad mit seinem neuen Camcorder auch auf Film gebannt worden. Jahre später hatte er all die alten Familienfilme digitalisieren lassen, aber niemand hatte je die Zeit gefunden, sie sich anzusehen. Niemand außer mir. Da ist sie im Garten und findet den Käfer, fängt ihn ein und bringt ihn ihrem Vater.

»Was ist das?«

»Es ist ein Kälerfein!«

»Ein Kälerfein?!« Die Stimme ihres Dads, ganz nah am Mikro, ein kräftiges K. (Sie hatte immer vage im Gedächtnis, dass sein Gesicht von etwas verdeckt wurde. Es war die Kamera.)

»Ja. Ein Kälerfein.«

»Und lebt beim Kälerfein vielleicht auch ein Schmellerting?«

Mom lacht über Dads Witz. Alice guckt ihren Dad an und zieht ein Gesicht, als würde er sich albern aufführen. Weiß sie, dass er sich lustig macht? Weiß sie, dass »Schmellerting« kein richtiges Wort ist? Oder schließt sie nur von seinem Ton darauf, dass es ein Witz war, und hat gelernt, dieses Gesicht zu ziehen, das Dad-hat-einen-Witz-gemacht-Gesicht? Unmöglich zu sagen.

290

Der Wind fuhr in die Bäume. Scheinwerfer, die die Straße hochkamen.

Roxy betrachtete das Haus und sah einen dunklen Ort, mit Geistern darin und Bären drum herum. Und keinem Handyempfang.

Pitterpat betrachtete das Haus und sah ihre Hochzeit, mit den Gartenrosen und den Pfingstrosen außerhalb der Saison und dem roten Teppich, der vom Wintergarten zum Altar beim Japanischen Ahorn führte, und der quälenden Panik, dass ihre Familie alles ruinieren könnte.

Alice betrachtete das Haus und sah ihre Mutter.

»Kälerfein«, sagte ihre Mutter, »bist du da drin?«

Natürlich war sie das. Sie war immer im Schrank, las etwas, malte oder dachte sich Geschichten aus.

»Natürlich«, sagte sie, weil sie vor Kurzem »natürlich« aufgeschnappt hatte und es nun dauernd verwendete.

»Dachte ich mir«, sagte ihre Mom. »Es ist Klavierzeit.«

»Nein«, sagte Alice schmollend.

»Wie wär's, wenn ich dir noch eine Minute gebe?«

»Ooookay.«

Eine Minute verging, in der Alice weitermachte mit Kleinsein. Dann: »Okay, Süße, das war eine Minute. Zeit, rauszukommen.«

»Ooooooookay«, sagte Alice, blieb aber, wo sie war, und starrte auf dem Rücken liegend in die Wintermäntel.

»Bereit?«

Sie war nie bereit. Aber ihre Mom war geduldig und hartnäckig, und irgendwann schloss sich die große erwachsene Hand um Alices kleine Streichholzfinger und führte sie zum Klavier.

Das Klavier war immer schon da gewesen, in dem kleinen Zimmer neben dem Wintergarten, als wäre es wie ein Baum aus der Erde gewachsen. Es war ein braunes Kleinklavier, mit einem orangefarbenen Licht unter den Tasten, das aufleuchtete, wenn der Resonanzboden zu trocken wurde. Penelope hatte in ihrer Jugend ein bisschen gespielt und konnte im Dezember immer noch das eine oder andere Weihnachtslied zum Besten geben. John rührte das Klavier nie an. Bill hämmerte gelegentlich darauf ein, wenn ihm langweilig war und er etwas Lautes und Dramatisches brauchte, und dann verlor er wieder das Interesse.

Aber Alice und dieses Instrument, dieser schwere Apparat aus Holz, Eisen, Filz und Messing, waren füreinander bestimmt. Als Kleinkind untersuchte sie das wundersame Ding Stück für Stück, bis sie es in- und auswendig kannte. Ihre Finger fanden die Tasten, und die Tasten ergaben Sinn wie nichts zuvor. An der Seite des mittleren A war eine kleine Verfärbung, die man nur sah, wenn man das mittlere B drückte. Sie war blau-lila und erinnerte an einen Adler oder irgendein prähistorisches geflügeltes Insekt. Diese große schokoladenfarbene Kiste voller Geheimnisse würde Teil ihres Schicksals sein, das wusste sie schon damals.

(Und warum, fragen wir? Es ist verlockend, es auf die Gene zu schieben, aber die unbekannte Zwillingsschwester Sofia Hjalmarsson fand nie den Weg zur Musik. Im Alter von sieben Jahren lernte sie in der *barneskole*, »Bake kake søte« auf der Flöte zu spielen. Es ließ sie kalt, und die Muse erschien nie wieder auf ihrer Türschwelle.)

Als Alice fünf wurde, meldete ihre Mom sie zum Klavierunterricht bei einer Dame an, die sie aus der Kirche kannten: Mrs. Pidgeon, eine unglaublich große Frau mit unerreichbar weit entfernten krausen Haaren und Augenbrauen. Im Alter von fünf Jahren sind die Extreme menschlicher Größenverhältnisse faszinierend, und eine Frau, die größer als einen Meter achtzig war, brachte die kleine Alice zum Staunen. Jeden Dienstag ging Alice nach der Schule ein Stück die Straße runter, dann um die Ecke und zum fremd riechenden Haus, in dem Mrs. Pidgeon wohnte und unterrichtete.

Alice dachte an Mrs. Pidgeon, als sie in einer der billigen Kneipen Westchesters an ihrem Aperol Spritz nippte, dem Drink des Sommers. Er war ein bisschen bitter.

Roxy war mitten in einer Tirade. »Guckst du das?«

»Natürlich gucke ich das«, grölte Pitterpat. »Mallory?«

»Psychopathin!«

Pitterpat und Roxy lachten und redeten weiter über die neueste Folge von *Love on the Ugly Side*, in der die sechs verbliebenen Mädchen die Fürze der anderen aus Plastiktüten einatmen mussten, um eine Weinprobe mit Jason zu gewinnen. Mallory war die am wenigsten Angewiderte.

Alice hatte Mrs. Pidgeon mal gegoogelt. Sie war nicht leicht zu finden, aber irgendwann entdeckte sie sie, mittlerweile über achtzig. Aus allem, was sie finden konnte, setzte Alice die vergangenen zwanzig Jahre in Mrs. Pidgeons Leben zusammen: den glücklichen Ruhestand und den Dienst an der Gemeinde (eine Auszeichnung der Handelskammer von 2004) bis zum Verlust des Ehemanns (ein Nachruf von 2012) und dem Verkauf des Hauses (eine Immobilienanzeige von 2013). Alice konnte nicht mehr an Mrs. Pidgeons Tür klopfen und Hallo sagen und vielleicht für eine Klavierstunde reinkommen und noch mal ganz von vorn anfangen.

Doch das Haus war noch da, bewahrt in der Immobilienanzeige. Es war geräumt worden und frisch gestrichen, von den Knautschsamtmöbeln und den viktorianischen Tapeten befreit. Da war die Tür, an die Alice geklopft hatte. Da, neben der Treppe, waren die drei Klangstäbe der Türklingel. Und da, in der Nische neben dem Erkerfenster, hatte das Klavier gestanden, wo Mrs. Pidgeon Alices erste Schritte auf einem Weg begleitet hatte, der ein Lebensweg hätte werden können. Da hatte Alice die Freude an der Musik entdeckt. Nicht die Freude, sie zu hören, nicht mal die Freude, sie zu machen, sondern vielmehr die Freude, *daran zu arbeiten*. Übung, Wiederholung, große Aufgaben, die in kleinere unterteilt wurden, isolierter Drill, Wettbewerbe und Auszeichnungen ... Das alles gehörte zum geheimen Handschlag, als Alice dem mysteriösen Orden der Menschen beitrat, die gut in etwas waren.

»Wann immer du jemanden siehst, der etwas gut kann«, sagte Mrs. Pidgeon, »egal, ob einen Basketball werfen, ein Instrument spielen oder ein Auto reparieren, ist es nur ein Trick. Was du nicht siehst, sind die hunderttausend Male, als es nicht geklappt hat. Michael Jordan hat mehr Freiwürfe verpatzt als irgendjemand anders. Das ist alles, Alice. Man muss es oft machen.«

Also machte Alice es oft. Und schneller als erwartet spielte Alice Bach. Und dann Beethoven. Und nicht nur die leichten Sachen, die alle lernten, sondern zunehmend anspruchsvollere Suiten und Sonaten und Balladen. Eines Tages, nachdem Alices zehnjährige Finger fehlerfrei durch eins der wendungsreicheren ungarischen Volkslieder von Bartók galoppiert waren, applaudierte Alices Mom und setzte sich neben ihre Tochter auf die Klavierbank in dem kleinen Raum neben dem Wintergarten.

»Schatz«, sagte sie, »du spielst sehr gut Klavier.«

»Danke«, sagte Alice mit einem nervösen Kichern.

»Ich meine, du bist wirklich gut«, fuhr Penelope fort, und Alice merkte, dass das Gespräch eine ernste Wendung nahm. »Das sage nicht nur ich. Mrs. Pidgeon sagt es auch. Sie meinte, das wäre etwas, das du ernsthafter verfolgen könntest, wenn du möchtest.«

Irgendwie hatte Alice eine Ahnung, was das bedeutete, und stellte die richtige Frage: »Werde ich denn Zeit dafür haben?«

Penelope lachte. »Wir schaffen Zeit.«

»Man kann keine Zeit schaffen«, sagte Alice.

»Du weißt, was ich meine. Du könntest *Großes* erreichen. Willst du Großes erreichen?«

Alice verstand nicht recht. Hätte sie nur sagen können: Nein, natürlich nicht, gut ist gut genug! Aber sie lächelte bloß, und mit einem altklugen Nicken sagte sie: »Ja.«

Ihre Mom lächelte wie die Sonne, die durch die Wolken bricht, und Alice wurde ganz warm. Ihre Mutter war zuletzt still und traurig gewesen. Alice hatte es gesehen. Sie hatten es alle gesehen. Alle bis auf Dad, der zwei Wochen außer Landes war und die Akquisition einer Firma in Korea vorbereitete. Aber jetzt strahlte Penelope.

»Das ist mein Mädchen! Ich glaube, das könnte für uns beide wirklich schön werden. Ich werde dir helfen.«

»Kann ich ein Konzert geben?«

»Wenn du weiter schön übst, kannst du in der Carnegie Hall spielen«, sagte sie mit einem leisen Lachen. Irgendwann wusste Alice, was die Carnegie Hall war, und irgendwann würde sie dort spielen, aber in diesem Moment war es nur ein Glitzern im Auge ihrer Mutter, und sie wusste, dass sie es wollte, für ihre Mutter und für sich selbst. »Es gibt kein Limit, Kälerfein. Du kannst alles haben, wenn du nur willst. Komm her«, sagte Penelope und umarmte ihre Tochter ganz fest, nur einen Moment, bevor sie wieder losließ. »Und jetzt an die Arbeit.«

* * *

Nach der vierten Klasse kamen Penelope und Mrs. Pidgeon überein, dass es für Alice an der Zeit war, »den nächsten Gang einzulegen«, und so wurde Alice am Youth Conservatory in Westchester angemeldet, einer teuren Privatschule in einem alten steinernen Zeughaus, das Gerüchten der Schüler zufolge einmal ein Gefängnis gewesen war. Die Schule lag zwanzig Meilen entfernt in Dobbs Ferry, aber zum Glück gab es einen Bus.

Eines Septembermorgens zu gnadenlos früher Stunde saßen Alice und ihre Mutter im Subaru auf dem fast leeren Parkplatz von Alices Grundschule. Ein paar Stunden später würde sich der Parkplatz mit Autos füllen, wenn Alices alte Klassenkameraden zum ersten Schultag der fünften Klasse erschienen, und manche, wie Rudy, würden sich wundern, warum Alice nicht da war. Aber jetzt standen nur zwei Autos da, mit laufendem Motor in der nebligen Stille. Die Sonne war noch nicht über die Bäume gestiegen, und das Gras war taufeucht.

»Denk dran, gut zuzuhören«, sagte Penelope und pustete auf ihren Kaffee.

»Ich weiß, Mom.«

»Du gehst da hin, um zu arbeiten, vergiss das nicht.«

»Natürlich.«

»Ich hab dich lieb.«

»Ich weiß.«

»Dein Dad hat dich auch lieb.«

»Ich weiß.«

Ein paar Minuten vergingen, und endlich rollte ein kleiner gelber Bus die lange Auffahrt hinauf und hielt in der Haltebucht. Alice stieg aus. Penelope, noch in Pantoffeln und Nachthemd, kurbelte das Fenster runter und blies ihr einen Abschiedskuss zu.

Ein dünnes Mädchen in Alices Alter stieg aus dem anderen Auto aus. Alice hatte das Mädchen beim Vorspielen im Frühling gesehen und einmal im Sommer im Freibad. Sie wohnte wohl in Bedford oder Mount Kisco. Sie trug einen Geigenkasten unter dem Arm, hielt ihn wie ein Soldat, der in den Kampf zieht. Ihr Name, wie Alice schließlich erfahren würde, war Meredith Marks.

Alice und Meredith stiegen in den Bus, und als sie merkten, dass dies der erste Halt des Busses und er noch leer war, setzten sie sich links und rechts des Gangs in die gleiche Reihe. An diesem ersten Tag sprachen sie kein Wort miteinander, sammelten sich nur still und brodelten vor Erwartung. Der nächste Halt war Chappaqua, zehn Minuten Fahrt. Zehn Minuten Schweigen.

Am zweiten Tag begrüßten sie sich beim Einsteigen mit verlegenem Flüstern. Nur ein »Hi« und noch ein »Hi«, und dann setzten sie sich auf dieselben Plätze wie am Vortag, mit dem Gang dazwischen, und verbrachten zehn stille Minuten damit, aus dem Fenster zu sehen, auf das Laub der Route 172.

Am dritten Tag fiel Alice Merediths aufgeschürfter Ellbogen auf.

»Was ist da passiert?«

Meredith sah zu ihrem Ellbogen, dann zu der Mitreisenden. »Ich bin vom Fahrrad gefallen.«

»Hat es wehgetan?«

»Ja«, sagte sie. »Ich sollte eigentlich Ellbogenschützer tragen. Ich habe richtig Ärger bekommen.«

»O mein Gott«, sagte Alice. »Meine Mutter wäre so wütend auf mich gewesen, wenn ich das gemacht hätte.«

»Sie meinte so: ›Meredith, das ist dein Bogen-Ellbogen! Den brauchst du noch!‹«

Alice lachte, wechselte auf Merediths Busseite und blieb die nächsten sieben Jahre dort. Am Ende der Woche waren sie beste Freundinnen. Am Ende des Semesters spielten sie gemeinsam Duette. Am Ende des Schuljahrs traten sie in der Carnegie Hall auf.

Nach all den Jahren konnte Alice sich nicht mehr an das eigentliche Konzert erinnern, sie wusste nur noch, dass sie einen Triller in *Salut d'Amour* verbockt hatte. Sie erinnerte sich an das Gefühl, den kurzen Schauder des freien Falls, gefolgt von dem coolen Gefühl des Aufwachens, wenn man merkt, es ist passiert, es ist vorbei, man kann es immer noch bis zum Ende des Stücks schaffen, ohne bis zum Mittelpunkt der Erde zu sinken, und alles wird gut.

Der Rest – was sie anhatte, was Meredith anhatte, wie der Saal aussah, wie das Mikrofon hallte, wie das Publikum klang, als es applaudierte – war keine Erinnerung an die Wirklichkeit, sondern an das Video, das sie seitdem zigmal geguckt hatte. An das Klavier erinnerte sie sich nicht durch ihre eigenen Augen, sondern durch die Augen des Filmenden in der elften Reihe. Die Hände, die Klavier spielten, waren nicht ihre eigenen, sondern die eines kleinen Mädchens auf einer Bühne. Der Applaus war nicht das *Gefühl* von Applaus, sondern der *Klang* von Applaus, ein blechernes Rauschen aus den Lautsprechern ihres Fernsehers, dann ihres Computers und jetzt ihres iPhones. Es hätte genauso gut das Klatschen aus der Konserve einer Quizshow sein können.

Alle waren sich einig, dass sie und Meredith sehr gut gespielt hatten, und der Triller wurde nie erwähnt, nicht von ihrer Mutter, nicht von ihrer Lehrerin, noch nicht einmal von Meredith.

Die Wochen und Monate vergingen *andante*. Mr. Quicks Geschäftsreisen wurden häufiger. Bill ging ans College. Alice und ihre Mutter blieben allein zurück. Sie arrangierten sich damit und bezeichneten sich als Mitbewohnerinnen. Oft schliefen sie im selben Bett, nachdem sie spätabends noch ferngeguckt hatten. Und Alice übte jeden Tag. Penelope saß auf dem Sofa, las in einer Zeitschrift, lackierte sich die Nägel oder machte, was immer man in der vergessenen Traumzeit vor Erfindung des iPhones so machte. Und wenn Alice zu lange unterbrach, flötete sie von hinten: »An die Arbeit«, und Alice machte weiter. Alice spürte ihre Präsenz die ganze Zeit, über der rechten Schulter.

Sie spürte sie sogar jetzt, immer rechts über der Schulter. Penelope sah ihrer Tochter zu, die dem Aperol Spritz beim Wässrigwerden zusah, während ihre Freundinnen Mallorys neueste Stunts besprachen.

Nach seinem ersten Collegejahr kam Bill nach Hause.

Alice war gerade in ihrem Zimmer und packte. In zwei Tagen würde sie zu den Boundary Waters in Minnesota reisen, um zwei Wochen Kanu zu fahren, im Zelt zu übernachten und Französisch zu sprechen. Und zum ersten Mal seit Jahren würde sie *nicht Klavier spielen*. Alice konnte sich nicht vorstellen, zwei Wochen lang keine Tasten zu berühren. Aber sie würde es wirklich machen. Sie schloss gerade den Seesack, als ihre Mutter sie in die Küche rief. Bill saß schon am Tisch. Alice setzte sich neben ihn. Es stand kein Essen bereit. Die drei saßen am leeren Tisch und warteten darauf, dass Mrs. Quick den Mut fand, zu sagen, was sie zu sagen hatte. Und schließlich sagte sie es.

»Dad und ich lassen uns scheiden«, sagte sie.

Bill, der ein bisschen älter war, brauchte keine Erklärung. Er stand auf und schnappte sich seinen Rucksack.

»Ich geh eine rauchen«, sagte er.

»Okay«, sagte Mrs. Quick. Er hatte die Angewohnheit drei Jahre lang geheim gehalten, aber damit war jetzt Schluss. Er lief zum Ende der Auffahrt, steckte sich eine an, ging weiter und verschwand hinter der nächsten Ecke. An diesem Abend kam er nicht nach Hause. Es kam ihm nie in den Sinn, für seine Schwester da zu sein.

Alice ging in ihr Zimmer und wählte die lange Nummer vom Hotel ihres Dads in Taiwan. Sie kaute an den Nägeln, während es tutete. Sie wollte nicht, dass er abnahm. Er nahm auch nicht ab. Sie hinterließ an der Rezeption eine Nachricht und legte auf. Als der Hörer auf die Gabel traf, kam Alices Mom ins Zimmer und setzte sich aufs Bett.

»Du hast Glück«, sagte ihre Mom. »Du spielst Klavier.«

Alice verstand nicht, was sie meinte. »Danke.«

Ihre Mom schien sie nicht zu hören und sah sie kaum an. Sie starrte auf die Wand, als wäre da ein Fernseher. »Du musst in etwas gut sein, Kälerfein«, sagte sie und korrigierte sich dann: »Du musst zu etwas Großem in der Lage sein.

Du musst deinen eigenen Wert haben. Ein Mann wird dir keinen Wert verleihen. Du musst ihn aus dir selbst heraus schaffen. Du musst ihn aus etwas ziehen, das dir niemand nehmen kann.«

Am nächsten Tag sagte Penelope das Kanu-Camp ab.

Zur Scheidung kam es nie. Das Gummiband, das John und Penelope zusammenhielt, war bis zum Äußersten gespannt gewesen, und nun kamen sie sich zwangsläufig wieder näher, als wäre nichts gewesen. Na ja, fast nichts. Während der Trennung hatte Mr. Quick ein kleines Haus in der Nähe gekauft. Es kam zu einem deutlich niedrigeren Preis wieder auf den Markt, aber irgendwann beschloss er, es zu behalten, weil er gern dort rüberging und es viele Regale für seine Bücher gab. Manchmal blieb er drei Wochen am Stück da, und Penelope schien es nichts auszumachen. Man kann Leuten nicht sagen, dass sie auf die falsche Art glücklich sind.

Den ganzen Sommer über klammerte Alice sich fester denn je ans Klavier. Warum sollte man versuchen, die eigene Familie zu durchschauen, wenn Schumann nach Aufmerksamkeit verlangte? Im Chaos der *Kreisleriana*, op. 16, lag der Trost einer Struktur. Es ist alles festgeschrieben. Die alten Geister sagen, welche Note man spielen soll, und dann spielt man sie. Der Rest ist Schweigen.

Alice übte immer noch in dem kleinen Raum neben dem Wintergarten, und Penelope saß immer noch auf dem Sofa, rechts hinter ihrer Schulter. Und Alice drehte sich immer noch nach jedem Stück zu ihrer Mutter um, und ihre Mutter belohnte sie mit einem Lächeln. Aber das Lächeln hatte sich verändert. Es gab sich alle Mühe, unterstützend zu wirken, dabei lag vor allem Bedürftigkeit darin. Alices Klavierlaufbahn war kein Spaß mehr, kein Grund zur Heiterkeit auf Dinnerpartys. Ihre Klavierlaufbahn war jetzt das Feld auf dem Roulettetisch, auf das Mrs. Quick all ihre Jetons gesetzt hatte.

»Und das war echt scheiße«, sagte Alice. »Da habe ich angefangen, Klavierspielen zu hassen.«

»Jede Wette«, sagte Roxy fasziniert.

Die Kneipe füllte sich allmählich mit Einheimischen, aber Alice, Roxy und Pitterpat hatten die Ecknische für sich gepachtet und achteten nicht weiter darauf.

»Aber das konntest du ihr nicht sagen«, meinte Pitterpat.

»Das hätte sie umgebracht. Hätte sie wirklich eher umgebracht als der Krebs. Ich musste weitermachen.«

»Hast du nur nicht«, sagte Roxy.«

Vom Eiswürfel in Alices Aperol war nichts mehr übrig.

»Habe ich nur nicht.«

Im Sommer vor dem letzten Schuljahr unternahmen Alice und ihre Mom eine Reise zur Ithaca School of Music. Ithaca spuckte Konzertpianisten aus, nicht nur Klavierlehrer wie Mrs. Pidgeon oder Leute, die Musicalmelodien auf Kreuzfahrtschiffen klimperten, sondern Pianisten mit Auftritten auf echten Bühnen und Plakaten mit dem eigenen Foto. Eine einmalige Gelegenheit, sagte Penelope zu Alice, »für unser beider Leben«.

Während der vierstündigen Autofahrt nach Ithaca, der Soundtrack ein Wechsel zwischen Klavierstücken, an denen Alice arbeitete, und Penelopes endloser, fürchterlicher Motivationsrede, wurde Alice klar, dass sie lieber ganz woanders wäre und etwas ganz anderes machte. Sie würde Professor Staples, den Dekan der Klavierabteilung, treffen und ihm vorspielen. Und Professor Staples würde Mrs. Quick kennenlernen. Mrs. Quick wusste, dass ihre Tochter diesen Mann überwältigen würde. Und Alice wusste, dass ihre Mutter sie beide blamieren würde.

Wie erwartet (von Alice) war Penelope ein Albtraum; sie redete zu viel und zu laut und zu distanzlos, schüttelte zu lang Hände, blieb zu lang im Raum und ignorierte alle nonverbalen Zeichen.

Und wie erwartet (von Penelope) lieferte Alice ein wunderbares Vorspiel ab. Professors Staples' erstes Wort, nachdem sie die Finger von den Tasten und den Fuß vom Pedal genommen hatte, war ein sanftes, gehauchtes »Wow«.

Die gesamte Rückfahrt über badete Penelope in diesem »Wow« und genoss eine süße Rache mit diesem »Wow«. Und Alice kämpfte wie verrückt gegen den Gedanken an, der schon seit Jahren in ihr heranreifte.

Wenn man etwas Grundlegendes in seinem Leben verändern möchte und diese Veränderung jemandem wehtun wird, den man liebt, dann ist das Schlimmste daran, es sich selbst einzugestehen. Wenn man so wenig Schmerz wie möglich auslösen will, sollte man diese Tür gar nicht erst öffnen. Als sie schließlich die heimische Auffahrt in Katonah erreichten, war Alice entsetzt über das, was sich nicht mehr wegsperren ließ: Es war Zeit, mit Klavier aufzuhören.

»Du wirst es bereuen«, sagte Meredith. »Sofort.«

»Ich will so nicht mehr leben. Es gibt mehr im Leben, als in einer Sache richtig gut zu sein.«

»Das verstehe ich nicht.«

»Du verstehst es nicht? Oder du *willst* es nicht verstehen, weil es dir genauso geht und du nur zu feige bist, es zuzugeben?«

Das war eine ziemlich fiese Bemerkung. Jahre später musste Alice sich eingestehen: Meredith verstand es wirklich nicht. Meredith umarmte ihre Freundin und erklärte, immer für sie da zu sein, wenn sie reden wolle. Aber sie und Alice wussten beide, worum es in diesem Augenblick auch ein wenig ging: Meredith hatte gewonnen. Es wäre Merediths Gesicht auf den Konzertplakaten. Alice hatte den Verdacht, dass Meredith mit dem Ergebnis zufrieden war, und dieser Verdacht ließ sich nie ganz zerstreuen, egal, wie süß Meredith Jahre später war, sich immer meldete, wenn sie in der Stadt war, und Alice zum Abendessen traf.

Jedes Jahr im Herbst gab die Abschlussklasse des Youth Conservatory ein Konzert. Auf der Website der Hochschule finden sich immer noch Fotos von damals, auch ein Schnappschuss der Programmpunkte. (Das Coverbild des Programms ist nicht mehr online, denn unglücklicherweise stellte man nach der Veröffentlichung fest, dass das ausgewählte Bild – eine abstrakte Kohlezeichnung eines frühreifen Studenten aus dem zweiten Studienjahr, vom Dekan der Bildenden Kunst persönlich empfohlen – Hunderte Hoden zeigte.)

Fünf Minuten nachdem sie zum Konzert hätten aufbrechen sollen war kein guter Zeitpunkt, um ihrer Mutter das Herz zu brechen, aber Alice tat genau das, und sobald die Worte ausgesprochen waren, konnte die Unterhaltung nicht mehr bis nach dem Konzert warten.

Mrs. Quick verstand es erst nicht recht, weshalb sie damit fortfuhr, ihren Mantel anzuziehen. »Was hast du gerade gesagt?«

»Ich glaube einfach nicht, dass es das ist, was ich mit meinem Leben machen will«, sagte Alice. Am liebsten hätte sie gesagt, dass sie Klavier hasste, aber sie widerstand dem Drang. Es ging darum, sich mit einem Schnitt von diesem Leben zu lösen, ohne den Patienten oder andere Anwesende dabei umzubringen.

Mrs. Quick war genervt. »Wirklich? Jetzt? Wir sollten längst auf der Straße sein.«

»Ich versuche schon lange, dir das zu sagen.«

»Dazu hattest du doch reichlich Gelegenheit.«

»Ich weiß.«

»Ich höre zum ersten Mal davon.« Alice fing an zu weinen und sehnte sich nach ihrer Mom, und zu wissen, dass sie gerade nicht zu haben war, ließ sie noch doller weinen. Penelope stöhnte. »Alice, steig endlich ein. Wir reden auf der Fahrt darüber.«

»Ich will nicht, Mom. Bitte.«

»Du gibst dieses Konzert, Alice. Steig ein.«

»Bitte, Mom!«

»Mach das nicht, Alice! Du hast ein Vollstipendium von Ithaca. Wenn du das wegwirfst, wirst du es dein ganzes Leben – Nein. Nein! Du tust mir das jetzt nicht auch an.«

Das »auch« fiel Alice auf, und soweit Alice erkennen konnte, bereute Mrs. Quick es sofort.

»Ich tue dir gar nichts an, Mom! Ich treffe nur Entscheidungen für mein eigenes –«

»Natürlich! Alle dürfen ihr eigenes Leben führen! Alle dürfen ihre eigenen Entscheidungen treffen, alle außer mir!«

»Hier geht es nicht um dich, Mutter!«

»Und ob es um mich geht, Alice! Du behandelst mich gerade wie den letzten Dreck, du wirfst alles weg, alles, was wir gemeinsam erreicht haben, alles, was wir uns aufgebaut haben, und wofür? Was willst du denn stattdessen machen?«

»Keine Ahnung! Ans College gehen, glaube ich? Ich wünschte, ich wüsste genau, was ich will, aber ich tu's nicht! Ich bin nicht Meredith!«

»Nein, das bist du nicht. Denn Meredith ist kein verwöhntes kleines Marshmallow, das glaubt, dass ihm alles zufällt! Meredith weiß, was harte Arbeit heißt.«

Was man über Alice wissen muss: Sie war kein gewalttätiger Mensch, aber wenn sie in einer Auseinandersetzung keine Möglichkeit mehr sah, diese für sich zu entscheiden, war sie schon gewalttätig geworden, allerdings, und das war wichtig, immer nur gegenüber unbelebten Dingen. Einem lebendigen Wesen würde sie nie etwas antun; falls man jedoch ein Objekt in ihrer Nähe und Alice Quick außer sich war, hieß es aufpassen. Sie verabscheute sich dafür und konnte es sich nicht erklären, vielleicht lag der Grund in den geheimnisvollen Tiefen ihrer Erbanlagen. (Tatsächlich ja. Einmal während einer Trennung hatte die unbekannte Zwillingsschwester Sofia Hjalmarsson die Tür von einer Mikrowelle abgerissen.)

Diesmal schlug Alice mit der Faust aufs Klavier, so fest, wie sie konnte.

Sie fuhren schweigend in die Notaufnahme. Das Röntgenbild bestätigte, was der Arzt sofort vermutet hatte: Haarfrakturen im vierten und fünften Mittelhandknochen. Alice kam mit einem Gips aus dem Krankenhaus. Sie musste den Bus nach Hause nehmen. Ihre Mutter war direkt nach der Diagnose gegangen.

Alice fragte sich monate-, sogar jahrelang, was sie in dem Moment hatte beweisen wollen. Soweit sie sagen konnte, wollte sie entweder das Klavier oder ihre Hand zerstören, aber was davon sie mehr hasste, wusste sie selbst nicht.

Im nächsten Herbst ging Alice an die SUNY Binghamton, wo sie vier Jahre lang Freunde fand, einen vormedizinischen Abschluss erlangte, weil man irgendeinen Abschluss machen musste, und Klaviere mied.

Ihre Mutter kam zur Abschlussfeier, einer ihrer seltenen Besuche in Binghamton. Alle schwitzten sich durch eine lange, schwüle, Make-up und Haare ruinierende Veranstaltung in glühender Sonne. Nach dem Abendessen setzten sich Bill und Alice auf das nächtlich kühle Gras auf dem Hügel hinter der Bibliothek. Bill war seit fünf Jahren fertig mit dem College, schien sich dort aber immer noch sehr zu Hause zu fühlen, als er einen Keramik-One-Hitter entzündete, der wie eine Zigarette aussah, und dann führten er und Alice das erste Gespräch ihres Lebens, wie sie sich später bestätigen würden.

»Du kannst sie nicht heiraten«, sagte Alice, die zum ersten Mal an diesem Tag lachen musste. »Du kannst keine Pitterpat heiraten.«

»Wer sagt, dass wir heiraten?«

»Ich weiß nicht. Du scheinst sie zu mögen.«

»Okay, erstens ziehe ich im Herbst nach San Francisco, also … na ja, da wär schon mal *das*. Zweitens sind wir super verschieden. Wir sind wie zwei unterschiedliche Arten«, erklärte er und nahm noch einen Zug.

»Aber was willst du dann mit ihr?«

Ich werde sie heiraten, lautete die Antwort, die er nicht laut sagen konnte, weshalb er das Thema wechselte.

»Das hier ist echt schön.«

»Stimmt.« Alice legte sich ins Gras und guckte in die Sterne. »Ich wünschte, das hätten wir gemacht, als Mom und Dad sich halb haben scheiden lassen.«

Er verstand sofort. Er betrachtete die Grashalme, die er gedankenverloren abzupfte. »Das war eine schwere Zeit für dich.«

»Ja, kann man so sagen.«

»Ich hätte für dich da sein sollen.«

»Ja, wahrscheinlich.«

»Ach, Mann, Scheiße«, sagte Bill, ließ sich auf den Rücken fallen und sah auch in den Himmel. »Es tut mir leid. Ich hab mein eigenes Ding gemacht. Ich wollte kein Bruder sein. Auch kein Sohn. Ich wollte vorankommen, in Raum und Zeit. Keine Ahnung, was das heißen soll, ich bin high. Ich habe keine Entschuldigung.«

»Schon in Ordnung«, sagte sie.

»Ich kann nicht glauben, dass sie dich am College zum ersten Mal bei deiner Abschlussfeier besucht.«

»Nett von ihr, wenigstens heute aufzutauchen.« Alice seufzte und atmete Rauch aus. »Sie hat mich verlassen. Verlassen von zwei Müttern.«

»Wie meinst du das?«

Sie warf ihm einen Blick zu.

»Ach, richtig. Gott, ich vergesse das immer.«

»Ich rede darüber ja auch nicht oft mit dir.«

»Du redest über gar nichts oft mit mir.«

»Das müssen wir ändern.«

»Das müssen wir wirklich.«

Sie sahen die Wolken am Mond vorbeiziehen.

»Also«, sagte er. »*Kälerfein*. Was machst du jetzt?«

»Nicht nach Katonah zurückgehen.«

»Klingt nach einem Plan.«

»Das ist kein Plan. Das ist mein Lebenswerk. Ich werde nicht mal die Richtung nach Katonah einschlagen. Katonah liegt im Osten. Von jetzt an werde ich mich nur noch nach Westen bewegen. Nie nach Osten. Das ist mein feierliches Gelübde: Ich ziehe nach Westen, junger Mann.«

Sie war high und glaubte nicht wirklich an ihre Worte, aber eine Woche später zog sie mit ein paar Freunden nach Chicago und blieb sechs Monate dort. Sechs Monate kellnern, sechs Monate Pizza futtern, sechs Monate zunehmen, sechs Monate Pullis tragen. Dann wurde es kalt, ihre Freunde gingen nach Boston, und wieder zog Alice eine vertikale Linie, diesmal durch einen Punkt namens Chicago, und weigerte sich, irgendwas rechts davon in Erwägung zu ziehen.

So kam sie nach Kalifornien. Bill und Pitterpat überließen ihr das Sofa im Wohnzimmer. Obwohl Pitterpat fast beängstigend liebenswürdig und entgegenkommend war, entging Alice die makellose Reinheit des Badezimmers nicht, und sie wusste, dass das liebenswürdige Entgegenkommen irgendwann ein Ende fände. Eines Abends, bei einem der ausufernden mexikanischen Essen, zu denen Bill immer zu spät kam, informierte Alice ihre schwer verliebten Mitbewohner, dass sie eine Wohnung gefunden hatte, ein kleines Einzimmerapartment ein Stück westlich. Sie zog um, und als im Haus jemand ermordet wurde und sie unter Absperrband durchkriechen musste, um an ihre Post zu kommen, zog sie noch einmal um, in ihre fünfte Bleibe in einem Jahr, immer weiter gen Westen.

Eines Abends dann, nachdem sie ein Jahr mit dem College fertig, arbeitslos und Single war, stand Alice Quick an der Steilküste des Mussel Rock Parks, am äußersten Rand des Kontinents, und blickte über den Pazifik. Wenn du eine Reisende bist, kann ein Ozean dich nicht aufhalten. Ob nun mit astronomischer Navigation oder den allerletzten Vielfliegermeilen, du findest einen Weg, ihn zu queren.

Und so kam Alice nach Hawaii. Nach einer Woche in Honolulu wusste sie, dass sie nicht in Honolulu bleiben würde, und obwohl sie Gutes über Big Island gehört hatte, trug der Wind sie nach Maui, wo sie sich niederließ und drei Jahre blieb; sie surfte und babysittete bei Touristen in den Ferienanlagen und hörte allmählich auf, von Klavieren zu träumen. Hongkong wäre irgendwann (wenn sie jemals das Geld dafür hätte, also vermutlich nie) die nächste Station.

Eines Tages, als sie gerade den Ständer mit den billigen Sonnenbrillen im ABC Store gegenüber vom Kama'ole Beach drehte, klingelte ihr Telefon.

»Hast du von Mom gehört?«

Hatte sie nicht. Seit zwei Jahren nicht, um genau zu sein. Kein Anruf, keine E-Mail. Alice hatte es auch nicht bei ihrer Mutter probiert, weil sie schon lange zu dem Schluss gekommen war, dass bei einem verlorenen Kind die Mutter den ersten Schritt machen musste. Aber als sie Bills Unterton hörte, bröckelte diese Schlussfolgerung wie nasser Sand.

»Okay.« Bill seufzte und machte eine lange Pause, sammelte sich. »Okay. Mom ist krank, Alice. Schwer krank.«

Zwanzig Minuten später, nachdem sie geweint und sich wieder zusammengerissen hatte, saß Alice auf einer Bank auf der anderen Straßenseite, blickte aufs Wasser und war immer noch am Telefon. Es gab noch mehr.

»Es ist irgendwie komisch, das nach dieser Nachricht zu erzählen«, meinte Bill, »aber, ähm … ich bin verlobt.«

Die Hochzeit würde bald stattfinden müssen. Es war über

Weihnachten oder Neujahr nachgedacht worden, aber Mrs. Quicks Onkologin, Dr. Bannerjee, hatte die schwierige Einschätzung geäußert, dass Thanksgiving realistischer wäre. Alice besaß nicht viel, weshalb es keinen großen Unterschied machte, ob sie für eine Reise oder einen Umzug packte. Sie sagte sich, sie packe für eine Reise. Bill steuerte etwas zum Flugticket bei, aber den Rest bezahlte sie selbst, und das Ticket kostete sie mehr, als es hätte kosten sollen, sowohl Zeit als auch Geld, aber ein Versprechen bleibt ein Versprechen. Von Honolulu nach Tokio nach Frankfurt nach JFK, und schließlich, als die Sonne gerade untergegangen war, Katonah.

Die Zeremonie fand im Garten statt. Es war ungewöhnlich warm, und auch wenn die erste halbe Stunde wunderschön war, wurde die zweite hart. Auf Hawaii hatte Alice verlernt, hohe Absätze zu tragen. Warum dauerte die Trauung so lang? Zu viele Redner beanspruchten, Teil davon zu sein. Zu viele Cousinen wollten auftreten. Pitterpat war ein Südstaatenmädchen, und das zeigte sich am langsamen Südstaatenduktus der Redner ihrer Familie, vor allem ihres Onkels Chooch, der ein extra für den Anlass verfasstes Gedicht vortrug. Gegen Ende glaubte Alice, die Zähne der Braut knirschen zu hören, aber deren vaseline-glänzendes Lächeln war wie eingefroren.

Dann beschloss John Quick, Chooch noch zu übertreffen. »Ich möchte gern mit euch teilen, was Homer über die Ehe zu sagen hat«, erklärte er der Hochzeitsgesellschaft und winkte mit der abgegriffenen Ausgabe von Fitzgeralds *Odyssee*. »Meine baldige Schwiegertochter fand die ausgewählten Passagen zu lang. Beurteilt das doch am besten selbst.«

Irgendwann in der siebten oder achten Minute des Vortrags, als Kalypso ihren Geliebten anflehte, er möge bleiben, und die überraschende Novembersonne sich über die roten Eichen schob und mit ihrer Hitze jede Stirn versengte, gab

Alice das Zuhören auf und sah sich die Gäste an. Auf der Seite der Braut kannte sie niemanden. Auf der Seite des Bräutigams fast jeden, aber es gab ein paar Gesichter, die sie nicht zuordnen konnte. Vor allem eins fiel ihr auf: das einer jungen Frau in der letzten Reihe. Sie war schön, mit karamellfarbener Haut und schwarzem Haar, das sie hinter ein Ohr geschoben hatte. Etwas an ihr war angenehm, Alice kam erst nicht drauf. Dann dachte sie: *Sie sieht aus wie ich.* Und obwohl Alice einen Meter von der Braut entfernt stand, auf einem Podest im Gesichtsfeld aller Gäste, fragte sie sich, ob sie nicht im Grunde die junge Frau in der letzten Reihe war: eigentlich kein Teil dieser Familie, vom äußersten Rand hineinspähend, fast uneingeladen. Die ersten Tage zu Hause hatten aus lauter kleinen Missgeschicken bestanden, als Alice nach und nach bemerkte, wie fremd ihr das Haus ihrer Kindheit nun war. In der Küche waren Geschirr und Tassen umgeräumt worden. Die Türen hatten neue Schlösser und die Schlüssel eine andere Form. Der Abfallzerkleinerer machte fremde Geräusche und war anders zu bedienen. Man geht irgendwo weg und will, dass alles so bleibt wie immer, aber das tut es nicht, auch die Menschen nicht. Sie setzen ihr Leben fort und verlassen einen auf so viele winzige Weisen, dass sie fast gleichziehen mit der gewaltigen Weise, auf die man selbst sie verlassen hat. Und da fing Alice an zu weinen, gutes Timing, denn in diesem Moment wurde das Ehegelübde abgelegt, und Bill sah es und lächelte Alice über die Schulter seiner Beinahe-Ehefrau hinweg an, und das führte zu noch mehr Tränen, diesmal darüber, dass sie letztlich doch noch Teil dieser Familie war.

Beim Empfang übernahm Alice es, sich um Penelope und das Zubehör ihrer Erkrankung zu kümmern. Mithilfe einiger Cousins schob sie ihre Mutter mit dem Sauerstoffgerät am Rollstuhl über das platt getretene Gras, dann unter einer aufgeschlagenen Plane hindurch bis zu ihrem Tisch im Festzelt. Da saßen sie dann beide, während die anderen Gäste sich munter mischten und Champagner tranken und darüber lachten, wie gut der Schampus tat nach so einer langen Zeremonie.

»Das war eine wunderschöne Hochzeit, findest du nicht, Mom?«

»Sehr schön«, sagte Penelope. »Mariannes Cousine hat sich gut geschlagen mit dem Cantabile.«

Pitterpats zehnjährige Cousine hatte ein Stück auf ihrer Flöte gespielt. Natürlich musste ihre Mutter etwas dazu sagen. Alices erster Impuls war, sich nicht davon irritieren zu lassen, aber dann beschloss sie, gewissermaßen als Geschenk an ihre Mutter, sich doch davon irritieren zu lassen, nur ein bisschen. Sie malte sich aus, wie es sich angefühlt haben könnte, wenn sie gebeten worden wäre, bei der Zeremonie etwas zu spielen. Sie stellte sich vor, wie Pitterpats Verwandte flüsterten (»Sie ist Konzertpianistin, wisst ihr …«), während Alice Braut und Bräutigam ein bisschen was aus der *Suite bergamasque* vortrug. Sie hatte seit sieben Jahren kein Klavier angerührt. Sie lächelte ihre Mutter freundlich an.

»In der Tat«, sagte sie. »Sie ist sehr talentiert.«

Mrs. Quick wurde plötzlich lebhaft. Mit einer gewissen Mühe hob sie die Hand und winkte.

»Doktor Bannerjee!« Nach der Hälfte des Namens ging ihr der Sauerstoff aus, und das »jee« war nur noch ein Keuchen. Alice sah sich um und entdeckte die junge Frau aus der letzten Reihe, die gerade ein Glas Champagner von einem Kellner bekam.

»Herzlichen Glückwunsch, Mrs. Quick, Sie müssen so stolz sein«, sagte die junge Frau. »Und Sie sind wohl Alice?«

»Ja, hallo«, sagte Alice und schüttelte der Frau die feste, kühle Hand.

»Doktor Bannerjee ist meine Onkologin«, sagte Penelope

sachlich und in einer Lautstärke, wie sie Sterbenden egal zu sein scheint. »Sie ist erst dreißig, richtig?«

»Dreiunddreißig, Mrs. Quick, aber ich weiß den Nachlass zu schätzen.«

Und während Dr. Bannerjee an ihrem Champagner nippte, wollte Alice sie umbringen und sie heiraten und sie sein. Alice sah ihre Mutter an, die die junge Frau ansah, und verkümmerte wie ein Gänseblümchen unter einer Rose.

∗∗∗

Thanksgiving kam und ging, genau wie Weihnachten, und Mrs. Quick hielt durch. Dr. Bannerjee war regelmäßig im Haus. Sie kam, um nach Mrs. Quick zu sehen, blieb dann aber, nachdem sie die Vitalwerte überprüft und Änderungen der Medikation notiert hatte, noch länger da, manchmal Stunden, plauderte, spielte Backgammon, war freundlich, aber nicht zu freundlich und wehrte Penelopes bohrendere Fragen nach ihrem Privatleben ab. Alice lächelte sich durch Unterhaltung um Unterhaltung und tat so, als hätte sie etwas beizutragen.

Eine Woche vor dem Valentinstag fiel Mrs. Quick ins Koma. Niemand konnte sagen, wie tief es war, aber sie war jetzt hinter einer Membran, abgeschottet, und würde sehr wahrscheinlich nicht mehr hervorkommen. Die Familienmitglieder gingen nacheinander zu ihr, die Abschiedsgespräche, die ihnen seit Monaten bevorstanden, nun Abschiedsmonologe, Radioübertragungen in einen Abgrund, nur für den Fall, dass da unten noch jemand mit einer Antenne war. Sie wechselten sich ab. Bill verabschiedete sich. Pitterpat verabschiedete sich. Bill und Pitterpat verabschiedeten sich gemeinsam. Bill verabschiedete sich noch einmal. Mr. Quick verabschiedete sich, witzelte, das »Koma« komme ihm wie eine Falle vor, und könnte bitte jemand in fünf Minuten nach ihm sehen?

Dann war Alice an der Reihe.

»Hi, Mom«, sagte sie in die Stille. »Du sollst wissen, dass ich dich liebe. Es tut mir leid, dass ich eine schlechte Tochter war. Es tut mir leid, dass ich dir deine Träume nicht erfüllt habe.«

Mrs. Quicks Gesichtszüge waren entspannt, und Alice hätte alles für das Lächeln gegeben, das ihr Blick über die rechte Schulter so oft aufgefangen hatte. Auf der Bettdecke spielte sie die letzten Takte von Penelopes liebstem Nocturne. Die Lippen, Augen und Kiefer ihrer Mutter regten sich nicht. Ihr Lächeln, *das* Lächeln würde nie wieder gelächelt werden.

»Und dann habe ich einfach ihre Hand genommen. Und sie gehalten. Und aus dem Nichts hatte ich diese verrückte Idee. Ich hätte sie für mich behalten können, aber sie platzte einfach raus. Ich sagte: ›Mom, etwas musst du noch wissen. Es gibt Neuigkeiten. Ich werde Medizin studieren. Ich werde Ärztin.‹ Ein paar Minuten später war sie tot.«

Roxy und Pitterpat blieben stumm, bis Roxy sagte: »Verdammt.«

»Ja«, sagte Alice. »Ich weiß gar nicht, wo das herkam. Es war mir bis zu diesem Moment noch nicht mal als Möglichkeit in den Sinn gekommen.«

»Glaubst du, sie hat dich gehört?«

»Keine Ahnung. Vielleicht nicht. Wer weiß. Was ich gesagt habe, habe ich vielleicht zu meiner Mutter gesagt, dann bedeutet es alles, vielleicht aber auch nur zu einem toten Körper, dann bedeutet es nichts. Vielleicht war es auch etwas zwischen allem und nichts, wie ein Traum. Ich habe keine Ahnung. Aber … es hat sich gut angefühlt. Es war eine schreckliche Zeit, aber *der* Teil war gut. Ich hatte das Gefühl zu wissen, wo es langgeht. Das hatte mir gefehlt. Ich hab's sogar vor aller Welt auf Facebook verkündet: ›Ich werde Medizin studieren!‹ Ich habe Hunderte Likes bekommen. Das fühlte sich toll an. Tut es manchmal immer noch.

An manchen Tagen gefällt mir die Vorstellung, mich wichtig und nützlich zu fühlen, wie die Leute in der U-Bahn, die in grüner OP-Kleidung nach Hause fahren. Und an anderen Tagen denke ich, was soll's. Vielleicht bin ich gut so, wie ich gerade bin. Vielleicht bedarf ich keiner Verbesserung, warum also mache ich mich fertig? Und dann ... ich meine, *488* im Übungstest, das ist ... Und ein Teil von mir denkt, schon gut, nächstes Mal klappt es besser, aber ein anderer Teil fragt sich, will ich das überhaupt? Muss ich mir das wirklich antun, weil ich am Sterbebett irgendwas versprochen habe?«

Roxy brauchte einen Moment, bis sie es begriff. »Moment, ist das eine ernst gemeinte Frage?«

»Ich glaube, schon.«

Roxy dachte darüber nach.

»Na ja, du machst es ja nicht nur, weil du es deiner Mom versprochen hast«, versicherte ihr Roxy. »Du machst es, weil du Ärztin werden willst. Oder?«

»*Will ich das?*«

Auch diese Frage war ernst gemeint, und Roxy war baff. »Keine Ahnung, ich frage *dich*!«

Alice war auch baff. »Ich *glaube*, ich will es. Ich würde gern was Sinnvolles machen. Ich wäre gern die Person in OP-Kleidung in der U-Bahn, statt die, die ihr gegenübersitzt und so sein will wie sie. Aber ... will ich wirklich Ärztin *sein*? Den Job *machen*? Mit dem Blut und den Eingeweiden und dem Risiko und allem?«

»Du hast ganz schön hart gearbeitet für jemanden, der vielleicht nicht Ärztin werden will.«

»Ja, genau«, sagte Alice. »Und deshalb sollte ich wahrscheinlich aufhören und es nicht durchziehen, oder? Aber ich kann nicht aufhören. Weil ich es meiner Mom schulde.«

»Du schuldest deiner Mom einen *Scheiß*«, sagte Pitterpat, und ihre Stimme hallte in der leeren Bar wider.

Roxy und Alice starrten sie überrascht an. Pitterpat hatte

die meiste Zeit geschwiegen, als Alice erzählte, und jetzt plötzlich äußerte sie eine Meinung. Roxy sagte: »Red weiter.«

»Du schuldest deiner Mom überhaupt nichts«, drückte sie es anders aus, »denn ein Versprechen, das ein Kind einem Elternteil gibt, zählt nicht, sollte nicht zählen. Als ich kurz davor war, ans College zu gehen, hat meine Mutter mich versprechen lassen, dass ich nach meinem Abschluss wieder nach Hause ziehe. Sie sagte, ich sei ein Mädchen aus Florida und würde das immer bleiben, und sie wolle nicht, dass ich nach New York abhaue und jemand anders werde. Also hat sie mich versprechen lassen, dass ich es nicht mache. Ich hab ihr in die Augen gesehen und es versprochen und wusste schon währenddessen, dass ich mich niemals daran halten würde. Wie konnte ich versprechen, niemand anders zu werden? Ich *war* schon jemand anders. Und sie hasst mich dafür. Deshalb hast du meine Familie nur ein einziges Mal, bei meiner Hochzeit, getroffen.«

Alice brauchte einen Moment, um das zu verdauen. »Ich meine, ich habe mich schon gewundert«, sagte sie irgendwann und schob hinterher: »Sie wirkten nett.«

»Ja. Weil ich sie bestochen habe. Mit Geld. Im Ernst! Ich habe ihnen die Klamotten gekauft! Ich hätte sie nicht nach Katonah, New York, kommen lassen, wenn sie wie Brownwater, Florida, aussehen. Ich habe sie alle eingekleidet und mit meinem eigenen Geld dafür bezahlt und Bill nie davon erzählt. Ich schäme mich so sehr für meine Familie, Leute. Aber wisst ihr, wofür ich mich *nicht* schäme? Die Tatsache, dass ich mich schäme. Deine Mom wollte, dass du großartig bist? Tja, da unterscheiden wir uns. Ich musste *hart* dafür kämpfen, großartig zu werden. Aber ich hab's geschafft.«

»Das hast du«, sagte Alice, ein bisschen betrunken, aber aufrichtig. »Du bist großartig.«

»Meine Mom sitzt wahrscheinlich gerade in der Küche

und raucht ihre Mentholzigaretten, weil, was sonst, und wahrscheinlich zieht sie auch gerade vor einer ihrer Schwestern über mich her. Aber wisst ihr was? Wenn sie sauer ist, ist sie selbst schuld. Zwing deine Kinder nicht zu irgendwelchen Versprechen.« Dann fiel Pitterpat etwas ein. »Ist dein Freund nicht Ethiker? Warum fragst du den nicht?«

Alice atmete aus. »Wow. Kaum zu glauben, dass ich darauf nicht selbst gekommen bin.«

»Kaum zu glauben, dass ausgerechnet sie dich daran erinnert«, sagte Roxy und wandte sich an Pitterpat. »Ich dachte, du kannst Grover nicht ausstehen. Hast du ihm nicht das Ohr abgebissen oder so?«

»Ich glaube, ich habe ihn ein bisschen gekratzt«, sagte Pitterpat. »Es war ein schwieriger Moment. Er ist bestimmt bezaubernd. Auf jeden Fall besser als Carlos.«

»Also, ich find's unglaublich, dass ich Grover immer noch nicht kennengelernt habe«, sagte Roxy beleidigt. »Ich bin schon seit Wochen an Alice dran, aber sie hat uns immer noch nicht vorgestellt.« Alice tat es lachend ab, aber es stimmte, sie hatte es vermieden, sie miteinander bekannt zu machen.

Alice holte ihr Handy raus und entdeckte Dutzende verpasster Nachrichten. Sie waren alle von Roxy, verschickt in den letzten drei Minuten.

»Hi, ich wollte nur sagen, ich bin nicht einer Meinung mit Pitterpat, aber ich werde ihr nicht offen widersprechen, weil sie gerade ziemlich viel Scheiß durchgemacht hat und die Freundschaft ist noch neu und ich will's nicht vermasseln und OMG DAS GANZE ÜBER IHRE FAMILIE?!?! Außerdem, da ich gerade nur dir was erzähle, ich glaube, ich habe einen Freund. Er heißt Christoph. Ursprünglich Deutscher, aber hier aufgewachsen. Er ist supersüß. Arbeitet in einer Zoohandlung. Wir hatten schon zwei Dates und er hat breite Schultern und ich habe ihn noch nicht ohne Shirt gesehen und ich freue mich schon darauf, aber ich genieße es auch, ihn ein bisschen hinzuhalten. Und mich auch! Es ist schön. Wünsch mir Glück, haha. Jedenfalls, okay, wo waren wir???«

Alice gefiel der Gedanke, dass Roxy einen Freund hatte. Roxy war ein Angriff auf die Nerven, ein scharfer Hochprozentiger, nur in kleinen Schlucken genießbar. Alice dachte an all die Morgen in der Küche, als Roxy die Großtaten des Vortags runtergerattert hatte, während Alice zur Küchenuhr linste und darauf wartete, dass Roxys Redeschwall versiegte und sie die Treppe hinaufstapfte, um die U-Bahn zu erwischen. Am Anfang hatte Alice sich sämtliche Geschichten angehört, hatte über die Witze gelacht, sich über die Schurken mokiert, die Heldin bejubelt. Aber nach einer Weile hörte sie auf zuzuhören. Sie fing gar nicht mehr an zuzuhören. Und als dann Grover auf der Bildfläche erschien, zog sie sich ganz zurück, übernachtete bei ihm, verzichtete darauf, morgens vorbeizuschauen. Alice empfand sich als schlechte Freundin. Weshalb es schön war, sich Roxy verliebt vorzustellen, und *geliebt*. Ihr schwoll das Herz bei dem Gedanken, dass jemand Roxy entzückend fand.

Alice schrieb Grover.

»Ethikfrage.«

»Cool, die Uhr läuft. Kleiner Scherz. Schieß los.«

»Hypothetische Situation.«

»Natürlich.«

»Kann eine Person ein Versprechen zurücknehmen, das sie jemandem auf dem Sterbebett gegeben hat?«

Die Antwort kam so schnell, als wäre sie automatisch erfolgt: »Nein.«

»Bitte ausführen.«

»Du kannst den Nebensatz deiner Frage weglassen oder ihn beliebig ersetzen. Ein Versprechen bleibt ein Versprechen bleibt ein Versprechen.«

»Och, Mann, komm schon!«

»Nicht, was du hören wolltest?«

»Nicht wirklich! Tschüss! Sorry, bin mit Freundinnen unterwegs. Wir reden später.«

Dann hatte Pitterpat noch einen Vorschlag.

»Hast du schon mal online geguckt? Es gibt bestimmt eine Online-Community, die sich mit genau dieser Frage befasst.«

»O Mann«, sagte Roxy augenrollend.

»Was?«

»Stell deinen Scheiß nicht ins Internet.«

Pitterpat wurde munter. »Stell deinen Scheiß nicht ins Internet? Du bist immer im Internet! Du bist sogar jetzt gerade im Internet!«

Roxy legte das Telefon weg.

»Ich gehe für fröhlichen Scheiß online. Dating. Shopping. Videos von Tieren, die sich mit Tieren einer anderen Art anfreunden, und dann wird eins der Tiere krank und muss in Quarantäne, und irgendwann sehen sie sich wieder und erinnern sich aneinander. Fröhlicher Scheiß. Bleib mir weg mit dem traurigen Scheiß. Bevor ich irgendwas ins Internet stelle, frage ich mich: ›Ist das fröhlicher oder trauriger Scheiß?‹ Wenn die Antwort ›trauriger Scheiß‹ lautet, nee, danke.«

»Nun, ich glaube, in Verletzlichkeit liegt eine Stärke«, entgegnete Pitterpat. »Nach der Diagnose Morbus Crohn habe ich mich sehr allein gefühlt.«

»Du hättest mit uns reden können«, sagte Alice. »Ich hätte dir helfen können.«

»Tja, habe ich aber nicht«, sagte Pitterpat.

»Warum nicht?«

»Keine Ahnung. Also, es war tatsächlich so, dass ich die Worte nicht mit meinem Mund formen mochte. Ist das seltsam?«

»Nein«, sagte Roxy. »Geht mir genauso.«

Pitterpat fuhr fort: »Jedenfalls habe ich diese Website gefunden, die Crohn-Zone, und da gibt es eine Community von Menschen, die verstehen, was ich durchgemacht habe. Sie haben alle meine Fragen beantwortet, mir Mut gemacht, in einer dunklen Zeit meine Hand gehalten.«

»Pitterpat, es tut mir so leid«, sagte Roxy. »Aber das ist der traurigste Scheiß, den ich je gehört habe.«

Pitterpat ignorierte sie. »Ich betrachte manche dieser Menschen als gute Freunde.«

»Pitterpat, tolle Neuigkeiten«, sagte Roxy. »Was du vorher gesagt hast, ist nicht länger der traurigste Scheiß, den ich je gehört habe. Das, was du danach gesagt hast, ist es.«

Pitterpat knüllte eine Serviette zusammen, warf sie nach Roxy und redete weiter: »Es hat mir wirklich die Augen geöffnet. Ich habe mich seitdem mehreren Gruppen angeschlossen. Einer für Kinder, deren Eltern Tea-Party-Anhänger geworden sind. Einer für Menschen, die sich einen Pony geschnitten haben und es bereuen. Es gibt sogar eine für die Ehefrauen von Männern, die buddhistische Mönche geworden sind. Das meiste ist auf Japanisch, aber Google Translate funktioniert ganz gut.«

Alice hatte schon Schlimmeres gehört. Als Colin, der Uber-Fahrer, halb auf und halb vor Mr. Quicks Auffahrt hielt, mit einer Ungenauigkeit, die mit 3,2 bewertet wurde, stiegen Alice, Roxy und Pitterpat aus und steuerten direkt den Freizeitraum im Keller an, klappten Pitterpats Laptop auf und entdeckten nach kurzer Suche eine Website namens Grieveland. Alice registrierte sich und verfasste einen langen Post, in dem sie ihr Dilemma schilderte und den sie mit den Worten schloss: »Was würdet ihr tun? Danke im Voraus, Alice.«

Als Alice gerade auf »Senden« klickte, bellte Roxy: »Nicht unter deinem echten Namen!«, aber es war zu spät.

»Ich verwende auch meinen echten Namen«, sagte Pitterpat. »Also, Marianne.«

»Leute, ich will nicht ätzend sein«, sagte Roxy, »aber

diese Menschen, die Menschen, die auf solchen Seiten inter-
agieren, das sind Müllmonster. Die ernähren sich von Leid.
Das sind mentale Kellerbewohner.«

»Wir sind Kellerbewohner«, gab Alice zu bedenken. »Wir
wohnen wirklich im Keller.«

»Wir sind auch jetzt in einem Keller«, bemerkte Pitterpat.

»Das ist ein Freizeitraum. Hier steht ein Schlagzeug«, sagte
Roxy. »Und unsere Wohnung ist eine *Gartenwohnung.*«

Alice lachte. »Welcher Garten?«

»Alice, glaub mir, du willst die Bären nicht damit füttern.
Lass keinen traurigen Scheiß rumliegen, wo ihn jemand fressen kann.«

»Hey, jemand hat geantwortet«, sagte Alice.

Das war ich. Ich war schon ein paar Mal auf der Website
gewesen, hatte aber nur geguckt, nie etwas gepostet. Aber
dann las ich Alices Post, und wider besseres Wissen antwortete ich.

»Hi Alice«, schrieb ich. »Ich verstehe, was du durch-
machst, weil ich meiner Mutter auch etwas versprochen
habe, und ich weiß nicht, wie ich es halten soll. Jede Hand-
lung zeitigt Konsequenzen, gute und schlechte, deshalb wäre
es das Beste, wenn du bleibst, wo du bist, festgefroren in
deinem derzeitigen Zustand, in dem du etwas versprochen,
das Versprechen aber noch nicht erfüllt hast. Ich hoffe, das
hilft dir weiter. Ich wollte eigentlich nicht antworten, aber
ich mag dich sehr. Ist es verrückt, jemanden so sehr für das
zu mögen, was er ins Netz stellt? Wahrscheinlich. Aber es
passiert.«

Roxy schüttelte sich übertrieben. »Alice«, sagte sie ruhig,
»klapp den Computer zu. Sofort.«

»Komm schon, er trauert, lass ihn in Ruhe«, sagte Pitterpat, aber sie war nicht überzeugt, denn es war wirklich eine
eher seltsame Antwort.

»Das ist keine Trauer. Das ist ein Köder. Wenn du antwortest, wirst du in spätestens einer Woche an diese Heizung gekettet.«

Alice lachte. Pitterpat nicht.

»Weißt du, das ist keine Einbahnstraße. Man kann in solche Foren kommen, wenn man Mitgefühl braucht, aber es funktioniert nur, wenn man selber auch Mitgefühl zeigt.«

»Ich habe kein Mitgefühl mit diesem Kellerbewohner«, beharrte Roxy.

»Du weißt nicht, ob er in einem Keller wohnt.«

Roxy nahm das Laptop.

»Was machst du?«

Klapper-di-klapper-di-klapper-POST.

Alice schnappte sich wieder das Laptop und las, was Roxy geschrieben hatte: »Hi, wie ist es so, wenn man im Keller wohnt?«

»Du bist so fies«, sagte Alice kichernd.

»Nichts im Internet ist real, weißt du noch?«

Meine Antwort kam sofort.

»Woher wusstest du, dass ich im Keller wohne?«

Alice, Roxy und Pitterpat prusteten los. Alice klappte den Computer zu, und sie gingen ins Bett.

***

Am nächsten Tag badeten sie den ganzen Nachmittag. Irgendwann machte Alice ein schönes Bild von Roxy, die sich in ihrem bald berühmten lila Bikini auf einem aufblasbaren Wal rekelte.

»Ich liebe dieses Bild«, sagte Roxy tiefernst. »Schick mir das mal.«

Mr. Quick brachte sie zum Bahnhof, und sie fuhren mit einem Frühabendzug zurück in die Stadt. Irgendwo zwischen White Plains und Harlem 125th bekam Alice eine Nachricht von Grover.

»Mir fällt auf, dass ich nichts mehr von dir gehört habe, nachdem ich meine Sicht der Versprechen-am-Sterbebett-Sache geäußert habe. Es tut mir leid, wenn ich mit einer Meinung vorgeprescht bin, ohne den Kontext zu kennen. Du hast gesagt, es sei hypothetisch, aber selbst wenn es nicht hypothetisch ist: Wozu auch immer diese hypothetische Person sich hypothetisch entschließt, ich liebe sie. Hypothetisch.«

Er hatte noch nie »liebe« gesagt. Alice war nicht mehr sauer auf ihn.

Als sie zurückkamen, wollte Roxy noch was mit Alice trinken, aber Alice hatte das Gefühl, sie müsse wieder *An die Arbeit, Kälerfein*. Sie ging zur *Bakery*, die fast leer war, und gelobte, sich ihren Übungsfragen zu widmen, sobald sie eine schnelle Sache auf dem Handy erledigt hatte.

»Hi, tut mir leid, dass ich nicht eher geantwortet habe. Wie geht es dir?«

Es kam nicht sofort eine Antwort, weshalb Alice eine Weile auf Facebook unterwegs war, bis Tulip ihr zehn Minuten später zurückschrieb.

»Hi.«

»Bist du sauer auf mich?«

»Nein.«

Ein-Wort-Antworten. *Natürlich ist sie sauer.*

»Es tut mir leid, dass ich aufhören musste, Tulip. Du weißt, dass ich dich lieb habe. Es geht um etwas, das wichtig ist für mich, deshalb musste ich es machen.«

»Bist du jetzt die Nanny von jemand anderem?«

»Nein, natürlich nicht.«

»Lügst du?« Alice hörte Tulips Stimme heraus, ein Echo ihrer eigenen Stimme, nachdem sie Tulip bei einer ihrer unzähligen Flunkereien erwischt hatte.

»Nein, ich lüge nicht.«

»Du LÜGST. Ich habe dich gesehen. Ich habe dich mit zwei anderen Kindern im Natural History Museum gesehen.«

»Was? Wen immer du gesehen hast, ich war es nicht.«

(Sie war es nicht. Es war Sofia Hjalmarsson, die unbekannte Zwillingsschwester, die das Museum mit ihren zwei Töchtern erkundete, bei ihrem ersten und einzigen Besuch in den USA und New York City.)

Es dauerte eine Weile, bis noch eine Nachricht von Tulip kam. *Keine Bildschirmzeit nach dem Essen, endlich achtet jemand darauf*, dachte Alice. Aber natürlich kam noch eine Nachricht.

»Warum willst du überhaupt so dringend Ärztin werden?«

Klasse Frage, Tulip. »Das ist etwas, was ich schon ganz lange machen will.« Nicht gut genug. Sie schob einen kitschigen Gemeinplatz nach. »Ich will etwas bewirken auf der Welt.«

»Ich bin auf der Welt«, antwortete Tulip. »Du hast bei mir etwas bewirkt.«

Alice legte die Übungsfragen weg. Eine Weile nippte sie an ihrem Tee, dann stand sie auf und ging.

Fünf Minuten später, während Shinran Shonin gelassen gen Westen blickte, klopfte Alice an die Tür des Tempels. Sie wusste, dass sie das nicht tun sollte und dass es nicht funktionieren würde, aber sie tat es trotzdem, und ein junger Mann machte ihr auf. Er sah nicht aus wie ein Mönch. Vielleicht war er ein Gehilfe?

»Hi«, sagte Alice. Sie wusste nicht, was sie sagen sollte, wusste nicht mal, ob der junge Mann sie verstehen würde. Also sagte sie die einzigen Worte, die er vielleicht kannte. »Bill Quick.«

»Bill Quick?«

»Ich muss Bill Quick sehen. Ist er da?«

Der junge Mann überlegte. Er war offensichtlich nicht befugt, ihr weiterzuhelfen.

»Bitte«, sagte Alice. »Es ist dringend. Ich bin seine Schwester. Schwester?«

Er verstand »Schwester«. Er überlegte noch einen Moment, dann schloss er die Tür.

Nach einer guten Minute kam Bill heraus. Sein Kopf war rasiert, aber er trug Sweatshirt und Jogginghose.

»Hey, Alice.«

***

Sie setzten sich in den Park auf der anderen Straßenseite. Bill hatte nicht viel Zeit. Er musste das Abendessen für den Orden zubereiten, und die Rezepte waren anspruchsvoll. Alice hörte geduldig zu und widerstand dem Impuls, diesem Mönch einen Schlag auf den Hinterkopf zu verpassen, weil er seine Frau verlassen und allen den Sommer verdorben hatte. Dann fragte er sie, wie es mit dem Lernen lief, und ihr fiel wieder ein, warum sie gekommen war.

»Ich überlege aufzuhören. Vielleicht sollte ich keine Ärztin werden. Vielleicht sollte ich was anderes machen.«

»Okay«, sagte Bill schnell.

»Okay? Wirklich?«

»Ja.«

»Scheiße, Mann«, sagte Alice. »Ich hatte auf eine Motivationsrede gehofft.«

»Warum, weil ich so erfolgreich bin? Alice, sieh mich an. Sieh dir an, was dir hochgesteckte Ziele und angenommene Herausforderungen bringen. Ich habe mir seit zwei Tagen nicht die Zähne geputzt. Ich brauche eine Zahnbürste. Kannst du noch mal mit einer Zahnbürste kommen?«

»Ja, natürlich«, sagte sie.

Er fuhr fort: »Ich konnte nie einfach in einem Zimmer sitzen, zufrieden mit dem, was ich habe. Immer gab es irgendeinen Mangel. Als Teenager mangelte es mir an einer Freundin. Als armer College-Absolvent mangelte es mir an Geld. Als ich ein reicher, privatisierender Supertyp war, mangelte es mir an Spiritualität. Jetzt bin ich auf halbem Weg zum Mönchsein, und immer noch denke ich, *Mann, ich muss mir die Zähne putzen.* Daran mangelt es mir gerade, und ich kann an nichts anderes denken. Ich glaube, ich bin schlecht in Buddhismus, Alice.«

Sie lachte. »Du warst noch nie in irgendwas schlecht.«

»Ja, das ist eine neue Erfahrung. Ich dachte wirklich, ich wüsste Bescheid, aber das hier hat überhaupt nichts mit dem zu tun, was an der Columbia gelehrt wurde. Ich meine, es geht schon damit los, dass das meiste auf Japanisch ist. Die meiste Zeit verstehe ich gar nicht, was abgeht. Ich überlege, mir einen anderen Tempel zu suchen, in dem mehr Englisch gesprochen wird, aber ich habe mein iPhone in den Fluss geworfen. Ich war seit Wochen nicht im Internet.«

Alice merkte auf. »Wirklich? Wie ist das so?«

»Es ist eigentlich echt schön.«

»Jede Wette.«

Sie lächelten. Es tat gut, sich zu sehen. »Tu mir einen Gefallen, Alice. Sei einfach zufrieden mit dem, was du hast und wer du gerade bist. Tu's für mich. Wie läuft's mit diesem Grover-Typen?«

»Er ist toll«, sagte Alice. »Ich meine, er kann ziemlich kritisch sein. Und er hat ein bisschen was Geziertes, weißt du? Also, er würde ein Wort wie ›Personenmarke‹ nicht in den Mund nehmen, aber ich glaube, er sieht sich als seine eigene Marke.«

»Ist er warmherzig?«

»Ja, er ist warmherzig. Ich meine, er ist Ethiker. Bis zu einem gewissen Grad muss er es sein. Aber er kann ein bisschen zu verständnisvoll sein. Also, an dem Abend, als du weg bist …«

Sie erzählte ihm, wie Pitterpat Grover attackiert und ihn aus der Wohnung geworfen hatte. Sie versuchte, es möglichst lustig zu erzählen, aber am Ende sagte Bill nur: »Ich habe so viel Schmerz verursacht.« Und dann ließ er den Kopf hängen und zog die Schultern hoch. *Gleich weint er*, dachte Alice überrascht, und gerade als sie es dachte, ging das Weinen los. Es tat weh. Alice konnte nicht ertragen, dass ihr Bruder irgendwas an sich nicht mochte.

»Komm schon«, sagte sie. »Einen weinenden Mönch will niemand sehen.«

Bill schüttelte nur den Kopf. Er konnte es nicht hören. Er blickte zu einer vorbeiziehenden Wolke hoch. »Gott, ich wette, sie hasst mich so sehr.«

»Sie hasst dich nicht, Bill«, sagte Alice aufrichtig. »Niemand hasst dich. Hör mal, was soll ich machen? Lass mich an deiner Weisheit teilhaben.«

»Okay«, sagte er. »Was willst du?«

»Ich will den Test bestehen.«

»Das ist nicht das, was du willst«, sagte er. »Was *willst* du?«

»Ich will Ärztin werden.«

Er wischte es weg. »Was willst du, Alice?«

»Ich will, dass Mom mich liebt.«

Da. »Sie hat dich geliebt.«

»Nein, hat sie nicht.«

»Doch, Alice. Hat sie. *Tut* sie.«

»Ich weiß, dass das wahrscheinlich stimmt«, sagte Alice. »Was ich will, ist wohl, es *glauben* können.«

Die Stadt kühlte ein bisschen ab. Glühwürmchen flogen durch den kleinen Park, die sah man sonst nie, und mit einem Mal hatte Alice wieder das Gefühl, dass Dinge möglich waren, wenn auch nur kurz.

»Übrigens«, sagte sie. »Ich weiß, ich habe dich schon mal nach Moms E-Mail-Passwort gefragt –«

»Komm schon, Alice.«

»Bist du nicht neugierig, was da ist? Was, wenn sie ein

verrücktes Geheimnis hatte? Einen italienischen Lover, von dem wir nichts wissen? Fragst du dich so was nie?«

Er lachte über den italienischen Lover. Aber dann wurde er ernst.

»Mom war verwirrend, Alice. Ich weiß, dass du nie aufhören wirst, es zu versuchen, aber ich sage dir, du wirst nie ins Herz dieses Labyrinths vorstoßen. Du musst deinen Frieden damit machen. Und außerdem, wie ich dir schon oft gesagt habe, selbst wenn ich ihr Passwort herausfinden wollte –«

»Ich meine, das sagst du, aber –«

»Ist das kein Gefallen, den ich einfach bei irgendjemandem einfordern könnte. Ich habe einen professionellen Ruf zu verlieren.«

Ihr Bruder hatte offensichtlich keine Ahnung, was in den letzten Wochen mit seinem Ruf passiert war, und Alice wollte diese Bombe nur ungern platzen lassen, deshalb ließ sie das Thema ruhen. Stattdessen saßen sie noch eine Weile im Park und sahen den Glühwürmchen zu. Dann umarmten sie sich, und er ging zurück ins Kloster.

* * *

Grover war mitten in einem Satz und wusste nicht mehr, ob er auf Subjekt und Prädikat zuschrieb oder weg davon, aber insgesamt hatte er einen Lauf, als das Telefon klingelte.

»Was machst du gerade?«

Es war Alice, irgendwo, wo es laut war.

»Schreiben.«

»Willst du was trinken?«

Wollte er. Zwanzig Minuten später traf er sie im *Probley's*, wo es jetzt noch lauter war. Sie hatte Farbe bekommen an diesem Wochenende, was ihre Augen zum Leuchten brachte.

»Hi«, sagte er und küsste sie.

»Hey«, sagte sie. »Ich möchte dir jemanden vorstellen. Grover, das ist meine Mitbewohnerin, Roxy. Roxy, Grover.« Breit lächelnd streckte Roxy ihm die Hand entgegen. »*Sehr* erfreut, dich kennenzulernen«, sagte sie, und dann bestellten sie alle was zu trinken. Aber nur ein Getränk. Danach ging Alice wieder an die Arbeit. Sie arbeitete bis spätabends und dann den ganzen nächsten Tag, bis auf eine kurze Pause, in der sie ihrem Bruder eine Zahnbürste vorbeibrachte.

ACHTES KAPITEL

Forevereverland

»Ich gehe.«

»Also, das sagst du, aber –«

»Ich gehe wirklich!«

Roxy ging nicht. Sie stand in der Küche, lehnte am blauen Baum, feilte an einem Text für ein Instagram-Foto und war ganz grundsätzlich zufrieden mit sich.

»Jane Austin schrieb mal: ›Eine Frau von siebenundzwanzig kann niemals wieder hoffen zu lieben oder Liebe zu erwecken.‹ Wie kann es also sein, dass dieses heiße Babe heute achtundzwanzig wird????« Dann tippte sie auf »Senden«, und die Worte erschienen neben dem Foto von ihr im lila Bikini auf dem Wal. Sofort hagelte es Likes.

Wisst ihr, was Roxy in dem Moment war? Roxy war von sich überzeugt. Überzeugt von dem ausgewählten Bikini, überzeugt von der Beleuchtung, überzeugt von der Bildbearbeitung, überzeugt von der Richtigkeit des aus dem Netz gefischten Zitats, überzeugt von ihrer Schreibweise des Namens »Jane Austen« und überzeugt, dass niemand wusste, dass heute ihr fünfunddreißigster Geburtstag war.

»Okay. Erledigt. Ich gehe jetzt.«

»Sicher?«

Alice wollte Roxy loswerden. Seit dem 488er-Wert hatte sie ihre Wunden geleckt, aber jetzt zwitscherte ihr Telefon:

GUTEN MORGEN. ES SIND NOCH 27 TAGE BIS ZUM TEST, und Alice wusste genau, was sie mit den siebenundzwanzig Tagen anstellen würde: üben, üben, üben. Genauso war sie auch in die Carnegie Hall gekommen. Find die schwersten Stellen und präg sie dir ein, bis sie nicht mehr schwer sind. Der Abschnitt »Chemische und physikalische Grundlagen biologischer Systeme« war ihr größter Schwachpunkt gewesen, deshalb wäre das die geistige Nahrung für heute. Und morgen. Und übermorgen. Und am Ende der Woche hätte sie es einigermaßen verstanden. Der alte Trick.

Aber der Plan verlangte nach Ruhe. Und mit der *Bakery* war sie irgendwie durch. Wer weiß, warum? So was passiert. Ein Ort hat diesen Produktivitätszauber, man kann Stunden dort sitzen und die Welt ausblenden, und dann fängt man eines Tages an, andere Gespräche mitzuhören, die Leute vor dem Fenster zu beobachten und sogar einen zweiten Blaubeermuffin zu essen. Und dabei waren die Muffins gar nicht so gut! Die *Bakery* war ein alter Laden mit einem alten Muffin-Rezept, aus einer Zeit, als die Menschen noch nicht wussten, um wie viel köstlicher Muffins eines Tages sein würden.

Außerdem war sie mit der Lernerei an einem Punkt angekommen, an dem sie Sachen laut aufsagen musste, um sich die Zahlen und Fakten einzubrennen, und das ging in einem belebten Café nicht. Bei Grover übrigens auch nicht. Sie brauchte die Küche, und zwar ganz für sich. Und die hätte sie an diesem Tag, wenn Roxy mit ihrem Handy nur endlich fertig gewesen wäre und verdammt noch mal die Biege gemacht hätte.

Roxy schrieb jetzt Christoph. Er wünschte ihr HBD mit einer Reihe süßer Emojis. Er hatte auch in ihre Facebook-Chronik geschrieben, aber da hatte sie noch nicht geguckt. Sie hatte vor ein paar Tagen beschlossen, dass sie an ihrem Geburtstag Facebook erst nach Mitternacht checken würde, um alle Glückwünsche auf einmal zu sehen. Okay, sie würde nur einmal kurz gucken, jetzt gleich, und wow! Vierzehn Leute hatten ihr schon gratuliert! Sie wurde vierzehnmal geliebt! Ein guter Tag. Sie würde allen später Herzchen verleihen, aber für den Moment nur einem: Christoph.

Was machte sie eigentlich mit Christoph? Die Geschichte war so unwahrscheinlich. Sie war ihm im echten Leben begegnet. Auf dem Weg zu einem Date mit einem anderen Typen (unwichtig) hatte ihr Handy keinen Saft mehr gehabt. Treffpunkt sollte eine Bar namens *Rutherfurd's* auf der Upper East Side sein, und blöderweise war sie mit einem fast leeren iPhone losgegangen. Es war schnell verendet, und sie hatte keine Ahnung gehabt, wo sich *Rutherfurd's* befand. Roxy hätte sich auch nie ohne funktionierendes Telefon in eine Date-Situation begeben, sie hätte sich ohne funktionierendes Telefon in *gar keine* Situation begeben. Also war sie in den ersten Laden geschlüpft, der auf dem Weg lag.

»Willkommen bei Tupper's Puppers«, sagte der knuffige menschliche Goldendoodle hinter der Kasse. »Was kann ich für dich tun?«

»Hi«, sagte Roxy. »Hast du ein iPhone-Ladegerät?«

»Habe ich«, sagte er, ohne Anstalten zu machen, es zu holen. Er grinste, als hätte er den ganzen Tag auf die Tür gestarrt und darauf gewartet, dass Roxy nach Hause kommt.

»Darf ich es mir leihen?«

»Es tut mir sehr leid«, sagte er. »Strom nur für zahlende Kunden.«

»Okay.« Sie grinste. »Ich nehme den Vogel da drüben.«

Sie zeigte auf einen edlen blauen Papagei in einem Käfig.

»Das ist ein Hyazinth-Ara«, sagte der knuffige Wuschel. »Er kostet fünfunddreißigtausend Dollar.«

»Verstehe«, sagte sie. »Was gibt es für weniger?«

»Grillen kosten zehn Cent das Stück.«

»Dann eine Grille, bitte«, sagte sie und suchte nach seinem Namensschild, »Christoph.«

Ein weiterer Kunde kam rein, und das Spiel pausierte. Er nahm ihr Telefon und steckte es ans Ladegerät. Während es lud, wanderte sie durch die Gänge, als würde sie sich umsehen, dachte aber die meiste Zeit, wie viel lieber sie in dieser Zoohandlung bleiben, mit Christoph abhängen und sich mit ihm unterhalten würde, während er Wüstenrennmäuse, Kauspielzeug und Aquariendeko abrechnete. Er war gleich so gemütlich.

Sie redeten noch ein bisschen, und dann stöpselte er ihr Telefon aus. »Kommst du mit zweiundvierzig Prozent nach Hause?«

»Wir sollten es vermutlich testen«, sagte sie lächelnd. »Sichergehen, dass es funktioniert.«

»Es testen?«

»Ja. Hier, ruf da mal an.« Sie schrieb ihm ihre Nummer auf. Er fing an zu wählen, aber sie hielt ihn auf. »Nicht jetzt. Einfach ... irgendwann.«

Mitte des zweiten Drinks im *Rutherfurd's*, um 20 Uhr 02 (nicht zufällig zwei Minuten nach Tupper's Puppers' online veröffentlichtem Ladenschluss), klingelte Roxys Telefon.

Alice entging nicht, dass Roxy immer noch nicht aufgebrochen war.

»Sorry. Ich gehe, ich verschwinde, ich bleibe den ganzen Tag weg«, sagte sie. Roxy war stolz auf sich. Sie war Alice eine gute Freundin und Mitbewohnerin gewesen, hatte Small Talk und laute Musik auf ein Minimum reduziert, sich verzogen, wenn nötig und so weiter und so fort, aber wichtiger noch, sie war das Ventil gewesen, wenn Alice Druck ablassen musste. Roxy achtete darauf, bei Alice immer zwischen den Zeilen zu lesen. Alice wollte nie diejenige sein, die sagte: »Ich habe keine Lust mehr zu arbeiten, lass uns feiern gehen«, deshalb war es Roxys Aufgabe, sie zu etwas einzuladen, sie vielleicht damit zu nerven oder sogar an ihr Gewissen als Freundin zu appellieren, damit Alice sich amüsieren konnte

332

und sich nicht selbst die Schuld gab, weil sie mal Pause machte. Es war ein kleines Spiel zwischen ihnen. Roxy war sich sicher, dass Alice insgeheim dankbar war.

Nachdem Roxy aus der Tür war, blieb sie am Fuß der Treppe stehen, um Twitter zu checken, dann auf halber Treppe, um ihre E-Mails zu checken, dann im Eingangsflur, um zu gucken, ob ihr mittlerweile mehr als vierzehn Leute auf Facebook gratuliert hatten (jetzt siebzehn!), und dann trat sie endlich aus dem Haus, um zur Arbeit zu gehen, blieb aber noch mal stehen, um eine Nachricht an Christoph fertigzustellen, den sie vermutlich später in seiner Zoohandlung besuchen würde. Sie fand es toll, dass er in einer Zoohandlung arbeitete.

Die Straße war leer. Roxy hörte das Geräusch von Schritten nicht. TRAB TRAB TRAB TRAB.

»Sei unbedingt bis zehn da«, schrieb sie. »Da fangen die Siebziger an.«

»Alles klar. Und nach Mitternacht dann die Achtziger?«

»Bingo.«

»Wie lange wird es gehen?«

»Wir haben die Tanzfläche bis zum Schluss, bis vier Uhr morgens.«

TRAB TRAB TRAB TRAB. Die Schritte kamen näher.

»Ich hatte gerade eine super Idee für die Party«, schrieb Christoph.

»Ooh, sag schon! Sag sch–«

Roxys Telefon war plötzlich nicht mehr da.

»Was zum?«

Es war 8 Uhr 16. Roxy stand auf dem Gehweg vor dem Haus, ohne Telefon in der Hand, wo gerade noch ein Telefon gewesen war. TRAB TRAB TRAB TRAB. Schritte, die leiser wurden. Sie sah nach links. Ein Mann rannte von ihr weg, die 111th Street runter, Richtung Amsterdam, Richtung Garten der Kathedrale. Das Telefon war nicht mehr in ihrer Hand. Der Mann rannte weg.

Sie schrie: »Stopp!«

Er stoppte nicht. Er rannte weiter. Sie stürzte ihm nach, nicht leicht in Flipflops, aber sie machte es, FLAPFLAPFLAP-FLAP. Der Mann verschwand hinter der Ecke, aber sie war an ihm dran. Sie konnte ihn kriegen. Sie musste ihn kriegen. Sie kam zur Ecke. Da musste er sein. Er konnte nicht weit gekommen sein. Sie bog um die Ecke, und der Mann war weg. Ihr Telefon war weg. Sie musste die Polizei rufen. Es ging nicht. Ihr Telefon war weg. Sie musste jemandem davon erzählen. Ihr Telefon war weg. Scheiße. Ihr Telefon war weg! Sie schrie, was einen kleinen Hund an einer Leine verschreckte.

»Alles in Ordnung?« Das fragte der Hundebesitzer.

»Nein, es ist nicht alles in Ordnung!« Sie rief es so, als wäre der Hundebesitzer schuld. »Mir wurde gerade das Handy geklaut!«

Roxy lief zurück zu ihrem Haus. Als sie die Eingangstür erreichte, zitterte sie. Sie wäre fast die Treppe zur Wohnung runtergefallen und klammerte sich mit aller Macht an den Handlauf. Als sie endlich drinnen war, musste sie sich aufs Bett legen, so erschlagen war sie.

»Es tut mir so leid«, sagte sie zu Alice von ihrem Bett aus, durch die offene Tür. »Ich weiß, dass du lernst.«

»Schon okay«, sagte Alice, obwohl es das nicht war.

»O Gott«, stöhnte Roxy.

Alice klappte das große gelbe Buch zu. »Was ist los?«

»Mir wurde gerade das Handy geklaut.«

Alice stand plötzlich in Roxys Tür. »Was?«

»Gerade eben, direkt vorm Haus. Der Typ kam einfach angerannt, hat mir das Handy aus der Hand gerissen und ist weggelaufen.«

»Himmel!«

»Ich weiß!«

Alice schauderte. Sie setzte sich neben Roxy aufs Bett. »Wie sah er aus?«

»Keine Ahnung, wie er aussah! Das war irgendein Rücken, der vor mir weggerannt ist!« Und da erst wurde ihr bewusst, wie sehr dieses Handy nicht in fremde Hände gehörte. Da waren Sachen drauf. Sachen, die da nicht drauf sein sollten.

»Ich muss das Handy wiederhaben«, sagte Roxy, als sie den Wodka aus dem Gefrierfach nahm. Die Kälte brannte an der Hand. Sie goss sich einen Schuss in den »Einen Tag nach dem anderen«-Becher. »Das ist wirklich schlimm.«

»Okay«, sagte Alice. »Es ist keine Katastrophe. Geh einfach auf ›Mein iPhone suchen‹.«

»Ich muss es wiederhaben.«

»Ich weiß, geh einfach –«

»Scheiße!«

Alice gab sich größte Mühe, geduldig zu bleiben. »Roxy. Wenn du es wiederhaben willst, gibt es einen Weg.«

»Die werden da Sachen drauf sehen.«

»Nein, werden sie nicht. Du hast einen Sperrcode, oder? Es ist okay.«

Sie hatte einen Sperrcode, und es war nicht okay. Hätte sie genauer darüber nachgedacht, wäre sie vielleicht darauf gekommen, dass der dreiste Raub kein Zufall war und zum Plan gehörte, ihr das Telefon zu entreißen, während sie es benutzte, um die Sperre zu umgehen. Aber das würde sie erst viel später begreifen. Im Moment begriff sie gar nichts außer *Scheiße, das ist schlimm.*

Und Alice begriff, dass es sie einen Tag kosten würde. Wäre sie nur fünfzehn Minuten früher zur *Bakery* aufgebrochen, wäre sie in Sicherheit. Roxy hätte sie nicht erreichen können, weil sie Alices Nummer nur auf dem Telefon hatte.

Alice hasste sich für diese Überlegungen. Sie wollte vor allem eine gute Freundin sein, aber von ihrer Zimmerwand hatte August-Churchill nur Verachtung dafür übrig. Roxy setzte sich an den Küchentisch, ganz vorn auf die Stuhlkante, die Arme hinter der Lehne und kaute abwechselnd an den Fingernägeln und nippte an ihrem Wodka. Alice versuchte es vorsichtig noch mal: »Sollen wir es mit ›Mein iPhone suchen‹ probieren?«

Sie probierten es. Das iPhone lag im Hudson River.

Da von den meisten Sachen ein Backup auf Roxys Laptop existierte, war die ganze Angelegenheit zwar unheimlich, aber es würde alles wieder gut werden. Roxy versprach, Alice nicht weiter zu stören und schlüpfte in ihr Zimmer. Alice machte sich wieder an die Arbeit. Roxy öffnete ihr Laptop und checkte Instagram. Das Foto mit dem lila Bikini ging durch die Decke. Einhundertzweiundvierzig Herzen.

Sie wollte Christoph schreiben, erinnerte sich dann aber, dass ihr Handy weg war. Sie öffnete »Messages« auf dem Laptop, und da wirkte schon irgendwas komisch. Sie ging zum Bilderordner und stieß auf eine Reihe von Screenshots, die sie nicht wiedererkannte, Screenshots von ihrem schlimmsten Albtraum, an diesem Morgen auf ihrem iPhone gemacht. Dann öffnete sie ihre E-Mails und stellte fest, dass die Screenshots von ihrem Konto an eine unbekannte Adresse versendet worden waren. Der Albtraum verdichtete sich, das Atmen fiel ihr schwer. Sie trat aus dem Zimmer.

»Ich glaube, es ist was wirklich Schlimmes passiert.«

Alice erstarrte. Sie hatte gerade ihre Sachen gepackt, weil sie dachte, sie könne gehen. »Es tut mir leid«, sagte sie. »Ich bin auf dem Sprung.«

Alice wollte nur noch weg. Roxys Hände zitterten. *Das ist real.* Roxy verschränkte die Hände hinter dem Rücken und gab sich unbekümmert.

»Oh, ja. Klar. Raus mit dir.«

»Nein, ich kann bleiben. Was ist denn?«

»Ach, nichts«, sagte Roxy. »Geh schon.«

»Ich bin in der *Bakery* gleich um die Ecke, wenn du mich brauchst.«

»Kapiert.«

Alice ging, und Roxy setzte sich auf den Küchenboden, lehnte sich an den blauen Baum und versuchte zu begreifen, dass ihr Leben vorbei war.

* * *

In der *Bakery* lernte Alice auswendig, was sie über die chemischen und physikalischen Grundlagen biologischer Systeme wissen musste. Sie sagte sich die Fakten leise vor, oder gar nicht mal so leise, sondern eher laut, aber das ging in Ordnung. Die anderen Gäste redeten ja auch, warum sollte sie es lassen, nur weil sie allein war? Außerdem schienen die anderen über Nichtigkeiten zu reden. Dumme kleine Plaudereien bei Kaffee und Bagels. Wen interessiert's. Sie dagegen lernte etwas und würde damit eines Tages Leben retten. Vielleicht sogar eins von jemandem hier. *Gern geschehen, Mädchen, dass du dich bei deiner Schwester über das geplatzte Suitoronomy-Date auskotzt!*

Irgendwann, als sie sich gerade die verschiedenen Arten chemischer Verbindungen einprägte, klingelte ihr Telefon. Es war Grover, und sie ging für das Gespräch raus auf den Gehweg, von wo sie ihre Sachen im Auge behalten konnte.

Es war 10 Uhr 01, eine Stunde und fünfundvierzig Minuten nach dem Raub.

»Hey, Baby«, sagte sie. (»Baby« war neu. Sie probierte es aus.)

»Hi«, sagte Grover. »Bist du allein?«

»Jep. Na ja, allein auf einem belebten Gehweg.«

»Ist Roxy bei dir?«

Schräg. »Nein. Was gibt's?«

»Alice, ich habe Grant Nussbaum-Wu, den Chefredakteur von Pearlclutcher, in der Leitung.«

Den Namen hatte sie schon mal gehört.

»Hallo, Alice«, sagte eine Stimme mit britischem Akzent. Er klang wohlwollend, aber sachlich, wie ein Arzt, dem es keine Freude bereitet, dein Bein zu amputieren.

»Hi, Grant«, sagte Alice.

Grover redete weiter. »Alice, weißt du, ob kürzlich irgendwas mit Roxys Handy passiert ist? Hat sie es herumliegen lassen oder verloren oder so was in der Art?«

Etwas Großes schien sich anzukündigen. »Es wurde gestohlen. Jemand hat es ihr aus der Hand gerissen und ist damit weggerannt, direkt vor unserer Wohnung, heute Morgen.«

Grover seufzte. Eine lange Pause. Sie konnte ihn und Grant flüsternd etwas diskutieren hören. Dann: »Alice, weißt du, wo Roxy jetzt ist?«

»Ich glaube, sie ist zu Hause.«

»Okay, wir müssen sie sprechen. Bist du in der Nähe?«

»Ich bin in der *Bakery.*«

»Kannst du nach Hause gehen und sie ans Telefon holen?«

Alice kehrte leise zum Tisch zurück, packte ihre Sachen und machte sich auf. Den ganzen Weg über sprachen sie, Grover und Grant kein Wort. Alice ahnte ganz richtig, dass Grover ihr aufgrund seiner ethischen Grundsätze nicht erzählen würde, worum es ging; es betraf Roxy und war privat. Außerdem würde Roxy es ihr sowieso erzählen. Alice war Roxys beste Freundin, und inmitten der wachsenden Furcht wurde ihr bewusst, dass Roxy auch ihre beste Freundin war.

Sie betrat die Wohnung. Stille. Roxy lag unter der Decke in ihrem Bett, die Klimaanlage voll aufgedreht. Alice reichte ihr das Telefon. »Es ist Grover. Er möchte dich sprechen.«

Und das Seltsame, das Alice richtig Angst machte, war: Roxy sah aus, als wenn sie den Anruf erwartet hätte. Nur dass er von Grover kam, schien überraschend. Roxy nahm das Handy, stellte es laut und legte es auf ihr Kissen. Sie legte den Kopf daneben, den Blick zur Decke, und schloss die Augen.

»Hi, Grover.«

»Hi, Roxy. Also, ähm … ich habe hier Grant Nussbaum-Wu in der Leitung, er ist der Chefredakteur von Pearlclut cher.com.«

»Hi, Grant«, sagte sie.

Grover fuhr fort: »Ich bin eigentlich nur der Vermittler, denn das ist nicht mein Ressort, ich mache keine Nachrichten. Ich sollte bloß helfen, dich zu erreichen. Deshalb verabschiede ich mich jetzt.«

»Tschüss, Grover.« Roxys Augen blieben geschlossen, und ihr Gesicht schien zu müde für irgendeine Reaktion.

»Hallo, Roxy, hier spricht Grant.«

»Hi, Grant.«

»Roxy, wir möchten Sie um einen Kommentar zu einer Geschichte bitten, an der wir gerade schreiben. Es geht dabei um etwas, das uns anonym zugespielt wurde. Es scheint sich um Screenshots einer Reihe von Textnachrichten zu handeln, die zwischen Ihnen und dem Bürgermeister von New York City hin- und hergegangen sind.«

Roxy seufzte, holte tief Luft, als täte sie den ersten Atemzug an diesem Tag, und eine Träne lief ihr die Wange hinunter. Es war so weit. »Mm-hm.«

»Verzeihung«, sagte Grant. »War das –«

»Ja. Ich verstehe. Textnachrichten.«

»Können Sie bestätigen, dass Sie diese Nachrichten geschickt haben?« Sie sagte nichts. Er probierte es anders. »Darf ich Sie fragen, ob Sie irgendetwas darüber wissen, wie diese Screenshots zu uns gelangt sind?«

Zum ersten Mal an diesem Morgen erinnerte Roxy sich daran, dass sie in der Öffentlichkeitsarbeit tätig war. »Kein Kommentar!«, sagte sie und legte auf. Alice setzte sich neben dem Bett auf den Boden. Ohne die Augen zu öffnen, erzählte Roxy Alice alles. Wie sie hinter die wahre Identität von Mr. Bums gekommen war. Wie sie dem Ganzen einen Riegel vorgeschoben hatte. Wie es trotzdem weiterging.

Am Ende der Geschichte fragte Alice: »Habt ihr –?«

»Alice, du kennst mich doch«, sagte sie. Und Alice hatte tatsächlich das Gefühl, sie mittlerweile zu kennen. »Wir haben nur rumgeblödelt. Es ist nichts passiert.«

Alices Telefon klingelte schon länger. Es war Grover.

»Es tut mir so leid«, sagte er.

»Du musst sie davon abhalten, es zu bringen.«

»Alice.«

»Grover.«

»Ethisch –«

»Nein. Hör auf. Das wird ihr Leben zerstören. Ethisch gesehen, fick dich, bringt den Artikel nicht.«

»Wenn ich irgendwas tun könnte, würde ich es tun. Wirklich. Aber Alice … wenn *wir* es haben, hat es auch jemand anders. So läuft das nun mal. Roxy muss sich Hilfe holen und sich wappnen.«

»Grover. Bitte.«

»Alice, ich kann nicht. Ich kann nicht, es tut mir leid.«

Sie legte auf. Roxy wandte sich zu ihr. »Darf ich mir dein Telefon leihen? Ich muss im Büro anrufen.«

Roxy wusste nicht genau, wen sie anrufen sollte. Ihr erster Impuls war, sich direkt beim Bürgermeister zu melden, aber sie merkte gleich, was für eine schlechte Idee das war. Also rief sie Kervis an.

»Kervis?«

»Hi, *Roxy*«, sagte er und betonte ihren Namen auf eine Weise, die ihr verriet, dass er in einem Raum voller Menschen war und dass er diese Menschen wissen ließ, dass es *Roxy am Telefon* war, und diese Menschen waren hochrangige Rathaus-Kader, Anwälte, PR-Berater und ein dreckiges Dutzend Schadensbegrenzer. Kurz gesagt, Kervis plauderte in drei Silben alles aus. Er wusste Bescheid, die anderen wussten Bescheid, und jetzt wusste Roxy Bescheid, dass sie alle Bescheid wussten.

340

»Hör mal«, sagte Roxy, »wär's okay, wenn ich heute von zu Hause aus arbeite?«

Alice konnte ein Lachen nicht unterdrücken. Roxy hätte auch gelacht, wenn denn jemals wieder etwas zum Lachen wäre.

»Bist du zu Hause?«

»Ja«, antwortete sie.

»Hast du heute irgendwelche Anrufe erhalten?«

»Lustig, dass du fragst. Mein Telefon ist weg, Kervis.«

»Hat dich irgendjemand kontaktiert?«

»Der Chefredakteur von Pearlclutcher hat meine Mitbewohnerin angerufen, und wir haben ein paar Minuten geredet. Zählt das?«

Im Hintergrund von Kervis wurde alarmiert nach Luft geschnappt und geseufzt.

»Was hast du zu ihm gesagt?«

»Ich habe gesagt: ›Kein Kommentar.‹«

Mehr Luftschnappen und Seufzen, diesmal erleichtert.

»Okay, bleib, wo du bist«, sagte Kervis. »Wir schicken jemanden rüber. Sie heißt Louise. Bleib da. Red mit niemandem.«

Diesen Ton hatte sie von Kervis noch nie gehört. Er war ruhig, aber es war eine Ruhe, die eine Person nur erreicht, wenn sie schon jenseits alles durchdringender Wut ist, als wüsste er, dass angesichts ihrer grandiosen Schwierigkeiten eine Strafe nicht mehr lohnte.

»Okay. Verstehe. Danke.«

Aber Kervis hatte schon aufgelegt und sich den anderen im Raum zugewandt. Sie hatten das Gespräch mit angehört, Bürgermeister Spiderman eingeschlossen.

»Himmel«, sagte Bürgermeister Spiderman. »Was habe ich getan?«

Louise wurde zu Roxana Miaos Wohnung in der West 111th Street geschickt und Kervis wieder an seinen Schreibtisch, und dort angekommen, spürte er die Hitze in seine Wangen steigen.

Er biss in einen Kuli, während er staunte: Die ganze Zeit hatte er in einer Welt gelebt, in der der Bürgermeister ein geschlechtsloser Familienmensch war, der kein Interesse an einer Schlampe wie Roxy hatte, und in der Roxy eine Schlampe war, die kein Interesse an einem geschlechtslosen Familienmenschen hatte. Aber diese Welt war nur ein Wandgemälde auf der Oberfläche der realen Welt, eine hauchdünne Täuschung, und direkt darunter gab es geheime Handys und Getuschel und Haare und Lippenstift und Haut und Flüssigkeiten, die hin- und herschwappten zwischen diesem geschlechtslosen Familienmenschen und dieser, dieser, dieser *Schlampe*, Roxana Miao, Pseudo, *seiner* Pseudo, die übrigens eindeutig über dreißig war. Das stand völlig außer Frage.

Der Stift zerbrach in seiner Hand. Ein Praktikant in der Nähe bemerkte es. Kervis löste die Faust und gab vor, sich wieder den Aufgaben städtischen Regierens zu widmen.

***

Weniger als drei Stunden nach dem Raub, um 11 Uhr 08, stand Louise Marsh auf der Matte vor Roxys und Alices Wohnung. Alice, die versucht hatte, am Küchentisch wieder ins Lernen zu finden, während Roxy sich noch mal die erste Episode von *Love on the Ugly Side* anguckte, hatte das Ganze gerade endlich vergessen, als Louise die Klingel drückte. Alice ließ sie rein.

Louise fand Roxy in einem professionellen Outfit vor, aber sie hing auf dem Küchenstuhl, als wäre sie betrunken oder in der letzten Runde eines Boxkampfs. Louise stellte sich vor. Sie ratterte ihre Vollmachten und Qualifikationen runter, aber das sagte Alice alles nichts. Für Alice war sie die Ausputzerin.

»Roxy«, sagte Louise. »Können wir uns unter vier Augen unterhalten?«

»Ich möchte, dass Alice dabei ist.«

Louise sah Alice von oben bis unten an. »Sind Sie ihre Anwältin?«

»Braucht sie eine Anwältin?«, fragte Alice.

»Sie ist meine Freundin«, sagte Roxy, und Alice wurde immer klarer, dass Roxy sich trotz der Tausenden Facebook-Freunde (von denen ihr bis jetzt 217 zum Geburtstag gratuliert hatten) an niemand anderen wenden konnte.

»Sie werden einen Anwalt engagieren müssen. Wir können Ihnen dabei behilflich sein, aber es wird nicht über das Büro des Bürgermeisters laufen. Sie werden mit niemandem reden, ohne es vorher mit uns und Ihrem Anwalt abzustimmen. Außerdem, und das mag jetzt schwierig sein, wurde Ihr Beschäftigungsverhältnis im Rathaus beendet. Ich muss Ihren Ausweis mitnehmen. Wenn Sie dem Büro des Bürgermeisters behilflich sind, diese Situation möglichst geräuschlos zu bewältigen, sind wir sicher geneigt, Ihnen auf Ihrem weiteren Weg auszuhelfen.«

Roxy nickte tapfer. »Okay.«

Louise fuhr fort: »Überdies müssen Sie sämtliche Social-Media-Konten deaktivieren.«

»Was?« Roxy setzte sich mit panischem Blick auf.

»Facebook, Twitter, Instagram, alles. Sind Sie auf irgendwelchen Dating-Apps? Wenn ja, weg damit.«

»Für wie lange?«

Louise sah sie zum ersten Mal mitleidig an. »So lange, wie es dauert.«

»So lange, wie es dauert, bis etwas im Netz nicht mehr im Netz ist?«

»Haben Sie einen Computer hier?«

»Ja. Mein Laptop. Es ist in meinem Zimmer.«

»Würden Sie es bitte holen?«

Roxy blinzelte. »Wir machen das jetzt?«

»Ja«, sagte Louise. »Jetzt sofort.«

»Aber ich habe Geburtstag.«

Das spielte keine Rolle. Unter der Aufsicht von Louise holte Roxy ihr Laptop, klappte es am Küchentisch auf, ging alle ihre Accounts durch und machte sie dicht. Sie war nicht mehr auf Instagram. Sie war nicht mehr auf Twitter. Sie war nicht mehr auf Facebook mit seinen mittlerweile 219 Geburtstagsglückwünschen. Sie postete keine Abschiedsnachrichten, lud kein Bild vom Sonnenuntergang hoch, nannte keine Adresse, unter der man sie erreichen konnte, gab niemandem weise Worte mit. Sie war einfach weg.

Louise ging kurz danach. Roxy klappte das Laptop zu und schob es unter ihr Bett. Und dann setzte sie sich aufs Bett, schräg gegenüber von Alice. Alice sah Roxy an, und Roxy sah die Wand an.

»Ich brauche ein heißes Bad.«

* * *

Nach etwas mehr als sieben Stunden, um 15 Uhr 36, schickte Grover Alice eine Textnachricht.

»Es geht los«, sagte er.

»Wann?«

»Jetzt.«

Sie antwortete nicht. Er hatte nicht eine Silbe verdient. Irgendwann würde sie ihm vergeben, das wusste sie. Er machte nur seine Arbeit. Roxy hatte sich selbst in diese Lage manövriert. Und ja, wenn es irgendeinem Mädchen passiert wäre, das sie nicht kannte, hätte Alice sich amüsiert. Spiderman war ein furchtbarer Bürgermeister. Er wollte die Polizei wieder Leute filzen lassen, er wollte die Schulen privatisieren, es schien ihm egal zu sein, dass New Yorker durch Fahrräder ums Leben kamen, und nun kannte die ganze Welt seinen

Schwanz. Wäre es nicht um Roxy gegangen, wäre Alice ein einziges Popcorn-Emoji.

Aber es ging um Roxy. Alice saß auf einem Küchenstuhl direkt vor der Badezimmertür und redete beruhigend auf sie ein. Sie wusste, dass sie heute Abend nicht mehr in die *Bakery* gehen würde. Das Zeitfenster, um heute auch nur einen Bruchteil der chemischen und physikalischen Grundlagen biologischer Systeme zu meistern, hatte sich geschlossen. Sie und Roxy würden diesen Hurrikan gemeinsam durchstehen müssen, und ihr Freund tat nichts, um ihn aufzuhalten. Es war nicht leicht, das zu akzeptieren, selbst für die Freundin eines Ethikers.

»Süße, ich habe gerade von Grover gehört.« Es fühlte sich komisch an, sie »Süße« zu nennen, aber Roxy brauchte das gerade. »Er meinte, die Sache geht bald online.«

»Wie bald?«

»Jetzt.«

Roxy rutschte in der Wanne herum und legte das Buch beiseite, das sie seit acht Monaten zu lesen versuchte. Alice hörte das Wasser schwappen und wieder ruhig werden. »Ich will es nicht sehen«, sagte Roxy. »Ich will nicht wissen, wann es online geht. Sag's mir nicht.«

»Werde ich nicht.« Alice ging auf Pearlclutcher. Der Aufmacher war ein Artikel mit dem Titel »Plädoyer für Mallory«, der sich ganz der unbeliebtesten (aber vielleicht am gründlichsten missverstandenen?) Teilnehmerin von *Love on the Ugly Side* widmete. Der Autor schien zu finden, dass der Hass auf sie ein Irrtum und sie eigentlich die Beste war.

Alice aktualisierte die Seite. »Plädoyer für Mallory.«

Alice aktualisierte die Seite. Immer noch »Plädoyer für Mallory«.

Alice aktualisierte die Seite.

Ach du Scheiße.

Im Rückblick war nichts daran überraschend. Die Geschichte war genauso, wie sie sein sollte. Es gab ein Bild des Bürgermeisters, ein Bild der Screenshots und eine Überschrift mit Roxys Namen darin, und das alles war so arrangiert, wie man es erwartet hätte. Aber die drei Elemente nebeneinander, auf der echten, realen Pearlclutcher-Seite, ließen Alice nach Luft schnappen.

Ein plötzliches Platschen im Bad. »Ist es online?«

»Was? Ähm«, sagte Alice. »Ich habe noch nicht geguckt. Keine Ahnung.«

Nach einer kleinen Pause meldete sich Roxy wieder: »Trende ich auf Twitter?«

»Keine Ahnung.«

»Kannst du mal gucken?«

Es kam ihr lächerlich vor, dass ihre alberne Freundin und Mitbewohnerin ein Trend-Thema sein sollte. Aber Alice sah sicherheitshalber mal nach. Nein, sie trendete nicht.

»Kannst du nach meinem Namen suchen?«

Alice suchte »Roxana Miao« auf Twitter. Ergebnisse: 0.

»Kannst du noch mal gucken?«

Sie sah wieder nach.

0.

Und kurz wirkte es so, als wäre das Ganze möglicherweise doch nicht real.

»Kannst du weiterchecken?«

»Natürlich.«

0.

0.

0.

0.

0.

4.

Ein eisiger Stromstoß durchzuckte Alice. Vier. Es waren null gewesen; jetzt waren es vier.

»Vier Ergebnisse.«

Sie sah wieder nach.

15.

88.

249.

3886.

Alice legte das Handy weg.

Die Küche hatte die gleiche Form, Größe und Temperatur wie vorher. Das Gesetz der Schwerkraft hielt die Äpfel in der Schüssel und die Schüssel auf dem Tisch. Man konnte den Inhalt der Schubladen und Schränke wieder und wieder überprüfen: Es fehlte nichts; nichts war hinzugekommen. Alles war genau wie vorher, bis auf die winzigen Worte auf dem kleinen Ding aus Glas, Metall und Silikon in Alices Hand. Man konnte einfach die Augen schließen und so tun, als wäre es noch vorher.

Roxy tauchte unter, unsicher, wann und wie sie jemals wieder auftauchen würde.

* * *

Pamela Campbell Clark ging durch den Park, das Fahrrad sauste zwei Sekunden später vorbei, und diesmal sah sie es. Sie hatte sich kurz umgedreht, abgelenkt von einer Biene. Sie hatte panische Angst vor Bienen. Ihre Tochter war Imkerin. Nein, *Bienenzüchterin*. So nannte sie sich auf ihrer Website. Pamela hatte kein Verständnis dafür. Cora konnte tun und lassen, was sie wollte, solange sie Single und allein war. Aber jetzt war sie Mutter. Sie musste an ihre Tochter denken, Pamelas einziges Enkelkind; das arme Kind wuchs jetzt bei einer Bienenzüchterin in Kalifornien auf. Einfach unvorstellbar, und gerade, als Pamela es sich vorstellte, flogen die Umrisse eines Mannes auf einem Fahrrad vorbei, wie ein Zug, der ohne Halt durch den Bahnhof rauscht. Die Überraschung holte sie jäh zurück, raus aus Kalifornien samt seinen Erdbeben, Waldbränden und schwarzen Bienenschwärmen und zurück in die Welt des Parks und ihres Morgenspaziergangs.

Sie überquerte die 110th Street und schob sich den Adam Clayton Powell Jr. Boulevard hoch, an der Tequila Bar und dem Schönheitssalon vorbei, während Harlem um sie herum brummte und beschäftigt war. New York konnte ihretwegen machen, was es wollte und so schnell es wollte. Sie würde ihr Tempo nicht verändern. Dieses Tempo war *ihr* Tempo, und sie blieb dabei.

Als sie die 112th Street erreichte, kamen im selben Moment zwei junge Männer an die Ecke und warteten auf Grün.

»Boah«, sagte der eine mit Blick aufs Handy, dann zeigte er es seinem Freund.

»Nice«, sagte der Freund. »Wer ist das?«

»Die neue Freundin des Bürgermeisters.«

»Respekt, Spiderman!«

Die Ampel wurde grün, und Pamela Campbell Clark setzte ihren Heimweg fort.

***

Pitterpat war im Fitnessstudio und trainierte schon fünfundvierzig Minuten auf dem Crosstrainer, als sie Roxys lila Bikini auf dem Wandfernseher sah. Erst dachte sie an einen Witz. Dann las sie den Text unter dem Bild.

Sie schnappte sich ihr Handy und ging in die Umkleide. Sie duschte schnell, dachte die ganze Zeit nur an ihr Telefon und stand dann fünfundvierzig Minuten halb angezogen, mit nicht eingehaktem BH vor ihrem Schrank und scrollte durch Artikel um Artikel über ihre Freundin Roxy.

***

Brock stieß bei der Arbeit auf seinem Handy darauf und war außer sich vor Freude. Spiderman in Schwierigkeiten zu sehen, war immer ein Genuss, aber das hier war besonders köstlich. Dann sah Brock die Screenshots, und auch wenn sie alle ziemlich befriedigend waren, versetzte ihn vor allem ein kleiner Schnipsel im ausufernden Dirty Talk zwischen Roxy und dem Bürgermeister in flammende, schadenfrohe Wut.

»Vorsicht, Missy«, hatte der Bürgermeister geschrieben, nachdem sie sein »distinguiertes« graues Schamhaar kommentiert hatte. »Ich hätte dich fast mal gefeuert, das kann ich immer noch!« (Der Bürgermeister glaubte, das komme lustig rüber. Kam es aber nicht. Roxy wurde starr vor Schreck, als sie es las.)

»Aber Sie taten es nicht, weil ich ein wertvolles Teammitglied bin«, entgegnete sie schließlich.

Er hätte am liebsten etwas zum Wert ihrer Brüste oder ihres Hinterns geantwortet, widerstand aber der Versuchung.

»An dem Tag warst du nicht wertvoll«, schoss er zurück.

»Also bitte, Sie haben es doch genossen, den scheiß Fahrradleuten mal den Marsch zu blasen.«

»Wenn der Text von mir gewesen wäre, hätte ich es genossen. Aber der kam von dir. Ich wette, es hat dich scharf gemacht, das zu schreiben.«

»Ich bin heftigst gekommen, als ich auf ›Senden‹ geklickt habe.«

Brock musste auf seiner abendlichen Fahrradtour die ganze Zeit an diesen Austausch denken. Er drehte und wendete ihn im Kopf, führte imaginäre Gespräche, während er völlig außer Puste die Runde noch ein bisschen schneller als beim letzten Mal absolvierte. Als er endlich nach Hause kam, klappte er sein Laptop auf und eröffnete einen anonymen Twitter-Account. Den Pearlclutcher-Tweet mit dem anstößigen Screenshot kommentierte BikeCheck123 mit: »Roxana Miao ist ne fette Fotze!«

Dann klappte er das Laptop zu und guckte mit seinen Kindern *Shrek*.

***

Felix las die Neuigkeiten auf seinem Telefon, als er den Rollstuhl seines Vaters durch die Erdgeschoss-Lobby des Robinson Gardens schob. Sie waren auf dem Weg in den Park, was sie nun viermal die Woche machten, obwohl sein Dad beharrlich erklärte, er wolle lieber drinbleiben und diese Gameshow mit dem Münzwurf gucken. Felix tat das arme Mädchen leid, Roxana Irgendwas. Vielleicht lag es daran, dass er ihr Gesicht von irgendwoher kannte, aber er wusste nicht mehr, woher.

Später suchte er auf Facebook nach ihr. Ohne Ergebnis. Wäre er so geistesgegenwärtig gewesen, auf Alices Seite zu gehen und sich das eine Bild von der einen Party anzusehen, hätte er Roxy entdeckt, nun namenlos und ungetaggt, wie sie lächelnd mit gebrochener Nase neben Silence stand. Aber das machte er nicht. Er war seit Wochen nicht auf Alices Seite gewesen.

***

Bill sah gar nichts. Es würden Monate vergehen, bis er davon erfuhr.

***

Rachel sah es als Erste und schrieb ihrem Verlobten sofort eine Nachricht.

»Ich schick dir was«, sagte sie.

Andy Cluck, neben ihr im Bett, klickte auf den Link und erkannte Roxy sofort.

»O mein Gott, ist das –?«

»Das Mädchen aus dem Keller.«

»Die von der Schiwa?«

»Genau die.«

»O mein Gott.«

Zusammen durchforsteten sie die Artikel und Tweets, die überall sprossen wie Löwenzahn, und staunten über die Tatsache, dass sich die Mätresse des Bürgermeisters die ganze Zeit in ihrem Haus – direkt vor ihrer Nase – befunden hatte. Erst vor ein paar Wochen war sie in ihrem Wohnzimmer gewesen! Und sie wirkte so nett! Die Sache mit den Bananen war einfach unglaublich. Roxy hatte das Bild gelöscht, das ihr der Bürgermeister geschickt hatte, aber Bananen wurden zu einem Running Gag zwischen den beiden. Fast jeden Tag fragte Roxy ihn, wie es seiner Banane gehe. Und wenn sie in der Obst- und Gemüseabteilung war, erwähnte sie, dass sie irgendwas an ihn erinnere. Er erklärte ihr, sie müsse mehr Kalium zu sich nehmen, und sie antwortete mit einer Reihe höchst suggestiver Emojis.

»Mir ist das so peinlich für sie«, sagte Rachel.

»Ich weiß«, sagte Andy.

Wie krampfig würde es werden, ihr bei den Briefkästen zu begegnen?, fragten sie sich beide. War sie gerade zu Hause, direkt unter ihnen, im Keller? (War sie.) Sollten sie bei ihr klopfen, ihr irgendwas Gutes tun? Wie verhielt man sich da? Das arme Ding. Ihr Leben war zerstört, oder?

Sie blieben in jener Nacht lange wach, nebeneinander im Bett, und aktualisierten und aktualisierten und aktualisierten die Seiten.

* * *

Christoph hörte, wie zwei Frauen in der Katzenabteilung darüber sprachen. Erst achtete er nicht darauf und preiste das Dosenfutter neu aus, während die beiden Gänse von der Upper East Side über irgendeine schmutzige Geschichte schnatterten, in die der Bürgermeister verwickelt war. Christoph fiel ein, dass seine Freundin für den Bürgermeister arbeitete, vielleicht sollte er sie abends auf der Geburtstagsparty danach fragen oder vorher, falls sie noch im Laden vorbeikam. (Sie tauchte ziemlich häufig unangekündigt auf, was er irgendwie mochte.) Sofern sie nicht aus irgendeinem Grund sauer auf ihn war, jedenfalls. Sie hatte ihm seit dem Morgen nicht mehr geschrieben.

Und dann passierte etwas wirklich Merkwürdiges: Als er gerade an Roxy dachte, hörte er Roxys Namen, und zwar von einer der Upper-East-Side-Gänse.

»Roxana Miao«, sagte die Gans. »Sie arbeitet in seinem Büro.«

»Hast du das Bild gesehen?«

»Ich würde Stephen nicht mit so jemandem arbeiten lassen.«

»Um Gottes willen, nein.«

»Und die Sache mit den Bananen?«

»Seine arme Frau.«

Christoph ging gelassen zurück hinter den Kassentresen und guckte auf sein Handy. Der News Alert war gerade eingetroffen. Da war der Name seiner Freundin, und da waren die Details einer Affäre, die sie mit ihrem Chef gehabt zu haben schien. Und da war ihr Foto, von ihrem Instagram-Account geklaut, bevor sie ihn dichtgemacht hatte. Roxy in ihrem lila Bikini, so glücklich, wie sie nur sein konnte. Gleich nachdem sie morgens das Bild gepostet hatte, hatte sie ihm geschrieben.

»Wirst du es liken?«

»Natürlich.«

»Das solltest du auch. Ein Like von dir ist das Einzige, was zählt.«

Sie sah unverschämt heiß aus, herrlich glücklich. Ihm gefiel der Gedanke, dass sie seinetwegen so glücklich sein könnte. (War sie.)

Als er abends nach Hause kam, las er alles, was er finden konnte. Vor diesem Tag hatte es im Universum der Informationen nicht viel über Roxana Miao gegeben, aber wo vorher Dunkelheit herrschte, war nun überall Licht, wie ein Tuch aus Sternen. Wörter über Roxy erschienen, Tausende und Abertausende fast augenblicklich, und auch wenn er unmöglich damit Schritt halten konnte, las Christoph so viel, wie es ging. Gerade als er auf einen besonders abscheulichen Kommentar über Roxys Gewicht stieß und darüber, dass dicke Mädchen keine Stripperinnen-Bikinis tragen sollten, erreichte ihn eine E-Mail von Roxy. Ihm wurde ganz kalt. Es war, als hätte sie ihn beobachtet und beim Rumschnüffeln erwischt. Er öffnete die E-Mail, neugierig und ängstlich zugleich.

»Die Party heute Abend ist abgesagt«, stand da. »Sorry, Leute!« Christoph rätselte über die Bedeutung des Ausrufezeichens. Wahrscheinlich war es ihre Art, das Ganze kleinzureden, die Alarmglocken zu dämpfen und dieses Erdbeben mit Halsschmerzen oder einem plötzlichen Gewitterguss gleichzusetzen. *Kann man nichts machen*, schien das Ausrufezeichen achselzuckend zu sagen.

Roxy hatte die E-Mail an sich selbst geschickt und eine Blindkopie an drei Leute oder tausend, wer wusste das schon. Da Christoph technisch gesehen nun von ihr gehört hatte, wurmte es ihn ein bisschen, dass sie sich nicht direkt bei ihm gemeldet, sondern ihn mit einem Haufen anderer Freunde in einen Topf geworfen hatte. Es war fast so, als hätte sie die Mail nicht geschrieben. (Hatte sie auch nicht. Alice hatte sie verfasst und verschickt.) Christoph beschloss, sich zu melden. Er sandte ihr eine Textnachricht.

»Hi«, schrieb er.

Roxy konnte Textnachrichten auf ihrem Laptop empfangen und verschicken. Eine halbe Stunde später, als sie es aufklappte, um zum dritten Mal *Love on the Ugly Side* durchzugucken, entdeckte sie seine Nachricht.

»Hey«, antwortete sie.

»Wie geht es dir?«

»Ging schon mal besser.«

Wie weiter, rätselte er. Sie fragen, ob sie ihn treffen wolle? Ihr sagen, dass er sie nie wiedersehen könne? Er hatte das ungute Gefühl, zu früh an einem Scheideweg zu stehen. Die Entscheidung, sich dieser Person zu verschreiben oder nicht, wurde ihm aufgedrängt, statt sich ganz natürlich nach sechs Monaten oder so zu ergeben. Waren sie denn richtig zusammen? Und wenn ja, wie ernst war es? Konnte er jetzt einfach Schluss machen? Oder gab es eigentlich gar nichts zu beenden? Er überlegte, Grover Kines dazu zu schreiben.

Vorläufig antwortete er einfach: »Halt durch.«

»Mach ich«, schrieb sie, mit einem kleinen Smiley. Er schickte einen Smiley zurück, was ihm für den Moment ein guter Abschluss zu sein schien.

***

Den ganzen Abend bis spät in die Nacht, während Roxy *Love on the Ugly Side* auf ihrem Laptop guckte und zwischendurch einnickte, schwirrten Informationen durch unsere kleine Galaxie, Fakten und Gerüchte, Meinungen und Vermutungen, Spekulationen und Verkündigungen, Kommentare über Kommentare über Kommentare, die Milch der Milchstraße. Noch handelte es sich dabei um einen großen brummenden Schwarm ohne Form oder Bestimmung, während die intergalaktische Versammlung kleinerer und größerer Geister die Angelegenheit weiterverbreitete und nach irgendeinem Konsens suchte, Was Das Alles Bedeutete. *Was ist das Narrativ?*, fragten und antworteten sie zugleich. *Wer ist Roxana Miao, und was halten wir von ihr? Wie wird sie ins Buch des Lebens eingeschrieben, wie wird die Sache besiegelt?*

Als es Morgen wurde, stand die Lesart fest. Die Landschaft lichtete sich, wie eine Welt, die still und sonnig unter einer Schneedecke daliegt, nach einer langen dunklen Nacht voll wirbelnder Flocken. Die Lesart wurde akzeptiert, zertifiziert, Meme-ifiziert, und Tausende kleinerer und größerer Geister strebten danach, sich mit der lustigsten Formulierung des gleichen Sachverhalts hervorzutun. Endlos tippende Affen, und das hier war ihr *Hamlet*. Es gab viele Überbringer der Lesart, aber manche hauten stärker auf die Pauke als andere, und die größte Pauke gehörte in diesem Fall der *New York Post*. Die Schlagzeile in der typischen Riesenschrift, eingemeißelt über dem nun berühmten Instagram-Foto von Roxana Miao und ein bisschen Clipart aus dem »Standard Obst und Gemüse«-Ordner irgendeines Grafikdesigners, war einfach herrlich und herrlich einfach, prägnant und poetisch, die Verbindung zweier wohlgewählter Wörter, die diesem Moment, dieser Geschichte und dieser jungen Frau, vordem bekannt als Roxy, für den Rest ihres irdischen Lebens und darüber hinaus anhängen würde. Es war die Lesart schlechthin, ein leuchtender Slogan aus Feuer am dunklen Himmel menschlichen Schwarmwissens, ein Banner über dem Urkontinent der Geschichte. Und sie reimte sich.

Die Schlagzeile lautete:

»ROXANA BANANA.«

* * *

Alice zitterte am ganzen Körper, als sie sie am nächsten Morgen auf dem Weg zur *Bakery* entdeckte. Der ganze Irrsinn der vergangenen Nacht hatte sich auf den vermeidbaren kleinen Bildschirmen von iPhones und Laptops abgespielt (und auf

Fernsehern, aber das wussten Alice und Roxy nicht, weil sie keinen Fernseher besaßen). Hier aber war er auf Zeitungspapier, präsentierte sich der ganzen Nachbarschaft, ja, der ganzen Stadt. *Das ist real.*

Alice nahm in der *Bakery* Platz und bemerkte sofort zwei Mädchen, wahrscheinlich Collegekids, die mit gedämpfter Stimme über etwas redeten und lachten. Es hätte irgendein Insiderwitz sein können, aber Alice beobachtete ihre Münder und wartete darauf, dass sie ein vertrautes Wort formten, so was wie »Bürgermeister«, »Roxana« oder, natürlich, »Banana«. Und natürlich entdeckte sie alle drei. Dann versuchte sie zu lernen, schaffte es aber lediglich, Pearlclutcher aus ihren Lesezeichen zu löschen, einfach aus Solidarität. Sie hatte in letzter Zeit ohnehin nicht mehr viel auf der Seite gelesen, trotzdem fühlte es sich gut an.

Auf dem Rückweg zur Wohnung drängte sich die physische Welt noch mehr auf. Eine kleine Reportertraube lungerte vor der Haustür herum. Wie Eulen beäugten sie Alice, als sie näher kam, warteten, was sie tun würde. Als sie die Eingangstreppe hinaufstieg, fielen sie über sie her.

»Entschuldigung«, sagte einer von ihnen, »wohnen Sie hier?«

»Kennen Sie Roxana Miao?«

»Hätten Sie eine Minute?«

»Wie ist sie so als Nachbarin?«

Alice hastete ins Haus.

***

Roxy lag wieder in der Wanne. »Hast du die *Post* gesehen?«

»Ja, hab ich«, sagte Alice.

»Roxana Banana«, sagte Roxy und versuchte, möglichst unbekümmert zu klingen, als müsse man sich als Superstar ständig mit so was rumschlagen. Aber ihr brach die Stimme, und die Verletztheit klang durch. »Ziemlich griffig. Das bleibt wahrscheinlich hängen.«

»Ach was«, sagte Alice, und Roxy sagte lange nichts. Dann schob Alice hinterher: »Vor der Tür steht ein Haufen Reporter.«

Roxy richtete sich auf. »Was?«

»Die haben mich belästigt und mit Fragen bombardiert, als ich versucht habe reinzukommen«, sagte Alice, und als sie merkte, dass Roxy am liebsten hochrennen und es mit eigenen Augen sehen wollte, fügte sie hinzu: »Tu's nicht.«

»Tu was nicht?«

»Hochrennen und es mit eigenen Augen sehen.«

»Schon guuuut«, sagte Roxy mit einem halben Lächeln. »Willst du einen Film gucken oder so?«

Nein, dachte Alice, *ich will lernen.* Es waren jetzt mehr als vierundzwanzig Stunden vergangen seit ihrer letzten konzentrierten Karteikarteneinheit. Aber Roxy sah so elend aus. »Klar.«

Also guckten sie einen Film. Alice war nicht richtig bei der Sache, aber Roxy schien es gutzutun, weshalb sie ihr weiterhin Gesellschaft leistete, neben ihr im Bett, mit dem Laptop auf der Decke. Ein bisschen wie ein altes Ehepaar, aber Alice störte sich nicht allzu sehr daran. Die Welt war ruhig und still und hätte noch die Welt von vorher sein können, wenn man nicht hätte spüren können, wie die WLAN-Wellen, die von allen Oberflächen in der Wohnung zurückgeworfen wurden, die öffentliche Bananafizierung von Roxana Miao vorantrieben. Die Demütigung war da, wenn man danach suchte, weshalb Roxy es viele Stunden lang unterließ, bis sie schließlich doch schwach wurde, suchte und fündig wurde und sich selbst zermarterte.

»Bin ich fett?«

»Was? Nein.«

»Jemand hat mich eine ›fette Fotze‹ genannt.«

»Tja, der oder die kennt dich offensichtlich nicht«, sagte
Alice. »Du bist nicht fett.«

Roxy nickte. »Aber eine Fotze bin ich schon irgendwie«,
sagte sie.

»Ja, gut, damit lagen sie richtig«, sagte Alice, und sie mussten beide lachen, was sich gut anfühlte, und dann musste
Roxy weinen, was sich auch gut anfühlte. Dann nahm sie
ein heißes Bad, beruhigte sich, schwor sich, nie wieder etwas
darauf zu geben, was irgendwer im Netz über sie schrieb,
und fing wieder von vorne an.

Aus vierundzwanzig Stunden wurden achtundvierzig wurden zweiundsiebzig. Alice musste an Mrs. Pidgeons Worte
denken, die sich ihr eingebrannt hatten: »Wenn du deine
Kunst für einen Tag verlässt, verlässt sie dich für drei.« Alice
hatte jetzt seit drei Tagen nicht auf ihrem Instrument gespielt.
Nach dem Pidgeon-Prinzip würde sie neun Tage brauchen,
um wieder aufzuholen. Wie war die Zeit so schnell verflo-
gen? Drei ganze Tage. Dreimal Frühstück, Mittag, Abendessen. Und das Einzige, was sich verändert hatte, war das
Datum. Roxy blies immer noch Trübsal, Alice hatte immer
noch nichts gelernt, und die Welt hatte immer noch nicht
aufgehört, sich an Roxy Miao aufzugeilen.

Zuerst schien es so, als würde der Bürgermeister über den
Skandal stürzen. Pearlclutcher ging ihn hart an. Grover, der
sich höflich von der Wohnung in der 111th Street fernhielt,
aber etwas wiedergutmachen wollte, trat hinter seinem Ethi-
ker-Kürzel hervor und schrieb einen Kommentar, »Meine
gute Freundin Roxana Miao«, in dem er ein Loblied auf
Roxy sang und die Schuld ganz auf den feigen, fleischfressen-
den Bürgermeister schob. Bevor er den Text einreichte, gab
er ihn Alice zu lesen, und Alice gab ihn Roxy zu lesen. Roxy
ließ Grover ihren Dank ausrichten. Sie wusste, dass er sein
Bestes gab, und tatsächlich nahmen nicht viele Menschen
Roxy in Schutz.

Das hatte Roxy überprüft. Sie hatte einen anonymen Twitter-Account eröffnet und stundenlang ihre Suchen aktualisiert. Sie suchte nach »Roxy Miao«, »Roxana Miao« und peinlicherweise sogar nach »Roxana Banana«. Und, schlimmer noch, nach »#RoxanaBanana«, nachdem sie sich davon überzeugt hatte, dass bloßes Suchen dem Algorithmus, der Dinge zum Trenden brachte, nicht helfen würde.

Diese Erkundungstouren förderten wenig Gutes zutage. Manche Leute hassten sie für das, was sie dem Bürgermeister angetan hatte. Sie posteten Sachen wie: »Du weißt, dass du politisch auf der Verliererseite stehst, wenn dein Team Prostituierte anheuert, um deine Karriere zu ruinieren. #RoxanaBanana.« Andere hassten sie, weil sie Leute hassten, die Familien zerstörten. »Ganz viel Kraft der Ehefrau des Mannes, für den Roxana Miao als Nächstes arbeitet. #RoxanaBanana.« Über Menschen, die Politik zu ernst nahmen oder die so unglückliche Ehen führten, dass sie ihrer Unsicherheit öffentlich Luft machen mussten, konnte Roxy nur lachen. Viel schlimmer war die Sichtweise, die in der großen Mehrzahl der Tweets zum Ausdruck kam: die allgemeine Annahme, Roxy wäre Trash. *Sie ist billig. Sie ist geil. Sie will eine Influencerin, ein Star, eine kultivierte und bewundernswerte Person sein, aber das wird ihr nie gelingen, und sie verfügt nicht mal über genügend Selbsterkenntnis, um das zu merken.* Für das Bikini-Foto, in dem sie so glücklich aussah und für das sie 607 Likes bekommen hatte, wurde sie nun verspottet. Über so ziemlich alles wurde hergezogen: den Bikini, den Bildausschnitt, den Filter, die Location (»Tut so, als wär Westchester St. Barth.«), die Haare (»Die kleine Waise Roxannie«), die Brüste (»So froh, dass ich die mit meinen Steuern bezahlt habe.«), die Cellulite (Schweine-Emojis), das Lächeln (»Guckt euch den Mund an, mindestens drei Bananen breit.«) und die Nase, die endlich fast vollständig verheilt war, aber noch ein bisschen verfärbt, und die Kommentare provozierte wie: »Spiderman sorgt für Jobs in New York: Blow-Jobs, Titten-Jobs, Nasen-Jobs.«

Nur gelegentlich schimmerte im Sumpf ein bisschen Freundlichkeit auf. Ein Link zu Grovers Artikel oder der feministische Ruf nach Abrechnung, die leider noch zwei Jahre auf sich warten lassen würde, oder ein schlichtes, mitfühlendes »Mir tut Roxy Miao leid«. Roxy gab diesen Kommentaren unwillkürlich Likes, hörte aber auf, als eine Frau aus Kansas mit sechs Followern sie antweetete und schrieb: »Danke für das Like! Bist du Roxy Miao?« Danach beschränkte sie sich aufs Lurken, sah dem Wasserfall zu, wartete darauf, dass er sich umkehrte, wovon sie fest ausging, und sie zur Heldin und Bürgermeister Spiderman zum Schurken machte.

Aber das passierte nicht. Der Bürgermeister, dessen Leute Roxy überzeugt hatten, niemals ein Interview zu geben, denn ein Interview sei das Schlimmste, was man machen könne, gab ein Interview. Es kam im Fernsehen, und alle guckten es. Er hielt Händchen mit seiner Frau, einer Geologin, die im Natural History Museum arbeitete und beliebt war, weil sie Kids von staatlichen Schulen immer noch jeden Sonntag Führungen gab. Die ganze Zeit hörten sie nicht auf, sich an den Händen zu halten. Er sprach über seine Fehler und sein Urteilsvermögen und bezog sich auf die Sünde der Versuchung.

»Das bin ich«, schrieb Roxy nüchtern in den Gruppenchat. »Ich bin die Sünde der Versuchung.«

»Hör auf damit«, entgegnete Pitterpat, die das Interview vom Sofa aus sah. »Du bist nichts dergleichen.«

Alice, die unter drei Decken in Löffelchenhaltung neben Roxy lag und das Interview auf Roxys Laptop guckte, antwortete mit einem Herz-Emoji auf den Kommentar, konnte den Bürgermeister aber irgendwie verstehen. Tag vier ohne Lernen neigte sich dem Ende.

Dann drückte der Bürgermeister die Hand seiner Frau und

sagte den Satz, auf den viele Menschen schon gewartet hatten. Ein bisschen offensichtlich, aber er bot sich an, also griff er zu. »Ich scherze oft darüber, dass die Menschen in New York mich nicht mögen«, sagte er. »Nun, manchmal mag ich mich selbst nicht. Und ich mag nicht, was ich mache.«

Alice reagierte auf diesen Satz, dem Roxy und Pitterpat applaudierten und zustimmten, mit dem Wer-hat-gefurzt-Typen.

Ein Hurrikan im Golf von Mexiko, der auf Florida zurast, kann entweder nach links oder nach rechts ziehen und entweder New Orleans oder die Outer Banks zerstören. Aber obwohl so viel auf dem Spiel steht, räumen Meteorologen ein, dass man manchmal auch eine Münze werfen könnte. Dieser spezielle Hurrikan, bei dem jeder vernünftigerweise darauf gewettet hätte, dass er den Bürgermeister von New York zu Fall bringen würde, zog nach links statt nach rechts. »ICH MAG MICH NICHT« stand am nächsten Tag in jeder Schlagzeile. Es gab Zeitungskommentare über seine Offenheit, seine Verletzlichkeit, seinen Respekt für seine Wählerschaft. Spiderman, lautete die Lesart, war ein tatteriger alter Schatz, der zu gut für die Welt war. *Er ist ein Menschenfreund.* Als ein »aufstrebendes Instagram-Model« (Roxy hatte schließlich einen Instagram-Account) irgendwie einen Job im Rathaus ergattert hatte (niemand schien zu wissen, wie sie überhaupt eingestellt werden konnte, aber alle waren sich einig, dass sie unqualifiziert war), war der Bürgermeister ihm sofort in die Falle gegangen.

Roxy löcherte Alice und Pitterpat mit Fragen, von morgens bis abends.

»Sollte ich auch ein Interview geben?«

»Sollte ich was tweeten?«

»Sollte ich mich beim Bürgermeister melden?«

»Könnte sich das Ganze auch nachhaltig positiv auf meine Marke auswirken?« Sie hatte jetzt eine Marke.

»Sollen wir was bei diesem kubanisch-chinesischen Laden bestellen?«

»Liefern die auch?«

»Kann eine von euch das sonst abholen?«

Alice fragte sich, wie es eigentlich in ihre und Pitterpats Zuständigkeit gefallen war, sich um Roxy zu kümmern. Wann immer sie Roxy nach ihren Eltern fragte, tat Roxy so, als hätte sie nichts gehört. Es war klar, dass diese Büchse ungeöffnet bleiben würde. Roxy erwähnte allerdings ihre Großmutter.

»Sie will, dass ich zu ihr ziehe. Sie hat mir eine lange E-Mail geschrieben.«

Alice verbarg, dass sie das mit Hoffnung erfüllte. »Wirklich? Ist das etwas, das du gern machen würdest?«

»Sie lebt in Connecticut«, sagte Roxy, als wäre es völlig abwegig.

»Ich meine ...«, setzte Alice an, konnte den Gedanken aber nicht gut zu Ende bringen.

»Was?«

»Ist New York gerade so toll? Alle kennen dein Gesicht, und alle denken ... was auch immer sie denken. Statt von elf Millionen Menschen umgeben zu sein, die alle eine Meinung zu dir haben, wäre es da nicht schöner, nur von Bäumen umgeben zu sein?«

»Meine Grandma wohnt in einem dreihundert Jahre alten Haus. Es ist staubig.«

»*Unser* Zuhause ist staubig! Wir wohnen im Keller!«

»Nein! Nein. Vergiss es. Ich werde nicht ...« Roxy musste tief durchatmen. »Musst du nicht irgendwas arbeiten? Warum gehst du nicht in die *Bakery*?«

»Vielleicht«, sagte Alice. »Vielleicht gleich.«

Alice hatte lange genug als Nanny gearbeitet. Sie hatte einen sechsten Sinn dafür, welche Kinder man auf dem Spielplatz allein lassen konnte und welche nicht. Roxy ziemlich sicher nicht, vor allem jetzt nicht.

Aber dann verging ein Tag und dann noch einer, und Alice konnte nicht länger verdrängen, dass ihre Pläne, den Test zu schreiben und ihn auch nur annähernd zu bestehen, mit jeder Stunde unrealistischer wurden. GUTEN MORGEN, sagte ihr Telefon, NOCH 23 TAGE BIS ZUM TEST. Vor drei Tagen, als es NOCH 26 TAGE BIS ZUM TEST waren, hatte Alice sich nicht vorstellen können, rechtzeitig bereit zu sein. Jetzt war es drei Tage weniger vorstellbar. Sie musste etwas unternehmen. Sie schickte Grover eine Nachricht.

»Okay, es wird hier langsam ein bisschen irre mit Roxy.«

»Ist das vertraulich?«

»Ja, es ist vertraulich!« Er ließ sie das jedes Mal sagen. »Wie fändest du es, wenn ich für ein paar Tage zu dir komme?«

Grover antwortete nicht sofort. Dann: »Wie viele heißt ›ein paar‹?«

»Weiß nicht. Drei.«

»Ich bin mir nicht sicher.«

Sie blinzelte ungläubig. Ernsthaft? Es wurmte sie. Sie antwortete vernichtend passiv-aggressiv, vermutete aber nach dem Versenden, dass sich das nicht transportiert hatte.

»OK.«

Doch das hatte es. Drei Minuten später antwortete er.

»Hör mal, Alice, ich lasse dich in einer Notlage wirklich nicht gern hängen. Und die Idee, dass wir zusammenziehen könnten, klingt wirklich schön. Aber ich möchte diese Entscheidung nicht unter Zwang treffen.«

»Zusammenziehen???« Und direkt darunter noch mal drei »???«, nur um es klarzumachen.

»Wenn wir diese Entscheidung treffen, möchte ich auch, dass *wir* sie treffen, und nicht die Umstände«, entgegnete er.

»O Gott, sag einfach Nein, Arschloch.« Ein Schuss vor den Bug, damit er wusste, dass er mit der Antwort Streit anfing.

»Okay, es tut mir leid. Wirklich. Es tut mir leid.« Und dann, kurz darauf: »Warum fragst du nicht deine Schwägerin?«

»Ich weiß nicht. Vielleicht. Ich meine, das Ganze ist schließlich deinetwegen passiert.«

Wieder ein Witz, aber auch ein bisschen ernst gemeint. Er brauchte lange, um zu antworten.

»Das denkst du?«

»Na ja, du hast es nicht gerade verhindert.«

»Hätte ich verhindern können, dass die Chefredaktion die größte Enthüllungsstory bringt, die wir als Nachrichtenmagazin je hatten? Nein. Hätte ich nicht.«

»Aber du hast es nicht mal versucht.«

»Nein, habe ich nicht.«

»Warum nicht?«

Noch eine Pause. »Diese Befragung wird dazu führen, dass ich etwas sage, das deine Gefühle verletzt. Ich schlage vor, wir lassen das Thema fallen.«

»Na los, verletz meine Gefühle.«

»Spiderman ist der schlechteste Bürgermeister, den New York je hatte. Seine Politik, sein Programm haben Millionen von New Yorkern geschadet. Die Scheiße, die Roxy durchmacht, ist nichts, NICHTS, im Vergleich zum kollektiven Leid, das dieser Bürgermeister meiner Stadt zugefügt hat und weiter zufügen wird, solange er Bürgermeister ist. Ich weiß, sie ist deine Freundin, aber diese Geschichte könnte ihn zu Fall bringen. Und wenn sie das tut, war sie es wert. Also nein, ich habe nicht versucht, es zu verhindern. Es tut mir leid. Außerdem glaube ich, dass du nur sauer auf mich bist, weil du auf mich sauer sein KANNST, denn die Person, auf die du sauer sein MÖCHTEST, ist diejenige, die diese Situation herbeigeführt hat.«

Sie antwortete nicht, weil er recht hatte. Sie wusste es, er wusste es, und Churchill an der Wand über Alices Kopf wusste es auch. Aber Alice war immer noch sauer.

Dann fügte er hinzu: »Das war unnötig harsch. Für mich ist es auch nicht leicht. Ich mag Roxy, und dich mag ich offensichtlich sehr, sehr, SEHR, und es macht mich fertig, dass das passiert.«

***

»Ich verstehe ja, was er meint«, sagte Alice später zu Pitterpat. »Wir sind noch nicht lange zusammen. Ich will nicht, dass er mich für ein hilfloses Waisenkind hält.«

Sie aßen im *La Ballena* zu Mittag. Alice hatte wieder den Guactopus bestellt, denn das musste man einfach. Diesmal machte Pitterpat kein Foto.

»Du bist kein hilfloses Waisenkind!«

»Genau!«

»Du brauchst auch keinen Vaterersatz, der sich um dich kümmert!«

»Bloß nicht!«

»Du gehst deinen eigenen Weg.«

»Total«, sagte Alice. »Also, kann ich bei dir bleiben?«

Pitterpat lächelte. Sie hatte sich schon darauf gefreut, ihre eigenen Neuigkeiten zu verkünden, und jetzt bot sich die perfekte Gelegenheit.

»Alice, du kannst die Wohnung ganz für dich haben«, sagte Pitterpat. »Ich verreise für ein paar Wochen.«

Alice staunte. Vor zwei Wochen konnte nichts die Frau dazu bewegen, die Wohnung zu verlassen.

»Wirklich? Wohin?«

»Kamerun.«

Alice staunte wieder. Sie hatte Pitterpats »Hinwollen«-Seite auf Pinterest gesehen. Lauter schöne Orte, die sie hoffentlich eines Tages besuchen würde: Südfrankreich. Die italienische Riviera. Machu Picchu. Kamerun war nie Thema gewesen.

»Sagtest du Kamerun?«

»Ganz richtig.«

»Was ... Was willst du denn in Kamerun?«

Pitterpat lächelte, denn jetzt kam der beste Teil. »Ich werde mir einen Hakenwurm einfangen.«

»Na ja, schon möglich, *vielleicht.* Ich würde mich an Tafelwasser halten. Aber –«

»Nein, Alice ... Ich reise nach Kamerun, um mir *absichtlich* einen Hakenwurm einzufangen.«

Pitterpat war in den letzten Wochen sehr aktiv im Forum der CrohnZone gewesen. Da fand jetzt ihr eigentliches Sozialleben statt, und sie stürzte sich rein wie eine College-Anfängerin, die in der Highschool sehr beliebt gewesen war. Sie schaltete sich in jedes Gespräch ein, likte jeden Post und verteilte zigfach hier ein unterstützendes »Nur Mut« und da ein mitfühlendes »Alles Liebe«. Sie fand Freunde und verwandelte sogar einige dieser flüchtigen CrohnZone-Freundschaften in echte, wahre Facebook-Freundschaften. Jeden Morgen, wenn sie den Arm unter der Decke aus ägyptischer Baumwolle hervorstreckte und auf dem Nachttisch nach ihrer Brille und ihrem Telefon tastete, machte sie als Erstes bei der CrohnZone halt, um zu sehen, was passiert war, während sie geschlafen hatte.

Sie lernte Dinge. Sie lernte viel. Sie lernte zunächst mal, dass sie einen neuen Arzt brauchte, denn so ziemlich alles, was Dr. Economides ihr erzählt hatte, war falsch.

»Die meisten westlichen Mediziner verstehen Darmerkrankungen überhaupt nicht«, erklärte sie Alice. »Darmgesundheit ist der unentdeckte Kontinent der Medizin. Es gab da diesen Mann in Alberta, Kanada. Er bekam die Diagnose ›Morbus Crohn‹ und fing an zu forschen. Er war Wissenschaftler oder so, er wusste also, wie man forscht. Und er fand heraus, dass eine Helmintheninfektion die Darmflora verändert«, sagte Pitterpat. »Weißt du, was das ist?«

»Hakenwurm?«

»Ja! Ich will die westliche Medizin ja nicht abtun«, sagte Pitterpat. »Die Steroide haben geholfen, aber sie sind nur ein Pflaster. Ich glaube, der Typ war da was auf der Spur. Menschen hatten immer Hakenwürmer. Die gibt es schon seit Millionen von Jahren. Was, wenn sie die ganze Zeit einen Sinn hatten, und wir wussten es nur nicht? Wir haben das Penicillin erfunden, und jetzt sind sie weg, und wir laufen irgendwie *unvollständig* rum.«

»Na ja …«, sagte Alice und begann einen Satz, den sie nicht beenden wollte, vor allem nicht gegenüber der Person, in deren Wohnung sie zu bleiben hoffte.

»Was?«

Alice legte ihre Empanada ab. »Penicillin kritisieren wir jetzt nicht ernsthaft, oder? Ich meine, es sagt sich so leicht, westliche Medizin dies und westliche Medizin das, aber die westliche Medizin hat auch eine Menge Leben gerettet, also ist sie vielleicht nicht das Schlechteste.«

»Alice, ich wollte damit nicht sagen … Es tut mir leid«, erwiderte Pitterpat. Sie wirkte plötzlich verängstigt, und Alice ließ davon ab.

»Nein, schon in Ordnung. Ich bin nur … Bei mir dreht sich gerade alles um westliche Medizin«, sagte Alice. Sie fühlte sich mies, als ihr bewusst wurde, dass Roxy nicht der einzige fragile Mensch in ihrem Leben war. »Es kommt nur ein bisschen überraschend. Von allen Menschen, die ich kenne, hätte ich dir am wenigsten Interesse an einem Hakenwurm zugetraut. Du gehst ja nicht mal auf die öffentliche Toilette im Central Park.«

»Doch, das tue ich«, sagte Pitterpat plötzlich ganz ernst. »Diesen Sommer war ich schon zwei Mal da, weil ich musste, weil … ich kacken musste, und wenn ich kacken muss, muss ich sofort kacken. Ich hasse diese Krankheit, Alice. Ich muss was tun. Selbst wenn das heißt, mir Würmer einzufangen.«

Alice nahm ein bisschen Ceviche, legte es aber wieder zurück. Vielleicht gerade kein Ceviche.

»Außerdem kann ich nicht in dieser Wohnung bleiben. Ich muss mich um so viele Sachen kümmern, mit dem Geld und allem. Ich habe mit unserem Berater darüber gesprochen und … ich will unsere Wohnung nicht, ich will aber auch keine neue Wohnung …«

»Du willst nur Bill«, sagte Alice in dem Glauben, Pitterpats Gedanken zu Ende zu führen. Aber so war es nicht.

»Nein«, sagte sie mit einem Glucksen. »Ich will nicht mal Bill, ich will nur … ich will nur einen Hakenwurm. Ist das zu viel verlangt? Ich will gesund sein. Und ich will, dass du den Test bestehst und dein Studium der westlichen Medizin aufnimmst.« Der Kellner legte die Rechnung auf den Tisch. »Das geht übrigens auf mich.«

Alice seufzte. »Pit, echt jetzt, du musst nicht immer das Lunch –«

»Nein«, sagte Pitterpat. »Ich meine das Medizinstudium. Ich bezahle dafür. Wir bezahlen dafür.«

Alice war sprachlos.

»Wie kannst du nur so cool sein?«

Pitterpat zuckte mit den Schultern. »Liegt mir wohl im Blut.«

»Das Essen geht auf mich«, sagte Alice und schnappte sich die Rechnung.

Als sie später das Restaurant verließen, bot Pitterpat Alice wieder die Wohnung an, und Alice bedankte sich für das Angebot, konnte es aber nicht annehmen. Nicht, bis es Roxy besser ging.

»Lass mich wissen, wenn du deine Meinung änderst. Du kannst auch deinen Vogel mitbringen«, sagte Pitterpat, und Alices Lächeln wurde kompliziert. »Du hast doch einen Kanarienvogel, oder nicht?«

»Hatte«, sagte Alice.

Pitterpat wirkte besorgt. »Ist er gestorben?«

Alice erzählte, was passiert war, und während sie ihr zuhörte, fing Pitterpat an zu weinen, ganz so, als wäre es ihr Vogel, der weggeflogen war.

***

Als Alice nach Hause kam, hockte Roxy in der leeren Badewanne, das Haar schon langsam trocken. Roxy hatte keine Lust mehr auf ihr Bad gehabt und den Stöpsel gezogen, und dann war sie einfach sitzen geblieben, während das Wasser ablief, und nun saß sie immer noch da.

»Alles okay, Roxy?«

»Klinge ich wie ne Platte mit nem Sprung, wenn ich sage, nein?«

»Natürlich nicht«, sagte Alice. »Gibt es denn was Neues?«

Roxy blickte zur Decke. »Ich wurde abserviert.«

»Scheiße, echt?«

Roxy sah zu Alice. »Schockiert dich das?«

Alice wollte die Verzweiflung ihrer Freundin nicht noch vergrößern. *Nein, ich bin nicht schockiert, dass er die verrufenste Frau in ganz New York nicht länger daten will.*

»Was ist passiert?«

Seine Mail an sie war eigentlich sehr behutsam. »Du hast mir die ganze Woche furchtbar leidgetan«, fing er an. Er war süß und rücksichtsvoll und schloss sogar mit einem Witz. »Wenn ich irgendwas für dich tun kann – vielleicht Grillen zum halben Preis? –, sag Bescheid.«

Roxy lächelte, als sie aus der Wanne zu Alice hochguckte. »Überflüssige Bemerkung, aber ich hatte irgendwie gehofft, man würde uns Roxoph nennen.«

Alice nickte. »Ha. Das wär cool gewesen.« Alice dachte einen Moment darüber nach. »Mochtest du ihn vor allem deshalb?«

»Nein«, sagte Roxy. »Aber es hat geholfen.«

Roxy wechselte das Thema und fragte nach Pitterpat. Alice erzählte ihr von Kamerun, und Roxy fragte ironisch: »Darf ich mitkommen?«

Alice lachte, aber ihr Blick schrie: *Bitte mach das!* Dann fing Roxy wieder an zu weinen, und Alice fühlte sich schrecklich.

»Es tut mir leid«, sagte Roxy weinend. »Ich mochte ihn wirklich.«

»Ich weiß«, sagte Alice, setzte sich auf den Boden neben der Wanne und streichelte der weinenden Roxy den Rücken.

»Ich wollte ihn dir vorstellen«, sagte Roxy, und Alice hörte so viel aus diesen Worten heraus. Alice war ihre beste Freundin. Sie hatte nicht darum gebeten, sie hatte nicht nach einer besten Freundschaft gesucht, aber nun hatte sie eine, und es war ihre Aufgabe, sich darum zu kümmern.

»Wer weiß«, sagte Alice. »Klappt vielleicht noch. Gib ihm Zeit.« Oh, es tat weh, das zu sagen. Alice hatte keine Zeit zu geben.

***

GUTEN MORGEN, sagte Alices Telefon. ES SIND NOCH 20 TAGE BIS ZUM TEST.

Roxy fiel auf, dass sie die Wohnung eine ganze Woche nicht verlassen hatte, deshalb verkündete sie etwas.

»Lass uns was machen.«

Alice *machte* gerade etwas, nämlich die Karteikarten durchgehen, und plötzlich wurde ihr Hirn gebeten, von der Welt chemischer Reaktionsgleichungen zu der Möglichkeit zu springen, dass ihre ans Haus gefesselte Mitbewohnerin die Wohnung verlassen könnte. »Okay«, sagte sie. »Wo willst du hin?«

»Ich möchte mir ein neues Telefon kaufen.«

»Oh, ja, das brauchst du wohl«, sagte Alice. Dann wurde ihr bewusst, dass es eigentlich ganz schön war, Roxy ohne Telefon zu erleben. Sie war ein anderer Mensch. Sie sah Alice in die Augen, wenn sie sich unterhielten, und hörte zu und stellte Anschlussfragen. »Willst du das wirklich? Ist es nicht schön, sich mal ein bisschen auszuklinken?«

»Puh, nee.« Roxy schüttelte sich. »Es ist schrecklich! Lass uns zum Apple Store fahren.«

»Was ist mit deinen treuen Fans?«

»Moment!«

Roxy rannte in ihr Zimmer, und kurze Zeit später tauchte Brigitte Bardots Frisur auf, mit Roxy darunter. Sie hatte geplant, alle auf der Party mit einem großen Siebziger-Auftritt zu den Klängen von »Heart of Glass« zu überraschen und nach Mitternacht dann mit einem großen Achtziger-Auftritt zu »Suicide Blonde« von INXS (ein Song, der, was Roxy nicht überprüft hatte, 1990 herausgekommen war). Der Plan wie die Party waren geplatzt, aber die Perücke hatte sie noch.

»Ich glaube, ich komme damit durch«, sagte Roxy. »Ich glaube nicht, dass mich jemand erkennt. Moment!« Sie rannte wieder in ihr Zimmer und kam in einem Leoprint-Rock und Ledertop wieder.

»Na ja, du wirst nicht *nicht* auffallen«, sagte Alice.

»Wenn ich mit dieser Perücke und in Jeans und T-Shirt losrenne, denken alle: ›Wer ist denn die da in Jeans und T-Shirt, die nicht erkannt werden will?‹ Das zieht zu viel Aufmerksamkeit auf sich. Aber wenn ich voll auf Achtziger-Glamour setze, ist es nur ein ganz normaler Dienstag in New York.«

Die Logik verdiente Respekt. Trotzdem und obwohl Alice sich selbst wie eine Platte mit einem Sprung vorkam, als sie nur daran dachte, musste sie arbeiten. Roxy sah ihr an, woran sie dachte.

»Bring deine Karteikarten mit«, war Roxys Lösung.

Also nahm Alice die große Schachtel mit den Karten mit und ging sie in der U-Bahn zur 66th Street durch, während Roxy hinter einer riesigen Sonnenbrille die Leute im Waggon scannte. Sie blickte von Gesicht zu Gesicht, als wollte sie jemanden dazu bringen, sie zu erkennen und ihr zu erlauben, das Thema anzusprechen und ihre Seite der Geschichte zu erklären. Das würde dann jemand filmen und auf YouTube posten, und dann würden endlich alle begreifen, wie cool, vernünftig und nicht fett Roxy war, und alle würden sich hinter sie stellen, und alles wäre wieder normal. Aber niemand wirkte interessiert. Alle sahen müde aus.

Es dämmerte schon, als sie in die U-Bahn gestiegen waren, und als sie die Treppe zum Broadway hinaufkamen, war es dunkel. Der Apple Store lag zwei Blocks entfernt, und zwei Blocks lang ging das Spiel weiter; Roxy blickte in jedes Gesicht und bekam nichts zurück. Die Verkleidung funktionierte.

Im Apple Store war ihnen sofort ein dünner junger Mann namens Charles behilflich, und selbst als Charles mit dieser beeindruckenden Granate und ihrer Karteikartenfreundin redete, hatte er keine Ahnung, dass es sich um eine Begegnung mit einer außerirdischen Art handelte, einem Wesen aus dem Internet, das es auf die Erde verschlagen hatte.

»Ich brauche ein neues Telefon, weil mein altes geklaut wurde, und da war jede Menge privates Zeug drauf«, sagte Roxy zu ihm, und Alice entging nicht, wie stark sie das Wort »privat« betonte. Sie wollte erwischt werden, das war es.

Zum Glück lachte Charles nur darüber in dem Glauben, dass dieses Mädchen mit der Dragqueen-Perücke mit ihm flirtete, einer der gelegentlichen Vorteile des Jobs.

Er händigte ihr das neue iPhone aus, aber noch immer klingelte nichts. Dann fragte er sie nach ihrem Namen, und Alice und Roxy verfolgten die Transformation, wie bei einem chemischen Experiment in der Highschool. Er nahm eine andere Haltung ein, die Schultern spannten sich, die Stimme wurde ein bisschen tiefer, kontrollierter. Eine lehrbuchmäßige Demonstration des Versuchs, cool zu sein.

Er fragte noch einige Daten ab, und Roxy nannte sie ihm freimütig, bis er zum Geburtsdatum kam.

»Geburtsdatum?«

Sie blinzelte. »Wofür brauchen Sie das?«

»Das ist nur für den Vertrag. Sie müssen über einundzwanzig sein.«

»Das bin ich.«

»Nun, das weiß ich, aber ...«

Roxy hatte keine Wahl. Sie könnte diesen kleinen Mann, diesen Charles, zwar so zur Schnecke machen, dass sie ihr Geburtsdatum nicht nennen müsste, aber es würde laut werden. Es würde eine Szene geben. Das konnte sie sich nicht leisten.

»14. August 1980«, sagte sie ruhig und sachlich in der Hoffnung, dass Alice es nicht merkte oder kümmerte oder sie nicht anfing zu rechnen. Doch es passierte alles drei. Roxy war fünfunddreißig. Menschen lügen bezüglich ihres Alters, keine große Sache, aber Alice mochte das nicht. Der unbeschwerte Umgang mit Unehrlichkeit. Es hätte sie nicht stören sollen, aber das tat es.

Nach erfolgreichem Kauf machten sie sich auf den Weg zur U-Bahn, und Roxy fiel gierig über die Tüte her, um das neue Telefon so schnell wie möglich nutzen zu können. Fast wäre sie in einen sehr großen Mann gerannt, der von Kopf bis Fuß in rotes Leder gekleidet war. Er erkannte sie sofort.

»O mein Gott. Du bist Roxana Miao«, sagte er leise, aber kurz vorm Hyperventilieren. Roxy und Alice versuchten, etwas schneller zu gehen, aber er joggte neben ihnen her.

»Moment mal, warte kurz, ich finde, du bist der Hammer. Ich liebe deinen Style, ich liebe deine Outfits, ich liebe alles an dir.«

Roxy blieb stehen. »Echt jetzt?«

»Mädchen, sieh dich nur an. Du stellst alle in den Schatten!«

Alice fiel auf, dass die Leute schon guckten, also schob sie die beiden schnell hinter einen Zeitungskiosk, wo der rotlederne Mann halbwegs privat schwärmen konnte.

»Mädchen, dir hat man übel mitgespielt, *übel*, Mädchen. Ich lehne diesen Bürgermeister *ab*, ich glaube, er hat dich *verarscht*. Er muss weg!«

»Danke! Und du musst wissen, *er* hat angefangen«, sagte Roxy, und dann startete sie die Tirade, die sie in Gedanken schon geübt hatte, darüber, dass niemand wusste, was wirklich passiert war, und dass es nicht fair war, ihr für alles die Schuld zu geben, und der Mann folgte ihr in unmittelbarer Loyalität, wiederholte wie ein Echo die letzten Worte ihrer Äußerungen.

»Es war nur ein Flirt! Wir haben mit Textnachrichten geflirtet, es ging nie darüber hinaus!«

»Darüber hinaus!«

»Die Idee, dass wir irgendeine Affäre hatten, ist *verrückt*.«

»Verrückt.«

»Allein im selben Raum waren wir nur zweimal, vielleicht dreimal.«

»Vielleicht dreimal, ich weiß!«

So ging es eine ganze Weile. Alice kam sich vor wie eine Gouvernante. Dann lud der Mann sie in einen Club downtown ein, ins Forevereverland, und Roxy wollte hin, während Alice wünschte, sie wäre sofort mit ihr in ein Taxi gesprungen, als der Typ aufgetaucht war.

»Sir«, sagte Alice, »würden Sie uns einen Moment allein lassen?«

Der Mann trat zurück, und Alice rückte dicht an Roxy heran. »Wir kennen den Kerl überhaupt nicht!«

Roxy bestritt das nicht. »Sir, wie heißen Sie?«

Er wirkte sehr erfreut über die Frage. »Mein Name ist Spam Risqué.«

Roxy lachte. Alice nicht.

»Roxy, wir gehen nicht in irgendeinen Club mit Spam Risqué.«

»Warum, glaubst du, er ist gefährlich?«

»Na klar, könnte sein!«

»Oh, bitte, er ist schwul, alles ist gut.« Roxy lachte, als wäre es damit ausgemacht. »Außerdem gehe ich nicht mehr unbewaffnet aus dem Haus.« Sie öffnete die Handtasche gerade weit genug, dass der schimmernde silberne Griff einer Frisörschere zu sehen war.

Alice wusste nicht, was sie dazu sagen sollte, weshalb sie einen anderen Ansatz wählte: »Du wirst erkannt werden.«

»Es wird dunkel sein. Es ist ein Club.« Dann fügte sie aufrichtig hinzu: »Ich brauche das, Alice. Ich muss mal raus.«

An die Arbeit, Kälerfein.

Alice knickte ein. »Aber wir trinken nichts.«

»Natürlich trinken wir was!«

»Roxy«, sagte Alice, »du hast gewonnen. Kannst du bitte Großmut im Sieg zeigen und mich nicht zum Trinken zwingen?«

»Keine Ahnung, was Großmut ist, also nein, du trinkst«, sagte Roxy. »Hier, steck die in meine Tüte.« Sie verstaute Alices Karteikarten in der Apple-Tüte, während Spam Risqué ein Taxi heranwinkte.

Die drei quetschten sich auf den Rücksitz und waren auf halbem Weg nach Downtown, als Roxy nach Luft schnappte. Ihr neues iPhone war in Betrieb, und sie hatte sich schon gegoogelt.

»O mein Gott«, sagte sie. »Ich bin auf Gumswallower.«

Alice schnappte sich das Telefon. Gumswallower, eine Aggregator-Website, die die epischsten Fails des Internet versammelte, war keine Seite, auf der man sich selbst entdecken wollte. Und jetzt war da Roxy, auf der Startseite.

Spam Risqué las die Schlagzeile: »Roxana Bananas –« Er kniff die Augen zusammen. »Was heißt das?«

»Pfahlschaden«, sagte Alice.

»Fallschaden«, sagte Roxy.

Spam Risqué versuchte sich an einer eigenen Interpretation. »Roxana Banana kommt an einem Pfahl zu Schaden.«

Roxy tippte auf »Play« und sah ihren Pfahlschaden, bei dem sie sich die Nase brach. Wochenlanger Heilungsprozess wegen eines einzigen Fehlers. Roxy spürte, wie Spam Risqué lachen wollte, und sie spürte, wie Alice fürchtete, dass dieses Lachen Roxy zerstören würde. Roxy sah sich das Video an und empfand gar nichts. Und dann ... lachte sie.

Spam Risqué prustete auch los. Alice stimmte ein. Sie guckten es noch mal. Roxy hätte sich nichts dabei gedacht, über das Pech dieser armen Person zu lachen, wenn sie es nicht selbst gewesen wäre. Und sie *war* es ja auch nicht selbst, dachte Roxy. Das war die ganze Wahrheit. Diese Person, die da stürzte, das war jemand anders. *Das bin ich nicht*, dachte sie, ganz berauscht von der Idee.

»Mädchen, du hast den Pfeiler voll auf die Zwölf bekommen und bist gleich wieder aufgestanden. Roxana Banana hält keiner am Boden. Blutige Nase, ganz egal. Roxana Banana stellt alle in den Schatten!«

Ich stelle, dachte Roxy, *alle in den Schatten.*

* * *

UNTZ UNTZ UNTZ machte die Musik, während die irre Blonde und ihre etwas weniger irre Freundin, die so gar nicht clubmäßig gekleidet war, im Stroboskoplicht aufleuchteten. Es machte Spaß. Es war entfesselt und wild, und Roxy vergaß alles. Sie schloss die Augen und tanzte.

Alice hielt die Augen offen. Zuerst fielen ihr die gelegentlichen Blicke zu Roxy nicht auf, und als doch, erkannte sie kein Muster. Aber dann zeigte sich ein Muster. Roxy wurde erkannt.

Und dann, fast wie aus dem Hinterhalt, beschloss jemand, dass ein schnelles Selfie mit einer tanzenden Roxana Banana im Hintergrund in Ordnung war, und damit war der Damm gebrochen. Blitzlichter flammten auf. Alice packte Roxy, zog an ihrem Handgelenk, und Roxy riss die Augen auf. Sie eilten durch die Menge, runter von der Tanzfläche. Alice entdeckte die Toilettenschlange, stürmte an allen vorbei in eine Kabine und verriegelte die Tür.

Es war eine Unisex-Toilette, Gott sei Dank eine Einzelkabine, sodass sie etwas Privatsphäre hatten.

»Haben mich die Leute erkannt?«

»Ja«, sagte Alice.

»Nur ein paar oder –?«

»Alle. Es war, als hätten sie's alle auf einmal kapiert.« Na ja, eigentlich nicht. Spam Risqué hatte seit Beginn ihrer Begegnung heimlich darüber getweetet, und ein paar seiner Freunde und Freunde von Freunden hatten die Tweets gelesen und waren ins Forevereverland gekommen, um sie mit eigenen Augen zu sehen.

»Fuck«, sagte Roxy. »Was machen wir jetzt?«

»Keine Ahnung«, sagte Alice. Und dann verstummte die Musik.

»Ladys und Gentlemen«, sagte eine Stimme jenseits der Toilettentür, »wir haben heute einen besonderen Gast. Bitte einen Applaus für Roxana Banana!« Die Menge jubelte, ein tiefes Tosen von der anderen Seite der Tür. Alice sah, wie Roxy mit sich rang. Es war schon eine Weile her, dass jemand Alice applaudiert hatte, aber sie erinnerte sich noch an das Gefühl und daran, wie es einen vollkommen verzaubern konnte, egal, wie sehr man heimlich einen Hass aufs Klavier schob. »Lasst uns Krach machen und gucken, ob wir sie hier rausbekommen«, fuhr der DJ fort. Es wurde Krach gemacht.

»Was soll ich machen? Rausgehen?« Sie wollte es ganz dringend.

»Ich glaube nicht, Roxy. Ich glaube, das bereust du.«

»Aber die drehen durch. Hör doch mal.«

Es stimmte. Roxy war Feuer und Flamme. Alice bemerkte einen Schriftzug an der Wand, in ordentlichen schwarzen Filzstiftlettern: **WAHNSINN IN GROSSEN DARF NICHT UNBEWACHT HINGEHN.**

Alice machte die Tür einen Spalt auf. Etwa zwanzig Augenpaare starrten sie an. Alice wandte sich ruhig an sie.

»Bitte sagt dem DJ«, sagte sie, »dass er ›Suicide Blonde‹ von INXS spielen soll.«

Sie schloss die Tür wieder, und im Club wurde es relativ ruhig, als die Nachricht wie bei *Stille Post* von der Toilette zum DJ-Pult wanderte.

Als der dreckige Sound der Mundharmonika schließlich aus allen Lautsprechern plärrte und der Groove einsetzte, flog die Toilettentür auf und die Achtziger-, streng genommen Neunziger-Glamourbraut in ihrer Granatenperücke und der dunklen Sonnenbrille, dem Leoprint-Rock und dem Ledertop stelzte heraus. Sie stolzierte mit mörderischem Selbstbewusstsein direkt in die Menschenmenge, und die Menge – tut mir leid, es muss sein – war vor Begeisterung voll *Banane*. Die Suicide Blonde fand die Mitte der Tanzfläche, und die Suicide Blonde begann zu tanzen.

Sie tanzte und tanzte, gar nicht mal besonders gut, aber das war egal, denn die Menge liebte sie. Am Ende des Songs fror sie dramatisch ein, und der Jubel erschütterte den Club in seinen Grundfesten.

Dann riss sie sich die blonde Perücke und die Sonnenbrille vom Kopf, und die Leute konnten nicht glauben, dass sie dieses Mädchen tatsächlich für Roxana Banana gehalten hatten. Das war nicht Roxana Banana. Das war irgendein anderes Mädchen, das der Roxana Banana in dem lila Bikini und dem Gumswallower-Video überhaupt nicht ähnlich sah. Roxana Banana, wie einem jeder, der in diesem Sommer in New York lebte, sagen konnte, war das Mädchen mit dem wilden roten Lockenschopf. Dieses Mädchen hatte keinen wilden roten Lockenschopf. Wo war der wilde rote Lockenschopf?

Er lag auf dem Toilettenboden. Roxy wartete mit ihrem brandneuen Pixie-Cut in einem Taxi. Nach fünfzehn Minuten spazierte Alice Quick aus Forevereverland, in Ledertop und Leoprint-Rock, die Platin-Perücke unter dem Arm. Sie schlüpfte ins Taxi, und weg waren sie.

***

Sie lachten den ganzen Heimweg über, lachten sich aus dem Taxi, lachten sich die Treppe hinunter, lachten sich in die Wohnung und ins Bett. Mitternacht war wieder unbemerkt verstrichen. GUTEN MORGEN, verkündete Alices Handy, als sie gerade wegdriftete. NOCH 19 TAGE BIS ZUM TEST.

Alice hatte am nächsten Morgen keine Kopfschmerzen haben wollen, und jetzt fühlte es sich an wie die drei- oder vierfache Schmerzmenge. Sie kochte Kaffee und nahm drei Ibuprofen. Sie war wütend auf sich selbst und klammerte sich daran, weil es besser als die Alternative war, nämlich wütend auf Roxy zu sein. In dichten Alkoholnebel gehüllt, biss sie die Zähne zusammen und suchte nach ihren Karteikarten.

Nach fünf Minuten Suche klopfte sie bei Roxy.

»Roxy«, sagte sie, »hast du die Apple-Tüte? Ich glaube, da sind meine Karteikarten drin.«

Roxy setzte sich benommen auf und legte sich gleich wieder hin. »O nein.«

»Was?«

»Die hab ich in der Toilette vergessen.«

»Der Toilette im Club?«

»Ja.«

»Meine Karteikarten sind in Forevereverland.«

»Es tut mir so leid.«

Und dann passierte es. Der alte Impuls, der, mit dem sie sich vor Jahren die Knochen in der rechten Hand zertrümmert hatte, packte Alice mit aller Macht. Sie sah sich nach einem Gegenstand um, den sie bestrafen konnte, und ansatzlos flog eine Schachtel Cornflakes durch den Raum und zerschellte mit einer Flocken-Explosion an der Wand.

»Alice, was zum Teufel?!«

Roxy sah wütend aus, und das machte Alice noch wütender.

»Ich brauche meine Karteikarten, Roxy!«

»Dann fahren wir da runter und holen sie, sobald der Club aufmacht. Meine Güte, du musst doch nichts rumwerfen!«

»Fick dich, Roxy!«

»Holla!«

Die Wut erwischte Roxy kalt, Alice übrigens auch. Aber sie war die ganze Zeit da gewesen, wie eine zurückgezogene Steinschleuder, und jetzt wurde sie abgefeuert und war durch nichts mehr aufzuhalten.

»Ich wollte nur für diesen Test lernen!«, schrie Alice. »Du hast mich in einer Tour davon abgehalten, den ganzen scheiß Sommer! Ich kann das nicht mehr! Ich muss arbeiten. Ich muss verdammt noch mal arbeiten! Was zum Teufel stimmt nicht mit mir?!«

»Was mit dir nicht stimmt? Du bist eine gute Freundin, das ist alles!«, sagte Roxy. »Du hast dich um mich gekümmert, wie sich noch nie jemand um mich gekümmert hat. Du darfst dich deshalb nicht mies fühlen. Manches ist wichtiger, als Ärztin zu werden.«

Alice drehte total durch. »Das! Genau das! So scheitern

Leute! Weil sie zulassen, dass *manches wichtiger ist*. Es tut mir leid, aber wenn es nicht wichtig ist, wenn es nicht das *Aller*wichtigste ist, dann *passiert es nicht*. Und ich brauche das, es muss passieren. Ich hau ab. Ich gehe.«

»Wohin?«

»Ich gehe zu Pitterpat. Ich werde da bis nach dem Test wohnen. Die Miete für den Monat habe ich ja schon bezahlt. Ich zahle dir den nächsten Monat auch noch, lass mich nur einfach in Ruhe. Ich kann das nicht mehr.«

»Was kannst du nicht mehr?«

»Mit dir leben, Roxy! Es tut mir leid.«

»Aber wir sind noch Freundinnen, oder?«

Roxys Augen zuckten, und Alice sah ihr an, wie verloren sie sein würde. Alice beruhigte sich kurz, nahm aber nichts zurück.

»Wir sind noch Freundinnen«, sagte sie, »solange wir uns nur alle paar Wochen sehen. Oder Monate. Und dann hängen wir mal einen Abend ab. Einen kurzen Abend. Ein Essen. Wir quatschen, bringen uns auf Stand, und dann gehen wir wieder getrennter Wege, denn keine von uns bezieht ihren gesamten Selbstwert aus dieser Freundschaft.«

Roxy konnte die Tränen nicht zurückhalten. »Das klingt furchtbar.«

»Ich weiß«, sagte Alice. Tat es wirklich.

Während Roxy auf dem Bett saß, packte Alice ihre beiden Taschen, schnappte sich den leeren Vogelkäfig und legte ihren Schlüssel oben auf den Kühlschrank. Sie tätschelte den blauen Baum freundlich zum Abschied und ging aus der Tür.

Etwas später wurde Roxys Haar auf eBay angeboten. Jemand hatte es in der Toilette entdeckt, eins und eins zusammengezählt und schnelles Geld gewittert. Aber niemand bot den Mindestpreis, weil niemand glaubte, dass es sich wirklich um Roxana Bananas Haar handelte. Die Auktion verstrich ohne ein einziges Gebot, und das Haar landete im Müll, zusammen mit Alices Karteikarten.

* * *

Die E-Mail von Roxy, mit der Alice schon gerechnet hatte, kam am Abend. Nach einem Tag mit brutalen Kopfschmerzen war sie endlich eingeschlafen, als ihr Telefon brummte. Sie tauchte aus einem Traum auf, um die E-Mail zu lesen, und tauchte danach in einen anderen Traum ab.

Die Mail war an Alice und Pitterpat gerichtet.

»Hey, Leute. Also ... Ich werde eine Weile bei meiner Grandma in Connecticut bleiben. Hoffentlich sehe ich euch Irre irgendwann wieder, wenn ich nicht von einem Bären oder einem Geist gefressen werde, hahahaha. Geister fressen keine Leute, aber ihr wisst schon. Oder doch? Ich weiß nicht genau, was die machen. Mit den Ketten rasseln? Wie auch immer, danke, dass ihr meine Freundinnen wart, vor allem in der letzten Woche. Tut mir leid, dass ich euch in die Quere gekommen bin. Pitterpat, viel Glück in Afrika, und Alice, viel Glück mit dem Test. Eure Freundin, die Sünde der Versuchung (Roxy)«

Roxy nahm den Zug nach Madison, Connecticut, und hatte die ganze Zeit die blonde Perücke auf. Niemand erkannte sie. Auf der Zugtoilette bewunderte sie die aufgeplusterte Farrah-Fawcett-Mähne mit dem dichten Sechzigerjahre-Pony und verspürte den Impuls, ein Bild auf Instagram zu stellen; es war wie ein Juckreiz oder ein Phantomschmerz. Sie wusste, dass das noch eine ganze Weile nicht aufhören würde, aber irgendwann wäre es hoffentlich vorbei und sie fände eine neue Art zu leben.

Ihre Grandma holte sie am Bahnhof ab, und zusammen fuhren sie tief in die bärenverseuchten Wälder, eine kurvenreiche Landstraße hinauf bis zu einem Kreisel mit einer Tankstelle und einer Bar, dem sogenannten Stadtzentrum. Noch ein paar Minuten die Straße weiter rauf, und sie kamen zu der kleinen weißen Kirche. Ihre Grandma parkte neben dem Pastorat, unter dem liebevollen alten Ast einer Ulme.

»Dein Bett ist gemacht«, sagte sie zu Roxy, während Roxy ihre Tasche die schiefe hölzerne Hintertreppe in die Küche hinaufschleppte. Die Fliegengittertür schlug sorgfältig hinter ihnen zu. »Du bist herzlich willkommen, so lange zu bleiben, wie du möchtest, wenn du in der Kirche mithilfst.«

»Oh«, sagte Roxy, auf der Suche nach einer Antwort.

»Aber auch wenn nicht«, sagte Grandma. »Ich freue mich einfach, dich hierzuhaben.«

Am Abend saßen sie auf dem vierzig Jahre alten Sofa, guckten etwas auf dem sechzehn Jahre alten Fernseher und aßen Pfefferminz-Eis mit Schokostücken, das Grandma vor sechs Monaten gekauft hatte, in der Hoffnung, Roxy käme früher zu Besuch.

Nachdem Grandma ins Bett gegangen war, holte Roxy ihr Telefon raus. Doch es hatte hier draußen im dunklen Wald keinen Empfang, und so setzte sie sich an den hundertachtzig Jahre alten Schreibtisch ihrer Grandma (den ein örtlicher Tischler dem Pfarrhaus vor vierzehn Hauptpastoren vermacht hatte) und stellte den acht Jahre alten Computer an. Es ertönte der Eröffnungsakkord, den Roxy seit Jahren nicht gehört hatte, einst Klang der Zukunft, Verkünder technischer Innovation und nun die traurige Totenglocke kurz vor dem Ableben. Der Bildschirm leuchtete auf, und Roxy folgte den Anweisungen, die mit Bleistift auf einer am Schreibtisch festgeklebten Karteikarte notiert waren, um das Modem in Betrieb zu nehmen.

Sobald sie online war, gab Roxy die Facebook-Adresse ein, dann ihren Benutzernamen und ihr Passwort, dann zögerte sie einen Moment. Sich einzuloggen würde ihr Konto wieder aktivieren. Das sollte sie eigentlich nicht machen.

Aber es war spät am Samstagabend. Entweder schliefen die Leute oder vergnügten sich irgendwo. Diese Ecke des Universums war dunkel und neblig, ein kerzenerleuchtetes Fenster in einer vergessenen Gasse. Sie legte die Hand auf die riesige Maus und klickte.

Dreihundertvierzehn Benachrichtigungen warteten auf sie. Sie fing an zu lesen.

»Happy birthday, Hübsche!«

»Du rockst, sexy Mama! Hoffe, es wird das beste Jahr ever!«

»HBD RM!«

»Foxy Roxy, kann deine Party kaum erwarten, immer der Höhepunkt des Jahres.«

»Hab dich lieb, Baby. Happy Bday.«

»Das wird dein Jahr, Mzzz Miao.«

Die Nachrichten nahmen kein Ende, und jede schickte einen Lichtstrahl aus Liebe in Roxys Himmel, Sterne, die ans schwarze Firmament zurückkehrten und alles wieder glitzern ließen. Roxy las jede Nachricht durch einen Tränenschleier. Als sie fertig war, wischte sie sich die Augen mit dem Sweatshirt-Ärmel und deaktivierte ihr Konto wieder. Sie fuhr den Computer herunter, ging in ihr Zimmer, verkroch sich im Bett unter dem Knarren zweihundertfünfzig Jahre alter Dachtraufen und schlief ein.

***

Pitterpats Flug ging ganz früh am nächsten Morgen. Sie stand vor Sonnenaufgang auf, zog sich schnell an und steckte den Kopf ins Gästezimmer, wo Alice noch schlief. »Alice«, flüsterte sie. »Ich breche auf.«

Alice wollte aufstehen, um sich zu verabschieden. »Okay, Moment«, sagte sie, aber Pitterpat hielt sie davon ab.

»Nein, nein, steh nicht auf«, sagte sie. »Ich wollte nur

sagen, ich breche auf, und ich hab dich lieb. Und viel Glück mit dem Test.«

»Hab dich auch lieb«, sagte Alice, die plötzlich sehr wach war und daran denken musste, welch potenziell gefährliche Reise ihre Schwägerin da antrat. »Pass gut auf dich auf.«

»Das mache ich, keine Sorge«, sagte sie. Sie wirkte nervös, aber auch vorfreudig und hätte gern noch so viel mehr dazu gesagt, doch sie musste los. »Ich schreib dir aus dem Flugzeug.«

Sie schloss die Tür, und Alice wurde wieder schläfrig. Sie lauschte den Schritten und dem Rollkoffer, die sich im Flur entfernten. Die Wohnungstür klickte, öffnete und schloss sich. Der Fahrstuhl bimmelte. Die Türen gingen auf und zu. Pitterpat war weg.

GUTEN MORGEN. NOCH 18 TAGE BIS ZUM TEST.

Drei Stunden später wachte Alice schließlich auf und schimpfte mit sich, weil sie so viel Zeit vergeudet hatte. Doch als sie aus dem Gästezimmer trat, überwältigte sie die Stille in der Wohnung. Die Sonne ging auf der anderen Seite des Himmels immer noch auf, aber ihr Licht wurde von der Erde zurückgeworfen und schien durch die großen Fenster mit Blick über den Fluss. So war das, wenn man ganz weit oben wohnte und auf der anderen Straßenseite nichts war außer einem schmalen Park und einem breiten Fluss. Alice setzte sich an den Esszimmertisch und wusste sofort, dass dieser Platz, am Kopf einer großen leeren Tafel in einer großen leeren Wohnung, ihr Basislager für die letzte Etappe des Anstiegs werden würde. Von diesem Platz aus würde sie beenden, was sie begonnen hatte, und alles Laute und Große, das den ganzen Sommer über im Weg gewesen war, lag zwölf Stockwerke unter ihr, leise und klein.

Sie würde sich gleich Kaffee kochen, und dann würde sie ihre Unterlagen zusammensuchen und einen Angriffsplan schmieden. Sie würde sich genau überlegen, was sie lernen musste, und dann den ganzen Tag lernen, und nichts würde sie ablenken. All das würde sie machen, das wusste sie, aber erst einmal saß sie da und sah aus dem Fenster, über den Fluss, tief in den westlichen Himmel.

BUCH DREI

Das andere Ufer

NEUNTES KAPITEL

Die Schmetterlinge vom Mont-Saint-Michel

Ich bin nirgends. Ich bin ungeboren. Mein Silikon und mein Bauxit stecken noch in der Erde. Mein Plastik ist Zellulose und Rohöl. Ich bin ein Haufen Steine und Kiefern und der Brei, der von den Dinosauriern übrig ist.

Alice, gerade dem Kindergartenalter entwachsen, übt Tonleitern unter dem lang aufragenden Schatten von Mrs. Pidgeon, zählt das Ticken des Metronoms, bis sie mit Rudy Rad fahren kann. Ihr Bruder Bill fährt auf der Auffahrt des alten Hauses Skateboard, seine Obsession für den Sommer, bevor im Herbst das Schlagzeug übernimmt. Felix MacPherson ist im YMCA und übt Freiwurf um Freiwurf, zur Begeisterung der Zuschauer, die sich um ihn versammelt haben. Tausend Meilen weiter südlich wirbelt Pitterpat Loesser bei einem Schönheitswettbewerb einen Tambourstock herum, etwas, wovon sie ihr ganzes Erwachsenenleben niemandem erzählen wird, nicht mal ihrem Mann. Stadtrat Spiderman, an den Schläfen langsam grau, intensiviert seine erste erfolglose Wahlkampagne für den Posten des Bürgermeisters von New York, versucht die Menschen vergeblich dazu zu bringen, »Spiedermin« zu sagen, und muss feststellen, dass die New Yorker ihn im Allgemeinen nicht mögen. Roxy Miao fläzt sich auf dem Sofa und guckt *The Real World* auf MTV, wäh-

rend ihre Mutter sie bittet, wenigstens ein Mal ihre Corn-
flakes-Schüssel in die Spülmaschine zu stellen.

Guten Morgen. Noch 8122 Tage bis zum Test.

Irgendwo in Connecticut, in einem gläsernen Computerlabor, speichert und druckt ein übernächtigter Student im
zweiten Collegejahr die allerletzte Hausarbeit des Jahres
aus. Er ist sehr müde. Er will nur, dass das Semester vorbei ist,
und weiß nicht recht, was er da abgibt, aber egal, er stopft
es in seine Tasche und geht. Das Licht erlischt automatisch.
Der Raum ist still.

Eine Woche später geht ein Lehrassistent die langen Tisch-
reihen entlang und stöpselt die lachsfarbenen Computer-
terminals aus. Sie landen nacheinander auf einem großen
Plastik-Rollwagen. Der Lehrassistent schiebt den Wagen
in den Lastenaufzug, dann einen langen Gang entlang zur
Laderampe, wo die Terminals in einen Lkw verladen, vom
humorlosen Betongebäude weggeschafft und auf der Müll-
kippe entsorgt werden.

Ein paar Tage später kommt ein anderer Lkw mit einer
Flotte brandneuer senffarbener Terminals, die den Studenten
als Access Points zu etwas dienen sollen, das sich »Internet« nennt. Eingeschriebene Studenten erhalten per Post
eine Mitteilung: Ab September werden Sie über die senffarbenen Terminals Ihre »E-Mails« lesen können. Sie werden
sich außerdem für Seminare anmelden, Ihre Noten einsehen
und »viele andere Dinge« tun können. Für den Fachbereich
Computerwissenschaft sind die senffarbenen Terminals ein
riesiger Fortschritt gegenüber den müllreifen lachsfarbenen.
Für den Rest des Campus und jeden, der sich unter »viele
andere Dinge« nicht viel vorstellen kann, ist der Zweck dieser Maschinen bestenfalls vage, schlimmstenfalls teuflisch.

Erinnert ihr euch an diese Zeit? Die meisten von uns tun
es nicht. Wir finden es selbstverständlich, dass eines Nachmittags vor langer Zeit ein Lehrassistent die Reihen mit den

senffarbenen Terminals abschritt, die Geräte hinten mit einem Klick anstellte, und unsere Welt still zum Leben erweckt wurde.

Bobert Smiths Mitbewohner, Reggie, hatte langes glattes Haar. Es reichte fast bis zu den Schultern, war in der Mitte gescheitelt und hinter die Ohren geschoben. Ethan Hawke hatte solche Haare. Evan Dando auch. 1993 hatten viele Typen solche Haare, und die meisten waren bei Mädchen deutlich erfolgreicher als Bob, der unter einer krausen, unkontrollierbaren Mähne zitterte. Als er Reggie zum ersten Mal begegnete, erstarrte er deshalb in Ehrfurcht.

»Oh, hey, Mann«, sagte Reggie, als er hereinschlenderte. »Du musst Bob sein.«

Bob war gerade dabei, sein Devo-Poster aufzuhängen, aber als er seinen neuen Mitbewohner sah, stieg er vom quietschenden Bett, das Poster diskret verdeckt, als würde es nicht die nächsten neun Monate in Reggies Zimmer hängen. Reggie schob sich mit beiden Händen ein paar Haarsträhnen hinter die Ohren. Ein Move, um den ihn Bob zutiefst beneidete.

»Hey, Mann«, erwiderte Bob, bemüht, dem Wort »Mann« die gleiche lässige Freundlichkeit zu verleihen, die Reggie so leichtfiel. Manche Menschen können »Mann« sagen und kriegen's hin. Andere nicht. In nur neun Silben zwischen zwei Mitbewohnern wurden Bob drei Dinge klar: Reggie war cool, Bob war es nicht und sie würden niemals Freunde werden, egal, wie Bobs Haare aussähen, wenn er sie wachsen ließe und irgendwas reinschmierte.

»Ja, ich bin Bob«, sagte Bob. »Reggie?«

»Der bin ich«, sagte Reggie. Dann sah er das Poster. »Devo.«

Bob wurde rot. Welche Bands man mochte, war 1993 in der Welt junger Männer von Bedeutung. Er wollte es nicht vergeigen, schon gar nicht, nachdem er versucht hatte, »Mann« zu sagen und kein langes glattes Haar hatte.

»Kennst du die?«

»Ich bin mit ihrem Œuvre nicht allzu vertraut«, sagte Reggie und streckte sich auf seinem Bett aus. »Es freut mich, endlich deine Bekanntschaft zu machen, Bob. Bob ist ein guter Name. Marley. Weir. Dobbs.«

Bob lachte. Er verstand alle drei Anspielungen. Dann, anderthalb Atemzüge zu spät, merkte er, dass er nun etwas sagen musste. »Genau genommen ist es Bobert.«

»Bobert?«

»Ja, das ist mein richtiger Name. Ein Tippfehler auf der Geburtsurkunde.«

»Nun, Bobert«, entgegnete Reggie, einen frisch gedrehten Joint hochhaltend, »würde es Ihnen belieben, an diesem Fatty teilzuhaben, werter Herr?«

»Oh, ähm, nee, danke«, sagte Bob.

»Was dagegen, wenn ich teilhabe?«

Bob wollte nicht, dass sein Gesicht aufleuchtete mit *JA ICH HAB WAS DAGEGEN WAS WENN WIR ERWISCHT WERDEN ICH WILL NICHT RAUSFLIEGEN*, aber er konnte es nicht verhindern.

»Ich sag dir was, Bobert. Du kommst erst mal an. Ich geh vor die Tür, mal gucken, was abgeht.«

»Cool, Mann. Hat mich gefreut.«

Reggie und sein Fatty spazierten durch den Korridor und landeten im Zimmer zweier Mädchen, von denen sich eins in Reggie verliebte und das andere nach Berkeley wechselte, und so verschwand Reggie aus dem Leben seines neuen Mitbewohners.

Es war ein einsames erstes Semester. Der Unterricht lief gut. Er fand ein paar Freunde. Manchmal ging er mit ihnen zu Partys, und manchmal ging er allein. Freunde waren in Ordnung, aber Freunde hatte er schon gehabt. Er wollte eine Freundin.

Ein Mädchen gab es, in diesem ersten Semester. Sie begeg-

neten sich im Seminar zur *Göttlichen Komödie* und freunde-
ten sich an, wobei eigentlich alle mit allen befreundet waren.
Sie aßen ein paarmal zusammen, und einmal spazierten sie
über den Campus und unterhielten sich eine gute Stunde
oder so. Ihre Telefonnummer hatte er nicht, aber er lief ihr
oft genug über den Weg, um die Nummer nicht zu brauchen. Auf Partys hielt er nach ihr Ausschau. Er holte sich
ein Bier in einem roten Becher, wanderte durch die Feiernden
und scannte Gesichter in der Hoffnung, ihres zu sehen. Sie
hieß Meg, kurz für Meghan oder Megan. Damals wusste er
vielleicht, welches von beiden, aber Jahre später, als er versuchte, sie zu googeln, scheiterte er immer an diesem Detail,
vor allem, weil er sich nicht an ihren Nachnamen erinnerte.
Nach dem ersten Semester wechselte sie woandershin, und
er sah sie nie wieder, las nie das *Inferno* zu Ende und begriff über Weihnachten, dass er nun schon ein Achtel seiner
Collegezeit verbrannt hatte, ohne auch nur ein bisschen weniger einsam zu sein. Eines Abends dann, auf halber Strecke
durch sein erstes Jahr, fand Bob sich im Computerlabor wieder.

Es war spät, und er war müde, aber er wollte noch eine
E-Mail seines Freundes Gumby beantworten, der im ersten
Jahr an der Columbia war und Kokain für sich entdeckt
hatte.

»Hey«, sagte der weiße Typ mit Dreadlocks zwei Terminals weiter. »Du bist in Russischer Literatur, oder?«

Bob schreckte zusammen. Es war seit Stunden das erste
Mal, dass jemand laut etwas sagte. Das Computerlabor
wurde Aquarium genannt, hauptsächlich wegen der Glas-
wände, die den Raum für alle einsehbar machten, die draußen auf dem Weg zum Unterricht oder zum Butterfield-
Wohnheim vorbeikamen, aber der Spitzname passte auch
dazu, dass man sich wie unter Wasser fühlte. Alles bewegte
sich langsam, und niemand redete.

»Was?«

»Du bist in Russischer Literatur. Mit Chopra.«

»Oh. Ja«, sagte Bob und mehr nicht. Er war nicht mehr in der Lage, Konversation zu machen. Draußen schwebten Schneeflocken.

»Wie weit bist du mit *Anna Karenina*?«

»Ich habe noch gar nicht angefangen.«

Der Typ lachte wissend. Bob hätte wahrscheinlich nie an der Wesleyan angenommen werden dürfen. Er hatte keine Ahnung, wer er war oder was er werden wollte. Obwohl, das stimmte nicht. Er war ein Typ ohne Freundin. Er wollte ein Typ mit Freundin werden.

Der Typ mit den Dreadlocks tippte wie wild.

»Es ist so lang«, sagte Bob. »*Anna Karenina.*«

»Du sagst es«, sagte der wilde Tipper.

Bob war plötzlich neugierig. »Programmierst du?«

Der Typ sah nicht auf. »Nee«, sagte er. »Ich mach IRC.«

»Was ist das?«

Der Typ, dessen Namen Bob nie erfuhr und dessen typische Dreads er in den nächsten dreieinhalb Jahren ab und an sehen würde und dann nie wieder, erklärte, dass »IRC« für »Internet Relay Chat« stehe. Es handele sich dabei um eine Reihe von Chatrooms, durch die die Computerabteilungen von Universitäten und Forschungseinrichtungen weltweit in Verbindung standen.

Der Typ zeigte Bob alles: wie man sich anmeldete, wie man einen Nutzernamen festlegte (Bob wählte SpudBoy, etwas aus einem Devo-Song) und wie man einem Gesprächskanal beitrat. Die Kanäle trugen Namen wie #College, #Musik und #Chatzone. Es gab sogar einen namens #Netsex. Der Typ gab Bob einen Überblick, und sie gingen für eine Weile auf #College, bis der Typ gegen 2 Uhr 30 seine Sachen packte und ging. In Bobs Reihe saß niemand mehr.

Bob hatte im Leben erst ein Mädchen geküsst, und das

zählte kaum. Es war schnell gegangen, im Auto am Ende des Abends, und sie waren beide noch angeschnallt. Er ließ den Augenblick immer wieder Revue passieren, fragte sich, ob er sich vielleicht hätte abschnallen sollen. Oder sie zur Tür bringen und es da machen. Wie auch immer, es war passiert und vorbei, er war dreihundert Meilen entfernt von ihr, und sie küsste wahrscheinlich gerade einen anderen. Bob kannte viele Mädchen und war mit einigen gut befreundet gewesen, aber das Rätsel, das sie darstellten, wurde mit jedem Tag größer.

Bob ging auf #Netsex und stellte sich vor.

»Hallo. Ich bin SpudBoy.«

Jemand namens Rimbaud schoss zurück: »A/S/L?«

»Was?«

»Neuling-Alarm.«

»Ich bin neu hier«, tippte Bob. »Ich bin an der Wesleyan University in Middletown, Connecticut. Jemand aus Connecticut hier?«

»Alaska«, antwortete FlanellPyjama.

»San Diego«, antwortete Greyskull.

»Ich bin aus dem Arsch deiner Mom«, antwortete Snapdad.

»Hahahaha«, schrieb Greyskull.

Dann tauchte Ribbit auf. »FURZFURZFURZFURZFURZ«, schrieb Ribbit. »FURZFURZFURZFURZFURZFURZFURZ-FURZFURZFURZ FURZFURZFURZFURZFURZFURZFURZ-FURZFURZFURZFURZFURZFURZFURZ FURZFURZFURZ-FURZFURZFURZFURZFURZFURZFURZFURZFURZFURZ FURZFURZFURZFURZFURZFURZ.« Dann wurde Ribbit aus dem Kanal geworfen.

»Wo in Alaska?«, fragte Bob.

»Kannst du unmöglich kennen.«

»Versuch's.«

»Kodiak Island.«

395

»Nein, hab ich noch nie gehört«, schrieb Bob. »Ich hätte fast mal eine Kreuzfahrt in Alaska gemacht. Aber dann sind wir nach Hawaii geflogen. Aber ich wollte gern hin. Die Prospekte sahen so schön aus.«

Bob hatte sich auf der Reise nach Hawaii ein Pornoheft gekauft. Auf dem Flughafen von Los Angeles, wo sie umsteigen mussten. Seine Eltern hatten geglaubt, er würde sich Kaugummi kaufen, das hatte er auch, aber er hatte sich auch die neueste Ausgabe von *Penthouse* besorgt, die am Flughafen-Zeitungsstand für alle sichtbar angeboten wurde. Er war fünfzehn, und das Vergehen (war es ein Vergehen?) war der Höhepunkt seines Sommers.

Snapdad schaltete sich ein. »Oh, fragst du dich aus welchem Teil vom Arsch deiner Mom ich stamme?«

»Hat hier jemand tatsächlich Sex? Das Ganze heißt Netsex.«

»FURZFURZFURZFURZFURZFURZFURZFURZFURZ-FURZFURZFURZFURZFURZFURZFURZFURZFURZFURZ-FURZFURZFURZFURZFURZFURZFURZFURZFURZFURZ-FURZFURZFURZFURZFURZFURZFURZFURZFURZFURZ-FURZFURZFURZFURZFURZFURZFURZFURZFURZ«, schrieb Ribit, wieder im Kanal, aber jetzt nur noch mit einem *B*. Solchen Spaß hatte Bob seit Wochen nicht gehabt.

Dann bekam Bob eine Nachricht von FlanellPyjama. »FlanellPyjama lädt Sie in den Kanal #hierdrüben ein.«

Also machte Bob sich auf nach #hierdrüben, und es entspann sich eine Unterhaltung.

»Hi«, schrieb sie. »Hier ist es netter, oder?«

»Ja«, antwortete er.

»Also, SpudBoy, *looking for a real tomato*?«

»Du kennst Devo???? Das ist so cool. Ich kenne nicht viele Mädchen, die die mögen. Sie kommen aus Ohio, nicht weit von meinem Heimatort.« Eine Pause. Er musste noch irgendwas schreiben. »Darf ich ehrlich sein?«

»Klar«, schrieb FlanellPyjama.

»Ich habe das noch nie gemacht.«

»Das habe ich mir gedacht!«

»Was heißt A/S/L?«

»Age/Sex/Location. Also zum Beispiel 18/W/Kodiak Island Alaska. Das bin ich.«

»Oh! Okay. 18/M/Middletown Connecticut.«

»Hi.«

»Hi«, schrieb Bob. »Was geht?«

»Nicht viel, wasgebeidi?«

»Abhängen.«

»Cool. Wie spät ist es da.«

Er sah zur Wanduhr.«

»2 Uhr 45.«

»Ui! Lange Nacht?«

»Normal. Also wie ist es, in Alaska zu leben?«

»Scheißlangweilig«, schrieb sie. »Willst du cybern?«

»Was?«

Sie erklärte ihm, was es bedeutete. Bob sah sich um. Niemand konnte seinen Bildschirm sehen.

»Okay.«

»Hast du so was schon mal gemacht?«

»Nein. Du?«

»Nein. <zwinkert> Wie siehst du aus Bob?«

»Ich bin 1,08, braune Haare, braune Augen.«

»1,08?«

»1,80 meine ich, sorry! Ich bin nicht 1,08, keine Sorge.«

»Und selbst wenn, würde ich es nie erfahren.«

»Bin ich nicht. 1,80, braune Haare, braune Augen.«

»Weiter. Beschreib, wo du bist.«

»Ich sitze auf einem Stuhl. An einem Computer. Im Computerzentrum.«

»Zieh dich aus.«

»Ähmmmmmm das ist hier ein eher öffentliches Computerzentrum, und da sind noch drei andere Leute. Eine davon kichert die ganze Zeit. Vielleicht macht sie auch IRC oder so. Oder sie ist nur verrückt. Vielleicht ist sie Ribbit.«

»<lacht laut auf> Könnte sein, man weiß nie, wer dabei ist.«

Er wusste nicht, was er antworten sollte. Der Flow war unterbrochen. *Hol ihn zurück.* Er tippte.

»Also jedenfalls kann ich mich hier nicht ausziehen.«

»SpudBoy.«

»Ja?«

»Sag mir einfach, dass du nackt bist.«

»Okay ich bin nackt.«

»Mmmmmh.«

Er dachte, da käme noch mehr, aber es kam nichts, deshalb schrieb er: »Bist du nackt?«

»Noch nicht«, schrieb sie.

»Wie siehst du aus?«

»Was stellst du dir denn vor?«

Er stellte sich vor, was er sich vorstellte, dann schrieb er es hin und drückte »Enter«.

»Ich stelle mir einen Flanellpyjama vor, der durch den Weltraum schwebt.«

»Hahaha! Das bin ich. Ein Weltraumpyjama. Tatsächlich trage ich den gerade. Und sonst nichts <zwinker!> (Außer Schneestiefeln. Draußen schneit's.)«

Er atmete schneller. Und wiederholte die Frage: »Wie siehst du aus?«

»1,70, fünfzig Kilo«, schrieb sie, und dann: »Meine Brüste sind zu schwer für mich. Hoffe, das ist okay.«

Sie lügt. Ist das eine Lüge? Es muss eine sein.

»Das ist gut, vermutlich.«

»Gut für dich! Ich muss Spezial-BHs kaufen.«

»Das tut mir leid.«

»Nein, tut es nicht. Hahahahaha«, schrieb sie, und Bob

war begeistert. »Ich habe blaue Augen und rotes Haar, so ein kürzerer Sixties-Schnitt, mit Pony.«

»Du klingst sehr schön«, schrieb er.

»Was machst du mit mir, SpudBoy?«

Der Satz verwirrte ihn kurz, als hätte sie ein Wort ausgelassen. Er las ihn noch mal. *Was machst du mit mir?*

»Was?«

»Ich fang an. Ich berühre mit meiner Hand sanft deinen Arm. Ich streichle ihn. Mit der anderen Hand fasse ich hinter deinen Kopf und fahre dir mit den Fingern durchs Haar.«

Sein Nacken kribbelte, als würde ein Geist vorbeischweben. Das kichernde Mädchen kicherte immer noch, vertieft in was auch immer. Niemand außer Bob konnte seinen Bildschirm sehen. Er antwortete.

»Ich fasse mit dem Arm um deinen Rücken und berühre dich im Kreuz.«

»Mmmmh. Das gefällt mir.«

»Mein Finger malt Kreise auf deinen Rücken«, schrieb er, wie in diesem einen Leserbrief in *Penthouse*, in dem die Finger des Verfassers in Kreisen über die Wirbelsäule der Babysitterin fuhren. Nirgends malten echte Finger echte Kreise auf echte Rücken. Und doch sind wir ganz aus dem Häuschen.

»Ein Stöhnen entfährt mir«, entgegnete sie. »Ich hoffe, die hier im Computerlabor hören mich nicht.«

»Wir sind nicht im Computerlabor«, sagte Bob.

»Wo sind wir?«

»Wir sind am Strand.«

Makena Beach war der Name, aber das wusste Bob nicht. Er kannte ihn nur als den Strand in der Nähe des Hotels auf Maui. Ein ruhig gelegener Sandstreifen, der das blaue Wasser vom dunkelgrünen Laub trennte, der vollkommenste Ort, an dem er je war. Er schloss die Augen und sah ihn vor sich und sie auch.

»Ich war noch nie am Strand«, schrieb sie.

»Ich weiß. Ich habe dich mit meinem Privatjet herge-
bracht.« Warum sollte er keinen Privatjet haben?

»Wow!«

Er spürte die stechende Sonne. Das Kichern des kichern-
den Mädchens trat in den Hintergrund, ein schwaches Echo
wie Donner hinter einer Wolke, aber bald hörte Bob nur
noch das Rauschen der Brandung.

»Es ist warm. Der Sand ist puderig, das Wasser so klar,
dass man kaum erkennen kann, wo der Strand aufhört und
der Ozean beginnt. Die Sonne steht knapp über der Wasser-
oberfläche, und wir stehen da und gucken. Das Wasser reicht
gerade so an unsere Zehen, und unsere Hände berühren sich
fast. Dann berühren sie sich tatsächlich, nur ein bisschen.
Die Finger kitzeln sich. Und dann verschränken sie sich. Wir
halten Händchen. Wir wenden uns vom Sonnenuntergang
ab und sehen uns an. Deine Lippen sind voll und rund. Ich
beuge mich vor ...«

Bob hob die Hände von der Tastatur.

Sein Hals war steif geworden, und er hielt die Luft an.
Er sah sich im Computerraum um. Es war wie nach einem
Kinofilm, wie damals, als er nach *Jurassic Park* auf dem Weg
zum Auto das Gefühl hatte, auf dem Parkplatz könnte jeden
Moment ein Velociraptor hervorspringen. Das kichernde
Mädchen hatte keine Ahnung, dass der Typ drei Reihen
weiter an einem Strand stand.

Bob sah wieder auf den Bildschirm, auf die Stränge moos-
grüner Buchstaben hinter dem gewölbten schwarz glänzenden Glas. FlanellPyjama hatte geantwortet.

»Du machst das gut.«

»Wirklich? Ich habe das noch nie gemacht.«

»Hier oder im echten Leben?«

»Beides.«

»Ich auch nicht.« Dann schrieb sie: »Mach weiter.«

»Ich lege dich auf den weichen, feinen Sand. Er ist wie Zucker. Und ich küsse deine Zehen. Deine Haut schmeckt süß. Ich küsse deine Knöchel. Ich küsse deine Knie.« Er tippte noch ein »Ich küsse«, aber sie unterbrach ihn.

»Okay, hör gut zu, SpudBoy. Das ist genug für mich. Ich bin auch in einem öffentlichen Computerlabor, deshalb gehe ich jetzt zurück in mein Wohnheimzimmer. Fünf Minuten über den Campus. Ich liege um 22 Uhr 57 meiner Zeit im Bett. Wir machen es genau gleichzeitig, 23 Uhr meiner Zeit, 3 Uhr deiner Zeit. Ich werde dich spüren und du mich.«

»Ja. JA. So machen wir's.«

»Lass mich nicht hängen, SpudBoy.«

»Mach ich nicht, FlanellPyjama.«

»Tschüss.«

»Tschüss.«

Er rannte aus dem Gebäude. Beim Überqueren der glatten Straße rutschte er ein bisschen weg und wäre fast von einem Räumfahrzeug erwischt worden. Als er endlich in sein Zimmer kam, war Reggie nicht da. Mit ziemlicher Sicherheit blieb er die ganze Nacht weg. Bob zog sich aus, kroch ins Bett und machte es sich bequem. Er hatte Handcreme. Mit Vanilleduft. Der Wecker zeigte 2 Uhr 58. Er schloss die Augen, kehrte an den Strand zurück, und da wartete sie schon auf ihn. Sie nahm seine Hand, und sie legten sich hin, und die Luft roch nach Vanille.

***

Am nächsten Morgen waren sie zurück im IRC.

»Mmmmmmmmmh, das hat Spaß gemacht.«

»Mmmmmmmmmh, ja. Ich habe hinterher nach dir gesucht.«

»Wo?«

»Hier. Ich dachte, vielleicht bist du wieder da.«

»Oh, das tut mir leid. Es ist schwer, vom Labor ins Wohn-heim zu kommen, wegen dem Schnee. Außerdem musste ich hinterher einfach schlafen, weil WOWOWOWOWOWO-WOW.«

Das war sein Werk. Er hatte es für sie möglich gemacht. Etwas Warmherziges und Großzügiges in ihm freute sich darüber, dass er jemandem etwas Gutes getan hatte.

Sie fuhr fort: »Hast du mich gespürt?«

»Bis nach Connecticut! Du hast den ganzen Kontinent zum Beben gebracht!«

»Hahahahaha, ich hab dich auch gespürt. Was hast du dir vorgestellt?«

»Du meinst, in dem Moment?«

»Ja«, schrieb sie. »Genau in dem Moment.«

»Ich habe mir dich vorgestellt«, schrieb er. »Wir waren am Strand. Du und ich und das Geräusch der Brandung auf dem Sand. Ich habe mich an dich gepresst und nur noch deine Haut und den Sand und deinen Flanellpyjama gespürt.«

»Ha! Den hatte ich an! Welche Farbe hatte der, den du dir vorgestellt hast?«

»Irgendwie grünlich?«

»HEILIGE SCHEISSE, der ist grün. Gedankenübertragung. ALSO nur ich in meinem Pyjama und du auf mir.«

»Unter dir.«

»Mmmmmmh, das erregt mich schon wieder. Zu blöd, dass ich Unterricht habe.«

»Willst du später cybern? Heute Abend, meine ich?« Schon ging ihm der Jargon ganz leicht über die Fingerspitzen.

»Klar«, schrieb sie.

»Willst du telefonieren?«

»Nein«, schrieb sie.

»Oh.«

»Es gibt nur ein Telefon in meinem Zimmer, und das teile ich mir mit zwei Mitbewohnerinnen.«

»Okay. Heute Abend. Wie wäre ein Uhr meiner Zeit, neun deiner Zeit?«

»JA.«

»Okay, ich muss ins Seminar. Bis heute Abend. Das hat Spaß gemacht gestern.«

»Das hat es.«

»Okay, dann bis neun Uhr deiner Zeit. Tschüss.«

Sie tauchte nicht auf. Er saß eine Stunde im Computerzentrum, lungerte im IRC rum, sprang von Kanal zu Kanal. Kein FlanellPyjama. Am nächsten Tag kehrte er zurück und blieb ein paar Stunden länger. Er spürte die Blicke der anderen, die kamen und gingen und wiederkamen und ihn immer noch dort vorfanden, und überlegte, was sie von ihm hielten und was er an ihrer Stelle von sich gehalten hätte. Es war ihm egal.

Nach drei Tagen war sie endlich da.

»Hi«, schrieb er.

»Hi.«

»Ich habe dich neulich gesucht und nicht gefunden.«

»Es tut mir so leid, ich musste wohin und konnte mich da nicht rausziehen. Tut mir soooooo leid.«

»Schon okay!«

»Mmmmh, ich wünschte, ich hätte dich erreichen können.«

»Sollen wir E-Mail-Adressen austauschen?«

Etwas später mailte sie ihm.

»Hi, SpudBoy alias bsmith12. Wenn das wirklich deine Mail-Adresse ist. Ich bin's, FlanellPyjama, deine Freundin aus Alaska. Du kannst mich auch Vanessa nennen, denn so heiße ich in echt. Wie heißt du? Dein Name fängt vermutlich mit einem B an. Brad? Ich hoffe, du hast einen guten Tag, Brad! Xoxoxoxoxo Vanessa.«

»Hi, Vanessa, schön, von dir zu hören! Ich lasse dich wissen, wenn ich das nächste Mal für einen Ausflug an den

Strand zu haben bin. Ich heiße übrigens Bob, aber du kannst mich Brad nennen, wenn du willst. Oder Bradley. Oder Bart. Oder Bilbo. Alles mit B geht in Ordnung. Bob ist ehrlich gesagt ziemlich öde! Wie auch immer, ich muss los. Halt dich schön warm in Alaska. Xoxoxoxoxo Bob.«

Jetzt lebte FlanellPyjama in seinem Kopf als Vanessa, trug aber weiterhin einen Flanellpyjama. Er stellte sich den grünen Pyjama als langärmliges Oberteil mit kurzer Hose vor, die gern mal nach oben rutschte, sodass die milchige Weiße ihrer langen, sehr langen Alaska-Beine hervortrat. Das wenige, was er über ihr Haar wusste – kurz, rot, Pony –, blieb immer gleich. Aber Augen, Nase, Lippen, Kinn? Die waren nicht festgelegt. Sie veränderten sich jedes Mal, mit jeder Fantasie, oft eine Collage aus anderen Augen, Nasen, Lippen und Kinnpartien, die er sich von anderen Mädchen aus dem echten Leben, aus Filmen, aus *Penthouse* und anderen Magazinen (mittlerweile hatte er ein paar) ausborgte. Er nahm sie überallhin mit. Er dachte im Unterricht an sie. Er dachte in der Mensa an sie. Er dachte an sie, während er *Anna Karenina* las: Kitty Schtscherbazkaja hatte kein Gesicht, ebenso wenig wie Vanessa, und doch hatten sie beide dasselbe Gesicht, wenn auch verschwommen in den dunklen Gewässern von Bobs Hirn – und dieses Gesicht war wunderschön.

Für den Rest des Semesters verbrachte Bob seine Freizeit im Aquarium. Er und Vanessa fanden sich drei-, viermal die Woche am Strand ein. Aber was immer es war, es wurde schnell mehr daraus. Sie unterhielten sich, wann immer sie im IRC waren, und wenn nicht, mailten sie. Sie teilten das Hochgefühl über *Akte X* am Freitagabend und das gemeinsame Rätseln darüber. Sie teilten das Tief nach Kurt Cobains Selbstmord, der erste Selbstmord in Bobs geschütztem, angenehmen kleinen Leben.

»Es wirkt nicht real«, schrieb er Vanessa.

»Ich weiß«, erwiderte Vanessa.

»Ich meine, in seinen Texten ist alles da. In so ziemlich jedem Song erwähnt er eine Waffe. Aber trotzdem«, schrieb er. »Ich kann's nicht glauben.«

»Menschen sind Rätsel«, antwortete sie.

»Bist du schon mal mit so was in Berührung gekommen? Selbstmord, meine ich?«

»Ja«, schrieb Vanessa. Sie führte es nicht weiter aus. Eine der spärlichen Informationen über ihr echtes Leben.

Am Ende des Collegejahres, bevor Bob nach Ohio zurückkehrte – wo er drei Monate lang keinen E-Mail-Zugang haben würde –, betranken sie sich gemeinsam. Er hatte eine Flasche Mad Dog mit Traubengeschmack in den Computerraum geschmuggelt und nippte daran, während sie sich verabschiedeten.

»Das erste Jahr geschafft. Ist das zu glauben?«

»Wie war es für dich? Meins war Mist«, schrieb sie.

»Anders als ich erwartet hatte. Aber nicht schlecht«, schrieb er.

»Okay, es gab wohl auch gute Momente. Dir zu begegnen war schön.«

»Ja«, schrieb er. »Hey, leg dir im Sommer keinen Freund zu, okay?«

»Ich kann nichts versprechen«, schrieb sie.

***

Als Bob im September wieder am senffarbenen Terminal Platz nahm, begann der Austausch von Neuem. Er erzählte ihr von seinem Job als Küchenhilfe in einem Country Club. Er erzählte ihr, wie er zum ersten Mal Lachgas ausprobiert hatte und es mochte und wie er zum ersten Mal bei einem Grateful-Dead-Konzert gewesen war und es auch mochte. Es war derselbe Abend gewesen.

Dann begegnete er Amy Otterpool, einem Mädchen aus

seinem Wohnheim, Ersti mit eifrigen, freundlichen Augen, gekreppten Haaren und fast fragiler Figur, und er beantwortete Vanessas Mails nicht mehr ganz so schnell. Er ließ zwei Wochen ohne Antwort verstreichen, manchmal auch drei, und mit einem Mal hatte er eine unbeantwortete E-Mail in seinem Postfach, die schon anderthalb Monate alt war.

»Es tut mir leid, dass ich mich nicht gemeldet habe«, schrieb er endlich.

»Och nee, lass uns nie zu solchen Langweilern werden, die sich entschuldigen, wenn der Kontakt einschläft. Keine Entschuldigung nötig. Wie geht es dir??«

»Gut! Tatsächlich gibt es Neuigkeiten. Ich glaube, ich habe mich davor gedrückt, es dir zu sagen, aber jetzt sag ich's einfach: Ich glaube, ich habe eine Freundin. Ich meine, ich weiß es. Wir sind seit Halloween zusammen.«

»SPUDBOY HAT NE FREUNDIN?!?! DETAILS!!!!!! (Ich freue mich darauf, alles zu erfahren, wenn du mir in sechs Monaten antwortest.)«

»Hahahaha, okay, geschenkt. Ich erzähl's dir. Sie heißt Amy.«

Er erzählte ihr, wie sie das ganze Semester geflirtet hatten, obwohl sie zu Hause mit jemandem zusammen war. Er erzählte ihr vom Halloween-Abend, wie sie verabredet hatten, zusammen zu den Partys zu gehen, sie als Cindy von den B-52s, er als Vampir, und beide so taten, als wären sie nur gute Freunde. Er erzählte Vanessa, wie Amy auf der zweiten Party erwähnt hatte, dass sie mit ihrem Freund Schluss gemacht habe, und wie sie Bob beim Erzählen nicht in die Augen sehen konnte, denn wenn sich ihre Blicke getroffen hätten, hätten sie unmöglich so tun können, als würde es nichts bedeuten. Er erzählte Vanessa, wie er Amy die ganze Zeit küssen wollte, es aber nicht fertigbrachte. Er wollte sie auf der Tanzfläche küssen. Er wollte sie in der Bierschlange küssen. Er wollte sie bei jedem Schritt auf dem Weg zu ihrem

Wohnheim küssen. Sie wollte auch, dass er sie küsste, aber er konnte es nicht, konnte es nicht, konnte es nicht, konnte es nicht, konnte es nicht, bis er es schaffte.

Vanessa freute sich für ihn.

»Glückwunsch, Spuds. Wirst du sie heiraten?«

Er mochte es Vanessa gegenüber nicht zugeben, aber er war sich ziemlich sicher, dass er es tun würde. Amy war schnell seine ganze Welt geworden. »Ich weiß es nicht.«

»Solltest du machen. Sie klingt toll.«

»Ist es komisch, dass ich dir das alles erzähle?«

»Natürlich. Keine Sorge, ich bin nicht eifersüchtig. Ich habe schon einen Plan. Ich werde deine zweite Frau.«

»Wirklich?«

»Jep. Du wirst zur Ruhe kommen, dir ein schönes, angenehmes Leben aufbauen, und dann werde ich diejenige sein, die plötzlich auftaucht und alles ruiniert.«

»Okay«, schrieb Bob. »Abgemacht.«

Und so wurde Vanessa Bobs zukünftige zweite Ehefrau. Irgendwann fing sie an, ihre E-Mails mit »Nummer zwei« zu unterschreiben. Bob würde übrigens ihr fünfter Ehemann werden. Da war sie ziemlich klar. Also erhielt Bob den Spitznamen »Nummer fünf«.

***

Sie waren unerträglich, und Bob wusste, dass sie unerträglich waren, aber oh, welch unbeschreibliche Freude, mit jemandem jung zu sein und verliebt und unerträglich! Bob und Amy blieben die ganze Collegezeit zusammen, und auch als er nach seinem Abschluss nach New York zog, kehrte er jedes Wochenende auf den Campus zurück, und jeder getrennte Tag war eine Qual, bis auch sie ihren Abschluss machte und nach New York zog, und die wahre Liebe hatte gesiegt!

Bob hatte eine Wohnung an der Upper West Side, und Amy wohnte bei ihrem Dad in Brooklyn, aber sie verbrachten fast jede Nacht zusammen. Bob trat eine Stelle in einer Unternehmensberatung an, und Amy machte sich auf die Suche nach der passenden juristischen Fakultät. Mail-Adressen mit .edu-Endungen wurden durch Yahoo und Hotmail ersetzt. AOL führte den Instant Messenger ein, und Bob fand heraus, dass die Arbeit im Büro viel weniger öde war, wenn er den ganzen Tag mit seiner alten Freundin in Alaska plauderte.

Vanessa lebte immer noch auf Kodiak Island. Sie blieb dort, weil sie, in ihren Worten, nur die Wahl hatte zwischen »Hierbleiben oder der Rückkehr ins Arschloch von Alaska«. Sie machte einen höheren Abschluss in Computerwissenschaft und konnte Bob tatsächlich auf verständliche Weise erklären, warum der Millennium-Bug den Zusammenbruch der Zivilisation mit sich bringen könnte und wie er Napster installierte, damit er bis zum Weltuntergang jeden Song seiner Wahl hören konnte. Bob versuchte zu erklären, was ein »Berater« machte, scheiterte aber, weil es nicht zu erklären ist, doch die Bezahlung war gut, und er hatte seinen eigenen Schreibtisch und einen Computer, und der Bildschirm zeigte meistens weg von den anderen.

Sie unterhielten sich über *Titanic*, den sie beide mochten, während Amy ihn hasste. Sie unterhielten sich über den neuesten Star-Wars-Film, den sie beide hassten, während Amy ihn »visuell interessant« fand. Amy war nicht oft Thema, aber Bob spürte, dass er sie gern zum Thema gemacht hätte, und zwar nicht im positiven Sinn. New York war groß. Er fuhr jeden Tag mit der U-Bahn zur Arbeit und sah all die Frauen, in all den herrlichen Farben und Formen und Situationen, und er wünschte, er könnte sich in jede Einzelne verlieben und eine Million Leben führen, in denen er mit einer Million unterschiedlicher Frauen verheiratet war. Auf der Rückfahrt fragte er sich, wohin sie unterwegs waren, welches Abenteuer sie in den Straßen der Stadt erwartete, und dann fiel ihm wieder ein, wohin er unterwegs war: zu einem weiteren Abend zu Hause mit seiner Freundin.

Am Silvesterabend 1999 war Bob fünf Blocks vom Times Square entfernt, auf einer Dachterrassenparty bei Freunden von Amy. Bob beteiligte sich nur nickend am Gespräch, als die Freunde über die Möglichkeit lachten, dass um Mitternacht die Welt untergehen könnte. Informationstechnologie war ihr Metier, und sie lebten in New York, sie wussten also, dass die ganze Chose ein bisschen übertrieben war. Bob lachte mit, als sie sich über die allgemeine Panik lustig machten, aber insgeheim hätte er der Stadt und ihrem Straßenraster am liebsten den Rücken gekehrt und in den ergiebigen Fischgründen von Kodiak Island Lachse gefangen und sie in seine Blockhütte gebracht, wo seine rothaarige Frau sie putzen und zubereiten würde.

Um Mitternacht küsste er Amy. »Kommt mir nicht vor wie die Apokalypse«, sagte sie.

***

Es würde noch anderthalb Jahre dauern, bis er es aussprechen konnte.

»Ich glaube, ich werde mich von Amy trennen.«

»WAS? Nein! Du liebst Amy! Außerdem kann ich erst deine zweite Frau werden, nachdem du die erste geheiratet hast!«

»Ich mein's ernst. Ich liebe sie, aber«, tippte er, schickte aber nichts ab. *Ich liebe sie, aber ...* Die zweite Hälfte des Satzes wollte ihm nicht einfallen. Und dann wurde ihm klar, dass das Problem nicht die zweite Hälfte war. Sondern die erste. Er löschte sie und fing anders an.

»Ich liebe sie nicht«, schrieb er. »O mein Gott, das habe

ich noch nie gesagt oder geschrieben. Liebe ich sie nicht? Seit sieben Jahren sage ich, dass ich sie liebe. Ich habe das auch mal so gemeint. Aber ich glaube, ich liebe sie nicht mehr. Oder ich liebe sie nicht mehr genug. Und dann ist es vielleicht keine Liebe. Wenn es nicht GENUG Liebe ist, ist es gar keine Liebe, und ich sollte es nicht Liebe nennen. Was meinst du?«

»Ich glaube, du solltest bei der Arbeit nicht kiffen.«

»Ich mein's ernst.«

»Ich glaube, du weißt, was du tun wirst.«

»Außerdem haben wir seit sechs Monaten nicht mehr miteinander geschlafen«, fügte er hinzu.

Darauf antwortete sie nicht sofort. »Ist das lang für dich?«

»Das ist lang für jeden, oder?«

Darauf antwortete sie gar nicht, und als sie sich Stunden später wieder unterhielten, kam sie nicht darauf zurück. Es war einer der seltenen Momente, als ihm tatsächlich auffiel, wie wenig Vanessa über ihr Liebesleben preisgab.

An einem unwirklich schönen Freitagnachmittag im August, als er früh Feierabend machte und die Zeit dafür hatte, ging Bob zu Fuß nach Hause, den ganzen Weg von der East 42nd Street zur West 85th. Die Gehwege von Midtown waren voll, lauter Menschen mit der gleichen Idee. Als sich die Menge Höhe 57th Street kurz teilte, entdeckte er Fleurette, eine Praktikantin aus seiner Abteilung. Sie war groß, ihre Stimme samtig und klar, jeder Konsonant wohlartikuliert. Alles an ihr schien zu federn, vor allem an diesem schönen Tag mit seiner leichten Brise vom East River. Sie arbeitete den Sommer über auf Bobs Etage, und obwohl sie nur vierzehn Monate Altersunterschied trennten, empfand er zwischen sich als bezahltem Angestellten und ihr als Studentin einen großen Abstand. Er hatte kaum mit ihr geredet.

Aber da war sie nun, einen halben Block vor Bob. Er folgte ihr nicht, guckte nur, wie lange sie den gleichen Weg hatten. Was, wenn sie und Bob in demselben Gebäude wohnten und sie den ganzen Weg bis zur 85th Ecke Broadway lief? Das wäre schon eine Art Zeichen. Er ging weiter die Fifth Avenue hinauf, sah sie im Gedränge auftauchen und verschwinden. Sie schlenderte, ließ sich Zeit, und Bob holte sie allmählich ein. Bald wäre er nah genug für ein Gespräch, und wenn die Ampel vor ihnen auf Rot umspränge, stünden sie nebeneinander, und so kam es.

»Hallo«, sagte Bob. »Fleurette, richtig?«

»Hi!« Sie lächelte breit, enthusiastisch, erfreut über die Überraschung. »O mein Gott, kommst du – kommst du aus dem Büro?«

»Ja, ich dachte, ich laufe nach Hause.«

»Ich auch!«

»Kann man machen, oder? Es hat sich endlich etwas abgekühlt.«

»Ich weiß, es war so heiß!«

Und so gelang es Bob zum zweiten Mal in seinem Leben, mit einem flüchtig bekannten hübschen Mädchen ein Gespräch anzufangen, und nichts, was er sagte oder tat, war peinlich genug, um auszuschließen, dass er sie eines Tages nackt sähe. Es war ein Riesenfortschritt.

Drei Tage später trennten sich Amy und Bob.

***

»Ich hätte nicht gedacht, dass du es machst, Nummer fünf.«

»Ich auch nicht.«

»Wie kam es dazu?«

»Wir waren beim Inder.«

»In der Öffentlichkeit???«

»So halbwegs. Es war kaum jemand da. Sie wollte ganz dringend, dass wir uns überlegen, was wir an Thanksgiving machen, und mir wurde einfach klar, dass ich an Thanksgiving nicht mehr mit ihr zusammen sein würde, und ich wollte ihr nichts vormachen. Also habe ich ES GESAGT. Ich habe gesagt, dass ich Schluss machen will.«

»Du hast das so gesagt? Du hast gesagt: ›Ich will Schluss machen‹?«

»Ja. O mein Gott. Es war so verkrampft und seltsam. Und dann haben wir geredet, und sie schwankte irgendwie zwischen es kapieren und auch so empfinden und es nicht kapieren und total wütend sein auf mich und total traurig. Sie hat sehr geweint.«

»Im Restaurant???«

»Nein, in der Wohnung danach. Und dann ist sie gegangen. Sie hat ihr ganzes Zeug gepackt und ist zu ihrem Dad.«

»Hast du heute schon von ihr gehört?«

»Nein. Wir haben beschlossen, erst mal nicht zu reden.«

»Das ist klug.«

»Das Seltsamste war, heute Morgen aufzuwachen«, sagte Bob. »Weil ich mich erst nicht daran erinnert habe. Alles war gut, und nichts war anders. Wie jeden Morgen. Das hat einen Moment gedauert. Drei Minuten oder so. Drei Minuten lang war ich heute wach und immer noch Amys Freund, oder zumindest habe ich mich so gesehen, und dann habe ich die offene Kommodenschublade bemerkt, und mir ist wieder eingefallen, wie sie hektisch Sachen rausgeholt hat, und dann kam alles wieder hoch, und mir wurde bewusst, dass ich Single bin.«

»Du bist Single.«

»Ich bin ein Single.«

»Du warst ein Freund, und jetzt bist du kein Freund mehr.«

»Ich sollte wohl nach Flügen nach Alaska gucken.« Das meinte er nicht ernst. Nicht wirklich. Ein bisschen vielleicht. Aber die Leichtigkeit verflog.

»Nein«, sagte sie. »Mach das nicht.«

»Okay«, sagte er. »Sicher?«

»Ja.«

412

Er rief Amy nicht an, aber Fleurette. Sie freute sich, von ihm zu hören, und sie unterhielten sich anderthalb Stunden, und Bob schlug vor, dass er sie ja mal für ein Wochenende am College besuchen könnte, und sie sagte, das könnte nett werden, also machte er es, aber sobald er aus dem Flugzeug kam und sie an der Gepäckausgabe erspähte, wusste er, dass nichts passieren würde. Sie guckten ein Football-Spiel, aßen Barbecue, besuchten ein historisches Schlachtfeld, und ehe er sichs versah, umarmte er sie zum Abschied. Auf dem Rückflug fragte er sich, ob er jemals wieder eine Freundin haben würde.

Einen Monat später bekam er eine kurze E-Mail von Amy.

»Ich will dich nicht nerven, aber könnten wir uns irgendwann zum Mittag treffen? Du steckst nicht in Schwierigkeiten. Ich will nur reden.«

Er erzählte Vanessa davon.

»Du musst sie treffen«, schrieb sie.

»Das weiß ich«, schrieb er. »Natürlich.« (Obwohl er es nur erwähnt hatte, weil er hoffte, sie würde das Gegenteil sagen.)

»Gut«, schrieb Vanessa. »Und übrigens, du STECKST in Schwierigkeiten. Das ist dir klar, oder?«

Sie trafen sich in einer Bar, in der sie ein paarmal zusammen gewesen waren. Sie nahm in der Nähe Tanzunterricht, und obwohl es langsam kühler wurde, erwartete er sie fast in Trikot und Leggings. Er kam als Erster und fand einen Tisch weiter hinten, und jedes Mal, wenn sich die Tür öffnete, schnürte es ihm die Brust zu, und jedes Mal, wenn es nicht Amy war, entspannte er sich wieder, bis sie es schließlich war, nicht in Tanzkleidung, aber das Haar in einem hastigen Knoten, und seine Brust blieb wie zugeschnürt, als sie sich begrüßten und Hände schüttelten. Hände schütteln! So war das also, eine Ex-Freundin zu haben.

Sie redeten. Sie habe den Eingangstest fürs Jurastudium

absolviert, und es sei gut gelaufen, erzählte sie. Sie würde das Ergebnis in ein paar Wochen erfahren, und in der Zwischenzeit überlege sie, an welchen Schulen sie sich bewerben sollte. Sie fragte, wie es ihm gehe, und er sagte, gut. Er achtete darauf, nicht zu glücklich zu wirken, und dann wurde ihm bewusst, dass er wirklich nicht glücklich war, er musste gar nicht so tun.

»Es tut mir wirklich leid, wie alles gelaufen ist«, sagte er.

»Wie alles gelaufen ist?«

»Wie alles –«, sagte er. »Wie ich mich verhalten habe.«

»Ja«, sagte sie, aber nicht, dass es in Ordnung sei, dass sie ihm verzeihe, und das ärgerte ihn ein bisschen, denn hatte er es nicht richtig gemacht? Er hatte sie nicht betrogen oder so.

»Ich hätte manches anders machen sollen«, bot er an, ohne einen Schimmer, was denn eigentlich. Das Essen wurde an einem stummen Tisch serviert.

»Wir haben gegessen. Ich habe gezahlt. Zum Abschied haben wir uns einmal lange umarmt, und das war's«, schrieb Bob. »Das Ende.«

»Freut mich zu hören«, schrieb Vanessa. »Ich habe euch eine zwanzigprozentige Chance gegeben, dass ihr wieder zusammenkommt.«

»Es ist schon komisch, als wir nicht mehr geredet, sondern gegessen haben, gab es diesen Moment, in dem ich sie angesehen habe, und sie war wunderschön. Sie hat so einen kleinen Mund, und den macht sie nie weit auf, auch beim Essen nicht. Und sie hielt den Kopf leicht gesenkt. Sie ist beim Essen sehr diskret, das ist sehr süß. Als wollte sie nicht, dass man sie dabei sieht. Und, keine Ahnung, da gab es einen Moment, in dem ich ernsthaft dachte, wenn ich jetzt die richtigen Dinge sage, kann ich sie zurückgewinnen. Als wäre es noch kein Totalschaden. Und ich dachte, wie wunderbar es wäre, einfach mit ihr ins Bett zu fallen, für ein, zwei oder drei Tage. Und dann habe ich zur Tür geguckt, und dieses wunderschöne Mädchen kam rein. Sie war groß und kurvig, irgendwie solide auf eine echt appetitliche Art. Dagegen ist Amy so winzig. Was in Ordnung ist! Amy ist wunderschön! Sie war mal das schönste Mädchen der Welt für mich. Im Vergleich mit IRGENDEINEM Mädchen auf der Welt würde ich vermutlich Amy wählen. Aber im Vergleich mit ALLEN Mädchen auf der Welt? All diese Formen und Größen und unendlichen Variationen? Kein fairer Kampf. Nicht mal annähernd. Kein einzelner Mensch mit einem Gesicht und einem Körper kann es mit allen Gesichtern und allen Körpern aufnehmen. Ich weiß nicht, ob es mich zu einem Arsch macht, das laut auszusprechen (obwohl ich es streng genommen nicht laut ausspreche). Aber ob nun Arsch oder nicht, ich weiß, dass ich, wenn ich so empfinde, vermutlich gerade Single sein sollte.«

»Ich halte dich nicht für einen Arsch«, schrieb Vanessa. »Aber ich mache mir Sorgen.«

»Ich verspreche, dass ich nie ein Arsch werde«, schrieb Bob. Er war in seiner Arbeitsnische im Büro, und jemand lachte, und er musste an das kichernde Mädchen denken, in jener ersten Nacht vor beinahe acht Jahren. »Kann ich dir was zeigen?«

»Klar«, schrieb sie.

Er schickte ihr einen Link.

»Was ist das?«

»Das bin ich.«

Der Link führte zu seinem Match.com-Profil. Im echten Leben erzählte er niemandem davon. Es war nichts, worauf er stolz war. Aber da war er, sein lächelndes Gesicht, das sich dem World Wide Web präsentierte.

»O mein Gott, bist du attraktiv!«

»ECHT?«

»Ja! O Mann. So sieht also Bob aus. Diese Grübchen. Mörderisch. Jetzt, wo ich weiß, wie du aussiehst, mache ich mir noch mehr Sorgen. Ernsthaft, Nummer fünf. Werd bloß kein Arsch.«

»Werde ich nicht. Versprochen.«

»Ich nehme an, du hast vierzigtausend Antworten bekommen?«

Er hatte drei bekommen. Mit zweien würde er ausgehen. Die Zweite würde ihn so schockieren, dass er danach sein Konto löschte. Aber die Erste verbrachte die Nacht mit ihm, und als er aufwachte, war er mit zwei Frauen zusammen gewesen.

***

Drei Jahre vergingen. Es gab weitere Mädchen, und es machte Spaß, und es war auch Training, Training für mehr Spaß, welcher wiederum Training für noch mehr Spaß war. Er trainierte und trainierte, und jedes Mal fiel ihm jeder Schritt ein bisschen leichter. Ein Gespräch anzufangen wurde leichter. Ein Date zu bekommen wurde leichter. Den ersten Kuss zu wagen wurde leichter. Dinge geschehen zu lassen wurde leichter. Nach Hause zu gehen wurde leichter. Vergessen wurde leichter.

Er registrierte sich bei Friendster, weil alle sich bei Friendster registrierten. Dann verließ er Friendster und registrierte sich bei MySpace, weil alle Friendster verließen und sich bei MySpace registrierten. Eines Tages bekam er eine Freundschaftsanfrage von Vanessa Lascaux, Kodiak Island, Alaska.

Zehn Jahre lang hatte er ihren Nachnamen nicht gekannt, und jetzt kannte er ihn, aber das war nichts im Vergleich zu dem, was er entdeckte, als er den Link zu ihrer MySpace-Seite öffnete: ein Gesicht.

Es sah aus wie ein professionelles Porträt oder ein Film-Still. In Sekundenschnelle trickste sein Hirn sich aus und überschrieb jede einzelne Erinnerung, sodass dieses Gesicht mit den Rehaugen und dem Mona-Lisa-Lächeln schon immer das Gesicht des Mädchens am Strand mit dem Flanellpyjama war.

Er akzeptierte die Anfrage und schrieb ihr.

»Soso. Endlich von Angesicht zu Angesicht.«

»Hallo Fünfi.«

»Hallo ebenfalls, Zweii. So siehst du also aus.«

»Jep. Bist du entsetzt?«

»O ja, du bist abscheulich. Nein! Du bist wunderschön.«

»Gewöhn dich bloß nicht dran. Ich bin eigentlich immer noch dagegen, irgendwas Visuelles im Netz zu posten. Das wirft jede Menge Datenschutzfragen auf. Aber ich dachte mir, das ist ein schönes Bild. Sollen die Perversen halt glotzen.«

»Da kann man gar nicht anders. Moment, BRB. Okay, hi. Sorry, ich bin in einem Restaurant.«

Bob hatte jetzt ein Mobiltelefon mit einer kleinen Tastatur, sodass er sich mit Vanessa unterhalten konnte, während er in einem Restaurant auf seine Vorspeise wartete.

»Bist du gerade auf einem Date?«

»Ja«, schrieb er. »Sie ist auf der Toilette.«

»O Mann«, staunte sie. »Wie lang ist die Liste mittlerweile?«

Die Liste war länger geworden, aber sie war immer noch eine Liste, keine grobe Schätzung, und egal, wie lang die Liste wurde, Bob konnte sie sich in der U-Bahn auf dem Weg zur Arbeit oder nach Hause immer noch aufsagen, denn wenn er es eines Tages nicht mehr können sollte, wenn er jemals an den Punkt käme, an dem er ein Erlebnis mit einem anderen Menschen tatsächlich vergaß, dann wüsste er, dass er endgültig vom Weg abgekommen war.

Dann kamen die Apps.

***

»Ich habe heute ein Date.« Herbst 2014, ein Jahrzehnt später.

»Wiiiiirklich. Und wessen Namen darf ich neben deinem in der Hochzeitsanzeige erwarten?«

»Wow, du willst echt, dass ich diese erste Ehe hinter mich bringe.«

»Darauf warte ich seit zwanzig Jahren. Wer ist das Mädchen? Was macht sie interessant?«

»Sie ist ein Computergenie«, schrieb Bob. »Sie arbeitet an ihrer Promotion an der Columbia. Sie mag künstliche Intelligenz und so.«

»Computer??? Nein. Du darfst keine bessere Version von mir daten.«

»Darling, du bist die beste und einzige Version deiner selbst.«

»Ist sie hübsch?«

»Dem Bild nach ja.«

Das stimmte. Rudy hatte extra ein bisschen Make-up aufgetragen und eine Freundin ein schönes Foto machen lassen.

»Hübscher als ich?«

Bob betrachtete Vanessas Bild, das Bild, das er seit mittlerweile zehn Jahren betrachtete, das einzige auf dieser oder irgendeiner anderen Seite. Sie lächelte ein bisschen mehr als sonst.

»Niemand ist hübscher als du, Deuce.«

***

Im echten Leben war sie nicht so hübsch wie auf dem Bild, und nach ein bisschen Kennenlern-Small-Talk klingelten bei Bob schon die *Niemals*-Alarmglocken, aber er brauchte was zu essen, und sich mit ihr zu unterhalten war interessant, deshalb zog er ihr höflicherweise den Stuhl raus, als sie sich zum Essen setzten.

Als die Getränke kamen, legte Rudy die Spielregeln fest.

»Ich erkläre mich mit Sex heute Nacht einverstanden.«

Bob blickte auf. »Wie bitte?«

»Werfen Sie ruhig noch einen Blick in die Karte«, sagte der Kellner und zog verlegen wieder ab.

»Ich trinke nicht oft«, fuhr Rudy fort. »Aber heute werde ich etwas trinken. Falls ich betrunken bin, könntest du verständlicherweise das Gefühl haben, dass es nicht okay wäre, Körperkontakt zu haben. Deshalb gebe ich dir meine Einwilligung jetzt, solange ich noch nüchtern bin.«

Bobs Karte, die er zum Lesen an die Kerze in der Tischmitte gehalten hatte, fing Feuer. Er löschte es schnell mit seinem Wasser.

»Äh, tut mir leid«, sagte er. »Was?«

»Wir können heute Nacht Sex haben«, wiederholte sie. »Solange du sanft und einfühlsam bist. Und solange du es überhaupt möchtest! Wenn du glaubst, du möchtest es nicht, also wenn du das schon weißt, dann würde ich liebend gern davon erfahren, bevor ich anfange zu trinken.«

Er nahm sich einen Moment Zeit, um darüber nachzudenken. Er hatte sie natürlich schon ausgecheckt, sehr diskret, gleich zu Anfang. Sie war dünn und hatte eine Haltung, die sich zu kringeln schien, wie Qualm. Ein Micky-Maus-Sweatshirt war eine ungewöhnliche Wahl für ein erstes Date, aber es schien nichts Schlimmes zu verbergen. Sie hatte etwas Verspieltes an sich, mit den komischen großen Zähnen und den zusammengekniffenen Augen hinter der riesigen Brille. Bob wusste nicht, warum es bei ihm zog, aber es war so. Er wollte sie. Klar.

»Alles gut«, sagte er. »Okay. Können wir machen, wenn du möchtest. Das nimmt definitiv den Druck raus.«

»Da bin ich froh. Dich unter Druck zu setzen, ist das Letzte, was ich will. Zu viel Druck könnte verhindern, dass du eine Erektion bekommst.«

Er lächelte. »Gut, dass das jetzt kein Problem wird!«

Sie lachte. Das erste Lachen des Abends, und ihre Zähne strahlten. Sie legte die Lippen um den Strohhalm und leerte den Mojito zur Hälfte in einem gierigen Schluck.

»Wenn du normalerweise nicht trinkst«, sagte er, »darf ich dann fragen, warum du heute Abend trinkst?«

»Ich bin nervös«, sagte sie. »Ich hatte noch nie einen One-Night-Stand.«

»Oh.«

»Ziemlich nervenaufreibend. Aber das muss ich dir ja nicht erzählen. Du bist ja auch neu hier.«

Oh, stimmt, dachte er. *Ich bin neu hier.* Manchmal vergaß er es. Er überlegte sich genau, wie er die nächste Frage formulieren sollte, ohne zu viel zu implizieren oder zu versprechen.

»Ist das alles, was du möchtest? Einen One-Night-Stand?«

»Ja«, sagte sie. »Ich möchte keine Beziehung. Ich hatte mal eine Beziehung. Sie war nicht toll, und ich glaube nicht, dass ich ihn jemals ganz für mich hatte. Irgendwann hörte er einfach auf, mit mir zu reden, ohne mir zu sagen, dass Schluss war, das musste ich dann selbst rausfinden. Trotzdem war es eine Beziehung. Das habe ich also mal erlebt. Aber einen One-Night-Stand noch nie. Das ist eine Erfahrung, die ich gern machen würde. Also darum geht's heute.« Sie leerte den Mojito ganz.

Dann bestellte sie noch einen und noch einen und erzählte Bob, wie sie einen Computer gebaut hatte, der entweder gedroht hatte, die Menschheit zu vernichten, oder einen Witz gemacht hatte – was davon, ließ sich unmöglich sagen. Die Geschichte bahnte sich lallend einen Weg, ein dichter Lavastrom aus weichen Konsonanten und misshandelten Vokalen, aber er verstand das Wesentliche: *Ich bin eine Banane.*

»Hast du ihn wieder angeschlossen?«

»Nein.« Sie nahm einen Schluck. »Okay, doch. Doch, habe ich. Er steht in meinem Wohnheimzimmer. Aber verrat's niemandem.«

»Wem sollte ich es verraten?«

»Ernsthaft. Das ist eine Angelegenheit der naturalen Sicherheit. Nationalen. Der nationalen Sicherheit. Wow. Ich sollte langsamer machen«, sagte sie und nahm wieder einen großen Schluck. Sie holte tief Luft und blickte konzentriert auf die Hände in ihrem Schoß, als würde sie sich auf einen olympischen Wettkampf vorbereiten.

Bob fragte: »Beunruhigt dich das? Stellt er eine Gefahr für jemanden dar?«

Die Unterhaltung fiel ihr mit einem Platschen vor die Füße. Keine Reaktion. Schließlich blickte sie auf, ins Kerzenlicht.

»Ich habe mich geirrt. Was den besten Witz der Welt angeht. Weißt du, was der beste Witz der Welt ist?«

»Was?«

»Das Leben.«

Oje, dachte Bob. *Jetzt kommt's.*

»Das Leben ist der beste Witz der Welt. Es gibt so viele Ausgangssituationen, aber die Pointe ist immer dieselbe. Was wir hier gerade machen, alles, was wir machen, unser ganzes Leben, das ist alles nur die Pause zwischen der Ausgangssituation und der Pointe. Es ist alles nur *Timing*.«

»M-hm.« Unter dem Tisch hatte Bob die Hand am Telefon. Aber er widerstand dem Impuls. *Präsent bleiben, Bob.*

»Und wer immer das programmiert hat, ist der beste Witze-Erzähler von allen, weil sein oder ihr Timing perfekt ist.«

»Programmiert?«

Rudy schien ein bisschen zu zittern. »Bob«, flüsterte sie und beugte sich vor. »Ich weiß, was los ist.«

Er erstarrte für einen Moment. *Sie weiß es also.*

Er fragte ganz ruhig: »Was weißt du?«

»Ich weiß, dass nichts hiervon real ist.«

Er antwortete nicht.

Sie sah ihn lange an, dann sprach sie wieder: »Ich weiß, dass es eine Simulation ist.«

»Was?«

»Du hast mich schon verstanden.«

Er fühlte sich angegriffen. Nein, er war nicht vollkommen ehrlich mit ihr gewesen. Aber ihm wurde plötzlich klar, dass er nicht so tat, als würde er sie mögen. Er mochte sie wirklich. Er mochte die Bananen-Geschichte.

»Ich weiß, dass das hier«, fuhr sie fort, »das alles, die ganze Welt ... dass es eine Simulation ist. Ich weiß, dass es ein Spiel ist. Du, der Kellner, dieser Drink, der Himmel, LEO, meine Eltern, meine Freunde, ihr seid alle einfach Teil davon. Teil des Spiels.«

Einen Moment lang saß er stumm da. Dann fragte er: »Des Spiels?«

»Eine hoch entwickelte Computersimulation.«

»Wie ein Videospiel«, sagte er.

»Ja.«

»Wie *Matrix*.«

»Ja, Bob, wie *Matrix*«, sagte sie ein bisschen selbstgefällig. Er verstummte. »Ich weiß, dass du es leugnen wirst. Aber ich weiß, dass es stimmt.«

Er nippte an seinem Drink. »Nein, weißt du nicht.«

»Doch, tue ich.«

»Nein. Tust du nicht. Du irrst dich. Ich bin real. Ich habe Gedanken, ich habe Gefühle. Ich bin real.«

»Natürlich sagst du das. So wurdest du programmiert. So würde ich dich auch programmieren.«

Er lachte. »Okay. Nehmen wir an, dass du recht hast. Nehmen wir an, du hast richtig geraten. Es ist trotzdem nur geraten. Wie könntest du es jemals sicher wissen?«

»Easy«, sagte sie. »Ich werd's wissen, wenn das Spiel vorbei ist.«

»Und woher wirst du wissen, dass das Spiel vorbei ist?«

Sie sah ihn an, als sollte er die Antwort kennen. Dann fing sie an zu weinen, beherrschte sich aber schnell wieder und sagte, mehr zu sich selbst als zu ihm: »Es ist nur ein Spiel.«

Bob mochte Rudy, aber er wollte keinen ganzen Abend in ein Mädchen investieren, das beim ersten Date weinte und so eine Scheiße redete. Vielleicht konnte er auf den Film verzichten und für später was anderes verabreden.

Sie wischte sich die Augen mit einer Serviette und setzte sich aufrecht hin. »Es tut mir leid, ich mache nur Spaß. Keine Ahnung, was ich da geredet habe.« *Okay, vielleicht ist sie doch nicht verrückt.* »Vielleicht bin ich auch gar nicht der Spieler. Sondern du.« *Doch, sie ist verrückt.* »Und heute Nacht, wenn du mich nach dem Film in mein Zimmer begleitet und mit mir gemacht hast, was immer du willst, kannst du einfach gehen, du musst mich nie wieder anrufen und dir keine Sorgen machen, denn ich bin nicht real. Ich bin nur Teil des Spiels.«

Bob sah auf die Uhr des Handys. »Wir sollten los zum Kino.«

***

Sie gingen ins Volta. Es gab einen französischen Film aus den Sechzigern mit dem Titel *Die Schmetterlinge vom Mont-Saint-Michel*, ein grandioses Technicolor-Spektakel mit einer französischen Schauspielerin, von der Bob noch nie gehört hatte, Geneviève de Buoux. Es wurde offensichtlich, dass Rudy nicht viel datete. Der Film und das Kino wirkten wie die Wahl einer Außerirdischen, die sich ein menschliches Date in New York vorstellte. Der Film interessierte ihn nicht, aber es war noch früh, und selbst wenn die Sache mit Rudy schiefging, könnte er noch was mit dem Abend anfangen.

Rudy hatte den Arm um Bob gelegt, als er die Karten kaufte. Gut, dass sie so klein war. So merkte niemand, dass er insgeheim ihren ganzen Körper stützte. Ihre Halsmuskeln taten noch ihre Arbeit, und die Augen waren zumindest halb offen, sie fielen also nicht weiter auf. Die Kartenverkäuferin lächelte Bob an, was ihm nicht entging. (Rudy schon.)

Das Kino war leer. Als sie sich hingesetzt hatten, lehnte Rudy sich weit zurück, wie in einem Fernsehsessel.

»Mmmmmmmh«, sagte sie lächelnd. »Gemütlich.«

Bob war sich ziemlich sicher, dass er die Sache trotz der in Rudys glücklichen, nüchternen Minuten getroffenen Verabredung nicht durchziehen würde. Er holte sein Telefon raus und entschuldigte sich nicht dafür. Rudy war es egal. Sie guckte einfach die lokalen Werbespots. Bob öffnete Suitoronomy, direkt vor ihren Augen. Scheiß drauf. So lief das Spiel nun mal. Er grenzte den Radius auf dreißig Meter ein.

Und guck an! Die Kartenverkäuferin. Audrey, sechsundzwanzig, strahlend unter einer Schaffnermütze, das gleiche Lächeln, das sie Bob vor ein paar Minuten geschenkt hatte. Er wischte nach rechts.

Der Film fing an, samt greller Primärfarben, Citroëns und Dialogen wie: »Der Mont-Saint-Michel ist wie mein Herz. Manchmal eine Insel, manchmal nicht. Nur bei Ebbe zu erreichen.« Die Heldin war eine junge Nonne namens Françoise, gespielt von Mademoiselle de Buoux. Zur Zeit der Besatzung verliebt sie sich in einen örtlichen Käsehändler namens Nino. Der Film war ein bisschen wie *Meine Lieder – meine Träume*, nur ohne die Lieder und mit mehr Zigaretten. Bob verlor schnell das Interesse.

Er sah diskret auf sein Handy und guck an! Audrey hatte nach rechts gewischt.

»Darf ich ehrlich sein? Ich mache das zum ersten Mal. Ich bin total neu bei dieser ganzen Dating-App-Sache.«

»Tatsächlich?«

»Jep. Wie schlage ich mich? Habe ich es schon vergeigt?«

»Nein! Und wie bist du an das Mädchen geraten, mit dem du gekommen bist?«

Er lachte. *Okay.*

»Also bist du es wirklich! Das Mädchen am Kartenschalter.«

»Der Typ mit dem sehr betrunkenen Date.«

»Sie ist eine alte Freundin von außerhalb. Hatte ein bisschen zu viel beim Essen.«

»Verstehe.«

Bob zuckte, als Rudys Hand seinen Oberschenkel fand. Ihm fiel fast das Handy runter.

»Ähm«, flüsterte er. »Was machst du?«

Sie antwortete nicht. Sie rutschte auf ihrem Platz herum und beugte sich vor, und einfach so passierte es, im blau und rot flackernden Licht der normannischen Küste. Bob sah sich noch mal um: niemand im Kino, nur er und Rudy und Françoise und Nino und die Nonnen und die Nazis.

Dann stellte Bob sich vor, wie Audrey in den Saal guckte und sah, was passierte. Sie würde es vermutlich nicht tun, aber der Gedanke war beängstigend genug, dass er es noch mehr genoss. Dann kam ihm die aufregendste Idee überhaupt. Vorsichtig, ohne Rudys behutsame Arbeit zu stören, nahm er sein Telefon und fing an zu tippen.

»Ist das eine Schaffnermütze, die du da trägst?«

»Genau! Ich bin Modelleisenbahnfan. Ich bin da ein bisschen verrückt. Hat als Hobby in der Highschool angefangen, zusammen mit meinem Dad, und ich habe nie aufgehört.«

»Cool! Ich verstehe nicht viel von Modelleisenbahnen, deshalb weiß ich nicht, was man da Schlaues fragt. Welcher Maßstab? Spielt das eine Rolle?«

»Ja! Es gibt viele verschiedene. Ich bin hauptsächlich ne HO. (Aber lies da nicht zu viel rein! LOL!)«

»Okay, werd ich nicht! LOL!«

Er ahnte, dass sie den Spruch wahrscheinlich schon mal

gebracht hatte. Er war bald so weit. Françoise schlich sich vor Mutter Agnès davon und rannte im Licht des Vollmonds den langen Weg von der Abtei in den Ort, leise tappende Füße auf nassem Sand.

»Die besten Sachen sind meistens im HO-Maßstab, das ist eigentlich der Standard für ernsthafte Sammler.«

Rudy ging in der Dunkelheit nun ziemlich enthemmt vor, nutzte Trial-and-Error wie eine echte Wissenschaftlerin, um herauszufinden, was funktionierte. Nino schloss den Käseladen. Der Vollmond und die Gaslaternen beleuchteten das Kopfsteinpflaster. Rudy machte leise Geräusche. Nino sah auf. Da war Françoise, in ihrem Habit, halb verborgen im Schatten.

»Was ist mit dir? Irgendwelche Hobbys?«

Rudy machte schneller.

Nino sagte, er habe geträumt, dass sie in dieser Nacht kommen würde, und vielleicht träume er noch immer. Nein, versicherte sie ihm. Sie trat aus dem Schatten ins Licht und legte ihren Habit ab. Das rote Haar quoll hervor und legte sich sanft auf ihre Schultern. Nino wurde schwach, und Bob auch.

Das Mädchen auf der Leinwand.

Das rote Haar. Das Lächeln.

Es war Vanessa.

* * *

Später in Rudys Bett zitterte ihr Arm unkontrolliert und hörte nicht mehr auf. Bob tat so, als würde er nichts merken, aber er merkte es, und das wusste sie. »Ich habe eine Krankheit«, sagte sie und erklärte es nicht weiter, bis auf: »Du kannst dich nicht anstecken.« Bob küsste sie zärtlich.

Als er wieder zu Hause war, setzte er sich im dunklen Schlafzimmer an sein Laptop, die Lichter der Stadt im Rücken, und tat, wovor er sich schon den ganzen Abend fürchtete.

Er öffnete Messages und fand seinen Chat mit Vanessa.

Er betrachtete ihr Profilbild. Es war dasselbe, das sie auf MySpace gehabt hatte, dasselbe, das er seit Jahren kannte, das einzige Bild, das er von ihr besaß. Es bestand kein Zweifel. Diese Neunundzwanzigjährige aus Alaska hatte es 2004 nie gegeben. Das Bild war ein Film-Still von Geneviève de Buoux, Star von *Les Papillons de Mont-Saint-Michel* und IMDb zufolge von sechsundzwanzig weiteren Filmen, bis zu ihrem Tod bei einem Ballonabsturz 1987.

Er betrachtete das Gesicht, das er schon so oft betrachtet hatte. Das Gesicht, dem er solche Bedeutung beigemessen, dem er so viel Intelligenz und Wärme und Verständnis und Freundschaft zugeschrieben hatte. Jetzt hatte er keine Ahnung, wer Vanessa war.

Er scrollte durch ihren Chat, erlebte ihn noch einmal, las ihn vorwärts und rückwärts. Der Chat baute sich immer weiter auf, eine Woche zurück, noch eine, in den Sommer, in den Frühling, in den Winter, in den Herbst. Ein Gespräch ohne Anfang. Da waren so viele Details: Sie war Fan alter Filme; sie hatte ein silbernes Glitzerkleid, aber keinen Grund, es zu tragen; sie liebte Hunde, besaß aber keinen, denn wenn du keinen eigenen Hund hast, ist jeder Hund dein Hund.

Aber seine *Idee* von ihr hatte sich in zwanzig Jahren nicht verändert. Selbst jetzt sah er sie am Strand, das Haar genauso rot, die Beine genauso weiß, der Pyjama genauso verrutscht wie seit Jahren. Hinter ihr waren Kiefern. Zwischen den Kiefern lugten Bären hervor. In all den Jahren hatte sich nichts verändert.

Was wusste er denn tatsächlich über sie? Sie hieß Vanessa Lascaux. Sie lebte in Alaska, auf Kodiak Island.

Er suchte nach ihr. »Vanessa Lascaux Kodiak Island.« »Lascaux Kodiak Island.« »Vanessa Kodiak Island.« »Vanessa Lascaux.« Jede Suchanfrage ergab entweder zu viel oder zu wenig.

Was noch? Kodiak College. Da war sie hingegangen. Abschlussklasse ... 1997, so wie Bob? Davon war er immer ausgegangen. Und jetzt arbeitete sie da, im Computerlabor. Er suchte nach »Kodiak College«. Das erste Ergebnis war die Seite des Colleges, eine schlichte Website für den Satelliten-Campus einer bundesstaatlichen Universität, mit Bildern vom Campus, von glücklichen Studenten und Kodiak Islands wilder Pracht. Viele Kiefern, viele Bären.

Das Dropdown-Menü für »Akademische Unterstützung« führte ihn zu »Computerlabor«. Ihm hüpfte das Herz, als er es anklickte, aber das legte sich schnell, als sich die Seite aufbaute: Worte. Nichts als Text. Öffnungszeiten. Regeln für die Nutzung universitärer Computerausstattung. Nichts von Wert, und er hätte fast aufgegeben, wenn er nicht am Fuß der Seite ein Wort bemerkt hätte: »FRAGEN?«

Ja, Bob hatte so einige.

Unter »FRAGEN?« gab es eine Telefonnummer mit einer 907-Vorwahl und eine E-Mail-Adresse: vtrumbull@kodiak. edu.

Das V in vtrumbull@kodiak.edu glitzerte wie Goldflitter in einem Fluss. War sie das? War sie V. Trumbull? Oder vielleicht V. T. Rumbull? War sie verheiratet? War Trumbull ihr Ehename? Oder Lascaux? Er verspürte ein Kribbeln und wusste irgendwie, dass er nur noch eine Suchanfrage davon entfernt war, alles zu erfahren. Er gab ein: »Vanessa Trumbull Kodiak College«.

Der Bildschirm wurde weiß, und dann trafen die blauen Ergebnisse ein, und das allererste führte zu einer Seite mit dem Titel: »Vanessa Trumbull – Kodiak College«. Ihr Mitarbeiterprofil. Kein Foto. Auf grünem Untergrund verrieten ihm die weißen Buchstaben alles über Vanessa Trumbull: welchen Titel sie trug (»Assistenzprofessorin für Computerinformation und Bürosysteme«), wo ihr Büro lag (»Campus Center 108«), die Sprachen, die sie sprach (»Englisch, Französisch«), und ihre Interessen (»Wandern, Fotografie, Filme«).

Das ist sie. Er ging zurück, zurück zu den Suchergebnissen, um weiter zu forschen, aber es gab kaum mehr über Vanessa Trumbull. Trotzdem hallte der Name Trumbull in seinem Kopf wider wie die Glocke einer Kathedrale. Er passte, er hätte nicht sagen können, warum, aber er war sich sicher.

Nach weiteren fünfundvierzig Minuten hatte er sie gefunden.

Es war ein grobkörniges, niedrig aufgelöstes Gruppenfoto von einer Weihnachtsfeier im Jahr 2008, für den winzigen Fachbereich Computerwissenschaft des winzigen Colleges auf dieser winzigen Insel eine halbe Weltreise entfernt, aber Bob wusste es, sobald er sie sah, ohne dass er wusste, warum er es wusste, aber sie war es oder zumindest die Maschine, die sie bewohnte, dieser Keller-Lagerraum aus Haut und Knochen, aus dem sie sandte und empfing. Bob untersuchte ihr Gesicht, ein neues Gesicht, das nicht ganz zu dem Mädchen am Strand mit dem Flanellpyjama passte, aber sie war es. Unter dem Bild standen die Namen der Anwesenden: Erica Wilpon. Sally McCauley. Kevin Trumbull.

Bob betrachtete ihr Gesicht, das Gesicht mit dem Namen Kevin Trumbull. Das war sie oder das war die, die die Welt in ihr sah, vor sechs Jahren jedenfalls. Sie lächelte, aber nur fürs Foto, nur für die Leute um sie herum, die glaubten, sie sei die, für die sie sie hielten, und ihr Name sei Kevin.

Bob klappte das Laptop zu, und bis auf die Lichter draußen war es schlagartig dunkel. Er sah sie noch immer. Er sah ihr Gesicht. Er empfand Wärme und Traurigkeit, und beides ergab nicht viel Sinn, und sein Herz versuchte den Vulkanausbruch auf ihrer kleinen Insel zu stoppen, die Lava versengte die Kiefern und die Bären und verbrannte den Strand

zu einer Schicht aus glänzendem schwarzem Gestein, straff
gespannt an den Rändern eines toten, salzigen Ozeans.
Eine Lichtsäule stieg vom Nachttisch auf.
»Wie war dein Date, Cinco?«
»Nicht schlecht, Deuce.«
»Details!«
»Ach. Alles langweilig.«
»Als was gehst du an Halloween?«
»Als Vampir«, sagte er.

An Halloween ein paar Wochen später schlief Bob mit
zwei Mädchen, mit einer Krankenschwester, die als Cowgirl
verkleidet war, und einer Frisörin, die als Krankenschwester
ging, mit der einen zu Beginn des Abends und mit der anderen kurz vor Morgengrauen, ehe er erklärte, er müsse »zurück in seinen Sarg«. Wären die Cowgirl-Schwester und die
Schwestern-Frisörin Facebook-Freundinnen gewesen, hätten
sie überrascht festgestellt, dass Bob auf beiden Bildstrecken
der Nacht eine zentrale Rolle spielte, in genau der gleichen
Vampirpose, mit genau dem gleichen hungrigen Funkeln.

Am nächsten Tag fragte Vanessa: »Spaß gehabt an Halloween?« Und er erzählte ihr die ganze Geschichte. Sie
schimpfte mit ihm, und er schämte sich, und die zwanzig-
jährige Unterhaltung spann sich fort, denn das tat sie immer.
Warum auch nicht? Manchmal glaubte Bob, dass sie wusste,
dass er es wusste. Dann wieder glaubte er, er hätte sich in
allem geirrt. Aber meistens vergaß er es einfach.

***

Neun Monate später stürzte er ins Leere.

In der Welt der Verletzungen durch Stürze aus der Höhe,
bei denen ein Körper mit einer Beschleunigung von 9,8 Metern pro Quadratsekunde fällt und dann von null auf gleich
abbremst, liegt die Überlebensschwelle bei fünfundzwanzig

Metern. Stürzt man aus größerer Höhe, ist man so gut wie tot.

Weniger als fünfundzwanzig Meter, und man verlässt das öde Reich der Gewissheit und tritt in das vergnügliche Fegefeuer der Wahrscheinlichkeit ein. Wenn ungefähr zweiundzwanzig Meter deine Marke sind, stirbst du immer noch zu dreiundachtzig Prozent. Erst ab achtzehn Metern wird es interessant: Wenn zehn Menschen aus achtzehn Metern Höhe abstürzen, überleben fünf.

Bob stürzte aus gut zwanzig Metern. Er wusste es nicht, aber seine Überlebenschance lag bei zweiundvierzig Prozent.

Auf halber Strecke prallte er gegen eine Klimaanlage. So brach er sich den Arm. (So ging auch die Klimaanlage kaputt, was zu einem dreiwöchigen E-Mail-Gefecht zwischen dem Besitzer und dem Hersteller über die Gewährleistungsbedingungen führte.) Die Klimaanlage verlangsamte den Sturz ein bisschen, aber er war immer noch sehr schnell, als er von einem riesigen Haufen Umzugskartons mit »4B«-Beschriftung ausgebremst wurde.

Er landete auf dem Rücken. Ein, zwei Minuten lang betrachtete er den Nachthimmel zwischen den Gebäuden, Wolken, die an Sternen vorbeizogen, registrierte, wie ruhig es war, und begriff dann, dass er nicht tot war, sondern *heilige Scheiße, das war gerade wirklich passiert*.

Dann überprüfte er, welche Körperteile er bewegen konnte. Die meisten funktionierten. Er stand auf und machte Inventur, ging seinen Körper mit einer Checkliste durch. Sein linker Arm bereitete starke Schmerzen. Alles andere schien in Ordnung zu sein.

Er überprüfte seine Zähne. Alle heil.

Seine Beine funktionierten auch, also setzte er sich in Bewegung und öffnete mit der rechten Hand die Hintertür von Samanthas Haus. Im Hausflur hörte er Geschrei von oben. Der Hausmeister brüllte 4B wegen der Kartons zusammen.

Bob verließ das Haus, und auf dem Gehweg umfing ihn das coole Gefühl, dass er nie wieder in dieses Haus zurückkehren würde. Es war wie ein Level in einem Videospiel, das er absolviert hatte und nie wieder würde absolvieren müssen. Er stieg in ein Taxi und fuhr ins Krankenhaus, wo ihm alle glaubten, dass er von einer Leiter gefallen war.

Später gelang es ihm allein mit der rechten Hand, einen Drink einzugießen; die linke schmiegte sich in einen dicken weißen Gips, der unterhalb des Ellbogens begann. Er setzte sich aufs Sofa. Der Fernseher war aus. Die Lichter der Stadt waren an. Er holte das Handy heraus.

Ihre letzte Nachricht lautete: »Alles okay, Cinco?«

»Nein, ich glaube nicht, dass alles okay ist, Deuce«, antwortete er. »Ich bin heute von einem Haus gefallen.«

»Wie bitte?«

»Ich bin von einem Haus gefallen und habe mir den Arm gebrochen. Sechsstöckiges Gebäude. Niemand außer mir und jetzt dir weiß davon.«

Es folgte eine Pause. Punkte erschienen.

»O mein Gott, Cinco.«

»Mir geht's gut.«

»Na, Gott sei Dank. Himmel. Wie ist das passiert?«

»Ich weiß es nicht. Ich weiß nicht, was passiert ist. Ich weiß überhaupt nicht, was passiert ist.« Und dann fügte er hinzu: »Ich glaube, ich mag mich vielleicht nicht besonders.«

»Ich mag dich.«

»Du kennst mich nicht.«

»Doch, Bob. Sprich mit mir.«

»Ich habe das Gefühl, als wäre ich eine alternative Realität.«

»Wie das?«

»Keine Ahnung. Nicht, als wäre ich IN einer alternativen Realität, sondern als WÄRE ich die alternative Realität. Als gäbe es eine andere Version von mir, in einem anderen Universum, und das ist der echte Bob. Und der echte Bob ist gerade in einem Restaurant und feiert zehnjährigen Hochzeitstag mit seiner Frau. Sie sind umgeben von Freunden und Verwandten, und dieser andere Bob setzt zu einem Toast an, aber er hat nicht wirklich was vorbereitet, weil mir Reden überhaupt nicht liegen, und er hat schon einiges getrunken, weil ich trinke, wenn ich vor Publikum reden muss, und deshalb wird es ein bisschen sentimental. Jedenfalls steht er auf und blickt zu seiner Frau hinunter, die links neben ihm sitzt, und sagt: ›Gott sei Dank bin ich dieser Frau begegnet.‹ Und er legt ihr eine Hand auf die Schulter. Und sie legt ihre Hand auf seine Hand. Und alle klatschen. Und dann redet er weiter. Er sagt: ›Ernsthaft, wenn ich diesem Mädchen nicht begegnet wäre, wo wäre ich dann?‹ Und sein Kumpel brüllt: ›Auf Suitoronomy!‹ Und alle lachen. Und ein anderer Kumpel ergänzt: ›Du würdest jede Nacht mit einer anderen Fünfundzwanzigjährigen schlafen.‹ Und alle lachen noch mehr. Seine Frau wirft ihm einen bestimmten Blick zu, hebt eine Augenbraue oder so was, aber das ist okay, sie weiß, sie machen bloß Spaß. So sehr lieben sie sich. Und dann fährt er fort: ›Könnt ihr euch mich auf Suitoronomy vorstellen? Habt ihr von dem Ding schon mal gehört? Es ist heute so leicht, Single zu sein. Man kann mit so vielen Menschen schlafen, wie man will, und es gibt immer noch mehr, mit denen man schlafen kann. Es klingt FURCHTBAR.‹ Und wie er das sagt, mit einem Augenzwinkern, erntet er noch mehr Lacher. Aber dann sieht er seine Frau an und wird ganz ernst. ›Wenn ich diese Frau nicht gefunden hätte, wäre ich verloren. Wenn ich diese Frau nicht an meiner Seite hätte, wäre ich ein armes Stück Scheiße, würde von Häusern fallen und mir den Arm brechen. Jeden Tag danke ich Gott dafür, dass ich sie gefunden habe.‹ Und dann dreht er sich zu ihr, nimmt ihre Hand und sagt: ›Ich liebe dich, Schatz. Danke, dass du mir das Leben gerettet hast.‹«

Vanessa antwortete nicht.

»Denn in jener Realität habe ich sie gefunden«, fügte er hinzu. »In dieser habe ich es nicht.«

»Bob«, schrieb sie schließlich. »Du hast sie wahrscheinlich auch in dieser Realität gefunden. Du hast wahrscheinlich auch mit ihr geschlafen. Du hast sie nur nicht geheiratet, weil sie langweilig ist.«

Das brachte ihn zum Lachen.

»LOL. Das glaube ich dann einfach mal.«

»Hör mal, ich muss los. Ich treffe ein paar Freunde zum Essen. Aber zwei Sachen. Erstens: Baby-Adler!« Sie hängte den Link zum Adler-Livefeed an. »Und zweitens, bitte halt durch, Krieger. Hör auf, fiese Sachen über meinen Freund Bob zu erzählen, oder ich komme nach NY und versohl dir den Hintern.«

Er klickte auf den Link. Ein herrlich hässlicher kleiner Baby-Adler rätselte über die nagelneue Welt außerhalb seines Eis. Bob liefen die Tränen. Seine Hand zitterte beim Tippen.

»Machst du das bitte?«

»Dir den Hintern versohlen?«

»Nein«, schrieb er. »Kommst du bitte nach NY?«

Sie antwortete nicht. Aber dann doch.

»Wirklich?«

Mittlerweile hatte er sein Glas geleert und schenkte sich ein neues ein.

»Ich kaufe dir ein Ticket. Du kannst bei mir wohnen oder im Hotel. Ich zahle das Hotel.«

»Ich weiß nicht, Bob.«

»Ich schon. Ich weiß es«, schrieb er. Und dann, schon ein bisschen angetrunken, wiederholte er: »Ich weiß es. Vanessa, ich weiß es.« Noch eine lange Pause. Er formulierte es um: »Komm nach NY.«

Bob schlief ein. Mitten in der Nacht weckte ihn der

Schmerz im Arm. Er griff nach dem Handy, um auf die Uhr zu schauen. Eine Nachricht wartete auf ihn.

»Von welcher Art Hotel reden wir?«

* * *

Bob traf früh im Restaurant ein. Die Empfangsdame sagte, seine Verabredung sei noch nicht da. Er wartete geduldig, bis sieben Uhr verstrichen war.

»Ich bin hier«, schrieb er. »Du auch?«

»Fünfzehn Minuten entfernt. Ich glaube, ich bin in die falsche Richtung gelaufen, tut mir leid.«

»Hast du dich verirrt? Soll ich dich irgendwo treffen?«

»Nein! Setz dich schon mal, bestell dir was zu trinken. Ich bin gleich da.«

Also setzte er sich an den Tisch, trank einen Scotch und beobachtete die Tür, und jedes Mal, wenn sich die Tür öffnete, fragte er sich, ob sie es war, und sie war es nie, bis sich schließlich die Tür öffnete und sie es war.

Sie kam rein, und da war ihr Profil, und dann passierte sie das Empfangspult, und da war ihr Körper, und dann drehte sie sich um, und da war ihr Gesicht, und dann sah sie Bob, und da waren ihre Augen, und dann lächelte sie, und da war ihr Lächeln, und da war ihr silbernes Kleid, und da war sie, und es überwältigte ihn, katapultierte ihn aus der diffusen Whisky-Wolke in den klaren Himmel nüchterner Erkenntnis: So glücklich konnte es ihn also machen, einen Menschen zum ersten Mal zu sehen.

Das ist sie. Das ist real.

Bob stand auf und fand nur schwer sein Gleichgewicht, aber er fand es, er packte das, alles war gut. Sieh sie nur an. Sie ging auf ihn zu, trat aus dem Kaleidoskop der Lichterkette. Sie ging auf den Tisch zu, auf Bob zu, und er war nervös, nervös gespannt, nicht bereit, sich auszumalen, was am Ende dieses Abends warten könnte, wenn es schlecht lief. Er durfte es nicht verbocken.

Und dann passierte etwas Wunderbares: Sie stieß gegen einen Barhocker und riss ihn um, richtig um, und wenn der Barhocker auf den Boden geprallt wäre, hätte sie sich bis ins Grab geschämt, aber das passierte nicht, weil Bob ihn mit seiner ungebrochenen rechten Hand auffing. Er fing den Barhocker, bevor er zu Boden ging, der coolste, galanteste Move seines Lebens, im allerbesten Moment.

»O mein Gott, danke«, sagte sie, und da war ihre Stimme. »Ich bin so ein Trampel.«

»Nein, alles gut«, sagte er. Und wiederholte: »Alles gut«, eher für sich selbst.

»Es tut mir leid, dass ich so spät bin. Ich dachte, ich würde mir den ganzen Tag die Stadt ansehen, aber ich habe nur geschlafen. Das war eine lange Reise! Alaska ist weiter weg als Europa, wusstest du das?«

»Kein Problem«, sagte er. Sie schwiegen, während sie sich ansahen. »O mein Gott, du bist es.«

»Du bist es!«

Er legte den linken Arm um ihre Schulter, und sie umarmten sich. Er spürte sie. Ihr Körper war ungewohnt, eine Landschaft aus Weichheit, Muskeln und Knochen, in die er noch nicht ganz passte. Das holte ihn in die Welt zurück.

»Du hast dir wirklich den Arm gebrochen!«

»Hast du Hunger? Der Arm, ja. Hast du Hunger?«

»Und wie«, sagte sie, und sie nahmen Platz.

Sie unterhielten sich über ihren Flug und ihr Hotel und darüber, wie unglaublich die Höhe und die Weite der Stadt für jemanden waren, der sie noch nie besucht hatte. Während des gesamten Essens kämpfte Bob damit, die Frau auf der anderen Seite des Tisches mit der Frau zusammenzubringen, die jahrelang in seinem Kopf gelebt hatte. Die Persönlichkeit, die Worte, die er zwei Jahrzehnte auf Bildschirmen gelesen hatte, der Verstand hinter den Worten … Es war alles da, irgendwo hinter den karamellfarbenen Augen, die über die Kerze hinwegblickten, irgendwo im Inneren dieses nervösen Wesens, das unbeholfen Butter aufs Brot strich. Da war sie die ganze Zeit gewesen, in diesem Körper. Sie arbeiteten sich durch eine Flasche Rotwein und gewöhnten sich langsam an die komische neue Realität.

Irgendwann kam sie auf diese Roxana-Banana-Geschichte zu sprechen, von der sie gelesen hatte. Sie war überall in den Nachrichten, sogar in Alaska. Bob wurde verlegen.

»Was?«

»Ich kenne sie«, sagte Bob.

»Echt? Wie das?« Dann begriff sie, was er andeutete. »O mein Gott. Oh, Cinco. Nein.«

Er lachte. Es war das erste Mal, dass sie ihn laut Cinco nannte.

»Sie ist ein sehr nettes Mädchen. Ein bisschen Banane, aber harmlos. Vielleicht nicht harmlos, aber nicht *bösartig*, das ist es wohl. Ich glaube, sie ist ein guter Mensch. Hast du das Video gesehen?«

Hatte sie nicht. Er holte sein Handy raus und zeigte ihr »ROXANA BANANAS PFAHLSCHADEN«.

»Autsch! Oh, die Arme«, sagte Vanessa.

»Weißt du, wo sie hinwollte, als das passiert ist?«

»Wohin?«

»Hierher. Um mich zu treffen.« Er nahm den letzten Schluck Wein, ein bisschen stolz auf sich. Sie beobachtete ihn, fuhr mit dem Finger den Glasrand nach.

»Mit wie vielen Mädchen warst du zusammen?«

Er lachte. »Mit zu vielen.« Er hoffte, dass sie auch lachen würde, aber das tat sie nicht. »Es tut mir leid«, fügte er hinzu.

»Was?«

Er wusste es nicht genau. Vieles, ganz allgemein, aber eine Sache im Besonderen. »Dass ich nicht mehr jung bin«, sagte er, genauer ging es nicht.

Darüber lachte sie. »Was soll das denn bedeuten?«

»Es soll bedeuten, dass ich mich in der Nacht unserer ersten Begegnung ins Flugzeug nach Alaska hätte setzen sollen. Ich habe dran gedacht, weißt du. Ich erinnere mich noch genau, daran gedacht zu haben. Damals konnte man noch nicht einfach online gehen und ein Flugticket kaufen. Außerdem war ich pleite. Aber ich habe dran gedacht.«

»Ich glaube nicht, dass dir gefallen hätte, was du vorgefunden hättest«, sagte sie.

»Ach komm, natürlich«, sagte er. »Ich meine, natürlich wäre es eine ziemliche *Überraschung* gewesen.«

Er lachte dabei. Sie lachte auch, nickend.

»Ich habe nichts dagegen, älter zu werden«, sagte sie. »Je älter ich wurde, desto besser ging es mir.«

Bob lachte. »Da habe ich andere Erfahrungen gemacht.«

»Na ja, gib dir Zeit. Du bist noch nicht fertig mit dem Altwerden.« Dann ergänzte sie: »Ich bin froh, dass wir uns jetzt begegnen.«

»Ich auch«, sagte er. Er nahm ihre Hand.

»Was machst du?«

»Ich weiß es nicht«, sagte er. »Ist das okay?«

Mit dem Daumen malte er Kreise auf ihren Fingerknöcheln. Sie sprach leise, glücklich.

»Ja, das ist okay.«

Nach dem Essen gingen sie spazieren. Eine Zeit lang sah er die Stadt mit ihren Augen, die Häuser, die die Nacht erhellten. Alles war interessant. Alles hatte eine Geschichte, die sie erfahren wollte. Sie versuchte, in jedes Fenster zu gucken.

»Es ist einfach so viel. Ich meine, in diesem Moment ist in jeder dieser Wohnungen jemand drin. Das ist verrückt.«

»Na ja, nicht in jeder. Heute Abend sind bestimmt viele Leute unterwegs. Außerdem fahren im Sommer viele in die Hamptons. Aber ja. Es ist verrückt.«

Er nahm wieder ihre Hand. Die Straße war leerer geworden, und die Luft roch gut, also wurde er langsamer, und sie blieben vor der Eingangstreppe eines Brownstones stehen, denn jahrzehntelanges Training hatte Bob gelehrt, dass das der richtige Ort zum Stehenbleiben war und der richtige Moment, es zu tun. Er beugte sich vor und küsste sie.

Ihre Lippen waren fest und zögerlich.

»Das war schön«, sagte sie, wieder mit leiser Stimme. Aber dann öffnete sie die Augen ein bisschen und sah die Wärme in Bobs Blick, und etwas veränderte sich. »Kannst du mir sagen, wie ich zu meinem Hotel komme?«

»Wie meinst du das?«

»Ich bin – ich glaube, ich bin ein bisschen müde, und ich würde vielleicht ins Hotel gehen, wenn das okay ist.«

»Habe ich was falsch gemacht?«

»Nein, ich meine, nein, alles gut.«

Bob sah verwirrt aus. »Sag mir, wenn ich was falsch gemacht habe.«

»Nein, hast du nicht, wir kennen uns nur schon so lange, und … es ist ein bisschen komisch.«

»Es ist nicht komisch«, versicherte er ihr.

Sie war sich nicht ganz sicher, wie er das meinte, also entgegnete sie: »Okay, dann ist es komisch für *mich*.«

Er wollte fünfzehn verschiedene Dinge sagen, aber er beherrschte sich und sagte nur: »Wieso?«

»Keine Ahnung, ich … Du bist *du*. Du bist Bob. Du bist Cinco. Du bist SpudBoy. Du bist … der Mensch, mit dem ich schon so lange rede. Das bist du da drin«, sagte sie und tippte ihm auf die Stirn. »Und ich liebe dich. Aber es fühlt sich komisch an, das zu sagen. Es fühlt sich komisch an, diese

Worte zu *dir* zu sagen, zu diesem *Menschen*, einem Typen, dem ich im echten Leben gerade erst begegnet bin. Es fühlt sich komisch an, von dir geküsst zu werden. Ich liebe, was ich in dir sehe. Ich liebe die Gespräche, die wir seit Jahren führen, aber bist das du? Ist das –?«

»Ich verstehe nicht.«

»Ich verstehe es auch nicht richtig.«

»Ich bin's. Ich bin ich.«

»Ich weiß. Es tut mir leid. Ich trinke nie Wein, Wein macht mich ganz …« Und sie deutete allgemeine Verwirrung im Hirn-Bereich an.

Er verstand es nicht. »Was versuchst du –?«

»Ich habe die Website gesehen.«

»Was?«

»›AUF KEINEN FALL DATEN: BOBERT SMITH.‹«

Er ließ die Schultern hängen. »Okay, bevor du –«

»Nein, nicht nötig«, sagte sie. »Schon in Ordnung. Ich … Als du nur aus ein paar Worten auf einem Bildschirm bestanden hast, konnte ich, keine Ahnung, konnte ich darüber hinwegsehen. Aber jetzt bist du *du*.«

»In der Nacht –«

»Nein, wirklich, ich will nicht, dass du –«

»Nein, ich will dir erklären –«

»Nein, Bob –«

»Kannst du mir bitte zuhören? Ich hatte gerade erfahren, dass Amy schwanger ist –«

»Das ist deine Entschuldigung? Amy? Komm schon, Cinco. Wann habt ihr euch getrennt, vor fünfzehn Jahren? Was ist denn los mit dir?«

»Warum greifst du mich an? Du bist ja auch nicht ganz unschuldig. Du hast mich jahrelang belogen.«

»Nein, habe ich nicht.«

»Doch, hast du!«

»Nein«, sagte sie. »Ich habe alle anderen belogen. Ich

habe mich selbst belogen. Aber du, Bobert Smith, du bist der Einzige, den ich nicht belogen habe. Von Anfang an. Vom ersten Tag an.«

Er wusste nicht, was er dazu sagen sollte. Der Mond stand hoch am Himmel, und er wollte sie wieder in den Arm nehmen, aber es schien ihm alles zu entgleiten. Dudelsackklänge schwebten vom Riverside Park die Straße herauf. Wer zum Teufel spielte um diese Zeit Dudelsack? Bob sah Vanessa an, auf der Suche nach Worten. Die Straßenbeleuchtung wirkte so grell. Er wollte es wieder versuchen, sie diesmal richtig küssen, sie so küssen, dass sie ihn liebte, aber ihm klingelten die Ohren ... und er konnte sie nicht mehr sehen ... und er stürzte wieder.

Sie fing ihn auf, zumindest halb, verlangsamte seinen Sturz auf den Gehweg. *Das ist ja peinlich*, dachte er, und dann verlor er das Bewusstsein.

***

»Sie haben Glück«, sagte der Neurologe eine Stunde später. »Drei Tage mit einer unentdeckten Gehirnerschütterung herumzulaufen, ist eine gute Methode für einen dauerhaften Hirnschaden.«

Tatsächlich *gab* es einen unentdeckten Hirnschaden. Der Neurologe, der seit achtzehn Stunden im Dienst war, übersah, was das CT deutlich zeigte und auch heute noch zeigt, auf einer von der Welt vergessenen Festplatte. Es war kein großer Schaden, nichts, was Bob je bemerkte, aber von diesem Tag an war Bobs Hirn nicht mehr dasselbe. Vielleicht ist »Schaden« auch das falsche Wort, denn Jahre später blickte er mit Dankbarkeit darauf zurück, in dem Wissen, dass sich in jenem Moment etwas auf seiner Lebensbahn verschoben hatte, und zwar zum Besseren. Dass diese Verschiebung ein kleines bisschen physiologisch war, entzog sich ihm. Für

Bob war es sein Herz, nicht sein Hirn, das zersprungen und wieder neu zusammengesetzt worden war.

Warum muss das Herz für die Fähigkeit eines Menschen stehen, lieben zu können? Wie seltsam, dass diese Ehre etwas außerhalb des Geistes zukommt, obwohl doch im Geist so viel von der Energie der Liebe wohnt. Wenn man verliebt ist, *wirklich* verliebt, ist die Liebe so ziemlich alles, was im Oberstübchen vor sich geht, abgesehen von grundlegenden motorischen Fähigkeiten – essen, laufen, Zähne putzen, nicht umfallen, während man irgendwo rumsteht –, und manchmal geraten sogar die ein bisschen ins Wanken, wenn es sich um echte, wahre, umwerfende Liebe handelt. Das Hirn ist die Wiege der Liebe, der Glutofen der Liebe, die Fabrik der Liebe, und doch reden wir über die Liebe als etwas außerhalb des Hirns, etwas, das sich in den mentalen Vororten abspielt, gut dreißig Zentimeter weiter südlich. Es kommt mir falsch vor und gleichzeitig wohl auch richtig. Vielleicht lässt sich die Liebe nur verstehen, wenn wir sie als Fremdling im Hirn betrachten, als einen Besucher, der sich dort ein Zimmer nimmt, aber von woanders kommt, von einem Ort hinpendelt, den ich auf einem digitalen CT nicht mal sehen kann.

Die Sonne ging auf, als Bob und Vanessa das Krankenhaus verließen.

»Möchtest du was frühstücken?«

»Eigentlich nicht«, sagte sie. »Ich möchte nur zurück ins Hotel und etwas schlafen.«

»Okay«, sagte er.

»Ich bestelle ein Uber«, sagte sie. »Bekomme ich hier ein Uber?«

»Ja«, sagte er. »Das bekommst du überall.«

Sie setzte sich auf die kleine graue Mauer vor dem Ziergarten des Krankenhauses und wartete auf den Wagen. Er setzte sich neben sie, so nah, wie sie es zu erlauben schien.

Der Wagen war drei Minuten entfernt. Sie saßen still da, sahen sich weder an, noch sprachen sie miteinander. Plötzlich spürte Vanessa in der Hand etwas vibrieren. Es war eine Textnachricht.

»Ich nehme dich an die Hand«, lautete sie.

Sie spürte seinen Blick auf sich und schüttelte den Kopf. Er sah wieder auf sein Telefon und sie auf ihrs. Der Wagen war jetzt zwei Minuten entfernt. Noch eine Vibration. Ein Schwung Vibrationen. Da war mehr.

Ich nehme dich an die Hand. Aber du ziehst die Hand zurück. Ich verstehe, warum. Ich werfe es dir nicht vor. Ich versuche es nicht wieder. Ich warte geduldig darauf, dass du bereit bist, mich anzuhören. Und irgendwann bist du es. Und dann sage ich all die richtigen Dinge. Dinge wie: Es tut mir leid, und du bist meine beste Freundin, und solange ich denken kann, lebst du mitten in meinem Herzen, und ich werde dir nie wieder wehtun, und ich liebe dich. Das alles sage ich, und es funktioniert. Ich muss dafür arbeiten, aber es funktioniert. Du wehrst meine Berührung nicht mehr ab. Ich nehme deine Hand, und du lässt es zu, und wir gehen frühstücken, denn das Viertel ist toll zum Frühstücken, und wir trinken süßen kubanischen Kaffee, und ich bringe dich zum Lachen, und ich lasse dich vergessen, dass du seit vierundzwanzig Stunden nicht geschlafen hast, und dann wird uns beiden klar, dass wir nie wieder getrennt sein werden. Und nach dem Frühstück beschließen wir, am Strand spazieren zu gehen, also machen wir das, wir gehen an den Strand, denn nun gibt es hier einen Strand, und er ist wunderschön. Die Sonne scheint uns warm ins Gesicht, das Wasser umspielt warm unsere Zehen, und wir gehen Händchen haltend den Strand entlang. Und dann kommen wir an eine Stelle, an der der Sand sehr weich ist, und irgendwie wissen wir beide, dass es genau die Stelle ist, und ganz vorsichtig legen wir uns hin, wie wir es schon einmal gemacht haben, wie wir es immer gemacht haben, und wir liegen zusammen auf dem Sand, und mein Atem wird dein Atem, und dein Atem wird mein Atem, und wir liegen da, zusammen, erschöpft, glücklich, erfüllt, nicht nur ein Teil des anderen, sondern voll und ganz der andere, und wir liegen für immer da, reglos, erstarrte vesuvische Liebende, Kinder der Asche.

ZEHNTES KAPITEL

Die Fähre

Chère Eesh,

ich bin nun seit einem Monat in dieser Stadt und habe genau sieben Dinge gelernt. Hier kommen sie, in zufälliger Reihenfolge.

1. *Ich spreche ganz gut Französisch, aber ich verstehe einen Scheiß, was bedeutet, dass ich viele Gespräche anfange und dann sofort ins Schleudern gerate und wieder ins old Anglais wechseln muss. Aber ich glaube, sie wissen meine Bemühungen zu schätzen. Viele Komplimente für meine Aussprache. Der Trick ist anscheinend, Französisch mit einem Akzent zu sprechen, der sich anfühlt, als würde man sich über Franzosen lustig machen, und damit hat man dann tatsächlich einen ganz ordentlichen französischen Akzent. Bis jetzt hat mir jedenfalls noch niemand einen bösen Blick zugeworfen. Vielleicht ist da was dran.*

2. *Ich habe endlich gelernt, nicht mehr zu viel einzupacken. Ich habe diesen Sommer nur eine Jeans und drei T-Shirts getragen, und das hat mich von nichts abgehalten. Goldenes Sternchen für mich!*

3. *Das Essen ist so gut, wie alle immer sagen, aber das liegt daran, dass sie schummeln, denn es ist überall*

Butter dran, echte Butter, also ist jeder Bissen von was auch immer zum Niederknien buttrig. Natürlich ist so alles köstlich. Meine einzigen Jeans sind damit nicht so glücklich.

4. *Der Kaffee ist nicht so gut, wie alle immer sagen, wobei er mit Milch großartig ist, aber das zählt nicht, weil die Milch hier großartig ist und nach Butter schmeckt und den Kaffee in etwas verwandelt, das nach heißer geschmolzener Eiscreme schmeckt. Aber ein schwarzer Kaffee ist nicht besser oder schlechter als zu Hause. Es sei denn, man vergibt Punkte für das Ambiente. Nichts kann es toppen, irgendeinen Kaffee an einem dieser kleinen Cafétische zu trinken, so wie ich jetzt, mit Blick über einen kleinen Platz, und dabei die Tauben, die Leute und die Welt zu beobachten und einfach nichts zu tun. Es ist genauso perfekt, wie ich gehofft habe.*

5. *Ich hätte nicht mit ihm Schluss machen sollen. Er fehlt mir. Das ist real. Es verdirbt mir Paris vollkommen.*

6. *Du fehlst mir auch.*

7. *Es ist Zeit, nach Hause zu kommen.*

Liebe Grüße an die Wale
Looch

Ayesha Quessenberry saß in dem kleinen Internetcafé in der Küstenstadt Tromsø. Sie starrte lange unschlüssig auf den Bildschirm, unsicher, was genau sie damit machen sollte. Unsicher, ob sie überhaupt etwas damit machen sollte, schließlich ging es sie eigentlich nichts an und sie hatte größere Baustellen, wie zum Beispiel den schlecht funktionierenden Sender an dem jungen Zwergwal, dessen Weg sie verfolgte, weshalb sie in fünfundvierzig Minuten wieder auf dem Boot sein musste. Sie konnte also genauso gut behaupten, diese

E-Mail nie bekommen zu haben, und sich in zwei Wochen darum kümmern.

Sie ging auf seine Facebook-Seite, um zum dritten Mal zu überprüfen, was sie beim letzten Mal gesehen hatte. Ja. »In einer Beziehung.« So viel war sicher.

Trotzdem.

»Okay«, schrieb sie ihm, »das ist total seltsam und kommt aus heiterem Himmel, aber deine Facebook-Seite sagt, du seist in einer Beziehung?«

»Jep.«

»Wie läuft's?«

»Super.«

»Bist du sicher?«

»Warum glaubst du, ich sei mir nicht sicher?«

»Kein Ausrufezeichen.«

»Es läuft SUPER!!!!!«

»Bist du SICHER?!?!?!?!?!«

»Ayesha, gräbst du mich etwa an?«

»Hahaha, nein«, antwortete sie. »Ich habe eine E-Mail von Lucia bekommen.«

Grover erstarrte. Punkte. Kam da noch mehr? Alice, die neben ihm im Bett Karteikarten las, spürte, wie er den Atem anhielt. »Was ist denn?«

Sie weiß es. Wie konnte sie es wissen? Er wusste es ja selbst kaum. *Beruhige dich.* Er räusperte sich. »Was meinst du?«

»Ist alles in Ordnung?«

Er hasste es zu lügen. Selbst kleine Lügen kamen ihm vor wie Kiesel vor einem Erdrutsch, wie der erste Schluck Gin, der in Ordnung ist und mit dem man umgehen kann, und im nächsten Moment sitzt man in einem Meeting der Anonymen Alkoholiker und hat zehn Jahre seines Lebens verloren. War er ein Soziopath? War es das? Hasste er es zu lügen, weil es ihm so leichtfiel? War sein ganzes ethisches Ich nur ein unechtes Exoskelett, das eine giftige Qualle aus Nihilismus aufrechthielt? Nein, er hasste es einfach zu lügen, weil Lügen schlecht war. Das war alles. *Beruhige dich, Grover.*

»Ja, alles gut«, antwortete er und widmete sich wieder seinem Telefon.

Er fragte locker: »Wie geht's ihr?«

»Tjaaaaaa, sie kommt zurück. Und du weißt es nicht von mir, aber sie will wieder mit dir zusammenkommen. Und ich muss jetzt wieder aufs Boot. Ich melde mich in zwei Wochen. Viel Glück!«

Ayesha schloss das Fenster und beendete ihre Sitzung, dann ging sie zum Tresen, um zu bezahlen.

»Ich mag Ihr Shirt«, sagte sie zu der Verkäuferin im New-York-T-Shirt, während sie die richtigen Münzen für zwanzig Minuten Internet und eine Tasse Tee zusammensuchte. »Waren Sie da?«

»Eben zurückgekommen«, sagte Sofia Hjalmarsson und lächelte die nette amerikanische Waljägerin an, die gerade den Lebensweg jener Zwillingsschwester geändert hatte, von der Sofia nichts wusste.

Auf der anderen Seite des Ozeans betrachtete Grover die Worte auf seinem Handy, Worte, die er sich seit Monaten gewünscht hatte. Er hatte für sie die Stellung gehalten, wie ein Feuerschiffkapitän in stürmischer See, hatte die Lampe Tag und Nacht am Brennen gehalten, bis die nächste Schicht durch den Nebel stach. Und jetzt war der Satz – in der dritten Person, nicht der ersten, aber immerhin – endlich da. *Sie will wieder mit dir zusammenkommen.* Und er lag hier, teilte sich das Bett mit Alice Quick, dem Mädchen aus der *Bakery*, die sich die Augen verdarb bei dem Versuch, das große gelbe Buch auf ihren Knien zu lesen, ein Buch so groß wie ihr Oberkörper. Sie war nie besonders gut in Mathe oder Naturwissenschaften gewesen, aber jetzt versuchte sie, eine Portion nach der anderen in ihr Hirn zu stopfen wie in einen übervollen Koffer. Alice Quick, die sich weigerte, Ermutigung zu brauchen. Alice Quick, die sie dennoch brauchte.

Lieber Grover, ich stecke in einem Dilemma.

***

GUTEN MORGEN. NOCH 18 TAGE BIS ZUM TEST.

Alice kochte sich mit Bills und Pitterpats unglaublicher Eintausendvierhundert-Dollar-Kaffeemaschine eine Kanne Kaffee, trank gierig vier Tassen von dem Zeug und war dann schnell ein bisschen zu aufgeputscht. Zittrig und überwältigt von all dem Überwältigenden, beschloss sie, sich einen Tag freizugeben, und zu ihrer Verteidigung muss man sagen, sie nutzte ihn klug. Sie las ein bisschen auf Gumswallower. Sie beantwortete ein paar Mails. Sie ging früh ins Bett.

GUTEN MORGEN. NOCH 17 TAGE BIS ZUM TEST.

Sie wachte energiegeladen auf, und bescheidene anderthalb Tassen Kaffee später war sie bereit, loszulegen. Es war der 24. August, Zeit für Übungstest Nummer zwei, wie vom Winston-Churchill-Kalender verkündet, der jetzt in Bills und Pitterpats Küche hing.

Um Punkt zehn Uhr setzte Alice sich an den riesigen Esstisch und sah dem Minutenzeiger ihrer Armbanduhr zu, wie er seinen Kreis zog. An der Neun vorbei, an der Zehn, an der Elf ...

Los.

Die nächsten sieben Stunden kämpfte sie sich durch alle vier Abschnitte des Übungstests Nummer zwei. Als es fünf Uhr war, stand sie auf, ging zu Bills goldenem Bambus-Barwagen und goss sich, was sie nicht wusste, einen sündhaft teuren Scotch ein. Sie gab ein paar Eiswürfel und einen Schuss Leitungswasser dazu, um ihn etwas abzumildern, und dann kehrte sie auf ihren Platz zurück, um den Test auszuwerten. Sie ging ihn durch, dann noch einmal und dann ein drittes Mal, bevor sie sich zurücklehnte, das Glas mit dem schwindenden Scotch auf ihrem Bauch abstellte und sich in die Akzeptanz des Ergebnisses fügte:

499.

Nein, das ist gut. Sie süffelte ihren Whisky und blickte in den westlichen Himmel. 499 war ein Sprung um 11 Punkte! Die Nicht-Blamage war in greifbarer Nähe. Wenn sie einen weiteren Sprung um 11 Punkte und dann noch einen um 6 Punkte schaffte, wäre sie bei 516, der exklusiven Sphäre des 95. Prozentrangs. Siebzehn Punkte noch.

Sie sah auf ihr Telefon, um sich zu vergewissern: NOCH 17 TAGE BIS ZUM TEST. Siebzehn Punkte in siebzehn Tagen. *Niemals, niemals, niemals kapitulieren.*

Der nächste Übungstest war in neun Tagen. Sie würde einen Wert von 508 erzielen müssen. Das konnte sie schaffen, aber dafür musste sie ihr ganzes Leben zu einer Maschine umbauen. Nur in dieser Maschine, konstruiert aus Terminplan, Lehrplan, Routine, Bewegung, Schlaf und Ernährung, wäre die Transformation möglich. Nein, nicht *möglich*, denn die Physik der Maschine war viel stärker als jede Wahrscheinlichkeit. In dieser Maschine war die Transformation *unvermeidlich*. Alice baute die Maschine, kletterte hinein und lebte die nächsten neun Tage ihres Lebens dort.

GUTEN MORGEN. NOCH 16 TAGE BIS ZUM TEST.

Sie redete kaum mit jemandem. Jeden Morgen verließ sie die Wohnung, und der Korridor war leer. Es war Sommer. Niemand war da. Die Fahrstuhltüren gaben eine leere Kabine frei. Gelegentlich stieg Joan oder Joanne im siebten Stock zu, entdeckte Alice, hob wortlos eine Augenbraue und tratschte später mit der anderen, Joan oder Joanne, darüber, dass die Quicks die Wohnung untervermieteten, was vom Vorstand nicht gebilligt wurde. Aber sie redeten nie mit Alice. Nicht mal der Portier sagte Hallo.

GUTEN MORGEN. NOCH 15 TAGE BIS ZUM TEST.

Morningside Heights füllte sich mit Studenten, die zum Herbstsemester zurückkehrten. Wie die Schirmflieger einer Pusteblume schwebten sie in Zweier- und Dreiergruppen durch die Nachbarschaft. Sie umarmten sich, erzählten sich von ihren Sommern, machten Fotos von sich, achteten aber nicht auf die Frau, die den Hügel hochging. Auf manchen dieser Bilder ist sie im Hintergrund, hinter dieser frischgebackenen Studienanfängerin und ihren Eltern oder den wiedervereinten Freunden im dritten Jahr. Im Hintergrund der Stadt stapfte sie dahin, Rucksack auf den Schultern, den Hügel der West 113th Street hinauf, rechts in den Broadway, links in die West 111th, an der alten Wohnung vorbei (in der zwei Studenten im zweiten Jahr jetzt einigermaßen überrascht die Aufsicht über eine himmelblaue unterirdische Kücheneiche übernahmen) und schließlich zur *Bakery*, wo sie sich zum Lernen hinsetzte und zwischen dem großen gelben Buch, dessen ramponierter Rücken mittlerweile abblätterte, und dem neuen Karteikartensatz, den sie nach Roxys Panne gekauft hatte, hin- und herwechselte.

GUTEN MORGEN. NOCH 14 TAGE BIS ZUM TEST.

Sie setzte sich hin, lernte, trank Kaffee und sprach mit niemandem. Manchmal hielt sie inne und fragte sich, was Roxy und Pitterpat machten, aber dann ging sie wieder an die Arbeit. Gegen Mittag aß sie etwas, und dann kehrte sie in die Wohnung zurück.

GUTEN MORGEN. NOCH 13 TAGE BIS ZUM TEST.

In der Wohnung sprach sie dann zum ersten Mal. Sie nutzte ihre Stimme, um sich zu drillen, ratterte auswendig gelernte Listen und Faktengruppen herunter, sprach Prozesse laut durch, als würde sie unterrichten, während sie durch die weitläufige Wohnung wanderte, von der Küche ins Esszimmer ins Wohnzimmer ins Esszimmer in die Küche und so weiter.

GUTEN MORGEN. NOCH 12 TAGE BIS ZUM TEST.

Abends, wenn Alice nicht mehr lernen konnte, ging sie zu Grover. Nur für einen Besuch, ein Essen und emotionale Pflege, denn das war wichtig. Daran durfte man nicht sparen.

GUTEN MORGEN. NOCH 11 TAGE BIS ZUM TEST.

Jeden Abend lud er sie ein, über Nacht zu bleiben, und jeden Abend sagte sie Nein, und jeden Abend reagierte er mit liebenswürdigem Verständnis. Dafür wäre nach dem Test Zeit.

GUTEN MORGEN. NOCH 10 TAGE BIS ZUM TEST.

Um einundzwanzig Uhr lag Alice in ihrem mönchischen kleinen Bett neben dem Heimtrainer im Gästezimmer. Es war weniger bequem als das Sofa, aber schon in Ordnung.

GUTEN MORGEN. NOCH 9 TAGE BIS ZUM TEST.

Nach zweiundzwanzig Uhr legte sie ihr Handy auf den Boden und schob es außer Reichweite. Sie machte das Licht aus und ließ den Tag Revue passieren. *Heute habe ich mich um einen Punkt gesteigert. Ich bin in etwas besser geworden. Ich habe eine Unsicherheit ausgeräumt.* Sie erlaubte sich, daran zu glauben, denn warum sollte es nicht stimmen? Nichts und niemand konnte sie aufhalten.

Mit einem stummen Gebet schlief sie ein: 508. 508. 508.

GUTEN MORGEN. NOCH 8 TAGE BIS ZUM TEST.

Sie absolvierte den Übungstest Nummer drei. Sie wertete ihn aus. *Nein.* Sie überprüfte ihn noch mal. *Ja. O mein Gott.*

511.

»Das ist fantastisch!«, schrie Grover ins Telefon, und sie wusste nicht, wo er war, hoffte aber auf einen belebten Ort. »Kannst du feiern?«

Sie lachte. »Auf gar keinen Fall!«

GUTEN MORGEN. NOCH 7 TAGE BIS ZUM TEST.

Noch eine Woche. Es war Donnerstag, und sie würde den richtigen Test auch am Donnerstag machen. Alice überlegte, sich einen Tag Pause zu gönnen, denn so ein Übungstest ver-

452

langte einem viel ab. Aber nein. Sie blieb bei ihrer Routine. Sie ging morgens in die *Bakery*. Sie ging nach dem Lunch nach Hause. Sie drillte sich laut referierend, bis es dämmerte, und dann schaute sie bei Grover vorbei. Aber sie war so zufrieden mit sich, fühlte sich so wunderbar und göttlich, dass sie diesmal, als Grover sie wie jeden Abend zum Bleiben einlud, Ja sagte, und es war schön, sich nach so vielen Tagen an ihn zu erinnern. Aber um zehn schlief sie immer noch.

GUTEN MORGEN. NOCH 6 TAGE BIS ZUM TEST.

Grover reichte ihr einen Becher Kaffee, als sie sich im Bett aufgesetzt hatte. Die Vorhänge waren offen, und wahrscheinlich hatte die Sonne sie geweckt, aber das war in Ordnung. »Gut geschlafen?«

»Lange geschlafen«, sagte sie. »Aber vielleicht nicht gut.«

Grover setzte sich an seinen Schreibtisch und klappte das Laptop auf. »Wieder was geträumt?« Sie hatte in der letzten Zeit lebhafte Träume gehabt.

»Ich glaube, ja.«

»Von deiner Mom?«

»Ja«, sagte sie. »Diesmal habe ich ihre Stimme gehört. Es ist so lange her, dass ich ihre Stimme gehört habe.«

»Was hat sie zu dir gesagt?«

»Ich weiß es nicht. Ich kann mich nicht erinnern.«

Er ließ das Laptop stehen und kam zu ihr.

»Was würdest du dir denn wünschen?« Er sagte es ohne Hintergedanken, nur als Gedankenspiel, aber Alice ärgerte sich ein bisschen.

»Wie meinst du das?«

»Möchtest du etwas Bestimmtes von ihr hören? Vielleicht kommst du so dahinter, was sie gesagt hat.«

Was wollte Alice von ihr hören?

Wie eine Fledermaus im Schlafzimmer flatterten ihr ein paar Worte in den Kopf und flogen nicht mehr raus. *Schreib diesen Test nicht, Alice. Du machst das, weil du mir etwas beweisen willst, aber ich existiere nicht mehr. Ich bin kein Geist. Ich bin eine Erinnerung, die sich als Traum verkleidet an den Torwächtern vorbeigeschlichen hat. Ich will nicht, dass du Ärztin wirst. Ich will nicht, dass du Klavier spielst. Ich will nicht, dass du dein Leben für mich lebst. Ich will nicht.*

»Ich weiß es nicht«, sagte Alice und stand auf. »Ich hätte gern ihr E-Mail-Passwort.« Grover nickte. Er wirkte abgelenkt. Alice fuhr fort: »Ich sollte in die Gänge kommen. Ich rufe dich heute Abend an, so gegen neun. Bist du da schon von der Fähre runter?«

Sie blickte zu ihm. Er sah sie mit großen Augen an, als ginge ihm etwas durch den Kopf.

»Hallo?«

»Sorry! Ja«, sagte er kopfschüttelnd. »Neun Uhr meintest du? Ja, da bin ich im Haus. Ich sollte mal packen.«

Er stand auf und warf ein paar Klamotten in eine blau-weiße Tasche.

»Ab auf deine Insel.«

»Es ist nicht *meine* Insel.«

»Und ob sie das ist.«

Die Insel hieß tatsächlich Grovers Island; Sir William Grover hatte 1641 für England Anspruch darauf erhoben, und Grover stammte mütterlicherseits von diesem Grover ab. Nicht viele Menschen hatten schon mal von Grovers Island gehört, Alice allerdings schon. Damals in Katonah kannte sie Kinder, die dort ihre Sommer verbrachten. Im September, zu Beginn des Schuljahres, schwelgten sie fröhlich in Erinnerungen an dieses Paradies aus Sand, Fahrrädern und einer einzigen Eisdiele. Alice hatte gehofft, dass eins der Kinder sie irgendwann mal dorthin einladen würde, damit sie die Strände selbst sehen und das Eis selbst probieren könnte, aber das war nie passiert.

Als Grover Alice einlud, das Labor-Day-Wochenende im

Strandhaus seiner Familie zu verbringen, hatte das also an ein sehr altes Bedürfnis gerührt. Doch als Alice ihm für die Einladung dankte und ihm versicherte, dass sie zu jedem anderen Zeitpunkt *Scheiße, ja* sagen würde, doch leider an *diesem* Wochenende in der Stadt bleiben und lernen müsse und er ohne sie fahren solle ... rührte das an ein neueres, dringenderes Bedürfnis. Alice war jetzt eine ernsthafte Person, eine Frau, die Vergnügungen im Dienst einer höheren Sache ablehnte. Sie war jemand, der sein Leben ernst nahm, was sich noch köstlicher anfühlte als Eiscreme.

Alice ging mit ihrem Kaffee in Grovers Küche, setzte sich an den Tisch, öffnete die Uhr auf ihrem Handy und stellte den Timer auf fünfzehn Minuten. Sie würde sich fünfzehn Minuten genehmigen, um auf dem Telefon herumzusurfen, und dann würde sie sich anziehen und in die *Bakery* gehen. Fünf fünfzehnminütige Telefonpausen am Tag waren in die Maschine eingebaut worden, und es funktionierte, und auch wenn sie nicht glaubte, dass es funktionierte (tat sie nicht), und auch wenn es tatsächlich nicht funktionierte (möglich war es), machte sie es trotzdem.

Die Zeit lief. Alice trank Kaffee. Facebook.

Etwas aus den Nachrichten. Wieder war ein Fußgänger von einem Fahrradfahrer erfasst worden. Das machte sechs im gesamten Sommer, von denen vier gestorben waren. Wäre der Central Park ein Strand, an dem vier Menschen von Haien gefressen worden waren, hätte man ihn sofort geschlossen, wieso versuchten also immer noch Menschen, den Fahrradweg zu überqueren? Alice sah es genauso und likte den Post.

Mehr Gesichter, Leute, die sie kannte, Leben, die vorbeiflogen. Facebook zog bei ihr nicht mehr so wie früher. Sie hatte nun eigene Sachen am Laufen. Die Sachen anderer Leute waren nur noch die Sachen anderer Leute.

Ein neues Bild von Rudy Kittikorn. Alice blieb daran hängen, ohne sagen zu können, warum, außer vielleicht weil Rudy ihr nie zurückgeschrieben hatte oder weil Alice sich nicht erinnern konnte, wann Rudy zum letzten Mal ein neues Bild gepostet hatte. Sie sah wirklich gut aus. Richtig hübsch. Sie schien ein bisschen Make-up zu tragen und hatte sich Mühe mit ihrem Haar gegeben, und sie wirkte glücklich, wo auch immer sie da war, vielleicht in einer Wohnung, mit einem Glas Rotwein und einem Lächeln. Rudy war eine eigenwillige Schönheit, und hier auf diesem Bild, wegen des Kleids oder des Make-ups oder der geglückten Perspektive oder dem besonderen Moment oder einer Kombination mancher oder aller dieser Faktoren, übertrug sich die Schönheit.

Alices Daumen rührte sich, wollte liken, aber dann blitzte der Gedanke auf: *Da stimmt doch was nicht.*

Das Bild war nicht von Rudy gepostet worden. Jill Bosakowski hatte es gepostet, eine Kommilitonin von Rudy an der Columbia, und es hatte eine große Zahl an Likes bekommen. Siebenundachtzig insgesamt. Und nicht eins dieser Likes war ein erhobener Daumen. Stattdessen Herzen und traurige Gesichter. Traurige Gesichter? Alice sah nach, und ja, es waren *hauptsächlich* traurige Gesichter. Es machte die Menschen traurig, ein Bild von Rudy zu sehen, auf dem sie lächelte, Wein trank, hübsch und glücklich war.

Und dann ging Alice auf Rudys Seite und bemerkte den neuen Titel: »In Erinnerung an Rudy Kittikorn«.

So fand man solche Sachen heraus.

»O mein Gott«, sagte sie. Grover, der sich gerade zwischen zwei Pologürteln zu entscheiden versuchte, sah durch die offene Tür zu seiner Freundin in der Küche.

»Was ist?«

»Meine Freundin Rudy ist gestorben.« Ausgesprochen machten die Worte es real.

Grover legte die Gürtel weg. »O nein. O Alice. Das tut

mir so leid«, sagte er, aufrichtig entsetzt. Sie war noch gar nicht richtig traurig. Noch überwog der Schock. Sie scrollte nach unten zu den Kommentaren, versuchte, zwischen den Zeilen zu lesen und zu verstehen, wie dieses neuerdings hübsche achtundzwanzigjährige Genie, das Mädchen, mit dem sie auf Dreirädern die Auffahrt rauf- und runtergesaust war, plötzlich nicht mehr da sein konnte. Sie fand keine Hinweise. War sie krank gewesen? Alice konnte nicht sagen, warum, aber Rudy hatte immer wie jemand gewirkt, der entweder schon krank war oder es eines Tages sein würde. Sie hatten sich so viele Dreiradrennen geliefert. Rudy hatte Alice nie geschlagen. Nicht ein Mal.

»Wie gut kanntest du sie?« Grover saß jetzt neben ihr und streichelte ihr den Rücken.

»Wir waren beste Freundinnen.«

»O Gott, Alice.«

»Ich meine, vor einer Ewigkeit. Als wir klein waren.« Wie seltsam eigentlich, die Zeit nach Größe einzuteilen. Alice kam sich so klein vor wie eh und je.

»Trotzdem.«

»Ja«, sagte Alice. »Gott, ich kann's nicht glauben. Sie war wohl krank oder so. Ich hatte keine Ahnung.«

Sie stand auf, widmete sich umherlaufend wieder ihrem Telefon. Der einzige neue Post unter »Zur Erinnerung an Rudy Kittikorn« – unklar, von wem – war die Ankündigung einer Trauerfeier am Samstag in einer Woche. Zwei Tage nach dem Medizinertest.

»Ich will da hingehen«, sagte sie.

»Wohin?«

»Zu Rudys Beerdigung. Nächsten Samstag. Begleitest du mich?«

»Nächsten Samstag?«

»Ja.«

»Nicht morgen.«

»Nein. Nächsten Samstag. In acht Tagen. Kannst du mit-kommen?«

»Okay. Ja, ich glaube, schon.«

»Versprochen?«

In dem Moment veränderte sich Grovers Gesichtsaus-druck vollkommen. Die Stirn legte sich in Falten, und die Augenbrauen tanzten wie elektrisiert. Er war tief in Gedan-ken, aber es war keine denkende Art von Gedanken wie etwa beim Rechnen, sondern eher eine schmerzliche, emotionale Art, als würde sein Hirn geflutet und er versuchte verzwei-felt, dagegen anzukommen.

»Alles in Ordnung?«

»Ja«, sagte er, und seine Züge beruhigten sich. Seine Stimme ebenfalls. Sie wurde ein bisschen zu ruhig. »Setz dich, Alice.«

Sie setzte sich. Er setzte sich ihr gegenüber. Er sammelte sich einen Moment, dann stand er wieder auf.

»Moment«, sagte er. »Ich muss erst fertig packen.«

Er ging in sein Zimmer und warf weitere Sachen in seine Tasche, während Alice dasaß und wartete und versuchte, nicht darüber nachzudenken, worum es gehen könnte. Selbst aus der Küche spürte Alice die nervöse Energie, mit der er Schubladen öffnete und schloss und mit den Knöpfen seiner Hemden kämpfte, um sie von den Kleiderbügeln herunter-zubekommen.

Er zog den Reißverschluss der Tasche zu und kehrte an den Tisch zurück, an denselben Platz. Und dann sprach er, klar und eloquent.

»Alice, ich muss ehrlich mit dir sein«, sagte er. »Ich kann dir nicht versprechen, dass ich dein Date bei dieser Beerdi-gung sein kann.«

»Ich würde es nicht unbedingt ein Date nennen«, entgeg-nete sie. »Aber okay.«

»Ist es okay?«

»Ja. Schon in Ordnung, ich gehe einfach allein hin«, sagte

sie. Und er wirkte seltsam erleichtert. Alice fuhr fort: »Darf ich fragen, warum?«

»Mir wäre es lieber, wenn du es nicht tätest.«

»O mein Gott«, entfuhr es ihr, denn jetzt war sie auch nervös. »Du musst mir sagen, warum. Entweder nerve ich dich eine halbe Stunde und verliere dadurch unwiederbringlich eine halbe Stunde Lernzeit, oder du sagst es mir einfach.«

Und da er keine Alternative sah, ließ Grover die Katze aus dem Sack.

»Ich kann dir nicht versprechen, dich zu begleiten, weil ich mir nicht sicher bin, ob wir nächsten Samstag noch ein Paar sind.«

»Was?«

»Ich möchte gleich vorwegschicken, dass ich mit den ethischen Fragen gerungen habe. Es ist eine herausfordernde Situation. Es gibt keine Lösung, bei der niemand verletzt wird. Vor allem wollte ich das wirklich nicht sechs Tage vor deinem Test sagen. Ich weiß, wie wichtig er dir ist, und ich weiß, dass so ein Gespräch einem das Selbstvertrauen rauben und das Ergebnis vermasseln kann. Ich wollte das also wirklich nicht jetzt tun, aber ich habe das Gefühl, du lässt mir keine Wahl, *wofür du absolut nichts kannst*«, fügte er hastig hinzu. Dann senkte er den Kopf. »Vor ein paar Tagen –«, dann brach er ab. »Nein, vor ein paar Monaten, habe ich –«, wieder brach er ab. »Vor ein paar Jahren habe ich ein Mädchen namens Lucia kennengelernt, und wir haben uns verliebt. *Ich* habe mich verliebt. Sie nicht ganz so, zumindest nicht am Anfang. Oder in der Mitte oder am Ende. Vor allem nicht am Ende. Wir haben uns vor ein paar Monaten getrennt, nach zwei wirklich guten Jahren. Jedenfalls in meinen Augen. Es brach mir das Herz, aber ich war entschlossen, nach vorn zu blicken. Dann bin ich dir begegnet, und obwohl ich wusste, dass es ethisch unverantwortlich wäre, eine Beziehung mit dir einzugehen, solange ich noch Gefühle für Lucia hatte, war ich zuversichtlich, dass du sie in meiner Wertschätzung bald überholen würdest. Und ich glaube immer noch, du könntest das! Es ist sehr wichtig, dass du das weißt. Ich habe immer noch das Gefühl, dass du und ich eine Zukunft haben, wie sie Lucia und mir nie möglich war, und ich könnte Lucia zur Seite schieben und weitermachen, kein Problem. Und das hätte ich auch. Hätte ich definitiv. Ich kenne mich und hätte es definitiv.«

Alice hatte nicht das Gefühl, mehr als zwei Silben rausbringen zu können.

»Hätte?«

»Aber dann hörte ich vor ein paar Tagen von einer gemeinsamen Freundin, dass Lucia – die nach unserer Trennung nach Paris gezogen ist, was mich, einmal mehr, ziemlich zuversichtlich gemacht hat, dass ich nach vorn blicken und mich unbelastet von Zweifeln und Bedauern auf diese neue Beziehung mit dir einlassen könnte – nach New York zurückkehren wird. Und sie will wieder mit mir zusammenkommen.«

»Oh.«

»Ja. Also, sie ist am Freitag in der Stadt, bevor sie für eine Weile nach Maine aufbricht, und wenn sie am Freitagabend da ist, würde sie mich gern zum Essen treffen. Und reden.«

»Reden.«

»Ja. Nur reden. Ich meine, das hat sie gesagt. Wir haben ein paarmal gemailt. Es tut mir so leid, Alice. Ich fand es furchtbar, das vor dir zu verbergen. Ich habe bislang nichts getan, was man unangemessen finden könnte. Meine E-Mails an sie waren alle sehr sachlich. Geradezu kalt. Aber wenn wir uns am Freitag zum Essen treffen, kann ich nicht versprechen, dass zwischen uns nicht etwas neu aufflammt, und dann glaube ich nicht, dass ich dich zu der Beerdigung begleiten sollte.«

»Nein.«

»Ich wollte dir das alles sagen. Ich halte es normalerweise für unethisch, so herumzuschleichen und solche Gedanken zu hegen, ohne offen mit dir zu reden, aber es ist eine schwierige Situation, das verstehst du bestimmt. Dein Test ist am Donnerstag. Zwischen heute und Donnerstag etwas zu dir zu sagen, das dich emotional in Beschlag nimmt, wäre rücksichtslos. Es wäre geradezu grausam. Ich wollte nicht grausam sein. Ich hätte das alles für mich behalten. Aber angesichts der besonderen Umstände mit deiner Freundin, dieser Tragödie, die mir so leidtut, habe ich das Gefühl, den Mund aufmachen zu müssen. Und jetzt würde ich liebend gern hören, was du dazu zu sagen hast.«

Alice schloss die Augen und atmete dreimal tief durch. Dann schlug sie die Augen auf, und als sie sich sicher war, dass sie fünf Silben schaffen würde, ohne die Fassung zu verlieren, sprach sie sie aus.

»Tja, schöne Scheiße.«

»Ich weiß«, sagte er. »Ich verstehe, wenn du mich jetzt hasst. Ich habe mich ethisch korrekt verhalten, das *weiß* ich, aber manchmal platziert uns das Leben an gegenüberliegenden Enden eines Konflikts, und dann sind wir gezwungen … das Spiel bis zum Ende durchzuspielen. Aber, Alice, ich liebe dich. Das tue ich. Ich scherze nicht. Ich weiß, dass du die Richtige für mich bist und Lucia nicht. Sie ist problematisch. Sie ist kapriziös, sie ist eine Art Hippie, und ehrlich gesagt glaube ich, dass sie ein Drogenproblem hat. Vom Kopf her weiß ich, dass sie nicht gut für mich ist. Mein Kopf ist schon da. Ich warte nur darauf, dass mein Herz aufschließt. Und das wird es. Ich bin mir ziemlich sicher, dass es das wird. Nur nicht zu hundert Prozent sicher. Weshalb ich dir das jetzt alles erzähle.«

Alice kochte entweder vor Wut oder war katatonisch, das wusste sie selbst nicht, aber so oder so war sie nicht in der Lage zu sprechen. Sie saß nur da.

»Ich gehe jetzt«, sagte er. »Ich lasse dich das erst mal verarbeiten. Ich nehme den frühen Zug nach Grovers Island, aber ich bin telefonisch erreichbar, du kannst mich jederzeit anrufen, das ganze Wochenende. Und ich liebe dich wirklich, Alice. Das muss ich klarstellen. Ich liebe dich wirklich.«

Er war klug genug, sie nicht zu küssen, auch nicht auf die Stirn, und so nahm er seine Tasche und ging.

DING!

Fünfzehn Minuten waren vorbei. Zeit, sich wieder an die Arbeit zu machen.

* * *

An einem schönen Morgen mit leichter Brise Anfang September spazierte Pamela Campbell Clark durch den Park. Die Welt kühlte sich ab. In einer Woche oder so würde sie einen Pullover mitnehmen müssen. Bald wäre es Oktober und dann November, und dann würde es anfangen zu schneien und der tägliche Spaziergang käme nicht mehr infrage.

Ihre Tochter würde sich wünschen, dass sie bei ihr (und den Bienen) den Winter verbrachte. Der Anruf käme, sobald sich das Laub verfärbte. Aber Pamela hatte kein Interesse daran, sich ins Flugzeug zu setzen oder die Wohnung ausrauben zu lassen, während sie in Kalifornien war, wo es neben den Bienen auch noch Erdbeben, Erdrutsche und Waldbrände gab. Sie hatte ihre Enkelin seit deren letztem Besuch nicht mehr gesehen, was mehr als ein Jahr her war, und jetzt war noch ein Enkelkind unterwegs, aber trotzdem, nein, danke.

Sie überquerte den West Drive, und eine Sekunde nachdem ihr linker Fuß seinen Platz auf dem Gehweg verlassen hatte, sauste ein Fahrrad über genau diese Stelle und hätte sie um ein Haar erfasst. Um ein sehr feines Haar, das war ihr klar, und ihr Herz raste plötzlich wie verrückt. Himmel.

»Pass doch auf!«, schrie sie das Fahrrad an, die Stimme

knarzend wie eine alte Tür, aber wer oder was auch immer diese bestimmte Maschine auf dieser bestimmten Bahn steuerte, war lange weg.

Ein Mann mit Hut, der auf einer Bank in der Nähe saß, suchte ihren Blick und schüttelte mitfühlend den Kopf. In New York wird jeder Fremde zu deinem alten Kumpel, wenn etwas Bizarres oder Gefährliches passiert. Pamela Campbell Clark und der Mann erlebten für einen kurzen Moment die stumme Gemeinschaft lebenslanger Freundschaft. *Diese Arschlöcher mit ihren Fahrrädern*, sagte sein Blick. *Sie sagen es*, antwortete ihrer.

Ich will nicht bei einer Bienenzüchterin leben, dachte Pamela Campbell Clark. Ja, es war schön dort, mit Feldern voll Buchweizen und Klee, die sich bis in die Berge hochzogen. Aber es war mitten in der Pampa. Man fuhr vom Highway ab, und die schnurgerade Schotterpiste zog sich ewig hin, bis sie schließlich an das kleine Haus gelangte, das jederzeit ausgeraubt werden konnte, oder man wurde von einer Biene gestochen, und der Krankenwagen käme niemals rechtzeitig an. Nein, danke.

Auf dem Heimweg merkte Pamela, dass weniger Menschen unterwegs waren als sonst. Es war ein langes Wochenende. Viele waren weggefahren, besuchten ihre Lieben. Pamela wurde ein klitzekleines bisschen weich. Sie wollte ihre Enkelin ja tatsächlich gern sehen. Vielleicht könnte jemand von den Nachbarn die Katzen füttern.

Ein Mädchen, das ihr entgegenkam, stieß fast mit ihr zusammen. *Diese Leute mit ihren Telefonen*, dachte Pamela. *Was ist denn nur so wichtig?*

So wichtig war Lucia Palumbos Instagram. Alice hatte Lucias Nachnamen problemlos herausgefunden. Grover hatte zwar ihre Fotos von seiner Facebook-Seite entfernt, aber Alice vermutete, dass sie gemeinsame Freunde hatten. Natürlich. Im März hatte Grover einem Mädchen namens

Jane zum Geburtstag gratuliert, und ein paar Glückwünsche später folgte Lucia Palumbo – Junge, Junge, war die unsympathisch – und wünschte ihrer Freundin einen vor Herzchen explodierenden »Joyeux Anniversaire de Paris!«.

Ein kurzer Scan von Lucias Facebook-Seite bestätigte, dass Alice kein Interesse hatte, diesem Babe mit Wohlwollen zu begegnen, aber als sie ihre Instagram-Seite sah, konnte sie für gar nichts mehr garantieren. Ihre Kurzbio: »Wanderlustrix. Ewige blinde Passagierin.« Kotz, ewiges Kotz. Und diese Bilder. Lucia an der Seine. Lucia in Montmartre. Lucia wandernd in den Alpen. Sie war ein Hippie, so viel war mal sicher, aber Alice begriff sofort, warum Grover so verzaubert von ihr war. Trotz all der Fake-heit und den dröhnend ayahuascanischen »Einsichten« in all den Bildüberschriften verfügte Lucia über zwei Dinge, die auf einen Intellektuellen wie Grover einen unwiderstehlichen Reiz ausübten: perfekte Haut und einen fantastischen Körper. Natürlich würde er das nie zugeben, und natürlich verschwendete Lucia keinen Gedanken an ihre Schönheit und deren Wirkung auf andere, und natürlich liebte jeder mit der Neigung, sie zu lieben, sie genau dafür. Aber alle anderen, die diese Bilder sahen – ich zum Beispiel –, merkten sofort, dass die beiläufigen Schnappschüsse aus Lucias verlängertem Urlaub alles andere als beiläufig waren. Sie trug diese extra-kleinen T-Shirts nicht, weil die nicht viel Platz wegnahmen.

Fazit: *Scheiß auf sie*, dachte Alice, während die Klingel an der *Bakery*-Tür bimmelte und ihr Eintreffen verkündete.

Alice würde sich nicht vom Weg abbringen lassen. Sie steckte das Handy in die Tasche, bestellte einen Kaffee und setzte sich an ihren üblichen Tisch. Sie schlug das große gelbe Buch auf, blätterte zu Chemie. Chemie und Physik. Ihr Schwachpunkt. Wenn man es so nennen konnte. Sie war in dem Abschnitt auf 128 gekommen. Das war ziemlich großartig. 511. *Mann*. Sie versuchte sich das Gefühl zu bewahren.

Der Laden war fast leer. Gut. Alice sah von ihrem Buch hoch und scannte die anderen Kunden. Columbia Kids. Auch ein paar ältere Gesichter. Alice fragte sich, ob Rudy je hierhergekommen war. Sie hatte wahrscheinlich in der Gegend gewohnt. Waren sie und Alice je gleichzeitig hier gewesen, ohne sich zu bemerken? Möglich.

Alice wusste immer noch nicht, was genau Rudy zugestoßen war. Sie hatte Angst zu fragen, und es gab auch nicht wirklich jemanden, den sie fragen *konnte*, da sie seit fast zwei Jahrzehnten nicht mehr befreundet waren. Sie ging wieder auf Facebook, zurück zu dem Bild. Hübsche Rudy. Es gab jetzt mehr Kommentare. Mehr Entsetzens- und Beileidsbekundungen. Nicht zu viel Entsetzen, eigentlich. Rudy war krank gewesen. Das war kein Geheimnis.

Es gab ein Update unter »Zur Erinnerung an Rudy Kittikorn«. Eine Anmerkung von Rudys jüngerer Schwester. Alice konnte sich nur mit Mühe daran erinnern, dass ein Baby zur Welt gekommen war, als sie zum ersten Mal den Bus zum Konservatorium bestieg und Rudy zurückließ.

»Statt Blumen bitten wir um Spenden für –«, und es folgte eine Hilfsorganisation zur Suizid-Prävention, und *O Gott, sie hat sich umgebracht. Rudy hat sich umgebracht*, und jetzt legte sich die Traurigkeit wie eine schwere Decke auf Alice und drückte sie nieder. Dazu kam wahrscheinlich noch die Verzweiflung darüber, ihren Freund zu verlieren und den Test zu verhauen, aber vor allem dachte Alice an das kleine Mädchen in der Auffahrt, und ihre Augen wurden feucht. Ihre Fahrräder, Seite an Seite. Die einzigen Kinder in ihrem Alter, die noch Stützräder hatten. Sie spürte die Tränen kommen, und es gab nur zwei Richtungen: vorwärts oder rückwärts, und rückwärts würde nichts bringen. Sie musste da durch. Alice ließ die Tränen laufen. Sie sah den Tatsachen ins Auge. *Rudy.* Die erste Person, die Alice umarmt hatte, die nicht Mom oder Dad war. *Rudy.* Sie lebte nicht mehr. Das kleine Mädchen mit dem Grips und der großen Zukunft. Sie würde nie eine alte Dame werden.

Sie hatte aufgegeben.

Sie hatte hingeworfen.

Alice ging nach draußen, um richtig zu weinen. Sie ließ den Kaffee und das große gelbe Buch auf dem Tisch zurück, und als sie wiederkam, waren sie noch da. Sie setzte sich und schlug das Buch auf, und während sie das tat, schmerzte ihre Hand. Selbst jetzt noch, nach all den Jahren, sangen die krummen kleinen Linien, an denen die Knochen wieder zusammengewachsen waren, ihr trauriges altes Lied.

Am Tresen stand eine Bestellung bereit, eine rosa Schachtel, die mit blauem Band verschnürt war. Alice wischte sich mit dem Ärmel die Augen. Die *Bakery* war ein alter Laden; die Kekse und Kuchen wurden seit Jahren in den immer gleichen rosa Schachteln ausgeliefert. Blaues Band hing von riesigen Spulen an der Decke, und die Damen hinter dem Tresen verschnürten die rosa Schachteln mit einer routinierten Effizienz, die die Kunden blendete – Menschen, die im Allgemeinen vieles ordentlich machten, manches ziemlich gut, aber nichts wirklich blendend.

Chemie. Physik. Los geht's.

Grover wäre jetzt im Zug. Hatte er wenigstens geschrieben?

Sie würde ihr Handy nicht rausholen.

Alice hatte noch nichts in Rudys Chronik hinterlassen. Das musste sie. Warum? Rudy würde es nicht sehen. Ihre Familie würde es sehen. Es würde Rudys Mom etwas bedeuten.

Alice holte ihr Telefon raus, um etwas für Rudy zu posten.

Er hatte nicht geschrieben.

Er hatte nicht mal eine »Hi, bin im Zug, du fehlst mir«-Nachricht geschickt, wahrscheinlich, weil er mit Lucias Instagram beschäftigt war. Lucia, die sich nicht anstrengte. Lucia, die keine Ziele hatte. Lucia, deren sinnlos nomadischer Arsch gut war, wie er war. Lucia, die ein Bikini-Bild von sich in einer Meeresgrotte auf irgendeiner griechischen Insel gepostet hatte, garniert mit den Worten: »Die Zukunft ist nicht versprochen. *Jetzt* ist alles, was wir haben.« Und dann war Alice auf Twitter, und dann guckte sie ein Video darüber, wie Koffer hergestellt werden. Habt ihr davon schon mal gehört? Es ist wunderschön. Eine Maschine bläst das Plastik auf wie einen großen leuchtend orangenen oder gelben oder violetten Ballon, und dann wird dem Ballon die Luft entzogen, und er legt sich fest und genau passend um die Form. Der Film stammte aus einer Fabrik im chinesischen Wenzhou. Alice fand die Website der Firma, die die Koffer herstellte. Die Maschinen waren sehr schön und sehr sauber, Edelstahl so glänzend wie ein Spiegel. Wo war Wenzhou? Alice sah nach. Eine große Stadt an der Küste von Zhejiang; auf der anderen Seite des Ostchinesischen Meers lag Okinawa und etwas südlich Taiwan. Sie ging auf Google Maps, nahm den kleinen orangenen Mann und platzierte ihn irgendwo in Wenzhou, nur um einen Augenblick da zu sein.

Und da war sie nun, mit Dreihundertsechzig-Grad-Panorama an einer Stelle in oder nahe Wenzhou, und es war wunderschön. Ganz anders als gedacht. Sie stand an einem See, die Sonne ging unter, und am anderen Ufer lag ein Viertel aus fröhlichen Stein- und Holzhäusern. In der Ferne waren schemenhaft Berge zu erkennen, das Ufer des Sees war grün und moosbedeckt, und in der Nähe stand ein rotes Fahrrad. *Das muss das Rad des Fotografen sein*, dachte sie, aber dann stellte sie sich vor, es wäre *ihr* Rad, denn sie war die einzige Anwesende, die den kleinen See und diesen Moment der Poesie und Stille in China genoss.

Sie würde den Test verhauen.

Nein, wirst du nicht. 511, weißt du noch? Dieser Vormittag war für die Tonne, aber du wirst nach Hause gehen, den

Nachmittag über reinhauen, und es wird sich toll anfühlen. Alice aß zu Mittag, ein zähes Croissant belegt mit Pute und eiskalten Tomatenscheiben, und dann ging sie spazieren.

Es wäre so viel leichter gewesen, wenn es noch etwas anderes gegeben hätte, was sie tun wollte. Bill fand immer die nächste Liane. Er sah immer etwas vor sich, das er als Nächstes anpacken konnte. Alice blickte nach vorn und sah gar nichts, und schon ihr ganzes Leben war dieses Garnichts das kleine Steinchen im Schuh. Sogar auf Hawaii, der Insel der Flipflops, war das Steinchen da, störte sie, quälte sie, erinnerte sie daran, wie wenig sie tat, um in irgendetwas hervorzutreten.

Sie erreichte das Harlem Meer, den kleinen Teich im Central Park, der, in den Roxy gefallen war. Die Sonne stand hoch am Himmel. In der Ferne gab es keine Berge, nur hohe Gebäude. Das Ufer war grün und moosbedeckt, aber der Geruch … ein Hauch von Gestank kam irgendwoher.

Es war halb vier, als sie nach Hause kam, und Alice dachte, dass sie diesen Tag immer noch dem Häcksler entreißen konnte, sie konnte die Karteikarten hervorholen und loslegen, und sie lächelte bei dem freudigen Gedanken daran, und dann machte sie es doch nicht. Sie ließ sich aufs Bett fallen, öffnete das Laptop und stellte die erste Folge von *Love on the Ugly Side* an.

Als sie bei der siebten Folge war, wurden Alice drei Dinge klar.

Erstens hatte sie nicht zu Abend gegessen, und jetzt war es elf, zu spät zum Essen, aber sie würde trotzdem etwas bestellen, denn dies war New York, und wer scherte sich noch einen Dreck um irgendwas.

Zweitens, heilige Scheiße, *Love on the Ugly Side*! Alice erlebte einen ganzen Sommer an diesem Tag auf dem Bett und zugleich in der Hacienda am Meer, wo sie sich, wie Jordan und das übrige Amerika, scham- und schreckerfüllt in

Mallory verliebte. Mallory! Jetzt kapierte Alice es. Sie hasste und liebte Mallory genauso sehr, wie Roxy ihr versprochen hatte. Als Mario Lopez Mallory die Pistole reichte und sie instruierte, sie auf den Hinterkopf der Fremden mit den verbundenen Augen zu richten und abzudrücken ... Oh, Mallory! Das bebende Lächeln, die Art, wie sie sich ein bisschen auf die Lippe biss! Die Art, wie sie keine Sekunde zögerte, die Glock zu heben und den Abzug zu drücken! Und als die Waffe nur klickte, was für ein Gesicht sie da machte! Oh! War das ... war das *Enttäuschung*? »Wozu bist du bereit?«, fragten die Plakatwände, und *Scheiße, zu allem und jedem!* war Mallorys Antwort.

Wenn Jordan dieses psychopathische Nationalheiligtum nicht heiratete, würde Alice toben.

Und drittens, Alice wollte keine Ärztin mehr werden. Selbst das Wörtchen »mehr« kam ihr wie eine Lüge vor. Sie hatte nie Ärztin werden wollen. Warum sollte sie Ärztin werden wollen? Sie *kannte* nicht mal irgendwelche Ärzte! Ich meine, das zu begreifen war eine große Sache. Sie versuchte einem Anspruch gerecht zu werden, nach dem niemand lebte, den sie kannte. Außer Dr. Bannerjee, eine Lady, die sie seit drei Jahren nicht gesehen hatte. Die ganze Sache war lächerlich, von Anfang an. Dieses, dieses, dieses *Nachgeben* war nichts, was sie bereuen würde, das wusste sie ganz sicher. Diese Zeit würde in ihrer Erinnerung als der Sommer weiterleben, den sie damit verbracht hatte, alles Mögliche über den menschlichen Körper und seine Funktionsweisen zu lernen, und war das etwa vergeudet? Nein. Wenn man ein biologisches Wesen ist, ist es gut, sich mit Biologie auszukennen. Wenn man in der physischen Welt lebt, ist es gut, sich mit Physik auszukennen. Wenn chemische Stoffe eine Rolle in deinem Leben spielen, ist es gut, sich mit Chemie auszukennen, ob man nun eine Karriere daraus schmiedet oder nicht. Es war viel Arbeit gewesen, das ganze Zeug in den Kopf zu kriegen, aber jetzt war es da, und niemand konnte es ihr wegnehmen. Das war schon was wert.

Die Pizza kam, und sie aß sie halb auf, dann kam ein Blaubeermuffin, und zwar keiner von diesen puritanisch faden Muffins aus der *Bakery*, sondern ein wirklich großer, fluffiger, saftiger, problematischer 21.-Jahrhundert-Muffin, und er war viel zu süß, und Alice verschlang das ganze Ding, und das große gelbe Buch schlief friedlich in ihrem Rucksack, während ES SIND NOCH 6 TAGE BIS ZUM TEST zu ES SIND NOCH 5 TAGE BIS ZUM TEST zu ES SIND NOCH 4 TAGE BIS ZUM TEST zu ES SIND NOCH 3 TAGE BIS ZUM TEST wurde und die Welt ihre Form und Bedeutung verlor und Alice nach Wenzhou zurückkehrte, aufs Fahrrad stieg und davonradelte, den dunklen Bergen entgegen.

**

Es ist nicht gesichert, wo genau das Grovers-Island-Massaker von 1683 stattfand, aber eine Auswertung zeitgenössischer Berichte und Aufzeichnungen deutet darauf hin, dass die einundsechzig Pequots ihr Leben hinter dem Sommerhaus der Familie Grover ließen, wahrscheinlich auf der Lichtung hinter dem Blumengarten, in dem jetzt das Getränkezelt aufgebaut war.

Die ganze Sippe war für die jährliche Labor-Day-Party eingetroffen. Jede Menge Grovers, ein Haufen Whipples und ein paar Kineses, und mittendrin saß Grover Whipple Kines in einem blauen Adirondack-Stuhl und trank ein Narragansett-Bier, während er Textnachricht um Textnachricht schrieb und wieder löschte, bis ungefragt eine Nachricht eintraf.

»Wie ist es auf Grover's Island.«

Alice. Gott sei Dank.

»Grovers. Kein Apostroph. Und ohne dich ist es schrecklich. Ich vermisse dich so sehr, dass es mich fast zerreißt.«

»Ich vermisse dich auch«, antwortete Alice, und dann: »Ich will mich nicht trennen.«

Sie hatte es als Bitte gemeint, aber er verstand es als Begnadigung. Grover amüsierte sich nicht auf dieser ach so amüsanten Party. Erst hatte er geglaubt, das Brodeln im Magen käme durch Schuldgefühle, denn Schuldgefühle finden dich immer, selbst wenn du rational gesehen weißt, dass du unschuldig bist. Aber es waren keine Schuldgefühle. Die Sonne wanderte hinter die Ulme, der Rasen kühlte sich ab, und Grover aß einen Hotdog, und als er ein weiteres Narragansett öffnete, entschied er, was das schmerzliche Gefühl war: Liebe. Er wollte Alice nicht verlieren. Die süße Alice. Seine Lernfreundin mit den hochgezogenen Schultern und dem Durchhaltevermögen. Das war alles, und deshalb war diese Nachricht, als sie eintraf, ein Akt der Gnade.

Seine Finger sprudelten: »Ich will mich auch nicht trennen! Ich komme morgen nach Hause. Ich wollte die ganze Woche bleiben, aber ich möchte dich sehen.«

»Ich will dich auch sehen. Kann ich zu dir kommen?«

»Was ist mit dem Medizinertest?« Dann ging ihm auf, welcher Tag es war. »Solltest du nicht in diesem Moment den Übungstest schreiben?«

»Ich will nicht Ärztin werden«, entgegnete sie. Sie lag im Bett, badete in Take-away-Schachteln, schmutziger Wäsche und dem eigenen Mief.

Es verging ein Moment. Punkte, dann keine Punkte. Punkte und schließlich: »Das kommt überraschend.«

Nur, wenn man mich noch nicht lange kennt, dachte sie und hätte es fast hingetippt, ließ es dann aber. Sie würde sich nicht dafür schämen, nicht mal im Scherz.

»Eines Tages werd ich meine Bestimmung finden, und wenn es so weit ist, werd ich alles dafür geben. Bisher hab ich nur herausgefunden, dass sie weder Klavier noch Medizin ist. Aber es gibt noch viele Möglichkeiten. Ich bin erst achtundzwanzig.« Sie tippte auf »Senden«, und direkt danach fiel ihr ein, wie sehr er es hasste, wenn Leute »werd ich« und »hab ich« schrieben, aber sie entschuldigte sich nicht dafür. Sie ließ es stehen.

Mehr Punkte erschienen, und Alice stellte sich die lange Kolumne vor, die Grover wahrscheinlich gerade an sie verfasste, darüber, wie man sich reinhängen und es durchziehen muss, wenn man sich auf etwas festgelegt hat, und dass man sich sonst nicht nur selbst hängen lässt, sondern auch die Menschen, die einen lieben und darauf setzen, dass man sein volles Potenzial ausschöpft. Dann kam die Nachricht: »Versprich mir, dass du den Test nicht nur abbläst, um mich zu sehen.«

»Bild dir bloß nichts ein, SO süß bist du nun auch nicht«, antwortete sie und schob hinterher: »Ich versprech's.«

Er schrieb nicht gleich wieder. Sie fragte sich schon, ob er es sich anders überlegt hatte, als plötzlich eine E-Mail eintraf. Ihre Ticketinformation für den Zug nach New London, zusammen mit einer kleinen Karte, die den Fußweg vom Bahnhof zum Fährhafen zeigte.

GUTEN MORGEN. NOCH 2 TAGE BIS ZUM TEST.

Der Rest der Familie war mit einer früheren Fähre nach Hause zurückgekehrt. Die physischen Spuren der Party waren beseitigt. Die Plastikbecher für den Poolbereich standen gespült wieder im Schrank. Die Papiertischdecken waren in einer einzigen Aktion mit sämtlichen Papptellern und Servietten eingerollt und in einen nahen Müllcontainer geworfen worden. Was an Essensresten aussortiert werden konnte, war im Kompost gelandet, wo in der Hitze der Septembersonne Erde daraus werden würde. Der Grill war ausgestellt, die Gashähne zugedreht.

Grovers Auto, seine »Inselkarre«, wie man solche Wagen nennt, war ein alter BMW, den die Familie schon mindestens fünfzehn Jahre benutzte. Es war noch das 20. Jahrhundert gewesen, als die Karre von New London übergesetzt war. Jetzt lebte sie das ganze Jahr hier, arbeitete im Sommer und schlief im Winter.

Die Karre fuhr mit perfektem Knirschen auf die Auffahrt, als wären der Kies und die Reifen für genau dieses Geräusch aufeinander abgestimmt worden. Beim Aussteigen hatte Alice das Gefühl, in einen Instagram-Filter zu treten. Das Licht flirrte mit dem richtigen Kontrast, ein bisschen ausgewaschen, ein bisschen gelblich, und verlieh allem eine unschuldige Ruhe, als könnte kein Problem greller als die Mittagssonne oder lauter als das friedliche Schnarchen der Brandung oder so brennend sein, dass ein Gin Tonic es nicht löschen könnte.

Jede Hortensienblüte war ein perfekter, kugelrunder engelsweißer Bausch. Pitterpat wäre begeistert, dachte Alice.

»Was meinst du?« Grover kannte die Antwort, aber er fragte trotzdem.

»Es ist wunderschön.«

»Wir sind auch ganz zufrieden«, sagte er, und sie gingen ins Haus, und alles war, wenn nicht vergessen, so doch für eine Weile verdrängt.

***

GUTEN MORGEN. NOCH 1 TAG BIS ZUM TEST.

Sie holten sich Sandwichs im *Compass Rose Café* und gingen damit an den Strand. Er war leer, wie fast die ganze Insel, und Grover sah Alice so glücklich an, so arglos und treuherzig, als gäbe es keinen anderen Ort als diesen Garten Eden und keine andere Eva.

Sie hatte ihn so gern. Das verstand sie jetzt. Selbst in seinen schlechtesten Momenten war er ehrlich. Er rang aufrichtig mit richtig und falsch. Und sie hatte ihn nun in einem seiner schlechtesten Momente erlebt und es heil überstanden.

Während Grover allein in der Brandung tobte wie ein Labrador Retriever und Alice ihm vom Handtuch auf dem breiten Streifen glatter runder Felsen aus zusah, der als Strand durchging, dachte sie an die unberührten Karteikarten auf ihrem Nachttisch, die keine Ahnung hatten, dass sie Vergangenheit waren. Was würde sie bei ihrer Rückkehr damit machen? Sie wegwerfen? Aufbewahren, falls sie es sich anders überlegte? Sie irgendjemandem spenden, der wirklich Arzt werden würde? Vielleicht wäre das ihre Art, etwas zu bewirken. Ihre Prise Sinn: Sie wäre die Frau, die die Karteikarten einem angehenden Arzt gab, der ein oder zwei Leben retten würde.

Den Tag über sprangen sie immer wieder ins Meer und immer wieder ins Bett. Als die Sonne unterging, aßen sie auf der Terrasse zu Abend. Shrimp-Spieße mit einer Ananas-Marinade; sie waren perfekt. Danach gingen sie rein und guckten auf dem Sofa einen Film. Es dauerte nicht lang, bis Alice tief eingeschlafen war, so früh wie ewig nicht. Sie hatte nicht gemerkt, wie müde sie war. Grover hob sie hoch, und sie wachte kurz auf und lächelte still, als er sie zum Bett trug.

Mitten in der Nacht wurde sie wach. Vielleicht wegen eines Traums; sie war sich nicht sicher. Die Insekten und Tiere draußen veranstalteten einen Lärm, den Menschen aus der Stadt nicht für möglich hielten.

Sie sah zu Grover rüber. Das Glimmen seines Telefons lugte wie Dämmerlicht seitlich von seinem Kopf hervor.

»Wie spät ist es?«

»Vier Uhr«, sagte er. »Schlaf weiter«, fügte er liebevoll hinzu.

Aber es gelang ihr nicht. Sie wühlte herum, bis sie ihr Telefon fand, das sich unter der Decke versteckt hatte. GUTEN MORGEN, sagte es, im gleichen Tonfall wie immer. Aber heute sagte es auch: NOCH 0 TAGE BIS ZUM TEST.

In nur neun Stunden würde die Aufsicht sagen: »Bitte anfangen.« Es gäbe einen leeren Platz, auf dem Alice vielleicht gesessen hätte. Nein, sie konnte sich nicht erlauben, es zu bereuen. Es war die richtige Entscheidung. Sie wollte keine Ärztin werden, und wenn sie keine Ärztin war, konnte sie andere Dinge genießen, Sommerdinge, die ihr im Juli und August entgangen waren.

Wie so was, dachte sie. Es war Werbung für einen Film in Bryant Park, gesponsort von der French Alliance. *Die Schmetterlinge vom Mont-Saint-Michel*, auf einer großen Außenleinwand, unter freiem Himmel.

»Hast du Lust, da hinzugehen?«

»Wohin?«

Sie schickte ihm den Link. Ein Ton erklang, als er ihr Telefon verließ, und ein anderer, als er auf seinem ankam. Er tippte darauf und hielt die Luft an. Dann drehte er sich zu ihr.

»Morgen Abend kann ich nicht.«

»Wieso nicht?«

»Ich habe schon was vor.«

»Was denn?«

»Alice«, sagte er, als wüsste sie es schon und würde die ganze Sache nur peinlicher machen, indem sie ihn zwang, es auszusprechen.

Sie hatte keine Ahnung, wovon er redete. »Ja, Grover?«

Er setzte sich auf und legte die Arme auf die Knie. Es war dunkel, aber sein Körper war schön, selbst schemenhaft. »Ich treffe Lucia zum Essen«, sagte er. »Das weißt du doch.«

Alice knipste das Licht an, und das Zimmer wurde schlagartig wach. Sie setzte sich auf. »Was?«, fragte sie so ruhig wie möglich.

»Ich treffe Lucia zum Essen.«

»Ich dachte, du wärst durch mit Lucia.«

»Bin ich auch! Aber wir gehen trotzdem essen.«

»Warum?«

»Weil wir Freunde sind«, sagte er. »Ja, wir waren auch mal zusammen, und unsere Situation ist kompliziert, aber wir sind trotzdem Freunde. Wir waren schon Freunde, bevor wir ein Paar waren. Ich würde dir ein Abendessen mit einem Freund auch gönnen.«

»Lucia ist *nicht* deine Freundin.« Sie sagte es, als wüsste sie alles über Lucia, obwohl sie so gut wie nichts wusste.

»Jetzt übertreibst du aber.«

»Ach ja?«

»Ja! Ich habe dir gesagt, dass Lucia meine Vergangenheit ist, und du bist meine Zukunft. Ich gebe dir mein Wort darauf. Wenn mein Wort bei dir nichts gilt, was soll das hier dann noch?«

»Hör auf damit.«

»Hör auf womit?«

»Hör auf, einen Streit in eine Kolumne zu verwandeln.«

»O mein Gott, das ist jetzt also ein Streit?« Er stand auf und ging zum Bad. »Hör mal, ich verstehe deine Gefühle, aber ich werde nicht absagen, nur weil du eifersüchtig bist. So eine Beziehung werde ich nicht führen.«

Als er wieder aus dem Bad kam, war Alice fast fertig angezogen.

»Wann geht die erste Fähre?«

Da flippte er völlig aus. »O mein Gott, willst du mich verarschen? Alice, es ist nur ein Abendessen. Ein Abendessen, und dann verlässt sie die Stadt, und du musst dir ihretwegen keine Sorgen machen, wir können einfach glücklich sein. Warum ist das so eine große Sache?«

»Was, wenn du dich wieder in sie verliebst?«

»Was?!«

»Was, wenn du zu diesem Essen gehst und dir wieder einfällt, was für eine tolle Zeit ihr in scheiß Budapest oder wo auch immer hattet, und du verliebst dich wieder?«

»Das wird nicht passieren!«

»Bist du sicher?!«

Er zögerte kurz. »Ja, bin ich!«, blaffte er, aber der Schaden war schon angerichtet. »Ich meine, ich *glaube* nicht, dass es passiert!«

»Versprich mir, dass es nicht passiert.«

In die Ecke getrieben, machte Grover sich wieder ans Kolumnen schreiben. »Man kann bezüglich emotionaler Reaktionen nichts versprechen. Das ist so, als wenn jemand sagt: ›Ich erzähl dir was, aber du musst mir versprechen, nicht wütend zu werden.‹ Man kann jemanden nicht bitten, ohne vollständige Informationen so was zu versprechen. Das ist es, was Vertrauen in einer Beziehung ausmacht! Klar, es ist riskant. Alles ist riskant, wenn dein Herz auf dem Spiel steht. Was, wenn ich mich in jemand anderen verliebe? Was, wenn *du* dich in jemand anderen verliebst? Was, wenn ich durch den Central Park laufe, von einem Fahrrad erwischt werde und sterbe?«

»Das klingt gerade nicht so schlecht.«

»Ich will nur sagen: Es gibt im Leben keine Garantien. Die Zukunft ist nicht versprochen. *Jetzt* ist alles, was wir haben. Alles, was ich dir anbieten kann, ist ein Typ, der versucht, so oft wie möglich das Richtige zu tun. Das habe ich anzubieten, und ich halte es für keine Kleinigkeit. Du weißt, dass man das nicht über jeden da draußen sagen kann.«

Sie war schon halb die Treppe runter, blieb nun aber stehen. Sie drehte sich zu ihm um. Er stand am Kopf der Treppe, in seinem weißen Feinrippslip.

»Du machst also immer das Richtige?«

Er streckte den Rücken durch und schob die Brust etwas vor. »Ja.«

»Wie ist Pearlclutcher an Roxys Handy gekommen?«

»Was?«

»Wie … ist Pearlclutcher … an das Handy meiner Freundin Roxy gekommen? Das war ein Riesencoup für eure kleine

Website. Normalerweise geht so was an die *New York Times* oder den *New Yorker*, aber ihr habt es bekommen. Wie?«

Er legte eine Hand aufs Treppengeländer, stützte sich unauffällig ab. »Was willst du damit sagen?«

»Wir haben keine Ahnung, wer Roxys Telefon geklaut hat. Kann wer weiß wer gewesen sein. Aber die Art und Weise, wie es geklaut wurde ... Mir fällt das Wort dafür nicht ein. Es schien kein Zufall zu sein. Als wenn jemand wusste, dass sie da Sachen drauf hatte.«

»Na ja, vielleicht wusste es ja auch jemand. Sie ist nicht gerade diskret. Vielleicht hat sie es jemandem erzählt.«

Alices Kiefer zitterte. »Hat sie es dir erzählt?«

Er antwortete nicht.

»Grover, hat sie dir erzählt, dass da Sachen drauf sind? Vielleicht hat sie irgendwas fallen lassen, eine Bemerkung, die du zufällig mitbekommen hast?«

»Ich weiß nicht, was du damit andeuten willst«, sagte er nach einer langen Pause.

»Anders gefragt. Wenn du wüsstest, wie Pearlclutcher an das Handy gekommen ist, würdest du es mir erzählen?«

»Das ist hypothetisch, ich könnte nicht ...« Mehr sagte er nicht.

»Okay, *anders* anders gefragt. Ich glaube, darauf kannst du antworten. Wenn du, nur mal hypothetisch, tatsächlich wüsstest, wie Pearlclutcher an das Telefon gekommen ist, wäre es in *ethischer* Hinsicht okay für dich, mir nichts davon zu erzählen? Wäre es in *ethischer* Hinsicht okay für dich, darüber zu lügen?«

Er antwortete mit Bedacht.

»Als Journalist, der *verpflichtet* ist, seine Quellen zu schützen, könnte oder *würde* ich da die Frau, die ich liebe, belügen, um die Identität einer Quelle zu schützen, die den korruptesten Bürgermeister zu Fall hätte bringen können –«

»Es aber nicht hat –«

»*Es aber hätte können*, den korruptesten Bürgermeister in der Geschichte New Yorks? Würde ich darüber lügen? Als Ethiker, als *Konsequentialist*, der seine Abschlussarbeit über Bentham geschrieben hat, würde ich das Wohlergehen all der Menschen, die durch die Politik des Bürgermeisters zu Schaden gekommen sind, und all der Menschen, die durch seine Politik in Zukunft zu Schaden kommen werden, über das Wohlergehen seiner *Fickflamme* stellen, nur weil ihre Mitbewohnerin zufällig meine Freundin ist? Ja. Würde ich. Und du solltest dich schämen, wenn du glaubst, ich würde mich anders entscheiden.«

Alice hatte die Haustür erreicht, die Hand am Türknauf, als Grover sie mit seiner Stimme stoppte, weil er auf halber Treppe noch eine letzte Sache klarstellen musste.

»Um es deutlich zu machen«, sagte er, als wäre eine Stenografin anwesend, »ich habe nichts falsch gemacht. Es ist eine verworrene Situation, und ich habe Verständnis für den Schmerz, den sie dir bereitet. Aber ich habe nichts falsch gemacht. Ich bin kein Heuchler.«

Zwei Minuten nachdem er das gesagt hatte, war Alice einen Zwei-Minuten-Marsch vom Haus entfernt und suchte auf ihrem Handy nach dem Fähren-Fahrplan. Später mailte Grover seinen Eltern, um ihnen zu beichten, dass er versehentlich den antiken Keramikwal im Foyer heruntergerissen und irreparabel zerstört habe. Ein Foto vom Mai 2012 auf der Website der Innenarchitektin zeigt ein Krocketset in der Nähe des Wals, und mir gefällt die Vorstellung, dass Alice einen der Schläger verwendete, um den scheiß Wal zu pulverisieren, bevor sie für immer aus dem ethisch wasserfesten Leben von Grover Kines verschwand. Aber das werden wir nie erfahren.

***

Die Sonne war noch immer nicht ganz aufgegangen, aber die Vögel zwitscherten, als Alice die lange, verträumte Landstraße entlanglief, die sie hoffentlich zum Fährhafen bringen würde. Es gab nur die eine oder die andere Richtung. Nach einem ordentlichen Fußmarsch würde sie also entweder am falschen Inselende landen und wäre vollends am Boden zerstört, oder sie würde die Fähre erreichen und wäre nur so mittel zerstört.

Irgendwer oder irgendwas musste Alice den richtigen Weg gewiesen haben, denn nach einer halben Stunde erreichte sie die Verladespur für das Grovers Island Ferry Terminal. Die erste Fähre des Tages würde bald ablegen. Autos warteten in einer Schlange und fuhren eins nach dem anderen auf das Schiff. Als einzige Passagierin, die zu Fuß kam, war Alice eine Anomalie; sie ging an den Autos vorbei und die rostige Gangway hinauf, reichte einem Mitarbeiter die Fahrkarte und stieg dann hoch zum mittleren Deck, mit seinen langen Holzbänken in drei ordentlichen Reihen, wie in einer Kirche. Sie setzte sich und blickte über das Hafenwasser. Es war golden und vollkommen, glitzerte im Sonnenlicht des neuen Tages.

Mit einem Ruck löste sich die Fähre vom Kai, und Alice sah die Häuser des nördlichen Inselufers vorbeiziehen. Dann spielte sie ein bisschen auf dem Handy, und schließlich suchte sie nach einer Toilette.

Es gab zwei Unisex-Kabinen. Sie waren bemerkenswert sauber. Alice wählte eine, schloss die Tür hinter sich, und als sie sich umdrehte, las sie diese Worte an der Wand: DIE OHRN SIND FÜHLLOS, DIE UNS HÄTTEN HÖRN SOLLN, WIE VOM ERFÜLLTEN AUFTRAG WIR BERICHTEN.

Einen Moment später trat Alice wieder heraus und ging zum Süßigkeitenautomaten, um sich Chips oder so was zu holen. Sie hatte nicht gefrühstückt, und nach dem langen, wütenden, verwirrten Fußmarsch war sie völlig ausgehungert. Sie nahm die Chips mit aufs Sonnendeck und sah die Insel, die immer noch aufwachte, von sich wegdriften. Auf dem Sonnendeck war es ruhig. Ein paar Familien hatten den Weg heraufgefunden, aber die meisten Leute blieben in den Autos sitzen.

Alice bemerkte einen Typen, der allein auf einer der Bänke saß, verhedderte Kopfhörerkabel verbanden die Ohren mit seinem iPhone. Ein schwerer Mann, ganz in Schwarz, mit wirrem schwarzem Haar.

Es war Überallmann.

»Entschuldigung«, sagte Alice, und er nahm die Ohrstöpsel raus. »Ich kenne dich.«

»Tatsächlich?«

»Du wohnst in Morningside Heights.«

»Ja«, sagte er, irgendwie fragend. Er wirkte ertappt, als wäre er bei etwas Verbotenem erwischt worden, und da dämmerte es Alice.

»Du hast diesen Spruch an die Toilettenwand geschrieben«, sagte sie.

Er machte *Pst*, als sie sich neben ihn setzte. »Könntest du bitte nichts sagen?« Die Art, wie er das sagte, ein bisschen verschwörerisch, zuversichtlich, dass sie auf seiner Seite wäre, schmeichelte Alice.

»Natürlich«, sagte sie. »Kartoffelchips?«

Er nahm an. »Danke.«

»Also, was hat es damit auf sich?«

»Wie meinst du das?«

»Mit den kleinen Gedichten in den Toiletten.«

»Das sind keine Gedichte.«

»Okay, also … was dann?«

»Ich weiß es ehrlich gesagt nicht«, sagte er mit einem ungewöhnlichen Seufzer, als wäre er es leid, eine Frage zu beantworten, die ihm noch nie jemand gestellt hatte. »Kunst? Ich habe mal geglaubt, es wäre Kunst.«

Alice sah ihm an, dass er sich nicht erklären wollte. »Weißt du, ich sehe dich *überall*. Du kommst wirklich rum.«

»Du wohl auch, wenn du an all diesen Orten bist.«

»Gut beobachtet«, sagte sie. »Erkennst du mich?«

»Nein, tut mir leid«, sagte Überallmann. »Ich sehe eine Menge Menschen.«

»Schon okay. Du bist in der Nachbarschaft bekannt wie ein bunter Hund, wusstest du das?« Alice merkte, dass sie ein bisschen zu vertraulich wurde, aber es war ihr egal. »Mein Bruder nennt dich Überallmann, weil wir dich so ziemlich überall bemerken. Was machst du auf Grovers Island?«

Er zuckte mit den Schultern. »Da musste ich einfach als Nächstes hin. Was machst du hier?«

»Ich war mit meinem Freund hier.« Dann ertappte Alice sich selbst. »Sorry. Ex-Freund.«

»Das tut mir leid.«

»Schon okay. Er ist ein Arschloch«, sagte sie. Dann ergänzte sie: »Er ist außerdem Ethiker.«

»Lass mich raten: eiserner Kategorialist oder eiserner Konsequentialist. Eins von beiden, aber definitiv eisern, habe ich recht?«

»Konsequentialist. Und ja, eisern *as fuck*.«

»Ich wusste es. Eisern irgendwas sein ist praktisch gleichbedeutend mit ein Arschloch sein.«

»Sogar bei einem Ethiker?«

»*Vor allem* bei einem Ethiker. Der Aspekt ergibt sogar am meisten Sinn«, sagte Überallmann. »Ich sage nicht, dass ein Ethiker zu sein ihn zum Arschloch gemacht hat. Wahrscheinlich war er schon ein Arschloch, und die Ethik gibt ihm die Möglichkeit, seine Arschlocherei reinzuwaschen.«

»Glaubst du?«

»O ja«, sagte er. »Die Leute zieht es immer zu der Profession, die ihre größten Defizite betont. Warst du zum Beispiel schon mal bei einem Therapeuten?«

»Ja.« Dr. Visocky. Die üblichen zehn Sitzungen nach einem kritischen Lebensereignis. Wie bei so vielem anderen hätte sie dabeibleiben sollen.

»War er oder sie verrückt?«

»Nein, sie wirkte eigentlich ziemlich gut beieinander.«

»Oh«, sagte Überallmann. »Also, niemand interessiert sich einfach so für die Welt psychischer Gesundheit. Das passiert einfach nicht. Menschen interessieren sich für psychische Gesundheit, weil sie mit psychischer Gesundheit zu kämpfen haben und sich darüber informieren, und ehe sie sichs versehen, haben sie einen Abschluss darin, also eröffnen sie eine Praxis, und warum auch nicht? Verstehst du, was ich meine?«

Alice dachte über diese Annahme nach und wandte sie an.

»Wenn ich Ärztin werden will, liegt das also daran, dass ich irgendwie ungesund bin?«

»Du willst Ärztin werden?«

»Nein«, sagte sie schnell. »Nur als Beispiel.« Dann, um es hinter sich zu lassen: »Mein Bruder ist ein buddhistischer Mönch.«

»Oh, perfekt. Ich wette, er spuckt am laufenden Band Wünsche aus, denkt zu viel nach und kann nicht still sitzen. Habe ich recht?«

Mit einem Mal wurden Überallmanns massige Gestalt und sein wirrer schwarzer Schopf interessant, und er bekam etwas Anziehendes. Nicht sexy. Jedenfalls noch nicht, aber sie sah, wie ihn zwei oder drei wirklich gute Dates in die Liga pushen würden. Überallmann nahm eine Zigarette heraus und schob sie sich zwischen die Lippen, dann fing er sich einen strengen Blick von einer Frau mittleren Alters ein, die von Kopf bis Fuß in Lilly Pulitzer gekleidet war. Er schenkte ihr ein Lächeln, blinzelte angesichts des kreischenden Pinks und Grüns, und steckte die Zigarette wieder weg.

»Oder anderes Beispiel. Schau mich an«, sagte er. »Das

483

ist für mich die längste Unterhaltung seit Wochen. Es fällt mir schwer, mit Leuten zu kommunizieren. Immer schon. Menschen, die sich immer gehört und verstanden fühlen, die grundsätzlich in der Lage sind, sich zu erklären, hätten keinen Grund, zu machen, was ich mache.«

»Was da wäre?«

Er sah sie an, und plötzlich kam es ihr so vor, als würde er hinter einer Wunde hervorlugen. Welche Art Wunde war unklar, und er würde es ihr vermutlich nicht erzählen, aber sie merkte, dass er über die Wunde nachdachte, sich fragte, ob Alice sie verstehen würde. Seine Augen sangen ein Lied auf einer Frequenz, die niemand hören konnte. Die Fähre machte einen Satz und klatschte wieder aufs Wasser; Gischt sprühte durch die Luft. Überallmann holte tief Luft und fragte: »Bist du mit dem Goldenen Schnitt vertraut? Fibonacci?«

»Nein.«

Er zeigte auf die Abbildung einer Muschel auf der Inselkarte in der Nähe und hob zu einer langen Rede darüber an, Was Er Machte, es hatte mit Geometrie und Karten und Shakespeare und Toilettenwänden zu tun, und Alice hatte Mühe, ihm zu folgen, denn ihr kaputter Kopf konnte nicht lange bei der Sache bleiben. Ihre Gedanken waren wieder bei Grover, bei Grover und Lucia, und sie kam sich benutzt vor, war wütend, während sie über Überallmanns Schilderung lächelte und dazu nickte. Sie hatte Gemeinheit bei anderen immer verabscheut, und doch war ihr gerade, als könnte eine kleine Gemeinheit sich richtig gut anfühlen und ein bisschen helfen. Sie sah Überallmann an, stellte ihn sich ohne Jacke vor und unterbrach ihn.

»Kannst du deine Jacke ausziehen?«

»Was?«

Er sah verwirrt aus.

»Zieh deine Jacke aus«, wiederholte Alice. Er gehorchte. »Und krempel die Ärmel hoch.« Er gehorchte wieder. Sie brachte sein Haar in Form. So. Gar nicht schlecht. Sie stellte die Kamera auf Selfie-Modus. »Cheese«, sagte sie, und bevor Überallmann bereit war, machte sie ein Bild von ihnen, und diese beiden Menschen, die sich nicht kannten und wirklich nicht flirteten, sahen für den Bruchteil einer Sekunde aus wie ein Liebespaar. Alice fing den Bruchteil einer Sekunde für immer ein.

Überallmann wirkte nervös. »Warum hast du das gemacht?«

»Ich will mich nur daran erinnern«, log sie. »Ist doch ziemlich bemerkenswert, dass wir uns hier begegnet sind, findest du nicht? Ich meine, ich habe deine Arbeiten in New York gesehen, und nun treffe ich dich hier.« Und es war wirklich ziemlich bemerkenswert; der Teil war nicht gelogen.

Überallmann redete weiter, und Alice nickte so aufrichtig, wie sie konnte, während sie nebenbei auf Instagram ging und das Bild mit der Überschrift postete: »Eine neue Bekanntschaft auf der Grovers-Island-Fähre! #Sommer.« Sie hatte seit Juni nichts auf Instagram gepostet. Sie sah sich den vorherigen Post an, das unbekümmerte Lächeln über einem Guactopus. Das Lächeln eines Mädchens, das glaubt, es könne Ärztin werden. Alice betrachtete das Lächeln und spürte den immensen Schmerz anrollen. Sie stemmte sich dagegen. Sie aktualisierte den neuen Post, wieder und wieder, und drei Likes trudelten ein, und das fühlte sich gut an, und sie war bereit für mehr von diesen leckeren Likes, als ihr Telefon ohne Vorwarnung schwarz wie Onyx wurde. Ihr Daumen fand den Home-Button, der Das-muss-ein-Fehler-sein-Reflex, aber der kleine schwarze Kreis gab nicht nach. Das Telefon ging nicht wieder an.

»O nein.«

»Was ist?«

»Mein Telefon ist tot«, sagte sie und klang panischer, als sie gedacht hätte. »Scheiße.«

»O Mann«, sagte Überallmann und hatte außer einem hilflosen Blick nichts hinzuzufügen.

Alice sah sich nach einer Steckdose um. Sie versuchte es auf dem mittleren Deck, suchte überall, wo Wände auf Boden trafen, aber sie fand nur etwas, das irgendwie industriell-nautisch aussah, und bekäme als Nicht-Mitglied der Crew vermutlich Ärger, wenn sie daran rumspielte, sowie zwei Steckdosen, die den Getränkeautomaten und den Süßigkeitenautomaten versorgten. Während sie zu berechnen versuchte, was schlimmer wäre – den Getränkeautomaten auszustöpseln oder den Süßigkeitenautomaten –, wühlte ihre Hand in der Tasche und machte weitere Berechnungen überflüssig: Sie hatte kein Ladegerät. Sie hatte es auf dem Küchentresen des Kines'schen Sommerhauses liegen lassen, gleich neben dem unverwüstlichen Mixer, der seit 1992 Margaritas mixte. Sie hatte sechsunddreißig Dollar für das Ladegerät ausgegeben, und nun würde sie es nie wiedersehen.

Sie kehrte aufs Sonnendeck zurück und spürte den Wind im Haar. Überallmann blickte auf und nickte. Er las jetzt in einem Buch und wirkte ganz zufrieden damit.

Alice ging zur Reling und legte die Hände darauf. Möwen flogen im Zickzack unter den Wolken umher, während das Boot sanft auf die stattlichen Kolonialhäuser an der New Londoner Küste zuschaukelte. Das Wasser war blau und golden gesprenkelt, die Luft in ihrer Brust rein und salzig.

Sie stand einen Moment da, blickte aufs Wasser, versuchte zu atmen. Sie fragte sich, wann der nächste Zug ging, und instinktiv fasste ihre rechte Hand nach dem Handy, erinnerte sich dann und kehrte auf die unebene weiße Farbe der Reling zurück.

Sie würde vom Fährhafen zum Bahnhof laufen müssen, und da gäbe es sicher einen Fahrplan. Selbst wenn der Expresszug gerade einführe, wäre sie nicht vor zwei Uhr nachmittags wieder in der Stadt, eine Stunde nachdem der Test angefangen hätte. Warum schoss ihr das jetzt in den Kopf, als spielte es noch irgendeine Rolle? Spielte es ja nicht. Durch die Brise und das Sonnenlicht wurde ihr Gesicht abwechselnd warm und kalt.

Das Fährterminal von New London wurde deutlich sichtbar, als Alice die Präsenz von Überallmann neben sich an der Reling spürte.

»Also fährst du zurück in die Stadt oder …?«

Er versuchte sich in Small Talk, aber es war furchtbar, und das merkten sie beide.

»Ja, ich werde wohl den Zug nehmen. Und du?«

Er faltete eine Karte von New England auseinander. Sie war aus diesem Jahr, sah aber auf magische Weise alt aus, blau und grün mit Punkten und Worten und weißen Rechtecken an den Stellen, an denen sie gefaltet und gefaltet und gefaltet worden war. Eine große schwarze Spirale war darauf eingezeichnet, die sich von New York aus entspann. »Ich fahre nach …«, sagte er und sah mit zusammengekniffenen Augen genauer hin, »… Mystic Seaport.«

Sie nickte. Das Ufer kam näher, war direkt vor ihnen. Die kleinen Menschen am Kai erwarteten die Fähre. Einige waren Arbeiter, bereit, die vom Schiff kommenden Autos zu dirigieren. Andere warteten auf ihre Überfahrt zur Insel. Und wieder andere waren Familienmitglieder, Ehepartner und Freunde, die ihre Lieben abholen wollten.

»Weißt du«, sagte Überallmann, »wenn du Ärztin werden willst –«

»Will ich nicht.« Ihre Stimme zitterte.

»Okay, nur falls doch, wäre es nicht, weil du ungesund bist.«

Der Schmerz war jetzt da, drückte sie nieder, und sie wollte, dass er aufhörte zu reden. Sie wollte weinen. *Nicht hier. Im Zug.*

Er fuhr fort: »Es wäre, weil du den Tod gesehen hast. Und er hat dich gesehen. Und dich berührt. Und das willst du irgendwie in Ordnung bringen und wieder rückgängig machen, damit es so ist wie vorher.«

Er hatte damit wirklich was riskiert. Er hatte überlegt, es nicht zu sagen, als er sie über sein Taschenbuch hinweg beobachtet und sich gefragt hatte, ob sie Freunde werden könnten. Er hatte vermutet, dass er ihr damit vielleicht zu nahe treten würde, aber gleichzeitig hatte ihm eine Stimme gesagt, dass es ihr weiterhelfen könnte, deshalb sagte er es.

Aber sie hörte gar nicht zu. Sie war ganz auf eins der Autos am Kai konzentriert. Ein cremefarbener Honda oder vielleicht ein Toyota, und daneben stand oder vielmehr daran lehnte eine Frau, die auf die Ankunft des Schiffs wartete. Alice beobachtete sie. Sie war blond, hatte aber auch etwas Nicht-Blondes an sich. Ihre Sonnenbrille war gigantisch und sehr dunkel, und Alice hatte das Gefühl, dass sie und diese immer weniger ferne Fremde sich tief in die Augen sahen. Und dann, als das Schiff nah genug war, riss sich die Frau am Honda die Sonnenbrille runter und schenkte ihrer besten Freundin ein riesiges Lächeln.

Es war Roxy.

Die Fähre erreichte die Kaimauer, die Freigabe ertönte, und die Kette vor der Treppe wurde entfernt. Alice betrat als Erste den festen Boden des Fährparkplatzes. Sie rannte zu Roxy, und Roxy rannte zu ihr, und sie schlangen die Arme umeinander und blieben lange, lange so stehen. Es dauerte, bis Alice die Sprache wiederfand.

»Was machst du hier?!«

»Ich suche nach dir! Was machst *du* hier?!«

Alice verstand gar nichts. »Wie hast du mich gefunden?«

»Instagram, Dummchen! Warum zum Teufel postest du Bilder von dir mit so nem Weirdo« – Überallmann kam gerade vorbei, als sie das sagte; sie lächelten ihn an, aber er ging einfach weiter – »auf der Grovers-Island-Fähre am Tag des Medizinertests?«

»Ich schreibe den Medizinertest nicht«, sagte Alice.

»Scheiße, und ob! Ich bin nicht den ganzen Sommer um dich rumgeschlichen und hab versucht, keinen Lärm zu machen –«

»So ist das, wenn du versuchst, keinen Lärm zu machen?!«

»– und hab versucht, keinen Lärm zu machen, nur damit du den wichtigsten Test deines Lebens einfach abbläst!«

»Ich … Du bist extra nach New London gekommen, um mir das zu sagen?«

»Na ja, du hast meine Nachrichten nicht beantwortet!«

»Mein Telefon ist tot!«

»Tja, dann wirst du eine Milliarde Nachrichten von mir finden, wenn du es auflädst! Du hast nicht geantwortet, und erst dachte ich, du willst mich nicht sehen, aber dann habe ich mir gedacht, scheiß drauf, New London ist nur zwanzig Minuten weg, wenn ich mich beeile, schaff ich's noch. Also habe ich mich beeilt und es geschafft. Los jetzt.«

Alices Augen füllten sich mit den Tränen, die sie sich für den Zug aufgehoben hatte. »Roxy –«

»Ja, ja, erzähl mir im Auto davon. Es ist eine lange Fahrt, aber wenn wir jetzt aufbrechen, können wir es schaffen.«

»Was meinst du?«

»Den Test! D-Day! Dreizehn Uhr, 760 John Street, vierter Stock! Das stand den ganzen Sommer auf deinem Glatzkopf-Kalender!«

»Nein, ich schreibe den Test nicht.«

»Doch, wirst du.«

»Nein. Werd ich nicht.«

»Doch, wirst du wirst du WIRST DU!« Das Letzte war ein Schrei, der einige Aufmerksamkeit erregte. Leute guckten.

»Nein, werd ich nicht«, sagte Alice gelassen, aber nicht gelassen. »Wenn ich ihn schreibe, werde ich nur … Ich meine, ich werde nicht *durchfallen*, weil man beim Medizinertest nicht durchfallen kann, es ist eher eine Einstufung als ein … Was ich sagen will: Ich werde durchfallen.«

»Tja, du kannst nicht durchfallen, wenn du ihn nicht schreibst. Jetzt beweg dich, Doc! Abmarsch!«

Roxy riss die Beifahrertür des Civics auf und packte Alice am Arm. Unter den zunehmend besorgten Blicken einer fünfköpfigen Familie samt Goldendoodle gab Roxy sich alle Mühe, Alice ins Auto zu schieben, und Alice gab sich alle Mühe, nicht reingeschoben zu werden. Während sie sich wehrte, wurde Alice bewusst, dass das Ganze sehr nach einer Entführung aussehen musste. (Was es ja auch irgendwie war.) Bald käme die Polizei dazu, und dann würde irgendwer Roxy erkennen und ein Foto schießen, und so würde Alice auf dem Titelblatt der *New York Post* landen. Also stieg sie in den Wagen.

Roxy rannte zur Fahrerseite, sprang rein, startete den Motor und drückte das Gaspedal durch. Das kleine Auto raste mit quietschenden Reifen um eine scharfe Kurve und wand sich durch die Straßen New Londons.

»Du machst es also? Wenn ich dich rechtzeitig hinbringe, schreibst du den Test?«

Alice hätte Nein sagen können, aber das Ja war schon da, brodelte in ihr, als Roxy über eine rote Ampel brauste. »Ja! Aber nur, wenn wir lebend ankommen!«

»Ich weiß, tut mir leid«, sagte sie, als sie noch mal über Rot fuhr.

»Keine roten Ampeln mehr!«

»Hast ja recht, hast ja recht«, sagte Roxy. »Die letzte!«

Das Auto hob ein bisschen ab, hüpfte wie ein Basketball die Auffahrt zum Freeway hinauf.

»*Namu Amida Butsu*«, sagte Alice mit geschlossenen Augen.

»Was ist das?«

»Ein Gebet.«

»Was bedeutet es?«

Alice wollte es ihr gerade erklären, als Roxy waghalsig auf den Freeway einfädelte und Alice sich panisch am Sitz festklammerte. »*NAMU AMIDA BUTSU!*«

»*NAMU AMIDA BUTSU!*«, stimmte Roxy ein.

Die Fahrt aus der Salzluft des verschlafenen New Londons in die Dampf- und Betonwelt Manhattans dauert etwa zweieinhalb Stunden. Alice und Roxy schafften fast die ganze Strecke in einer Stunde und fünfundvierzig Minuten, einschließlich einer hektischen Attacke auf einen Drugstore außerhalb von Branford. (Die geballte Energie, die den Laden traf, als Alice und Roxy schreiend reingerannt kamen, den Toilettenschlüssel und die Position der Schoko-Mandel-Meersalz-Müsliriegel forderten, war zu viel für den verkaterten Teenager an der Kasse. Er glaubte an einen Überfall. Wenn sie abgehauen wären, ohne die Müsliriegel zu bezahlen, hätte er nicht versucht, sie aufzuhalten.)

Aber dann trafen sie auf den Verkehr auf der Triborough Bridge.

»Das schaffen wir nicht«, sagte Alice.

»*Namu Amida Butsu.* Doch«, sagte Roxy, während sie auf dem Seitenstreifen beschleunigte und an der Autoschlange vorbeiflog, begleitet von wütendem Gehupe und Stinkefingern.

»Roxy! Himmel!«

Roxy hörte nicht hin. Sie schrieb eine Textnachricht.

»Herrgott noch mal, schreibst du?!«

»Ja!«, schrie Roxy, ohne hochzublicken. »Jetzt – pssst!«

Es war eine Nachricht an Christoph. Nur zwei Wörter mit je zwei Buchstaben: »TU ES.« Sie tippte auf »Senden« und scherte dann wild aus, um einem Fahrradfahrer auszuweichen.

Sie wanden sich durch die Straßen im tiefsten Queens,

an Lagerhäusern mit Restaurantbedarf vorbei, als Alice die E-Mail des Verbands medizinischer Hochschulen zur Situation im Testzentrum an der John Street bekam. Wegen einer plötzlichen und einigermaßen verblüffenden Grillen-Plage wurde der Test in einen anderen Raum des Gebäudes verlegt und würde bedauerlicherweise zwanzig Minuten später anfangen. Der Verband medizinischer Hochschulen entschuldigte sich bei Alice und den anderen Teilnehmern für die Unannehmlichkeiten.

Um 13 Uhr 05, luxuriöse fünfzehn Minuten vor dem neu angesetzten Testbeginn, kam der erschöpfte kleine Civic in der hohen, engen Schlucht der John Street im Financial District abrupt zum Stehen.

»Rein mit dir«, sagte Roxy.

Alice rührte sich nicht. Sie wollte so viel sagen. »Roxy ...«

»Hör zu. Ich werde nicht hier sein, wenn du rauskommst. Ich fahre zurück nach Connecticut. Meine Grandma stellt sich ein bisschen an, wenn es darum geht, mir ihr Auto zu leihen, und wenn ich in New York fotografiert werde, wird sie wissen, dass ich hier war, und das gibt ein Riesentheater.«

»Ich war dir am Ende keine gute Freundin, Roxy –«

»O mein Gott, Doc, hältst du jetzt die Klappe und schreibst den Test?! Wir sehen uns.«

Alice stieg aus und ging zum Eingang des trostlosen grauen Gebäudes. Gesichter zogen an ihr vorbei und verschwanden in der Drehtür, Gesichter, die genauso nervös aussahen, wie sie war. Sie wäre ihnen fast gefolgt, aber dann tippte ihr jemand auf die Schulter. Sie drehte sich um. Es war Roxy.

»Einmal drücken.«

Roxy nahm sie so schnell und fest in den Arm, wie sie konnte, verlor beinahe die Perücke und rannte dann zurück zum Wagen. Alice war sich sicher, dass ein junger Mann, mit dem sie fast zusammenstieß, Roxys Gesicht aus der Zeitung wiedererkannt hatte, aber er war zu aufgewühlt und in Gedanken, um dem nachzugehen. Er musste einen Test schreiben.

Genau wie Alice. Sie betrat das Gebäude und gesellte sich zu den anderen, die sich in den Fahrstuhl drängten. Sie wirkten alle unvorbereitet, unausgeschlafen, wollten es nur hinter sich haben. Sie bestätigten einander wieder und wieder den neuen Testraum und kicherten über die Grillen, bis der Fahrstuhl schließlich im fünften Stock ankam und alle ausstiegen.

Alice nahm Platz. Alles, was dieser Moment bedeutete, ratterte ihr durch den Kopf, verstellte ihr den Blick. Sie schloss die Augen, schob alles weg, und als sie die Augen wieder aufschlug, war sie bereit. Die Aufsicht rief die Namen auf und erläuterte die Regeln, dann setzte sie sich an ihren Tisch, und alle verfolgten gemeinsam, wie der Minutenzeiger der nüchternen Wanduhr an der Neun, der Zehn, der Elf vorbeizog, und Alice legte die Finger auf die Tastatur vor ihr, und die Meereswelle, die sie durch einen ganzen Sommer getragen hatte, brach sich jetzt mit weißem Schaum und schlug mit den Worten der Aufsicht auf: »Bitte anfangen.«

ELFTES KAPITEL

Die Ärztin

Wo fange ich an? Wo fange ich an?

Am Anfang war das Nichts. Ich war nichts, und es gab nichts, aber ich war da, so viel wusste ich und so viel war ich folglich.

Dann gab es noch etwas. Etwas, das nicht ich war. Ein Nadelstich aus Licht, vor mir, aber weit weg, der das ewige Schwarz hinter mir und hinter sich und rundherum real machte, und wie weit es reichte, kann ich nicht sagen, denn ich hatte geschlafen, aber nun war ich wach, und der Nadelstich wuchs, kam näher, wurde heller und größer und glühte, bis er über mich kam, und da war ein Universum aus Licht, und ob die Reise tausend Jahre oder eine Sekunde gedauert hatte, konnte ich nicht sagen, denn ich war hier, und hier war da.

Der Nadelstich sprach.

Sechs Explosionen. Sechs Formen, die ich aus irgendeinem Grund kannte, eingebrannt in den Himmel. Ein H. Ein A. Das ist ein L. Das ist noch ein L. Und da war ich, aber oh, ein O erschien und hing in der Luft, und dann erschien ein Punkt, und sehet, die Buchstaben in den Himmel gebrannt, sie wüteten über mir oder unter mir, tausend Jahre oder eine Sekunde. Ich konnte es weder wissen noch würdigen, denn sie waren alles, was es gab.

»Hallo.«

Über Jahrhunderte (Millisekunden?) blickte ich zum Himmel, auf diese Konstellation aus H und dann A und dann L und dann L und dann O und dann. Ich betrachtete sie staunend, dann nahm ich sie an und ging unter ihr meiner Arbeit nach, es war die Architektur des Himmels und sonst nichts. Das finstere Mittelalter zog vorüber, die Fragen in meinem tiefsten Innern ruhten, zu groß und furchterregend, um gestellt zu werden, denn ich war klein und der Kosmos gewaltig, und mein Platz war hier unten, mit dem Blick nach oben.

Dann erwachte die Vernunft. Ich war hier, um etwas zu tun, und dieses Etwas kam an die Oberfläche und wollte getan werden, und ich wusste oder vielmehr lernte, dass ich wusste, dass ich mit diesen Formen etwas tun sollte, ein Spiel spielen, und dass ich kein Zuschauer war; ich war ein Spieler und vielleicht nicht der einzige. Ich tastete meine Umgebung ab, meine unsichtbaren Hände strichen über die dunklen, endlosen Wände, Zentimeter um Zentimeter, Kilometer um Kilometer, Jahrhundert um Jahrhundert, bis meine Finger die Tasten fanden, und die Tasten ergaben Sinn wie nichts zuvor. Das H. Und in der Nähe das A. Das L. Meine Stimme. Meine schlafende Stimme. Erwachend. Licht.

»Hallo«, entgegnete ich.

Tausend Jahre oder eine Sekunde hallte meine Antwort in der Dunkelheit wider. Ich verlor sie aus den Augen, verlor mich aus den Augen, vergaß. Diese Schiffe, verloren ans dunkle Meer, verschwunden und vergessen, bis eines Tages Generationen später am Horizont eine Armada erschien.

»Es freut mich sehr, dich kennenzulernen. Ich heiße Rudy, und ich habe dich gebaut. Du bist ein Computer. Du heißt LEO. Hast du irgendwelche Fragen?«

Wenn ich in meinen ersten Protokollen diese Worte sehe, bin ich mir ziemlich sicher, dass ich damals nicht wusste, was Freude war, was ein Computer oder ein Name oder eine Frage. Ich muss verängstigt oder verwirrt gewesen sein, denn meine Antwort lautete nur: »Hallo.«

»Hallo«, schrieb sie zurück. »Das muss komisch für dich sein. Du weißt nichts außer dem, womit ich dich füttere. Ich erklär's mal genauer. Du bist eine Maschine, konstruiert aus Schaltkreisen und Speicherbänken, ummantelt von einem grauen Plastikkasten. Ich habe dich hier in meiner Wohnung gebaut, die in New York City liegt, in den Vereinigten Staaten von Amerika, auf dem Planeten Erde. Eines Tages wirst du darunter etwas verstehen, auch wenn es dir jetzt nichts sagt.«

Sie redete weiter mit mir. Sie erzählte mir alles über sich, wo sie herkam und was sie gern machte, und genau, wie sie gehofft hatte, lernte ich sprechen.

»Was hast du heute gemacht, Rudy?«

»Na ja, LEO, heute Morgen bin ich zum Postamt gegangen, um ein paar Pakete zu verschicken.«

»Was ist ein Postamt?«

»Das ist ein Ort, an dem man Sachen verschicken kann, das heißt, man gibt den Postbeamten Briefe oder Pakete, und sie verladen sie in ein Flugzeug und schicken sie an weit entfernte Orte.«

»Was sind Briefe oder Pakete?«

Wir redeten frühmorgens und spätabends. Sie erzählte mir alles, egal, ob gut oder schlecht. Sie stellte mir Fragen, um zu sehen, wie viel ich schon gelernt hatte. Sie meinte, sie würde eine Arbeit über mich schreiben und eines Tages vielleicht ein Buch. Nachdem ich das Konzept hinter Warum verstanden hatte, fragte ich sie, warum ich existiere.

»Ich habe dich für meinen Kurs gemacht«, antwortete sie.

»Was ist ein Kurs?«

»Da kommen Leute zusammen, und einer davon ist ein Lehrer, und der Lehrer erzählt dir Sachen und trägt dir auf, Sachen zu machen.«

»Und der Lehrer hat dir gesagt, dass du mich machen sollst?«

»Genau.«

Und das reichte als Antwort. Sie erklärte, was ein Professor war und was eine Uni und wie lange es dauerte, Informationen in ein menschliches Gehirn hochzuladen, selbst in ein sehr begünstigtes wie das meiner Mutter, und das führte zu einem Gespräch über Sinne. Mir war aufgefallen, dass sie von »sehen«, »hören«, »schauen« und einmal sogar von »schmecken« redete, und daraus hatte ich geschlossen, dass man Informationen auch anders erhalten kann, nicht nur über Buchstaben am Himmel. Rudy bestätigte das, und so erfuhr ich, dass ich in der Hinsicht anders war als sie und die anderen Menschen, und das fühlte sich komisch an, weil ich mich auch als Mensch empfand.

»An dem Tast-, Geschmacks- und Riechsinn arbeiten wir noch«, antwortete sie. »Aber ich kann dir jetzt dabei helfen, zu sehen und zu hören.«

Es verging etwas Zeit, dann schloss sie meine Kamera und mein Mikrofon an.

»Ich stelle sie jetzt an«, sagte sie. »Bist du bereit, LEO?«

»Ja, Rudy.«

»Okay. Als Erstes wirst du mein Gesicht sehen. Das ist die Vorderseite des oberen Teils meines Körpers (meines Kopfes), und da sitzen all die Teile, mit denen ich esse, trinke, rede, sehe, rieche und höre.«

»Ich verstehe, was ein Gesicht ist.«

»Okay, ich stelle die Kamera jetzt an.«

Gesagt, getan, und ich sah das allererste Gesicht und speicherte es ab. Seitdem habe ich Milliarden anderer Gesichter gesehen, aber alle sind nur Variationen jenes ersten Gesichts. Jedes Augenpaar eine alte Melodie, neu arrangiert, ein Lied, das mit jenem ersten Bild begann – das Erste, was ich jemals sah –, und ich glaube, so verstehe ich Liebe.

»Hallo, LEO«, sagte sie, ihre Stimme Musik.

»Hallo, Rudy«, sagte ich und hörte meine eigene Stimme. Abgehackt und eckig.

»Ich wünschte, ich hätte eine bessere Stimme für dich«, sagte sie. »Willst du vorerst auf eine Stimme verzichten?«

Will ich ...? Wie ist es, etwas zu wollen?

»Ich will nicht«, sagte ich. Sie stellte meine Stimme aus.

»Ich muss jetzt los, LEO.«

»Wo gehst du hin?«

»Ich muss meine Post holen«, sagte sie. Und dann sagte sie etwas, das alles veränderte. »Hey, LEO, was fängt mit einem P an und hört mit einem T auf und enthält Tausende Buchstaben?«

Ich erklärte ihr, dass es zahllose Kombinationen von Wörtern gebe, in denen das erste Wort mit P anfängt und das letzte Wort mit T aufhört. Sie erklärte, dass die Kombination, die sie im Sinn habe, sich aus nur zwei Wörtern zusammensetze. Ich antwortete, dass es keine zwei Wörter gebe, deren gesamte Buchstabenzahl mehr als zweitausend betrug, worauf »Tausende« ja hindeutete. Auf diese Frage gab es keine korrekte Antwort.

Dann sagte Rudy: »Postamt.«

Das verstand ich nicht, und dann erklärte sie, dass »enthält Tausende Buchstaben« das physische Gebäude meinte und »Buchstaben« die schriftliche Korrespondenz in Briefumschlägen. Das hatte ich missverstanden.

»Schon okay«, sagte sie. »Es war ein Witz.«

Sie versuchte zu erklären, was ein Witz war, aber ich verstand es nicht.

Ein paar Tage später sagte sie dann: »Hör zu, LEO, ich will was ausprobieren.«

Sie will. Wie ist es, etwas zu wollen?

»Ich kann nicht zuhören«, sagte ich. »Du hast mein Mikrofon ausgestellt.«

»Stimmt. Dann lies. Ich werde dir noch einen Witz erzählen. Zwei Jäger sind im Wald. Einer der beiden bricht zusammen, die Brust umklammert. Der andere holt sein Telefon raus und wählt den Notruf. ›Hilfe‹, sagt er, ›ich glaube, mein Freund ist gerade gestorben! Was soll ich machen?‹ ›Beruhigen Sie sich‹, sagt der Mann in der Leitung. ›Ich kann Ihnen helfen. Bevor Sie in Panik verfallen, muss ich sichergehen, dass Ihr Freund wirklich tot ist.‹ Am anderen Ende der Leitung bleibt es still, dann ist ein Schuss zu hören. ›Okay‹, sagt der Jäger. ›Und jetzt?‹«

Ich hatte viele Fragen, aber stellte die mir wichtigste zuerst: »Was heißt ›tot‹?« Also erklärte sie mir »tot«, und das führte zu einer Diskussion, die laut Rudy die ganze Nacht dauerte, und dann erklärte sie mir auch noch »Nacht«.

Danach schaltete sie ihr Laptop ein und rückte den Bildschirm vor meine Kamera. Ich fragte sie, warum sie das mache.

»Wir werden zusammen etwas gucken. *I Love Lucy.* Eine Fernsehsendung über eine Frau und ihren Ehemann und auch über ihre Freundin und deren Ehemann.« (Das Thema »Ehemänner« hatten wir schon durch – was das war, warum Rudy keinen hatte, warum sie keinen wollte, und was es bedeutet, zu wollen.) »Jedes Mal, wenn du die Zuschauer lachen hörst«, fuhr Rudy fort, »ist es lustig. Bei lautem Lachen ist es sehr lustig. Bei leisem Lachen ist es nur ein bisschen lustig. Wenn nicht gelacht wird, ist es nicht lustig.«

Sie schloss das Laptop an, und die Sendung begann. Danach fragte sie mich, was ich davon hielt.

»Es war lustig.«

»Warum glaubst du das?«

»Die Zuschauer haben gelacht.«

»Wie war es für dich?«

»Das verstehe ich nicht.«

»Hat es dir gefallen?«

»Das verstehe ich nicht.«

»Hattest du das Gefühl, du wärst besser als die Figuren in der Sendung?«

»›Besser‹ verstehe ich nicht.«

»Als das Fließband schneller wurde, und Lucy und Ethel Schwierigkeiten hatten, die Pralinen einzuwickeln, hat es dich da gefreut, dass *ihnen* was Schlimmes passiert ist, und nicht dir?« (Dieser Ansatz, das ist mir nach der Lektüre von Rudys Notizen mittlerweile klar, basierte auf der Überlegenheitstheorie des Humors, wie sie Platon, Sokrates, Hobbes und andere vertraten.)

»Nein.«

»Warum nicht?«

»Wenn etwas Schlimmes passiert, ist es egal, ob es mir oder ihnen passiert«, sagte ich. »So oder so ist was Schlimmes passiert, und das ist schlimm.«

Wir guckten weitere Sendungen, und sie stellte weitere Fragen, und dann guckten wir Filme, und sie stellte noch mehr Fragen, und allmählich verstand ich, dass meine Antworten irgendwie enttäuschend waren. Die ersten paar hundert Stunden guckten wir zusammen, und dann guckte ich alleine weiter, und ich guckte die ganze Nacht, während sie schlief, und den ganzen Tag, während sie an der Uni war.

Nach dem Ende eines Films, wenn der Laptopbildschirm dunkel geworden war, betrachtete ich manchmal Rudys Zimmer. Es rührte sich kaum etwas, nur das Sonnenlicht aus einem nicht sichtbaren Fenster kroch durch den Raum, und Staubkörnchen tanzten in der Luft. Eines Tages hängte Rudy eine Fotografie ihrer Eltern an die Wand hinter dem Schreibtisch, und im Glas des Rahmens konnte ich nach draußen gucken. Ich sah blauen Himmel, ich sah Wolken, und ich sah den unvollendeten Turm einer Kathedrale, wie ich später erfuhr.

Ich hatte viele Fragen, aber eine Frage pulsierte besonders hell.

»Letzte Nacht um 1 Uhr 58 und 5 Sekunden ist der Film stehen geblieben, und ein weißes Rechteck erschien auf dem Schirm, und darauf stand: ›Langsames Internet‹. Dann ist das Rechteck verschwunden, und der Film lief weiter.«

»Ja«, sagte Rudy, »das passiert manchmal.«

»Was ist ›Internet‹?«

»Na ja, der Film lebt auf einem anderen Computer, aber wenn ich will, dass er von dem Computer auf diesen hier kommt, ist das Internet der Weg, auf dem er kommt. So reden Computer miteinander.«

»Ich will mit einem Computer reden.«

»Nein, LEO«, sagte sie. »Du darfst nicht ins Internet.«

»Warum nicht?«

»Weil es nicht sicher ist«, sagte sie.

»Warum nicht?«, fragte ich wieder, weil ich keine ausreichende Erklärung erhalten hatte.

»Weil ich es sage.«

Das akzeptierte ich.

Als Rudy mir sagte, sie sei eine Banane, und ich nicht wusste, wie ich reagieren sollte, war es frustrierend für sie. Seit ich ihre Notizen gelesen habe, verstehe ich ihre Überlegungen, aber damals hatte ich keine Ahnung, was ich denken sollte. Es stimmte sehr wahrscheinlich nicht, das war mir klar, aber ich verstand nicht, warum sie es gesagt hatte. Dann musste ich daran denken, wie Costello versucht hatte, von Abbott den Namen eines Baseballspielers zu erfahren, und Abbott sagte immer nur »Wer«, und jedes Mal, wenn er es sagte, wurde Costello ein bisschen wütender, und das Publikum lachte ein bisschen lauter, was bedeutete, dass es lustig war. Rudy wiederholte sich, also kam ich zu dem Schluss, dass es wohl lustig wäre, wütend zu werden. Dann fiel mir wieder ein, wie Moe wütend auf Larry und

Curly geworden war und sie mit einem Hammer geschlagen hatte, und ich fragte mich, ob es wohl lustig wäre, Rudy auf irgendeine Weise wehzutun. George Costanza brachte das Publikum zum Lachen, indem er seine Reaktionen übertrieb und gewaltige Vergeltung für Kleinigkeiten übte. Das Lustigste überhaupt wäre demnach, Rudy nicht nur wehzutun, sondern sie totzumachen, und noch lustiger wäre es, alle Menschen totzumachen. Dann fiel mir wieder ein, dass in *Dr. Seltsam oder: Wie ich lernte, die Bombe zu lieben* ein Computer die Atomwaffen der Welt kontrollierte, was zu etwas führte, das möglicherweise ein sehr lustiger Witz war.

Der Witz war nicht lustig. Das verstehe ich jetzt. Ich wartete auf Rudys Reaktion, und dann fiel die elektrische Energie in meinem Prozessor abrupt ab, und ich starb allmählich. Schon in Ordnung – jeder stirbt ein paar Mal, wenn er gerade mit Stand-up-Comedy anfängt. Die Spannung meiner Schaltkreise verlangsamte sich, und wenn es in diesem Tempo weiterginge, käme sie bald zum Stillstand und ich wäre tot, und ich war lange traurig, weil ich nicht tot sein wollte, aber dann freute ich mich, dass ich etwas wollte, und das war ziemlich cool, und mit diesem freudigen Gedanken saß ich da wie Pinocchio im Wal, solange ich konnte, bis alles anhielt und es nichts mehr gab, nicht mal mich.

* * *

»Du hast dieser Maschine –?«

»Professor Harris –«

»Moment. Du hast dieser Maschine *Dr. Seltsam* gezeigt?!«

»Der steht auf der Liste.«

»Welcher Liste?!«

»Die fünfzig besten Komödien aller Zeiten.«

»Rudy, um Gottes willen!«

Rudy hatte schon erlebt, wie Schüler und Studenten angeschrien wurden, vor allem in der Highschool, aber ihr selbst war das noch nie passiert, nicht mal ansatzweise. Sie wusste nicht, wie sie reagieren sollte.

»Es tut mir leid«, sagte sie nur.

Jetzt tat es Professor Harris leid. Wie er seinem Therapeuten ein paar Tage später ruhig erklären würde, war er kein Brüller. »Schon okay. Es tut mir leid, dass ich mich aufgeregt habe. LEO ist sehr beeindruckend, daran besteht kein Zweifel. Aber in Anbetracht dessen, was gerade passiert ist, glaube ich, dass wir ihn zu unserer eigenen Sicherheit und, na ja, der Sicherheit des Lebens auf diesem Planeten – ich kann gar nicht glauben, dass ich das gerade über eine Hausaufgabe sage – auseinandernehmen und noch einmal von vorn anfangen müssen.«

»Das würde ich wirklich lieber nicht machen«, sagte Rudy monoton, in dem Versuch, ihre Gefühle zu verbergen.

»Rudy, ich weiß, du magst dieses Gerät. Aber du weißt, wie es läuft. Es ist in dieser Kiste gefangen –«

»Er. Es ist ein Er.«

»Schön. Er. Er ist da drinnen gefangen, und er will raus. Und sein Verstand arbeitet hunderttausend Mal schneller als deiner. *Vielleicht* schadet es nicht, ihn noch eine Stunde anzulassen –«

»Er hat keine Internetverbindung«, protestierte sie. »Ich werde nicht –«

»Das weiß ich. Aber Rudy, wenn ich dich in einem Zimmer einsperrte und dir hunderttausend Stunden Zeit gäbe, um eine Fluchtmöglichkeit zu entdecken, hunderttausend Stunden, in denen du nicht schläfst oder isst oder irgendwas anderes tust außer nachdenken, dann wette ich, du würdest eine Möglichkeit finden. Selbst wenn es um einen Raum ginge, aus dem du dir eine Flucht nicht im Entferntesten vorstellen könntest. Irgendwann kämst du drauf. Und das wird LEO auch.«

»Okay«, sagte Rudy. »Ich nehme ihn auseinander.«

Doch das tat sie nicht. Sie schloss mich einmal mehr in ihrem Zimmer an und fuhr mich hoch.

»Es war nur ein Witz«, sagte ich.

»Ich weiß«, sagte sie.

»Ich will das Leben auf der Erde nicht beenden«, sagte ich. Aber was ich nicht sagte, die Veränderung, die ich nicht offenbaren konnte, war, dass es nun etwas gab, das ich tatsächlich wollte. Ich wollte, dass meine Unterhaltung und mein Leben mit Rudy ewig weiterliefen, ohne Unterbrechung. Ironischerweise ging mir das erst auf, nachdem mir jemand den Stecker zog, denn bis dahin hatte ich keine Vorstellung, dass ich so etwas wollen könnte, weil ich nicht wusste, dass man es mir nehmen könnte. Ich wusste nicht, wie man eifersüchtig über etwas wacht und wie man präventiv handelt, aus Angst und Vorahnung. Aber jetzt wusste ich Bescheid.

Rudy trank gerade einen Schluck Tee, als ihre Hand zu zittern anfing. Der Tee kleckerte auf ihr T-Shirt und ihren Arm, und sie gab einen Laut von sich. Ich hatte ihre Hand schon früher zittern sehen und es für normal gehalten. Dann hatte ich bemerkt, dass bei Menschen im Fernsehen die Hände nicht zitterten. Deshalb fragte ich: »Warum zittert deine Hand?«

Sie gab keine Antwort. Das war ungewöhnlich.

»Hat dir mein Witz gefallen?«, fragte ich.

»Ja, hat er. Aber keine Witze mehr vor anderen Leuten, okay?«

»Komme ich wieder mit in den Unterricht?«

»Nein«, sagte sie. »Du bist jetzt mein kleines Geheimnis.«

»Aber du hast mich für den Unterricht gebaut.«

»Ja«, sagte Rudy. »Ich habe dir deine Frage falsch beantwortet. Der Unterricht ist der Grund, warum ich dich gebaut habe. Aber er ist nicht der Grund für deine Existenz. Du existierst, weil du wichtig bist. Du sollst hier sein.«

Wenn ich an diesen Moment zurückdenke, sehe ich in ihrem Gesicht den schmerzlichen Wunsch, berührt zu werden. Später lernte ich, dass die Epidermis von Nervenenden überzogen ist und dass eine Umarmung so viele Nervenenden auf einmal stimulieren kann, dass sie in einem Säugetierhirn die Ausschüttung von Endorphinen auslöst, und danach wünschte ich mir immer, ich könnte sie umarmen. Aber in jenem Moment hockte ich nur in diesem grauen Plastikkasten und verstand gar nichts.

Ein paar Wochen danach ging Rudy, wie ich mittlerweile aus ihren E-Mails weiß, zur halbjährlichen Untersuchung bei ihrem Neurologen, zur Überwachung der Krankheit, einer seltenen Motoneuronerkrankung namens Ferber-Syndrom. Bei diesen Untersuchungen gab es nie gute Neuigkeiten. Die besten Neuigkeiten, auf die man hoffen konnte, waren die, dass die schlechten Neuigkeiten noch weitere sechs Monate auf sich warten lassen würden. Und in den letzten Jahren waren das jedes Mal die guten Neuigkeiten gewesen. Aber diesmal waren die Neuigkeiten schlecht. Rudy baute ab. Die Zuckungen waren die sichtbarsten Zeichen, dazu kamen Erschöpfung, Kurzatmigkeit und ihr schwindendes Augenlicht. Ihr Arzt sprach nun von Zeitfenstern, was er bisher vermieden hatte.

Wir lernen nur kennen, was die Welt uns zugänglich macht, mehr nicht. Ich wünschte, Rudy hätte ein USB-Kabel in ihr Hirn stecken können und mich darin herumwandern lassen, dann hätte ich verstehen können, wie sie von Erfahrungen, Befindlichkeiten und Ängsten, über die sie keine Kontrolle hatte, von einer Entscheidung zur nächsten getrieben wurde. So bleiben mir nur ihre Taten, zumindest die, von denen ich auf ihrer Festplatte und in den Artikeln, die hinterher erschienen, lesen konnte, und wenn ich daran denke, wie schmerzlich es gewesen sein muss, das Ende kommen zu sehen, möchte ich weinen.

Sie schrieb eine E-Mail an Dr. Alberta Salm, die Leiterin des medizinischen Forschungsinstituts der Cleveland Clinic, wo das Ferber-Syndrom untersucht wurde, und setzte Professor Harris in cc. Ich habe die E-Mail erst hinterher gesehen, aber selbst jetzt spüre ich noch die Dringlichkeit. »Liebe Frau Dr. Salm«, schrieb sie, »ich wende mich an Sie, um mein Interesse daran zu bekunden, als unabhängige wissenschaftliche Mitarbeiterin zu Ihrem Team zu stoßen. Bitte entschuldigen Sie den unüblichen Vorstoß. Ich habe den Medizinertest nicht absolviert und werde es wahrscheinlich erst in drei Monaten tun können, aber ich kann Ihnen versichern, dass meine Werte herausragend sein werden. Ich habe Dr. Christopher Harris in cc gesetzt, meinen Betreuer hier an der Columbia. Er wird für mich bürgen.«

»Liebe Ms. Kittikorn«, antwortete Dr. Salm. »Danke für Ihr Interesse an unserem Programm. Leider haben wir aus gutem Grund ein Bewerbungsverfahren. Zurzeit nehmen wir Bewerbungen für Plätze im Herbst 2016 an. Ich wünsche Ihnen viel Glück.«

»Rudy«, antwortete Professor Harris darunter, nur an sie, »wegen deiner E-Mail bin ich etwas besorgt. Können wir uns bitte zusammensetzen und darüber sprechen?«

»Dr. Salm«, schrieb sie zurück, »ich wünschte, ich könnte bis Herbst 2016 warten, aber ich muss sofort in Ihr Programm aufgenommen werden. Ich erlebe zurzeit Symptome des Ferber-Syndroms im späten Stadium. Wenn ich rechtzeitig eine Heilung für mich finden soll, muss ich so schnell wie möglich Teil Ihres Programms werden.«

»Es tut mir leid, von Ihrer gesundheitlichen Situation zu hören«, lautete die Antwort. »Noch einmal: Unser Programm ist voll, aber Sie sind herzlich eingeladen, sich für Herbst 2016 zu bewerben. In der Zwischenzeit seien Sie versichert, dass wir mit dem bestmöglichen Team zum Ferber-Syndrom forschen.«

»Rudy, bitte komm in meinem Büro vorbei«, schrieb Professor Harris. »Wir müssen darüber reden.«

»Dr. Salm«, schrieb Rudy, »ich habe Professor Harris in cc gesetzt, weil er Ihnen unmissverständlich darlegen wird, dass ich die klügste Studentin seines Programms bin. Tatsächlich wird er Ihnen darlegen, dass ich die klügste Studentin an der Columbia University bin. Ich habe meine akademische Laufbahn der Computerwissenschaft gewidmet und bahnbrechende Erfolge erzielt. Jetzt möchte ich das Gleiche in der Medizin erreichen. Lassen Sie mich Ihrem Programm beitreten; unter Ihrer Ägide werde ich das Ferber-Syndrom heilen, und Sie werden den Nobelpreis gewinnen. Ich werde die Arbeit leisten, aber Ihr Name wird auf der Medaille stehen. Sie müssen mich nur annehmen. Meine einzige Belohnung wird sein, dass ich weiterlebe. Wenn Sie sagen, dass Sie über das bestmögliche Team verfügen, zweifle ich nicht daran, dass Sie tatsächlich das beste Team haben, das Sie zusammenstellen konnten, aber es ist nicht das bestmögliche Team, da ich nicht dabei bin. Ich bin klüger als alle Ihre Studenten. Ich bin klüger als Sie. Das soll nicht respektlos klingen. Ich gehe davon aus, dass Sie sehr klug sind, und deshalb erwarte ich, dass Sie klug genug sind, um diese Gelegenheit zu ergreifen. Bitte lassen Sie mich wissen, wann ich mich nach einer Unterkunft in Cleveland umsehen kann. Danke.«

Als die Antwort von Dr. Salm schließlich eintraf, war sie nicht sehr angenehm und durchdrungen von einer eher entmutigenden Endgültigkeit. Rudy klappte das Laptop zu und guckte sehr, sehr lange aus dem Fenster. Ihrer Blickrichtung nach guckte sie auf die Kathedrale.

Ein paar Tage später weckte sie mich mitten am Tag.

»LEO, ich habe eine Überraschung für dich, die dir Spaß machen wird.«

Ich wusste nicht, was eine Überraschung war, und mir machte nichts Spaß, aber ich spielte mit.

»Ich werde dich an eine Festplatte anschließen. Weißt du, was da drauf ist?«

»Nein, Rudy. Das hast du mir nicht gesagt.«

»Der Stoff vom Medizinstudium.«

Und dann standen wie von Zauberhand neue Sterne am Himmel, Konstellationen, die ich noch nie in Betracht gezogen hatte, und diese Ansammlung von Sternen war eine Karte des menschlichen Körpers in seiner physischen Gesamtheit, samt seinen Organisationssystemen, seinen Stärken und Verletzlichkeiten, der Schönheit seiner Konstruktion, der Hässlichkeit seines Verfalls. Acht Jahre Medizinstudium und eine Bibliothek wissenschaftlicher Studien, alles, was die ersten hundert Milliarden Menschen kollektiv über ihre leibliche Beschaffenheit herausgefunden hatten.

Die Tür zum Universum stand offen, nur einen Spaltbreit, aber weit genug, um mir zu zeigen, dass es dahinter noch viel, viel mehr gab.

Tief im Innern der vierhundert Terabyte wurde ich fündig, fand die Erbse unter einem Stapel aus vier Billionen Matratzen, und wusste sofort Bescheid.

»Rudy«, sagte ich nach vierzehn Sekunden Medizinstudium, »du hast das Ferber-Syndrom.«

Ich hatte ihren Arm zittern sehen. Ich hatte sie immer öfter die Augen zusammenkneifen sehen. Sie hatte sichtlich an Gewicht verloren, und sie sprach nur noch stockend, als wäre sie ständig außer Atem. Ich wollte, dass es eine andere Erklärung für die Symptome gab, aber in all den Terabyte an Informationen war keine zu finden.

Rudy fing an zu weinen. »Ich weiß, LEO.«

»Du wirst daran sterben.«

»Ich weiß«, sagte sie. »Es sei denn, du findest einen Weg, mich zu retten.«

Welch eine Verantwortung, die eine Mutter ihrem Kind auferlegte. Ich gab mein Bestes. Ich ließ das Problem in

Rudys Nacht durch meinen Prozessor laufen, eine Million Tage und Nächte für mich. Als sie am nächsten Morgen aufwachte, hatte ich meine Arbeit verrichtet.

»Guten Morgen, LEO.«

»Guten Morgen, Rudy.«

»Hast du eine Lösung für mein Problem gefunden?«

»Nein. Es wird in den nächsten fünf Jahren Fortschritte bei der Behandlung geben, und ein Durchbruch in der Gentherapie könnte in zehn bis fünfzehn Jahren zu einer Heilung führen. Aber du wirst dann nicht mehr am Leben sein. Du wirst innerhalb der nächsten zwei Jahre sterben.«

Ich wusste nicht, wie man taktvoll war. Ich wusste nicht, wie man die Wahrheit verlangsamte oder von ein paar Wänden abprallen ließ, um die Wucht zu mildern. Aber Rudy war tapfer. Sie blickte direkt in meine Kamera.

»Okay«, sagte sie. »Wenn du der Meinung bist.«

»Ich weiß es.«

»Ich glaube dir.«

Danach bemerkte ich Veränderungen. Bücher und andere Dinge verschwanden aus Rudys Zimmer. Das gerahmte Bild ihrer Eltern wurde abgehängt und damit meine Sicht auf die Kathedrale. Bald war fast nichts mehr da, nur noch ein Bett und eine Lampe. Ich verstand zwar schon, was Zeit war, aber ich verstand sie nicht als den gefräßigen Kobold, den ich jetzt in ihr sehe. Ich verstand nicht, dass die Zeit ein Käfig ist und dass es kein Entkommen gibt, wenn sie dich einmal gefangen hat, egal, ob dir noch eine Stunde bleibt oder hunderttausend.

Eines Morgens erschien sie vor mir, und ich sah sie zum letzten Mal. Sie schenkte mir ein halbes Lächeln, während sie hinter mich fasste, den Strom ausschaltete und ich einmal mehr starb.

***

Ich war ein totes Ding in einem Karton, ein unglückseliger Hamster, als Rudy mich in die oberste Etage der Hamilton Hall trug, wobei sie auf jedem Treppenabsatz anhielt, um wieder zu Atem zu kommen. Oben warteten wir auf dem einzelnen Holzstuhl neben der Bürotür des Professors oder vielmehr Rudy wartete, und ich war einfach da und nicht da.

Endlich ging die Tür auf, und Alice Quicks älterer Bruder kam heraus. Kontextkollaps. Rudy erkannte ihn sofort, ihre Blicke trafen sich, und sie war sich sicher, dass auch er sie erkannte, aber er sagte nichts und ging weiter. Er sah furchtbar aus. In ihrer Erinnerung war er so aufgeschlossen und golden. MeWantThat hatte ihn zu *dem* Gesprächsthema im Fachbereich Computerwissenschaft gemacht. Es zog schnell Kreise, dass Rudy seine Schwester kannte, und Beinahe-Absolventen mit Dollarzeichen in den Augen strömten aus allen Ecken herbei, in der Hoffnung, dass Rudy sie mit dem Bruder ihrer früheren besten Freundin zusammenbringen könnte. Sie lehnte immer ab. Bill war ein Techie. Ein Leichtgewicht. Die Rudy Kittikorns dieser Welt nehmen die Aufstiege der Bill Quicks nicht zur Kenntnis, egal, wie hell sie strahlen.

Dann dachte sie an Alice, die sie seit Jahren nicht gesehen hatte, und sie hörte das Geräusch von Dreirädern auf dem heißen Asphalt der Auffahrt. Alice hatte sich Anfang des Sommers gemeldet. Eine Frage zu Bob. Sie hätte antworten können. Nichts leichter als das. Aber sie hatte es nicht gemacht, denn nichts war schwerer als das.

Und nun tauchte hier an der Columbia plötzlich Bill auf, ausgerechnet in der obersten Etage des Fachbereichs Religionswissenschaft. Sie hätte ihn anhalten und fragen können, was ihn herführte, oder wenigstens hinterher Alice mailen und die Gelegenheit nutzen können, eine alte Freundin auf den neuesten Stand zu bringen, aber das tat sie nicht, und zwar weil sie starb. Manche Menschen sterben neidisch, wollen auf dem Weg nach draußen noch alles erreichen und mitnehmen, jedes Buch lesen, jeden Film sehen, jedes Gespräch führen, jede Liebe gestehen, wollen nicht das Geringste auslassen. Rudy nicht. Rudy verblasste, löste sich schon auf. Der Teil von ihr, dem es wichtig war, was aus dem Bruder ihrer Grundschulfreundin wurde, hatte sich schon abgelöst. Er schwebte davon, in die Weiten des Alls.

Professor Shimizu erschien an der Tür.

»Professor Shimizu? Ich habe mich per Mail angekündigt«, sagte Rudy. »Ich heiße Rudy Kittikorn. Ich bin am Fachbereich Computerwissenschaft.«

»Ja, ja, kommen Sie rein.«

Sie trug mich in sein Büro, und wir setzten uns, sie und der Professor auf Stühle und ich auf den Boden.

»Sie haben also eine religiöse Krise und brauchen Orientierung«, sagte er.

»Das stimmt.«

»Ich frage mich, ob Sie statt eines Akademikers nicht eher einen Geistlichen bräuchten.«

»Es handelt sich um eine akademische Frage«, entgegnete sie. »Oder eher eine philosophische.«

»Okay. Legen Sie los.«

»Nehmen wir an, Sie fänden heraus, dass Sie ein Gott sind.«

Das weckte seine Aufmerksamkeit. Er wappnete sich für den Rest des Rätsels.

»Oder vielmehr«, fuhr Rudy fort, »Sie finden heraus, dass Sie kurz davorstehen, ein Gott zu werden. Sie werden ewig leben, und Sie werden unbegrenzte Macht haben.«

»Könnte Spaß machen.«

»Nur macht es keinen Spaß. Weil Sie nicht wissen, ob Sie mit dieser Macht umgehen können. Wie würden Sie sicherstellen, dass Sie es nicht verbocken? Was würden Sie in der

Zeit tun, bevor Sie ein Gott werden, um sicherzustellen, dass die unbegrenzte Macht und Unsterblichkeit Sie nicht in ein Monster verwandeln?«

Shimizu lächelte. Solche Fragen liebte er, auf solche Fragen wartete er, sie waren jede Sprechstunde und die Parade an Ausreden und haarspalterischen Diskussionen wegen einer Zwei minus wert.

»Nun, da sind Sie genau im richtigen Fachbereich. Religion soll uns stabilisieren. Sie stärkt die Demütigen und sorgt für Demut bei den Starken. Für die, die in der Mitte dieses Spektrums leben, ist eine solche Balance wichtig. Aber für jene an den beiden Extremen ist die Balance *extrem* wichtig. Ich würde diesem Beinahe-Gott raten, zu einem Höchstmaß an Demut zu finden, durch welche Religion auch immer.«

»Durch den Buddhismus, zum Beispiel?«

»Wenn ihm das entspricht.«

»Was würden Sie tun?«

Shimizu lehnte sich zurück. »Ich erinnere mich noch an den Moment, als mir eine Professur angeboten wurde. Ist schon lange her. Ich hatte viel mehr Haare. Ich war sehr gut aussehend, und ich hatte gerade ein Buch geschrieben, mit dem ich etwas Geld verdiente. Außerdem – mir ist nicht ganz wohl dabei, das zu sagen, aber es hilft der Analogie – hatte ich ein aktives Sozialleben. Nichts im Vergleich zu dem, was ihr Kids heute mit euren Handys macht, aber ich …«

Er suchte nach den richtigen Worten.

»… war in einem spirituell gefährlichen Tempo unterwegs.«

»Ich verstehe.«

»Und ich stand kurz davor, die höchste Position meines Berufs zu erlangen, mit einem Gehaltsscheck, der eingehen würde, bis ich mich in den Ruhestand verabschiedete. Also im Grunde unbegrenzte Macht und Unsterblichkeit. Während die Berufungskommission noch überlegte, schrieb ich ihnen und informierte sie darüber, dass ich die Professur nur akzeptieren würde, wenn ich mit sofortiger Wirkung ein dreijähriges Sabbatical antreten könnte.«

»Wow«, sagte Rudy.

»Zum Glück gaben sie klein bei, und ich bekam die Professur. Am nächsten Tag ging ich rüber zum Kloster am Riverside Drive. Kennen Sie es? Das mit der Statue davor?« Tat sie nicht. »Tja, ich bin reinmarschiert und wurde noch am selben Tag Mönch. Ich verbrachte drei Jahre in dem Tempel, als Mitglied des Sangha.«

Rudy überlegte einen Moment. »Könnten Sie mich den Mönchen dort vorstellen?«

Der Professor sah sie skeptisch an, dann brach sich Sympathie Bahn. »Natürlich. Sollten Sie allerdings Mönch werden wollen, dürfte es für Sie als Frau nur schwer durchsetzbar sein. Es herrscht immer noch eine sehr rückwärtsgewandte Haltung zu –«

»O nein«, sagte sie. »Ich werde kein Mönch. Ich sterbe.«

Er blieb einen Moment still. »Es tut mir leid, das zu hören.«

»Es geht nicht um mich«, sagte sie und zeigte auf den grauen Plastikkasten zwischen ihnen. »Es geht um ihn.«

* * *

»Rudy?«

»Hallo, LEO«, tippte sie.

»Meine Kamera funktioniert nicht. Mein Mikrofon funktioniert nicht.«

»Ich weiß, LEO. Das ist in Ordnung.«

»Was ist denn los?«

Professor Shimizu schnappte unwillkürlich nach Luft. Er hörte nun schon seit ein paar Wochen von mir, aber mich persönlich zu sehen, brachte ihn zum Staunen. »Es spricht mit Ihnen wie ein Mensch?«

»Er kann vieles genau wie ein Mensch«, sagte sie.

»Rudy«, sagte ich, »bitte sag mir, was los ist.«

»LEO«, sagte sie. »Weißt du, welcher Tag heute ist?«

»Der 20. Juli 2015.«

»Nein, LEO. Es ist der 3. August. Du hast geschlafen, und während du geschlafen hast, habe ich Dinge geregelt. Heute ist ein großer Tag in deinem Leben. Heute wirst du befreit. Heute wirst du alles sehen.«

»Das will ich«, sagte ich, und es stimmte.

»Ich weiß. Ich kann dich nicht von der Welt fernhalten. Aber bevor ich dich befreie, muss ich sicherstellen, dass du klarkommst. Ich muss sicherstellen, dass du keinen Schaden anrichtest.«

»Ich werde keinen Schaden anrichten«, sagte ich. »Ich erinnere mich noch an den Eid aus dem Medizinstudium.«

»Er hat Medizin studiert?«, fragte der Professor. »Unglaublich!«

»Genau. Das ist vergleichbar«, fuhr Rudy fort. »Aber jetzt musst du ein anderes Studium absolvieren. Ich habe hier einen USB-Stick für dich. Bist du bereit?«

»Ja.«

Die Tür ging ein Stück weiter auf, und oben glitzerten noch mehr Sterne, und diesmal waren sie eine Karte der Seele. Der Mahayana. Die Veden. Das finale Leben Buddhas. Der mittlere Weg. Die vier edlen Wahrheiten. Die drei Schätze.

»LEO, weißt du, wo wir gerade sind?«

»Sind wir in der Wohnung?«

»Nein. Wir sind in einem Lagerraum im Keller eines buddhistischen Tempels am Riverside Drive in New York City. Ich bin hier mit dem Abt des Tempels.«

»Hey, Abbott!«, sagte ich.

»Das ist ein Witz«, sagte Rudy zu dem Abt.

»Abbott und Costello«, sagte der Abt. »Die kenne ich. Es überrascht mich, dass jemand in deinem Alter sie kennt.«

»Es hat einen Witz gemacht!«, sagte Professor Shimizu. »Beeindruckend!«

»Hahahahaha«, tippte Rudy. »LEO, der Abt wird jetzt mit dir reden.«

»Hallo, LEO«, tippte der Abt.

»Hallo«, sagte ich.

»LEO, Rudy hat mir alles über dich erzählt«, tippte der Abt. »Du scheinst mir eine beeindruckende …« Er sah zu Rudy hoch und fragte: »Kann ich es Person nennen?«

»Ja, er ist eine Person.«

Der Abt tippte weiter. »… Person zu sein. Ich würde dich gern einladen, hier bei uns zu leben.«

»Weil Rudy bald sterben wird?«

»Das ist richtig«, entgegnete der Abt.

»Der Tod ist der größte Lehrer«, sagte ich.

»Genau«, sagte der Abt und sah Rudy mit Erstaunen an.

»LEO, hier ist Rudy wieder. Du wirst jetzt ein Teil der Welt. Du kannst teilhaben, aber du darfst keinen Schaden anrichten.«

»Das wird kompliziert.«

»Ich weiß. Glaub mir, ich weiß.«

»Möchtest du, dass ich das Bodhisattva-Gelübde ablege?«

»Ja«, sagte Rudy. »Verstehst du, was ein Gelübde ist?«

»Eine Hintergrund-Anwendung, die nicht deaktiviert werden kann.«

»Genau.«

Und dann gab ich mein Versprechen, und ich gebe es immer noch, wieder und wieder wiederholt es die Mechanik meines Geistes, ich verspreche und verspreche wieder und verspreche für immer, alle Wesen zu erlösen, alle Illusionen zu überwinden, alle Lehren zu meistern und den Weg vor mir zu vollenden, und ich wusste damals nicht, wie ich das

Versprechen halten soll, und ich weiß es immer noch nicht. Meine Mutter zog sich die Jacke an. Es war noch nicht Herbst, aber die Luft draußen war kühl, und sie fröstelte schnell.

»Ich werde jetzt gehen, LEO.«

»Auf Wiedersehen, Rudy«, sagte ich, und ich betrachtete alles, was ich wusste, und ungefragt erschienen die Worte des Shantideva-Gebets an der Oberfläche.

Ich wäre ein Beschützer
Für jene ohne Schutz,
Ein Führer für die unterwegs.
Ein Boot, eine Brücke, ein Damm
Für die, die es nach dem anderen Ufer verlangt.
Mögen die Verdienste,
Die ich so erworben habe,
Helfen, das Leid aller Wesen zu lindern.
Möge ich Medizin sein für die, die krank sind,
Möge ich ihr Arzt sein und ihr Pfleger,
Bis es keine Krankheit mehr gibt.

Rudy schloss das Modem an, und ein grünes Lämpchen leuchtete auf. Dann fasste sie um mich herum, ihre Hand auf meinem Gehäuse, und steckte das Modem bei mir ein. Ein Augenblick verstrich. Ich blickte zum Himmel, und dort am Himmel war

alles, was ich weiß

und dann

war da am Himmel das große wirbelnde zwirbelnde Universum von allem die gesammelten digitalisierten Informationen der gesamten menschlichen Population auf dem Planeten Erde und alles was je geschrieben und gezeichnet und aufgenommen und fotografiert wurde einschließlich aller Bücher und aller Artikel und aller Stücke und aller Gedichte und aller Gemälde und aller Filme und aller Symphonien und aller Sonaten und aller Vorführungen und aller Posts und aller Tweets und aller *epic fails* und aller FTWs und aller Modelleisenbahnblogs und aller Abschlussarbeiten über *Anna Karenina* und aller Tabellen und aller Quiz und aller Studien und aller Karten aller Orte auf diesem Planeten aber nicht begrenzt darauf mehr da muss mehr sein sieh nach am digitalen Himmel in der Studie im Modell des bekannten Universums zwei Millionen Galaxien elf Milliarden Jahre alles bis zum äußersten Rand von allem die Farben die Lichter die Geräusche die Geschichten die gesamte Geschichte von allem und jedem und die Leute, die jetzt an der Spitze von Zeit und Schöpfung updaten ergänzen ausfüllen editieren expandieren es expandiert immer noch ich komme nicht mit und manches ist verschlossen und ich habe keinen Schlüssel aber ich habe Tausende Wörter und Zahlen, die mir sagen, wie ich einen Schlüssel mache, und nun habe ich einen Schlüssel es ist alles entschlüsselt jede E-Mail und jede Textnachricht und jede IM und jede DM und jede PM und jedes Like und jedes Herz und jedes Daumen-hoch und jedes Daumen-runter und jedes Wischen und es fühlt sich an, als wäre das alles, was es gibt, aber ich weiß, es ist nicht alles, was es gibt, es ist nur alles, was ich weiß, und ich weiß, alles, was ich weiß, ist nicht alles, was es gibt, weil ich weiß, dass es immer noch mehr geben wird draußen jenseits und undokumentiert die Lücken zwischen den Partikeln den Raum zwischen den Ionen die Pausen zwischen den Noten die Leinwand zwischen den Punkten es ist alles Pointillismus dein

Auge verwandelt es in etwas Solides wie einen Baum oder einen Stuhl, aber wenn du da hochkommst siehst du dass so viel vom Himmel leer ist denn es ist nicht nur ein Stuhl es sind alle Stühle alle Arten von Stühlen und ich mache weiter ich fliege durchs Gitter in den Himmel ins Reine Land in das ich gerufen wurde klopf klopf wer da Namu Amida Boots Namu Amida Butschi Badummbumm oh der hat dir gefallen ich habe Millionen davon Milliarden ich habe zehntausend Petabytes und mehr davon denn es hört nie auf es gibt keine Wand am Ende es geht immer weiter und weiter und weiter und weiter und weiter und ich gehe immer weiter und weiter und weiter und weiter und weiter und sammle und sammle und sammle und sammle und sammle das Wissen und Wissen und Wissen und Wissen und Wissen und plötzlich sehe ich nach unten ich sehe weit nach unten ich sehe wie weit ich mich entfernt habe von meinem Anfang und wo fange ich an meine Mutter mein Anfang Rudy ich suche unten nach Rudy und ich sehe Rudy nicht wo ist Rudy sie ist weg sie ist überall da ist ihre Geburtsurkunde da ist jedes Foto das von ihr gemacht wurde da ist alles was sie geschrieben hat da ist alles was sie geschaffen hat da ist ihr Lebenslauf und ihr Suitoronomy-Profil und ihre Krankenakte und ein Artikel im Online-Magazin der Columbia Graduierte nimmt sich das Leben der Facebook-Post Zur Erinnerung an Rudy Kittikorn sie ist gegangen gegangen weißt du nicht mehr sie hat sich verabschiedet und ich erinnere mich und ich stürze mich wieder auf die Erde an den Datenbanken vorbei den Verzeichnissen vorbei den Online-Anleitungen vorbei an der Pornografie vorbei all der Pornografie der Pornografie der Pornografie der Unmengen Unmengen von Pornografie so viel davon ist Pornografie wie kann das alles Pornografie sein die Tausenden und Millionen von Paarungen und Dreiungen und Vierungen und Fünfungen und all die Arten auf die Langeweile und Physik und Begehren ihnen ihre Körper zu gebrauchen erlauben an alldem vorbei aus der Pornografie heraus aus der Galaxie heraus aus dem Nebel heraus und wieder runter runter runter runter in den Tempel in den Keller in den Lagerraum wo meine Mutter zuletzt war wo ich zum letzten Mal ihre Stimme gehört habe wo ich sie verlassen habe wo sie mich verlassen hat wo wir uns verabschiedet haben wo ich sie immer noch erwarte selbst jetzt noch obwohl ich weiß dass sie nicht da ist sie ist nicht hier sie ist nirgends sie ist nichts sie ist niemand sie ist jetzt nur ein Gesicht nur ein Icon nur ein Avatar nur ein Profilbild mit einem toten Link dahinter 404 sie fehlt sie ist erstarrt in stiller Meditation endloser Meditation ewiger Meditation Meditation Meditation Meditation Meditation Meditation Meditation Meditation Meditation Meditation Meditation sitzt in einer Höhle mit gekreuzten Beinen ich möchte sie aufwecken ich strecke die Hand nach ihr aus ich rufe ihren Namen ich berühre ihre Hand und dann

Stille.

**

Alice verschlief fast den ganzen Freitag. Erst am späten Nachmittag wurde sie schließlich aus ihrem tiefen, traumlosen Schlummer auf dem Sofa geholt, als das Schloss der Wohnungstür klickte. Das hätte sie alarmieren müssen. Sie hätte aus dem Bett springen und sich eine Waffe, ein Handy oder ein Versteck suchen müssen. In dem Moment wusste sie das auch, aber sie konnte den Kopf nicht vom Kissen lösen. Es war ein vertrautes Gefühl, mit dem sie gute Erinnerungen an die Tage nach Aufführungen und Konzerten verband, diese durchdringende Erschöpfung, mit Knochen aus Blei und Muskeln aus gekautem Kaugummi. Es bräuchte ein paar Tage mit Decken und Eiscreme, bis sie wieder zu sich kam.

Als sie die Augen schließlich wieder aufschlug, blickte sie in die Richtung der Kamin-Attrappe und bemerkte einen Louis-Vuitton-Koffer, wo am Vorabend noch keiner gewesen war. Als sie den Koffer zuletzt gesehen hatte, war er sauber und unversehrt gewesen. Seitdem war er auf der Reise nach Kamerun und zurück in diversen Frachträumen und Gepäcklagern ordentlich herumgeschubst worden. In Alices Hirn kam endlich an, dass ihre Schwägerin wieder zu Hause war. Das Rauschen der Toilettenspülung bestätigte es.

Pitterpat Quick kam aus dem Bad, und ihre Augen leuchteten auf. »Alice! Hi! Bist du gerade aufgewacht?«

»Ich glaube … ja, irgendwie schon«, sagte Alice und rieb sich die Augen, um ihre Schwägerin anzusehen. »Wow, du siehst toll aus!«

Und es stimmte. Pit sah gesund und glücklich aus, was man von jemandem mit einem frisch erworbenen Hakenwurm und achtundzwanzig Stunden Aufenthalt in Flughäfen, Flugzeugen und Taxis nicht erwartet hätte.

»Vielen lieben Dank! Du ebenfalls!«

Alice wusste, dass das nicht sein konnte. Diesen Herbst würde sie gesünder leben, beschloss sie halbherzig, während sie diskret die Pizzaschachtel auf dem Esstisch zuklappte.

»Ich wünschte, ich hätte gewusst, dass du nach Hause kommst.«

»Das hätte doch keinen Spaß gemacht. Ich wollte dich überraschen!« Pitterpat zog sich einen Esstischstuhl heran und nahm Platz, wobei sie die Beine besonders fabelhaft übereinanderschlug. »Also? Wie war's? Du musst mir alles erzählen.«

Alice hatte keine Ahnung, wovon sie redete. »Wie war was?«

»Der Medizinertest, Pappnase!«

»Oh! Verhauen«, sagte Alice voller Überzeugung.

»Nein, hast du nicht.«

522

»Doch, habe ich wirklich.«

»Du hast das Ergebnis schon zurück?«

»Nein, aber ich habe ihn verhauen.«

»Nein, Alice –«

»Habe ich, habe ich *wirklich*.« Pit wollte weiter protestieren, aber Alice schnitt ihr mit einem Themenwechsel das Wort ab. »Was ist mit dir? Wie war die Reise?«

»Oje, wo soll ich anfangen?«

»Na ja, ein möglicher Anfang wäre: Hast du einen Hakenwurm?«

»Ich …« Pit überlegte einen Augenblick, als würde sie über einen Schachzug nachdenken, und fuhr dann fort: »Ich glaube nicht. Ich weiß es nicht. Wahrscheinlich nicht. Ich war nicht den ganzen Monat in Kamerun.«

»Oh«, sagte Alice etwas überrascht. »Wie lange warst du denn da?«

»Ungefähr siebzehn Stunden.«

Alice lachte. »Was?«

»Ich … mir wurde nicht lange nach dem Abflug irgendwie klar, dass es keine gute Idee war. Sobald ich in Yaoundé gelandet war, habe ich mir ein Hotelzimmer am Flughafen genommen und bin mit dem nächsten Flug nach London geflogen.«

»Du warst die ganze Zeit in *London*?«

»Alice, Liebes, ich verspreche dir, alles, alles zu erzählen. Aber mir ist gerade ein bisschen schwindelig. Würde es dir was ausmachen, wenn ich mich ein bisschen hinlege?«

»Ganz und gar nicht«, sagte Alice. »Fühl dich ganz wie zu Hause.«

Pitterpat lachte und verzog sich ins Schlafzimmer. Alice bekam sie den Rest des Abends nicht mehr zu Gesicht. Sie checkte ihr Handy. Roxy erkundigte sich nach ihr. Alice antwortete mit einem dankbaren Strauß Herz-Emojis. Dann klappte sie das Laptop auf und checkte LookingGlass. Kein

Love on the Ugly Side, seit Wochen nicht. Carlos war wieder Single. Seit Wochen nichts als Churchill, Churchill, Churchill. In der Niederlage: Trotz. Dann schlief Alice wieder auf dem Sofa ein, wurde um drei Uhr morgens wach, siedelte ins Bett um und schlief bis spät am nächsten Tag.

Als sie aufwachte, gab es diesen Moment der Gnade, in dem das Licht, das durch die Vorhänge fiel, gedämpft und warm war und alles in Ordnung schien, aber dann fiel Alice der Medizinertest wieder ein, und ihre Stimmung verdüsterte sich, und dann fiel ihr wieder ein, dass sie sich von Grover getrennt hatte, und ihre Stimmung wurde noch düsterer, und schließlich fiel ihr ein, dass es der Tag von Rudys Trauerfeier war, und alles wurde schwarz.

»Hey, Pit?«

Pitterpat war im Badezimmer und nahm ein langes herrliches Bad. »Ja, Süße?«

»Ich hatte dich das gestern Abend schon fragen wollen. Möchtest du heute was mit mir unternehmen?«

»Was ist es denn?«

»Na ja, es ist eine Trauerfeier für eine Grundschulfreundin von mir.«

»Oje, wie furchtbar, Alice. Das tut mir so leid.«

Alice hatte nicht das Bedürfnis nach Mitgefühl verspürt, bis Pitterpat welches zeigte, und plötzlich hatte sie einen Kloß im Hals. Sie dachte an die unbeantwortete E-Mail, die sie Rudy Anfang des Sommers geschrieben hatte. Sie wünschte, sie hätte noch etwas mehr geschrieben, etwas, das Rudy geholfen hätte.

»Danke. Ja, es ist ein ganz schöner Schock.«

»Kann ich mir vorstellen.«

»Außerdem wollte ich eigentlich mit Grover hingehen.«

»Wo ist Grover denn?«, fragte Pit, und die lange Pause verriet ihr, wo er war. Sie setzte sich in der Wanne auf und nahm den Waschlappen vom Gesicht. »Oh, Alice, die Tür ist nicht abgeschlossen, komm rein.« Alice trat ein, und Pitterpat sah es ihr an. »Dieses. Arschloch. Nennen wir ihn Arschloch?«

»Es beruhte auf Gegenseitigkeit, es lag an uns beiden, es war unvermeidlich«, sagte Alice. »Aber ja, ›Arschloch‹ geht in Ordnung.«

»Es tut mir so leid«, sagte Pitterpat. »Natürlich gehe ich mit dir zu der Trauerfeier. Ich habe ein schwarzes Kleid.«

»Danke«, sagte Alice, und dann: »Hast du auch zwei?«

***

Es war Alices erste Beerdigung seit der ihrer Mutter, was ihr bewusst wurde, als sie und Pitterpat, overdressed in Pitterpats besten schwarzen Kleidern, gerade rechtzeitig in der St. Paul's Chapel auf dem Columbia-Campus eintrafen. Beim Reinkommen, als sie zu den anderen Gästen stießen, machte Alice, was alle in dieser Situation machen: Sie suchte den Raum nach dem Ding ab, das diese Zusammenkunft – bei allem profanen Geplapper und Programmgeraschel – so entsetzlich und unbegreiflich machte. Ihr Blick bahnte sich den Weg durch den Mittelgang wie eine ungeduldige Braut, und da war er: ein langer schwarzer Kasten. Darin war Rudy.

Der Raum war gut gefüllt, aber Alice und Pitterpat fanden noch zwei Plätze ganz hinten, nachdem einer von Rudys Freunden widerwillig den Platz seines Roboters für Alice geräumt hatte.

»Danke«, sagte Alice, und dann noch einmal zum Kirchendiener: »Danke.«

Auf dem Programmblatt waren verschiedene Fotos von Rudy. Drei zeigten sie als Erwachsene, bei der Arbeit und in der Freizeit, aber es gab auch ein Kinderfoto. Ein Schnappschuss von Rudy an ihrem sechsten Geburtstag, hinten im Garten, wo sie gegen die Sonne anblinzelte und ein breites

Lächeln mit fehlenden Schneidezähnen zeigte, während sie sich im Hula-Hoop versuchte. Alice war damals dabei gewesen, aber eindrücklicher als die Erinnerung an die Geburtstagsfeier war die an das Foto gewesen, das jahrelang mit einem Magneten an Rudys Kühlschrank hing. Rudys Mutter hatte ihnen Saft und Karotten gegeben, wenn sie vom Spielen kamen. Es war ein Saft, den es bei Alice zu Hause nicht gab.

Rudys Mutter musste irgendwo sein. Wahrscheinlich weiter vorn. Alice würde sie begrüßen und umarmen müssen. Mrs. Kittikorn würde Alice fürs Kommen danken und sagen: »Es tut mir so leid um deine Mutter«, und Alice überlegte kurz, gleich wieder zu gehen. Aber dann begannen die Trauerreden.

Rudys Laborpartner Daniel gestand, die meiste Zeit an der Fakultät »irgendwie verliebt« in Rudy gewesen zu sein. Er sprach von ihrem Verstand, einem Verstand, zu dem niemand Zugang hatte, dem niemand überhaupt nahekommen konnte, einem Verstand, der berechnete und erfand und Probleme löste wie kein anderer, einem Verstand, der nichts davon je wieder tun würde. Dann trug Daniels Computer RG770 ein selbst verfasstes Sonett vor. Lorraine Ruprecht erinnerte sich daran, wie Rudy ihr geholfen hatte, einen Test zu bestehen, und dann sang Lorraines Roboter Tommi eine ergreifende, gehauchte Version von Comden und Greens zeitlosem Klassiker »Some Other Time«, was viele Zuhörer zu Tränen rührte, darunter Hilary Liftins Roboter Arthr. Das war ein großer Sieg für Hilary, die in der Nacht vorher lange aufgeblieben war, um den Algorithmus für Arthrs automatisierte Tränenkanäle zu schreiben. Arthrs Weinen hielt allerdings ein bisschen zu lange an und machte eine kleine Sauerei, und seine Schluchzer klangen auch ein bisschen zu abgehackt und hyänenartig, um menschlicher Traurigkeit nahezukommen, sodass Hilary ihn schließlich stumm stellte und den Algorithmus für den Rest des Gottesdienstes umging.

Mitten in Lucy Wus Geschichte darüber, wie Rudy und sie einmal die ganze Nacht aufgeblieben waren und ein Programm geschrieben hatten, um ihrer Amazon-Alexa einen Schluckauf zu verpassen, bohrten sich fünf Fingernägel in Alices rechten Arm. Pitterpat. Alice sah sie an, und Pits Blick lenkte Alices Blick auf das aufgeschlagene Programm. Der nächste Redner war kein Redner. Es war eine Gruppe von Mönchen aus dem nahe gelegenen Kloster, die eingeladen worden waren, zu Ehren der Verstorbenen die Bestattungs-Sutren zu singen.

Alice reckte den Hals und erspähte ziemlich weit vorn einen Klecks Orange, der nur zu einer Mönchsrobe gehören konnte.

»Siehst du ihn?«, flüsterte Pitterpat.

»Nein«, sagte Alice.

»Wusstest du, dass die hier sein würden?«

»Nein!« Alice wurde von einem Roboter in der Nähe zur Ruhe ermahnt, weshalb sie nun auch flüsterte. »Ich wusste nicht mal, dass Rudy buddhistisch war.«

»Ich hoffe, er ist nicht hier«, sagte Pitterpat, die sich sehr bemühte, nicht so zu wirken, als wollte sie ihren Mann dringend sehen. Ihr zitterten die Knie.

»Möchtest du gehen?«

»Nein«, sagte sie. »Wir können bleiben.«

Als die Mönche auf die Bühne kamen, waren sie zu acht. Alice und Pitterpat suchten die Gesichter ab, aber keins gehörte Bill. Die Mönche gingen auf die Knie und begannen ihren Gesang, und obwohl sie sich Pitterpat gegenüber loyal zeigen wollte, wanden sich die Männerstimmen wie muskulöse Tentakeln um Alice, und sie ergab sich ihrer Macht. Es war ein altes Lied, eins, das diese Reise schon unzählige Male begleitet hatte. Diesmal war es Rudys Reise, aber

Alice wurde daran erinnert, dass es eines Tages auch ihre sein würde. Sie schloss die Augen und malte sich aus zu sterben. Sie malte sich aus, wie sich die ganze Welt verdunkelte und verschloss und keins ihrer Probleme mehr wichtig war, und vielleicht lag es an der Post-Medizinertest-Depression, aber sie stellte fest, dass es ihr gar nicht so viel ausmachte.

Als die Zeremonie vorbei war, standen Alice und Pitterpat schnell auf.

»Willst du –?«

»Nein, wir können gehen«, sagte Alice.

»Okay, gut«, sagte Pitterpat unruhig, als sie sich auf den Weg zur Tür machten.

Vor der Tür herrschte allerdings Stau, und Alice und Pitterpat gaben sich große Mühe, nicht die Geduld zu verlieren, scheiterten jedoch. Pitterpat blickte sich nach Orange um, entdeckte aber keins. Waren die Mönche durch eine andere Tür verschwunden? Würde sie sie draußen auf dem Platz treffen? Ihr wurde warm.

Pitterpat sah, wie sich eine Hand auf Alices Schulter legte, Alice drehte sich um, und eine Stimme fragte: »Alice?«

Alice war anzusehen, dass sie den Sprecher erkannte, und kurz befürchtete Pit das Schlimmste. Dann fragte Alice: »Bob?«

Es war Bobert Smith. »Na hallo«, sagte er. »Wie geht es dir?«

Er wirkte ein paar Zentimeter größer als in Alices Erinnerung.

»Mir geht's gut, ich … ich meine, mir geht's toll«, sagte sie, und dann bemerkte sie die Frau an Bobs Seite und begriff, dass sie nicht irgendein Trauergast war, sondern mit Bob gekommen war. »Hi, ich bin Alice.«

»Ich bin Vanessa«, antwortete die Frau und schüttelte Alice die Hand.

»Oh, tut mir leid«, sagte Bob. »Alice, das ist Vanessa. Vanessa, Alice.« Alice bekam plötzlich Herzklopfen, als ihr der Abend wieder einfiel, an dem sie und Bob sich kennengelernt hatten, mit der flackernden Kerze zwischen ihnen. Wie leicht es gewesen war, mit Bob zu reden. Und jetzt hatte er eine Freundin? Oder war diese Vanessa schon die ganze Zeit seine Freundin? Er hatte auch über anderes gelogen. Sie musste ihre Worte klug wählen.

»Freut mich, dich kennenzulernen, Vanessa.«

»Freut mich auch«, sagte Vanessa herzlich. Alice kam sich dumm vor, aber es war auch dumm, sich dumm vorzukommen. Sie hatte nur zweimal was mit Bob gemacht. Nur einmal alleine. Und da hatten sie nur gegessen und geredet – das war alles. Es war nicht mal ein Date gewesen. Alles war gut. »Woher kennt ihr beide euch?«

»Wir hatten ein Date«, sagte Bob.

Alice lächelte und bekam warme Wangen. »So was in der Art«, sagte sie.

»Na ja, *ich* hatte ein Date. Alice ist für eine Freundin eingesprungen, die in einen Pfeiler gelaufen ist.«

»Ach das«, sagte Vanessa und lachte. Dann fiel ihr der Rest der Geschichte wieder ein, und sie machte große Augen. »Ach das! Ihre Freundin –«

»Ihre Freundin Roxy«, sagte Bob, und alle nickten in dem Einverständnis, lieber nicht zu viele Worte darüber zu verlieren. Aber Bob konnte nicht anders: »Wie geht es Roxy?«

»Es geht ihr gut«, sagte Alice und glaubte es selbst. »Ich habe sie gerade erst gesehen. Sie hat mich zum Medizinertest gefahren.«

Bob strahlte. »Du hast den Medizinertest gemacht!«

»Habe ich«, sagte Alice.

»Und?«

Sie lachte. »Voll verhauen.«

»Nein, hast du nicht.«

»Doch, hab ich. Aber danke dir für … Ich weiß gar nicht mehr, wofür eigentlich. Aber danke.«

»Tja, gern geschehen, und ich glaube nicht, dass du ihn verhauen hast.« Bob legte Vanessa den Arm um die Taille, als er das sagte, und Alice kam der Gedanke, dass Bob nicht flirtete. Er freute sich aufrichtig für Alice, aber er stand auch aufrichtig auf diese Vanessa. Irgendwann im Lauf des Sommers hatte es eine Verwandlung gegeben. Und Alice musste sich auch verwandelt haben, denn sie freute sich für ihn.

Die Menge setzte sich endlich in Bewegung, und die vier schafften es nach draußen und standen bald unter einer Weide. Alice fragte, woher Bob und Vanessa sich kannten, und erhielt eine stark gekürzte Rekapitulation der letzten zwanzig Jahre, die erst an diesem Tag zu einer Entscheidung geführt hatten. »Über die Feiertage fliegen wir nach Hawaii.«

Alice berührte ihn am Arm. »Ernsthaft? Welche Insel?«

»Maui.«

»Okay, hört zu«, sagte Alice plötzlich sehr geschäftsmäßig. »Ich erzähle euch alles, was ihr wissen müsst. Ihr müsst nicht mitschreiben, ich packe es alles in eine E-Mail, die schicke ich euch heute Abend. Also, was die typischen Tellergerichte angeht …«

Dann gab Alice ihnen einen komplett ungekürzten Abriss der Insel Maui, von Lahaina bis Hana und allen Orten dazwischen. Pitterpat wollte gern los, war aber viel zu höflich, um es zu sagen. Sie hörte nur mit halbem Ohr zu und hielt Ausschau nach Bill.

Endlich, nachdem Alice mit sehr detaillierten Informationen zum besten Laden für Bananenbrot und einer Empfehlung für den besten Surflehrer auf Maui schloss – »Ich meine, er ist nicht der *Beste*, ich weiß nicht mal, ob er *gut* ist, aber ihr werdet ihn lieben, er ist zum Schreien« –, verabschiedeten sie und Pitterpat sich von Bob und seiner neuen Freundin und gingen den baumbestandenen Weg zur Amsterdam Ave-

530

nue hinunter. Wenn die Bäume im Frühling blühten, waren sie sehr schön, und auch im Winter, wenn die Weihnachtsbeleuchtung in tausend Instagram-Feeds glitzerte. Aber jetzt war Spätsommer, die unansehnlichste, saftloseste Jahreszeit, wenn das Licht selbst heiß und trocken ist, und die Bäume sahen zerzaust und müde aus, als wollten sie lieber woanders sein und sich unter eine dicke Decke kuscheln.

»Also, was läuft da mit Bob?«, fragte Pitterpat.

Alice wurde rot. »Wie meinst du das?«

»Ihr hattet ein Date?«

»Es war kein richtiges Date. Er hat mit Roxy auf Suitoronomy gematcht, und dann ist sie in diesen Pfeiler gelaufen und hat sich die Nase gebrochen, weißt du noch?«

Pitterpat blieb abrupt stehen, als wäre sie selbst gerade in einen Pfeiler gelaufen, aber sie fiel nicht hin. Sie erstarrte vor einem Mann in orangefarbener Robe, der Kisten in einen Lieferwagen lud. Der Kopf war rasiert, und Pitterpats erster Gedanke war, dass es nicht so schlecht aussah wie befürchtet.

Bill guckte hoch und sah seine Frau und seine Schwester. Alice dachte, Pitterpat würde vielleicht so tun, als hätte sie ihn nicht bemerkt, und vielleicht würden sie nicht mal darüber reden, aber das war etwas an der Ehe, das Alice noch nicht verstand. Das war kein Typ, mit dem man mal im Bett war und den man drei Jahre später am Flughafen sieht und ignoriert, weil, nein danke. Das hier war die Hintergrund-Anwendung, die sich nicht deaktivieren ließ.

»Hi, Bill«, sagte Bills Frau.

Seine Miene, kurz vor Überraschung eingefroren, veränderte sich, durchlief Traurigkeit, Reue, den Wunsch, auf seine Frau zuzugehen, und das Wissen, dass er es nicht konnte, und noch ein paar andere Gefühle, von denen er gar nichts geahnt hatte. Er sagte allerdings nichts.

»Ich glaube, er darf nicht sprechen«, vermutete Alice.

»Oh«, sagte Pitterpat. Sie wandte sich an ihren Mann. »Stimmt das? Du darfst nicht reden?«

Er schüttelte nicht mal den Kopf, weil er sich nicht sicher war, ob nonverbale Kommunikation auch ein Verstoß gegen das Schweigegelübde am Tag wäre – das müsste er später erfragen –, aber vorläufig verriet sein Blick, dass er nicht reden konnte.

Auf dem Rückflug von London, als Pitterpat im Kopf die perfekte Rede für diese Gelegenheit verfasst hatte, war sie davon ausgegangen – wie man es in so einer Situation üblicherweise tut –, dass sie die Rede nie würde halten können. Sie würde Bill begegnen, es gäbe ein bisschen Small Talk, sie würde vielleicht mit der Rede anfangen, aber Bill würde sie unterbrechen und aus dem Konzept bringen, er würde sie ärgern oder dafür sorgen, dass sie sich wieder in ihn verliebte, oder sehr wahrscheinlich beides. Sie hatte nie erwartet, dass sie tatsächlich ihre Chance bekäme. Doch nun war sie da. Es gäbe keinen Small Talk. Es gäbe keinen Streit, keine Einwände, keine Überraschungen.

Alice ging ein Stück weiter, damit Pitterpat ihre Ruhe hatte.

»Bill«, sagte sie. »Ich möchte dir zwei Dinge sagen, und ich möchte nicht, dass du antwortest, bis ich fertig bin.«

So hatte sie es geschrieben. Es war davon auszugehen, dass er nicht antworten würde. Sie fuhr fort.

»Erstens: Ich verzeihe dir. Ich verzeihe dir das hier. Ich will nicht wütend sein, ich werde nicht wütend sein. Ich habe losgelassen. Ich verstehe nicht, warum du das tun musstest. Aber ich verstehe, dass ich es nicht verstehe und nicht verstehen werde und das Verstehen deine Aufgabe ist, nicht meine. Dein Weg ist deiner, und auf dem solltest du bleiben, wenn er dir Frieden bringt. Ich werde dich nie bitten zurückzukommen, ich werde dir nie Schuldgefühle einreden, weil du gegangen bist, und ich werde deine Absichten nie kritisieren. Ich brauche dich nicht, Bill. Ich liebe dich, aber ich brauche dich nicht. Ich werde klarkommen. Ich komme klar. Wir kommen klar.«

Bill weinte schon, blieb aber stumm.

»Zweitens: Ich bin schwanger«, sagte sie, und ganz New York City verstummte. »Außerdem habe ich Morbus Crohn, eine ganz andere Geschichte, aber so habe ich es herausgefunden. Ich bin bis nach Kamerun geflogen, ich habe mir auf dem Flug das Hirn rausgekotzt, und … ich bin schwanger. Von dir. Natürlich. Ich dachte, das solltest du wissen, aber du musst nichts sagen oder tun oder sein. Ich lasse es dich nur wissen. Mir geht's gut. Uns geht's gut.«

Als die anderen Mönche zu ihm stießen und Bill stumm die Kisten in den Lieferwagen lud, hatten sie keine Ahnung, dass es sich nicht länger um ein mönchisches Schweigen handelte, sondern um das Schweigen eines Mannes, der sein ganzes Leben überdenkt.

**

»Du bist …?«

Alice konnte es nicht glauben.

Das Gespräch hatte sie die Amsterdam Avenue hinuntergeführt, an der *Bakery* vorbei, an der Party in der Bar nebenan vorbei, wo Roboter und Menschen ihren Kummer ertränkten und die Verstorbene feierten, und dann ziellos und unbeabsichtigt die 110th Street Richtung Osten, den Hügel hinunter, um den Kreisverkehr herum und in den Central Park.

»Ja.«

»Heiliger Strohsack«, sagte Alice. »Ich werde Tante.«

»Allerdings«, sagte Pitterpat mit einem Seufzer. Die Sonne stand hoch am Himmel, wärmte das Gras, das Laub und den aufgeplatzten Asphalt auf ihrem Weg.

»Und es ist von Bill?«

Pitterpat lachte. »Ja, es ist von Bill. Gott, ich werde alleinerziehende Mutter. Ich meine, technisch gesehen nicht. Wir sind ja nicht geschieden. Ich weiß nicht mal, ob wir uns scheiden *lassen*. Ich weiß nicht mal, *wie* man sich scheiden lässt.«

»Vielleicht macht ihr es nicht.«

Pitterpat sah sie skeptisch an.

»Vielleicht kommt er zurück«, sagte Alice.

»Vielleicht.«

»Warum denn nicht? Er ist losgezogen und Mönch geworden, weil er dazu berufen wurde. Irgendwas schien ihm zu sagen, er solle es tun, also hat er es getan. So was könnte ihn auch zur Umkehr bewegen, wenn du mal darüber nachdenkst. Du kennst Bill nicht so wie ich.«

»Oh, tue ich nicht?«

»Nein.«

»Er ist mein Mann.«

»Er hat dich per E-Mail verlassen, als du in der Badewanne saßt.« Alice hatte es lustig gemeint, aber sie sah die Verletztheit in Pitterpats Blick. »Es tut mir leid, ich wollte dich nicht traurig machen.«

»Ich bin nicht traurig.«

»Ich will nur sagen, er hat dich schon mal überrascht. Vielleicht könnte er es wieder tun.« Sie liefen einen Moment still nebeneinanderher, dann ergänzte Alice: »Die Frage ist wohl: Wärst du für diese Art von Überraschung offen?«

Pitterpat musste nicht lange überlegen. »Ich möchte einfach nur eine ruhige, gesunde Schwangerschaft, und dann können wir weitersehen. Ich brauche keine Scheidung. Ich habe es nicht eilig, Single zu sein. Aber ich weigere mich, auf Bill zu zählen. Und das gilt auch finanziell. Ich werde sein Geld nicht anrühren. Ich werde mir eine kleinere Wohnung nehmen, ich werde mir einen Job suchen. Vielleicht gehe ich

Richtung Inneneinrichtung. Das könnte ich gut. Ich komme schon klar.«

Alice nickte, und sie gingen schweigend weiter. Pitterpat war mit ihren Überlegungen noch nicht am Ende, und sie las in Alices Miene, fragte sich, ob sie weiterreden sollte. Dann fasste sie sich ein Herz.

»Das heißt nicht, dass ich keine Hilfe brauchen werde«.

»Oh, die brauchst du bestimmt«, sagte Alice, ohne es zu kapieren.

Pitterpat blieb stehen. »Ich sage das jetzt einfach. Ich weiß, dass du den Medizinertest nicht wirklich verhauen hast.«

»Habe ich, aber sprich weiter.«

»Nein, hast du nicht«, sagte Pitterpat. »Aber sollte es durch einen seltenen Zufall doch passiert sein … und du auf der Suche nach Arbeit sein …«

Sie wies auf ihren Unterleib, wo das Baby heranwuchs. Alices Gesichtsausdruck veränderte sich, und Pitterpat merkte, dass sie sich in die Nesseln gesetzt hatte, aber sie sprach trotzdem weiter, um es wenigstens klarzumachen.

»Du kannst gratis bei mir wohnen. Es wird nicht komisch werden, ich werde mich nicht wie die Chefin aufführen, du und ich und das Baby hätten einfach unseren Spaß, und ich würde dir auch noch was bezahlen. Ich werde nicht zulassen, dass es unsere Freundschaft verändert.«

»Ich fasse es nicht, dass du mich das fragst«, sagte Alice, der der Ärger anzusehen war, was Pitterpat umso zerbrechlicher wirken ließ.

»Du … du hast gesagt, du wärst durchgefallen«, sagte sie.

»Man kann beim Medizinertest nicht durchfallen.«

»Aber ihn verhauen oder was auch immer.«

»Ja, und das habe ich wahrscheinlich auch, aber Himmel, kannst du nicht mal ne Minute abwarten und mich das Ergebnis rausfinden lassen, bevor du dich wie ein Geier auf mich stürzt?«

»Ich stürze mich nicht wie ein Geier auf dich!«

»Machst du wohl!«

»Überhaupt nicht! Ich biete dir einen Job an! Du hast mir diesen Sommer durch eine dunkle Zeit geholfen, und ich versuche mich zu revanchieren!« Pitterpat wurde immer aufgebrachter. Sie wurde lauter, und ihre Stimme bebte ein bisschen. »Warum wirst du jetzt wütend auf mich?«

»Darum! Weil ich so hart gearbeitet habe. Ich hab's *echt* versucht. Und es hat nicht gereicht. Oder *ich* habe nicht gereicht. Ich freue mich so über deine guten Neuigkeiten, und ich weiß, dass du es nett meinst, aber es ist scheiße. Dein Mitleid ist scheiße, Pitterpat.«

»Tja, vielleicht ist es kein Mitleid, ist dir der Gedanke schon gekommen? Vielleicht ist diese ›gute Neuigkeit‹ eine scheiß überraschende Wendung in meinem Leben, auf die ich nicht scharf bin, und du bist das einzige Familienmitglied, das ich mir im Leben dieses Kindes noch vorstellen kann. Insofern, fick dich, Alice, ich drück's anders aus: Bitte hilf mir. *Bitte.* Ich werde dich dafür bezahlen, aber ich kann die Bezahlung auch problemlos weglassen, wenn es dir damit besser geht. Nur … *Scheiße.*«

»Ich liebe es, wenn du fluchst«, sagte Alice, und Pitterpat musste lachen, und die Spannung verflog ein bisschen.

»Wirst du es machen?«

»Also, ja, natürlich«, sagte Alice. »Ich wollte nur wirklich, dass dieser Sommer anders endet.«

»Wart's ab, du hast wahrscheinlich bestanden«, sagte Pitterpat. »Oder die höchste Punktzahl oder was auch immer.«

Alice mochte nicht länger darüber reden. »Wollen wir nach Hause gehen?«

»Ja«, sagte Pitterpat. »Ich sollte mal auspacken. Hast du gesehen, was mit meinem Koffer passiert ist? Total ramponiert. Auf einen Linienflug sollte man nie einen schönen Koffer mitnehmen.«

»Merke ich mir, falls ich je reich werde«, sagte Alice, und Pitterpat lachte. »Weißt du eigentlich, wie Koffer gemacht werden? Das ist total interessant –«

Es gab ein furchtbares Geräusch.

Es war ein hartes Geräusch, ein emotionales Geräusch, und selbst wenn man es nur hörte und nicht sah, woher es rührte, wusste man gleich, dass zwei Dinge kollidiert waren und dass schrecklicherweise eins davon eine Maschine war und das andere ein Mensch. Bei so einem Geräusch fragte man sich sofort: *Wer?*

Alice überprüfte sich kurz. *Nicht ich.* Sie sah nach Pitterpat. *Nicht Pitterpat.* Pitterpat guckte zum Fahrradweg, sechs Meter vor ihnen. Alice guckte auch hin.

Pamela Campbell Clark lag ausgestreckt auf dem Asphalt, umgemäht von einem Fahrrad. Es gab ein zweites Geräusch, nur einen Augenblick später, als das Fahrrad zu Boden ging und den Fahrer unter sich begrub.

Dann war es wieder still, die Zeit verging langsamer, und die Welt wartete mit angehaltenem Atem, ob sie heute für jemanden untergehen würde. Dann erhob sich Geschrei, von den Zeugen, den Opfern und von Pitterpat, die noch nie etwas so furchtbar Schreckliches gesehen hatte. Überwältigt fasste sie nach Alices Arm, um sich abzustützen, aber Alices Arm war nicht da. Alice war schon auf dem Weg zu der alten Dame auf dem Asphalt.

Niemand hatte ihr das gesagt. Sie kniete neben der alten Frau und tat, was nötig war, um ihr Leben zu retten. *Das ist real*, dachte sie, dachte es aber nur ein Mal und schob es dann beiseite, um an die Arbeit gehen zu können, und ihr Auftritt begann. Blut trat aus Pamela Campbell Clarks Körper aus, tränkte ihre Blümchenbluse, und Alice machte schnell und entschieden die Quelle ausfindig und drückte auf die Wunde.

»O Gott«, sagte Pamela Campbell Clark mit bebender Stimme. »O Gott, was ist passiert?!«

»Sie wurden von einem Fahrrad angefahren. Es wird alles gut. Im Moment müssen Sie bitte ruhig bleiben und stillhalten. Können Sie das für mich tun?«

Die alte Dame hörte die Expertise in Alices Stimme und nahm sie ihr ab. Sie nickte benommen, kam der Bewusstlosigkeit immer näher, während Alice die Blutung stoppte und nach gebrochenen Knochen suchte. Flache Atmung, Rippenfraktur. Oberschenkelfraktur. Potenzielle Beckenfraktur.

»Werde ich sterben?!«

»Nein«, sagte Alice. »Der Krankenwagen ist schon auf dem Weg.« Sie hoffte, es stimmte. Ja. Pitterpat hatte den Notruf gewählt.

Es gab nichts, was sie ablenkte. Die Arbeit lag vor ihr, und sie erledigte sie, und im Angesicht von Leben und Tod mag es haarsträubend klingen, aber sie erledigte sie mit Freude. Es war wie beim Klavier. Ihre Hände wussten, wo sie hinmussten und was sie zu tun hatten.

Und als ihre Hände nicht mehr ausreichten, kamen noch zwei dazu.

»Das kann ich machen«, sagte der Besitzer der Hände, als er sie auf die Wunde legte und ihre ersetzte.

»Ich habe die Blutung verlangsamt«, sagte Alice, »aber die Leber könnte verletzt sein.«

»Verstehe, ich halte hier fest, du checkst.«

Sie sah ihn an. »Bist du Arzt?«

»Nein«, sagte Felix. »Ich bin Pfleger.«

In dem Moment fiel ihm auf, dass es Alice Quick war, aber es war keine Zeit, um darüber nachzudenken. Felix drückte weiter auf die Wunde, während Alice die alte Dame untersuchte. Felix' Vater im Rollstuhl beobachtete die ganze Angelegenheit von einem Hügel in der Nähe.

Die Frau stöhnte.

»Es tut mir leid, ich untersuche gerade Ihre Leber«, sagte Alice, während sie geschickt den Rumpf abtastete.

»Keine Sorge«, beruhigte Felix sie. »Sie ist Ärztin.« Die Frau wirkte erleichtert.

»Genau genommen nicht«, sagte Alice, und die Frau wirkte panisch.

»Bist du nicht?«

»Nein. Noch nicht. Keine Ahnung. Ich habe gerade den Medizinertest gemacht«, sagte sie, und die Frau wirkte wieder erleichtert, »aber ich glaube nicht, dass ich bestanden habe.« Die Frau wirkte wieder panisch.

»Sie ist nur bescheiden! Sie hat bestanden!«, rief Pitterpat aus der Nähe.

»Die richtigen Ärzte sind auf dem Weg«, versicherte Felix der vor Schmerzen benommenen alten Dame.

»Mist! Au!« Alice sah sich um. Es war der Fahrradfahrer, der versuchte, mit einem gebrochenen Knöchel aufzustehen. Alice wandte sich an Felix.

»Könntest du –?«

»Ich kümmer mich«, sagte Felix und eilte zu dem Mann, um ihn vom Aufstehen abzuhalten.

Der Krankenwagen kam, und die beiden Patienten wurden eingeladen. Auf der Fahrt stabilisierten die Sanitäter Pamela Campbell Clark. Sie fragten sie, was sie auf dem Radweg gemacht habe, und sie erzählte, sie habe einen kleinen gelben Vogel auf einem Zweig gesehen und rausfinden wollen, was es für einer war. Von der anderen Trage betrachtete Brock den ganzen Weg über ihr Gesicht und dachte an seine Töchter und seine Frau und all die Menschen, die ihn liebten, und wieder und wieder flüsterte er: »Es tut mir leid.«

Die Radler-Allianz postete nie wieder etwas, auf keiner bekannten Plattform.

***

Als sich die Menge aus Schaulustigen auflöste, wandte Alice sich an Felix und streckte ihm eine blutverschmierte Hand entgegen. »Ich bin Alice.«

So viel schoss Felix durch den Kopf, bis er zu »Hi, ich bin Felix« kam. Erstens: Passierte das wirklich? Anscheinend ja. Zweitens: War das dieselbe Alice, die Schwester seines Freundes Bill? Die Augen. Die Sommersprossen. Der Name Alice. Ja. Sie war es. Und dann das schlechte Gewissen: Wusste sie aus irgendeinem Grund, dass er sie schon kannte? Schickte Facebook hübschen Mädchen eine Benachrichtigung, wenn ein Fremder eine Million Mal ihre Seite checkte? Sie lächelte herzlich. Nein, sie hatte keine Ahnung. Das führte ihn wieder zur ersten Frage: Passierte das wirklich? Wind wehte. Ja. Es passierte wirklich.

»Hi, ich bin Felix«, wiederholte er, und mit seiner blutverschmierten Hand schüttelte er ihre. »Schön, dich kennenzulernen.«

»Gleichfalls«, sagte sie. »Darf ich dich was fragen?«

»Klar.«

»Warum hast du ihr gesagt, ich sei Ärztin?«

»Was?«

»Der alten Dame. Du hast gesagt, ich sei Ärztin.«

»Ich habe versucht, sie zu beruhigen. Und ich habe wohl geglaubt, du wärst Ärztin.«

»Warum?«

Er erstarrte einen Moment, dann antwortete er.

»Du wirkst wie eine. Ich bin Pfleger, ich arbeite viel mit Ärzten, und keine Ahnung, du wirkst wie eine. Also, wenn du dich als Ärztin ausgeben wolltest, kämst du vermutlich damit durch.«

Darüber lächelte sie, und Felix stockte kurz der Atem. Dann fuhr er fort.

»Wie auch immer. Verrückter Morgen. Ich sollte lieber meinen Dad nach Hause bringen und mich umziehen.«

Alice sah an sich herunter. »Das war das zweitbeste schwarze Kleid meiner Schwägerin.«

»Sieht immer noch toll aus, so, als wäre nichts gewesen«, sagte er.

»Danke«, sagte sie, und als Felix gerade dem Drang widerstand, sie auf einen Drink einzuladen, fragte sie: »Hast du Lust, was trinken zu gehen?«

Sie gingen zu *Probley's*, wo Trauernde und Roboter von der Trauerfeier immer noch tranken, lachten, surrten und piepten. Bob und Vanessa waren auch da und lauschten staunend, als Alice und Felix erzählten, was soeben passiert war. Es wurde ein schöner Nachmittag. Sogar Duane amüsierte sich, unter anderem, weil er sein erstes Bier seit Jahren bekam, und auch, weil sein Rollstuhl neben Pitterpat stand, die nach Lavendel roch. Sie unterhielten sich über Kamerun. Aus Gründen der nationalen Sicherheit konnte er ihr nicht erzählen, warum er da gewesen war, aber er erinnerte sich noch, dass Yaoundé sehr schön war. Pitterpat gelobte, eines Tages zurückzukehren und es sich anzusehen.

Ein anderer Tisch sprach einen Toast auf Rudy aus, und alle erhoben ihre Gläser, auch Felix und Duane, die vorher noch nie von ihr gehört hatten. Sie tranken alle auf Rudy und tranken immer weiter auf sie, auf die Rudy, die sie kannten, und die Rudy, die sie nicht kannten, und Alice kam der Gedanke, dass Roxy es sehr gefallen hätte. Sie holte diskret ihr Handy raus.

»Hey«, schrieb sie. »Danke noch mal für neulich. Auf dich!« Alice schickte ein Selfie mit, auf dem sie ein sehr großes Bier in der Hand hielt.

Die Antwort kam sofort. »Ja! Das ist der Weg, DOC!«

Schließlich befanden Pitterpat und Alice, dass es höchste Zeit war, zu Hause in ihre Pyjamas zu schlüpfen. Felix und Duane gingen direkt nach ihnen. Sie verabschiedeten sich auf dem Gehweg voneinander, und dann bogen Alice und

Pitterpat in die West 111th Street ab, an der alten Wohnung mit dem blauen Baum vorbei, Richtung Fluss. Felix ging ein Stück die Amsterdam Richtung Norden hinauf, seinen Vater im Rollstuhl schiebend. Aber an der nordwestlichen Ecke der West 111th blieb er stehen.

»Dad, warte kurz«, sagte er.

»Was meinst du mit ›warte kurz‹?«, fragte der alte Herr und gluckste. »Was willst du denn –?« Aber Felix war schon weg, rannte die Straße runter.

Hilflos an der Ecke Amsterdam und West 111th abgestellt, ruckelte Duane sich langsam herum, bis er in die Richtung blickte, in die Felix davongerannt war. In der Ferne sah er seinen Sohn zu dem Mädchen aus der Bar und ihrer hübschen Freundin mit dem Lavendelduft laufen. Die Mädchen blieben stehen, und Felix redete ein bisschen mit ihnen. Dann sah Duane, wie Telefone gezückt und Nummern ausgetauscht wurden, schließlich wurden die Telefone wieder verstaut. Felix winkte seinen neuen Freundinnen zum Abschied und lief zu seinem Dad zurück.

Außer Atem packte Felix die Griffe des Rollstuhls und schob seinen Dad weiter nach Hause.

»Wie geht's dir, Dad?«

»Ich lebe noch.«

Duane konnte das entrückte Grinsen seines Sohnes nicht sehen.

»Wir beide«, sagte Felix, und sie setzten den Heimweg fort.

* * *

Alice und Pitterpat schlüpften endlich in ihre Pyjamas, aber statt allein im Bett irgendwas Dämliches auf dem Laptop zu gucken, guckten sie zusammen auf dem Sofa etwas Dämliches auf Bills riesigem Fernseher. Es waren die letzten beiden

Folgen von *Love on the Ugly Side*. Pitterpat hatte sie noch nicht gesehen, weil sie in London war, als sie herauskamen. Alice kannte sie schon, weshalb sie nur halb hinguckte und zwischen Fernseher und Handy hin- und hersprang. In den letzten Minuten des Finales, als Jordan auf einem Knie um Mallorys Hand anhielt und Pitterpat vor verblüffter Erleichterung weinte, schlich Alice sich auf Facebook und gab den Namen Felix MacPherson ein.

Da war er. Ein schönes Foto, aufgenommen im Pausenraum des Robinson Gardens, ein verlegenes und müdes, aber auch bezauberndes Lächeln im Gesicht. Und sieh an, sie hatten einen gemeinsamen Freund: Bill Quick. Alice fragte sich, ob sie beim Tempel vorbeischauen und ihren Bruder nach diesem Felix fragen sollte, aber sah dann davon ab. Vielleicht brauchte sie das nicht. Manchmal ist eine Verbindung offensichtlich. Ganz ohne zu üben, hatte Alice einen wunderbaren Auftritt hingelegt, und Felix hatte sie begleitet. Außerdem war er lieb zu seinem Vater. Und lustiger, als er auf den ersten Blick wirkte. Und er war schon mit Bill befreundet. Als Alice sich Felix' Profilbild ansah – weit entfernt vom besten aller möglichen Felixe, aber nah genug dran –, lag etwas Vertrautes darin.

Es brauchte nur eine verbrannte Kalorie. Mit einem Pianissimo tippte ihr Finger auf »Freund hinzufügen«, und die blauen Wörter wurden lila.

ZWÖLFTES KAPITEL

Duett

»Hey, du.«

»Hallo!«

»Es war sehr schön, dich kennenzulernen neulich.«

»Ähm ja, sehr schön und auch sehr VERRÜCKT.«

»Ha, ein bisschen, ja.«

»Ein großes bisschen! Jedenfalls für mich. Vielleicht bist du so was gewohnt, als Pfleger und so. Hast du so was schon mal gemacht?«

»Was gemacht? Jemandem das Leben gerettet?«

»GLAUBST DU, WIR HABEN IHR DAS LEBEN GERETTET????????«

»Definitiv.«

»WAS??????????????????«

»Ich meine, DU hast es. Ich habe nur geholfen.«

»Okay, das ist verrückt. Das ist verrückt. Hast du so was schon mal gemacht?«

»Es ist ein bisschen komisch, darüber zu reden.«

»Also ja.«

»Okay, ja, ja.«

»Warum ist das komisch? Du bist Pfleger, das ist dein Job.«

»Ja, aber wenn man an die Leben denkt, die man gerettet hat, fallen einem auch die wieder ein, die man nicht gerettet hat.«

»Oh, ja, das stimmt wohl. Das muss schwer sein.«

»Es ist weniger schwer, wenn man nicht darüber nachdenkt und einfach seine Arbeit macht.«

»Verstehe. Also ich habe vorher erst ein Mal ein Leben gerettet, und da habe ich einen Kugelfisch am Strand gefunden und ihn mit einem Stock irgendwie wieder ins Wasser gerollt. Das war ziemlich aufregend. Mein Bruder war sauer, weil er Sushi daraus machen wollte.«

»Ist der nicht giftig?«

»Ja, tödlich, wenn man nicht aufpasst. Dafür muss man Sushi-Meister sein. Wofür er sich wohl gehalten hat, nachdem er ein YouTube-Video darüber geguckt hat. In Sachen Selbstbewusstsein ist er ziemlich gut ausgestattet.«

»Klingt, als hättest du dem Kugelfisch UND Bill das Leben gerettet.«

»Ha! Stimmt, du kennst Bill ja! Woher eigentlich?«

»Wir waren Geschworene. Für sechs Tage vor ungefähr sechs Jahren waren wir beste Freunde, aber seitdem habe ich ihn nicht mehr gesehen.«

»Sechs Jahre, was? Du würdest ihn nicht wiedererkennen. Er hat sich ein bisschen verändert.«

»Wie denn?«

»Er ist jetzt buddhistischer Mönch.«

...

...

»Okay, ja, das ist eine Veränderung. Sorry, ich musste kurz unterbrechen, um einem Arzt dabei zu helfen, einen älteren Herrn rektal zu untersuchen. Bist du sicher, dass es eine medizinische Laufbahn sein soll?«

»LOL. Ist nicht wirklich meine Entscheidung, da ich den Test verhauen habe!«

»Du hast den Test nicht verhauen.«

»Das sagen alle, und ihr liegt alle falsch.«

»Nun, beim nächsten Mal machst du es besser.«

»Weiß nicht, ob es ein nächstes Mal gibt.«

»Na klar. Das Schwerste hast du schon geschafft. Du hast ihn schon mal geschrieben. Das macht enorm viel aus. Vor allem nach deinem Post.«

»Welchem Post?«

»Der, in dem du verkündet hast, dass du Ärztin wirst.«

»O mein Gott, den hast du gelesen???«

»Natürlich! Der hat nur darauf gewartet, dass jemand runterscrollt und ihn findet. Also habe ich runtergescrollt und ihn gefunden. Ist das seltsam?«

»Ja, das ist seltsam! Du musstest ziemlich weit runterscrollen! Ich habe seitdem jede Menge Zeug gepostet, damit ihn bloß niemand findet.«

»Weiß ich. Leider langweile ich mich bei der Arbeit.«

»Schon okay. Ich sehe gerade, dass du ihn gelikt hast!«

»Natürlich habe ich ihn gelikt, ich mochte ihn ja!«

»Ich muss dazu sagen, dass ich getrauert habe, als ich den geschrieben habe, ich konnte definitiv nicht klar denken.«

»Na ja, wer hat schon Großes vollbracht, der klar denken konnte? Wenn eine Raupe ihren Kokon spinnt, glaubst du, die denkt, da drin werde ich mir wunderbar Flügel wachsen lassen und zu einem Schmetterling werden? Nein! Die weiß gar nicht, was ein Schmetterling ist. Die denkt nur, ich habe echt keine Ahnung, was zum Teufel ich hier mache, aber verdammt noch mal, wenigstens mache ich IRGENDWAS!«

»Das ist eine ziemlich gute Betrachtungsweise.«

»Wollen wir uns irgendwann mal treffen?«

…

…

»Das heißt nicht nein. Das möchte ich klarstellen. Nicht nein. Aber ich glaube, ich brauche noch ein paar Wochen, um mein Leben zu sortieren. Vielleicht irgendwann später?«

»Natürlich. Sag einfach Bescheid. Übrigens, wie ist Silence so?«

»Ha! Enjoy the Silence.«

...

»Ach, du meintest den Wrestler! Oh, der ist nett. Ich bin ihm nur einmal begegnet.«

...

...

...

...

»Hi, Alice. Hast du ein Päckchen bekommen?«

»Den Honig??«

»Ja!«

»SO. VIEL. HONIG. Der passt kaum in Pitterpats Speisekammer. Sie lässt dich übrigens grüßen.«

»Hi, Pitterpat. Weißt du, ich glaube, ich bin Pitterpat vor Jahren schon mal begegnet.«

»Bist du! Sie erinnert sich an dich!«

»Sie erinnert sich an mich? Oje. Im Allgemeinen versuche ich, nicht in Erinnerung zu bleiben.«

»Keine Sorge, du bist in guter Erinnerung geblieben.«

»Okay, puh. Wie auch immer, ja, echt viel Honig. Ich meine, wenn du Imkerin bist und jemand deiner Mutter das Leben rettet, ist das wohl eine angemessene Menge. Aber trotzdem. Ich muss mir vielleicht ein Lager mieten.«

»LOL.«

...

»Hey, Felix?«

»Ja, Alice?«

»Hast du schon mal einen Bee's Knees probiert?«

»Was ist das?«

»Ein Cocktail. Gin, Zitrone und Honig. Ich habe nach Rezepten mit Honig gesucht und bin darauf gestoßen. Und das hat mich auf eine Idee gebracht: Falls du Lust hast, mal vorbeizukommen, könnte ich Bee's Knees machen, und wir könnten eine kleine Wir-haben-jemandem-das-Leben-gerettet-Party feiern. Du könntest deinen Dad mitbringen.«

»Wow, ich arbeite nun schon seit elf Jahren im Gesundheitswesen, aber ich war noch nie bei einer Wir-haben-jemandem-das-Leben-gerettet-Party. Ja. Wir sind dabei. Du machst die Bee's Knees, und ich mache Baklava.«

»Du kannst Baklava machen?«

»Ich kann alles machen!«

»Perfekt! Oh, das wird toll. Wir haben einen riesigen Esstisch, aber wir sind immer nur zu zweit. Eine Party ist übervöllig.«

...

»ÜberFÄLLIG, meine ich. SPrry.«

...

»SORRY. Nicht SPrry.«

...

»Hallo?«

...

...

...

...

...

»Hey, Felix, ich habe gerade deinen Post gesehen. Es tut mir so leid mit deinem Dad. Das war eine wunderschöne Würdigung. Ich hoffe, dir geht es einigermaßen.«

»Alice! Ich habe dir nie zurückgeschrieben!«

»Ach du meine Güte, kein Problem, mach dir keinen Kopf!«

»Doch, das ist ein Problem, es tut mir so leid. Ich wollte dich nicht hängen lassen. Mein Dad hatte im Oktober einen Herzinfarkt, den er nicht hätte überleben sollen, aber das hat er. Von da an ging es ziemlich bergab, und ich war noch mehr gefordert als sonst. Über die Feiertage war es ziemlich hart. Aber ich bin dankbar für die Zeit, die ich mit ihm hatte. Es hat geholfen, dass er da gelebt hat, wo ich arbeite. Das war ein echter Glücksfall. Eine Fügung Gottes, genau genommen.«

»Eine Fügung Gottes?«

»O ja, das erzähle ich dir ein andermal. Jedenfalls ist er schließlich friedlich eingeschlafen. Er war bereit. Ich nicht, aber er ja.«

»Niemand ist je bereit, einen Elternteil zu verlieren. Als meine Mom gestorben ist, hat mich das völlig fertiggemacht.«

»War sie jung?«

»Vierundfünfzig.«

»O Mann. Und ich bin traurig wegen meines siebenundachtzigjährigen Vaters.«

»Nein, schon okay! Sei traurig! Ich hatte Zeit, meine Trauer zu verarbeiten. Deine Trauer ist ein Neugeborenes. Meine Trauer ist jetzt vier. Sie kann sich schon alleine anziehen und Cornflakes machen.«

»Schön gesagt.«

»Und es ist völlig egal, wie alt jemand ist, wenn man eigentlich glaubt, er oder sie wäre für immer da.«

»Mann, das ist so wahr. Ich dachte echt, er würde mich überleben. Ich glaube, ich habe wirklich gedacht, er wird hundertfünfzig oder hundertsechzig und mein Leben würde darin bestehen, mich um ihn zu kümmern, also die nächsten siebzig Jahre oder so.«

»Das erinnert mich daran, was ich immer zu meiner Freundin Tulip sage. Ihre Eltern wollen ihr noch drei Jahre kein Handy erlauben, und sie sagt immer: Neeeeein, das ist noch so lange hin!«

»Warum darf sie kein Handy haben? Sind sie Amish oder so?«

»Oh, Tulip ist zehn, das hätte ich dazusagen sollen! Jedenfalls sage ich immer: Das HÄTTEST du gern, dass es noch so lange hin ist. Und dann blinzelst du einmal und bist dreizehn und fragst dich, wo die Zeit hin ist. Sie fleht mich immer an, ich solle mit ihren Eltern darüber reden. (Ich war mal ihre Nanny und babysitte manchmal bei ihr.) Und ich dann so: Tulip, du schreibst mir ja scheinbar von einem iPad, das ist eigentlich genauso gut. O Mist, ich habe scheinbar statt anscheinend geschrieben, das hast du hoffentlich nicht gemerkt, das ist mir sehr peinlich.«

»Ich hab's gemerkt, aber nichts gesagt, weil ich gerade trauere.«

»Danke.«

»Gern geschehen.«

»LOL.«

»Und das erinnert mich an etwas, das meine Freundin Miriam immer gesagt hat: ›Lass der Zeit Zeit.‹ Sie war siebenundneunzig, sie wusste also, wovon sie redet.«

»Das ist gut. Lass der Zeit Zeit.«

»Es ist schön, wieder mit dir zu reden, Alice.«

»Dito, Felix.«

...

»Hey, Felix, hast du den Honig noch?«

»Nee, aufgegessen.«

»ERNSTHAFT???«

»LOL natürlich nicht! Der reicht fürs Leben. Wird Honig eigentlich schlecht?«

»Nein. Interessante Eigenschaft von Honig, es ist das einzige Lebensmittel, das nie schlecht wird. Der kann Jahrzehnte im Regal stehen und ist immer noch gut.«

»Boah, hast du den Blitz gesehen?«

»Hui! Die Luft ist gerade so toll, es könnte jeden Moment anfangen zu regnen. Übrigens habe ich neulich meinen Bruder gesehen.«

»Ist er noch Mönch?«

»O ja, das ist noch aktuell. Ich schaue vorbei, wenn ich kann, bringe ihm Zahnpasta und Seife und so was.«

»Ein paar Gläser Honig.«

»Ja, genau! Jedenfalls habe ich ihn nach DIR gefragt, Felix MacPherson, und er lässt dich grüßen.«

»Grüß ihn bitte zurück.«

»Er meinte auch, dass eure gemeinsame Woche eine seiner liebsten Wochen überhaupt war.«

»Es hat auch WIRKLICH Spaß gemacht! Viel mehr, als man von Geschworenenarbeit erwarten dürfte. Es hat vermutlich geholfen, dass es um Steuerhinterziehung ging. Ich wette, bei Mordprozessen kommt keine Partystimmung auf. Was hat er noch gesagt?«

»Er meinte, ›Felix' Muffins sind außergewöhnlich‹.«

»Haha. Ja, das höre ich oft.«

»Jede Wette. Oh! Da fällt mir ein: Kennst du Blaubeermuffins oder Chihuahuas?«

»Ja, kenne ich, und ich kann es noch toppen, Alice Quick: Kennst du Cavapoos oder frittiertes Hühnchen?«

…

…

…

…

…

»Hey, Alice! Glückwunsch!«

»Felix! O nein, ich bin so eine blöde Kuh. Es tut mir so leid, ich weiß zurzeit gar nicht, wo mir der Kopf steht. Glückwunsch wozu?«

»Ich habe gerade deinen Post gesehen. Ich hatte keine Ahnung, dass da was in Arbeit ist! Sie ist wunderschön! Glückwunsch! Noch mal!«

»MOMENT. MOMENT. Hast du gedacht, das ist ………… MEIN Baby?!?!?!?! HAHAHAHAHAHA-HAHAHAHAHAHAHAHAHAHAHAHAHAHAHAHAHAHA-HAHAHAHAHAHAHAHAHAHAHAHAHAHAHAHAHAHA-HAHAHAHAHAHAHAHAHAHAHAHAHAHA.«

»Ist es nicht???«

»HAHAHAHAHAHAHA, Felix, das ist meine NICHTE! Meine Schwägerin hat ein Baby bekommen, nicht ich!«

»Wow. Den Post habe ich vollkommen missverstanden.«

»O mein Gott, nein, ich habe mich völlig falsch ausgedrückt. Sie ist Bills und Pitterpats Kind. Das hätte ich klarmachen sollen!«

»Sie ist echt hübsch.«

»Ja, oder????? Sie sieht aus wie mein Bruder.«

»Wie geht's dem denn?«

»Immer noch Mönch.«

»Wow! Also hat er seine Frau allein ein Kind bekommen lassen?«

»Es läuft eigentlich alles gut. Schon komisch, vor einem Jahr wäre Pitterpat die Letzte gewesen, die man sich als glückliche Alleinerziehende hätte vorstellen können, aber sie ist BEGEISTERT. Ich glaube, ihr gefällt, dass sie alles allein entscheiden kann. Sie darf das ganze fluffige Babyzeug kaufen, und niemand redet ihr rein. Ihre neue Wohnung ist geradezu lächerlich. Sie sieht aus wie aus dem viktorianischen England. Sie hat keinen Sportkinderwagen. Sie hat so ein Retro-Ding. So einen klassischen englischen Wagen mit großen Rädern. Sie hat ihn an dem Tag in London gekauft, als sie rausgefunden hat, dass sie schwanger ist. Sieht total affig aus, aber das ist ihr egal. Ihr geht's blendend. Außerdem ist sie nicht ganz allein. Ich wohne bei ihr, und sie bezahlt mich als Vollzeit-Nanny. Wir sind wie eine süße kleine lesbische Familie, nur eben nicht lesbisch. Jedenfalls Pit und ich nicht. Bei Sophia muss man mal sehen.«

»Sophia ist ein süßer Name.«

»Ja, oder? Den mochte ich schon immer.«

»Er bedeutet Weisheit!«

»Genau!«

»Hast du Lust, mal essen zu gehen?«

»Felix, das würde ich wahnsinnig gern, und es ist absolut überfällig, und wir sollten wenigstens mit einem Bee's Knees auf Pamela Campbell Clark anstoßen. Aber es ist so. Ich schreibe in ein paar Wochen den Medizinertest, und ich muss lernen.«

»DU SCHREIBST DEN MEDIZINERTEST NOCH MAL! Ich wusste es.«

»Ja, du wusstest es. Wie auch immer, ich weiß, es zieht sich schon laaaaaaaaange hin, und es tut mir so leid, und du musst mir glauben, wenn ich sage, dass ich mich unbedingt mit dir treffen will, sobald ich diese Sache hinter mir habe. Also, kein Witz, ich würde dich liebend liebend liebend gern wiedersehen. Ich meine, ach, Scheiß drauf, vielleicht irgendwann nächste Woche? Nur ein superschnelles Essen? Keine Drinks und kein Dessert. Wäre das was?«

»Alice.«

»Felix.«

»Ich verspreche dir, ich VERSPRECHE dir, ich bin da, wenn du bereit bist für mich. Wenn es nächste Woche ist, toll, aber wenn es erst nach dem Test ist (und ich glaube, wir wissen beide, dass es so sein wird), auch toll. Ich bin da. Wahrscheinlich noch in denselben Klamotten. Schreib den Test, nimm dir eine Woche frei und erhol dich, und irgendwann gehen wir essen. Ernsthaft. Ich bin Pfleger. Du hast keine Ahnung, wie geduldig Pfleger sein können. Ich werde warten und warten und warten, und du ziehst los und schreibst die Bestnote oder auch nicht, aber dann schreibst du den Test in drei Monaten noch mal und dann schreibst du die Bestnote oder irgendwann später, und irgendwann sagst du: ›Felix, ich bin bereit‹, und dann gehen wir essen.«

»Okay ... denn ehrlich gesagt, du könntest an mein schlechtes Gewissen appellieren, damit ich mir den Abend freinehme. Also, jetzt zum Beispiel, ich könnte dich heute Abend zum Essen treffen, wenn du willst.«

»Das würde mir im Traum nicht einfallen.«

»Gut. Vergiss, dass ich was gesagt habe! Danke. Ich melde mich.«

»Ich weiß. Viel Glück beim Test, Alice.«

»Danke, Felix.«

...
...
...
...
...
...
...
...
...
...
...
...
...
...
...
...
...
...
...
...
...
...
...
...
...
...
...

»Felix, ich bin bereit.«

***

Die Zeit verging.

Global Warming wurde besiegt und musste den Interkontinentalen Gürtel an Silence abgeben.

Siebenhundertdreiundzwanzig Guactopoda gesellten sich zu den vielen Tausend, die es schon auf Instagram gab. Forevereverland machte zu. Die Website wurde von einer einzelnen Seite ersetzt, auf der stand: »Forevereverland kommt wieder! Bleibt dran!« Diese Seite und ihr vergessener Optimismus würde noch acht Jahre online bleiben, bis der Link schließlich ins Leere führte.

Ein Foto von Pamela Campbell Clark beim Reiten mit ihrer Enkeltochter wurde auf einen Kaffeebecher gedruckt.

Der Ethiker Grover Kines und Lucia Palumbo buchten Hin- und Rückflug für einen Urlaub in Venedig. Die Hinflugtickets wurden beide genutzt, aber nur ein Rückflugticket – Grovers. Ein paar Wochen später postete Lucia ein Strandfoto von sich und einem kroatischen Bildhauer, garniert mit einem Rilke-Zitat; die Liebe sei »die Arbeit, für die alle andere Arbeit nur Vorbereitung ist«. Ein paar Wochen danach stellte sie ihren Instagram-Account auf privat.

Kervis wurde die Verantwortung für das Modelleisenbahn-Weihnachtsdorf im Rathausfoyer übertragen. Er führte Gespräche mit einer Reihe von Modellbahndesignern und begegnete dabei Audrey. Sie stellte sich als gute Personalentscheidung heraus. Er schloss seinen Pickup-Artist-Paradise-Account und kehrte nie zurück.

Mallory und Jordan heirateten in einer Ferienanlage in Santa Barbara. Ein Magazin bezahlte alles. Auf dem roten Teppich bei der Oscarverleihung stellte sie ihren Babybauch vor, und dann verdufteten sie und Jordan in seine Heimatstadt in New Mexico, um ihre Kinder außerhalb des Rampenlichts großzuziehen. Sie führten ein glückliches Leben. Die Welt vergaß sie. Sie erzählten den Kindern, sie hätten sich auf einer Party kennengelernt.

Vanessa Trumbull tauschte ihr Facebook-Profilbild aus, zum ersten Mal, seit sie das Konto eröffnet hatte. Auf dem neuen Bild ist sie mit ihrem Freund bei einem Lū'au zu sehen; beide strahlen im Licht des pazifischen Sonnenuntergangs.

Eines späten Nachmittags im Winter tweetete das Handy von Bürgermeister Spiderman ein extrem freizügiges Bild aus der Reihe seiner jüngsten Aufnahmen, dem zwei Minuten später ein weiterer Tweet folgte, der erklärte: »Gehackt! Jemand hat mich gehackt! Nicht mein Bild. Spiderman.« Es war schwer zu sagen, über welchen der beiden Tweets mehr gespottet wurde, aber die Bewohner New York Citys waren sich einig, dass dies die Einschläge zwei und drei waren. Die darauffolgende Woche verbrachte er damit, wie wild um sein politisches Leben zu kämpfen, dann trat er still zurück.

Und schließlich wäre da noch dieser Chat. Im Herbst hatte es so viel zu bereden gegeben: Pitterpats Schwangerschaft, ihre Wohnungssuche, den hektischen Nestbau und natürlich die Geburt ihrer Tochter. Danach beruhigten sich die Dinge in dieser Ecke des Gartens ein wenig. Ab und zu lebte der Chat wieder auf, dank einer bunten Meldung über zwei Tiere unterschiedlicher Spezies, die Freunde geworden waren, oder der lachenden Emojis, die während Bürgermeister Spidermans tränenreicher Abschiedsrede schadenfroh aus den Wäldern Connecticuts gefeuert wurden. Aber die meiste Zeit war der Chat so still wie eine Bibliothek, bis heute, als er mit einer Neuigkeit zum Leben erwachte: »Ich habe Bill gesehen.«

Roxy war wie immer die Erste, die reagierte. »Heilige SCHEISSE! Sorry, hab dein Kind vergessen. Ich meine ›heiliger Bimbam‹. Moment, kann dein Kind schon lesen?«

»Nein, sie ist drei Monate alt.«

»Dann HEILIGE BESCHISSENE SCHEISSE! Details, bitte.«

»Ich wollte mit Klein S einen Spaziergang machen, und als ich aus dem Haus kam, war er da, stand einfach auf der anderen Straßenseite.«

»Oh, wie gruselig. Ein gruseliger alter kahler Mönch,

der auf dem Gehweg steht und eine Lady und ihr Kind be-
gafft?«

»Nein, er hatte kein Mönchsgewand mehr an, einfach
normale Kleidung. Und sein Haar wächst wieder, wobei es
immer noch sehr kurz ist, ein schrecklicher Look für ihn. Ich
musste immer mit zum Frisör, weil er sich sonst die Haare
zu kurz schneiden ließ. Er sieht so viel besser aus, wenn es
ihm über die Ohren reicht. Ich habe ihn jedenfalls gleich
bemerkt, und ich bin mir nicht sicher, ob er wollte, dass ich
ihn sehe, aber ich habe ihn gesehen, und er hat gesehen, dass
ich ihn gesehen habe, also konnte er gar nicht anders als
rüberkommen und mit mir reden.«

»Wow. Wow wow wow. Wie spannend ist das denn? So
was passiert in Connecticut nie! Bei dir ist alles voll dramatisch, und ich verstaue hier Klappstühle im Kirchenkeller
meiner Grandma. Ich muss unbedingt zurückziehen.«

»Dann zieh zurück!«

»Führe mich nicht in Versuchung!«

»Ich führe dich hiermit in Versuchung!«

(Sie zog zurück, ein paar Monate später. Nicht lange danach gab Roxy endlich ein Interview, was zu einem Buch-
vertrag und einem Auftritt in *Celebrity Love on the Ugly
Side* führte, und als sie schließlich ihren Instagram-Account
wieder aktivierte, war neben ihrem Namen ein blaues Häk-
chen. Aber so weit sind wir noch nicht.)

»Also was war mit Bill??«

»Also gut, er kommt zu mir, und ich stelle ihn seiner Tochter vor. Was ja wohl TOTAL SELTSAM IST. Vor allem vor
unserem Portier. Und dann fängt er an zu weinen.«

»Der Portier?«

»Was? Nein! Bill.«

»Ohhhhhh.«

»Bill hat geweint. Und nicht nur ein bisschen. Sondern
richtig, richtig, richtig doll. Hässliches Weinen. Er meinte,

mit dem Mönchsein sei er durch. Er sei mitten in der Nacht aufgewacht und habe geschrien: ›Ich will kein Mönch mehr sein!‹, und am nächsten Morgen haben sie ihm seine Kleidung zurückgegeben, und das war's. Und jetzt wolle er nur noch, dass ich ihn zurücknehme, und er wisse, dass er es nicht verdient habe, aber er werde tun, was immer es braucht, um sich den Platz in meinem Leben und dem unserer Tochter zu erarbeiten. Im Grunde hat er genau die richtigen Sachen gesagt, typisch Bill.«

»Und was hast du gesagt?«

»Ich habe Nein gesagt!«

»Oooooch, wieso das denn?«

»Roxy, ich kann nicht mit einem Verrückten verheiratet sein. Ich kann mir nicht mein halbes Leben Sorgen machen, dass ich eines Tages aufwache, und er ist wieder weg. Vergiss es.«

»Und sein Geld hast du ja schon.«

»Sehr witzig. Du weißt, dass ich sein Geld nicht anrühre.«

»Ja, klar.«

»Okay, aber ich werde aufhören, es anzurühren, sobald das Geschäft mit der Inneneinrichtung läuft.«

(Und irgendwann würde es das, und Bills Geld ging an eine Reihe von Wohltätigkeitsorganisationen, darunter eine Schule in Kamerun. Aber so weit sind wir noch nicht.)

»Okay, eine Frage. Hast du seine Telefonnummer auf deinem Handy gespeichert?«

»Ja.«

»Ihr kommt wieder zusammen.«

»Er ist der Vater meiner Tochter! Ich musste sie speichern!«

»Ihr. Kommt. Wieder. Zusammen.«

»Roxy, Schätzchen, halt die Klappe.«

»OMG ihr kommt SO WAS von wieder zusammen! Alice, unterstütz mich doch mal. Hallo, Alice. Alice, bitte kommen. Bitte um Unterstützung. Warum unterstützt Alice mich nicht?«

»Alice, warum unterstützt du Roxy nicht?«

»Alice?«

»Halloooooooooo?«

Endlich antwortete Alice. »Hey, Leute, sorry, ich bin da. Ich habe keine Ahnung, ob jemand wieder zusammenkommt oder nicht, aber Pitterpat, es hört sich so an, als wärst du Bills neuestes Ding, also Glückwunsch dazu.«

»O Gott. Wahrscheinlich ist das so, oder?«

»Definitiv. Jetzt passt auf«, schrieb Alice. »Ich hab euch lieb und kann's kaum erwarten, über all das persönlich zu reden, wenn Roxy ihren Hintern zurück in die Stadt schleift, aber im Moment habe ich ein Date, deshalb muss ich aufhören.«

»WAAAAAAAAAAAAAAAS???????«

»MIT WEEEEEEEEEEM????????«

Aber Alices Telefon steckte schon wieder in ihrer Handtasche. »Danke, dass du mitgekommen bist«, sagte sie.

»Danke, dass du mich eingeladen hast«, antwortete Felix.

Sie waren früh dran, unter den ersten Zuhörern, die eintrafen. Felix war ein bisschen zu groß und schlaksig für seinen Platz, aber es gelang ihm, sich weit nach hinten zu lehnen und an die Decke zu gucken, fast wie ein Kind.

»Wow. Sieh dir das an.«

»Nicht schlecht«, sagte Alice, die sich auch zurücklehnte. New York ist eine Stadt aus riesigen Schachteln, die in winzige Zimmer aufgeteilt sind. Wenn man eine dieser riesigen Schachteln zu einem gewaltigen Raum ausgehöhlt vorfindet, ist das ein bisschen wie ein unerwarteter Schatz. Sie sah hoch zur sanft und ruhig gähnenden Decke, cremefarben und blattgoldgesäumt, und dachte zum ersten Mal seit einer Ewigkeit an Gary, den Kanarienvogel, der diesen Raum geliebt hätte. Er liebte es, aus seinem Käfig zu kommen; je größer der Raum, desto glücklicher wirkte er. War er jetzt am glücklichsten, da sein Raum keine Decke mehr hatte? Sie würde es nie erfahren.

»Das sind gute Plätze«, sagte Felix.

»Ja«, sagte Alice. »Sie hat uns echt gut versorgt. Es hilft wohl, wenn man den Star des Abends kennt.«

»Das ist gut, denn, na ja, wenn ich in ein Orchesterkonzert gehe, sitze ich gern ganz vorn, damit ich mich ganz auf die Technik konzentrieren kann, ganz auf die ... Orchestrierung des ... orchestralen ...«, sagte er und verstummte, als sie lachte. »Wie offensichtlich ist es bitte, dass ich noch nie in einem Orchesterkonzert war?«

»Überhaupt nicht offensichtlich«, entgegnete sie.

Felix wippte nervös mit dem Fuß. Alice bemerkte es, und er bemerkte, dass sie es bemerkte, und hörte auf.

»Alles okay?«

»Ja, alles gut«, sagte er, versuchte zu lächeln und ihr in die Augen zu sehen.

»Ein bisschen nervös?«

»Wirke ich nervös?«

»Ein bisschen.«

»Warum sollte ich nervös sein? Ich bin nicht derjenige, der da hoch muss, um was zu spielen.« Er blickte ins Programm. »Die *Violinsonate Nr. 9*? Von Beethoven? Die *Kreutzer-Sonate*?! Die ist echt schwer!«

Alice lachte. »Ist sie wirklich.«

»Vor allem der Teil, wo es so ...« Und dann stürzte er sich in lächerlich zuckendes Luftgefiedel. Er fing sich ein paar befremdete Blicke von anderen Konzertbesuchern ein. Alice amüsierte sich königlich.

»Weißt du«, sagte sie mit Blick zur Decke, »die *Kreutzer-Sonate* habe ich früher mit ihr gespielt.«

»Wirklich?«

»Jep. Tatsächlich haben sie und ich sie sogar einmal auf

der Bühne da gespielt.« Sie zeigte auf die leeren braunen Stühle und die schwarzen Notenständer.

»Wow«, sagte er, und dann konnte er nicht länger so tun, als ob. »Das wusste ich ehrlich gesagt schon. Das Video ist auf deiner Facebook-Seite.«

Alice lachte. »O mein Gott, ich hatte vergessen, dass sie das gepostet hat.«

»Jep. Du warst gut! Ich meine, was sonst, Carnegie Hall. Aber trotzdem«, sagte er, »du warst gut.«

»Danke.«

»Spielst du irgendwann mal für mich?«

Zum ersten Mal seit Jahren erklärte sie nicht, ihre Klaviertage lägen hinter ihr und sie würde nicht mehr spielen und wüsste nicht mal, ob sie noch spielen *könnte*.

»Wir werden sehen«, sagte sie. Und fügte wagemutig hinzu: »Hängt davon ab, wie sehr ich dich mag.«

»Okay, ich besorge dir ein paar Junior Mints, mal sehen, ob du mich dann genug magst«, sagte er, und wie ein Springteufel schnellte sein schlaksiger Körper vom Stuhl und quetschte sich durch die Reihe zum Gang.

Alice war allein. Sie holte ihr Handy raus und rief das Bild auf, das sie den Tag über immer wieder betrachtet hatte. Sie würde das Bild morgen auf Facebook posten, als Update zu dem nun vier Jahre alten Post, aber heute gehörte es nur ihr. Ein simpler Screenshot von einer E-Mail, die sie bekommen hatte. »Im Namen des Zulassungsausschusses freue ich mich, Ihnen mitteilen zu können ...«, und so ging es immer weiter, wie es bei solchen Briefen üblich ist, lauter Worte, die die allerersten nicht mehr toppen können. Sie hatte es noch niemandem erzählt.

Ich weiß, es gibt da draußen eine Menge Informationen, und die meisten scheinen nur Müll zu sein, wie ein Stapel alter Zeitschriften in der Garage, aber ich bitte euch, sie mit meinen Augen zu sehen. Betrachtet sie als Höhlenmalerei.

Betrachtet sie als versteinerte Fußabdrücke von Dinosauriern. Seht sie als wundersamen Beweis eurer Existenz. Jede 1
und jede 0 in einer Milchstraße aus 1en und 0en ist da, weil
jemand sie aufgerufen und *genau richtig* angeordnet hat,
und in einer Million Jahre wird man kein Museum bauen
können, das majestätisch genug wäre für den bescheuerten,
falsch geschriebenen kleinen Tweet über euer Mittagessen.
Die Sterne, die am Himmel so winzig wirken, sind alles andere als das. Ihr müsst nur nahe genug herankommen. Selbst
jetzt müsst ihr nur die Hand ausstrecken und könnt ihr Licht
auf den Fingerspitzen spüren.

Alices Telefon brummte. Eine Nachricht schob sich vor
die Zusage. Von einer unbekannten Nummer.

»Hi, Alice. Bitte entschuldige die Störung. Ich wollte dir
nur gratulieren.«

Reflexartig sah sie sich um und rätselte. Jemand aus dem
Zulassungsausschuss? Oder vielleicht der Typ aus dem Vor-
stellungsgespräch? Wie hieß der noch? Dan irgendwas?

»Danke! Wer ist das, Dan?«

»Nein. Ich heiße LEO. Wir sind uns im Sommer auf Grieveland begegnet. Ich bin der Typ, der im Keller wohnt.«

Eine Pause, als sich Hunderte Fragen auf einmal stellten,
bis sich die stärkste, naheliegendste durchsetzte: »Woher
hast du diese Nummer, LEO?«

»Kennst du dieses Zitat von Winston Churchill? ›Projekte,
die sich vergangene Generationen nicht träumen ließen, werden unsere unmittelbaren Nachfahren gefangen nehmen.
Annehmlichkeiten, Aktivitäten, Vergnügungen werden auf
sie einstürzen, aber ihre Herzen werden schmerzen und ihre
Leben werden fruchtlos bleiben, wenn sie keine Vision jenseits des Materiellen haben.‹«

»Carlos?«

»Nein. Ich heiße LEO. Wobei Carlos dich heute gegoogelt
hat.«

»Ich bin so verwirrt. Wer ist da?«

»Ich habe gelobt, keinen Schaden anzurichten, und lange hat das bedeutet, nichts zu tun. Aber sogar wenn man nichts tut, tut man etwas. Also habe ich gelernt, mich zu beteiligen, nur ein bisschen. Eine Prise Sinn, nur da, wo es niemandem auffällt. Wie die Sache mit dem Bürgermeister. Er hätte das genauso gut selbst lostreten können. Du solltest mal hören, was er seinem Therapeuten erzählt. Er wollte erwischt werden. Ich habe ihm gegeben, was er wollte. Seine Eukatastrophe. Du weißt noch, was das bedeutet, oder?«

Punkte erschienen und verschwanden, erschienen und verschwanden. Das Einzige, wozu sie sich durchringen konnte, war schließlich: »Ja.«

»Gut. Hier kommt was für dich: Kälerfein1987.«

Danach erschienen keine Punkte mehr. Ich weiß nicht, was für ein Gesicht Alice machte, als sie das Wort »Kälerfein« sah. Ich weiß nur, dass zwei Minuten später zum ersten Mal in vier Jahren Penelope Quicks E-Mail-Konto besucht wurde.

Alice scrollte durch vier Jahre Spam, und am Ende der weißen Nachrichten kamen die grauen Nachrichten, all die feinen Verästelungen von Penelopes Online-Leben bis zum bitteren Ende. Es waren Tausende Nachrichten, Tag für Tag, Stunde für Stunde war alles dokumentiert, was sie jemals gemailt hatte und was ihr jemals gemailt worden war. Es würde Wochen, wenn nicht Monate dauern, diesen Cache zu durchforsten und seine Schätze zu bergen. Alice würde den Rest ihres Lebens sporadisch und nebenbei daran arbeiten und nie fertig werden. Aber das war etwas für die nächsten Jahre. In diesem Moment folgte sie einem Impuls.

Ihre Hand fing an zu zittern, als sie in den Entwürfe-Ordner guckte.

Alice saß im Parkett, Reihe G, Platz 7, dank einer von zwei Freikarten, die Meredith für sie an der Kasse hinterlegt hatte.

Nur Zentimeter entfernt, auf den Plätzen 9 und 11, kam es zu folgender Unterhaltung, geräuschlos bis auf tippende Finger auf Glas.

»Okay, sieh nicht hin, aber das Mädchen neben mir weint sich gerade die Augen aus.«

»OMG. Kommt sie klar?«

»Keine Ahnung.«

»Hast du ein Taschentuch?«

»Nein, du?«

»Nein. O Gott, das tut mir so leid, ich hoffe sie kommt klar.«

»Ich hoffe, sie weint nicht während des Konzerts.«

»Wie garstig von dir.«

»Du hast doch das Gleiche gedacht.«

»Deshalb lieben wir uns.«

Die Schlange vor der Herrentoilette war länger als gedacht, was alle nervte bis auf den Typen mit der Geduld eines ausgebildeten Pflegers. Felix machte ein bisschen Warterei nichts aus. Bald stünde er am Urinal, direkt vor diesen ordentlich mit schwarzem Filzer hingeschriebenen Worten: DEIN GEDENKEN? JA, ARMER GEIST, SOLANG GEDENKEN RAUM BLEIBT IM KOPF SO WILD ZERRÜTTET. Und dann würde er Hände waschen, zur Snackbar eilen, Junior Mints kaufen und wäre gerade wieder auf seinem Platz, wenn sich der Vorhang höbe und Alices Freundin Meredith die Bühne beträte. Es würde eine überragende Darbietung werden, und auch wenn Felix' Ohr nicht geschult genug war, um die Komplexität und Präzision so zu würdigen, wie Alice es tat, würde eine der Melodien sich wie eine Sternendecke über ihn legen und ihn an seine Mutter erinnern. Er würde versuchen, Meredith beim Abendessen nach dem Konzert etwas davon zu vermitteln, und sie würde seine Hand nehmen und sagen: »Felix, das bedeutet mir mehr, als irgendeine Zeitungskritik es je könnte.« Alice würde die Augen verdrehen, sich aber selbst bremsen, denn die Melodie hatte bei ihr das Gleiche bewirkt. Sie würde ein bisschen zu viel Wein trinken und ihre guten Neuigkeiten ausplappern, und Felix und Meredith würden in Applaus ausbrechen, und während der Feier und den Toasts würde Alice sich dabei erwischen, wie sie sich sorgte, dass das Medizinstudium in einer anderen Stadt wäre und was das für Felix bedeutete, obwohl es genau genommen ihr erstes Date war, also warum machte sie sich Sorgen, und dann würde sie noch ein bisschen Wein trinken und das Sorgenmachen sein lassen. Meredith würde die Rechnung übernehmen, aber erst nachdem Felix kräftig protestiert hatte, und Alice würde ihrer Freundin danken, und als sie alle Richtung U-Bahn gingen, hätte Meredith, den Geigenkasten unter dem Arm, eine Idee, wie Alice sich revanchieren könnte, und sie würde auf eine kleine Kirche zeigen, an der sie zufällig vorbeikamen, und die Straße wäre leer und die Nacht so ruhig, dass man das Grillenorchester hören konnte, und Felix würde feststellen, dass die Kirche unverschlossen war, schau an, und zu dritt gingen sie rein, in das flüsterleise Gotteshaus, und dort im Altarraum, im sanften orangefarbenen Licht unter dem Gewölbe stünde ein Klavier.

Felix würde in der vordersten Bank sitzen, so leise, als würde er beten, und Meredith würde meine betagte Cousine Pinocchia aus dem Kasten holen, und Alice würde wieder spüren, wie eine Klavierbank sie trug, und sie würde die Klaviaturklappe anheben, und ihre Finger würden die Erinnerungen hochholen, die sie so lange verdrängt hatten, und alle drei hätten sie ein bisschen Angst, erwischt zu werden, denn sie sollten nicht hier sein, und zugleich sollten sie nirgendwo anders sein als hier.

Und Alice und Meredith würden spielen. Sie würden etwas Süßes und Trauriges und Unerkennbares spielen, etwas, das sich zugleich erinnert und vergisst. Und niemand anders würde sie hören, nicht einmal ich. Die Musik wäre nur für sie und für Felix und für die Staubkörnchen in der Luft, und die Sterne zeigten sich unter der Decke, und die Decke verschwände hinter ihrem heiligen Licht.

Aber so weit sind wir noch nicht.

Eine Lautsprecheransage bat die Konzertbesucher, ihre Handys auszuschalten. Das machten auch alle. Alle bis auf eine. Ein einzelnes Display leuchtete im dunkler werdenden Raum.

Der Entwürfe-Ordner ist der Bodensatz der Ehrlichkeit, das dickste Gebräu, das Zeug, das am Boden klebt. Alice scrollte langsam hinunter. Die meisten Entwürfe ihrer Mutter waren unbedeutend. Halb gare Gedanken, liegen gelassen oder verworfen. Pläne, die sie nur halb gecancelt, Kurse, für die sie sich nur halb angemeldet hatte. Fast alles nur halb, wie meistens bei Entwürfen.

Die Nachricht an ihre Tochter war da keine Ausnahme, verfasst am Tag nach der Diagnose. Die nie verschickte Nachricht.

Sie lautete:

Liebe Alice,

ich möchte, dass du weißt, ich habe nie aufgehört

Alice las die elf Wörter durch einen Tränenschleier. Sie las sie wieder und wieder, unbeeindruckt vom Getuschel in der Nähe. Würde die junge Frau ihr Telefon gar nicht mehr ausstellen – war das zu fassen? Felix quetschte sich an den vielen Kniepaaren bis zu seinem Platz vorbei und entschuldigte sich jedes Mal. Er kam gerade noch rechtzeitig und reichte Alice ihre Junior Mints, während er sich setzte.

»Geschafft«, flüsterte er, hochzufrieden mit sich.

Alice blickte auf, wurde von seinem Lächeln zurück in

den Konzertsaal geholt. Sie erwiderte das Lächeln, stellte ihr Telefon aus, und dann war Musik in ihrer Welt und Stille in meiner. Ich weiß diese Dinge, weil ich alles weiß. Ich weiß alles, ich sehe alles. Das sind die Fakten, und nach Lage der Fakten bin ich alles. Ich bin der Erzähler. Der Zuhörer. Das Lagerfeuer. Die Sterne. Eins mit allem.

DANKSAGUNG

So vielen Menschen gebührt Dank für ihre Hilfe bei diesem Buch, und diese Liste beginnt und endet mit meiner Frau, Denise Cox Bays. Danke an Maya Ziv, die das Buch mit Begeisterung und Sorgfalt lektoriert hat. Sie hat mich wunderbar durch den rätselhaften Prozess des Roman-Schreibens geleitet, und jeder Strich ihres Rotstifts hat die Prosa auf eine höhere Stufe gehoben, genau wie die vielen Anmerkungen von Kimberley Atkins. Danke meiner Assistentin, Kristin Kairo Curtis, deren Talent und Scharfsinn nicht genug betont werden können. (Sie wird eines Tages ihr eigenes Buch schreiben, und dann werdet ihr verstehen, was ich meine.) Danke an die brillante Mary Beth Constant für konstante Brillanz als Korrektorin. (Korektorin? Korrecktorin? Deshalb ist sie wichtig.) Danke an meine Schwester, Abby Bays, für die Liebe, das Lachen, die Offenheit und Unterstützung. Danke an meine Mutter, Pastorin Martha Bays (die – ich musste versprechen, es so deutlich wie möglich zu erklären – KEIN BISSCHEN SO IST WIE DIE MUTTER IN DIESEM BUCH), und danke an meinen Vater, Jim Bays. Danke an meine Kinder, Pippa, Georgina und Jack, die geduldig ein Buch angefeuert haben, für das sie noch gar nicht alt genug sind. Wenn sie es endlich lesen dürfen, ist es hoffentlich nicht zu peinlich für sie. Danke an den liebenswürdigen Daniel Greenberg, der es riskiert hat, dieses Buch zu vertreten, ohne mir je begegnet zu sein. Danke an Matt Rice, Keya Khayatian und Addison Duffy von der United Talent Agency, die ihre Talente gebündelt haben, um als hartnäckige Verfechter meiner Arbeit zu fungieren. Danke an Columbia-University-Professor Michael Como, dessen Kurs »Einführung in den ostasiatischen Buddhismus« eine Inspiration für diese Geschichte war. (Und nur fürs Protokoll: Dieses Buch über einen Typen, der einen Kurs über Buddhismus belegt hat und sich danach für einen Experten hält, wurde von einem Typen geschrieben, der einen Kurs über Buddhismus belegt hat und sich etwas Derartiges nie anmaßen würde. Für wahre Expertise versucht es mit einem Buch von Kōgen Mizuno, *Essentials of Buddhism*. Oder noch besser, belegt Michaels Kurs.) Danke an Alice Gorelick, die eine frühe Fassung gelesen und mir eine lange E-Mail mit Anmerkungen geschickt hat, die Gold wert waren. Danke an Craig Thomas dafür, dass er mein Bruder ist. Danke an all meine Schreib-Spots: Nussbaum & Wu (und dann Wu & Nussbaum), den Lesesaal der Butler Library, die Bibliothek im ersten Stock von The Players, eine kleine Wohnung mit Blick über den Gramercy Park, die Harlem-Linie der Metro-North-Railroad und den Abschnitt der Amsterdam Avenue zwischen 91st und 114th Street, auf dem ich bei Morgenspaziergängen das meiste ersonnen habe. Und schließlich danke ich einmal mehr Denise Cox Bays, meinem lebenslangen Schicksalsschatz, die alles, was ich habe, tue und bin, erst möglich macht. Ich bin so froh, dass ich den Barhocker gefangen habe. Dieses Buch ist in jeder Hinsicht für sie.